Unterwegs
in die Welt von morgen

Unterwegs in die Welt von morgen

Utopische Geschichten
und Science-fiction-Romane

Verlag Das Beste
Stuttgart · Zürich · Wien

Die Texte in diesem Buch
erscheinen mit Genehmigung der Verleger

141

Printed in Germany
ISBN 3 87070 517 5

Ins Deutsche
übertragen von
Christoph Göhler

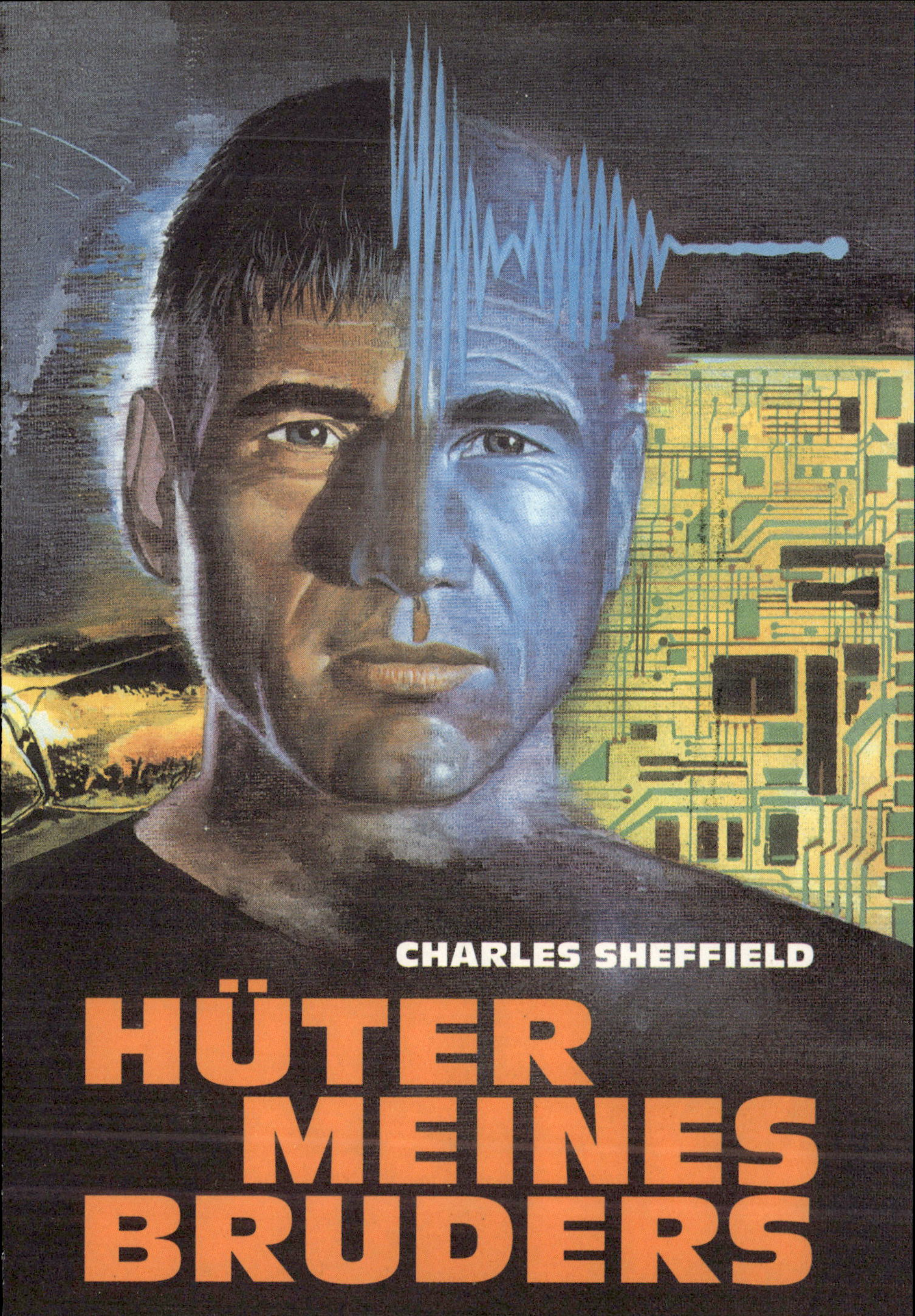

CHARLES SHEFFIELD

HÜTER MEINES BRUDERS

Prolog

ICH SASS auf einer Bank im St. James's Park, als sich Leo wieder meldete. Diesmal war er wesentlich aufdringlicher.

Es begann in meiner linken Hand. Mein Arm lag entspannt auf der Lehne der Bank. Dann bemerkte ich, wie meine Finger anfingen, einen regelmäßigen Rhythmus zu trommeln. Ich war vollkommen entspannt, hatte die Sonne genossen und die Enten im Teich und die jungen Pärchen auf den anderen Bänken beobachtet, die umeinander balzten. Es dauerte ein paar Sekunden, bis mir bewußt wurde, daß das Trommeln nicht von mir ausgelöst wurde. Leo. Es mußte Leo sein.

Da-da-DA-da-da-da-DA-da-DA-DA-DA.

Da-da-DA-da-da-da-DA-da-DI-DI-DI.

Immer wieder. Mein Kopf dröhnte, als wäre er ein Resonanzkörper für den getrommelten Rhythmus. Er war ein Teil von mir, und die dazugehörigen Harmonien begannen sich in mir zu bilden.

Tom, Tom, des Pfeifers Sohn.

Da-da-DA-da-da-da-DA-da-DA-DA-DA.

Warum in Gottes Namen sollte mich Leo *damit* beschäftigen – mit einem alten Kinderlied? Das paßte nicht zu ihm. Ich mußte einen abschweifenden Gedanken von mir irrtümlich für eine Eingebung Leos gehalten haben.

Ein paar Minuten saß ich unbewegt auf der Bank und versuchte, den Rhythmus aus meinem Kopf zu vertreiben. Da es mir nicht gelang, stand ich auf und humpelte am Palast vorbei den Birdcage Walk hinunter. Die Versteifung in meinem Bein löste sich langsam, aber ich hatte keine Eile. Man hatte mir geraten, etwas kürzer zu treten, auch wenn auf den Röntgenbildern die Bruchstelle kaum noch zu sehen war. Wenn ich mich geistig nur auch so schnell erholen könnte wie physisch . . .

Leo wurde von Tag zu Tag aufdringlicher. Letzte Woche waren es unkontrollierbare Zuckungen in meiner linken Hand gewesen und vor ein paar Tagen Doppelsicht. Wenn ich nur herausfinden könnte, was ihn an mir störte, dann könnten wir uns vielleicht verständigen. Im Krankenhaus konnte mir niemand eine Erklärung geben – mich ruhig verhalten und abwarten, das waren die einzigen Ratschläge, die ich zu hören bekam.

Als ich Brill's erreichte, hatte ich meine Finger wieder unter Kontrolle. Trotzdem sah mich der Verkäufer unverhohlen mißtrauisch an, als ich eintrat. Ohne Zweifel machten mich mein lahmes Bein und die Narbe in meinem Gesicht nicht gerade ansehnlich – außerdem hegte ich den starken Verdacht, daß mein linkes Auge unkontrolliert in seiner Augenhöhle rollte. Ich lehnte mich an die Ladentheke und versuchte, so entspannt und gleichgültig wie nur möglich zu erscheinen.

„Ich hätte gern ein Buch mit Kinderliedern."

„Ja, Sir." Mein Wunsch schien ihn zu überraschen. „Und für welche Altersgruppe soll es sein?"

Ja, für welche Altersgruppe, Sir? Diese Frage könnte nur Leo beantworten.

„Haben Sie eine Gesamtausgabe? Am liebsten ein Buch mit verschiedenen Versionen, falls es so etwas gibt."

„Ich werde sehen, was ich für Sie tun kann."

Als er es gebracht und ich dafür bezahlt hatte, ignorierte ich seinen neugierigen Blick und blätterte es durch, bis ich die richtige Stelle gefunden hatte. *Tom, Tom, des Pfeifers Sohn, stahl ein Schwein und lief davon. Das Schwein sprang fort – über den Zaun – und Tom wurd' tüchtig durchgehaun.*

Ich murmelte den Text leise vor mich hin. Nichts. Keine Reaktion, kein Zeichen, daß Leo mithörte und die Botschaft verstand. Zweiter Vers: *Tom, Tom, des Pfeifers Sohn, lernte früh zu spielen schon. Doch nur ein Lied spielte er gerne, ‚Über die Hügel und in die Ferne'.*

Jetzt spürte ich etwas. Nur schwach und undeutlich, ein leises Prickeln im Nacken, als ob ein kleines Insekt dort hin und her krabbeln würde. Das war alles.

Und jetzt?

Ich verließ den Laden wieder und lehnte mich nach ein paar Schritten an eine Hauswand. Obwohl ich nichts Neues erfahren hatte, kitzelte die lange Narbe auf meinem Schädel, als ob das nachwachsende borstige Haar versuchte, sich aufzustellen.

Ich legte den Kopf in den Nacken und sah zu den Wolken auf, die langsam über den Himmel zogen. Die Melodie stimmte, davon war ich überzeugt – aber war es nicht möglich, daß ich den falschen Text dazu sang? Wer hatte ein Lied zu dieser Melodie gedichtet?

Ich ging zurück in den Laden, wo mich der Verkäufer vorwurfsvoll ansah.

„Ich habe schon darauf gewartet, daß Sie zurückkommen. Sie haben Ihr Buch vergessen."

„Schon gut. Ich will es eigentlich gar nicht mehr. Wissen Sie vielleicht, wo ich das Libretto der ‚Bettleroper' finden kann? Wenn Sie die gesammelten Werke von John Gay vorrätig haben, da ist es bestimmt dabei."

Er schaute mich an, als würden sich seine schlimmsten Befürchtungen bestätigen. Er nahm das Kinderliederbuch in die Hand.

„Ich nehme das zurück und schreibe Ihnen den Betrag gut. Wenn Sie sich einen Augenblick gedulden, werde ich nachsehen, ob wir das andere Buch auf Lager haben."

Er ließ mich allein – vielleicht, um nach meinem Buch zu suchen, vielleicht, um Verstärkung zu holen. Ich bin fast einen Meter neunzig groß, und der Unfall hat unübersehbare Spuren in meinem Gesicht hinterlassen. Nachdem er gegangen war, humpelte ich im Laden auf und ab und versuchte, meine Arme und Beine unter Kontrolle zu bekommen. Ohne Erfolg. Leo war aufgeregt, daran gab es keinen Zweifel. Aber wenn ich gewußt hätte, wohin mich die Ereignisse der nächsten fünf Minuten führen würden, wäre ich genauso aufgeregt gewesen (und aus dem Laden gerannt, vorausgesetzt, Leo hätte es mir erlaubt).

Jetzt tauchte der Verkäufer wieder auf.

„Das müßte es sein. Sie schulden uns noch siebzig Pence." Der Mann zögerte einen Augenblick, bevor er mir den John-Gay-Band aushändigte. „Wir wollen in einer Minute schließen. Wenn Sie so freundlich wären und das Buch draußen überprüfen würden . . ."

Er log wirklich schlecht, aber es machte mir nichts aus. Wenn dieses Buch mich nicht weiterbrachte, hatte ich mein Pulver ohnehin verschossen. An welcher Stelle der „Bettleroper" tauchte diese Melodie auf? Es mußte sich um eine Szene mit Polly und Maceath handeln, wenn ich mich richtig erinnerte. *Das ist es.* Ich lehnte mich draußen wieder an die Wand und spürte das scharfe Stechen in meiner Schädeldecke.

Läg' ich fest an Grönlands Strand,
Dieweil mein Arm mein Lieb umfing,
Warum wär's im ewig kalten Land,
Wie schnell die Nordlandsnacht verging.
Da-da-DA-da-da-da-DA-da-DA-DA-DA.
Den ganzen Tag wohl liebt' ich dich,
Nächtens küßt' und koste ich,
Schweiften beid' wir Hand in Hand,
Übers Gebirg ins ferne Land.

Das Kribbeln wurde stärker, und ich atmete schwer, als ich diese Worte las. Es kam, es kam immer näher.

Zweiter Vers:

Wär' nach Indien ich verbannt,
Kühlte sich kaum des Tages Glut,
Höhnt' ich Fron und Sonnenbrand,
Wenn an des Liebsten Brust ich ruht'.

Kontakt. Während ich die Worte las, wurde ich in einen Strudel unterschiedlichster Sinneseindrücke gezogen, der mich erschaudern ließ. Die Londoner Straße existierte nicht mehr. Ich badete in hellem, staubigem Sonnenlicht, umgeben von vertrautem unverständlichem Geplapper. Ich nahm starke, verführerische Düfte, Gewürze, Holzkohle, Blüten und Moschus wahr. Ich fühlte Begierde, überraschend und grundlos, und meine Fingerspitzen strichen über weiche, kühle Haut. *„Wär' nach Indien ich verbannt . . .“*

Ich drückte mich an die Hausmauer und rang um Atem. Leo hatte einen neuen Weg zu mir gefunden. Und er würde ihn mit Sicherheit benützen.

Kapitel 1

MEIN Wiedersehen mit Leo war, wie so vieles, was ich auf Flughäfen erlebt habe, problematisch. Ich wurde durch den Londoner Stoßverkehr aufgehalten, kam zu spät in Heathrow an, und als ich endlich den richtigen Teil des Terminals erreicht hatte, hatten bereits alle Fluggäste den Zoll passiert und das Gebäude verlassen. Ich brauchte ein paar Minuten, um das herauszufinden, dann ging ich zum El-Al-Schalter, wo ich nach einer Nachricht von Leo fragen und ihn nötigenfalls ausrufen lassen wollte.

„Und sein Name?" fragte das junge Mädchen hinter dem Schalter. Es stammte nicht aus Israel, sondern war eine echte englische Rose, blauäugig und rotwangig.

„Leo Foss. Er sollte mit dem Flug Nummer 221 ankommen."

„Der ist schon abgefertigt. Aber ich werde ihn trotzdem ausrufen lassen. Und Ihr Name?"

„Lionel Salkind."

„In Ordnung. Und ich werde auch die Augen offenhalten." Sie lächelte mich an – Grübchen hatte sie auch. „Könnten Sie ihn mir vielleicht beschreiben, damit ich weiß, nach wem ich Ausschau halten muß?"

„Kein Problem. Er sieht –"

„Lionel!" Ich hörte die vertraute Stimme hinter mir.

„– genauso aus wie ich", vollendete ich den Satz und drehte mich um.

Ich konnte mir vorstellen, was das Mädchen hinter mir für ein Gesicht machen mußte. Ich hatte das oft genug gesehen. Die Tatsache, daß Leo und ich verschiedene Nachnamen hatten, machte alles nur noch verwirrender. Ich warf dem Mädchen einen entschuldigenden Blick zu, bevor ich mich Leo zuwandte, um ihn gründlich in Augenschein zu nehmen, wie jedesmal, wenn wir uns länger nicht gesehen hatten.

Die meisten Menschen behaupten, wir wären identisch, aber das sind wir natürlich nicht. Wir wissen beide sehr genau, daß Leo einen Zentimeter größer und die meiste Zeit fünf Pfund schwerer ist. (Diesmal allerdings nicht. Er hatte entweder abgenommen, zuviel gearbeitet, oder er hatte Kummer.) Sein Haar war einen Zentimeter kürzer als bei unserem letzten Treffen vor zehn Monaten, aber das überraschte mich nicht. Meines auch. Wir hatten uns an unsere angeborene Neigung, die gleichen Dinge zur gleichen Zeit zu tun, gewöhnt. Inzwischen achteten wir viel mehr auf Unterschiede als auf Übereinstimmungen. Heute trugen wir zum Beispiel beide ein dunkles Sportjackett und einen roten Schlips; aber Leos Krawatte zierte eine Nadel mit einem kleinen goldenen Käfer. Das war neu und überraschte mich – wir hatten beide eine Abneigung gegen Schmuck, und wir weigerten uns, Ringe zu tragen.

„Reden wir über das Abendessen", sagte ich, nachdem wir uns ausgiebig gemustert hatten und Seite an Seite durch das Terminal gingen, wie üblich umringt von erstaunt uns zugewandten Gesichtern.

„Bist du bereit, es mit chinesischer Küche zu versuchen?"

„Tut mir leid, diesmal nicht." Leo schüttelte den Kopf, und ich bemerkte die rote Stelle in seinem Nacken, dicht über dem Kragen, die wie ein Knutschfleck aussah. „Ich habe versucht, dich von Zürich aus anzurufen, aber ich konnte dich nicht erreichen. Mein Terminplan hat sich geändert; ich werde schon morgen früh nach Washington weiterfliegen."

„Aber wir haben immer noch diesen Abend. Ich trete heute nicht auf."

„Ich weiß – das hat mir dein Manager verraten. Und ich verlasse mich darauf. Ich muß mit dir reden. Allein."

Seine Stimme hatte einen ungewohnten Klang. Das bestätigte meinen ersten Eindruck. Er war müde und abgespannt. Ein Fremder hätte das sicher nicht bemerkt, aber ich spürte das unter meiner Haut.

„Hast du immer noch dein Apartment im Norden?" fragte Leo. „Das, das du eigentlich nicht brauchst?"

„Natürlich."

Es war reiner Luxus, aber wenn man so viel reist wie ich, dann sehnt man sich nach einem Ort, wo man in Ruhe üben und sein Repertoire erweitern kann. Ich war nie ein Rubinstein-Typ, der ohne tägliche Übung immer in Topform bleiben kann. Vielleicht werde ich deshalb nie zur Weltspitze gehören. Aber selbst wenn man zu den hundert besten Pianisten gehören will, muß man an sich arbeiten – und man sollte niemandem glauben, der etwas anderes behauptet. Und es ist harte Arbeit.

„Ich war schon ein paar Monate nicht mehr dort oben", erklärte ich. „Aber ich habe jemanden, der sich darum kümmert."

„Gut. Gehen wir dorthin. Da können wir in Ruhe reden", meinte Leo. Er blickte sich nervös um, während er sprach. Ich spürte seine Nervosität, und sie gefiel mir nicht.

„Wir haben nicht genug Zeit, um in den Norden zu fahren, wenn du morgen schon wieder fliegen willst." Ich hatte sein Bedürfnis, sich in Ruhe mit mir zu unterhalten, sofort akzeptiert, ohne weitere Fragen zu stellen.

„Doch, die haben wir." Leo brachte ein gequältes Lächeln zustande. „Ich habe von Zürich aus angerufen und einen Helikopter gebucht. Und bis wir am Heliport sind, sollte der Flugplan eigentlich klar sein."

„Bis nach Middlesbrough?"

„Genau. Keine chinesischen Delikatessen heute. Du wirst mir Black Pudding und Kutteln vorsetzen müssen."

Er schüttelte sich im Spaß. Ich war damit aufgewachsen, aber Leos amerikanischer Gaumen hatte sich mit einigen der nordenglischen Spezialitäten nie anfreunden können.

Es war offensichtlich, daß er sich über nichts Wichtiges unterhalten wollte, bis wir den Flughafen verlassen hatten, daher drängte ich ihn auch nicht. In dem Bus zum Helikopterfeld, das drei Kilometer entfernt war, unterhielten wir uns über Belangloses, und als wir dort ankamen, wartete bereits eine viersitzige BAC-33 auf uns. Sie war rot-blau lackiert, in bestem Zustand und stand schon mit warmgelaufenen Triebwerken bereit.

„Soll ich sie fliegen?" fragte ich. Leo und ich hatten uns vor fünfzehn Jahren, als wir noch Teenager waren, ins Fliegen und ganz besonders in Helikopter verliebt, und wir besaßen beide gültige Fluglizenzen.

Er schüttelte den Kopf. „Kein Glück. Das ist mein Privileg als älterer Bruder."

Leo war dreiundvierzig Minuten älter als ich, und wir beide vergaßen das nie. Oft brachten wir andere Menschen zur Verzweiflung, wenn er von mir als seinem „kleinen Bruder" sprach oder ich ihn an sein reifes Alter erinnerte.

„Gut, alter Mann", sagte ich und verstaute seine Reisetasche im Heck. Während er den Mietvertrag unterschrieb, kletterte ich auf den Passagiersitz und prüfte den Wetterbericht. Es war knapp sechs Uhr dreißig, fast dunkel, und in tausend Meter Höhe lag eine Wolkendecke. Keine idealen Bedingungen. Leo schüttelte ärgerlich den Kopf, als er die Formalitäten erledigt hatte und an Bord kam.

„Viel Verkehr, vermute ich. Sieh dir diesen Flugplan an. Wir müssen erst nach Westen fliegen, bevor sie uns nach Norden abdrehen lassen."

„Und was ist unsere Middlesbrough ETA?"

„Acht Uhr achtundzwanzig."

„Das ist nicht so schlecht. Ich bin die Strecke schon geflogen. Hinter Cambridge ist bestimmt alles klar. Es ist nur die Gegend um London, die so viel Ärger macht."

Er grunzte und setzte sich auf den Pilotensitz. Die Sichtverhältnisse waren trotz der Wolken über uns gut. Als wir abhoben, konnte ich im Süden die dunklen Flächen der Wasserreservoirs erkennen und im Westen den Smog, der wie ein grauer Ball über der Stadt hing. Wir stiegen auf sechshundert Meter Höhe und drehten dann nach Westen ab.

Ich gebe es nur ungern zu, aber Leo war ein besserer Pilot als ich. Das überraschte mich, denn bei allen Tests, denen wir uns seit unserer Jugend zusammen unterzogen hatten, waren meine manuellen Fähigkeiten höher eingestuft worden als seine. Leo hatte seine eigene Erklärung dafür. Er sagte, es sei das Training, nicht das Talent, das mir mein Fingerspitzengefühl verlieh. „Was glaubst du denn", meinte er. „Ein Pianist kann keine zwei linken Hände haben. Um ein guter Pilot zu sein, braucht man vor allem technisches Verständnis." Und sein technisches Verständnis war in allen Belangen immer um eine Nuance ausgeprägter als meines – aber doch nicht so entwickelt, meiner Meinung nach, um die Gelassenheit zu erklären, mit der er den Helikopter flog. Ich vermutete, daß auch das mehr mit Training als mit Talent zu tun hatte. Leo flog öfter als ich, obwohl ich mir nicht vorstellen konnte, daß sein Job ihm dazu viel Gelegenheit bot.

Er entspannte sich sichtlich, als wir abgehoben hatten, und als wir auf Reading im Westen zuflogen, begann er leise vor sich hin zu pfeifen, gerade laut genug, daß ich es hören konnte. Es waren die ersten Takte der Unvollendeten, ein bißchen langsam angesetzt.

„Weißt du, daß du einen Halbton zu tief bist?" fragte ich. „Es muß H sein, nicht B."

Er wandte sich mir zu und grinste. „Verzeihung, kleiner Bruder. Ich wollte nur prüfen, ob du noch wach bist."

Er verfügte über das Gehör, dessen war ich mir sicher, aber

er war einfach nie dazu gekommen, ein Instrument spielen zu lernen. Wenn ich an die ungezählten Stunden in meinem Leben dachte, die ich dem täglichen Üben geopfert hatte, fragte ich mich manchmal, ob Leo nicht klüger und ich der Verrückte war. Aber für solche Erkenntnisse war es zu spät. Ich lehnte mich in meinem Sitz zurück.

„Okay, ich bin wach genug. Wie wär's, wenn du jetzt ein bißchen Licht in das Dunkel brächtest und bei Gelegenheit nach Norden fliegen würdest? Es ist sonst auch nicht deine Art, ein chinesisches Essen auszuschlagen."

Er nickte, blickte wieder geradeaus und seufzte. „Stimmt. Aber es ist wirklich eine schwierige Geschichte, Lionel."

Das war es. Ich wußte das, sobald er den Satz ausgesprochen hatte. Wir nannten uns nie „Leo" oder „Lionel", wenn es nicht um etwas wirklich Wichtiges ging. Ich sagte nichts, sondern saß einfach da und wartete.

„Weißt du", begann er nach ein paar Sekunden, „ich habe oft über deinen Beruf gelästert und behauptet, du müßtest dir deine Finger stumpf spielen, nur um auftreten zu können – eine einzige Hase-und-Igel-Jagd. Aber manchmal beneide ich dich. Das geht wahrscheinlich in ein paar Minuten wieder vorbei, aber in diesem Augenblick beneide ich dich wirklich."

„Das höre ich zum erstenmal. Du bist unzufrieden mit deinem Job? Ich dachte, dir würden diese AID-Einsätze gefallen, bei denen man über den ganzen Globus flitzt und die Dollars mit beiden Händen rauswirft. Was ist passiert, haben sie plötzlich aufgehört, dich wie einen Prinzen zu behandeln?"

„Das nicht." Sein Tonfall hatte sich verändert. Mir wurde klar, daß er mir gar nicht zugehört hatte und nur instinktiv erriet, was ich zu ihm gesagt haben mußte.

„Was ist?" Ich blickte auf das Instrumentenbrett.

„Die Maschine gehorcht mir nicht." Er blickte stirnrunzelnd auf die Anzeige. „Die Anzeigen stimmen alle, aber sie reagiert falsch. Sie driftet ab, und ich kann nichts dagegen unternehmen. Zum Teufel damit, ich fliege sie zurück nach Heathrow. Ruf den Tower und sage ihnen, daß sie alles für eine Notlandung vorbereiten sollen."

Ich streckte meine Hand nach dem Funkgerät aus, aber bevor ich eine Verbindung herstellen konnte, hatte sich das erledigt. Der Helikopter fiel steil nach rechts ab, fing sich wieder für einen winzigen Augenblick, in dem ihn Leo unter Kontrolle zu haben schien, stieß dann wieder seitwärts und begann zu vibrieren, als wolle er im nächsten Augenblick auseinanderbersten.

„Ich kann sie nicht mehr halten", stöhnte Leo. Sein Gesicht war gespannt und ganz rot vor Anstrengung. „Wir schaffen es auf keinen Fall bis Heathrow. Wie sieht es auf deiner Seite aus? Ich muß sie weiter sinken lassen und sie so dicht wie möglich über dem Boden abfangen."

Zu meiner Rechten sah ich ein verschwommenes Netz von Feldern und kleinen Straßen, die zu der vier Kilometer entfernten, dichtbebauten Gegend von East Reading führten. „So schnell du kannst!" rief ich. Ich konzentrierte mich immer noch auf die Landschaft unter uns. „Je weiter wir fliegen, desto schlechter. Lieber hier als über der Stadt."

Leo sagte nichts, aber ich spürte seine Anstrengung. Die Luft pfiff durch die Rotoren, und der Helikopter schwankte und drehte sich, während wir weiter absackten. Bei hundert Metern beruhigte sich die Maschine für einen kurzen Moment. Ich erkannte eine Hecke, einen schlammigen Teich und ein gepflügtes Feld, dahinter das graue Band der Hauptstraße mit Wohnhäusern auf der anderen Seite.

„Hier, Leo. Jetzt!" Meine Stimme überschlug sich vor Angst. „Paß auf, oder du setzt uns auf die Straße!"

Er gab sein Bestes und brachte die Maschine im letzten Augenblick fast wieder in Normallage. Aber sein Bestes war einfach nicht gut genug. Ich sah, wie der Boden auf uns zu raste – viel zu schnell –, und in dem letzten Augenblick vor dem Aufprall erkannte ich plötzlich alles so klar, daß ich jeden einzelnen Grashalm hätte zählen können, der uns aus der gepflügten Erde entgegenragte. Wir schlugen mit einem Getöse auf, als wäre das Ende der Welt gekommen.

Und in gewisser Weise war es das auch.

Niemand glaubte mir, als ich später erzählte, daß ich mein Bewußtsein nicht – ich wiederhole: nicht – verlor, als wir auf dem Boden aufschlugen. Sie zählten mir meine Verletzungen auf, um mich zu überzeugen, daß ich ohnmächtig gewesen sein mußte. Ich konnte ihnen das Gegenteil nicht beweisen.

Aber ich hatte recht. Die These, daß ich aufgrund eines Traumas unter Halluzinationen gelitten hätte, war einfach unsinnig.

Um die ganze und volle Wahrheit zu sagen, ich war eine oder zwei Sekunden lang nach dem Aufprall nicht bei Bewußtsein, aber ich bin mir absolut sicher, daß meine Ohnmacht nicht länger dauerte. Als ich wieder aufwachte, hörte ich noch immer das Brechen und Krachen des Metalls. Obwohl ich keinen Schmerz empfand, konnte ich keinen Finger – nicht einmal einen Zeh – bewegen. Der Helikopter hatte – dank Leos verzweifelten Bemühungen – eine fast perfekte, wenn auch viel zu harte Bauchlandung gemacht. Ich war nach rechts vorne geschleudert worden und gegen die Seitenverkleidung und das Fenster gekracht, als die Maschine hart auf dem unebenen Boden auftraf.

Ich kann nicht mehr sagen, wie lange ich dort lag, das Knirschen des Metalls hörte und überlegte, was ich tun könnte, falls die Maschine Feuer fing. (Antwort: Nichts, ich hätte überhaupt nichts tun können.) Meine rechte Gesichtshälfte lag gegen das Metall gepreßt, und so sah ich aus dem Fenster auf die dunkelbraune Erde. Die Perspektive war seltsam verzerrt. Es schien, als drücke meine Nase gegen das Metall und als wäre mein Gesicht rechts neben meiner Nase in zwei Hälften geteilt worden. Die linke Hälfte lag auf dem kalten Metall.

Die Furcht und das Entsetzen, die ich vor dem Absturz gefühlt hatte, waren verschwunden. Ich erinnere mich daran, daß ich dachte: *Das wurde langsam Zeit,* als ich Fußtritte auf dem zerstörten Rumpf des Helikopters hörte. Das konnte doch nicht Leo sein? Er hätte mich bestimmt aus der Gefahrenzone gebracht, bevor er Hilfe holte. Als die Schritte näher kamen, erkannte ich, daß es sich um mindestens zwei Menschen handeln mußte, die sich vorsichtig durch den Trümmerhaufen bewegten. Ich vernahm leises Wimmern, dann ein Aufstöhnen, als ein schweres Teil hinter mir angehoben und zur Seite geschoben wurde.

„Er hat es nicht bei sich", sagte eine Stimme ein paar Schritte von meinem Kopf entfernt. „Es ist nirgendwo zu sehen, Scouse."

„Verfluchter Mist, 's muß hier sein", sagte eine zweite Stimme. „Wenn es nicht unter dem anderen liegt. Ich müßte ihn hochheben, um nachzusehen."

„Dann mach's doch, du Penner." Scouse schien sich unwohl zu fühlen. „Heb ihn hoch und schau nach. Wir hab'n nicht die ganze Nacht Zeit."

Bis zu diesem Zeitpunkt hatte ich keine Schmerzen gespürt, nicht einmal ein leises Stechen. Aber jetzt hoben mich Hände hoch und drehten mich, und das war mörderisch. Mein geplagter Körper begann zu protestieren, von den Zehen bis hinauf zum Genick. Schmerzen schossen wie Giftpfeile in mein Rückgrat und in meine rechte Körperhälfte.

Es war zuviel. Als ich langsam in die Bewußtlosigkeit hinüberglitt, war ich dankbar dafür. Mein letzter Gedanke galt Leo. Ich hatte ihn seit dem Absturz nicht gesehen, aber sein Wimmern hatte mir verraten, daß er zumindest noch am Leben sein mußte. Und das erfüllte mich bei meinem Abstieg in die Dunkelheit wenigstens mit etwas Zuversicht.

Kapitel 2

DAS ERSTE Erwachen war eigentlich gar keines. Es waren verschwommene, gedankenlose Minuten, während denen ich an eine weiße Decke starrte und mich fragte, wer ich war, wo ich war und warum mir alles weh tat. Ich versuchte nicht einmal, mich zu bewegen, und das war, wie ich später erfahren sollte, nicht einmal das schlechteste.

Das zweite Erwachen war besser und schlechter zugleich. Ich erkannte, daß ich in einem Krankenbett lag und daß das Kopfende um zehn oder fünfzehn Grad angehoben war. Es bestand allerdings keine Gefahr, daß ich aus dem Bett fallen könnte – nicht mit all den Schläuchen und Drähten, die an mir hingen wie Spaghetti an der Gabel. Ich war die Fleischeinlage. Und die Schmerzen waren noch schlimmer als beim ersten Mal.

Ich lag einfach da und blinzelte. Mein rechtes Auge lieferte mir nur seltsame und unkoordinierte Bilder, und die ersten Minuten verbrachte ich mit dem Versuch, meine Umgebung zu erkennen. Das war harte Arbeit, bis ich endlich herausgefunden hatte, daß ich mich nur auf das Objekt konzentrieren durfte und nicht auf mein Auge. Als das Bild vor mir endlich scharf war, wußte ich allerdings nicht, ob sich die Mühe gelohnt hatte. Ich blickte auf einen fetten, kahlköpfigen Mann mit hervorquellenden Augen. Er saß auf einem Stuhl am Fußende des Bettes, hielt einen Apfel in seiner wurstfingrigen Hand und kaute genüßlich daran herum.

Er nickte mir freundlich zu, als er sah, daß ich wach war und ihn anschaute.

„Aha, Sie leisten uns für eine Weile Gesellschaft? Gut. Dann brauche ich Sie einen Augenblick lang nicht zu bewachen. Wissen Sie, wer Sie sind?"

Ich gab ein unverständliches Krächzen von mir, und er wurde noch freundlicher.

„Versuchen Sie es noch einmal."

„Ah-ah- Li'el Sa'ki."

„Phantastisch." Er warf das Kerngehäuse irgendwohin, wo ich es nicht mehr sehen konnte, wischte sich seine Hände an der Hose seines zerknitterten blauen Anzugs ab und stand auf. „Sie haben uns schon eine Frage beantwortet. Ich glaube, das beste wird sein, wenn Sie jetzt wieder schlafen. Gehen Sie nicht fort, ich schicke Ihnen die Schwester vorbei."

Seine Stimme war tief und selbstbewußt, mit der Andeutung eines West-Yorkshire-Akzents. Er verschwand aus meinem Blickfeld – ich konnte auf dem linken Auge nichts sehen –, und ich hörte das Quietschen seiner schweren Lederschuhe, als er das Zimmer verließ. Eine Minute später schob eine Schwester in blauer Uniform eine Nadel in meine Vene, und ich tauchte wieder in der Versenkung unter. Während ich in die Dunkelheit sank, wunderte ich mich noch, warum man einen Polizeibeamten zu meiner Bewachung abgestellt hatte. Ich bin vielleicht bekannt, aber ich bin ganz bestimmt keine Berühmtheit.

Als ich bewußtlos wurde, wollte ich noch nach Leo fragen, aber ich hatte zu lange gewartet.

Endlich das dritte Mal. Es ging mir besser, als ich erwachte, und ich wußte das. Der allgegenwärtige Schmerz hatte sich in die unterschiedlichsten Schmerzen an den verschiedensten Stellen geteilt, aber das Gefühl, von meinem Körper losgelöst zu sein, war nicht mehr so stark. In meinem Kopf brummte und drehte es sich immer noch, aber wenigstens fühlte er sich an wie ein Kopf und nicht mehr wie Blumenkohl. Ich hatte einen merkwürdigen Traum aus meiner Kindheit gehabt, noch vor der Zeit, als Leo und ich uns trafen. Die vertrauten Bilder von Middlesbrough und Stockton, wo ich aufgewachsen war, wechselten mit Bildern von fremden Stränden, Palmen und breiten Freeways ab, und je mehr ich versuchte, mich zu konzentrieren, desto mehr mischten und überlagerten sich die Bilder.

Schließlich gelang es mir, meine Augen zu öffnen, nur um denselben fetten Mann zu sehen, der vor mir saß und mich anstarrte. Er hatte ein großes Taschenmesser aus seiner Tasche gezogen und öffnete es, als ich ihn zum erstenmal anblinzelte. Er steckte das Messer wieder ein und verließ leise den Raum, nur von seinen quietschenden Ledersohlen verraten. Als die Schwester kam, um mein Bett hochzukurbeln, drehte ich den Kopf und sah sie an.

„Was ist los?" Meine Stimme klang immer noch brüchig, aber immerhin gehorchte sie mir wieder. „Warum muß ich von einem Polizisten bewacht werden?"

Sie schaute besorgt, schüttelte den Kopf und schlüpfte dann aus dem Zimmer, ohne mir eine Antwort zu geben. Ich hörte ihre Stimme auf dem Gang.

„Ich fürchte, es gibt ein Problem – noch eines. Er ist jetzt wach, aber er phantasiert. Er behauptet, daß er von Polizisten bewacht würde."

„Ich komme sofort", antwortete eine tiefe Stimme. „Das klingt nicht gut, aber alle anderen Anzeichen sind positiv."

Es war wieder mein fetter Freund. Die Schwester flüsterte ihm noch etwas zu, was ich nicht verstehen konnte, dann tauchte er wieder grinsend in meinem beschränkten Gesichtsfeld auf. Die Schwester stand hinter ihm, eine schwere, dunkelhaarige Frau mit Sorgenfalten auf ihrer Stirn. Sie blickte mich vorwurfsvoll an.

„Er hat es gesagt", wiederholte sie. „Ich bin mir vollkommen sicher." Dann, zu mir: „Was wollten Sie mir über diesen Polizisten erzählen?"

Mein linker Arm schien sich zu weigern, als ich ihn benützen wollte. Obwohl mein rechter Arm in einem Gewirr von Schläuchen und Monitordrähten hing, gelang es mir, ihn weit genug anzuheben, um auf den Mann zu deuten.

„Er", sagte ich. „Der Polizist. Warum bewacht er mich?"

Sie legte die Hand auf ihren Mund, und ihre Augen weiteten sich. Die Sorgenfalten verschwanden.

„Ooh", sagte sie. „Sir Westcott." Und ohne ein weiteres Wort von mir abzuwarten, lief sie aus dem Zimmer.

Der fette Mann zog einen Stuhl an meine Bettseite und ließ sich mit einem kurzen Schnauben darauf nieder.

„Sie kommt gleich zurück." Er blickte finster. „Sie lacht sich draußen kaputt, wie ich sie kenne. Vielleicht ist es langsam an der Zeit, daß ich mich vorstelle. Ich bin Westcott Shaw. Ich habe Sie operiert, nachdem man Sie bei uns eingeliefert hatte."

Ich betrachtete die Hand, die auf der Stuhllehne ruhte – die Finger wirkten wie fette Würstchen. Wenn er damit in meinen empfindlichen Innereien herumgewühlt hatte . . .

„Wo bin ich? Wie geht es meinem Bruder Leo? Und wie lange liege ich hier schon?"

„Eines nach dem anderen, wir wollen nichts übereilen. Sie befinden sich im Queen's-Krankenhaus, ganz in der Nähe von Reading. Morgen sind Sie vier Wochen hier."

Das war ein Schock. Vier Wochen, und in dieser Zeit war ich insgesamt fünf Minuten bei – nicht einmal klarem – Bewußtsein gewesen.

„Was ist mit Leo? Liegt er auch hier? Ist er in Ordnung?" Die Fragen sprudelten hervor, ohne daß ich es hätte verhindern können.

„Er ist nicht in Ordnung." Er bemerkte meinen Gesichtsausdruck. „Aber das ist viel komplizierter, als Sie es sich vorstellen. Ich will heute nicht darüber reden, aber ich verspreche Ihnen, daß ich Ihnen alles erkläre, wenn Sie das nächstemal aufwachen." Er überprüfte die Katheter, die Infusionsschläuche, die Sensoren und Kabel, die sich von meinem Körper zu den verschiedenen Infusionsflaschen, Urinalen und Monitoren schlängelten. „Ich glaube, wir können jetzt ein paar davon abnehmen. Sie erholen sich schneller, als ich zu hoffen gewagt habe. Tess wird sich heute nachmittag darum kümmern. Haben Sie starke Schmerzen?"

„Sehr starke."

„Das glaube ich gerne. Sie waren ziemlich arg zugerichtet. Ich kann Ihnen ein Beruhigungsmittel geben, wenn Sie wollen, aber wenn Sie noch eine halbe Stunde wach bleiben können, könnten Sie etwas für mich tun."

„Ich werde es versuchen. Aber es darf nicht zu schwer sein. Mein Gehirn fühlt sich an wie in Watte gepackt."

„Es dürfte nicht zu schwierig sein. Ich möchte, daß Sie über Ihre Kindheit nachdenken, über Ihr Leben vor dem Unfall. Lassen Sie Ihren Gedanken freien Lauf, aber versuchen Sie auch, sich an Details zu erinnern. Machen Sie sich keine Sorgen, daß Sie etwas wieder vergessen könnten oder daß Sie sich etwas notieren möchten. Lassen Sie sich treiben." Er stand auf. „Ich weiß, daß das seltsam klingt, aber es ist wichtig für Ihre Behandlung und für Ihre Genesung."

Er beugte sich über mich und blickte direkt in mein Gesicht. „Sie machen sich gut. Können Sie schon etwas auf dem linken Auge sehen? Schließen Sie Ihre Augen abwechselnd, und versuchen Sie, auf meinen Finger zu blicken."

Wurst – keine Wurst – Wurst – keine Wurst.

„Nein. Mit dem rechten Auge habe ich keine Schwierigkeiten, aber was ist mit dem linken?"

„Nichts. Sie werden bald wieder normal sehen können. Haben Sie Geduld."

Er war verschwunden, bevor ich noch etwas fragen konnte, und ich hörte wieder das vertraute Quietschen – jemand sollte ihn einmal darauf hinweisen, daß er Öl brauchte. Ich schloß meine Augen wieder und fühlte mich apathisch. Warum konnte ich auf meinem linken Auge nichts sehen? Es war nicht verletzt worden, dessen war ich mir sicher – ich hatte kurz nach dem Unfall noch deutlich sehen können. Was war geschehen, während sie mich hierhergebracht hatten? Und was war mit Leo passiert? Ich konnte mir nicht erklären, warum der Arzt mit mir nicht über ihn sprechen wollte.

Eine oder zwei Minuten später hörte ich die Schwester neben mir, die leise mit sich selbst sprach. „Ich habe es gewußt, ich habe gewußt, daß es ihn aufregen wird. Der Puls ist wieder oben, und der Blutdruck auch. Ich habe ihm gesagt, daß er noch ein paar Tage warten soll!"

Sie bemerkte, daß ich meine Augen geöffnet hatte und sie leidend anschaute. Sie schüttelte den Kopf.

„Wirklich, ein Polizist." Sie lächelte, die Sorgenfalten verschwanden wieder, und plötzlich war sie sehr attraktiv. „Ich mußte rausgehen, als Sie das sagten."

„Sind Sie Tess?"

„Für Sie Schwester Thompson." (Aber ihr Lächeln nahm der Antwort die Schärfe.) „Ich weiß, wie Sie sich gefühlt haben müssen. Als ich Sir Westcott zum erstenmal begegnete, dachte ich, er würde das Fleisch in der Küche abliefern. Ein Polizist – das ist neu. Wie sind Sie darauf gekommen?"

„Es war sein Fehler. Er sagte, er würde mich bewachen."

„Er hat damit gemeint, daß er Sie im Auge behält – Sie sind sein Vorzeigepatient." Sie hatte inzwischen alle Monitore überprüft und schien mit dem Ergebnis zufrieden zu sein.

„Tess, was ist mit mir passiert?"

„Schwester Thompson." Sie biß sich auf die Unterlippe. „Ich sollte nicht darüber sprechen, das sollte ich wirklich nicht. Aber Sie werden schon wieder – Sie haben den besten Arzt, den Sie überhaupt bekommen konnten. Es war ein ziemlich böser Unfall." Sie wandte den Kopf um und sah mir direkt ins Gesicht, prüfend. „Ich werde Ihnen die Katheter später abnehmen, ich glaube nicht, daß Sie das mitbekommen. Ich weiß, daß Sie Schmerzen haben, aber Sir Westcott hat mir aufgetragen, ich solle Ihnen nichts geben, solange Sie es ertragen können. Möchten Sie noch ein paar Minuten wach bleiben?"

„Wenn Sie hierbleiben und meine Hand halten." Noch während ich das sagte, wunderte ich mich über mich selbst. Ich würde nie so etwas sagen – vor allem, wenn ich mein Versprechen nicht einmal halten konnte. Ich mußte schwerer verletzt sein, als ich geglaubt hatte.

Sie lächelte nur. „Ich bin in zwanzig Minuten wieder da. Es ist immer ein gutes Zeichen, wenn ein Patient frech wird. Rufen Sie, falls Sie mich früher brauchen sollten."

Ich ließ mich zurücksinken und schloß wieder die Augen, um meine Schmerzen einmal systematisch durchzugehen. Am schlimmsten waren das rechte Bein, die Rippen und der Kopf, dicht gefolgt von Magen und Hals. Sie alle kämpften um meine ganze Aufmerksamkeit. Es war nicht gerade der ideale Augenblick, um sich an seine Jugend zu erinnern oder an überhaupt etwas zu denken; aber wenn es meiner Heilung half, würde ich es jedenfalls versuchen.

Unter Drogen zu stehen hindert niemanden daran, sich an seine Kindheit zu erinnern; ich würde sogar sagen, daß es dabei hilft. In den nächsten vierundzwanzig Stunden, unterbrochen von schlafmittelgefördertem Schlaf, versuchte ich, Sir Westcotts Bitte zu erfüllen und mich zu meinen frühesten Kindheitserinnerungen vorzuarbeiten. Ich glaubte ihm, daß diese Übung wertvoll für mich war und daß die Reihenfolge der Erinnerungen nicht wichtig war.

Ich schätze, daß ich an meinem dritten Geburtstag bereits wußte, daß ich ein „Zwilling" war und daß mich das zu etwas Besonderem machte. Es war nicht fair. Ich kannte meinen Zwillingsbruder nicht, Onkel Fred und Tante Dora aber schon. Sie sprachen über ihn und über mich, wenn sie glaubten, daß ich schlief oder fernsah.

„Es ist nicht richtig, sie so getrennt aufwachsen zu lassen", sagte dann Onkel Fred. „Sie müssen sich kennenlernen. Wir sollten ihn einmal zu Leo schicken."

„Sei kein Dummkopf, Fred. Wir haben kein Geld für so eine Reise, und du weißt das."

„Na ja, vielleicht könnte Tom Leo in den Ferien zu uns schicken."

„Es ist eine lange Reise von dort drüben. Es kostet zuviel."

Mit sechs Jahren wußte ich, daß mit „dort drüben" Los Angeles gemeint war, ein Ort, der so weit entfernt war wie der Mond. Weiter – den Mond konnte ich wenigstens sehen. In gewisser Weise waren Leo und ich echte Mondkinder. Wir wurden am vierten Oktober 1957 geboren, an dem Tag, an dem der Sputnik gestartet wurde und das Raumzeitalter begann; und zwölf Jahre später sahen wir zusammen, wie Apollo XI landete.

Als wir ein Jahr alt waren, wurden Mutter und Vater getötet. Sie waren nach Leeds gefahren, nur zum Einkaufen, und sie waren zum Abendessen dortgeblieben. Um sieben Uhr abends geriet ein schwerer Lastwagen mitten im Ort außer Kontrolle und raste in das Fenster eines Restaurants. Vierzehn Menschen wurden getötet. Mutter und Vater saßen an einem Tisch am Fenster und waren sofort tot. Das war eine Tatsache, die unser Leben für immer verändern sollte.

Mein großer Bruder Leo wurde von Mutters Bruder und seiner Frau, Tom und Ellen Foss, aufgenommen. 1959 verlor Tom seine Stelle bei Marconi und bekam dafür eine andere bei Standard Oil in La Habra, Kalifornien. Leo und ich, beide zwei Jahre alt, trafen uns zum letztenmal im Dezember 1959. Später behaupteten wir beide, uns daran zu erinnern, aber ich glaube, wir rekonstruierten diese Erinnerung nur aus den Erzählungen anderer.

Ich blieb in Middlesbrough; bei Vaters Bruder Fred und Tante Dora. Sie selbst konnten keine Kinder bekommen. Es dauerte viele Jahre, bis ich begriff, daß ihr Leben durch den Tod meiner Eltern, den sie, wenn es nur möglich gewesen wäre, um alles in der Welt verhindert hätten, bereichert wurde und einen neuen Sinn bekam.

Meine früheste Erinnerung, die mir klar im Gedächtnis blieb, ist Weihnachten, als ich vier Jahre alt war. Wir wurden aus Amerika angerufen, und ich sprach mit Leo. Ich war unglaublich aufgeregt, als man mir erklärte, daß mein Zwillingsbruder am Telefon sei, und unglaublich enttäuscht, als er nur Dinge redete, die ich selbst auch hätte sagen können.

Danach wurden die Erinnerungen häufiger. Als ich im Krankenhaus in Reading lag, versuchte ich, mich in der zeitlich richtigen Reihenfolge vorzuarbeiten, aber das war hoffnungslos. Entweder war ich zu krank, oder die Drogen und der Unfallschock beeinflußten mein Erinnerungsvermögen. Anstatt der ruhigen Jahre in Middlesbrough, die ich zuerst an der Grundschule, dann an der Oberschule verbrachte, erschien ein verzerrtes, surrealistisches Bild vor meinen Augen. Das kalte Vorzimmer, wo ich auf dem schwarzen Klavier geübt hatte, war da, aber die nur zu Weihnachten benützten Möbel mit ihren fadenscheinigen Bezügen hatten sich in moderne, niedrige Sessel und Couches mit fröhlich gemusterten Polstern verwandelt, die in grellerem Sonnenlicht standen, als es die nordenglische Sonne jemals zuwege gebracht hätte. Meine Klaviervorträge in der Schule und später im Gemeindesaal waren mir noch deutlich in Erinnerung; nur die Zuhörerschaft hatte sich geändert. Das Publikum bestand jetzt aus schlanken, braungebrannten Mädchen mit langen Haaren und makellosen Zähnen. Sie waren laut und fröhlich und drängten sich um die Bühne, während ich mit einer Mozartsonate kämpfte.

Ich lag schwitzend in meinem Krankenbett, strampelte und

wälzte mich und quälte mich durch meine Erinnerungen, bis schließlich die Nachtschwester auftauchte und mir eine Injektion gab, damit ich endlich in festen Schlaf hinübersank.

Am nächsten Morgen konnte ich der Versuchung, es noch einmal zu versuchen, nicht widerstehen, so wie man an einer halb verheilten Narbe herumkratzen muß, wenn man sie erst einmal entdeckt hat. Die Erinnerungen kamen leichter von dem ersten richtigen Treffen mit Leo an zutage – das heißt, die erste Begegnung, bei der wir unsere Beziehung zueinander überhaupt verstehen konnten.

Damals waren wir fast zwölf Jahre alt. Ein medizinischer Kongreß tagte in Edinburgh, und eines seiner Hauptthemen waren die psychologischen und physiologischen Unterschiede getrennt aufgewachsener Zwillinge. Onkel Fred hatte damals die beste Idee seines ganzen Lebens. Auf seinen Vorschlag hin arrangierte das Kongreßkomitee ein Treffen zwischen Leo und mir, in dessen Verlauf wir einige Tage lang getestet und ausgefragt wurden. Alle unsere Ausgaben wurden uns erstattet.

Mein Minderwertigkeitskomplex begann sich wahrscheinlich bei diesem Treffen zu entwickeln. Ich war allein in einem Haus ohne andere Kinder aufgewachsen, hatte mich daran gewöhnt, meine Zeit alleine zu verbringen, und war menschenscheu. Meine öffentlichen Auftritte zählten nicht, denn da hatte ich es mit einer anonymen und gesichtslosen Masse zu tun. Leo war mir gegenüber im Vorteil. Tom und Ellen Foss hatten bereits ein Kind, als sie Leo adoptierten, und ein Jahr später bekamen sie noch eine Tochter. Leo wuchs in einem, so schien es mir damals, lauten, chaotischen Haushalt auf, voll von amerikanischen Nymphchen, die kamen, um seine Schwester zu besuchen. Auf dem Kongreß in Edinburgh traf ich auf eine entspannte, braungebrannte Version meiner selbst, ein bißchen größer und schwerer als ich (das war dem amerikanischen Essen und den vielen Vitaminen zu verdanken), weitaus selbstbewußter und mit einem ausgeprägten Gespür für Konversation, das es ihm ermöglichte, sich mit jedem Mädchen, das ihm gefiel, zu treffen und es zu beeindrucken. Ich beobachtete ihn und versuchte, ihn zu imitieren, aber es bestand kein Zweifel daran, daß er der Glücklichere auf dem Gebiet war.

Trotzdem gefiel es uns beiden ausgezeichnet in Edinburgh.

Sogar die Tests machten Spaß. Wir hatten denselben IQ, der sich aber auf verschiedenen Gebieten äußerte.

Unser Erinnerungsvermögen war annähernd gleich, aber ich kannte mehr englische Worte. Dafür waren die Kreuzworträtsel verantwortlich – die einzige Zeitung, die Onkel Fred las, war der *Observer*, und so verbiß ich mich in die Kreuzworträtsel darin.

Trotz meiner Wortgewandtheit war es Leo, der sich mehr für Sprachen interessierte und auch leichter lernte. Durch meine Konzertreisen habe ich es immerhin so weit gebracht, daß ich in sechs verschiedenen Sprachen nach dem Weg zum Flughafen fragen (und manchmal sogar die Antwort verstehen) kann. Aber Leo war wirklich begabt, und mit fünfundzwanzig beherrschte er fünf verschiedene Sprachen fließend und konnte sich in drei oder vier weiteren notdürftig verständigen.

Als der Kongreß beendet war, hatten wir noch ein paar Stunden für uns, bevor wir den Zug nach Middlesbrough nehmen mußten. Wir brauchten gar nicht länger zusammenzusitzen und uns zu unterhalten – wir wußten schon längst, daß wir besser zusammenpaßten als jedes andere Paar auf der Welt. Also machten wir uns ans Essen. Ich machte Leo zuerst mit *Fish and Chips* mit Salz und Essig und dann mit *Knickerbockerglories* bekannt, einem Becher mit fünf verschiedenen Eissorten, Ananas, Sahne, Erdbeersauce, Schokoladenflocken und gehackten Nüssen. Er behauptete, er könne zwei davon essen. Ich auch.

Als wir im Zug nach Middlesbrough saßen, übergab ich mich auf der einen Seite aus dem Fenster, Leo auf der anderen. Zwei Tage später sahen wir uns gemeinsam in Tante Doras Schwarzweißfernseher in ihrem Schlafzimmer die erste Mondlandung an. Am selben Nachmittag fochten wir unseren ersten Streit aus.

Ich wollte mich noch an die Details dieser Auseinandersetzung erinnern, aber ich schlief darüber ein. Als ich wieder erwachte, saß Sir Westcott Shaw auf seinem Lieblingsplatz am Fußende meines Bettes.

Er hielt zwei Äpfel in einer Hand (aß er denn eigentlich nichts anderes?) und nickte mir liebenswürdig zu, als er sah, daß ich meine Augen geöffnet hatte.

„Wie fühlen Sie sich?“

„Schrecklich." Meine Rippen folterten mich nach besten Kräften, unterstützt von meinem rechten Bein.

„Sehr gut. Das habe ich erwartet. Ich habe die Dosis Ihrer Schmerzmittel auf die Hälfte gesenkt."

„Zu freundlich."

„Ich dachte, Sie sollten heute so aufnahmefähig wie nur möglich sein."

„Wie geht es Leo?"

„Wenn Sie mir eine Minute Zeit widmen, werde ich es Ihnen erklären. Aber zuerst möchte ich Ihnen ein paar Fragen stellen. In Ordnung?"

„Wenn Sie meinen." Ich gab mir keine Mühe, meine Ungeduld vor ihm zu verbergen.

Er beugte sich vor, hob einen Notizblock auf, der neben seinen Füßen am Boden lag, und angelte dann einen Bleistiftstummel aus der Innentasche seines Jacketts. Ich schaute wieder auf die schweren Schuhe und die wulstigen Bananenfinger.

„Sind Sie sich sicher, daß Sie Arzt und kein Polizist sind?"

Er sah mich freundlich an. „Die Schmerzen sind ziemlich stark, nicht wahr? Ich werde es so kurz wie möglich machen, dann geben wir Ihnen wieder eine Spritze. Ich fange mit dem Leichtesten an. Wie heißen Sie?"

„Immer noch Lionel Salkind."

„Gut. Das klingt schon wesentlich besser als vor einer Woche. Wie alt sind Sie?"

„Zweiunddreißig – es sei denn, ich liege hier schon seit ein paar Monaten, und niemand verrät es mir."

„Nein, nein. Ich möchte, daß Sie nachdenken, bevor Sie meine nächste Frage beantworten. Ich weiß, daß Ihr Schädel dröhnt und daß Sie bis unter die Haarwurzeln mit Drogen vollgepumpt sind. Aber sagen Sie mir trotzdem, fühlt sich Ihr Kopf normal an?"

Ich versuchte es. Nein. Meine Gedanken liefen in den aberwitzigsten, zufälligsten Bahnen, schweiften von der Frage ab, um irgendwann, wenn es ihnen gefiel, zurückzukommen. Ich mußte mich auf jedes seiner Worte konzentrieren, und zum erstenmal wurde mir bewußt, daß das seit meinem Unfall so war.

„Nein", sagte ich schließlich. „Es ist anders."

„Das überrascht mich überhaupt nicht. Glauben Sie, daß Sie

es mir genauer beschreiben könnten – daß Sie mehr dazu sagen könnten als ‚anders'?"

„Es ist, als ob ich nach langer Zeit wieder einmal französisch oder deutsch sprechen würde. Ich muß mir erst überlegen, was ich sagen will, und dann nach den richtigen Worten suchen. Und wenn Sie reden, muß ich Ihnen sehr genau zuhören, wenn ich verstehen will, was Sie sagen."

„Das haben Sie gut ausgedrückt." Er schielte kurz auf seinen Notizblock und steckte sich dann den Bleistiftstummel hinter sein Ohr. „Noch eine Frage, dann werde ich sprechen. Können Sie sich an den Unfall erinnern? Lassen Sie sich Zeit, und erzählen Sie dann, wie es Ihnen in den Sinn kommt."

Es war schwer, darauf eine Antwort zu finden. Solange ich nicht versuchte, mich genau zu erinnern, schien meine Erinnerung klar zu sein. Aber wenn ich konzentriert nachdachte, verwirrten und verwischten sich die Ereignisse. Es war, als würde ich auf einen weit entfernten Stern blicken. Solange man nicht direkt darauf sieht, erkennt man ihn in der Peripherie. Aber wenn man ihm dann wirklich seine Aufmerksamkeit zuwendet, verschwindet er.

Er zeigte kein Zeichen von Ungeduld, während ich mir meinen geistigen Kampf lieferte, aber als ich schließlich zu sprechen begann, beugte er sich interessiert vor und nickte mir immer wieder zu. Er sagte nichts, bis ich die beiden Männer beschrieb, die sich dem Wrack genähert und mich und Leo durchsucht hatten, dann schüttelte er den Kopf und lehnte sich mit unglücklicher Miene zurück.

„Das macht mir Sorgen. Das klingt von Anfang bis Ende wie reine Einbildung. Ich hatte gehofft, das würde uns erspart bleiben."

„Es ist keine Einbildung. Ich kann mich klar daran erinnern, und genauso war es auch."

Er zuckte mit den Schultern. „Ich bin überzeugt, daß Sie sich so daran erinnern. Aber im Protokoll steht etwas anderes. Die ersten Menschen am Unfallort waren ein paar Farmer, die gesehen hatten, wie der Helikopter abstürzte. Sie haben Sie nicht durchsucht, sondern sofort hier eingeliefert. Das war auch das einzig Richtige. Eine halbe Stunde später, und wir hätten nichts mehr für Sie tun können. Sie waren dicht dran."

„Aber ich sage Ihnen doch, so war es und nicht anders. Wir wurden durchsucht."

„Ich will mich nicht mit Ihnen streiten – wir können später noch darüber reden. Ich habe Ihnen einige Erklärungen für heute versprochen, und ich glaube, Sie sind stark genug, um damit fertig zu werden. Aber das wird ein paar Minuten in Anspruch nehmen. Unterbrechen Sie mich, wenn es Ihnen zuviel wird oder wenn Sie mir nicht mehr folgen können. Ansonsten lassen Sie mich sprechen."

Er zog einen Schnellhefter hervor – er hatte darauf gesessen –, öffnete ihn und begann, mit flacher, betonungsloser Stimme zu lesen. Der Anfang war schon unangenehm genug: die Liste meiner Verletzungen, mit denen man mich in die Notaufnahme des Queen's-Krankenhauses in Reading gebracht hatte.

„Lionel Salkind, britischer Staatsbürger. Zerquetschter rechter Unterschenkel; Bruch von Tibia und Fribula, komplizierte Fraktur; gebrochene Kniescheibe; zerquetschtes Fußgelenk, zerquetschtes Kahnbein, gebrochener Mittelfuß. Gebrochener Oberschenkel, komplizierte Fraktur, mit gerissenem Streckmuskel. Zerquetschter rechter Hoden und Epididymis. Gebrochene achte, neunte, zehnte und elfte Rippe, durchstoßenes Rippenfell, durchstoßene Lunge. Beschädigte Milz. Beschädigte rechte Niere und durchtrennte Nierenarterie."

Ich hatte mich schon krank gefühlt, bevor Sir Westcott zu lesen begonnen hatte; jetzt fühlte ich mich wirklich elend.

„Hören Sie auf damit", bat ich ihn, als er keine Anstalten machte, seinen Monolog abzubrechen. „Sagen Sie mir, was Sie dagegen tun können."

Er winkte ab, ohne mich überhaupt anzusehen. „Ich fasse mich so kurz wie möglich. Es sind hier noch eine Menge Details aufgeführt, die Sie nicht zu interessieren brauchen. Ich komme gleich zum Wesentlichen. Hier: Kopfverletzungen. Zerquetschtes rechtes Mittel- und Innenohr, durchtrennte Nebenhöhle. Zerquetschtes rechtes Mastoid, Sphenoid, Schläfen- und Hinterkopfknochen mit Knochenpartikeln im rechten vorderen sowie im Schläfen- und Scheitelhirnlappen. Zerquetschter Cuneus und Präcuneus. Die rechte Großhirnrinde weist zahlreiche Läsionen und zirka fünfzig Prozent Gewebezerstörung auf." Er räusperte sich. „Prognose: Exitus."

Dann sah er mich an, um meine Reaktion zu beobachten. Ich konnte nicht antworten, nur die Pointe eines alten Witzes lag mir auf der Zunge. „Und was geschah dann, Bill?" – „Was sollte schon geschehen? Ich starb natürlich."

„Prognose: Exitus."

Wenn man nach einem Ausspruch sucht, der garantiert jeden in den Wahnsinn treibt, dann sollte man an diesen denken.

Ich kicherte hysterisch. „Was erzählen Sie mir da? Daß ich gestorben und jetzt in der Hölle bin?"

„Nicht ganz. Lassen Sie mich zum Ende kommen."

Er zog ein neues Papier aus seinem Hefter. „Ihr Bruder. Leo Foss. Amerikanischer Staatsbürger. Gebrochenes Becken. Gebrochener Unterkiefer, gebrochener Oberarm. Beschädigte und zerquetschte Leber, durchbohrte Bauchspeicheldrüse, durchbohrter Magen. Zersplitterte Wirbelsäule, zerquetschter Lendenwirbel, zerquetschtes Brustbein und zersplitterte Halswirbel, zerquetschtes Rückenmark, durchtrennter Rückenmarksnerv im Halsbereich." Er sah auf zu mir. „Das ist längst nicht alles, aber es deutet alles auf denselben Schluß hin. Prognose: Exitus. Aus zehn verschiedenen Gründen."

Jetzt legte er seinen Hefter weg, zog einen Apfel aus seiner Tasche und angelte wieder nach seinem Taschenmesser. Wollte er etwa jetzt anfangen zu essen und Leo und mich hier liegenlassen, den sicheren Tod im Genick? Während er sein Nachmittagsvesper hielt?

„Sehen Sie", begann er wieder – er öffnete jetzt bedächtig sein Messer. „Ich wußte, daß ich nur fünf Minuten hatte, um ein Problem zu lösen. Fünf Minuten, nachdem man Sie in das Krankenhaus eingeliefert hatte. Ich hätte Ihr gebrochenes Bein heilen können, zumindest notdürftig. Sie hätten nicht auf diesem Gelenk stehen können, aber ich hätte das Bein ohnehin unterhalb des Knies abgenommen. Und ich hätte es mit Ihren Lungen und Ihren Rippen versuchen können. Sie hätten mit einer Niere und einem Ohr leben müssen, aber das tun viele Menschen, und manche nicht einmal schlecht. Nur Ihre engsten Freunde hätten jemals erfahren, daß Sie nur einen Hoden besitzen, das machte mir also auch keine Sorgen. Sehen Sie das Problem? Es waren der zerschmetterte Schädel und die beschädigten Hirnlappen. Die rechte Seite, vom Ohr an, war ein einziger Matsch. Alles zerquetscht und kaputt, zu nichts mehr nütze. Ich hätte Sie ein paar Wochen lang am Leben erhalten können, aber das wäre auch schon alles gewesen."

„Seit dem Unfall ist ein Monat vergangen, und ich bin immer noch am Leben."

„Am Leben, und Sie erholen sich sogar. Sie waren in guter physischer Verfassung vor dem Absturz, ansonsten hätten Sie den Eingriff wahrscheinlich nicht überstanden. Aber mein zweites Problem war Leo, Ihr Bruder. Er war noch schwerer verletzt als Sie. Sein Rückgrat war verletzt, und er hatte schwere innere Blutungen, und er lag im Sterben, bevor wir ihn überhaupt in den Operationssaal gebracht haben. Ich mußte eine Entscheidung fällen."

Er machte eine kleine Pause, und plötzlich wußte ich, was jetzt kommen würde. Mir wurde übel. „Sie haben Leo umgebracht!"

„Nein." Er seufzte. „Der Unfall hat ihn getötet. Ich habe Sie gerettet."

„Leo ist tot. Das haben Sie mir verschwiegen." Ich zitterte.

„Weil es nicht wahr ist. Seien Sie ruhig, und hören Sie mir zu!" Er blickte mich zornig an. „Ihr Bruder war ein hoffnungsloser Fall, absolut hoffnungslos. Und Sie waren schwerst verletzt. Ich hatte eine Entscheidung zu fällen, und die Entscheidung war nicht schwer. Rette einen, oder rette keinen."

Ich schloß die Augen. „Also haben Sie Leo getötet, um mich zu retten."

„Das habe ich nicht, Sie Esel! Warum halten Sie nicht endlich den Mund und hören mir zu? Es gibt bei identischen Zwillingen keine Probleme mit der Organverträglichkeit. Und seit Madrills Arbeit von 1985 ist die Erfolgsquote bei der Nervenregeneration jedes Jahr angestiegen. Ich habe zuerst das Ungefährlichste in Angriff genommen. Sie haben Leos rechtes Bein, seine rechte Niere, sein rechtes Innenohr und ein Knochenstück aus seinen Rippen. Das war gute alte Handwerksarbeit, und wir wissen, daß keine Komplikationen entstehen werden. Sobald die Nervenregeneration abgeschlossen ist, werden Sie sie wieder benützen können. Das Schwierigste kam danach."

Er nahm das Messer und teilte den Apfel in seiner Hand in

zwei saubere Hälften. „Wenn ich mich ungenau ausdrücken darf, dann würde ich sagen, Sie starben genauso wie Leo."

„Ich bin hier, und er nicht."

„Seien Sie sich nicht zu sicher. Stellen Sie sich vor, dieser Apfel sei Ihr Gehirn, und diese beiden Hälften sind die beiden Hemisphären. Zuerst habe ich mit dem Gedanken gespielt, Leos ganzes Gehirn in Ihren Schädel zu verpflanzen – eine volle Transplantation. Aber das hat bisher noch niemand geschafft, und die Chancen waren mir zu gering. Es war besser, nicht ganz so ehrgeizig zu sein. Sie haben große Teile der drei Gehirnlappen verloren, aber das Stammhirn und das Kleinhirn waren noch intakt. Ihre rechte Hemisphäre sah so aus, wenn wir die beschädigten Teile nicht berücksichtigen."

Er machte ein paar flüchtige Schnitzer mit seinem Taschenmesser, und kleine Apfelteile fielen in seine Hand. Er betrachtete sie ein paar Sekunden lang nachdenklich, dann stopfte er sie sich in den Mund und aß sie.

„Sehen Sie?" fragte er mit vollem Mund. „Sie haben den größten Teil einer Hemisphäre verloren, aber was Ihnen noch geblieben war, war unbeschädigt. Es gibt Menschen, die mit beinahe so schweren Kopfverletzungen überlebt haben, ohne daß ihnen jemand eine Hirnhälfte gespendet hätte. Sie sind gestorben, aber nicht völlig, wenn ich mich so ausdrücken darf. Und wenn ich Teile aus Leos Gehirn entnehmen würde, um damit die drei verlorenen Hirnlappen zu ersetzen, standen Ihre Chancen gar nicht so schlecht. Ich konnte auch Segmente aus seinem unverletzten Schädel verwenden, um sie in Ihren Schädel einzusetzen. Und genauso habe ich es gemacht."

Er schien zufrieden mit sich zu sein. „Und es hat funktioniert – verdammt gut funktioniert sogar! Sie erholen sich schneller, als ich es für möglich gehalten hätte."

„Aber Leo ist tot. Ich fühle mich nicht halb wie Leo und halb wie ich selbst. Ich bin Lionel Salkind."

„Das haben Sie mir schon erklärt. Ich habe Sie danach gefragt, als Sie das erstemal wach wurden. Aber das beweist nur, daß Sie das Sprachzentrum Ihres Gehirns unter Kontrolle haben. Das befindet sich in der linken Hemisphäre, und wir wissen, daß es sich dort befinden muß. Sie fühlen sich genau, wie Sie sich in diesem Stadium fühlen müssen. Kennen Sie den *Corpus callosum*?"

„Nein."

„Sie werden diesen Ausdruck für den Rest Ihres Lebens nicht mehr vergessen." Er drückte die beiden Apfelhälften zusammen und zog sie dann wieder auseinander. „Der *Corpus callosum* ist der Teil, der zwischen den beiden Hemisphären sitzt. Er ist eine Art Brücke zwischen den beiden Teilen, und *Pons* wäre eigentlich der richtige Name für ihn, denn das bedeutet auf lateinisch ‚Brücke'. Aber wir haben das zu spät erkannt, und so heißt ein anderer Teil des Gehirns *Pons*. Aber der *Corpus callosum* ist die eigentliche Brücke, denn durch ihn gehen alle Informationen, die von einer Hirnhälfte in die andere gelangen müssen. Natürlich spielt sich dort noch wesentlich mehr ab, aber dabei handelt es sich vor allem um chemische Vorgänge, die für Sie nur indirekt von Interesse sind. Um zum Schluß zu kommen: Ihnen fehlt im Augenblick der *Corpus callosum* zwischen Ihrer Hirnhälfte und Leos. Aber der wird sich, dank Madrills Arbeit, regenerieren."

„Wann?"

„Ah, jetzt sitze ich in der Falle. Vielleicht dauert es drei Monate, vielleicht ein paar Jahre. Und damit die Sache noch ein bißchen komplizierter wird, will ich Ihnen erklären, daß Ihre linke Körperhälfte von der rechten Hirnhälfte kontrolliert wird. Darum wollte ich auch wissen, ob Sie etwas auf dem linken Auge sehen. Daran könnten wir erkennen, wie schnell sich das Nervengewebe regeneriert. Immer noch nichts?"

Ich schloß mein rechtes Auge. „Nichts. Sagen Sie, wollen Sie eigentlich behaupten, daß Leo in gewisser Hinsicht immer noch lebt? Ich meine, wenn Sie mir seine Niere eingepflanzt hätten, würden Sie nicht behaupten, daß er noch am Leben ist, oder?"

„Natürlich nicht; aber die wenigsten Menschen denken mit ihrer Niere. Wenn Sie eine ehrliche Antwort wollen, ja, ich glaube, daß Leo Foss immer noch lebt und daß er in Ihrem Kopf lebt. Irgendwann – fragen Sie mich nicht, wann oder wo oder wie – werden sich meiner Meinung nach die beiden Hirnhälften wieder verbinden. Und was dann passieren wird, kann ich nicht vorhersagen."

Er drückte auf einen Knopf am Fußende meines Bettes. „Ich glaube, Sie haben jetzt genug Aufregung für einen Tag gehabt. Miß Thompson wird in einer oder zwei Minuten da sein und Ihnen eine Injektion geben. Wenn es Ihnen nichts ausmacht, werde ich noch ein wenig sitzen bleiben.“

Er überreichte der Schwester den kleingeschnittenen Apfel, als sie auftauchte, und zog einen zweiten aus seiner Tasche. Während sie meinen Blutdruck, den Puls und die Temperatur maß (ich vermutete, daß die Ergebnisse schlechter waren als heute morgen), schaute ich auf Sir Westcott und quälte mich mit der Vorstellung, wie diese ungeschlachten Metzgerfinger in meinen zarten Gehirnwindungen herumwühlten, sie zerschnitten, verbanden und vernähten.

Während ich ihn betrachtete, nahm Sir Westcott sein offenes Taschenmesser und begann geistesabwesend seinen Apfel zu schälen. Er sah nicht einmal hin, und seine Finger wirkten so ungelenk wie immer. Aber die Apfelschale trennte sich in einem wunderschönen, regelmäßigen Streifen vom Apfel, genau einen Zentimeter breit. Nirgendwo war ein Hauch von Grün auf dem Apfelfleisch zu sehen, und nirgendwo ein Zeichen von zuviel abgeschnittenem weißem Fleisch auf der grünen Spirale, die sich vom Apfel abschälte.

Als die Injektion zu wirken begann, war ich wenigstens eine Sorge los.

Kapitel 3

WIE SCHON Mark Hambourg bemerkt hat, muß ein professioneller Musiker drei Eigenschaften besitzen: erstens eine stählerne Gesundheit und zweitens und drittens auch. Das Leben eines darstellenden Künstlers ist hart, und niemand kann einem Kritiker klarmachen, daß ein Künstler nicht gut gespielt hat, weil er sich nicht wohl fühlte.

Gesundheit war für mich immer etwas Selbstverständliches gewesen, und ich war in meinem ganzen Leben nie ernsthaft krank. Das machte mich zu einem schlechten Patienten. Meine Rekonvaleszenz zerfiel in zwei Phasen: zuerst tödlich verletzt, dann tödlich gelangweilt. Langsam bekam ich meine linke

Körperhälfte wieder unter Kontrolle, aber niemand konnte mir sagen, wie lange der Prozeß eigentlich dauern würde. Die Operation, die Sir Westcott an mir vorgenommen hatte, war ein einmaliges Experiment gewesen – wie er erklärte, hatte er sie zuvor nur an Hunden durchgeführt, wo es viel öfter mehrere Welpen aus einem Wurf gab als beim Menschen.

Es mag lächerlich klingen, wenn ich behaupte, mich gelangweilt zu haben, obwohl ich lernen mußte, mit einem Körper zu leben und ihn zu kontrollieren, der noch mehr Flickwerk als das übliche menschliche Standardmodell war. Aber dieser Körper war mir eher eine unangenehme Belastung als wirklich Gegenstand meines Interesses. Nach sechs Wochen war ich auf den Beinen und konnte mich schon frei bewegen. Ich hatte sogar den klassischen Schritt der Rekonvaleszenz hinter mir – das Interesse für die Schwester. Tess Thompson wies meine unbeholfenen Annäherungsversuche zurück, ohne das Pulszählen dabei zu unterbrechen, und nahm sie für das gute Omen, das sie auch waren. Eine Woche später durfte ich mich bereits ungehindert im Krankenhaus bewegen. Obwohl es offensichtlich war, daß ich meinen Körper noch nicht beherrschte, wenn ich durch die Korridore humpelte, stolperte und strauchelte (meine Niere und meine Blase hatte ich immer noch nicht ganz unter Kontrolle), hatte ich Leos Gehirnsegment in meinem Kopf noch in keiner Weise wahrgenommen. Alles, was mir Sorgen bereitete, bezeichnete Sir Westcott als „vorhersehbar und irrelevant".

Vorhersehbar und irrelevant – eine typische Arztfloskel. Für mich bedeutete sie entsetzliche Kopfschmerzen, Schwindelanfälle, Übelkeit (er machte mein Ohr dafür verantwortlich, nicht mein Gehirn, aber dieser feine Unterschied brachte mir auch keine Erleichterung), Schlaflosigkeit, Niesanfälle, Sprachstörungen, Bettnässen, plötzliche und unbegründete Lethargie, unkontrollierbare Weinkrämpfe, Muskelspasmen und ein rollendes linkes Auge. Ich weiß nicht, woher mein linkes Auge seine Befehle erhielt, aber ich wußte nie, wohin es gerade schaute und warum, obwohl ich schon hin und wieder etwas damit sehen konnte.

Ich leierte den ganzen Katalog der Gebrechen und Beschwerden vor Sir Westcott herunter. Er verzehrte währenddessen einen Apfel und sagte schließlich: „Äußerst interessant."

Ich machte nur langsam weitere Fortschritte. Zwei Monate nach meinem ersten Gespräch mit Sir Westcott hätte ich die Wände hochgehen können. Ich war inzwischen so weit, daß ich durch das ganze Krankenhaus laufen konnte, ohne hinzufallen, mich zu verkrampfen oder naß zu machen. Daraufhin forderte ich (erbettelte wäre richtiger) einen freien Tag draußen.

Wohin wollen Sie gehen?

Ich hatte mit dieser Frage gerechnet. In den Zoo. Wohin sonst?

Wie ich schon früher erwähnt habe, ist es nur natürlich, anzunehmen, daß jemand, der öffentlich auftritt, extrovertiert und egozentrisch sein muß. Immerhin wird Applaus als die reinste Form von Selbstbestätigung betrachtet. Mir gefällt Applaus genauso gut wie jedem anderen, aber sobald ich nicht mehr auf der Bühne stand, hatte ich immer Schwierigkeiten, mit Menschen zusammenzusein oder mich unter lauter Fremden wohl zu fühlen. Leo war der Selbstbewußte und Gelassene. Ich fand mich immerzu in fremden Städten wieder, am Tag vor dem abendlichen Auftritt, allein und ohne jedes Ziel. Kinos begannen mich bald zu langweilen, und Museen, Pferderennen oder Hundeausstellungen waren noch nie nach meinem Geschmack.

Zoos waren da etwas anderes. Bevor ich zwanzig war, war ich bereits ein Kenner. Die meisten großen Städte besitzen einen Zoo oder zumindest ein Vogelhaus. Ich freute mich jedesmal auf die Pandas, wenn ich in Washington war, auf die Schneeleoparden in San Diego, die Giraffen in Whipsnade, die Gorillas in Riad, Springbockherden in Denver, Seelöwen in Sydney, Elefanten in Tokio, Löwen und Tiger in Santiago und Nilpferde in Montevideo und Berlin. Meine Lieblinge aber, wo ich mich auch aufhielt (und die Psychologen können daraus schließen, was sie wollen), waren die Schlangen und Reptilien.

Und wenn Sir Westcott mich für einen Tag beurlaubte, würde ich den neuen Londoner Zoo besuchen. Ich hatte ihm von meinem alten Hobby erzählt, aber ich verschwieg mein zweites Motiv. Mein zweites Motiv war Angst.

Sir Westcott hatte mir reichlich Material über das menschliche Hirn zu lesen gegeben, und ich hatte mich durch das meiste davon durchgekämpft. Es ist immer wieder überraschend, wie schnell man etwas lernen kann, wenn es einen persönlich betrifft. Einer der Punkte, auf die in jedem Beitrag hingewiesen wurde, war die Bedeutung der rechten Hirnhälfte für die Musik. Selbst wenn ich wieder vollständig gesund werden sollte – selbst wenn Leo und ich zu einer einzigen Persönlichkeit zusammenwachsen sollten –, war mir meine alte Karriere als Konzertpianist für immer verschlossen. Es würde mir vielleicht keine Schwierigkeiten bereiten, die Noten schnell genug zu lesen, aber das Gefühl war verschwunden, und keine noch so vollendete Technik würde es ersetzen können. Ich war gezeichnet.

Und was die Technik betrifft: Es gibt eine alte Anekdote, die man mir erzählte, als ich zehn Jahre alt war, und die Horowitz zugeschrieben wird; aber sie gehört schon so fest zum musikalischen Anekdotenrepertoire, daß sie auch von Rachmaninow oder Liszt oder jedem Pianisten seit Mozart oder Clementi stammen könnte. „Wenn ich einen Tag lang nicht übe, weiß ich es selbst; wenn ich zwei Tage lang nicht übe, wissen es alle anderen Pianisten; wenn ich drei Tage lang nicht übe, weiß es jedermann." Ich hatte seit drei Monaten kein Klavier mehr angerührt. Ich konnte aber nichts außer Klavierspielen. Was sollte ich von jetzt an tun?

Eine oder zwei Stunden lang hatte ich die Idee, Leos Job zu übernehmen – teilweise war ich ja dazu berechtigt. Aber das war nur ein Traum. Erstens war er vor dem Gesetz tot. Wenn zwei Menschen in ein Krankenhaus kommen und nur einer es wieder verläßt, dann mußte das Verbleiben des zweiten auf irgendeine logische Weise erklärt werden. Außerdem, was noch schlimmer war, ich hatte keine Ahnung, was Leo eigentlich getan hatte. Er reiste immer nur im Auftrag des US-Außenministeriums in der Welt herum – ein Jahr in Indien, ein Jahr in Afrika. Aber was er dort eigentlich machte, wußte ich nicht. Ich war für seine Arbeit ebenso ungeeignet wie er als Interpret von Brahms' Zweiter.

Und dann kam mir der Gedanke, daß ich vielleicht mein Hobby zu meinem Beruf machen könnte. Wenn ich mich tatsächlich weit genug erholen sollte, daß ich wieder auftreten konnte, gut. Wenn nicht, dann hatte ich mir in den letzten zehn Jahren mehr Kenntnisse über Schlangen und Reptilien angeeignet als die meisten Tierpfleger. Leo und ich waren beide mit einem ausgezeichneten Gedächtnis gesegnet. Vielleicht war mir das jetzt zu etwas nütze.

Sir Westcott wie auch Tess unterrichteten mich ausführlich über alle möglichen Vorsichtsmaßnahmen, bevor ich das Krankenhaus verlassen durfte. „Keine Aufregung", befahlen sie, „und keine Anstrengungen. Denken Sie immer daran, daß Sie sich noch in der Rekonvaleszenzphase befinden, und wenn Ihnen schwindlig wird, dann setzen Sie sich sofort, gleichgültig, wo Sie sind, und rufen Hilfe." Ich nickte schwach – ich wollte eigentlich nur aus dem Krankenhaus und meine eigenen Wege gehen.

Obwohl es draußen warm war, trug ich eine gestrickte Wollkappe. Ich würde lernen müssen, mit meiner Erscheinung zu leben. Die große, hagere Gestalt mit narbenübersätem Kopf, die sich Schritt für Schritt voranschleppte, erregte bestimmt einiges Aufsehen. Zwar zeigten sich schon die ersten schwarzen Stoppeln auf dem kahlen Schädel, aber es würde noch lange dauern, bis sie die Narben verdeckten. Mit meinem Aussehen konnte ich bestimmt keinen Preis gewinnen, außer vielleicht als „Vogelscheuche des Jahres".

Ich hatte diesen Zoo vor drei Jahren zum letztenmal besucht. Ich ließ mir Zeit und betrachtete ausgiebig jedes einzelne Gehege. Es gab ein neues Kleinsäugerhaus, und das Nachttierhaus war renoviert worden. Man hatte Rotlichtlampen installiert und an manchen Käfigen Infrarotsichtgeräte angebracht.

Es war Donnerstag nachmittag, und der Zoo war nicht gerade überfüllt. Ich sah zwei Schulklassen, einen Polizisten und ein junges Paar, das Arm in Arm die Wege entlangspazierte, ohne, soweit ich das feststellen konnte, jemals einen Blick auf eines der Tiere zu werfen. Ich schlenderte durch das Affenhaus und kam am Ende meines Rundgangs zu den Reptilien. Das Reptilienhaus hatte man in einem Anfall von Wahnsinn in Herpetarium umgetauft. Irgend jemand besaß hier mehr Gelehrtheit als Verstand.

Es machte mir großen Spaß. Krokodile, Schlangen, Eidechsen, Schildkröten und sogar ein paar Exemplare der äußerst seltenen *Rhynchocephalia*, der Tuatera-Eidechse.

Ich hatte nicht erwartet, daß jemand außer mir das Reptilienhaus besuchen würde. So erschrak ich fast, als ich mich von einem Glaskäfig mit einer eingebildet dreinblickenden Puffotter abwandte und am anderen Ende des Saales eine Frau in einem dunkelblauen Kleid entdeckte, die mich offensichtlich beobachtete. Sie verschwand sofort hinter der Mittelreihe von Terrarien. Ich machte ein paar Schritte auf ihr Versteck zu, dann beschleunigte mein Puls unvermittelt auf doppelte Schlagzahl, mir wurde schwindlig und übel, und ich hatte keine andere Wahl, als mich auf die eiserne Absperrung vor den Terrarien zu setzen.

Vermeiden Sie jede Aufregung, hatte Tess befohlen, und ich hatte versucht, ihren Rat zu befolgen. Ich konnte mir nicht erklären, warum der Anblick einer ganz normalen – und mir unbekannten – Frau mir so zu schaffen machte.

Eine oder zwei Minuten später hatte ich mich weit genug erholt, um das Reptilienhaus ganz durchqueren zu können. Die Frau war verschwunden. Ich sah mir weiter die Tiere an – schöne Exemplare von *Draco*-Eidechsen und einige seltene *Hydrophidae*, eine Seeschlange, die bis zu zwei Meter lang werden kann –, aber ich fühlte mich erschöpft, und das Vergnügen war mir vergangen.

Als ich das Reptilienhaus verließ, sah ich sie wieder. Diesmal konnte ich sie genauer betrachten. Sie war ungefähr dreißig, vielleicht einen Meter fünfundsechzig groß und ein bißchen zu mager. Sie kam auf mich zu, blickte aber auf das Seelöwenbecken, als sie an mir vorbeiging. Offensichtlich wich sie meinem Blick aus. Ihr Profil war ein bißchen zu scharf, um schön zu sein.

„Komm mit, Leo."

Die Worte kamen so leise, daß ich mich fragte, ob sie vielleicht nur von meinem armen, gequälten Gehirn gesprochen worden waren. Ich drehte mich um, aber sie ging weiter, ohne sich umzusehen.

Hatte sie wirklich mit mir gesprochen? Ich spielte mit dem Gedanken, ihr etwas nachzurufen, fand dann aber, daß das zu peinlich wäre. Vielleicht hatte ich mich verhört. Ich zögerte einen Herzschlag lang und folgte ihr dann in angemessenem Abstand. Wir bummelten durch den Zoo, am Affenhaus vorüber, durch das Vogelgehege und kamen schließlich auf den Parkplatz. Einen Augenblick lang glaubte ich, sie verloren zu haben. Sie war verschwunden. Dann sah ich links von mir einen grauen Lieferwagen mit offener Ladetür, und ich schlenderte unauffällig darauf zu, so als wollte ich daran vorbeigehen.

„Komm rein."

In ein paar Meter Entfernung hätte niemand mehr diese Worte gehört.

Drinnen war es dunkel. Ich kletterte durch die Ladetür und kroch dann auf den Knien über einen Stapel von Teppichen oder Fellmatten. Die Tür schloß sich leise hinter mir. Die übermalten Fenster ließen genug Licht einfallen, so daß ich die Silhouette der vor mir kauernden Frau erkennen konnte. Bevor ich mich bewegen konnte, beugte sie sich vor, legte ihren Arm um meinen Hals und ihren Kopf auf meine Brust.

„Leo! O Leo, Gott sei Dank. Ich habe um dich gebetet." Obwohl ihre Stimme durch meine Kleider gedämpft wurde, hörte ich den amerikanischen Akzent heraus. „Gott sei Dank! Ich habe geglaubt, daß du untergetaucht bist, aber ich war mir nicht sicher, ob du nicht noch in diesem Krankenhaus liegst."

Ich schob sie von mir weg, und ein seltsam vertrautes Parfüm kitzelte in meiner Nase.

„Ich bin nicht Leo", sagte ich nach ein paar Sekunden.

Sie erstarrte. „Leo. Leo . . ."

„Ich bin nicht Leo. Leo ist – wurde –" Ich suchte nach den richtigen Worten, so als müßte ich mir zum erstenmal selbst etwas eingestehen. „Leo wurde bei einem Unfall getötet."

Mein Puls jagte wieder hoch, auf hundertvierzig. Sir Westcott würde mir den Marsch blasen, wenn er das erführe – und ich konnte nichts dafür. Noch als ich diesen Gedanken hatte, kroch ein anderer, viel gemeinerer in mein Gehirn. Es war nur typisch, daß auf jedem Flughafen ein Mädchen Leo nachweinte oder ihn mit Freudentränen empfing, während sich niemand darum scherte, wie es mir ging. Die Frau vor mir schnaubte ungläubig, als ich ihr sagte, daß Leo tot sei.

„Aber du kannst nicht –", setzte sie an. Dann lehnte sie sich zurück an die Vorderwand des Laderaums und hob ein Ding, das aussah wie eine Taschenlampe, von einem Lumpenhaufen auf.

„Gib mir deine Hand."

Als ich keine Anstalten machte, griff sie nach meiner linken Hand und drückte auf einen Schalter an dem Metallstab, den sie auf mich gerichtet hielt. Es passierte überhaupt nichts, aber sie stöhnte verzweifelt und ließ ihren Kopf auf ihre Brust sinken.

„Es stimmt", sagte sie nach einer Weile. „Sie sind nicht Leo. Sie sind der Bruder, der Zwillingsbruder. Nicht Leo."

Es ist nie besonders schmeichelhaft, wenn man als Objekt, nicht als Mensch bezeichnet wird. Für sie war ich einfach das Falsche, kein Ersatz für Leo. Ich fühlte Wut in mir aufsteigen, Wut, die sogar meine Verwirrung überdeckte.

„Nachdem Sie jetzt offenbar wissen, wer ich bin, dürfte ich vielleicht auch erfahren, mit wem ich es zu tun habe", sagte ich. „Wer sind Sie, und warum sollte ich Ihnen hierher folgen? Und woher wußten Sie eigentlich, daß ich heute im Zoo sein würde?"

Das war grob, aber es schien sie aus ihrer Versunkenheit zu reißen. Sie hob ihren Kopf und zuckte mit den Schultern.

„Ich bin Ihnen vom Krankenhaus aus gefolgt. Ich dachte, Sie wären Leo, und ich mußte mit ihm sprechen. Über seine Arbeit."

„Und warum haben Sie mich nicht gleich vor dem Krankenhaus angesprochen?"

„Das wäre zu riskant gewesen." Sie zögerte. „Hören Sie, wir müssen miteinander sprechen. Ich bin Valnora Warren. Ich habe mit Leo zusammengearbeitet, und wir waren gute Freunde."

Ich lehnte mich gegen den Teppichstapel und atmete tief durch. Wenn sie Leo so nahegestanden hatte, sollte ich ihr dann erzählen, was wirklich passiert war? Es wäre ihr bestimmt kein Trost, wenn sie wußte, daß Leo in irgendeiner Weise in mir weiterlebte.

Während ich noch darüber nachdachte, tauchte eine Erinnerung bis dicht unter mein Bewußtsein auf. Ich erlebte noch einmal meinen letzten Helikopterflug zusammen mit Leo. Er hatte mir gesagt, daß er mit mir reden müsse. Wir waren nicht mehr dazu gekommen, aber plötzlich fiel mir wieder ein, wie angespannt und nervös er damals gewesen war. Solange ich nicht mehr über Valnora Warren wußte, war es besser, wenn ich ihr so wenig wie nur möglich erzählte.

Sie schien sich selbst wieder unter Kontrolle zu haben. Unsere Augen hatten sich inzwischen an das schwache Licht gewöhnt, und ich konnte erkennen, wie sie mich musterte und ihre Finger nervös über ihr Kleid hin und her rieben.

„Lionel – Lionel stimmt, oder? –, ich weiß, daß Ihnen das komisch vorkommen muß. Leo und ich haben über eine lange Zeit hinweg – acht Jahre – hin und wieder zusammengearbeitet. Wir waren eng befreundet, und darum weiß ich, daß Sie und er sich ausgezeichnet verstanden haben."

Ich spürte an ihrer Art zu sprechen, daß sie Leo so nahe gewesen war, wie es nur möglich ist – ich spürte noch ihren Griff, als ich in den Wagen gestiegen war. Ich nickte einfach. „Wir waren uns sehr nah."

„Aber Sie haben sich nicht oft gesehen, oder? Ich frage mich, ob er Ihnen jemals von seiner Arbeit erzählt hat."

Die Frage war ein schüchterner Vorstoß, und ich spürte, wie sich, einer Gewitterwolke gleich, eine düstere Vorahnung in meinem Kopf aufbaute. Sie war zu nervös. Mir wurde plötzlich bewußt, daß Leo an jenem letzten Abend nicht einfach angespannt gewesen war. Er hatte Angst gehabt, und das Gespräch, das er mit mir führen wollte, war etwas anderes gewesen als unsere früheren vertraulichen, aber harmlosen Unterhaltungen.

„Wir haben manchmal über seine Arbeit gesprochen", sagte ich. „Wir haben über alles gesprochen."

„Wissen Sie, wo er war, bevor er nach London kam?"

„Im Osten. Und er war auf dem Weg zurück nach Washington."

„Wissen Sie, wo im Osten?" Ihre Eindringlichkeit bereitete Unbehagen.

„Nein. Einen Augenblick. Bevor Sie mich hier in ein Kreuzverhör nehmen, erklären Sie mir lieber, was das alles soll. Sonst lassen wir es. Ich muß zurück ins Krankenhaus."

„Nein. Bitte gehen Sie nicht." Sie nagte an ihrer Lippe und

versuchte anscheinend, sich über etwas klarzuwerden. „Ich darf es eigentlich nicht, aber ich werde Ihnen ein paar Fragen beantworten. Über manches kann ich einfach nicht sprechen. Aber Sie müssen mir dafür auch ein paar Fragen beantworten."

„Wir werden sehen. Ich will Ihnen nichts versprechen." (Das konnte ich gar nicht – ich hatte keine Ahnung, was sie von mir wissen wollte.)

„Gut. Was wollen Sie wissen?"

„Zuerst einmal, was ist das hier?" Ich deutete auf den Zylinder, der aussah wie eine Taschenlampe und neben ihr auf den Lumpen lag.

„Eine Ultraviolettlampe." Sie hob sie hoch. „Leo hatte auf seinem linken Handgelenk eine Tätowierung – die normalerweise unsichtbar war. Sie fluoreszierte in ultraviolettem Licht. So konnte ich überprüfen –" Sie machte eine Pause und blickte zu Boden.

„Haben das viele Leute im US-Außenministerium?"

Sie zögerte wieder und lehnte sich dann gegen die Vorderwand des Laderaums. „Darauf darf ich Ihnen nicht antworten. Ich könnte es vielleicht, aber dazu brauche ich erst eine Erlaubnis. Ich war mir so sicher, daß Sie Leo sind, daß ich nicht . . ." Sie schien wieder völlig in ihrer Trauer zu versinken. „Als Sie ihn zum letztenmal gesehen haben, hat er Ihnen da eigentlich erzählt –"

„Versuchen Sie zuerst, mir zu erzählen, was Sie wissen, dann werde ich Ihnen berichten, was ich weiß. Ich mache mir nichts aus dieser Geheimniskrämerei."

„Ich weiß erst morgen, wieviel ich Ihnen sagen darf." Sie versuchte, sich ein Lächeln abzuringen. „Können wir vielleicht zusammen zu Abend essen? Wenn Sie damit einverstanden sind, verspreche ich Ihnen, daß ich Ihnen morgen mehr verraten kann – mehr als jetzt jedenfalls."

„Morgen?" Wenn ich das Sir Westcott erzählte, würde er sich an seinem Apfel verschlucken; zwei Tage hintereinander. Aber er sollte sich zum Teufel scheren, er war nicht mein Kindermädchen. „Wo und wann?"

„In London? Können Sie mich um, sagen wir, acht Uhr treffen?"

„Ich hoffe. Und wo?"
„Wie wär's mit Bertorelli, in der Charlotte Street?"
„Ich kenne es. Ich werde Sie morgen dort treffen, wenn Sie mir jetzt noch eine Frage beantworten."
Sie sah mich zweifelnd an. „Wenn ich kann."
„War Leos Job gefährlich?"
Sie gab ein Geräusch zwischen Lachen und Weinen von sich. „Sie wollen sich über mich lustig machen. Er hat mit Ihnen darüber gesprochen, oder nicht? Ich glaube, er hat, selbst wenn er es eigentlich nicht durfte. Würden Sie mir auch eine Frage beantworten, bevor Sie gehen?"
„Das bin ich Ihnen schuldig. Was wollen Sie wissen?"
„Hat er Ihnen gegenüber jemals die Buchstaben T. P. erwähnt?"
„Was haben sie zu bedeuten?"
„Das weiß ich nicht – ich habe gehofft, Sie könnten mir das verraten. Es sind die Initialen von jemandem, der versuchte, ihn auszuschalten. Er hatte Angst vor ihm. Er hat von ihm gehört, aber ihn nie gesehen. Das letzte Band, das er mir schickte, konnte ich kaum verstehen, aber er sagte, das Schlimmste für ihn wäre, wenn T. P. ihn schnappen würde."
„Tut mir leid." Ich schüttelte den Kopf und erhob mich auf die Knie. „Da kann ich Ihnen nicht helfen. Darüber hat er mir gegenüber nie etwas erwähnt."
„Na, macht nichts." Sie wagte ein kurzes nervöses Lachen. Auch sie war jetzt auf den Knien, als ich die Wagentüre öffnete, fast wie bei einem Gebet. „Verblüffend, wie ähnlich Sie ihm sind . . . Seien Sie vorsichtig, wenn Sie fortgehen. Ich sehe Sie also morgen abend?" Ich hörte wieder ein kurzes Aufstöhnen, als das Licht durch die Tür auf mein Gesicht fiel. „Sie sehen ihm so ähnlich . . ."
Leise schloß ich die Tür zwischen mir und ihrem Elend und humpelte in der späten Nachmittagssonne davon. Sie tat mir leid, aber ich konnte ihr wirklich nicht helfen. Und mein Kopf begann fürchterlich zu schmerzen, zu brummen und zu sirren, so als würde jemand mit einer Motorsäge meinen Hinterkopf tranchieren. Erinnerungen und Vermutungen jagten einander und versuchten, meine Aufmerksamkeit auf sich zu ziehen. Bevor ich Leo getroffen hatte und wir zusammen in diesen

verdammten Helikopter gestiegen waren, war er aus Zürich gekommen. Und davor – was? Und wo?

Ich fühlte mich erbärmlich. Mein Mund war ausgetrocknet, und ich rang nach Luft, als ich die U-Bahn erreichte. Und als ich wieder im Krankenhaus angelangt war, handelte ich mir sogleich eine Strafpredigt von Tess und eine zweite von Sir Westcott ein. Ich war zwei Stunden zu spät zurückgekommen. War mir denn nicht klar, daß ich ein sehr kranker Mann war, viel zu krank, um mir solche Ausflüge leisten zu können? Und wußte ich nicht, wie wichtig es war, geistige Überanstrengungen zu vermeiden? Gott sei Dank war der Zoo wenigstens ein netter, ruhiger Ort. Tess machte mir ein Glas mit warmer Milch zurecht. Aber ich sollte mich in den nächsten zwei Wochen auf ruhige, friedliche Beschäftigungen beschränken und mich von niemandem stören lassen. Darauf bestanden beide.

Kapitel 4

ALS ICH am nächsten Morgen erwachte, war ich nahe daran, Sir Westcott alles zu erzählen. Wie sollte er mich denn behandeln können, wenn er nicht wußte, was mir widerfahren war?

Was mich dann doch schweigen ließ, war Furcht. Nicht die Furcht davor, daß er mir nicht glauben und das Ganze als Produkt meines gemarterten Gehirns betrachten würde. Nein, ich fürchtete mich vielmehr davor, daß er mir glauben und mir daraufhin verbieten würde, mich mit Valnora Warren zu treffen, weil mich das viel zu sehr aufregen könnte. Und das würde es auch. Jedesmal, wenn ich daran dachte, begann meine linke Hand zu zittern, und ich konnte kaum noch schlucken. Aber ich mußte wissen, was sich abgespielt hatte – und ich meine damit nicht, daß ich es wissen wollte. Ich mußte es wissen.

Der ganze Tag wäre unerträglich lang gewesen, wenn nicht ein neuer Faktor in die Gleichung gekommen wäre. Bei meinem morgendlichen Training, das im Entlanghumpeln der Korridore bestand, arbeitete ich mich bis in den Keller vor, wo ich noch nie zuvor gewesen war. Trotzdem bot er nichts Vielversprechendes oder Interessantes, und ich folgte ihm nur, weil jede Abwechslung dem normalen Rückweg durch die immer gleichen beigefarbenen Korridore zu meinem Zimmer vorzuziehen war. Das neue Terrain (eigentlich sollte ich es eher das alte Terrain nennen) erinnerte eher an einen Schrottplatz als an ein Krankenhaus. Ich kam an Räumen voller alter Stühle, Farbtöpfe, Rollstühle, Tragbahren und verrotteter und verrosteter Betten vorbei. In einem Raum stand sogar ein altes Röntgengerät, in eine Ecke gekauert wie ein alter Zyklop, verstaubt und vergessen. Fünf Minuten verbrachte ich damit, mit den verschiedenen Knöpfen und Schaltern herumzuspielen, nachdem ich es angeschlossen hatte, aber es war zu festgefressen und arthritisch in den Gelenken, als daß ich die Position der Reflektoren hätte verändern können.

Nach einiger Zeit langweilte es mich, und ich wäre beinahe wieder den Korridor hinuntergehumpelt, ohne noch einen Blick in die anderen Zimmer zu werfen. Aber als ich die Tür zum nächsten Raum eine Handbreit weit aufschob, um flüchtig und oberflächlich hineinzusehen, jagte ein Schauer der Begeisterung – und Angst – durch meinen ganzen Körper. An der gegenüberliegenden Wand stand ein altes Klavier.

Die Frage stellte sich mir schon seit zwei Monaten, aber bisher war ich ihr erfolgreich ausgewichen. Nirgendwo in dem Krankenhaus gab es – soweit ich bis jetzt gewußt hatte – ein Klavier. Ich hatte bis heute den entscheidenden Punkt ausklammern können: wieviel meines Könnens ich bei dem Unfall verloren hatte und wieviel mir durch mangelnde Übung fehlte.

Ich öffnete die Tastenabdeckung, zog mir einen Stuhl heran und setzte mich an das Klavier. Es dauerte dreißig Sekunden, bis ich mich überwinden konnte, eine Taste zu berühren, und als ich es endlich wagte, war mein Mund ausgetrocknet und meine Zunge zwei Nummern zu groß.

Ich schlug zwei oder drei schüchterne Töne an. Das Instrument war vollkommen verstimmt, und die Tasten ließen sich nicht gleichmäßig drücken – die Feuchtigkeit hatte ganze Arbeit geleistet. Aber egal. Ich holte noch einmal tief Luft, wie ein Taucher auf dem höchsten Sprungbrett, hob beide Hände und sprang dann in das Schlußallegro von Schuberts c-Moll-Sonate.

Es war atemberaubend und mit unglaublich vielen falschen Tönen gespickt. Meine linke Hand hüpfte und zuckte über die

Baßtöne wie ein geisteskranker Grashüpfer. Ich kümmerte mich nicht darum. Ich pflügte mich durch alle Dissonanzen und freute mich über jede Note. Es dauerte eine Zeitlang, bis ich merkte, daß ich nicht nur akustisch auf mein Spielen reagierte. Während meine linke Hand im Baß herumsprang, tauchten rauchwolkenartige Bilder vor meinem linken Auge auf. Sie mäanderten durch mein Gesichtsfeld und verfärbten sich in Blau und Purpur, während sie aufstiegen. Wenn ich mein linkes Auge schloß, verschwanden sie.

Ich versuchte mich dann an ein paar alten Czerny-Geläufigkeitsübungen, galoppierte mit der Eleganz eines dreibeinigen Rennpferds über die Tasten und wagte mich schließlich an Brahms' Konzert in d-Moll, der Oktaventriller wegen. Während ich spielte, marschierten Kolonnen von Käfern im Gleichschritt über mein Klavier, von links nach rechts, bis sie hinter meiner Nase verschwanden. Während ich ihnen nachstarrte, veränderte der letzte Käfer seine Farbe. Er wurde zu einer genauen Kopie des goldenen Krawattenklipses, den Leo an seinem letzten Tag getragen hatte.

Schweiß rann mir über die Stirn und in die Augen, aber ich war noch nicht fertig.

Mein letztes Vorhaben war wahrscheinlich ein Fehler. Ich wollte herausfinden, wieviel Koordination ich noch zwischen meiner rechten und linken Hand besaß. Normalerweise wäre die c-Moll-Fuge Nummer 4 aus dem Wohltemperierten Klavier das geeignete Stück gewesen, aber ich war ohne jede Kondition und ermüdete viel zu schnell. Um Bach gerecht zu werden, hätte ich wesentlich mehr Fingerfertigkeit und geistiges Gleichgewicht gebraucht, als ich aufbringen konnte. Es war ein totaler Reinfall. Kein einziges Bild tauchte vor meinen Augen auf, während ich mich zum Ende meines Vortrags durchdrosch und durchhackte.

Als ich fertig war, fiel mir auf, daß ich mir in die Hose gemacht hatte.

Damit endete das erste Lionel-Salkind-in-memoriam-Rezitativ. Ich schleppte mich zurück in mein Zimmer, voller Abscheu vor mir selbst, und fragte mich, ob ich nicht zufällig die Musik des einundzwanzigsten Jahrhunderts entdeckt hatte, der es dereinst beschieden sein sollte, den Punkrock abzulösen. Sonate für ein Piano und einen Geisteskranken. Serenade für Tenor, Blase und Orchester. Concerto molto grosso.

Ich erzählte Sir Westcott von meinem Erlebnis, als er auf Visite kam, und er nickte fröhlich.

„Synesthesie. Vollkommen natürlich. Bis sich Ihr *Corpus callosum* regeneriert hat, werden solche Erscheinungen öfter auftreten. Betrachten Sie es so, wie ich es sehe – nämlich positiv. Das wichtigste ist, daß Sie endlich Signale von Ihrem linken Auge empfangen. Es sind unechte Reize, die auf der rechten Seite geschaffen werden und irgendwie auf die linke Seite hinüberwandern, aber es ist jedenfalls ein Anfang. Wie ich schon sagte, lassen Sie sich Zeit."

„Und warum habe ich mir in die Hose gemacht? Das ist ganz bestimmt keine Synesthesie."

Er stand aus seinem Stuhl auf – ich war inzwischen in ein Zimmer mit normalem Mobiliar verlegt worden, ohne die typische Krankenhauseinrichtung – und stellte sich ans Fenster. „Sie werden noch eine Reihe physischer Reaktionen erleben, bevor Sie sich völlig erholt haben. Machen Sie sich nichts daraus, daß Sie sich bepinkelt haben – das haben Sie in den ersten Wochen ständig gemacht. Halten Sie nur Ihre Augen offen. Wenn Sie jemals so etwas wie einen drohenden epileptischen Anfall spüren sollten, legen Sie sich sofort ins Bett. Und schicken Sie nach mir."

Ein guter Rat, aber nur unter bestimmten Voraussetzungen. Es ist fast unmöglich, sich ins Bett zu legen, wenn man um sein Leben rennen muß, selbst wenn man ein Bett zur Hand hätte. Andere Faktoren haben da unter Umständen Vorrang.

Ich fühlte mich ein bißchen schuldig, als Sir Westcott mich alleine ließ. Er versuchte sein Bestes, um die Trümmer, die nach dem Unfall übriggeblieben waren, wieder zu einem ganzen Menschen zusammenzusetzen, und ich enthielt ihm die wichtigsten Fakten vor.

Anstatt um die Erlaubnis zu fragen, das Krankenhaus noch einmal verlassen zu dürfen, wählte ich lieber den einfacheren Weg. Dieser Weg führte mich durch die Küche und die lange Auffahrt hinunter, die Kitchen Lane hieß und auf der die Lieferwagen die nötigen Vorräte zum Krankenhaus schafften. Ich schlich mich um fünf Uhr fort, als alles ruhig war, und um sechs saß ich bereits im Zug nach London.

Ich hätte mir die ganze Mühe sparen können. Sie kam nicht. Von sieben Uhr dreißig bis acht Uhr dreißig stand ich vor Bertorelli in einem feinen, sommerlichen Nieselregen. Ich wurde nicht wirklich naß – dazu war der Regen nicht stark genug –, aber immer wütender und wütender. Es war schlimm genug, daß ich meinen Arzt hatte täuschen müssen. Ihn vergebens getäuscht zu haben, das war noch schlimmer. Das ganze Versteckspiel wäre nicht nötig gewesen.

Schließlich gab ich auf. Der Regen wurde stärker und der Abend kälter. Ich ging hinein, setzte mich an einen kleinen Tisch und verwöhnte mich selbst. Der Hasenpfeffer war ausgezeichnet, und der Hauswein machte mich nachdenklich. Ich fing an, die Steine eines Mosaiks zusammenzufügen. Leos Nervosität an jenem letzten Nachmittag. Der plötzliche und unerklärbare Defekt des Helikopters, der in den Akten als „menschliches Versagen" bezeichnet wurde, obwohl ich genau wußte, daß es das nicht sein konnte. Valnora Warrens Geständnis, daß Leos Job ganz und gar nicht das war, als was er dargestellt wurde; und schließlich die Einsicht, daß Leo und ich uns keineswegs so nahe gewesen waren, wie ich es immer geglaubt hatte. Leo hatte Geheimnisse vor mir gehabt.

Alles zusammen ergab einen Sinn. Schon bei unserem ersten Treffen als Teenager war Leo der Anführer gewesen. Ich weiß nicht, wieviel seine kalifornische Erziehung dazu beigetragen hatte und wieviel die paar Minuten, die ihn zu dem Älteren von uns beiden machten, aber der Grund spielte überhaupt keine Rolle. Es war für ihn ganz natürlich gewesen, daß er ein Leben führte, von dem ich keine Ahnung hatte.

Ich hatte noch einen zweiten Beweis. Vor einer Woche hatte ich die Testamentsbestätigung von Leos Hinterlassenschaft erhalten. Ich war der Alleinerbe. Das war keine große Überraschung, da Tom und Ellen beide schon tot waren. Aber die Summe, die er mir hinterlassen hatte, erstaunte mich. Selbst wenn er bei seinen Wertpapierspekulationen so viel Glück gehabt hatte, wie er behauptete, konnte er als einfacher Regierungsangestellter kaum ein solches Vermögen angehäuft haben.

Ich saß eine dreiviertel Stunde in dem Restaurant und hing über ein paar Glas Courvoisier meinen Gedanken nach. Als ich die Rechnung bezahlte, stellte ich fest, daß sich das Wetter weiter verschlechtert hatte. Der Nieselregen hatte sich in einen jener sommerlichen Wolkenbrüche verwandelt, die mir aus meinen ersten Schulferien in Scarborough noch in Erinnerung waren, wenn die Wolken tief über dem Meer hingen, die Temperatur schlagartig auf sieben oder acht Grad über Null sank und sich die ganze Stadt um acht Uhr abends schlafen zu legen schien.

Natürlich war nirgendwo ein Taxi zu sehen und die Straßen wie ausgestorben. Wenigstens war ich mit Hut und Regenmantel ausgerüstet.

Ich zog die Schultern hoch und marschierte los, die naßglänzende Straße entlang nach Süden, auf die Tottenham Court Road zu. Ich trug Schuhe mit Gummisohlen, wasserdicht, aber nicht besonders standfest auf dem nassen Pflaster. Deshalb trat ich vorsichtig und leise auf, und so hörte ich auch die schwereren Schritte hinter mir.

Ich warf einen Blick über die Schulter zurück. Ein hochgewachsener Mann im Regenmantel folgte mir in gleichbleibendem Abstand. Normalerweise waren die Straßen hier bevölkert und sicher, aber das schlechte Wetter hatte alle Spaziergänger von den Straßen vertrieben. Meine Phantasie war durch meine Spekulationen nach dem Essen angeregt worden, und so beschleunigte ich meinen Schritt. Ich bin groß und schwer genug, um die meisten Leute von einem Raubversuch abzuhalten, aber wie jeder Pianist oder Violinist – oder jeder andere, der auf unverletzte Hände angewiesen ist – neige ich eher zum Davonlaufen als zum Kämpfen. Ich bog nach Osten ab, auf eine belebtere Straße zu, wo ich sicherer war. Aber nach wenigen Schritten blieb ich stehen.

In der schmalen Straße, die zur Tottenham Court Road führte, stand eine zweite Gestalt in dunklem Regenmantel. Es hätte genausogut ein ganz normaler Mann sein können, der auf seine Freundin wartete, aber irgendwie wußte ich – oder vielleicht Leo –, daß es nicht so war. Mein linker Arm zuckte aufgeregt, und mein linkes Bein bewegte sich unkontrolliert, so als wolle es ganz allein davonrennen. Ich zögerte und suchte nach einer Fluchtmöglichkeit. Der Mann hinter mir kam näher, und hinter ihm bog ein blauer Mercedes 450 SL um die Ecke, in Schrittgeschwindigkeit.

Die andere Straßenseite säumte eine Reihe kleiner Läden. Ich ging hinüber, um mich in einen Eingang zu stellen – nicht um mich zu verstecken, denn das war unmöglich; ich wollte meinen Rücken und die Seiten frei haben. Der Mann an der Ecke kam jetzt auf mich zu, und die beiden Gestalten näherten sich einander. Sie trafen sich genau vor dem Ladeneingang, in dem ich wartete.

„Mach lieber keine Dummheiten!" knurrte der kleinere Mann. In dem Schaufenster neben mir stand eine Neonreklame für State Express, und das blinkende Licht beleuchtete sein bleiches, asymmetrisch kantiges Gesicht abwechselnd grün, gelb und rot. Er hob seine Hand und machte eine kurze Geste. „Steig in den Wagen, dann könn' wir 'ne kleine Fahrt machen."

Er hielt einen Totschläger in seiner linken Hand, und in der geschlossenen Faust seines Gefährten blinkte helles Metall.

„Los!" wiederholte er, als ich mich nicht bewegte. „Wenn du heil bleiben willst. Wir haben nich' die ganze Nacht Zeit."

Ich schien keine große Wahl zu haben. Ich war unbewaffnet und immer noch geschwächt. Der Mercedes hatte hinter ihnen angehalten, und so zuckte ich mit den Schultern und machte einen Schritt nach vorne, um einzusteigen.

Ich hatte aufgegeben. Kämpfen war nie meine Stärke gewesen. Leo mußte da anderer Ansicht gewesen sein. Als ich auf einer Höhe mit dem kleineren Mann war, stieß mein linker Arm plötzlich zur Seite und rammte mit steifen Fingern in sein Zwerchfell. Er krümmte sich reflexartig, und meine Hand schoß nach oben in seine Augen. Die Finger tauchten schnell und tief in die weichen Höhlungen und drehten sich, noch während sie zustießen. Mir wurde übel, aber bevor ich zum Nachdenken kam, wirbelte ich auf meinem linken Bein um hundertachtzig Grad herum. Meine linke geschlossene Faust traf hart auf den Kehlkopf des großen Mannes, und als seine Hand nach seiner Kehle langte, hatte ich seinen linken Daumen gepackt, herumgedreht und nach hinten gebogen. Ich hörte, wie der Knochen aus dem Gelenk schnappte und knirschte. Mein linkes Knie fuhr hoch und traf in seine Hoden.

In der nächsten Sekunde gab ich mein Bestes, um fortzulaufen. Es war eine Farce, eher ein stolperndes Hüpfen als ein richtiger Sprint, aber es war mein Bestes. Meine Nerven vibrierten

unkontrollierbar, aber tief in mir fühlte ich aufsteigenden Zorn, schwarzen Haß, der mich schneller machte, als ich zu hoffen gewagt hatte.

An der nächsten Ecke drehte ich mich um. Ein Mann tappte im Kreis herum, die Hände vor die Augen geschlagen, der andere lag zusammengekrümmt am Boden, eine Hand an seiner Kehle, die andere zwischen seinen Beinen. Nur das leise Surren des Mercedesmotors war zu hören, aber der Wagen folgte mir nicht. Er stand ohne Licht in der schmalen Straße. Während des ganzen Vorfalls hatte absolute Stille geherrscht, die nur von Luftschnappen und dem Knacken des brechenden Knochens durchbrochen worden war.

Ich lief in die Tottenham Court Road, die nächste Straße nach links, und dann ohne jedes Ziel durch die regennassen Straßen Sohos. Es dauerte eine halbe Stunde, bis mein Zittern so weit nachgelassen hatte, daß ich mich in die U-Bahn wagte, und dann saß ich zusammengesunken in einer Ecke, die zitternden Hände fest zusammengepreßt.

Um Mitternacht war ich zurück im Krankenhaus. Eine Stunde später hatte ich vierzig Grad Fieber. Tess sah um drei Uhr nach mir – dem Himmel sei Dank, daß sie diese Woche Nachtschicht hatte – und jagte mir zwei Minuten später eine Injektion in die Venen. Es dauerte vier Tage, bis ich mich wieder normal fühlte. Aber schon lange davor hatte ich mich entschlossen, Sir Westcott die ganze Wahrheit, soweit ich sie kannte, zu erzählen.

Ich schritt zur Tat, als ich Physiotherapie machte und er vorbeigekommen war, um zu sehen, wie weit ich meine linke Körperhälfte durch das Training schon gestärkt hatte. Er interessierte sich besonders für Übungen, die eine Koordination zwischen links und rechts erforderten. Eine Zeitlang jonglierte ich mit Keulen, dann warf ich einen Ball hinter meinem Rücken von einer Hand in die andere. Sir Westcott sah mir wohlgefällig zu – bis ich ihm erzählte, was mir im Zoo zugestoßen war und was ich in Soho erlebt hatte.

Als ich geendet hatte (mir selbst kam die Geschichte reichlich unglaubwürdig vor), verließ er ohne ein weiteres Wort den Raum. Ich trainierte weiter, und nach einer Viertelstunde kam er zurück.

„Legen Sie das für eine Minute zur Seite!" ordnete er an. „Setzen Sie sich auf die Bank hier."

Ich folgte ihm zu der Bank an einer Wand der Turnhalle. Der Saal war voll von Geräten, die nach Sir Westcotts einzigartigen Vorstellungen zur physischen Wiederherstellung von Patienten mit Nervenverletzungen dienten. Die Wände und der Boden waren eine einzige Hindernisstrecke aus Matten, Gummiringen, Seilen, Springböcken, Reifen und Stangen, über und durch die wir unglücklichen Patienten unter seinem gestrengen Auge hüpfen, kriechen, rollen, schwingen und stolpern sollten.

Er sah mich traurig an, als wir uns setzten, und rieb sich seine derben Wangen. Es war später Nachmittag, und außer uns beiden hielt sich niemand mehr in der Halle auf.

„Ich habe dreimal in Soho angerufen." Er schniefte. „Es wurde kein Überfall am Dienstag abend gemeldet – niemand hörte etwas Ungewöhnliches in der Nähe der Charlotte Street –, keine Meldungen aus einem Krankenhaus über Hand- und Augenverletzungen, wie Sie sie beschrieben haben. Gut? Ich glaube Ihnen, daß Sie bei Bertorelli Hasenpfeffer gegessen haben, das haben wir nicht überprüft. Aber wir haben in der amerikanischen Botschaft angerufen. Im US-Außenministerium arbeitet niemand mit dem Namen Valnora Warren. Niemand mit diesem Namen befindet sich auf einer offiziellen Mission im Land, und nirgendwo auf der Paßliste taucht dieser Name auf!

„Und wenn sie dem Geheimdienst angehört?" Meine Geschichte erschien mir selbst immer unglaubwürdiger.

„Und wenn sie gar nicht da war?"

„Sie war da."

„Sie denken, daß sie da war. Das gestehe ich Ihnen zu, aber es ist nicht dasselbe."

Er hob eine Hand mit einer Geschicklichkeit, gegen die meine Fähigkeiten verblaßten. „Moment, bevor Sie sich wieder aufregen. Wir haben es mit etwas sehr Unangenehmem zu tun, Lionel. Ich habe bis jetzt noch nie darüber gesprochen, weil ich gehofft hatte, daß es nie auftauchen würde."

„Sie war da – und die Männer auch." Trotz seines gutgemeinten Rats spürte ich, daß mein Puls schneller wurde. „Nichts davon ist erfunden."

„Hören Sie mir eine Minute zu, und denken Sie dann noch einmal nach. Versuchen wir es einmal mit Occams Schluß. Sie haben eine verdammt schwierige Operation hinter sich, und in Ihrem Kopf gehen Dinge vor sich, über die wir nicht einmal Vermutungen anstellen können. Die CAT-Aufnahmen sehen nicht schlecht aus, aber sie verraten uns nichts über die Gedankenprozesse. Einsteins Gehirn sieht nicht anders aus als das Ihrer Tante Matilda, wenn man es mit Röntgenstrahlen und physiologischen Tests untersucht."

„Das weiß ich alles. Aber vergessen Sie nicht, daß ich mir das alles von innen betrachte – ich weiß, was ich denke."

„Das wissen Sie nicht – nicht genauer, als wir alle wissen, was wir denken." Er schnaufte. „Sie unterschätzen das menschliche Gehirn, mein Freund. Das einzige, was wir sicher wissen, ist, daß wir bei Ihnen Madrills Technik zur Stimulation der Nervenregeneration anwenden. In all diesen neuen Nervenknotenpunkten braut sich ein elektrischer Sturm zusammen. Es ist unmöglich, die Vorgänge, die sich dort abspielen, nachzuvollziehen. Sie werden Sinnestäuschungen haben, so wahr ich hier sitze."

Ich stand auf. „Das haben Sie mir schon erklärt. Synesthesie –"

„Das ist noch das geringste." Er hob eine Keule hoch und musterte sie von oben bis unten. „Es gibt Dinge, die viel schwerer zu verstehen sind. Es ist leicht zu akzeptieren, wenn Sie Mozart spielen und eine Reihe farbiger Käfer Ihre Nase hinaufspazieren. Aber was passiert, wenn Sie ‚Menschen'" – ich hörte förmlich die Anführungsstriche um das Wort – „sehen, die Leo gekannt hat? Wenn Sie eine Frau vor sich sehen, die er sehr gemocht hat, oder Menschen, die er haßte – das ist ganz normal. Aber es ist schwer, das von der Wirklichkeit zu trennen. Deshalb möchte ich, daß Sie diese Erlebnisse nicht so wichtig nehmen. Wir wollen die innere und äußere Wirklichkeit nicht durcheinanderbringen."

„Ich habe einen Lieferwagen gesehen. Einen grauen Lieferwagen mit bemalten Fenstern und einem schwarzen Streifen auf der Ladetür. Das hat nichts mit Leos Vergangenheit zu tun. Ich wette, daß ihn jemand im Zoo gesehen hat – immerhin mußte er irgendwie auf den Parkplatz gelangt sein."

„Gut. Wenn Sie unbedingt wollen, dann suchen Sie danach." Er ließ die Keule auf den Boden fallen. „Wenn Sie mit Zeugen und dem Nummernschild des Wagens zurückkommen, dann verspeise ich meine Sonntagsschuhe mit Gemüse. Ist Ihnen denn nicht aufgefallen, daß es bei allen Ihren Erlebnissen nie einen Zeugen gab? Und ein gebrochener Daumen tut teuflisch weh, aber Ihr Mann läßt keinen Laut hören. Verstehen Sie, Sie haben keine Ahnung, wie gemein das menschliche Gehirn sein kann, wenn es darum geht, sich nicht widerlegen zu lassen. Wenn Sie mit jemandem sprechen, der behauptet, Napoleon oder Hitler zu sein, oder der glaubt, daß die Erde flach ist, wird er Ihnen hundert gute Gründe angeben können, warum er recht haben muß."

Er schüttelte traurig den Kopf und stand auf. „Ich habe gehofft, daß wir Sie nach Hause schicken könnten, aber ich glaube, wir sollten noch etwas warten. Lassen Sie es mich wissen, wenn wieder so etwas passiert. Ich muß jetzt gehen."

Es war schwer, mit ihm zu streiten; ich fühlte mich wie Galilei, als er nach der Befragung im Zeugenstand wartete. Überredet, aber nicht überzeugt.

„. . . und sie war doch da."

Beweisen konnte ich es allerdings nicht.

Kapitel 5

EIN GESPRÄCH mit Sir Westcott stand mir noch bevor, bevor ich das Queen's-Krankenhaus verlassen durfte. Am Tag vor meiner Entlassung hing ich den ganzen Morgen zusammen mit Tess Thompson vor seinem Zimmer herum und wartete auf eine Lücke in seinem Terminkalender. Es dauerte und dauerte, und um elf Uhr dreißig begann ich wirklich ungeduldig zu werden.

Tess versuchte, mich soweit wie möglich zu beruhigen. „Denken Sie an Ihren Blutdruck. Passen Sie auf, daß er nicht steigt, sonst behält er Sie noch einen Monat hier."

„Eher werde ich verrückt." Bis auf die Gespräche mit Tess waren die Stunden an dem alten Klavier im Keller mein einziges Vergnügen. Ich hatte es selbst gestimmt und arbeitete mich immer wieder durch die Übungen für die linke Hand. Die Geläufigkeit stellte sich nach und nach wieder ein – aber viel zu langsam. Und ich hatte die schreckliche Ahnung, daß mein Spiel jedes Gefühl verloren hatte.

Tess lauerte an der Tür und versuchte, durch das Milchglas zu spähen, das uns von Sir Westcotts Vorzimmer trennte.

„Nach einiger Zeit gewöhnt man sich daran, hier zu sein", meinte sie. „Schauen Sie mich an, ich arbeite seit vier Jahren hier. Und ich darf immer noch nicht an die interessanten Geräte heran, ich leere immer noch die Bettpfannen."

Ich ging zu ihr hinüber und legte meine Hand auf ihren Arm. „Tess, seien Sie für eine Minute ernst. Sie haben phantastische Arbeit an mir geleistet, mit Bettpfanne und allem Drum und Dran. Wie wäre es mit einem Abendessen? Das schulde ich Ihnen wenigstens als Abschiedsgeschenk. Passen Sie auf." Ich hob meine linke Hand und winkte damit. „Sehen Sie, sie bewegt sich. Wenn Sie nicht mit mir geübt hätten, wäre ich immer noch ziemlich einseitig."

Sie drehte sich um und lächelte. Ich freute mich immer wieder, wenn diese Sorgenfalten von ihrer Stirn verschwanden.

„Sie geben nie auf, oder? Was, glauben Sie, sagt mein Freund dazu?"

„Warum sollte er es erfahren?" Ich hatte vor einem Monat entschieden, daß es ihn nicht gab – er war eine sicherlich zweckmäßige Erfindung, um die Patienten in Schach zu halten.

„Ich habe keine Geheimnisse vor ihm. Frauen sind nicht wie Männer, sie führen kein Doppelleben."

„Sie kennen alle meine Geheimnisse – Sie haben Dinge von mir erfahren, von denen ich selbst nichts wußte. Haben Sie sich entschieden? Dinner und Bummel?"

Sie streckte mir die Zunge heraus. „Ich werde es Ihnen sagen. Später. In Ordnung?"

„Wann?"

„Drei Uhr. Ich muß noch an einigen Akten arbeiten."

Ich nickte. Bevor ich ihr ein paar Restaurants vorschlagen konnte, öffnete sich die Tür zu Sir Westcotts Vorzimmer. Seine Sekretärin, eine schwerfällige, nicht mehr ganz junge Frau, die verschiedenen Gerüchten nach auch seine Freundin war, erschien. Als sie mich hereinwinkte, hörte ich aus dem Büro ein wütendes Bellen.

„Schlechte Laune?" fragte ich sie.

Sie nickte. Ich hörte eine zornige Stimme von drinnen: „Wenn ich sage, die Akten sollen durchgelesen werden, dann meine ich das auch, verdammt noch mal! Wir sind hier im Krankenhaus, nicht auf dem Schlachthof! Haben Sie verstanden?"

Seine Sekretärin biß sich auf die Unterlippe. Die Tür zu seinem Büro öffnete sich, und zwei Männer in weißen Kitteln kamen heraus. Einer von ihnen schwitzte stark, und sein Gesicht war weiß und glasig wie Elfenbein. Sein Begleiter führte ihn hinaus. Keiner von beiden schenkte uns auch nur einen Blick. Die Sekretärin atmete tief durch.

„Wir haben in der letzten Nacht zwei Patienten verloren", erklärte sie und legte ihre Hand auf meinen Arm. „Er glaubt, es war unser Fehler – wir haben die Röntgenbilder und die Schmerzmittelverträglichkeit nicht genau genug beachtet."

„Hat er recht?" Ich senkte meine Stimme automatisch zu einem Flüstern.

„Wahrscheinlich nicht. Aber er regt sich immer auf. Reizen Sie ihn nicht."

Er schien schon aufgebracht genug zu sein. „Ich dachte, Ärzte engagieren sich nicht emotional?" flüsterte ich ihr zu. „Sie könnten sich das nicht leisten, wenn ein Patient stirbt?"

Sie zeigte die Spur eines Lächelns. „Nicht die wirklich guten – sie engagieren sich. ER" – ich konnte die Großbuchstaben deutlich hören – „betrachtet es als persönliche Beleidigung durch die Natur, wenn er einen Patienten verliert. Los, gehen wir hinein. Machen Sie sich nichts draus, wenn er unfreundlich wird."

Sir Westcott saß hinter seinem Schreibtisch und starrte gedankenverloren auf die Aktenmappe vor sich. Sein dünner Haarkranz spreizte sich in alle Richtungen, und seine Backen wirkten fetter und schlaffer als je zuvor. Ich setzte mich unaufgefordert auf den Stuhl ihm gegenüber und wartete. Schließlich grunzte er, klappte den Ordner zu und sah zu mir auf.

„Ich weiß, daß Sie rauswollen. Es ist zu früh, und Sie sind ein verdammter Idiot, aber es ist Ihr Recht."

„Ich fühle mich gut. Ich nehme nur Platz in Anspruch, den ein anderer nötiger haben könnte."

„Lassen Sie das meine Sorge sein." Er pochte auf den Ordner. „Werfen Sie einen Blick hier hinein, wenn Sie glauben, in guter Verfassung zu sein. Letzte Woche hatten Sie zwei Fieberanfälle, und Ihr Blutdruck ging schneller rauf und runter als der Hintern einer Hure. Sie sollten nichts überstürzen. Es sind solche neunmalklugen Kerle wie Sie, die den Totengräbern das Einkommen sichern."

Während er sprach, beobachtete er mich genau, aber hin und wieder warf er einen Blick auf einen Glasklotz auf seinem Schreibtisch. Tess hatte mir sein Geheimnis verraten. In den Lehnen des Stuhles, auf dem ich saß, waren Sensoren für Puls und Blutdruck eingelassen, die auf der ihm zugewandten Seite des Briefbeschwerers angezeigt wurden. Er versuchte also ganz bewußt, mich zu reizen, um meine Reaktion zu testen.

Ich saß immer noch bewegungslos vor ihm. „Ich werde mich schonen. Und ich werde in der Nähe bleiben. Von Shepherd's Bush kann ich in anderthalb Stunden herkommen, und ich glaube nicht, daß ich mein Apartment oft verlassen werde."

Er warf einen letzten Blick auf seinen Briefbeschwerer und nickte dann. „Das hoffe ich. Verziehen Sie sich, bevor ich meine Meinung ändere. Und hier, nehmen Sie das mit." Er reichte mir eine Pillenschachtel, die ungefähr so groß war wie ein Zehn-Penny-Stück. „Sie haben sich bei Schwester Thompson beklagt, daß Sie für uns ein Versuchskaninchen waren, an dem wir eine neue Operation ausprobieren konnten – leugnen Sie nicht, ich weiß mehr, als Sie glauben. Das hier ist ein echtes Experiment. Die Kerle bei Guy haben eine neue Substanz entwickelt, einen synthetischen Neurotransmitter. Das kommt frisch aus dem Labor. Die Tests sind noch nicht abgeschlossen, aber sie glauben, daß damit die instabilen Feedback-Situationen gedämpft werden können, die bei Madrills Nervenregenerationstherapie manchmal auftreten."

Ich nahm die Pillenschachtel entgegen. „Wie viele soll ich einnehmen?"

„Gar keine – wenn Sie nicht müssen. Sie wissen, daß eine Krise kommt, wenn Sie das Gefühl haben, immer kleiner zu werden. Dann würgen Sie ein paar von diesen Pillen runter, so schnell Sie können. Sie dämpfen den Regenerationsprozeß für ein paar Stunden. Und dann gehen Sie sofort ins nächste Krankenhaus."

„Und wenn keines da ist?"

„Kein Problem." Er grinste. „Dann sterben Sie. Und dafür können Sie nur sich selbst verantwortlich machen. Die Madrill-Therapie wird nur gefährlich, wenn Sie sich über irgendwas zu sehr aufregen."

„Sie brauchen es mir nicht noch einmal unter die Nase zu reiben. Ich habe verstanden." Ich steckte die Tabletten in meine Tasche. „Ich möchte Ihnen nur noch für Ihre Mühe und –"

„Unsinn!" Er schlug mit der Faust auf einen Summer. „Machen Sie nur nicht meine ganze Arbeit zunichte, das ist alles. Beim ersten Anzeichen einer Halluzination sind Sie wieder bei mir, und zwar schneller, als Ihre Hosen Feuer fangen. *Capito?* Und nun viel Glück."

SIR WESTCOTTS Sekretärin hatte mir noch ein Abschiedsgeschenk überreicht, als ich mich bei ihr abmeldete: eine große, vierfarbige Karte mit der Struktur des menschlichen Gehirns, mit Seiten-, Hinter-, Frontansicht und aus der Vogelperspektive. Meine erste Handlung in meiner Wohnung war, sie voller Stolz an eine Schlafzimmerwand zu hängen. Bevor ich den letzten Reißnagel in die Wand drückte, kam mir ein zweifelnder Gedanke. Tess wollte mit mir zu Abend essen, allerdings erst einen Tag später. Wenn sie auf irgendeine Weise danach in mein Schlafzimmer gelangen sollte, wäre ein detailliertes Diagramm des Gehirns vielleicht nicht der romantischste Wandschmuck . . .

Ich ließ es hängen. Vielleicht fühlte sie sich dann zu Hause. Ich ging hinüber in die kleine Kammer, die ich als Arbeitszimmer bezeichnete, und öffnete die Schreibtischschublade. Ich suchte nach den Buntstiften und stutzte dann. Man hatte meinen Schreibtisch durchsucht. Wenn mir meine visuelle Erinnerung keine Streiche spielte – eine Möglichkeit, die ich nicht ausschließen konnte –, lagen die Stifte und Füller in einer anderen Reihenfolge, als ich sie zuletzt gesehen hatte.

Auch andere Dinge in meinem Apartment waren verräumt worden. Das wurde mir klar, als ich mir meine Kleider, Bücher und Platten genauer ansah. Und ich ließ nie das Klavier offen, so wie es jetzt war. Aber nichts schien zu fehlen, und so kehrte ich schließlich, ziemlich verwirrt, in mein Schlafzimmer zurück.

Ich nahm einen roten und einen blauen Filzstift und stellte mich vor das Diagramm an der Wand. Es bereitete mir ein fast perverses Vergnügen, die verschiedenen Zonen, soweit ich es wußte, mit „LEO" (blau) und „LIONEL" (rot) zu markieren.

Und nun zum gespenstischen Teil: Ich nahm den roten Stift in meine linke Hand, schloß mein rechtes Auge und hob meine Hand auf die Höhe des Diagramms. Sir Westcott hatte mir dieses Experiment empfohlen, aber ich hatte es erst einmal zuvor versucht, ohne Ergebnis.

Ich sah nichts auf meinem linken Auge. Ich stand vor der Wand und wußte, daß sich meine linke Hand bewegte. Ich hörte das Kratzen der Filzspitze auf dem Papier. Es ging fast über meine Selbstbeherrschung, einfach dazustehen und zu warten, bis das Geräusch aufhörte und meine linke Hand sich nicht mehr bewegte.

Einen Monat lang war meine linke Hälfte nach meinem ersten Erwachen wie gelähmt gewesen. Ich konnte meine Finger und Zehen zwar bewegen, aber sie fühlten sich hölzern an und waren kaum zu kontrollieren. Ich ängstigte mich, aber Sir Westcott war keineswegs überrascht.

„Ich habe es Ihnen gesagt", meinte er. „Die linke Hälfte Ihres Körpers erhält ihre Befehle zum größten Teil aus der rechten Gehirnhälfte. Sie müssen jetzt die Kontrolle übernehmen – ein großer Teil dieser Hemisphäre ist Ihnen entzogen worden. Wenn Sie erst eine Verbindung mit Leos Nervengewebe haben, wird sich das Problem von selbst lösen."

Ich wackelte mit den Fingern und versuchte, sie schneller zu bewegen. „Wie kann ich überhaupt überleben, wenn dreißig Prozent meines Gehirns ausgeschaltet sind?"

„Redundanz – Sie haben überflüssige Speicherkapazität. Es gibt ungeheuer viel ungenutzte Kapazität in unserem Gehirn – Kinder können sogar überleben, wenn sie ihr halbes Gehirn verlieren. Sie benützen brachliegende Nerven. Kein Problem."

„Und wie ist es bei Erwachsenen? Ich bin kein Kind mehr." Ich fürchtete immer noch, daß ich mein Leben lang ein Krüppel bleiben würde.

„Sie werden überrascht sein. Wenn Sie wissen wollen, wie aktiv Leo in Ihrem Gehirn ist, ohne daß Sie ihn kontrollieren können, habe ich einen einfachen Test für Sie. Nehmen Sie einen Stift in Ihre linke Hand, und bedecken Sie Ihr rechtes Auge. Dann tritt Ihre rechte Gehirnhälfte in Aktion."

Als ich das jetzt in meinem Schlafzimmer versuchte, konnte ich dem Drang, zwischen zwei Fingern hindurchzuschielen, kaum widerstehen. Schließlich rührte sich der Stift nicht mehr, und ich öffnete mein rechtes Auge. Während der Stift über das Papier fuhr, hatte ich mich auf die verschiedenen Funktionen des Gehirns und seine Struktur konzentriert, und ich erwartete, etwas Ähnliches auf dem Diagramm zu sehen – vielleicht eine weitere Region, die mit „LIONEL" markiert war. Statt dessen hatte der rote Stift auf einer freien Fläche des Diagramms gezeichnet. Zwei wacklige Ellipsen hingen dort nebeneinander.

Was war das? Keine Nullen oder Eier – am langen Ende waren sie zugespitzt. Zitronen? Zwei Zitronen.

Auch das gab keinen Sinn. Ich merkte, daß ich in kalten Schweiß gebadet war, während ich versuchte, die beiden Figuren vor mir zu interpretieren. Ich fühlte mich wie an jenem Tag, als eine Schwester einen Strauß frischer Rosen in mein Zimmer brachte und auf einen Tisch stellte. Ich hatte sofort angefangen zu zittern und zu schwitzen, bis Tess herbeigeeilt kam und mir eine Spritze verpaßte.

Zitronen.

Zum Teufel damit. Darüber konnte ich auch in der U-Bahn nachdenken, und wenn ich mich nicht bald auf den Weg machte, würde Tess auf mich warten müssen.

Die Zitronen hätten mir fast den ganzen Abend verdorben. Ich konnte sie nicht aus meinem Kopf verdrängen. Tess registrierte meine Zerstreutheit, nachdem wir zusammen die Speisekarte durchgegangen waren und uns auf einen Lammrücken für zwei geeinigt hatten. Dann versteckte ich mich hinter der Weinkarte, ohne sie eigentlich zu lesen, bis Tess sie mir aus der Hand nahm. Sie stellte dem Ober ein paar Fragen, und es war offensichtlich, daß sie mehr von Weinen verstand, als ich es jemals tun würde.

„Ich habe einen genommen, der unterschätzt wird und billig ist", sagte sie, als der Ober respektvoll nickte und uns allein ließ. „Ich weiß, daß er gut ist. Aber glauben Sie, daß er Ihnen wirklich guttun wird? War Ihnen wieder schwindlig?"

„Es geht mir ausgezeichnet." Ich verschwieg ihr den Wein und den Brandy, den ich vor zwei Tagen getrunken hatte.

Sie schien nicht überzeugt. Wir saßen uns eine oder zwei Minuten gegenüber, ohne den Versuch zu unternehmen, ein Gespräch anzufangen. Ich hatte schon in meinen ersten bei Bewußtsein verbrachten Wochen im Krankenhaus gemerkt, daß sich hinter ihrer breiten Stirn eine Menge abspielte. Sir Westcott vertraute seine kritischsten Fälle nicht irgendeiner Schwester an. Tess schlug nicht wie ein Blitz bei der ersten Begegnung ein; sie wuchs in einem, unaufhaltsam, bis man sich schließlich Sorgen zu machen begann, wenn sie frei hatte, und sich fragte, was sie wohl gerade machte.

„Einen Penny für Ihre Gedanken." Sie hatte mir aufmerksam zugesehen, während ich meine Oliven und mein Paté verzehrte. „Oder wollen Sie den ganzen Abend kein Wort darüber verlieren?"

Ich suchte mit den Augen auf dem Tisch nach etwas, auf dem man zeichnen konnte. Es gab nur die Servietten und das Tischtuch, und ich glaubte nicht, daß der Geschäftsführer begeistert sein würde, sie mit meinen Kunstwerken verziert zu sehen. Schließlich half mir Tess mit einer Papiertüte aus, die sie in ihrer Handtasche fand. Ich zeichnete so originalgetreu wie möglich (das heißt nicht sehr) und erklärte ihr dann, wie die Figuren auf mein Gehirndiagramm gekommen waren.

Sie saß ruhig da, den Kopf zur Seite geneigt, und studierte die beiden Ovale.

„Eier?" fragte sie schließlich. „Walnüsse, Zitronen, Ballons – es könnte alles mögliche sein. Ich würde gerne das Original sehen. Wo auf der Karte haben Sie sie eingezeichnet?"

„Schwer zu beschreiben. Links unten, auf einer freien Fläche neben der Vorderansicht. Aber Sie müßten sie sich schon selbst ansehen, wenn Sie die genaue Position interessiert."

„Sie haben mich drangekriegt. Es könnte wichtig sein." Sie stopfte die Tüte wieder in ihre Handtasche. „Wo haben Sie das Diagramm?"

Ich zuckte mit den Schultern. „In meiner Wohnung – an einer Schlafzimmerwand."

Für den Bruchteil einer Sekunde erschienen die mißtrauischen Falten, um sich dann in ein Lächeln aufzulösen. „Das hat noch niemand versucht. Wäre es nicht einfacher, wenn Sie mir versprächen, mir Ihre Briefmarkensammlung zu zeigen?"

Sie sprach nicht weiter darüber, aber sie machte auch keinen anderen Vorschlag. Bis zum Ende des Essens fühlte ich mich in Hochstimmung, glücklich und mehr als nur ein bißchen nervös. Als wir uns trafen, war mir gleich aufgefallen, daß sie ihren Ring nicht trug, und ich schloß daraus, daß ihr Freund tatsächlich nur ein Schutzgeist gegen unerbetene Aufmerksamkeiten im Krankenhaus war. Tess sah mir ruhig zu, während ich mehr Wein trank, als gut für mich war, und eine Krumenspur von dem Brotkorb zu meinem Teller legte. Zum erstenmal seit dem Absturz (ich konnte immer weniger an einen Unfall glauben) war es mir nicht peinlich, in der Öffentlichkeit gesehen zu werden. Tess störte sich ganz gewiß nicht an meinen Narben, und sie wußte, daß ich noch wesentlich mehr davon hatte als auf den ersten Blick erkennbar.

In dem Taxi nach Shepherd's Bush machte ich mir die ganze Fahrt über Gedanken. Zuerst darüber, was passieren könnte, dann darüber, was nicht. Gehirnverletzungen haben oft physische Auswirkungen – ich hatte die Bücher, die Sir Westcott mir gegeben hatte, aufmerksam gelesen und war bereit, das Schlimmste zu befürchten. Und selbst die optimistischste Prognose ließ noch die Frage mechanischer Probleme offen. Eine Menge neuer Bahnen waren in mir gelegt worden. Wenn ich Schwierigkeiten beim Lieben hatte, dann war dies nicht der geeignete Augenblick, sie zu entdecken.

So oder so war ich nicht auf dem geistigen Höhepunkt, als wir meine Wohnung erreichten. Mir fiel auf, daß die Türe vor der Eingangshalle nicht abgeschlossen war, was ungewöhnlich ist. Und jemand oder etwas hatte die Papierkörbe umgestoßen, aber das war wohl kaum ein Gesprächsthema, mit dem ich Tess betören konnte.

Vielleicht war das auch gar nicht nötig. Sie war viel entspannter als ich und nahm meinen Arm, als wir wie ein altes Ehepaar die Türenparade bis zu meiner Wohnungstür abschritten.

Wir verbrachten zehn Minuten vor dem Diagramm im Schlafzimmer und versuchten, etwas Sinnvolles in die Zeichnung zu interpretieren. Tess bot mir noch ein paar Alternativen für die ovalen Figuren an (Brille, Zwiebeln, Glühbirnen), aber ohne Ergebnis. Ein paar Minuten lang sahen wir uns einfach an.

Ich überlegte mir, was wir als nächstes tun sollten, als Tess schweigend aufstand, aus dem Schlafzimmer ging und durch das Wohnzimmer zurückkam.

„Ich wollte nur sichergehen, ob die Vordertür abgeschlossen ist“, sagte sie, als sie zurückkam. „Einer muß es tun, und ich weiß nicht, ob du jemals dazu kommst.“ Sie setzte sich neben mich und gab mir einen ersten Kuß. Er war warm, weich und beunruhigend angenehm. Nach ein paar Minuten entschloß ich mich, das Licht zu dämpfen. Ich hatte mich im Spiegel gesehen, und Frankensteins Monster war ein Beau gegen mich.

Nun, Hut ab vor Sir Westcott. Alles schien in bester Ordnung zu sein. Ich war nervös, darum bekleckerte ich mich beim erstenmal nicht gerade mit Ruhm, aber danach wurde es, dank Tess' Hilfe, ein berauschender Erfolg.

„Siehst du“, sagte sie hinterher. „Ich habe gewußt, daß du dir keine Sorgen zu machen brauchst.“

Ich drehte meinen Kopf zur Seite, um von oben auf ihren Scheitel zu sehen. „Ich habe das nicht gewußt. Und ich weiß nicht, woher du das wissen solltest.“

Sie kicherte verträumt, zog mit ihren Fingern sanft die Linien meiner Operationsnarben nach und verfolgte dann die Spur der subkutanen Naht in meinen Muskeln. „Ich habe mir heute nachmittag noch einmal die letzten Röntgenbilder angesehen. Ich weiß nicht, was in deinem Kopf vorgeht, aber der Rest ist schon verheilt. Völlig. Du machst dich.“

Das wäre der richtige Augenblick gewesen, um ihr von dem Absturz, von meinem Verdacht, von der Frau im Zoo und den Männern in Soho zu erzählen. Aber ihr Streicheln war so sanft, und es schien keine Eile zu haben. Ich konnte ihr das alles auch am nächsten Morgen erzählen und sehen, ob sie mir glaubte. Ich war überzeugt, daß sie mir mehr vertraute als Sir Westcott.

Aber es kam ganz anders.

ALS ICH aufwachte, schien die Sonne, das Telefon klingelte, und das Bett neben mir war leer. Sie hatte einen Zettel auf das Kissen gelegt, neben meinen Kopf. Darauf stand: „Die Pflicht ruft. Ich arbeite heute von sieben bis vier. Ruf mich heute abend an (wenn du möchtest)."

Vielleicht war das gut so. Ich fühlte mich grauenhaft, als ich mich aufsetzte, physisch am Boden und ganz bestimmt nicht in der Stimmung für schwierige Gespräche. Ich stolperte zum Telefon, das aufhörte zu klingeln, bevor ich abheben konnte.

Nach Toast und Kaffee sah die Welt schon besser aus, und nach einer heißen Dusche noch mehr. Ich fühlte mich weder schwindlig noch angegriffen, und ich fragte mich, ob ich Sir Westcott anrufen und ihm erklären sollte, daß ich wieder einen Schritt auf dem Weg der Besserung vorangekommen war. Aber was sollte ich ihm erzählen, wenn er mich nach Details fragte? Ich zog mich langsam an und ging dann die Treppe hinunter, um die Zeitung zu holen.

Es war beinahe zehn Uhr und die Sonne inzwischen so weit gewandert, daß sie nicht mehr direkt in die Eingangshalle schien. Ich hatte keine Lust, die Treppe wieder hochzusteigen, um das Licht einzuschalten, und so trat ich in das Zwielicht, das durch das einzelne staubige Fenster hoch oben in der Wand drang.

Sowie ich den Fuß der Treppe erreicht hatte, roch ich es. Der Geruch war intensiv, wie Acetat mit reifen Pfirsichen vermischt. Ich hielt inne und versuchte immer noch, den Geruch zu identifizieren, als der Boden der Eingangshalle unter meinen Füßen zu versinken schien. Ich stand auf schwarzem, weichem, endlosem Samt. Dann kippte ich nach hinten.

„Paß auf seinen Kopf auf", sagte eine Stimme hinter mir. Arme kamen aus dem Nichts, um meinen Fall aufzufangen. Ich tauchte unter, tief hinein in den schwarzen Samt, dorthin, wo die Sonne niemals scheint.

Kapitel 6

„Er is wach. Ruf den Boß an."

Aber er war nicht wach. Nicht, wenn sie mich meinten. Er lag im Halbschlaf, mit dem schlimmsten Kater, den er jemals gehabt hatte, und ohne seine Augen öffnen und in das Licht über ihm blicken zu können.

Nicht über mir, korrigierte ich nach einer Weile; es war vor mir, und ich lag nicht. Ich saß auf einem Stuhl. Es bestand keine Gefahr, daß ich herunterfallen konnte. Meine Handgelenke waren an die Seitenlehnen gefesselt, und etwas spannte sich mörderisch fest um meine Knie und Fußgelenke. Ich fühlte mich hundeelend. Ich wandte meinen Kopf von der hellen Wandlampe ab und atmete angestrengt, während ich gegen die ansteigende Übelkeit kämpfte.

„Hier." Eine große Hand hielt eine Tasse vor meinen Mund. „Es geht Ihnen nich so schlecht, wie Sie glauben. Trinken Sie das, dann geht's Ihnen besser."

Ich schluckte, als er die Tasse an meine Lippen hielt. Es schmeckte bitter. Mein Mund zog sich zusammen, und einen Moment lang fürchtete ich, mich erbrechen zu müssen. Dann fühlte ich mich schlagartig besser, gut genug, um panische Angst zu bekommen, weil ich begriff, was passiert war. Ich war vollkommen hilflos, unfähig, eine Hand oder einen Fuß zu bewegen. Die Angst dörrte meinen Mund aus und machte es mir unmöglich zu schlucken.

Ich öffnete meine Augen und schielte nach oben. Der Mann, der die Tasse hielt, war groß, ungefähr so groß wie ich. Er war schwer gebaut und höchstens Ende Zwanzig. Mit seinem frischen, runden Gesicht, auf dem keine einzige Falte oder Runzel zu sehen war, hätte er auch noch als Teenager gelten können, wenn er kleiner gewesen wäre. Der Gesichtsausdruck, mit dem er mich betrachtete, war eine Mischung aus Scheu und Neugier.

„Sie kommen sofort", sagte eine andere Stimme hinter mir. Ein zweiter Mann trat in mein Gesichtsfeld. „Hat er es getrunken?"

Der Neuankömmling war kleiner, zierlich gebaut und gut gekleidet. Sein Haar war mit Brillantine gezähmt und durch einen Mittelscheitel geteilt, der vielleicht vor vierzig Jahren modern gewesen sein mochte. Ich konzentrierte mich auf ihre Gesichter und versuchte darin etwas zu lesen, das mir über meine Lage Aufschluß gegeben hätte. Die Gesichter waren unlesbar.

„Er hat's getrunken", antwortete der erste Mann. Er drehte die leere Tasse um. „Alles. Wie lange dauert's, bis sie hier sind?"

„Dreiviertel Stunde. Zan ist im Laden, und er muß sie abholen." Er drehte sich um und sah mir zum erstenmal direkt in die Augen. „Er soll so bleiben, wie er ist – wir gehen lieber kein Risiko ein."

Jetzt war ich wirklich wach und spürte die Schnüre, die mir an meinen Beinen hart ins Fleisch schnitten. Meine Hände waren schon rot und geschwollen und meine Gelenke taub. Der Gedanke, noch eine Stunde so gefesselt zu verharren, machte mir angst.

„Ihr Schweine, alle beide", sagte ich. „Bindet mich los. Diese Fesseln bringen mich um. Seht euch meine Hände an."

Der Kleinere trat dicht vor mich hin und besah sich ohne jede Gefühlsregung meine Fesseln. „Sie sollten mehr auf Ihre Manieren achten, sonst muß ich Pudd'n bitten, Ihnen welche beizubringen."

„Zum Teufel mit Pudd'n, und zum Teufel mit Ihnen!" fluchte ich. Ich hatte Todesangst, aber irgendwo tief in mir spürte ich Wut. „Sie müssen die Fesseln lockerer machen!"

Der große Junge stellte sich neben den Kleinen und beugte sich vor, um meine Fesseln genauer zu prüfen. „Er hat recht, Dixie", sagte er. „Du hast sie zu fest angezogen, sie schnüren ihm das Blut ab."

„Und wenn schon." Dixie sah mit hinterhältiger Befriedigung zu mir herunter. „Er hat's nicht anders verdient. Du hast selbst gesehen, was er mit Jack und Des angerichtet hat. Es soll ihm ruhig weh tun."

„Ja, sicher." Pudd'n stand unbewegt vor mir, sein nachdenkliches Gesicht in Falten gelegt. „Aber vielleicht sollten wir sie trotzdem 'n bißchen lockerer machen. Du kennst den Boß. Du weißt, was los is, wenn was passiert, bevor er hier is."

„Der Boß kann mich mal. Ich hab keine Angst vor dem dreckigen kleinen Araber", erwiderte Dixie. Aber er kniete vor mir nieder und lockerte die Knoten. Kurz darauf wurden die Schmerzen unerträglich. Ich stöhnte und fluchte, als das Blut wieder in meine Hände und Füße zu fließen begann.

„Trotzdem sind Sie Schweine", sagte ich zittrig, als der Schmerz am schlimmsten war. „Ich habe niemandem etwas getan. Was wollen Sie von mir?"

„Das werden Sie schon noch erfahren", sagte Dixie. Sie mußten mir mein Jackett ausgezogen haben, ehe sie mich fesselten, und jetzt durchsuchte er systematisch und genüßlich meine Taschen. „Wenn Sie niemandem was getan haben, dann haben Sie auch nichts zu befürchten, oder? Hier, Pudd'n, sieh dir das an. Unschuldig bis zum Beweis des Gegenteils, wie? Ziemlich wahrscheinlich. Ich denke, das beweist uns, wer er ist."

Er hatte die Pillenschachtel gefunden, die mir Sir Westcott mitgegeben hatte. Jetzt ließ er zwei der blauen Kapseln auf seine Handfläche rollen und streckte sie Pudd'n entgegen. Der große Mann pfiff anerkennend, als er sie sah.

„Nymphs?" fragte er.

„Sieht ganz danach aus", antwortete Dixie. Er drehte sich wieder meinem Stuhl zu. „Sie schmutziger alter Kerl!"

Der Schmerz in meinen Händen ließ nach, und ich versuchte, die Blutzirkulation zu unterstützen, indem ich meine Hände zu Fäusten ballte und sie wieder entspannte.

„Das ist Medizin!" protestierte ich. „Ich brauche sie – ich bin gerade erst aus dem Krankenhaus entlassen worden."

„Ich weiß", erwiderte Dixie. Er lachte schallend. „Medizin, wie? Nicht schlecht. Erzählen Sie das dem Richter, und er schickt Sie sofort wieder zurück ins Krankenhaus. Nymphs sind nur für eines zu gebrauchen, und Sie eignen sich nicht gerade dazu." Er wurde immer selbstsicherer.

„Ich habe keine Ahnung, wovon Sie reden", sagte ich schwach. Aber ich fragte mich insgeheim, ob mir Sir Westcott nicht etwas Wichtiges verschwiegen hatte.

„Sehr gut", meinte Dixie. Sein Tonfall war übertrieben sarkastisch. „Keine Ahnung, wie? Das können Sie Zan und dem Boß erklären, wenn sie hier sind. Vielleicht glauben sie Ihnen." Er warf einen kurzen Blick auf seine Uhr, dann sah er Pudd'n an. „Sie kommen erst in einer halben Stunde, du weißt, daß Zan immer zu spät kommt. Wie wär's mit ein bißchen Musik, bis sie hier sind?"

Pudd'n zuckte mit den Schultern. „Wenn du willst. Aber was machen wir mit ihm? Wir dürf'n ihn nich aus den Augen lassen."

„Kein Problem. Wir nehmen ihn einfach mit nach drüben."

„Gut." Pudd'n trat einen Schritt vor und baute sich vor mir auf. „Nimm du den Stuhl hinten."

Ich konnte nichts dagegen unternehmen. Ich hatte so viel Entscheidungsfreiheit wie ein Sack Gemüse. Der Raum, in dem wir uns befanden, war vielleicht sieben Meter lang und fünf breit, mit zugezogenen, bodenlangen Vorhängen vor den Fenstern und mit poliertem Parkett. Die Möbel – wenigstens die, die ich sehen konnte – waren teuer und sorgfältig auf die Tapeten und die Vorhänge abgestimmt. Pudd'n zog eine Doppeltüre auf, dann wurde ich, samt Stuhl, rückwärts in ein größeres Zimmer getragen. Ein offener Steinway stand an einer Wand, und ein altes Broadwood-Klavier – seiner äußeren Erscheinung nach in ausgezeichnetem Zustand – an der gegenüberliegenden. Dazwischen waren wieder acht Meter poliertes Parkett.

Ich wurde neben dem Steinway abgestellt. Dixie blieb in der Zimmermitte stehen, und Pudd'n setzte sich auf den Pianostuhl.

„Fertig?" fragte er.

Dixie nickte. „Jederzeit."

Pudd'n begann ein Scott-Joplin-Stück zu spielen, das ich manchmal als Zugabe gegeben hatte – *Magnetic Rag.* Seine Hände waren sehr groß – ich schätzte, daß er mindestens eine Duodezime greifen konnte –, und er arbeitete, fast ohne sein Handgelenk zu bewegen. Das Tempo war angenehm, mittelschnell, ein bißchen schneller, als ich es spielte.

„Gut", sagte Dixie. Und während ich ihn verständnislos anstarrte, begann er zu tanzen. Sein Gesicht war ausdruckslos, aber konzentriert. Er wärmte sich mit ein paar langsamen Schritten auf und ging dann zu komplizierteren Sechzehntel-Figuren über. Er nahm nicht mehr Notiz von mir als von einem beliebigen Möbelstück.

Ich sah wieder zu Pudd'n. Er spielte locker und genau, ohne auf seine Hände zu schauen. Es schien ihn sogar zu langweilen, und beim zweiten Durchgang fügte er ein paar Extranoten mit der rechten Hand hinzu, eine *Acciaccatura* auf jeden zweiten Schlag. Und er schloß mit einer ungewöhnlichen enharmonischen Kadenz, die mir wesentlich besser gefiel als Joplins Vorlage.

„Noch einmal", forderte Dixie. Er war ein bißchen außer Atem. „Und schneller."

„Fang einfach an, ich steig ein", entgegnete Pudd'n. Er hatte bemerkt, daß ich ihn beim Spielen beobachtete. Diesmal gab er mir eine Galavorstellung, mit Oktav-, Sext- und Terzpassagen und erweiterten Baßakkorden. Wie bei den meisten Amateuren war seine rechte Hand besser als die linke, aber er war trotzdem gut. Trotz meiner Lage konnte ich nicht anders, als ihm aufmerksam zuzuhören. Ich hörte keine falschen Noten oder verschwommenen Akkorde, und die Tonleitern kamen immer exakt. Sein Pedalspiel gefiel mir nicht, aber er brauchte es nicht, um Fehler zu überdecken, und er spielte mit Muße, als könnte er noch schneller, wenn er nur wollte.

Er hatte das Tempo langsam verschärft. Als er mit einer rasanten Tonleiter aufwärts endete, ging Dixie zu einem der hochlehnigen Stühle und ließ sich auf der Stuhlkante nieder. Auf seinem müden Gesicht glänzten Schweißperlen.

„Genug", sagte er. „Puh, ich bin geschafft – du hast ziemlich angezogen. Ich brauch jetzt eine Zigarette."

Pudd'n zwinkerte mir unvermittelt zu. „Nee, du wirst langsam, Dixie. Wirst alt. Stimmt's, Mister Foss?"

„Ihr seid Trottel, alle beide", sagte ich. „Merkt euch ein für allemal, ich bin nicht Leo Foss."

„Das müssen Sie mit dem Boß ausmachen. Zigarette?"

Er war längst nicht so unfreundlich wie Dixie. Ich schüttelte den Kopf, und er zündete sich selbst eine an. Dann schwenkte er den Stuhl wieder zu dem Flügel herum. „Sie mögen Musik, nich wahr?"

„Sehr." Mir wurde klar, daß er keine Ahnung hatte, wer ich in Wirklichkeit war. „Sie auch, und Sie sind gut. Viel Übung."

Er nickte und sog den Rauch tief in die Lungen ein. „Verdammt wahr. Zwölf verdammte Jahre, dann konnte ich weg un' meine eigenen Sachen machen."

„Sie sind von daheim fortgelaufen?"

Er schüttelte den Kopf. „Waisenhaus. Jeden verdammten Tag Stunden, außer Weihnachten, da mußte ich Weihnachtslieder für die ganze Gesellschaft spielen." Seine Stimme wechselte ins Falsett. „‚Thomas, der Herr hat dich mit Talent gesegnet. Es wäre falsch und beschämend, wenn du es vernachlässigen würdest.' Damit hab'n sie mich jeden Tag zum Frühstück vollgestopft, bis ich sechzehn war und abhaun konnte."

Draußen hörte man plötzlich eine Wagentür zuschlagen.

Dixie grunzte und stand auf. „Sie sind da, Pudd'n. Behalt's für dich – ich weiß sowieso nicht, warum du deine Zeit mit ihm vergeudest."

„Ruhig, Dixie." Pudd'n wandte sich wieder mir zu. „Passen Sie auf, Foss, ich werde Ihnen einen guten Rat geben. Ich kenn den Boß, un' Sie nicht. Beantworten Sie seine Fragen richtig un' sofort; un' Sie werden es sich danken. Stimmt das nich, Dixie?"

„Er kann tun, was ihm gefällt", meinte Dixie gelangweilt. „Is mir scheißegal, ob sie ihm eine Kugel in den Kopf jagen oder nicht."

Ich hörte Schritte im anderen Raum. Ohne auf Sir Westcotts Rat Rücksicht zu nehmen, schnellte mein Puls nach oben, und ich hätte wetten können, daß mein Blutdruck sich beeilte, es ihm nachzumachen. Pudd'n und Dixie standen auf und warteten.

Der Mann, der eintrat, war klein, kleiner als Dixie. Sein Teint war dunkel, fast schwärzlich, und von dunkelschwarzem, glattem Haar gekrönt. Seine Nase und sein Kinn waren beeindruckend. Ich vermutete, daß er Ägypter oder Libanese war. Die Frau, die ihm folgte, war ein paar Zentimeter größer, gleichfalls dunkelhaarig und mit dunklem Teint, aber mit einem klaren, ovalen Gesicht und schönen Augen. Sie mußte Ende Zwanzig sein. Ihre Nase war im klassisch griechischen Profil geschnitten, von zwei hohen Backenknochen flankiert und von einem zarten Kinn untermalt.

Als sie ins Zimmer trat, starrte sie mich seltsam eindringlich an. Sie wandte ihren Blick nicht von mir, nicht einmal, wenn jemand mit ihr sprach. Unter anderen Umständen hätte ich sie äußerst attraktiv gefunden. Aber so . . .

Der Mann kam herüber und betrachtete mich neugierig. „Sie hab'n uns eine Menge Arbeit gemacht, wirklich. Sie hab'n die beid'n Jungs ganz schön zugerichtet – vielleicht werden Sie die Rechnung begleichen müssen."

Seine Stimme überraschte mich. Sie hatte einen starken Liverpooler Akzent – und ich kannte sie! Er war einer der beiden Männer an der Absturzstelle; Scouse hatte der andere ihn genannt. Ich warf einen schnellen Blick auf ihre Schuhe, aber keiner von ihnen – was mich nicht überraschte – trug die schwarzen, riemenverzierten Modelle, die ich immer noch vor Augen hatte, wenn ich an den Absturz dachte.

Ich starrte zu Scouse hoch. „Sie haben den Falschen. Ich weiß nicht, was Sie vorhaben, aber ich bin überzeugt, daß Sie einen Fehler gemacht haben."

„Glauben Sie?" Er lachte, ein kehliges, befriedigtes Kichern. „Nein, Sie mach'n einen Fehler, Foss." Er wandte den Kopf. „Hast du ihn durchsucht, Dixie?"

„Selbstverständlich." Dixie warf mir einen grimmigen Blick zu und hielt Scouse dann die Pillenschachtel hin. „Es ist zwar nicht das, wonach wir suchen, aber es beweist wenigstens, daß er Foss ist. Sehen Sie hinein – kein gewöhnlicher Mensch würde Nymphs mit sich herumtragen."

Scouse warf einen uninteressierten, aber intelligenten Blick auf mich.

„Nee – und Foss auch nich, wenn er durch 'n Zoll muß, um sie ins Land zu bringen. Das wär viel zu gefährlich. Denk nach, Dixie, er wär wahnsinnig, wenn er Nymphs mit sich herumtrag'n würd." Er hob den Deckel von der Schachtel und ließ eine Kapsel in seine Hand rollen. „Ich weiß nich. Sie seh'n genauso aus, da geb ich dir recht. Aber ich bin mir nich sicher."

„Das ist Medizin", beschwor ich. „Ich bin nicht Leo Foss, ich bin Lionel Salkind, und ich bin vor kurzem erst aus dem Krankenhaus entlassen worden."

„Das kenn' wir schon", antwortete Scouse versonnen. Er öffnete die Kapsel mit seinem Daumennagel und schüttete graugrünen Puder auf seine Handfläche. Vorsichtig schnüffelte er daran. „Hier, Zan, was hältst du davon?"

Die Frau wandte für einen Augenblick ihre Augen von mir, um die Kapsel zu nehmen. Sie senkte den Kopf und tauchte ihre Zungenspitze in das Pulver.

„Nein", erklärte sie kurz darauf. Ihre Stimme war tief und melodiös, ein angenehmes Kontralto. „Ich weiß nicht, was es ist, aber ich bin überzeugt, daß es keine Nymphs sind." Sie hatte einen schweren Akzent, der zu ihrer griechischen Erscheinung paßte. „Vielleicht ist es tatsächlich Medizin."

„Du wärst sowieso zu alt dafür, wenn es Nymphs wären, Zan", bemerkte Dixie gehässig. Dann sah er ihren zornigen Blick und schwieg.

„Vielleicht“, sagte Scouse nachdenklich. Mir war aufgefallen, daß die anderen erwartungsvoll zuhörten, wenn er sprach. „Vielleicht is es wirklich Medizin. Aber nirgendwo is das, was wir suchen, das is wichtig.“ Er beugte sich vor und ließ die Pillenschachtel in meine Hemdtasche gleiten. „Sie versteh'n, vor welchem Problem ich stehe, nich wahr? Vielleicht möchten Sie mir helfen, es zu lösen? Ich bin eigentlich überzeugt, daß Sie das möchten.“

„Ich habe immer noch keine Ahnung, wovon Sie sprechen.“ Diese hellen Augen machten mich nervöser als alles, was ich seit meiner Ohnmacht erlebt hatte.

„Aha, aber das würd'n Sie auf jeden Fall behaupten – das is das Problem, nich wahr? Sie behaupten, nich Leo Foss zu sein, das weiß ich inzwischen. Sie sin der Zwillingsbruder Lionel, und Leo wurde bei dem Unfall getötet. Ich weiß, das hab'n wir schon alles gehört.“

Er warf Dixie einen kurzen Blick zu. „Und der Absturz war Pfusch, darum hatt'n wir nich soviel Zeit, wie wir brauchten. Na, egal, wir hab'n uns um den Knaben gekümmert, der den Absturz verpfuscht hat, nich wahr, Dixie? Aber wir können uns nicht noch eine Panne leisten. Angenommen, Sie sin Leo. Dann wissen Sie, wo das Belur-Päckchen ist. Und das will ich auch wissen. Und das werden Sie mir sagen. Würden Sie das lieber gleich tun, bevor es unangenehm wird?“

„Ich bin Lionel. Lionel Salkind.“ Meine Kehle war wieder wie ausgedörrt. „Ich weiß nichts von einem Belur-Päckchen.“

„Das hab ich schon gehört.“ Seine Stimme war sanft und nachdenklich. „Dixie, zieh ihm sein Hemd aus. Bind ihn nicht los. Schneid es weg, wenn du mußt.“

Dixie zog ein feststehendes Messer hervor. Die Schneide war rasiermesserscharf und endete in einer heimtückischen Spitze. Es glänzte im Licht. Routiniert schnitt er mein Hemd und Unterhemd von unten bis oben auf und legte die kalte Messerklinge geradezu zärtlich auf meine nackte Haut, nachdem er fertig war. Scouse pfiff leise, als er das Narbenmuster auf meinem Körper sah.

„Das ist der Krieg, was? Vielleicht brauch'n Sie die Pillen tatsächlich. Ich habe schon Straßenkarten gesehen, auf denen weniger Linien waren als auf Ihrem Bauch. Aber Sie möchten doch sicher keine neuen dazubekommen, oder? Das kann ich versteh'n. Aber wir müssen noch einen kleinen Test machen, bevor wir anfangen – nur, um sicherzugehen."

Er nickte. Dixie nahm seine Zigarette aus dem Mund und drückte sie ohne jede Warnung auf meine Schulter.

Ich schrie vor Schmerz auf und versuchte, mich der rotglühenden Zigarettenspitze zu entwinden. Ich konnte mich nicht mehr als ein paar Zentimeter weit bewegen. Scouse nickte.

„Gut. Wir wollt'n das nur prüfen. Es hätte nicht viel Sinn, sich mit Ihnen zu beschäftigen, wenn Sie schon mit dem Belur-Päckchen gespielt hätten. Gut, und jetzt woll'n wir uns ein bißchen unterhalten."

Er zog einen Stuhl heran und setzte sich mir gegenüber. Mir fiel auf, daß die Frau hinter ihm völlig reglos stand. Ihre Wangen waren gerötet, und sie kaute auf ihrer Unterlippe, als ob sie unter großer Anspannung stünde.

„Wollen Sie einfach so stehenbleiben und zusehen, wie ich gefoltert werde?" fragte ich verzweifelt. „Sehen Sie nicht, daß ich der falsche Mann bin?"

Scouse drehte sich zu ihr um, als ich sprach, und sah ihre gespannte, steife Haltung. „Pudd'n, bring Zan raus un in ein anderes Zimmer. Bring sie nach unten."

Sie ging ohne ein weiteres Wort, aber in der Tür drehte sie sich noch einmal um und schenkte mir einen langen, unergründbaren Blick. Es war offensichtlich, daß sie nicht gerne ging, aber sich auch nicht mit Scouse anlegen wollte. Sobald sie verschwunden war, zog er eine schwarze Kiste aus seiner Tasche. Er entnahm ihr eine kleine Phiole und eine Spritze und legte beides auf den Klavierstuhl.

„Das war brutal, mit der Zigarette, wie? Ich weiß." Er beugte sich vor, um mir wieder in die Augen zu sehen. „Und es hinterläßt Spuren, und das is immer schlecht. Ich sag immer zu Dixie, wenn er mit seinem Messer spielt, 's gibt bessere Methoden. Lassen Sie mich erklären, was wir statt dessen machen werden."

Er nahm die Spritze, tauchte die Nadel durch den Gummiverschluß der Phiole und zog etwa einen Kubikzentimeter einer klaren Flüssigkeit auf.

„Das hinterläßt keine Narben – nur einen kleinen Nadelstich. Damit werden die Nerven um den Injektionsbereich herum stimuliert. Die Schmerznerven vor allem. Möchten Sie lieber mit mir verhandeln, bevor ich Ihn'n die erste Spritze gebe? Vielleicht glauben Sie mir nich, aber ich quäle nich gerne Menschen, nich wie einige andere hier – wenn ich das, was ich will, auch auf andere Weise erreichen kann."

Er hielt die Nadel etwa einen Zentimeter vor meinen rechten Daumen. Ich war vor Angst wie gelähmt. Es war wie eine Szene aus einem Alptraum. Gefoltert werden, um etwas zu verraten, was man gar nicht weiß. Blut aus einem Stein. Die Brandstelle auf meiner Schulter pulsierte vor Schmerz, ein kleiner Vorgeschmack auf Schlimmeres.

„Ich bin Lionel", beharrte ich verzweifelt. „Lionel, nicht Leo."

„Ich habe verstanden." Scouse nickte zustimmend. „Und wenn Sie Lionel und nich Leo wären, gäb' es gar keinen Grund, sich näher mit Ihn'n zu beschäftigen, oder? Aber wie kann ich sicher sein? Ich kann Ihnen höchstens einen kleinen Vorschlag machen. Wenn Sie eine Methode finden, um zu beweisen, daß Sie Lionel Salkind und nich Leo Foss sind, dann hör ich auf – für den Augenblick wenigstens. Dann werd ich gehen und mir was Neues überlegen." Er wandte sich an Pudd'n, der eben wieder zurückgekommen war. „Haben wir schon den Bericht von Valnora Warren?"

„Seit heute morgen. Sie wußte nichts Wichtiges."

„Mm." Scouse sah Dixie an. „Wurde sie auch gründlich befragt?"

„Bis zum Ende. Nichts."

„In Ordnung." Scouse wandte sich wieder mir zu. „Es liegt also an Ihnen, sehn Sie? Wenn Sie Leo sin, dann wissen Sie, wo das Belur-Päckchen ist. Und dann will ich es auch wissen. Und wenn Sie Lionel sind, dann beweisen Sie es – sofort."

Beweisen, daß ich Lionel bin. Mein Gehirn schien zu blockieren. Wir hatten immer die Unterschiede gekannt, genau gekannt. Aber jeder andere hatte behauptet, daß wir gleich waren – auch Menschen, die uns gut kannten. Ich konnte Scouse mit ein paar Zentimeter Größenunterschied oder ein paar Pfund mehr Gewicht bestimmt nicht beeindrucken.

Meine Haut war eiskalt, und aus allen Poren drang feiner Schweiß. Ich suchte verzweifelt, schloß die Augen, um mich konzentrieren zu können. Und dann sah ich – wie ein Geisterbild vor meinem inneren Auge – die Kolonnen grüner Käfer, damals im Keller des Krankenhauses. Ich schnappte nach Luft.

„Wieviel wissen Sie über Leo?" sprudelte es aus mir heraus, während ich mich gegen meine Fesseln nach vorne stemmte.

„Ein wenig – allerdings viel zuwenig, wie's scheint."

„Kennen Sie seine Vergangenheit?"

„Zum größten Teil." Scouse legte die Stirn in Falten. „Aber nich so gut, wie uns lieb wäre."

„Dann kann ich Ihnen beweisen, daß ich Lionel bin."

„Wie?"

Ich lachte, hoch und nervös. „Ich bin Konzertpianist. Leo könnte das auf keinen Fall imitieren. Lassen Sie mich spielen, und Sie haben den Beweis."

Scouses Stirnfalten vertieften sich. „Meinen Informationen nach hat Foss nie Klavier gespielt. Aber das könnt auch 'n Irrtum sein. Vielleicht hat er Stunden genommen."

„Stunden wären nicht genug. Der Unterschied zwischen einem guten Profi und einem Amateur ist gewaltig." Noch während ich sprach, machte ich mir Gedanken über meine Fähigkeiten. Außerdem waren meine Hände abgestorben. Aber der Flügel zog mich im Augenblick mehr an als alles andere in meinem Leben.

Scouse schüttelte den Kopf. „Ich kenn ihn jedenfalls nich. Ich glaube nich, daß ich zwischen einem guten und einem durchschnittlichen Klavierspieler einen Unterschied hören würde."

„Sie vielleicht nicht. Aber er." Ich machte eine Kopfbewegung zu Pudd'n hin, der mich grimmig anstierte.

„Niemand hat mir verraten, daß Sie Konzertpianist sin", beklagte er sich. „Sie hab'n sich nur über mich lustig gemacht, als Sie gesagt hab'n, ich sei gut, nich wahr?"

„Nein, wirklich nicht – Sie sind gut, und Sie könnten noch besser sein. Sie sollten sich mehr Zeit dafür nehmen."

„Das spielt jetzt keine Rolle", sagte Scouse. „Könntest du das, Pudd'n? Könntest du mir wirklich sagen, ob er 'n Profi oder 'n Amateur is?"

Pudd'n nickte zögernd. „Ja. Wenn er wirklich gut is, dann hör ich das. Es gibt Sachen, die er nich nachmachen könnte. Keiner kann das."

„Aber wenn er es versucht . . .", ergänzte Dixie. Er machte eine schnelle Aufwärtsbewegung mit seiner Zigarette.

„Wird er sich wünschen, er hätte es nich getan", schloß Scouse. Er nickte Pudd'n zu. „Gut, bind ihn los. Und behalt ihn im Auge – vergiß nich, was er mit Des und Jack gemacht hat."

Als die Fesseln fielen, versuchte ich aufzustehen. Ich konnte mich kaum auf den Füßen halten. Meine Unterarme waren mit Nadeln gespickt, und Krämpfe zerrten an meinen Schenkeln und Waden. Der Klavierhocker hatte eigentlich die richtige Höhe, aber ich hantierte trotzdem daran herum, rieb meine Hände an ihm und versuchte, Gefühl in meine Fingerspitzen zu bekommen. Mir war kalt, und ich zog mein Jackett über das verschwitzte, zerrissene Hemd.

„Genug jetzt!" warnte mich Scouse.

„Noch nicht. Meine Hände haben noch kein Gefühl – die Fesseln waren zu straff."

„Egal. Fangen Sie an."

Ich sah Pudd'n an, der teilnahmslos neben dem Piano stand. Dixie war hinter mir, das blanke Messer in der Hand und immer bereit, es zu benützen, falls ich eine falsche Bewegung machte.

Was sollte ich spielen? Ein romantisches Stück war nicht das richtige, das konnte Pudd'n vielleicht besser spielen als ich (ich vermutete immer noch, daß ich ohne jedes Gefühl spielte). Es mußte etwas sein, wo ich alle Register ziehen und ihn mit einem technischen Feuerwerk blenden konnte. Wenn die technischen Schwierigkeiten haarsträubend genug waren, würde ihm vielleicht nicht auffallen, daß mein Spiel kalt war.

„Fangen Sie an", warnte Scouse wieder. „Die Zeit is um."

Ich seufzte, betete, daß mich meine Finger und mein Gedächtnis nicht im Stich lassen würden, und begann. Ich spielte *Badinage*, eine von Godowskys Paraphrasen auf die Chopin-Etüden. Alle seine Stücke sind unglaublich schwer (vor hundert Jahren nannte man ihn den Apostel der linken Hand), und ich hatte mich noch nie in einem Konzert an eine seiner Chopin-Paraphrasen herangewagt. Aber jetzt mußte ich es riskieren.

Ich hoffte vor allem, daß ich bis zum Ende durchhalten würde, ohne es total zu verpatzen. Ich spielte und spielte, ausschließlich auf meine Fingerspitzen konzentriert.

Nach dem Schlußakkord atmete ich tief durch und sah zu Pudd'n auf. Sein Blick sprach Bände.

„Und?" fragte Scouse. Sein Tonfall verriet, daß er beeindruckt, aber nicht überzeugt war.

Pudd'n stand kopfschüttelnd vor mir. „Jesus!" sagte er. „Was war das?"

„Eine Kombination von zwei Chopin-Etüden – die beiden in g-Moll. Godowsky. Er hat dreiundfünfzig davon geschrieben."

„Jesus! So etwas hab ich noch nie gehört." Er schüttelte wieder den Kopf und wandte sich Scouse und Dixie zu. „Er könnte das niemals spielen, wenn er einfach irgendwer wär. Er is Pianist."

„Ja. Das habe ich mir gedacht." Scouse schien sich zu ärgern, aber nicht über mich. Das Atmen fiel mir ein bißchen leichter, obwohl mein Schicksal damit keineswegs geklärt war.

„Das heißt, wir werden nachdenken müssen", fuhr Scouse fort. Er legte die Stirn wieder nachdenklich in Falten. „Verdammt!" Er drehte sich unvermittelt um und ging auf die Tür zu. „Ihr paßt heute nacht auf ihn auf", befahl er über die Schulter hinweg. „Morgen früh bin ich wieder da. Und vergeßt nich, ihn zu fesseln, wenn ihr nich wie Jack und Des enden wollt."

„Was ist mit den Nymphs?" rief ihm Dixie nach.

Scouse drehte sich in der Türe um. „Es sind keine Nymphs, du Idiot. Bist du taub? Das ist irgendeine Medizin. Gebt sie ihm, wenn er sie braucht. Ich gehe zu Zan. Wir müssen nachdenken."

Ich saß noch immer auf dem Klavierhocker. Dixie legte die Spitze seines Messers in meinen Nacken und drückte kurz zu, um seinem Befehl mehr Nachdruck zu verleihen. „Los!" knurrte er.

Pudd'n hielt sich im Hintergrund, außerhalb meiner Reichweite. Ich schleppte mich mutlos zurück zu meinem Stuhl und setzte mich.

„Nicht mehr so fest", bat ich, als Pudd'n die Fesseln um meine Unterarme und Beine anzog. Er nickte, aber er war zu erfahren, als daß er mir Spielraum gelassen hätte.

„So", sagte er und trat zurück. „Was soll'n wir mit ihm machen, Dix? Wir hab'n ihn die ganze Nacht hier."

„Meinetwegen kann er verhungern", antwortete Dixie. Er wirkte enttäuscht, als habe er gehofft, daß ich Widerstand leisten würde. Es schien, als habe er sein Messer schon oft erprobt, und nicht nur an leblosen Objekten. Anscheinend hätte er gerne mehr aufgeschlitzt als nur mein Hemd.

„Wir könn' ihn nich verhungern lassen", wandte Pudd'n ein. „Er is nich Foss, er is sein Bruder."

„Aber trotzdem hat er das mit Jack und Des angestellt, oder etwa nicht?"

„Hm, ja – aber sie hätten ihn genauso zugerichtet, wenn er sich nich gewehrt hätte." Pudd'n sah mich an. Seitdem ich mich ans Klavier gesetzt hatte, war ich in seiner Achtung gestiegen. „Ich könnte Eier mit Speck machen, in Ordnung?"

Die Vorstellung ließ mir das Wasser im Munde zusammenlaufen. Ich hatte Hunger, und deshalb nickte ich.

„Ich will damit nichts zu tun haben", murrte Dixie. „Er kann mich mal. Mach, was du willst."

Er marschierte durch die Türe, schnell und elegant. Pudd'n zögerte, und ich verstand, warum. Wenn er mich hier zurückließ, während er Essen machte, wäre ich unbewacht, und ich zweifelte nicht daran, daß Dixie Scouse das verraten würde, wenn er zurückkam.

Ich deutete mit dem Kinn auf meine Fesseln. „Ich kann nicht fort, das sehen Sie doch. Sie können mich unbewacht lassen."

Er schüttelte den Kopf. „Das darf ich nich. Wenn Dixie zurückkommt . . ." Er betrachtete eine Sekunde lang nachdenklich die Tür und zuckte dann mit den Schultern. „Es gibt nur einen Weg. Halten Sie sich fest."

Er stellte sich hinter mich, und der Stuhl begann rückwärts über das Parkett zu rutschen. Wir durchquerten das Zimmer, in dem ich aufgewacht war, und gelangten dann zu einer langen Treppe, die mit einem weichen Teppich ausgelegt war. Ich hörte ein kurzes Grunzen, dann wurde ich mitsamt meinem Stuhl die Treppe hinuntergetragen. Ich nahm mir vor, mich nie mit Pudd'n zu streiten. Er war noch stärker, als sein Wuchs vermuten ließ.

Auf dem Weg über die Treppe und in die Küche versuchte

ich immer noch, mir alles einzuprägen, was ich sah. Es schien unmöglich, von hier zu fliehen, aber ich konnte es mir nicht leisten aufzugeben. Vielleicht war es Leos Einfluß, aber mein Puls war ruhig, mein Kopf klar, und ich habe mich selten wacher und aufmerksamer gefühlt.

Es gab kaum etwas von Bedeutung zu sehen. Wir waren in einem alten Haus mit hohen Zimmern, dicken und soliden Türen und breiten Scheuerleisten. Vermutlich stammte es aus der spätviktorianischen Epoche, und es besaß eine riesige Küche mit einem Herd, der eine ganze Wand in Anspruch nahm. Man hatte ihn von Kohle auf Gas umgestellt, und Pudd'n stellte meinen Stuhl daneben ab, während er ein Pfund Speck und acht Eier zu braten begann.

„Brot un Tee?" fragte er. „Ich mach das für uns beide. Ich möchte Sie nich losbinden."

Er fütterte mich schnell und professionell mit mundgerecht vorgeschnittenen Happen. Nach dem dritten Ei schüttelte ich den Kopf. Er aß den Rest und wusch dann die Pfannen und Teller ab. Ich machte mir vage Hoffnungen, ein Messer in die Hand zu bekommen, das ich unter meinem Unterarm verstecken konnte, aber ich konnte meine Hand nicht weit genug ausstrecken. Außerdem beobachtete Pudd'n aufmerksam jede meiner Bewegungen.

„Gut", sagte er, als er abgewaschen hatte. „Jetzt wieder hoch. Das is das schwierigste."

Er rief nicht nach Dixie. Ich konnte mir vorstellen, welche Antwort er auf eine solche Bitte bekommen würde, außerdem war es mir ohnehin lieber, wenn ich Dixie möglichst wenig zu Gesicht bekam.

„Warum lassen Sie mich nicht einfach hier?" fragte ich.

Er überlegte es sich einen Moment lang. „Lieber nich", meinte er dann. „Die Türe zum Musikzimmer hat ein Schloß, die hier nich. Das Hochtragen dauert nur ein paar Minuten. Halten Sie sich ruhig."

Wir legten denselben Weg zurück, die Treppe hinauf. Pudd'n schnaufte, schien sich aber nicht zu überanstrengen. Wir waren gerade auf dem oberen Treppenabsatz angelangt, als Dixie wiederauftauchte. Er war schlecht gelaunt.

„Scouse hat angerufen, während du dich unten vollgestopft

hast“, erklärte Dixie. „Er will, daß du heute nacht rüberkommst.“

„Warum? Un was is mit ihm?“ Pudd'n legte seine schwere Hand auf meinen Kopf.

„Mach dir keine Sorgen.“ Dixie grinste so breit, daß ich sein Zahnfleisch sehen konnte. „Du kannst ihn mir überlassen.“

Pudd'n zuckte mit den Schultern. „In Ordnung. Ich gehe in 'ner Stunde, un ich übergebe ihn dir dann.“

Er zog mich wieder durch das erste Zimmer in das Musikzimmer. Den ganzen Weg über hielt ich Ausschau nach etwas Brauchbarem. Ich entdeckte nichts.

„Ein großes Haus“, sagte ich zu Pudd'n, nachdem er mich wieder neben dem Flügel abgestellt und sich selbst auf den Hocker gesetzt hatte. Er grunzte nichtssagend.

„Wie viele Zimmer hat es?“ hakte ich nach.

Er drehte sich ruckartig um und sah mir ins Gesicht. „Passen Sie auf, Freund, ich bin vielleicht jünger als Sie, aber ich bin nich auf den Kopf gefallen. Versuchen Sie nich, mich auszuquetschen, kapiert? Wenn Sie von mir was über dieses Haus erfahren wollen, dann wissen Sie jetzt schon alles, was Sie jemals erfahren werden. Reden Sie über was anderes.“

Ich zuckte gleichgültig mit den Schultern und lehnte mich zurück. „Schon gut. Es hat mich nur interessiert, nichts weiter. Es überrascht mich, daß Sie das Klavierspielen nicht ernster nehmen. Sie hatten keine Schwierigkeiten, als Sie für Dixie spielten – es hat Sie überhaupt nicht interessiert.“

„Ach, er will immer nur dasselbe – Tänze vor allem.“ Er schniefte. „Hält sich für Fred Astaire, der alte Furz. Keine Chance. Ich spiele alles, was er will, aber das is keine richtige Musik.“

„Warum spielen Sie keine richtige Musik? Können Sie Noten lesen oder improvisieren?“

„Gut – vor allem improvisieren.“ Seine Miene zeigte Interesse, und das Thema schien ihm zu gefallen. Ich wußte nicht, was es mir bringen könnte, aber ich hatte ohnehin nichts anderes zu tun.

„Ich würde gerne etwas hören“, bat ich.

„Sagen Sie mir ein Stück.“ Jetzt hatte ich ihn endgültig aufgeweckt. Ich war neugierig. Es ist sicher ungewöhnlich, einen musikalischen Gangster kennenzulernen, aber Naturtalente findet man nur selten, und es macht immer Spaß, sich mit ihnen zu beschäftigen.

„Wie wär's mit etwas Zeitgenössischem?" schlug ich vor. „Kennen Sie ein paar Stücke aus dem späten zwanzigsten Jahrhundert?"

„Kaum eines – und das schließt auch das frühe zwanzigste Jahrhundert ein." Er schlug ein paar knappe, dissonante Akkorde an. Es klang wie ein paar Takte Webern, aber ich war mir nicht sicher. „Hören Sie das?" fragte er. „Das ist keine Musik."

„Was ist dann Musik?"

Er überlegte einen Moment. „Das zum Beispiel."

Er begann eine gut ausbalancierte Pianotransskription des ersten Satzes von Schuberts Streichquartett zu spielen. Er nickte im Takt dazu. Nach ein paar Minuten hielt er inne.

„Weiter", drängte ich. Ich wollte mehr hören. „Wer hat die Klavierfassung geschrieben?"

Er sah mich verständnislos an. „Das habe ich selbst gemacht, nach ein paar Schallplatten und so."

„Ich hätte gerne eine Kopie davon."

„Ach, so was schreib ich nie auf." Er schniefte. „Wenn's gut is, merkt man es sich sowieso."

„Könnten Sie darauf improvisieren?"

Er hob nichtssagend die Schultern und fing wieder an zu spielen. Diesmal nahm er nur das erste Thema und führte es durch eine Reihe von Variationen und Modulationen. Er hatte sich bald so weit von C-Dur entfernt, daß ich mich fragte, wie er jemals wieder zurückfinden wollte. Schließlich spielte er ein Schein-*Fugato,* in dem kanonartige Stimmen elegant die verschiedenen Tonarten durchliefen. Als er wieder in der Grundtonart gelandet war, grinste er mich triumphierend an, entzündete ein farbenprächtiges Feuerwerk doppelter Oktaven und fügte eine launige kleine Coda an. Mir fiel auf, daß seine linke Hand, obwohl sie sich weniger elegant bewegte, keine Fehler machte und auch bei den wildesten Sprüngen immer auf den richtigen Tasten landete.

„Sie sind verdammt gut", anerkannte ich, als er geendet hatte. Ein paar Minuten lang hatte ich völlig vergessen, daß ich an einen unbequemen Stuhl gefesselt und ein Gefangener in einem fremden Haus mit völlig ungewissen Aussichten war. Es hatte keinen Sinn, es leugnen zu wollen: Pudd'n improvisierte besser, als ich es jemals vermochte.

Er errötete geschmeichelt. „Ganz in Ordnung, wie? Ich hab schon kämpfen müssen, aber es war nicht schlecht."

„Besser als nicht schlecht. Passen Sie auf, wenn Sie Geld damit verdienen möchten, dann kommen Sie zu mir." (Als ich das sagte, kam mir der Gedanke, daß ich nirgendwohin gehen würde. Wohin sollte er kommen?) „Sie brauchen vor allem Pedaltraining und ein paar Übungen für die linke Hand. Aber wenn Sie wirklich daran arbeiten würden, könnten Sie in sechs Monaten auftreten."

„Nee." Er klappte den Klavierdeckel zu. „So isses besser. Zwölf Jahre lang Do-re-mi sind genug. Aber ich werde das lernen, was Sie gespielt haben – nur um zu beweisen, daß ich es kann."

Er stand auf. „Ich muß gehen. Dixie kommt in einer Minute. Nehmen Sie meinen Rat, und seien Sie höflich zu ihm, selbst wenn er hier reinkommt und tanzt wie 'n verdammter Drehleieraffe. Er wird unangenehm, wenn Sie ihn falsch anfassen – er spielt zu gerne mit seinem Messer, das wird ihn eines Tages noch den Kopf kost'n."

Er kratzte sich am Kinn. „Wir sehn uns morgen. Machen Sie keine Schwierigkeiten."

Er ließ mich gefesselt in dem Stuhl zurück, und ich versuchte, mir die Reize eines Abends zusammen mit Dixie, dem Tänzer, auszumalen. Es war schwer, Enthusiasmus aufzubringen, auch wenn ich mir vornahm, Pudd'ns Rat zu befolgen und keine Schwierigkeiten zu machen. Und ich wollte endlich von diesem Stuhl herunter.

Kapitel 7

DIXIE hatte seine eigenen Vorstellungen von einem angenehmen Abend. Zuerst ließ er mich zwei Stunden lang hinter der abgeschlossenen Tür und im Dunkeln allein. Ich hatte reichlich Zeit, mich auf meinem Stuhl zu winden und die Festigkeit meiner Fesseln zu prüfen. Ich konnte mir einen Zentimeter Spielraum verschaffen, aber das war viel zuwenig, und nach einer Weile begannen meine Hand- und Fußgelenke höllisch zu schmerzen. Die Schnüre waren unter den Lehnen verknotet, und ich konnte mich drehen und wenden, wie ich wollte, ich kam nicht an sie heran.

Als Dixie schließlich auftauchte und das Licht einschaltete, trug er ein Tablett mit Essen, eine halbvolle Whiskyflasche und ein Glas.

„Immer noch da?" fragte er spöttisch. „Es wundert mich, daß Ihnen das nicht langweilig wird."

Er goß sich reichlich Scotch ein, verdünnte ihn mit Wasser aus einem kleinen Krug und setzte sich dann auf den Klavierhocker, das Tablett auf den Knien.

„Und was ist mit mir?" fragte ich. „Ich verhungere."

Dixie wollte sich gerade die Gabel in den Mund stecken. Mitten in der Bewegung hielt er inne. „Wovon sprechen Sie? Pudd'n hat Sie doch gefüttert?"

„Das hat er nicht. Er hat mich nach unten gebracht, aber als wir unten ankamen, wurde mir schlecht. Ich habe mich nicht gut gefühlt."

„Und das hier ist Ihr Begräbnis, oder nicht?" Dixie schob sich nun die Gabel in den Mund. „Wenn Sie glauben, daß ich Ihnen was davon abgebe, denken Sie sich besser was anderes aus."

Ich lehnte mich zurück und ließ meinen Kopf auf die linke Schulter sinken. „Sie haben meine Operationsnarben gesehen", sagte ich mit leiser und heiserer Stimme. „Ich kann nicht viel auf einmal essen, aber wenn ich gar nichts bekomme, geht es mir ziemlich schlecht. Ich muß alle drei bis vier Stunden etwas essen."

„Das ist Ihr Problem", beschloß Dixie. „Sie hätten das Pudd'n erzählen sollen." Er aß und trank weiter, aber jede halbe Minute warf er mir einen mißtrauischen, beinahe besorgten Blick zu. Ich hing fast in meinem Stuhl, die Augen halb geschlossen. Ich atmete heiser und angestrengt. Als er sein Mahl beendet hatte, blieb er einen Augenblick sitzen und betrachtete mich nervös, dann leerte er sein Glas und stand auf. Ohne ein weiteres Wort verließ er den Raum. Ich hörte, wie er die Treppen hinunterging, und kämpfte wieder mit meinen Fesseln, natürlich ohne Erfolg.

Nach fünf Minuten kam er mit einem Glas Milch, einem Stück Cheddarkäse und einer dicken Scheibe Kuchen zurück.

„Hier." Er legte mir alles in den Schoß. „Sie können wieder aufhören, so zu stöhnen."

Ich machte eine Kopfbewegung in Richtung meiner Fesseln. „Sie müssen mich füttern. Ich kann mich nicht bewegen."

Sein Gesicht wurde zornrot. „Ich bin nicht Ihr verdammtes Kindermädchen! Halten Sie still!" Er zog sein Messer und steckte es sich zwischen die Zähne, während er den Knoten an meiner rechten Hand so weit löste, daß ich sie bewegen konnte. „Den Rest können Sie selbst machen. Versuchen Sie keine Dummheiten. Sie würden sich dann wünschen, Sie hätten es nicht getan."

Er stand einen Meter von dem Stuhl entfernt, das Messer locker in der Hand. Ich konnte in seinen Augen lesen, daß er sich wünschte, ich würde ihm einen Anlaß bieten, es zu benützen. Ich zerrte an den gelockerten Fesseln herum, bis ich meine Hand befreit hatte, dann zwang ich mich, den Käse und den Kuchen zu essen. Es war anstrengend – Pudd'n hatte mir mehr gegeben, als ich gebraucht hatte –, aber schließlich hatte ich es geschafft.

„Halten Sie still", sagte Dixie. „Ich werde Sie wieder festbinden."

„Einen Augenblick." Ich fischte in meiner Hemdtasche nach der Pillenschachtel. „Ich muß noch zwei Pillen nehmen."

„Na, dann los, aber schnell."

„Ich brauche Wasser dazu", bat ich. Er hatte das Wasser aus seinem Krug schon mit Whisky vermischt.

„Verdammter Idiot!" Einen Augenblick lang glaubte ich, er würde mich schlagen, dann schien er es sich anders zu überlegen. „Warum haben Sie mir das nicht gesagt, bevor ich nach unten gegangen bin? Ich bin nicht Ihr verdammter Handlanger!"

Ein paar Sekunden stand er hilflos vor Wut vor mir, dann drehte er sich abrupt um und marschierte aus dem Raum. Ich schätzte, daß ich dreißig Sekunden Zeit hätte. Ich schüttelte drei Kapseln aus der Schachtel und biß sie mit meinen Zähnen auf. Ich hielt sie in meiner rechten Hand. Ich hatte eigentlich beabsichtigt, das Pulver in seinen Drink zu mischen, aber sein Glas war zu weit entfernt, auf dem Klavier. Ich konnte den Inhalt der Kapseln nur in die offene Whiskyflasche schütten, die leeren Hülsen zurück in meine Tasche verstauen und die Flasche mit dem Daumen auf der Öffnung kurz durchschütteln.

Ich war gerade damit fertig, als Dixie mit einem Glas Wasser zurückkam. Er beachtete nicht einmal, ob ich meine Pillen nahm, was mir sehr gelegen kam – ich bin nicht eben sonderlich geschickt darin, jemandem etwas vorzumachen. Er schien sich mehr für seinen Drink zu interessieren, und während ich ihm zusah, schenkte er sich nach.

„Könnte ich auch einen Tropfen davon haben?" fragte ich. Ich wollte nicht, daß er allzu genau darauf achtete, was er trank.

„Sie machen wohl Witze!" Er ließ sich vor mir nieder und nahm genießerisch einen Schluck. „Von mir hätten Sie überhaupt nichts bekommen, wenn Scouse nicht gesagt hätte, wir sollen nach Ihnen schauen. Er will nicht, daß Sie morgen tot sind – er hat noch ein Spielchen mit Ihnen zu spielen."

Während er sprach, schaute er auf meinen freien rechten Arm und tastete nach dem Messer, das neben ihm auf dem Klavierhocker lag. Mir war klar, daß er mich absichtlich nicht gefesselt hatte und nur auf einen Vorwand wartete, um mich bestrafen zu können. Es waren nervenaufreibende Minuten. Sein Gesicht war schon aufgedunsen und alkoholgerötet, aber seine Augen waren immer noch klar und berechnend.

Welche Wirkung hatte die Medizin, wenn sie mit Alkohol vermischt wurde? Ich hoffte, daß sie wie ein starkes Beruhigungsmittel wirkte – Alkohol entspannt, und die Pillen dämpften die Gehirnaktivität –, aber was sollte ich machen, wenn die Mischung Dixie in einen rasenden Psychopathen verwandelte?

Er leerte sein Glas und schaute mich mit kalter Wut an, während er sich nachschenkte. „Nur Geduld, Sie Schwein!" zischte er unvermittelt. „Des war mein bester Freund. Sie werden dafür bezahlen. Sie werden sich noch wünschen, Sie wären nie geboren worden."

Er stand unsicher auf und machte ein paar tänzelnde Schritte zum Klavier und zurück. Seine Bewegungen waren unkoordiniert. Er merkte es und blieb stehen, wie, um nachzudenken. Dann starrte er mich wieder an.

„Wird spät. Ich binde Sie lieber wieder fest und leg mich hin." Er nahm das Messer wieder in die Hand und kam auf mich zu. „Eine falsche Bewegung, und das war's dann. Legen Sie den Arm flach auf die Lehne."

Sein Blick war jetzt verschwommen, und er blinzelte nervös, aber das Messer lag wieder an meiner Kehle. Er war immer noch äußerst vorsichtig. Er wand das Seil mit einer Hand um mein Handgelenk, bis ich es nicht mehr bewegen konnte, und legte erst dann das Messer beiseite, um den Knoten zu schlingen.

„Nicht so fest", bat ich. „Das tut weh."

Er zog die Schnur noch einmal stramm und machte den letzten Knoten fest. Dann nahm er wieder sein Messer und beugte sich vor. Seine Augen waren nur Zentimeter von meinen entfernt, und sein warmer Whiskyatem wehte mir ins Gesicht.

„Sie werden bald wissen, was weh tut." Er strich mit dem Messer langsam meinen Hals hinauf, zog die Spitze über mein Kinn und die Wange. Ich zuckte zusammen und schloß mein rechtes Auge. Die Spitze lag jetzt auf meinem Augenlid. Das Zittern von Dixies Hand pflanzte sich durch die Klinge bis in meinen Augapfel fort. Ich saß reglos und spürte nur noch meinen Puls rasend in meinem Hals schlagen.

Dixie führte die Spitze horizontal über mein Auge und zog dann das Messer zurück. „Warten Sie nur, bis Scouse mit Ihn'n fertig ist. Dann bin ich dran." Er richtete sich auf, und ich atmete auf, zum erstenmal seit Stunden, wie es mir schien.

Er schwankte zurück zu seinem Stuhl, blickte sich verwirrt um und stolperte dann in Richtung Tür. Er sagte nichts mehr, bevor er verschwand, aber ich hörte, wie sich der Schlüssel im Schloß drehte. Gleichgültig, wie betrunken er war, er vergaß seine Befehle nicht.

Ich wartete eine ganze Weile, dann beugte ich den Kopf vor. Wenn ich überhaupt eine Chance hatte, dann jetzt. Ich durfte nicht zu lange warten – Pudd'n könnte zurückkommen. Als Dixie mich fesselte, mußte er sich schon unsicher gefühlt haben, und anstatt die Fesseln auf der Unterseite der Stuhllehne zu verknoten, wie Pudd'n es getan hatte, hatte er sie einfach auf dem Handgelenk geknüpft. Und diesmal hatte er auch das Licht nicht gelöscht. Ich konnte die Knoten mit meinen Zähnen erreichen und begann daran zu arbeiten.

Ich hatte das Gefühl, als würde ich Ewigkeiten an der bald speichelbedeckten, glitschigen Schnur kauen und zerren, bevor sich die Knoten lösten und schließlich öffneten. Es dauerte ungefähr zehn Minuten, bis ich meine rechte Hand befreit hatte. Dann konnte ich mich den nicht sichtbaren Knoten unter meinem linken Handgelenk zuwenden. Ich war ungeduldig, und das machte mich langsam. Weitere zwanzig Minuten vergingen, bis ich endlich aufstehen und mich von dem Stuhl lösen konnte.

Ich machte zwei zaghafte Schritte auf die Tür zu, dann blieb ich zitternd stehen. Zum erstenmal in meinem Leben empfand ich wirklich Mitleid mit Hans Christian Andersens Nixe, die das Gefühl hat, als würde sie auf scharfen Messern laufen. Das Blut begann wieder normal in meinem Kreislauf zu fließen, und anfangs bereitete mir jede Bewegung unerträgliche Schmerzen. Schließlich gelang es mir, mich bis zur Tür vorzuschleppen, und ich sah sie mir prüfend an.

Sie bestand aus massivem Eichenholz und war mit getriebenem Metall eingefaßt. Das Schloß sah stabil aus, mit einem großen, altmodischen Schlüsselloch. Ich probierte die Klinke, so leise, wie ich nur konnte, um mich zu überzeugen, ob Dixie sie tatsächlich abgeschlossen hatte. Dieser Weg war mir versperrt, es sei denn, jemand verschaffte mir eine Feueraxt. Ich ging zum Fenster und zog die schweren Vorhänge zurück.

Auf dem Weg in die Küche hatte ich geschätzt, daß sich das Musikzimmer vier oder fünf Meter über dem Boden befand. Doch es konnten auch mehr sein – ich kannte das Gelände um das Haus herum nicht. Das Fenster ließ sich leicht öffnen, und so starrte ich hinunter auf ein kaum erkennbares Gewirr von Büschen und Blumenbeeten.

Zu tief? Ich hockte mich auf das Fensterbrett, schob meinen Körper langsam nach vorne und fragte mich, ob mein verletztes Bein einen Sprung wohl überstehen würde. Ich lehnte mich weiter hinaus und hielt mich mit meiner linken Hand am Fensterrahmen fest.

Zu tief!

Ich war gerade zu dieser Erkenntnis gekommen, als meine linke Hand ihre Finger öffnete und ich hinaus in die Dunkelheit stürzte, um auf einem Rosenbusch in einem Blumenbeet zu landen. Ich rappelte mich, so schnell es ging, wieder auf, humpelte um das Haus herum und hielt dort inne, um zu überlegen, was ich unternehmen sollte. Ein Fiat stand vor dem Vordereingang. Mein Traum von einem Schlüssel, der in der Zündung steckte, verflog schnell – ich konnte nicht einmal eine Wagentür knacken. Aber vor dem Haus entdeckte ich auch ein altes Fahrrad. Eine Sekunde später hatte ich mich aufgeschwungen und fuhr die Straße hinunter, die Knie dicht unter meinem Kinn. Das Fahrrad mußte jemandem gehören, der mindestens dreißig Zentimeter kleiner war als ich, so tief war der Sattel eingestellt. Das Haus stand an einem Hügelabhang, und ich gewann rasch an Geschwindigkeit.

Es wäre nur vernünftig gewesen, mich an die Polizei zu wenden, aber ich war zu vernünftigem Denken nicht mehr fähig. Ich wollte nur einen Unterschlupf, wo ich mich verstecken konnte. Dieser Instinkt trieb mich an, bis ich schließlich eine U-Bahn-Station fand (Osterley, fast am Ende der Picadillystrecke). Ich war kurz davor, zu meinem Apartment zurückzufahren. Dann wurde mir klar, daß das wohl nicht mehr der sicherste Ort war. So nahm ich mir ein Zimmer in einem Hotel in Knightsbridge, gab mich als Jan Dussek aus, ging in das Zimmer hinauf, zog mich aus und legte mich hin. Was ich hatte, konnte man als Schock bezeichnen – verspätete Todesangst wäre präziser.

ALS ICH aufwachte, war es beinahe zehn Uhr dreißig, und die unverkennbaren Geräusche nahender Putzfrauen waren bereits auf dem Gang zu hören. Noch halb betäubt, setzte ich mich auf und untersuchte meine Habseligkeiten.

Ein Jackett, mit dem man ein zerschlitztes und schmutziges Hemd verdecken konnte. Eine Hose, dreck- und ölverschmiert von der Fahrradkette. Schlammverkrustete Schuhe. Eine Brieftasche mit hundertzwanzig Pfund. Und eine Pillenschachtel. Und die unbedingte Notwendigkeit, nicht in meine Wohnung zurückzukehren. Was jetzt? Mir blieb nur noch eine Hoffnung.

Der Anruf bei Tess war kein Vergnügen. Ich hatte sie gestern abend nicht angerufen, wie sie erwartet hatte. Warum nicht? Sie war zu Hause geblieben und hatte gewartet. Ihre Stimme hatte nicht die Wärme, nach der ich mich sehnte.

„Nun", begann ich . . .

Ich redete mindestens fünf Minuten lang, und das Schweigen am anderen Ende der Leitung wurde immer ungläubiger.

„Wo ist das Haus?" fragte sie, als ich alles erzählt hatte. Ich konnte die unausgesprochene Frage hören: Kannst du das alles beweisen?

„In der Nähe der Osterley Tube Station."

„Würdest du es wiederfinden?"

„Ich glaube schon. Aber ich werde es auf keinen Fall versuchen. Tess, diese Leute sind gefährlich. Wenn ich dorthin zurückgehe, dann nur in Begleitung einer Polizeieskorte. Und ich weiß nicht, ob die Polizei mir glaubt. Du weißt, was Sir Westcott davon halten würde."

„Ich kann es mir vorstellen." Am anderen Ende der Leitung herrschte Stille. Ich sah sie vor mir, wie sich die Falten wieder in ihre Stirn gruben und ihre Zähne auf der Unterlippe kauten.

„Geh nicht zurück", bat sie schließlich. „Sie werden schon wissen, daß du geflohen bist, also werden sie dafür sorgen, daß kein Beweismittel zu finden sein wird." (Sie glaubte mir! Mir fiel ein Stein vom Herzen.) „Und geh auch nicht wieder zu deiner Wohnung. Vielleicht überwachen sie sie."

„Ich brauche was zum Anziehen – und ich habe nicht einmal ein Scheckbuch dabei."

„Überlasse das mir. Ich werde heute nachmittag in deine Wohnung gehen."

„Das ist zu gefährlich." Ich begann bei dem Gedanken, Dixie könnte Tess in seine Finger bekommen, unwillkürlich zu zittern. „Wenn sie die Wohnung beschatten –"

„Ich werde nicht allein sein, du Dummkopf. Ich frage einfach einen freundlichen Polizisten, ob er mit mir hineingeht – aber ich muß den Verwalter anrufen, damit er mich einläßt."

„Tess, das kann ich nicht zulassen. Du hast keine Ahnung, was für Leute Scouse und seine Freunde sind. Wenn sie dich in ihre Gewalt bekommen –"

„Ich rufe dich nachmittags wieder an, wenn ich alles erledigt habe. Bleib in deinem Hotel. Welche Zimmernummer hast du?"

Ich versuchte noch einmal, sie von ihrem Plan abzubringen, aber ohne Erfolg. Tess behandelte mich genauso wie einen uneinsichtigen Patienten.

„Frag nicht nach meinem Namen, wenn du kommst", sagte ich noch, bevor sie einhängte. „Ich habe mich als Jan Dussek eingetragen."

„Als wer?"

„Dussek. Ein Pianist aus Beethovens Zeit. Es war der erstbeste Name, der mir eingefallen ist. Oh, noch etwas: die Pillen, die Sir Westcott mir gegeben hat."

„Was ist damit?"

„Könntest du ihn fragen, ob das Nymphs sind?"

„Ob sie was sind?"

„Nymphs. Ich weiß auch nicht, was das sein soll. Frag ihn trotzdem, ja?"

„In Ordnung." Aber ihr Tonfall verriet mir, daß ich begonnen hatte, meine Glaubwürdigkeit zu verspielen.

Für den Rest des Tages mußte ich irgendwie über die Runden kommen. Zuerst legte ich mich wieder aufs Bett und dachte über Scouse und seine Bande nach. Sie waren durchaus bereit, zu foltern, zu entführen, zu erpressen und zu morden, um zu bekommen, was sie wollten. Letzteres war nicht hundertprozentig sicher, aber die Art, in der Scouse über Valnora Warren gesprochen hatte – vor allem, daß er in der Vergangenheitsform geredet hatte –, gefiel mir nicht. Um herauszufinden, was Leo getan hatte (was hatte Leo getan?), würden sie Lionel Salkind zertreten wie einen lästigen Käfer, ganz nebenbei und ohne Skrupel. Na gut, wenn sie glaubten, daß ich mir das so einfach gefallen lassen würde, dann hatten sie sich getäuscht. Ich war immer noch auf freiem Fuß, und ich hatte Zugang zu einer Quelle, an die sie nicht einmal im Traum dachten. Von jetzt an würde ich die Handlungen, die Leos Interesse oder Erinnerung zu wecken schienen, nicht einfach nur registrieren – ich würde sie provozieren, sie verfolgen und sie soweit wie möglich interpretieren.

Ich hatte meinen Gedanken freien Lauf gelassen, aber als ich mich jetzt in meinem Bett aufsetzte, hatte ich mich entschieden. Es hatte keinen Sinn, passiv zu bleiben und immer nur zu fliehen und sich zu verstecken. Von jetzt an würde ich mich wehren und selbst nach Antworten suchen. Ich nahm ein langes, heißes Bad und verließ dann das Hotel, um mir ein neues Hemd und neue Hosen zu kaufen. Es war ein schöner Tag und warm genug, um mich zu einem Spaziergang ins Stadtzentrum zu verleiten.

Und dann, auf einer Bank im stillen St. James's Park, meldete sich Leo zum erstenmal wirklich. Als ich vor der Buchhandlung stand, wurde es überdeutlich. Über die Hügel und weit fort – Indien – Blumendüfte, Geheimnisse und eine unglaublich erotische Ausstrahlung. Die Stärke dieser Eindrücke erdrückte mich fast, aber sie boten mir wenigstens einen Fingerzeig für meine nächsten Schritte. Als ich zurück zum Hotel ging, wußte ich, was ich als nächstes unternehmen würde.

Eine Nachricht von Tess lag für mich bereit. In ihrem Haus, nach sieben Uhr. Sie hatte meinen Koffer und alles, was ich brauchte, beschafft.

Und eine Überraschung für mich.

TESS lebte allein in einem Haus in Henley, das eigentlich zu groß für sie war, das sie aber wegen des Gartens behielt – ihr ganzer Stolz und ihre Freude. Ich kam durch den Hintereingang, an sorgsam zusammengebundenen Himbeersträuchern und Reihen flammendroten Salbeis vorbei, warf einen Blick durch das Küchenfenster und klopfte dann an den Rahmen. Tess öffnete die Hintertür und ließ mich ohne ein Wort ein. Sie umarmte mich flüchtig, als ich eingetreten war, und trat dann einen Schritt zurück. Ihr Gesichtsausdruck war ängstlich, und die Sorgenfalten auf ihrer Stirn waren tiefer als je zuvor.

„Er glaubt dir jetzt", sagte sie leise. „Ich habe Sir Westcott noch nie so überrascht gesehen. Er haßt es, wenn er sich irrt."

„Hast du ihm alles erzählt?"

„Zuerst nicht – ich wußte, daß er denkt, du hättest dir alles nur eingebildet, und daß er behaupten würde, du erzähltest ein neues Märchen. Also habe ich gewartet, bis die Visite abgeschlossen war, und ihn dann direkt gefragt, ob er vielleicht wüßte, was Nymphs seien."

„Hat er es dir verraten?"

„Nicht gleich. Er sah mich mit erstaunten Augen an, fluchte dann und fragte, wo ich das Wort gehört hätte. Er glaubte, daß es irgendwo eine undichte Stelle im Sicherheitssystem geben müßte." Tess führte mich ins Wohnzimmer, bot mir einen Platz auf der Couch an und setzte sich in den Sessel gegenüber. Ihre Haltung – die Füße eng zusammen, die Hände auf den Knien – sprach Bände. Ich sollte nicht in ihre Reichweite kommen, bis sie sich alles von der Seele geredet hatte.

„Die Pillen, die er mir gegeben hat, sind also wirklich Nymphs", vermutete ich. „Und er hat mir noch erzählt –"

„Sind sie nicht." Tess machte eine kurze Kopfbewegung zu dem kleinen Tisch hin, mit der sie mir den Kaffee und die Sandwiches, die sie dort bereitgestellt hatte, anbot. „Er hat dir die Wahrheit gesagt, in dieser Pillenschachtel ist ein neuer Neurotransmitter. Nymphs sind etwas anderes – ein Geheimnis, das sich die Polizei, ein paar eingeweihte Ärzte und die internationalen Sicherheitsbehörden teilen. Es sind Kapseln, und sie sehen aus wie deine – meistens blau –, und sie enthalten die heißeste und gefährlichste Droge, die zur Zeit auf dem Markt ist. Die Zeitungen haben noch keine Zeile darüber geschrieben, obwohl sie schon etwas ahnen müssen, allein wegen der Krankenberichte. Sir Westcott ist Mitglied irgendeiner Forschungsgruppe, die die physischen und geistigen Auswirkungen dieser Droge untersucht – deshalb weiß er davon. Er hat mich vor die Wahl gestellt, kein Wort von dem, was er mir erzählt, zu verraten oder mich wochenlangen Verhören auszusetzen."

Ich beugte mich vor. „Tess, letzte Nacht haben sie mich deswegen ausgequetscht. Wenn diese Nymphs ein so großes Geheimnis sind, dann wird es längst nicht so gut gehütet, wie Sir Westcott annimmt. Dixie hielt diese Pillen für Nymphs, und das war für ihn der Beweis, daß ich Leo sein mußte. Diese Kerle wissen alles darüber."

Sie nickte. „Natürlich, manche schon. Sie sind ein Teil des Verteilersystems. Die Droge wird irgendwo im Osten hergestellt – Indien, Pakistan, Afghanistan – und dann ins Land geschmuggelt. Es ist ein synthetischer Stoff, aber die Produktion ist kompliziert – Gott sei Dank. Es ist ein Salvarsanderivat – ein Dihydroxyd-Arsenobenzol-Hydrochlorid, ein altes Syphilismedikament. Aber das kann kein Mensch aussprechen, darum werden die Pillen meistens Nymphetamine genannt – kurz Nymphs."

„Aber was bewirken sie? Es muß anders sein als Heroin oder Kokain. Dixie meinte, sie wären nur für eines zu gebrauchen, und er sagte, daß Zan zu alt dafür sei."

„Damit hat er recht." Tess seufzte. „Kannst du dir das nicht vorstellen, bei so einem Namen? Nymphetamine haben auf Erwachsene überhaupt keine Auswirkungen. Nur auf Kinder. Sie wecken sexuelle Begierde und lösen die entsprechenden physischen Reaktionen aus – Erregbarkeit, Schleimbildung und verstärkte Durchblutung der Vagina –, und zwar bei vorpubertären Mädchen."

Mit vor Erstaunen offenem Mund saß ich ihr gegenüber. „Das kann ich einfach nicht glauben. Du meinst, die Leute beschaffen sich diese Pillen und geben sie . . ."

Ich ließ die Frage unausgesprochen. Ich kannte die Antwort. Als ich mit siebzehn meine erste Konzerttournee absolvierte, spielte ich ein paarmal mit Duncan Casimir zusammen. Er war zweiundsiebzig, trank viel und spielte grauenhaft, aber man hielt ihn noch immer für den großen alten Mann der Musik. Ich beobachtete ihn, wenn sich nach unseren Auftritten die jungen Mädchen um uns scharten. Es entging mir nicht, wie ihm regelrecht das Wasser im Munde zusammenlief. Und nicht wegen der Mädchen, die ich für attraktiv hielt, nämlich die Sechzehn- oder Siebzehnjährigen. Seine blutunterlaufenen Augen stierten immer nach den zehnjährigen oder noch jüngeren Mädchen. Seitdem hatte ich mehr als hundertmal beobachtet, was der alte Casimir so delikat als „vornehmen Hang zur leicht unreifen Frucht" bezeichnete. Ein Markt für Nymphs war sicherlich vorhanden.

„. . . dein Bruder mußte also etwas mit Nymphs zu tun haben", fuhr Tess fort. „Vielleicht wollte er herausfinden, wo sie produziert werden oder wie sie in den Westen kommen."

„Nein, das war es nicht." Ich ließ mich in die Couch zurückfallen und zuckte zusammen, als die Brandnarbe von Dixies Zigarette an das Polster stieß. „Genau das hat Leo nicht gemacht. Ich weiß das seit gestern abend. Dixie sagte, daß ich Leo sein müsse, als er die Pillen gefunden hatte, weil kein normaler Mensch sie bei sich tragen würde. Aber Scouse dachte weiter. Er folgerte, wenn es Nymphs wären, hätte ich sie bestimmt nicht ins Land geschmuggelt, und außerdem suchte er ohnehin nicht danach. Leo muß in eine andere Sache verwickelt gewesen sein – in etwas, was mit einem Belur-Päckchen zu tun hat, was immer das auch sein mag. Er hatte nichts mit Nymphs zu tun. Was hat Sir Westcott noch erzählt?"

„Nicht mehr viel. Es hat bereits mehr als hundert Fälle im Land gegeben, mit Mädchen zwischen sieben und zwölf. Er glaubt, daß die Droge über Athen zu uns kommt und daß sie entweder aus der Türkei oder einem arabischen Land nach Griechenland gelangt."

Ich zuckte hilflos mit den Schultern und schenkte mir Kaffee ein. Wir wußten es beide nicht, aber wir waren damals einer Antwort sehr nahe. Wenn sie Sir Westcott nur noch eine Frage gestellt hätte, hätten wir uns Monate harter Arbeit, viele Schmerzen und Qualen ersparen und viele Menschenleben retten können.

„Ich habe ihm von dir erzählt", fuhr sie fort. „Er ist von dir begeistert. Er sagt, vor zehn Jahren wärst du noch gestorben, und selbst vor fünf Jahren, bevor die Madrill-Therapie entwickelt wurde, würdest du jetzt bestenfalls deine ersten Gehversuche machen. Jetzt ist die Gehirnintegration die einzige große Hürde, die du noch nehmen mußt. Er hat sich Gedanken über die Möglichkeit eines Samenrückflusses vom Samenleiter zur Epididymis gemacht – auf den Röntgenbildern war da eine kleine Verletzung zu sehen." Sie lachte. „Ich habe ihm gesagt, das wüßte ich nicht. Ich hatte leider nicht die nötige Ausrüstung, um das zu überprüfen."

Ich war in Gedanken immer noch bei dem Belur-Päckchen und den Nymphs gewesen und hatte ihr nicht richtig zugehört. Erst die medizinischen Fachausdrücke machten mich stutzig. Ich wiederholte in Gedanken ihre Worte und erkannte plötzlich, was sie bedeuteten.

„Tess! Du hast Sir Westcott von uns erzählt? Daß wir beide . . ., daß wir –"

„Natürlich. Er ist dein Arzt." Ihre Stimme klang überrascht. „Er kann besser feststellen als wir, ob etwas nicht normal verlaufen ist – ob es etwas gibt, was nicht in deinen Rekonvaleszenzprozeß paßt. Er hat mich gefragt, was an dem Abend passiert ist – irgendwie hat er erfahren, daß wir zusammen zum Essen gegangen sind –, und ich habe es ihm erzählt."

„Guter Gott. Das klingt, als wäre das alles nur ein medizinischer Test gewesen – Versuch Nummer zweiundzwanzig, Reaktion auf Geschlechtsverkehr." Ich war verletzt und konnte es nicht verhehlen. „Ich dachte, es wäre mehr gewesen. Warum hast du danach nicht gleich meinen Blutdruck und meinen Puls gemessen?"

Tess hatte mir unbewegt gegenübergesessen, die Knie eng zusammengepreßt, korrekt und jungfernhaft. Jetzt stand sie auf und stellte sich direkt vor mich. Sie trug eine dunkelblaue Bluse, die die Farbe ihrer Augen unterstrich, so daß sie fast violett wirkten.

„Lionel", sagte sie sanft. „Sei nicht kindisch." Sie legte ihre Hand an meine Wange. „Du hast eine medizinische Erfahrung hinter dir, die kein Mensch je vor dir gemacht hat. Du lebst, aber damit hast du erst die halbe Schlacht gewonnen. Wir wußten, daß du eines Tages wieder mit einer Frau schlafen würdest und daß das problematisch sein könnte – vielleicht sogar gefährlich. Ich wollte, daß alles gutgeht; und das tat es auch."

„Du wünschst dir für alle deine Patienten nur das Beste."

„Du bist nicht nur mein Patient. Es war irgendwie ein Test, das stimmt, aber für mich war es auch mehr als nur das. Du bist kalt, nicht ich. Du gibst nie etwas preis, oder? Vielleicht war Leo auch so, vielleicht nicht. Aber als du gestern abend nicht angerufen hast, habe ich mir wirklich Sorgen gemacht. Ich habe nicht nur einmal bei dir angerufen, sondern mindestens zehnmal. Ich dachte, vielleicht hast du einen Kollaps erlitten oder Schmerzen oder etwas anderes. Ich habe sogar in den Krankenhäusern in der Gegend angerufen, um nachzufragen, ob du eingeliefert worden bist."

Für Tess war das eine sehr lange Rede. Ich saß ihr eine Weile schweigend gegenüber. „Verzeih mir", bat ich schließlich. Ich mußte mich räuspern, bevor ich sprechen konnte. „Du hast recht. Ich bin egoistisch und anscheinend auch prüde."

Tess hatte etwas tief in mir berührt. *Du gibst nie etwas preis, oder? Vielleicht war Leo auch so, vielleicht nicht.* Diese Worte trafen den Kern, denn ich hatte sie selbst oft genug gedacht. Leo gab mehr, und daher erhielt er auch mehr zurück.

Ich nahm ihre Hände in die meinen und zog sie sanft neben mich auf die Couch.

„Verzeih mir", bat ich noch einmal. „Du hast dich ganz richtig verhalten. Würdest du mir sagen, was Sir Westcott dir noch verraten hat? Ich verspreche dir, ich werde es richtig verstehen."

„Er fürchtet, daß die schwierigste Zeit noch vor dir liegt, ganz gleich, wie gut du dich im Augenblick fühlst. Irgendwann wird die Verbindung in deinem Gehirn wiederhergestellt, und dann ist die Madrill-Therapie nicht mehr anwendbar. Der Informationsfluß wird immer größer – wie ein Loch in einem Deich, zuerst ein Tröpfeln, dann eine Sturzflut. Und wenn das eintritt, brauchst du unbedingt Ruhe. Du wirst krank werden und beste medizinische Betreuung brauchen."

„Davor hat er mich auch schon gewarnt." Ich schaute ihr in die Augen. „Es hat keinen Sinn, sich darüber Sorgen zu machen, solange es noch nicht soweit ist. Aber – du weißt schon. Hat er gesagt, daß ich Sex haben darf? Bin ich dazu schon bereit?"

Die Sorgenfalten waren wieder verschwunden. „Du hattest doch keine Schmerzen, oder?"

„Hast du mich nicht stöhnen gehört?"

„Schon." Tess lächelte. „Aber ich habe mich auch stöhnen gehört, und nicht vor Schmerzen."

„Dann ist alles in Ordnung."

„Ich weiß nicht." Sie sah nicht besorgt aus, und ihr Gesicht entspannte sich, und ihr Blick wurde schwer, fast verträumt. „Du hast doch auch eine wissenschaftliche Ausbildung. Du weißt, daß man keine Schlüsse aus einem einzigen Experiment ziehen kann. Man braucht dazu mehr Daten."

„Und wie viele Tests muß ich bestehen?" Ich legte meinen Arm um ihre Schulter und zog sie näher an mich heran.

Sie kam mir entgegen und lehnte sich an mich. „Ich glaube, das hängt eher von dir als von mir ab."

Zum erstenmal seit vierundzwanzig Stunden waren Scouse und seine Helfershelfer gänzlich aus meinen Gedanken verschwunden. Mir war das in unserer ersten Nacht nicht aufgefallen, aber Tess hatte sich damals offensichtlich unter Kontrolle gehalten und mich beobachtet. Diesmal war sie völlig frei und entspannt. Wir stellten Sir Westcotts Arbeit auf eine schwere Belastungsprobe, und wieder mit ausgezeichnetem Ergebnis. Ich spürte danach zwar ein Ziehen in meiner rechten Seite, aber Tess betastete die Stelle prüfend und diagnostizierte einen einfachen Muskelkrampf.

Um elf Uhr lagen wir nebeneinander in Tess' luxuriösem Doppelbett. Ich hörte an ihrem Atem, daß sie eingeschlafen war, aber ich lag hellwach. Ein Sommergewitter kündigte sich an, und wir hatten die Vorhänge zurückgezogen und das Fenster einen Spalt geöffnet, um die warme Nachtluft einzulassen. Das Zucken der weit entfernten Blitze und das dumpfe Grollen des Donners erzeugten in mir jene postkoitale Depression, die Ovid allen Tieren zuschreibt.

Ich brütete wieder über Tess' Worte nach. *Du gibst nie etwas preis, oder?* Und ich dachte an John Donnes viel älteren Satz: *Liebe, welcher Teufel außer dir gäb für 'ne verlor'ne Seele noch was her?*

Es schmerzte besonders, weil ich darunter schon jahrelang gelitten hatte. Leo hatte immer Wege gefunden, sich anderen Menschen zu öffnen; ich dagegen hatte zwar die Welt bereist, blieb aber eingesponnen in meinen Kokon aus Musik, abgeschirmt von Bach und Mozart und Schubert. Jetzt bot mir Tess die Möglichkeit, das zu ändern, ihr etwas zu geben; und ich wollte mich davon abwenden. Ich wußte, daß ich das tun würde. Noch bevor ich an diesem Nachmittag die Buchhandlung verlassen hatte, hatte ich mich entschieden. Ich mußte Leos Erinnerung verfolgen, ihr nachjagen, wohin sie mich auch führen mochte. Wenn ich in England nicht mehr sicher war, dann konnte ich es ebensogut verlassen.

Ich begann zu schwitzen und fühlte mich psychisch und physisch unwohl. Ich machte mich von Tess' Nähe frei. Unsere Körper waren eng umschlungen, und als ich mich bewegte, brummte sie protestierend und kuschelte sich wieder in meine Armbeuge. Ihr Haar kitzelte auf meiner Brust, aber ich bewegte mich nicht wieder. Unentschlossenheit, Trauer und Schuld bewegten mich, bis endlich der Regen losbrach, die Luft sich abkühlte und ich den lang ersehnten Schlaf fand.

Kapitel 8

„FÜHREN Sie ein Tagebuch", hatte mir Sir Westcott geraten.

„Weshalb? Ich brauche keines, mein Gedächtnis war immer gut." Besser als Ihres, fügte ich in Gedanken hinzu – Sir Westcott lebte in einem Chaos von verlegten Büchern, vergessenen Verabredungen und verlorenen Regenschirmen.

„Es spielt keine Rolle, wie gut Ihr Gedächtnis ist", antwortete er. „Führen Sie ein Tagebuch – in ein paar Monaten werden Sie erkennen, wozu."

Das Gespräch hatte ein paar Wochen vor meiner Entlassung aus dem Krankenhaus stattgefunden. Ich fügte mich diesem Rat und machte mir Notizen über Ereignisse, die mir, dessen war ich mir sicher, noch monate-, wenn nicht jahrelang im Gedächtnis bleiben würden.

Jetzt lag das Buch auf meinen Knien, und ich blätterte unkonzentriert darin, während das Flugzeug den Nachthimmel über Nordindien durchzog. Wir hatten London in der vorangegangenen Nacht verlassen. Auf der langen Reise nach Osten waren wir in Rom, Athen, Teheran und Bombay zwischengelandet und unternahmen jetzt den letzten Sprung nach Kalkutta. Ich hoffte, daß die Piloten den Flug besser überstanden hatten als ich – meine Nebenhöhlen schmerzten, ich hatte gerötete und verquollene Augen und einen starken Eisengeschmack im Mund. Die Perser neben mir unterhielten sich leise und rauchten eine *Ghalia,* die sie von Hand zu Hand weiterreichten. Es roch nicht nach Tabak, aber um drei Uhr morgens schenkten die Stewardessen dem keine Beachtung mehr.

Ich glaube nicht, daß meine Koordination besser wird, hatte ich geschrieben. *Scheint auf einer Stufe stehenzubleiben.* Und später, mit Schuldgefühlen, weil ich meinen Manager so vernachlässigt hatte: *Müßte Mark anrufen, hat aber noch Zeit.*

Die Einträge hatten alle keine große Bedeutung, und ich konnte mich noch an jeden einzelnen von ihnen entsinnen. Woran ich mich nicht mehr erinnerte und was mir jetzt unverständlich erschien, war ihre Qualität. Aus ihnen sprachen Nervosität und Selbstzweifel, Ängstlichkeit vor den Begegnungen mit Sir Westcott, Zögern, wenn es um Tess ging. Ich begann zu verstehen, was Sir Westcotts Erläuterungen zu bedeuten hatten.

„Es ist bestimmt nicht so, wie Sie es sich vorstellen. Sie scheinen zu glauben, daß Sie eines Tages aufwachen und spüren, wie Sie mit Ihrem Bruder eins werden. Aber Sie sitzen drinnen. Niemand kann objektiv erkennen, wie sein Gehirn arbeitet. Die einzige Methode, Veränderungen wahrzunehmen, ist, zurückzuschauen, sich an früheres Verhalten zu erinnern und dann zu vergleichen. Schreiben Sie sich alles auf. Sonst haben Sie nichts, womit Sie vergleichen können."

Das war kein Problem für mich gewesen, als ich noch im Krankenhaus lag. Dort hatte ich Zeit genug. In den letzten Tagen allerdings hatte ich keine freie Minute gefunden. Die Idee, die ich gehabt hatte, bevor ich Tess besuchte, war ein voller Erfolg gewesen.

Ich mußte akzeptieren, daß die rechte Hirnhälfte eher visuell und nonverbal arbeitete. In den medizinischen Artikeln war das immer wieder betont worden. Das bedeutete, daß es reine Zeitverschwendung war, auf Botschaften von Leo aus der rechten Gehirnhälfte zu warten. Worte bedeuteten ihm nichts – Nymphs, Scouse, Valnora Warren oder irgend etwas anderes. Ich mußte ihn statt dessen mit Bildern versorgen, die meine rechte Hirnhälfte stimulierten und die eine physische Reaktion auslösten.

Ich war überzeugt, daß irgend etwas Leo nach Indien geführt hatte. Aber wohin in Indien? Um diese Frage zu beantworten, besuchte ich zusammen mit Tess das Britische Museum und sah mir die Bildergalerie an. Es war mühsam. Ich starrte Fotografien von Delhi, Madras, Lahore, Bombay, Agra und Kalkutta an; und bei der letzten Stadt, vor einem Farbbild des *Maidan*, eines großen parkähnlichen Rechtecks im Zentrum der Stadt, fühlte ich wieder jene Erregung, die ich schon von der Buchhandlung her kannte.

Kalkutta.

Eine Stadt, die ich ein paarmal auf meinen Konzerttourneen besucht hatte, in der ich allerdings nie aufgetreten war. Sie war für mich immer Zwischenstation auf dem Rückweg von Australien oder Neuseeland gewesen, und so kannte ich eigentlich nur ein paar Hotelzimmer in der Nähe des Flughafens. Ich konnte mich nur an einen Wortwechsel mit Leo über diese Stadt erinnern. Ich hatte eine Bemerkung über die Armut gemacht (die ich aber nie mit eigenen Augen gesehen hatte), und er hatte nur mit den Schultern gezuckt.

Das Flugzeug setzte jetzt zum Landeanflug auf den Dum-Dum Airport an, und ich hatte immer noch nicht die leiseste Vorstellung, wonach ich suchen sollte. Ich wußte nur, daß ich mich umsehen wollte, um zu erfahren, was Leo in den Monaten vor unserer letzten Begegnung beschäftigt hatte.

Wir landeten kurz nach Sonnenaufgang. Die Sonne hing hinter den Morgennebeln über der Bengalbucht. Die Monsunzeit war vorbei, und dies sollte eigentlich die kühle Jahreszeit sein, aber als ich aus dem Flugzeug trat, legte sich die Feuchtigkeit um mich wie ein nasses Tuch. Die Luft schien einem alle Kraft auszusaugen. Der Weg zum Terminal und das Warten auf das Gepäck wurden zu einer quälenden Anstrengung.

Ich fuhr sofort zum neuen Grand Hotel in der Chowringhi Road, ohne mehr als einen flüchtigen Blick auf das flache, feuchte Land und die wie erschöpft wirkenden Kokospalmen zu werfen. Im Hotelzimmer ging ich zu Bett, aber ich war zu gereizt und übermüdet, um Schlaf zu finden. Nachdem ich mich eine Stunde lang hin und her geworfen und von einer Seite auf die andere gewälzt hatte, stand ich auf und ließ Wasser in die Badewanne einlaufen – ein Schild in meinem Zimmer warnte davor, es zu trinken –, um ein Bad zu nehmen und über den kommenden Tag nachzudenken.

Ich kannte einen einzigen Menschen in Kalkutta: Chandra Roy; Chanter Chandra hatte ich ihn immer genannt, damals, als wir noch zusammen spielten.

Er war Violinist gewesen, anfangs ein Wunderkind und dann ein talentierter Erwachsener, bis er unvermittelt seine musikalische Karriere abbrach, nach Indien zurückkehrte und untertauchte. Vielleicht ist das albern – aber ich besaß immer noch seine Adresse an der University of Calcutta. Er hatte ganz bestimmt dem Westen den Rücken gekehrt. Ich hatte ihn seit mehr als zwei Jahren nicht mehr gesehen.

Chandra. Als ich auf meinem Bett saß und mich abtrocknete, entschloß ich mich, ihn aufzusuchen. Aber als ich halb angezogen war, legte ich mich zurück und schloß die Augen für einen Moment, und als ich wieder erwachte, wurde es bereits dunkel. Es war sieben Uhr abends.

Ich war hungrig, aber ich wollte nicht den ganzen Tag verschenken. Ich nahm mir ein Taxi und machte mich auf die Suche nach Chandras wahrscheinlicher Adresse, die mir ein Oboist in London überlassen hatte.

Das Zusammenspiel von Zeitverschiebung, Medikamenten

und zu niedrigem Blutzucker ließen die Fahrt durch die dunkel werdenden Straßen seltsam unwirklich erscheinen. Was ich sah, war weit entfernt oder hinter einem Schleier, wie das Spiegelbild einer unangenehmen Wirklichkeit. Nachdem das hydrologische Projekt, den Wasserspiegel des Hooghly River anzuheben, verwirklicht worden war, waren viele der schlimmsten Auswüchse Kalkuttas verschwunden. Wenigstens stand jetzt genügend Trinkwasser zur Verfügung. Aber die *Bustis* gab es immer noch, jene Slums, in denen über vier Millionen Menschen ihr Dasein fristeten. Die Lebensverhältnisse dort waren seit jeher unmenschlich. Das Taxi fuhr an einem der schlimmsten von ihnen vorbei. Der Gestank von Verfall, Exkrementen und Unterernährung lag wie ein schwarzes Geschwür über dem Abend. Mein Fahrer, der die müden, skelettartigen Wesen, die entkräftet am Straßenrand lagerten, gar nicht wahrzunehmen schien, plauderte fröhlich in einer Mischung von Bengali und Englisch, erzählte mir, wie sich die Stadt entwickelte und wie sich die Dinge in den achtziger Jahren verbessert hatten, so daß die neunziger geradezu paradiesisch zu werden versprachen.

„Ich sage Ihnen, wir werden die guten Zeiten erleben. Sehr gute, bessere Zeit", erklärte er mit dem typischen, beinahe walisisch klingenden Einschlag. Er wich einem Beinlosen aus, der sich über die Straße schleppte. „Ich sehe, daß Sie ein Fremder sind, und Sie verstehen das vielleicht nicht. Aber es ist so."

Chandra lebte, wenn die Angaben meines Freundes, des Oboisten, stimmten, in Alipore, einer Vorstadt im Süden. Es dauerte mehr als eine Stunde, bis wir die verschiedenen Straßen durchfahren und sein Haus endlich gefunden hatten. Die meiste Zeit lehnte sich der Fahrer aus dem Fenster und stellte den Passanten in dem typisch bengalischen Singsang Fragen nach dem Weg.

Dann hatten wir das Haus erreicht. Es war von beeindruckender Größe, ein Meisterwerk edwardianischer Architektur, das man in Henley oder Thames Ditton hätte aufstellen können, ohne daß es dort irgendwem aufgefallen wäre. Eine zwei Meter hohe Mauer schirmte es vor neugierigen Blicken ab.

Nach kurzen Verhandlungen (das Taxi kostete in einer Stunde weniger, als ich in einer Sekunde eines Konzerts verdiente) erklärte sich der Fahrer bereit, auf meine Kosten *Chuppatis* zu essen und auf mich zu warten – falls ich es wünschte, auch die ganze Nacht, wie er fröhlich erklärte. Die Vereinbarung gefiel ihm so gut, daß ich sicher war, er glaubte, mir zuviel zu berechnen.

Ich wurde von einem alten Diener in einer langen, wehenden Robe hereingebeten. Chandra stand neben einem kleinen Tisch. Er war kaum wiederzuerkennen. In knapp zwei Jahren hatte er sich von einem schmalgesichtigen Asketen in einen rundlichen, lächelnden Cherubim verwandelt. Seine Augen glänzten überrascht und wohlgefällig, als er mich sah, dann weiteten sie sich erschrocken, nachdem er mein vernarbtes Gesicht genauer betrachtet hatte.

„Ich habe von deinem Unfall gehört." Er schüttelte betroffen den Kopf. „Ich habe nicht gewußt, daß es so schlimm ist."

Er führte mich in ein sparsam ausgestattetes Arbeitszimmer. Wir saßen zusammen bei ein paar Gläsern heißen, süßen Tees und unterhielten uns. Nachdem ich über Chandras Aktivitäten in den letzten zwei Jahren informiert war, bot ich ihm eine (leicht redigierte) Version meiner letzten sechs Monate. Man hielte mich öfter für meinen Bruder, erzählte ich. Mein Bruder habe offensichtlich ein wichtiges Geschäft nicht zum Abschluß gebracht – in Kalkutta, wie ich glaubte. Ich wollte es zu Ende bringen, aber ich wisse nicht genau, was er getan habe. Er habe mir gegenüber mal erwähnt, daß er im *Maidan* spazierengegangen sei; aber nichts Geschäftliches. Mir sei nicht einmal seine Adresse in Kalkutta bekannt.

Chandra verzog das Gesicht und lutschte an einer Marzipanpflaume. Ein Diener stand schweigend vor der Tür und wartete auf Anweisungen.

„Du kennst weder den Namen seiner Gesellschaft noch seine Adresse?" Chandra winkte mit einer fetten Hand. „Hoffnungslos. Du kannst vielleicht eine Anzeige in der Zeitung aufgeben. Aber wenn er in der Geschäftswelt hier nicht bekannt war, wirst du wahrscheinlich nichts erfahren. In dieser Stadt ist es leichter als irgendwo sonst in der Welt, anonym zu leben. Aber wenn du willst, höre ich mich morgen an der Universität um. Er war dein Zwillingsbruder, oder nicht?"

Ich nickte.

„Wenn du kein Bild von ihm hast, könnten wir vielleicht deines in die Zeitung setzen und um Informationen bitten."

Ich zögerte. „Vielleicht in ein paar Tagen", sagte ich schließlich. „Ich möchte mich zuerst hier eingewöhnen. Ich habe es nicht eilig."

„Möchtest du lieber hier wohnen als in einem Hotel?" fragte Chandra. Er lächelte. „Der Zoo von Kalkutta liegt in Alipore – keine zwei Kilometer von hier entfernt."

Er kannte meine Gewohnheiten. Ich schüttelte den Kopf. Es war mir nicht entgangen, daß Chandra keine Anstalten gemacht hatte, mir sein Haus zu zeigen oder mich seiner Familie vorzustellen. Es war schon nach Mitternacht – wir hatten uns über Gott und die Welt unterhalten sowie über alle unsere gemeinsamen Bekannten –, und er gähnte. „Jeder kommt einmal nach Kalkutta", erklärte er mir. „Ich brauche nicht zu reisen, um Menschen zu treffen." Aber als ältester Sohn einer Familie, die ein aufstrebendes Jutegeschäft betrieb, brauchte er seinen Schlaf. Er stand jetzt immer mit der Sonne auf – zu einer Zeit, zu der er früher ins Bett gegangen war.

„Und die Violine?" Ich mußte ihm diese Frage noch stellen, als wir zusammen wieder an der Haustür standen und auf meinen Fahrer warteten.

Als Antwort hob er seine linke Hand, die Innenfläche mir zugewandt. Die Hornschichten, die er in zwanzig Jahren harter Arbeit aufgebaut hatte, hatten sich wieder in zartes, weiches Fleisch verwandelt. Viertausend Stunden umsonst geübt. Wahrscheinlich würde er nie wieder spielen. Als mich das Taxi wieder nach Norden fuhr, wurde mir der Unterschied zwischen Ost und West zum erstenmal bewußt. Er hörte auf, eine Abstraktion zu sein, etwas, das sich Rudyard Kipling nur für seine Gedichte ausgedacht hatte. Und ich fragte mich wieder, wie der Orient Leo mitgespielt hatte, wie sehr er sich unter seiner westlichen Schale verändert hatte.

Auf seltsame Art hatte mich das Treffen mit Chandra ermutigt. Er hatte es geschafft, sich ein neues Leben aufzubauen, das nichts mit Musik zu tun hatte. Wenn er das konnte, vermochte ich es auch.

Der Preis von hundertzwanzig Rupien, den ich für die dreifarbige Karte von Kalkutta in meinem Hotel zahlte, war reiner

Wucher. Sie war schlecht gedruckt, die Farben überdeckten sich, und die Namen waren viel zu klein und kaum zu entziffern, aber sie war die einzige, die ich bekommen konnte, wenn ich nicht in eine Buchhandlung gehen wollte.

Ich fürchtete, daß mir auch eine bessere Karte nicht viel mehr helfen würde. Ich schien in eine Sackgasse geraten zu sein. In London war mir alles so einfach erschienen. Leo würde mir auf die eine oder andere Weise die nötigen Informationen geben. Aber abgesehen von der Überzeugung, daß der *Maidan,* hier im Zentrum von Kalkutta, eine wichtige Rolle in Leos Vergangenheit gespielt hatte, hatte ich noch keine weiteren Anhaltspunkte gefunden, die mich in einen bestimmten Stadtteil führten. Mit der Karte in der Hand wanderte ich von der Howrah-Brücke, mit ihrem dichten Netz von Drahtseilen und dem undurchdringlichen Gewirr von Autos, Ochsenwagen, Rikschas, Fahrrädern, Lastwagen und Fußgängern, nach Süden bis nach Alipore und zum Zoologischen Garten von Kalkutta. Ich verbrachte einen halben Tag im Zoo und bewunderte dort den dreizehn Meter langen Netzpython, der die ganze Welt in Erstaunen versetzt hatte, als Funyatti ihn im Dschungel von Sumatra fing. Die Tierpfleger beeindruckten mich weniger als die Tiere. Einer von ihnen, eher tollkühn als wirklich mutig, stieg schutzlos in ein Terrarium, das zwei wunderschöne *Dendraspis polylepis,* schwarze Mambas, beherbergte, meiner Meinung nach die unberechenbarsten und gefährlichsten unter den Giftschlangen. Ich sah dem Mann zu, bis er das Gehege wieder verlassen hatte.

Aber sonst gab es nur wenig, was mich reizte. Immer wieder zog es mich zum *Maidan* zurück. Stunde um Stunde verbrachte ich dort und schaute auf das weiße marmorne Victoria-Memorial. Es war in einer obskuren Mischung von englischem und Mogul-Stil erbaut und auf seine Weise genauso häßlich wie das Albert Memorial in London. Ich begann es nach kurzer Zeit zu hassen, aber ich kam trotzdem jeden Tag, nur um mich zu fragen, was ich dort eigentlich suchte. Chandra lud mich zweimal zu sich in die Universität ein, und ich lehnte zweimal entschieden ab, nur damit ich in diesem Park sitzen und auf das grauenhafte Gebilde starren konnte.

Es war langweilig und frustrierend. Das Wetter war schlecht, kalt und windig. Erst am neunten Tag meiner einsamen Wache, als sich mein Magen und mein Kopf endgültig auf die veränderte Nahrung und Zeit eingestellt hatten, änderte sich das.

Plötzlich wurde es warm und sonnig. Ich saß auf derselben Bank wie immer und schaute nach Norden auf Fort William. Ich hatte Bänke mit Blickrichtung Norden, Süden, Osten und Westen ausprobiert, wie ein Hund, der sich in seinem Korb dreht, bevor er sich niederläßt, aber eine unbegreifliche Unruhe drängte mich, immer eine Bank zu nehmen, die nach Norden gerichtet stand.

Ich las die *International Herald Tribune,* mein einziges Verbindungsglied mit dem Westen. Ich hatte schon am ersten Tag genug vom indischen Radio und Fernsehen gehabt und mich ganz auf die Zeitung beschränkt, die immer mit ein paar Tagen Verzögerung verkauft wurde. Als ich aufblickte, saß eine Frau auf der Bank mir gegenüber, vielleicht dreißig Meter entfernt.

Sie war dunkelhäutig, unverkennbar Inderin, und in einen grünen Sari mit goldgelben Flecken gekleidet. Ihr dunkles Haar war straff aus der Stirn gekämmt, und zwischen ihren Augen, einen Zentimeter über den Brauen, konnte ich einen einzelnen goldenen Punkt erkennen. Sie sah mich an, mit ruhigem und desinteressiertem Blick. Aber sobald ich sie anblickte, spürte ich eine Welle der Spannung und Erregung, die kaum zu ertragen war. Ich begann zu zittern.

Ich stand auf und wartete auf eine Reaktion – sie schien mich immer noch anzustarren. Als sie sich nicht rührte, ging ich langsam den Kiesweg entlang, der um den kleinen grünen Grasfleck zwischen uns herumführte.

Ich spürte, wie mein Kopf zu schmerzen und mein Blick sich zu trüben begann. Offensichtlich kannte Leo sie. Sie müßte ihn wiedererkennen, und das bedeutete, daß sie auch mich erkennen mußte. Aber ich ging direkt an ihr vorbei, nahe genug, um sie zu berühren, ohne daß sie eine erkennbare Reaktion gezeigt hätte. Aus der Nähe sah ich, daß sie schön und jung war, nicht älter als neunzehn.

Sie hatte ein dunkles, makelloses Gesicht, und ihre großen schwarzen Augen waren mit Kajal auf den Lidern geschminkt. Ihre Züge waren ebenmäßig, mit hohen Wangenknochen und einer breiten Stirn. Und mitten auf dieser Stirn erkannte ich das, was mich fast ohnmächtig werden ließ. Der goldene Schmuck war nicht die glatte Metallperle, für die ich ihn von meiner Bank aus gehalten hatte. Es war ein kleiner Käfer – eine genaue Kopie von Leos Krawattennadel bei unserem letzten Treffen auf dem Flughafen von London.

Ich hielt vor ihr inne, räusperte mich, dann trieb mich meine Unentschlossenheit weiter. Was sollte ich zu ihr sagen? Daß mein Bruder sie gekannt hatte, ich aber nicht, und daß ich sie fragen wollte, was er in Kalkutta gemacht hatte?

Während mein Gehirn fieberhaft arbeitete, trugen mich meine Beine weiter um das Rasenstück herum, zurück zu meiner Bank. Anstatt mich zu setzen, blieb ich davor stehen und beobachtete sie. Nach fünfzehn Minuten – endlosen Minuten, in denen sie mich mit keinem Blick oder auch nur einem Zwinkern bedachte – näherte sich ihr ein alter Mann. Er kam langsam von der Nordseite des *Maidans,* auf einen schwarzen Holzstock gestützt. Es war mir nicht möglich, sein Alter abzuschätzen. Er mußte zwischen vierzig und siebzig sein, und sein langes weißes Gewand ließ nicht erkennen, ob er aufgrund seines Alters oder einer Verletzung humpelte.

Er blieb hinter ihr stehen und sprach sie an. Ich hörte sie lachen, und sie wandte ihren Kopf, als er um die Bank herumging, um sich neben sie zu setzen. Als sie sich unterhielten, verlor ihr Gesicht seinen ruhigen Ausdruck. Sie lachte wieder, heiter und gelassen, und nach einem Augenblick tippte sie ihm mit einer schmalen, wohlgeformten Hand auf den Arm. Ihre Nägel waren purpurrot lackiert.

Nach ein paar Sekunden standen beide auf. Sie nahm seinen Arm, und sie gingen durch den Park davon, auf den Ausgang zu. Plötzlich war der *Maidan* voller Menschen, Tausenden von Spaziergängern, die ihre Mittagspause hier verbrachten. In ein paar Minuten hätte ich die beiden aus den Augen verloren.

Ich lief ihnen quer über das Gras nach. Mein Atem ging schwerer als durch die Anstrengung erklärbar.

„Verzeihung . . ." Ich hatte sie kurz darauf eingeholt. „Verzeihung . . ." Ich wußte nicht, was ich nach diesen Worten noch sagen sollte. Aber das brauchte ich auch nicht. Sie blieben stehen und sahen sich um. Die Frau wirkte höflich interessiert und ein bißchen verwirrt. Aber der alte Mann starrte mich an und rieb sich mit seiner runzligen Hand über die Stirn.

„Sahib Singh!" Seine Stimme zitterte. Es war mir jetzt klar, daß er mindestens sechzig war – ein hohes Alter für Kalkutta. Bei diesen Worten stieß die Frau einen kurzen Schrei aus, ein Gemisch von Unglauben und Erstaunen. Erst jetzt sah ich wirklich, wie schön sie war, mit ihren braunen Augen und den weißen, gleichmäßigen Zähnen hinter vollen Lippen. Ihre Hand fuhr an ihre Kehle. Eine Sekunde lang bewegte sie sich nicht. Dann sagte sie einen langen, nach einer Frage klingenden Satz zu mir.

Ich schüttelte den Kopf. Es klang wie Bengali, aber obwohl ich in den letzten Tagen angestrengt versucht hatte, ein paar Brocken aufzuschnappen, war ich keineswegs fähig, einem längeren Satz zu folgen.

„Es tut mir leid", sagte ich. „Ich verstehe Sie nicht. Sprechen Sie Englisch?"

Beim Klang meiner Stimme rang sie nach Luft und trat auf mich zu.

„Ameera!" warnte der alte Mann.

Sie streckte ihre Hand aus und berührte meine Brust. Ich überragte sie beide. Sie streckte sich, um mein Gesicht zu berühren, während ich in diese dunklen, glänzenden Augen blickte. Sie waren jetzt wenige Zentimeter von meinem Gesicht entfernt, und ich sah zum erstenmal den Schleier in ihnen, einen grauen Nebel hinter den Pupillen. Ich überlegte, was das zu bedeuten hatte, aber in diesem Augenblick betastete sie aufmerksam meine Nase, die Lippen und das Kinn, und dann fiel sie rückwärts in die Arme des alten Mannes.

Auch mir war schwindlig. Als ich diese weiche, zärtliche Hand auf meinem Gesicht spürte, sprang mein Herz in meine Kehle, und der Rhythmus von *Over the hills and far away* dröhnte in meinem Kopf.

Hilflos und unentschlossen stand ich vor dem alten Mann, der das Mädchen in seinen Armen hielt. Zwei sich widerstreitende Triebe ließen mich wie angewurzelt stehenbleiben: ein unerklärbares, überwältigendes sexuelles Verlangen und der unwiderstehliche Drang, davonzulaufen und in den geschäftigen Straßen Kalkuttas unterzutauchen.

Kapitel 9

DAS HAUS, in das sie mich brachten, war kleiner als Chandras, aber nicht weniger eindrucksvoll. Es war aus dunkelroten Ziegeln erbaut und von der mir inzwischen vertrauten Mauer umgeben, und der Garten dahinter war pedantisch gepflegt. Die Beete mit Salbei und blühendem Thymian erinnerten mich an die Düfte, die ich damals auf einer Londoner Straße wahrgenommen hatte.

Der alte Mann wollte (oder konnte) sich während der Fahrt nicht mit mir unterhalten. Nach zwei oder drei bengalischen Sätzen, die gleichzeitig wütend und höflich klangen, hatte er aufgegeben. Er hatte meine Hilfe angenommen, als wir Ameera aus dem *Maidan* hinaustrugen, mir sogar das Tragen überlassen, während er Neugierige und zwei Polizisten verscheuchte, aber die Blicke, die er mir zuwarf, als wir zu der Kutsche kamen, waren wütend und unsicher zugleich.

Die Fahrt in dem geschlossenen Pferdewagen war nur kurz, ein paar Minuten lang durch gewundene und verschlungene Nebenstraßen. Ich kannte Kalkutta inzwischen gut genug, um zu wissen, daß das Pferd ein Zeichen von Wohlstand, nicht von Armut war – ein Auto wäre billiger zu unterhalten –, und die Häuser, an denen wir vorüberfuhren, zeugten alle von Wohlstand. Als wir schließlich an dem großen Tor anhielten und von einem Wächter mit dichtem schwarzem Schnauzbart eingelassen wurden, war die Frau wieder aufgewacht, seufzend und stöhnend. Ich stieg als erster aus dem Wagen, bereit, sofort alles zu erklären und einen Englisch sprechenden Angehörigen des Hauses um Erlaubnis zu bitten, bleiben zu dürfen. Es erübrigte sich von selbst. Der Wachtposten legte ehrerbietig die Hand an seine Stirn, verbeugte sich steif und bedeutete mir, daß ich ins Haus gehen solle.

Ich stand im Eingang in Erwartung dessen, was nun folgen würde. Ameera wurde von einer alten Frau durch einen rauschenden Seidenvorhang weggeführt. Sie war aufgetaucht, als wir durch die Doppeltür aus Teak traten, nickte mir kurz zu und ignorierte mich dann völlig. Nach ein paar Minuten kam der alte Mann, der sich im *Maidan* mit Ameera getroffen hatte, und winkte mich in einen anderen Raum. Es war ein Arbeitszimmer mit getäfelten Wänden, dort, wo sie zwischen den großen Bücherregalen zu sehen waren. Links von mir erstreckte sich ein Büfett die Wand entlang, ein Dutzend Karaffen mit verschiedenfarbigen Flüssigkeiten stand darauf, und schwere Lehnstühle mit kleinen Beistelltischchen – sorgfältig ausgerichtet auf dem blanken Holzboden – luden zum Sitzen ein. Es gab keine Teppiche – ich konnte mir vorstellen, welche Gefahr ein rutschender Teppich für eine blinde Frau darstellte –, und die Möbel schienen in einer starren Ordnung festgefügt zu sein.

Der Mann, der mich hereingeführt hatte, ließ mich allein. Ich betrachtete eine Weile die Bücher, aber das war Zeitverschwendung, wie sich schnell herausstellte. Sie waren alle in arabischer oder Hinduschrift gedruckt. Nach ein paar Minuten ging ich hinüber zu dem Büfett und zog die Stöpsel aus einigen der Karaffen: Scotch, Rum, Sherry. Das paßte überhaupt nicht zu der östlichen Einrichtung des Raumes. Ich ließ meine Hand über das glatte Holz des Büfetts gleiten. Nirgendwo lag Staub, obwohl der Raum allem Anschein nach selten benutzt wurde.

Ich stand noch immer dort, als Ameera erschien, allein. Die Farbe war in ihr Gesicht zurückgekehrt, ein tiefes Braun mit einem Hauch von Rosa auf den Wangen. Sie kam vertrauensvoll herein, ging um ein Teetischchen herum und kam direkt auf mich zu. Wenn ich den Schleier in ihren Augen nicht schon im *Maidan* bemerkt hätte, ich hätte beschworen, daß sie nicht blind war.

Ein paar Schritte vor mir blieb sie stehen und sagte ein paar Worte in Bengali. Ich schüttelte den Kopf und merkte dann, daß meine Geste ihre Wirkung völlig verfehlen mußte.

„Es tut mir leid", sagte ich. „Ich verstehe nicht."

Ihre Schultern sackten herab. „Lee-yo?" Sie sprach das Wort wie eine Melodie mit schwerem Akzent. Das Haar in meinem Nacken stellte sich auf, nicht nur, weil sie Leos Namen ausgesprochen hatte. Ich hatte Leos Kontaktperson in Indien gefunden!

„Lee-yo", wiederholte sie. Ihr Englisch war fehlerfrei, aber nicht flüssig. „Sprich mit mir, bitte."

„Ich bin Leos Bruder", sagte ich langsam und deutlich. „Nicht Leo. Ich bin Lionel."

„Bruder?" Ihre Miene veränderte sich wieder, von Trauer zu Verwirrung und Nichtverstehen. Sie kam auf mich zu und legte ihre Hand auf mein Gesicht. Diesmal war sie gründlicher; sie strich mit ihren Fingern sanft über meine Stirn und kam dann zu den Narben, die immer noch meinen Hinterkopf zeichneten. Sie zischte mit der Zunge zwischen den Zähnen, als sie den eingepflanzten Knochen betastete.

„Lee-yo. Du bist verletzt."

„Nicht Leo." Ich nahm ihre Hand vorsichtig in meine. Sie sah aufmerksam, mit weiten und glänzenden toten Augen zu mir auf. „Ameera", sagte ich eindringlich. „Bitte glaub mir. Ich bin nicht Leo. Leo hatte einen Bruder. Ich bin sein Bruder." Noch während ich sprach, zuckte ich zusammen, als ich von Leo in der Vergangenheitsform redete, aber Ameeras Englisch war zu unvollkommen, als daß ihr das aufgefallen wäre. Ihr Gesicht blieb vollkommen unbewegt.

„Ameera", fuhr ich fort. „Ich will mit dir sprechen. Über meinen Bruder. Über Leo."

Die langen Wimpern zuckten, und die Lider bedeckten die verschleierte Tiefe ihrer Augen. Sie blickte nach unten, und ihre sensiblen Finger streichelten meinen Handrücken und meinen Unterarm.

„Ich verstehe", hauchte sie schließlich. „Du hast es mir gesagt. Es wird eine Zeit geben, wo du mich nicht kennst. Du hast mich gewarnt. Aber hier . . ., hier sind nur wir, und es ist so lange her . . ."

Ihre Stimme versagte, und ich begann im stillen zu fluchen. Wenn sie nur sehen könnte . . . Es war so schwer zu fassen, daß diese dunklen Augen nicht sehen konnten. Was sollte ich tun? Hier hatte ich gehofft, Leos Verbindungen zum Osten aufzudecken – aber worin bestanden diese Verbindungen?

„Ameera, wem gehört dieses Haus?"

Die Frage schien sie zu überraschen. Ihre Lippen öffneten sich, und ich sah die perlenweißen Zähne. „Haus? Dieses Haus? Lee-yo, du kennst es doch. Dieses Haus ist dein Haus – wem gehört es sonst? Wir haben auf dich gewartet, gewartet, gewartet . . . Chatterji hat gesagt, du kommst nicht zurück, du kommst nie mehr zurück. Als er dich im *Maidan* gesehen hat, hat er es nicht geglaubt."

Ich wollte es nicht glauben. Leos Haus. Ich wußte, daß er jahrelang in Indien gelebt hatte und daß er Hotels haßte. Aber warum hatte er es mir gegenüber nie erwähnt?

„Und jetzt bist du hier", sagte Ameera. „Es gibt *Tandoori*. Shamli weiß es schon, und Chatterji holt das Chutney, das du so gern magst. In einer halben Stunde werden wir essen."

Sie griff ohne Zögern auf die Anrichte und nahm eine Karaffe und ein Glas. Sie zog den Verschluß heraus, schnupperte, um sich noch einmal zu überzeugen, und schenkte ein. Es war feiner Oloroso-Sherry, Leos Lieblingsgetränk. Sollte ich noch einmal versuchen, ihr alles zu erklären? Ich nippte an dem Glas, beobachtete sie, wie sie den Verschluß wieder auf die Flasche steckte und sie an ihren Platz zurückstellte, und erhaschte einen Hauch ihres Parfüms, das sie nun einhüllte, nachdem sie in den hinteren Räumen verschwunden war.

Plötzlich fühlte ich intensiv, daß sie Leos Mädchen war. Wenn ich meine Augen schloß, konnte ich ihren Körper unter ihren Kleidern erahnen. Ihre Haut wurde von geheimen Düften umschmeichelt, die mir jetzt vertrauter waren als je zuvor bei einer Frau. Ich nahm noch einen kräftigen Schluck.

„Ameera."

„Ja, Lee-yo?"

Sie sträubte sich immer noch, mich für mich selbst zu nehmen.

„Es gibt viele Bücher hier. Wo sind sonst noch Bücher und Papiere in diesem Haus aufbewahrt?"

„Überall." Sie war verwirrt. „Du weißt es doch. In diesem Raum, im Schlafzimmer. Überall sind Bücher."

„Hast du jemals die Buchstaben T. P. gehört? Vielleicht als Namen?"

„Teepee?" Ihre Stimme klang fassungslos. „Nie. Wer ist Teepee?"

„Ich weiß es nicht – ein böser Mensch vielleicht. Und wie ist es mit Belur? Hast du jemals von einem Belur-Päckchen gehört?"

Jetzt zögerte sie. „Belur ist ein Name aus dem Süden. Was ist in dem Päckchen?"

„Ich weiß es nicht." Ich würde es bei Chatterji und den anderen noch einmal versuchen, wenn ich einen Dolmetscher fand, aber ich glaubte nicht, daß ich Erfolg haben würde. Leo hütete seine Geheimnisse gut. Er hätte diesen Menschen nicht anvertraut, was er selbst vor mir verschwieg.

Ein leise angeschlagener Gong hallte tief durch das Haus. Ameera nahm mir mein leeres Glas ab und führte mich in den hinteren Teil des Hauses. Der Tisch im Speisezimmer war für zwei Personen gedeckt, mit glänzendem Benares-Silber und weißen leinenen Tischtüchern. Ich saß Ameera gegenüber und war maßlos enttäuscht. Ich war Tausende von Kilometern gereist, um das Rätsel zu ergründen, und ich war genauso ratlos wie zuvor. Ich hatte den seltsamen Fremden aus Kalkutta gefunden. Es war mein Bruder.

Das Tandoori-Hühnchen war ausgezeichnet und mit gewürzten Zitrusfrüchten garniert. Schweigende Diener, denen Ameera auf Bengali Befehle erteilte, trugen die Platten mit Chutneys und Gemüse auf. Die Anstrengung, Englisch zu sprechen und zu verstehen, schien Ameera ermüdet zu haben, und so konzentrierte sie sich ganz auf das Essen. Leo mußte fließend Bengali gesprochen haben, das war aus der Weise, wie mich die verwunderten Diener beiläufig ansprachen, ersichtlich. Als uns das Dessert, Banane *Halva*, serviert wurde, beschäftigten sich meine Gedanken wieder mit diesem Haus. Leo mußte es aus allen Geschäften, denen er in Indien nachgegangen war, strikt herausgehalten haben. Es hatte keine finanziellen Schwierigkeiten gegeben, als er sechs Monate lang verschwunden war. Ich hatte das Gefühl, als hätte er das Haus öfter für so lange Zeit verlassen und als wäre mein plötzliches Auftauchen gar keine so große Überraschung. Ich sah mich um und musterte die wertvolle Einrichtung. Ich hätte mir niemals solch ein Haus leisten können. Die alte Überzeugung, daß ich immer der kleinere Bruder war, eine kleinere Ausgabe Leos, verstärkte sich wieder, als wir das Mahl mit einer Tasse türkischen Kaffees beendeten und die Sonne langsam hinter den Fenstern versank.

Danach führte Ameera mich nach draußen, in den von einer Mauer umgebenen Garten. Als wir durch einen Bogen von Kletterrosen schritten, nahm sie meine Hand, damit ich sie führte. Ich sah die jungen Sprosse, die sich nach unseren Kleidern streckten, und bog sie zur Seite. Als Ameera durch den Bogen trat, traf die untergehende Sonne direkt auf ihr Gesicht und färbte es bronzefarben. Ich schützte ihre Augen mit meiner Hand, um das Licht abzuschirmen, und sie folgte mit ihrem Kopf der Bewegung meines Armes.

„Kannst du das sehen?" Ich bewegte meine Hand vor und zurück.

Ameera lächelte. „Hell und dunkel, Lee-yo. Nicht mehr. Es ist nicht besser geworden." Sie ergriff meine Hand, als sie wieder vor ihrem Gesicht war. Ich konnte wieder ihr Parfüm riechen, Rosenwasser und Jasmin. Sie streichelte meine Hand.

„Dein Zimmer", sagte sie. „Es ist nicht hergerichtet. Wenn wir gewußt hätten, daß du kommst . . ., wir haben nicht einmal Zigarren für dich, Chatterji kauft sie heute abend." Ihre Stimme klang empört.

„Ich habe ein Zimmer im Hotel", setzte ich an. Dann sah ich ihr Gesicht und bemerkte: „Mein Gepäck ist dort. Ich habe nichts bei mir."

„Hier hast du doch alles." Sie wandte ihr Gesicht wieder der untergehenden Sonne zu. „Es wird bald dunkel. Bist du müde von der Reise? Warte, ich sehe nach, ob dein Zimmer fertig ist."

Ich war müde von der Anspannung, aber ehe ich zu Bett ging, wollte ich mir das Haus noch einmal ansehen. Auf meine Bitte hin führte mich Ameera. Viele der Räume waren unbeleuchtet, und ich konnte ihr kaum folgen. Sie bewegte sich überall ohne Schwierigkeiten, an den breiten Sofas im Salon vorbei und an den grotesken Holzstatuen in einem langen Korridor, der zurück zur Küche führte. Schon nach wenigen Minuten wußte ich, daß es Tage in Anspruch nehmen würde, bis ich hier etwas über Leos Arbeit herausgefunden hatte. Aber der geeignetste Ort, um damit zu beginnen, war wahrscheinlich Leos Schlafzimmer.

Das Haus summte vor Geschäftigkeit, als wir durch die Küche kamen und die hintere Treppe hinaufstiegen. Ich konnte mir gut vorstellen, was sich jetzt abspielte. Der Hausherr war zurückgekehrt. Ameera behandelte mich, als sei ich Leo, und die Angestellten im Haushalt folgten ihrem Beispiel. Überall vernahm ich höfliche bengalische Grüße, und Ameera beantwortete sie für mich. Sie schien zu fühlen, daß sich Leo aus irgendwelchen Gründen entschlossen hatte, nur Englisch zu sprechen, und sie verhielt sich, als sei das eine Art Prüfung. Sie hatte mir schon stolz erklärt, daß sie in den letzten sechs Monaten jeden Tag die Sprache geübt hatte – ganz wie ich – Leo – ihr befohlen hatte.

Um elf Uhr hatte ich alles vom Haus gesehen, was man auf einer Blitztour nur sehen konnte, sagte gute Nacht zu Chatterji (der immer noch zornig und höflich zugleich war) und zu Ameera, um dann Leos Schlafzimmer genauer zu untersuchen. Es war eine riesige, nach Norden gehende Höhle im zweiten Stock, mit einem kleinen Fenster, hinter dem man die Mauer und einen Teil der Stadt sehen konnte. Rasierzeug, Handtücher und flüssige Seife, genug für eine ganze Kompanie, lagen sorgfältig ausgerichtet auf einem marmornen Waschtisch, und saubere Kleider, die stark nach Kampfer rochen, hingen an hölzernen Kleiderbügeln. Es waren Straßenkleider, und ich konnte nirgendwo Pyjamas oder ein Nachthemd entdecken. Der Raum wurde nur von einem schwachen Licht über der Tür und einem zweiten beim Bett erleuchtet. Leos Geschmack offenbarte sich in einigen der Gegenstände in den Regalen, die den größten Teil der Wand einnahmen. Aber ich konnte kein englischsprachiges Buch oder einen Kassettenrecorder entdecken.

Wo bewahrte Leo also seine Papiere auf? Ich gähnte und beschloß, mich dieser Frage erst am nächsten Morgen zu stellen. Ich wusch mich, schaltete das Licht aus und legte mich nackt ins Bett. Es war warm im Raum, und ich deckte mich mit einer dünnen Baumwolldecke zu, die angenehm nach Limonen roch und mich an meine Kindheit in Nordengland erinnerte.

Mein Gehirn, das mir in den letzten Tagen schon schwer zu schaffen gemacht hatte – ein kleiner Vorgeschmack auf das Kommende –, schien jetzt von innen gegen meine Augen zu drücken, und ich war froh, meinen Kopf endlich auf ein Kissen legen zu können. Sogar im Schlaf spürte ich es noch, und es verfolgte mich bis in einen unangenehmen Traum hinein. Ich wanderte durch ein karges, sonnenverbranntes Land, das nur aus Gelb und grellem Rot zu bestehen schien und wo sich kleine Eidechsen auf glühendheißen Felsen sonnten, um erschreckt zu fliehen, wenn ich mich ihnen näherte. Und selbst im Schlaf noch wußte ich, daß dieses Land nicht Indien war.

DIE TÜR zu meinem Zimmer öffnete sich. Ich nahm es kaum wahr und fragte mich verärgert, wer diese grausam hellen Lichtpfeile auf mein Bett abfeuerte. Ich wurde erst wacher, als ich hörte, wie Stoff mit einem leisen Rascheln zu Boden sank. Nach ein paar Sekunden Stille spürte ich Hände auf meinen Schultern und in meinem Nacken. Ich verspannte mich und wollte schon aufschreien, als die Finger plötzlich begannen, meine Muskeln zu massieren und die Spannung und die Müdigkeit aus ihnen zu vertreiben.

„Lee-yo." Es war ein warmer Atem in meinem Ohr, der nach Minze und Anis roch. Ich wollte mich aufsetzen, aber ihre Hand auf meiner Brust drückte mich sanft in meine Kissen zurück.

„Bleib liegen." Der Duft von Ölen und Pudern erfaßte mich, als sie das Laken zurückschlug und sich neben mich legte. Sie schob ihren Körper über meinen. Sie war schön, roch betörend, und ihre Haut war zart wie die eines Pfirsichs. Sie flüsterte leise ein paar Worte auf bengali in mein Ohr und bewegte sich dann rhythmisch und schweigend. Lange war nur unser Atem zu hören. Ameera führte mich und folgte mir unwiderstehlich zu einem süßen Höhepunkt.

Vielleicht hätte ich mich schuldig fühlen sollen, dreifach schuldig. Ich war Tess untreu, nahm Ameera unter falschen Voraussetzungen und betrog meinen Bruder mit seiner Freundin, alles zugleich. Ich fühlte mich schlecht – später. Aber während mich Ameera etwas über den Osten lehrte, das ich bis dahin nur aus Büchern gekannt hatte, konnte ich nichts anderes als Lust empfinden.

Sie schien ebenso zu fühlen wie ich. Später lagen wir zusammen verträumt in der Dunkelheit, bis sie wieder begann, mit ihren zärtlichen Händen die Muskeln in meinen Schultern zu massieren, und mich so in den Schlaf wiegte. Ich fühlte ihre Hände überall auf meinem Körper, liebkosend, neu erforschend, sehend, was ihre Augen nicht wahrnehmen konnten.

Und dann, als ich fast eingeschlafen war, hörte ich ein Geräusch, das mich hellwach aufschrecken ließ.

Ameera weinte in der Dunkelheit, leise und voll Schmerz. Ich fühlte, wie sie versuchte, ihr Schluchzen zu unterdrücken und von mir wegzurücken.

„Was ist passiert?" Ich setzte mich auf, plötzlich davon überzeugt, mich völlig falsch verhalten zu haben. Es war unmöglich, daß ich sie mißverstanden hatte, daß ich sie genommen hatte, ohne daß sie es wollte. Aber weshalb sonst sollte sie weinen?

„Ich habe dir nicht geglaubt", schluchzte sie endlich. „Du hast es mir gesagt, und ich habe dir nicht geglaubt. Aber es ist wahr. Du bist nicht Lee-yo. Du bist der Bruder."

Sie war aufgestanden und bückte sich jetzt, um ihr Nachthemd aufzuheben. Bevor ich eine Bewegung machen konnte, war sie schon an der Tür und aus dem Zimmer geschlüpft.

Als sich die Tür hinter ihr schloß, kehrten alle meine Selbstzweifel und die alte Unsicherheit zurück. „Kalter Engländer", hatte Leo einst gesagt, als wir beide am Strand lagen. „Das macht das schlechte Wetter, du hast kein Blut in den Adern. Komm nach L. A., vielleicht lernst du dort, wie man ein Mädchen liebt."

Er hatte Spaß gemacht, aber es schmerzte trotzdem – weil ich es glaubte.

Eine halbe Stunde lag ich auf dem Bett, zu deprimiert, um auch nur das Licht einzuschalten. Die Schmerzen in meinem Kopf waren wieder da, schlimmer als jemals zuvor. Meine Gedanken drehten sich immer wieder um dieselbe Frage: Was hatte ich getan, welchen Fehler hatte ich gemacht, daß jemand, der glauben wollte, daß ich Leo sei, plötzlich überzeugt war, ich sei ein anderer? Während wir uns geliebt hatten, war kein Wort zwischen uns gefallen. Was hatte ich falsch gemacht?

Ich hatte mich völlig in mein narzißtisches Elend und Selbstmitleid versinken lassen, als sich die Tür wieder öffnete. Nackte Füße tappten über den Boden, und das Bett wippte kurz, als sich jemand auf der Kante niederließ.

„Hier." Ameeras Stimme war nur ein trauriges Flüstern. „Nimm es. Es gehört dir." Sie reichte mir ein Blatt Papier.

„Was ist es?" Im Zimmer war es vollkommen dunkel.

„Lee-yo hat es uns gegeben und gesagt, wir sollen es behalten. Wir würden es brauchen, wenn er nicht zurückkäme. Ich kann nicht sehen, und Chatterji versteht kein Englisch. Du bist der Bruder. Es sagt dir, was du jetzt tun mußt."

Das Blatt Papier schien meine Finger zu versengen. Ich brauchte Licht, wollte sehen, was es enthielt – aber erst mußte ich etwas noch Wichtigeres erfahren.

„Ameera?"

„Ja?" Ihre Stimme klang gedämpft und unglücklich.

„Es tut mir leid. Ich wollte es nicht. Es tut mir leid, daß . . ." Es war schwer in Worte zu fassen.

„Was?" Ihre Stimme klang erstaunt.

„Es tut mir leid, daß du nicht glücklich warst. Es tut mir leid, daß es dir nicht gefallen hat . . ., als wir uns liebten." Die Worte wollten sich meinen Lippen kaum entringen. „Ich meine, du wußtest, daß ich nicht Leo bin. Es tut mir leid, daß ich etwas falsch gemacht habe."

„Oh." Ihre Stimme klang jetzt verändert, so als hätte sie den Kopf abgewandt. „Nein, das war es nicht. Nicht, als wir uns liebten. Es war . . ." Ihre Stimme versagte. „Es war danach, als wir zusammenlagen. Und ich habe dich berührt. Da habe ich es gewußt. Aber ich weiß nicht, wie ich es erklären soll . . ."

Das Bett schwankte kaum merklich, als sie aufstand, dann hörte ich, wie ihre nackten Füße auf die Tür zugingen.

„Ich kann es nicht sagen", wiederholte sie, und ihre Stimme klang, als würde sie weinen.

„Warum nicht? Bitte sag es mir, was immer es war."

„Ich kann es nicht. Ich weiß nicht das Wort – das englische Wort, aber ich wußte, daß du nicht Leo bist, danach, als ich dich berührt habe – da."

„Mich berührt?" Sie hatte mich überall berührt.

„Ja. Er war – geschnitten. Du bist nicht geschnitten. Ich habe das gewußt, als ich dich berührt habe."

Die Tür öffnete sich, und ich sah einen weißen Schleier, als sie hinausglitt und mich allein zurückließ.

Schnitt? Operationsnarben? Ich hatte genug davon, aber vor dem Absturz waren wir beide nie operiert worden. Wovon also redete Ameera? Ich legte mich zurück und verstand plötzlich. Eine seltsame Mischung der verschiedensten Gefühle durchflutete mich – Erleichterung, Fröhlichkeit, Trauer und Schuld. Ameera hatte recht. Wie die meisten amerikanischen Jungen war Leo beschnitten worden, ich aber nicht. Es bedurfte schon ungewöhnlicher Umstände, wenn uns jemand daran unterschied.

Das Blatt Papier lag immer noch in meiner Hand. Ich wollte es sofort lesen, sofort erfahren, was es enthielt. Aber meine Gefühle hatten mich vollkommen überwältigt. Wenn ich ganz ehrlich bin, dann war Erleichterung das stärkste von ihnen. Mein empfindliches männliches Ego hatte ein schweres Trauma überlebt. Jetzt konnte ich kaum mehr meine Augen offenhalten. Die Schmerzen krochen wieder meinen Nacken hinauf, legten dann ein stählernes Band um meine Stirn und betäubten mein Gehirn. Morgen, ich würde das Papier morgen lesen.

In Sekunden war ich fest eingeschlafen. Und weil die menschliche Sexualität so ist, wie sie ist, hatte ich wilde erotische Träume – von Tess. Wir liebten uns mitten auf dem *Maidan*, vollkommen ignoriert von den Passanten, die in der Mittagshitze ihren eiligen und unerforschlichen indischen Geschäften nachgingen.

Kapitel 10

Ich schlief lange und erwachte in einem vollkommen stillen Haus. Die Kleider, die neben meinem Bett lagen, paßten mir ausgezeichnet – das war keine große Überraschung, da sie offensichtlich Leo gehörten. Als ich nach unten kam, war nirgendwo ein Zeichen von Ameera oder dem alten Chatterji zu sehen, aber der Tisch im Speisezimmer war gedeckt, und ein reichliches Frühstücksbüfett stand in vorgewärmten Schüsseln auf der Anrichte bereit. Als ich mich bediente, blickte ein Diener durch die Küchentür, und eine Minute später stand er mit einer Kanne Tee und einer zweiten mit Kaffee vor mir.

Was immer ich von Leos Gewohnheiten in Indien halten mochte, es bestand kein Zweifel daran, daß er wie ein König gelebt hatte. Unwillkürlich verglich ich dies alles mit meinen eigenen Reiseerfahrungen, einer traurigen Fortsetzungsserie, die sich vor allem in überfüllten Hotels und vor den ewig gleichen Tellern mit aufgewärmtem Essen abspielte.

Während ich weiche Eier und Buttertoast verzehrte, dachte ich wieder über das Papier nach, das Ameera mir letzte Nacht überreicht hatte. Der erste Blick, als ich heute morgen aufwachte, war gleich zweifach enttäuschend gewesen. Meine Augen weigerten sich, sich auf die Entfernung einzustellen, und was ich durch den dichten Schleier erkennen konnte, waren hauptsächlich Zahlen und einzelne Buchstaben. Die Symptome waren nicht neu – sie waren schon im Krankenhaus aufgetreten –, aber Sir Westcott hatte mir genaue Anweisungen gegeben, was ich tun sollte, falls sie wieder auftraten. Keinesfalls lesen oder sich mit den Augen auf etwas konzentrieren, bis die Sicht wieder klar war. Ich war gezwungen, einfach dazusitzen und zu warten, und mußte versuchen, meine Ungeduld zu unterdrücken.

Das Frühstück half mir dabei. Während ich einen Schluck Tee aus der feinen Porzellantasse nahm, warf ich wieder einen Blick auf das Papier. Ameera hatte gesagt, daß es für mich gedacht sei, aber ich war überzeugt, daß sie sich irrte. Zum einen waren die meisten Wörter in einer mir unbekannten Schrift geschrieben, Hindustani oder, wahrscheinlicher, Arabisch. Nach dem ersten Absatz folgte ein kryptisches „CBC, sdb 33226; Code: Redondo Beach". Und danach die einzigen mir verständlichen Wörter: „35 Amble Place, Middlesbrough, England".

Die Adresse meiner Wohnung in Yorkshire. Es war das erste, was wirklich mich betraf. Für alles übrige brauchte ich Hilfe.

Im Haus gab es kein Telefon, jedenfalls konnte ich keines finden. Ich ging nach draußen. Nach ein paar ergebnislosen Versuchen fielen dem Mann im Wachhaus meine Gesten und die verzweifelten „Taxi-Taxi"-Rufe auf. Er nickte und rief einem etwa zehnjährigen Jungen, der an der Gartenmauer lehnte, etwas zu. Der Kleine lief los und kam nach wenigen Minuten mit einem alten blauen Peugeot im Gefolge zurück, dessen Fahrer einen großen Turban trug.

„Grand Hotel? Chowringhi?" sagte ich.

Ein Nicken, ein Grinsen, und wir begannen uns gemächlich durch die belebten Straßen zu schieben. Während wir so dahinrollten, wurde mir klar, daß ich Schwierigkeiten haben

35 Amble
Place
CBC
33226
sdb

würde, das Haus ohne Hilfe wiederzufinden. Ich erledigte das auf die einzig sichere Weise, die mir in den Sinn kam – ich bezahlte den Fahrer nicht, als wir am Hotel angekommen waren, sondern wies den englischsprechenden Chefportier an, daß ich mich für eine Weile in meinem Zimmer aufhalten würde und daß man dem Fahrer notfalls auf meine Kosten etwas zu essen geben sollte, während er auf mich wartete.

Zum Glück war Chandra in seinem Büro. Weit öfter hielt er sich in der einen oder anderen Jutefabrik seiner Familie im Norden der Stadt auf, und ihn dort aufzutreiben wäre schwierig gewesen. Er antwortete auf meinen Hilferuf mit der für ihn typischen Höflichkeit. Ich wußte nicht, wie ungelegen ihm meine Bitte kam. Er sagte nur: „Ich komme sofort."

Während er unterwegs war, packte ich meine Koffer, zahlte das Zimmer und ging dann ungeduldig in der Lobby auf und ab, bis er erschien. Als er endlich kam, zitterte ich, und mein Kopf schmerzte höllisch, aber Chandra war wie üblich nicht aus der Ruhe zu bringen.

Er nahm mir das Papier aus der Hand und studierte es ein paar Minuten lang schweigend. Als er wieder aufblickte, standen verständnislose Falten in seinem glatten Gesicht.

„Kannst du es verstehen?" fragte ich.

Er zuckte mit den Schultern. „Die Wörter? Natürlich. Aber bevor ich dir sagen kann, was sie bedeuten, sollten wir uns das einmal ansehen." Er stieß mit dem Finger auf die Stelle mit der codierten Botschaft. „Das ist noch das einfachste. CBC heißt bestimmt Central Bank of Calcutta, und ich glaube, der Rest ist einfach die Schließfachnummer und der Code, mit dem man sich Zutritt dazu verschaffen kann."

„Und die anderen Botschaften?"

„Ich weiß nicht, was für eine Adresse in England das ist. Aber der Rest besagt, daß während Mr. Singhs Abwesenheit alle Entscheidungen im Haushalt von Ameera getroffen werden und alle Rechnungen der Central Bank of Calcutta zur Bezahlung vorgelegt werden sollen." Chandra zog eine Augenbraue hoch. „Kennst du diese Frau Ameera?"

„Ja." Es schien an der Zeit zu sein, Chandra alles zu erzählen, wenn er Zeit hatte, es sich anzuhören. „Kannst du das ganze Zeug aus dem Schließfach holen?"

„Ich glaube schon. Aber was soll ich damit?"

„Du mußt es zu einem Haus hier in der Nähe bringen. Der Fahrer draußen kann dir erklären, wie du hinkommst."

Chandra sah mich wieder prüfend an, entschloß sich aber, keine Fragen zu stellen. Wir trennten uns, und während der Fahrer zu dem Haus zurücktuckerte, fragte ich mich, was als nächstes zu tun war. Gleichgültig, was sich in Leos Schließfach befand, ich wußte nicht, wie es mir erklären sollte, was T. P. bedeutete oder was es mit dem Belur-Päckchen auf sich hatte.

Ameera war immer noch nicht aufgetaucht. Ich nutzte die Zeit, bis Chandra eintraf, indem ich noch einmal die Papiere in Leos Arbeitszimmer durchging und mich endgültig entschloß, Sir Westcott so bald wie möglich anzurufen. Etwas stimmte nicht in meinem Kopf, und ich mußte wissen, was es war.

Ich ging in mein Schlafzimmer und ließ kaltes Wasser über meine Hände und meine Stirn laufen. Als ich wieder hinunterkam, war Chandra schon da und unterhielt sich rasend schnell auf Bengali mit Chatterji. Er trug ein Bündel Papiere unter seinem Arm.

„Ich glaube, wir müssen uns allein unterhalten", erklärte er, und ich führte ihn in das Arbeitszimmer. Sein Blick verriet mir, daß ich ihm einige Erklärungen schuldig war. Ich schenkte uns beiden einen Brandy ein – Chandra besaß, wie ich auch, eine ausgezeichnet trainierte Musikerleber – und erzählte ihm alles. Das Mißtrauen aus seinem Blick schwand und verwandelte sich in Faszination.

„Du bist jetzt also zwei Menschen zugleich? Lionel und Leo? Das erinnert mich an einen alten Hindumythos, Parmara und Peruma." Chandra klopfte auf das Päckchen, das er immer noch in Händen hielt. „Leo hat Sinn für Humor. Weißt du, daß dieses Haus angeblich einem Mister Singh gehört?"

„Chatterji – der Mann, mit dem du eben gesprochen hast – nannte mich Singh, als er mich zum erstenmal sah."

„Das war Leos Einfall. ‚Singh' bedeutet ‚Löwe' – genau wie Leo und Lionel. Dies war Leos Haus, und in diesen Papieren steht, daß es jetzt dir gehört, mit allem, was darin ist." Chandra sah mich zweideutig an. „Mit allem. Und das bedeutet, daß du auch verpflichtet bist, dich darum zu kümmern. Um Sachen und Menschen."

„Menschen? Wie viele Menschen? Das Haus ist voll davon."

„Acht, wenn Chatterji recht hat." Chandra tippte wieder auf das Bündel. „Wenn du dir über die Unterhaltskosten Sorgen machst, dann wird dich das hier beruhigen. Die Einlagen von ‚Mr. Singh' bei der Central Bank of Calcutta sind beachtlich. Aber es gibt noch ein Problem."

Chandra machte eine kleine Pause, und sein Blick verriet mir, daß mir das, was er mir zu eröffnen hatte, nicht gefallen würde.

„Ich weiß nicht, wie es noch mehr Probleme geben könnte", sagte ich. „Acht Menschen und ein Haus – ich habe bis heute noch nicht einmal eine Hundehütte besessen."

Er räusperte sich. „Vielleicht weißt du es wirklich nicht. Wieviel weißt du vom Manu-Code – den Heiratszeremonien, die hier üblich sind?"

„Ich habe noch nie davon gehört."

„Das sind die alten, früher erlaubten Heiratsbräuche. Es gab einmal acht davon, aber heute sind es eigentlich nur noch zwei. Es gibt das *Brahma*, die erlaubte Form, und das *Asura*, bei der der Bräutigam die Braut erwerben muß. Offiziell ist diese Sitte verboten, aber sie hält sich trotzdem. Diese Dokumente beweisen, daß dein Bruder als Mr. Singh zusammen mit einer Frau, die aus Bihar hierhergebracht wurde, diese Zeremonie absolviert hat."

Ich wußte, was jetzt kommen mußte.

„Ameera?"

„Korrekt." Chandra schien weder überrascht noch schockiert. „Das könnte ein Problem darstellen."

Ich bewunderte seinen Sinn für Untertreibung. Ich hielt den Augenblick für gekommen, mir noch einen Brandy einzuschenken, obwohl ich nicht wußte, was der Alkohol in meinem dröhnenden Kopf anrichten würde.

„Hast du noch ein paar kleine ‚Bomben' für mich bereit? Wir bringen es am besten sofort hinter uns."

„Keine Bomben, aber es scheint, als hätte dein Bruder sich große Mühe gegeben, dieses Haus und seine Geschäfte in dieser Stadt geheimzuhalten. Ich habe Bankauszüge gefunden, Einzahlungen und Auszahlungen, aber die Einzahlungen wurden immer in bar gemacht, nicht mit Schecks, und die Auszahlungen wurden über eine andere Bank vorgenommen, so daß sie schwer zurückzuverfolgen sind. Was hat dein Bruder hier eigentlich gemacht?"

Was eigentlich? Ich schüttelte den Kopf und wünschte sofort, ich hätte das nicht getan. „Das will ich hier herausfinden – wenn ich kann. Alles andere, dieses Haus und Ameera machen das sicher noch komplizierter. Ist sonst noch etwas in diesen Papieren? Bis jetzt haben sie mir nichts als Ärger gebracht."

„Eine Liste." Chandra blähte seine Backen auf. „Mit verschiedenen Namen und verschiedenen Orten, aber ich weiß nicht, was sie bedeuten. Ich habe noch einmal nachgesehen, nachdem du mir von den Männern erzählt hattest, die deinen Bruder verfolgten, aber ihre Namen sind nicht darunter. Vielleicht kannst du sie entschlüsseln."

Während er sprach, hörte ich Stimmen vor dem Arbeitszimmer. Kurz darauf trat Ameera ein und blieb in der Tür stehen. Langsam wandte sie ihren Kopf von einer Seite auf die andere. Sie wußte, daß wir beide im Zimmer waren, aber sie war sich nicht sicher, wo wir saßen. Ich stand auf und ging auf sie zu, um sie bei der Hand zu nehmen. Als sich unsere Finger berührten, rieb ich instinktiv mit meinem Daumen über ihre Handfläche. Sie erschrak, und ich spürte ein Kitzeln unter meiner Schädeldecke. Irgendwie wußte ich, daß das Leos Erkennungszeichen war. Ich führte Ameera durch den Raum und setzte sie auf den Sessel neben meinem.

Chandra runzelte die Stirn, als er sie anschaute. Statt einer seiner üblichen höflichen Begrüßungen rasselte er ein paar bengalische Worte herunter. Ameera gab ihm eine knappe Antwort. Er nickte und sprach wieder, und nach einer kurzen Gegenfrage erhob sie sich und verließ den Raum. Ich bewunderte wieder, wie sicher sie sich durch das Zimmer bewegte, genau wissend, wo ein Stuhl stand oder ein Tisch.

„Noch ein kleines Problem", fuhr Chandra fort, sobald Ameera uns allein gelassen hatte. „Sie wird uns gleich Tee bringen. Ich hielt es für besser, mit dir zu sprechen, wenn sie nicht dabei ist."

Ich sah ihn mißtrauisch an. „Was jetzt?"

„Du scheinst wenig von indischen Frauen zu wissen. Wir

sind eine Rasse, die früh reift, und wir heiraten früh." Er lächelte. „Ich bin die Ausnahme, die die Regel bestätigt. Nachdem ich Ameera gesehen habe, weiß ich, daß sie viel jünger ist, als du glaubst, und darum habe ich sie nach ihrem Alter gefragt."

„Neunzehn?" fragte ich hoffnungsvoll.

„Vierzehn." Chandra ließ sich zurück in seinen Sessel sinken. „Das ist illegal, natürlich, aber keineswegs ungewöhnlich. Es bedeutet nur, daß sich ein indisches Gericht auf Ameeras Seite stellen wird, wenn es zu einem Rechtsstreit kommen sollte. Wir müssen annehmen, daß dein Bruder mit ihr geschlafen hat, oder nicht?"

Er blickte diplomatisch zu Boden.

„Das müssen wir." Meine Stimme klang rauh und (so glaubte ich jedenfalls) schuldbewußt.

„Das müßt ihr allerdings allein entscheiden." Chandra stand auf. „Falls es noch finanzielle Fragen geben sollte, bei denen ich dir helfen kann, werde ich mein Bestes versuchen. Die anderen Fragen aber werden besser ohne mich geklärt."

„Und was ist mit deinem Tee?" fragte ich dumm.

„Ein andermal." Chandra grinste, und etwas in seinem Blick erinnerte mich an die Zeit vor fünf Jahren, als er als größter Romeo der Konzertwelt galt – und das galt etwas. „Laß den Kopf nicht hängen, Lionel. Verantwortung zahlt sich manchmal aus. Und die indischen Frauen haben ihre guten Seiten. Vergiß das nicht."

Er ging.

Vierzehn, dachte ich nur. Vierzehn!

Und dann begann ich mich zu fragen, welche Strafe in Indien wohl für die Verführung Minderjähriger verhängt wurde.

Chandra hatte das Bündel mit den Papieren auf seinem Stuhl liegenlassen. Ich hob es auf und blätterte es durch, als Ameera zurückkam, einen kleinen Jungen im Schlepptau. Er goß uns Tee ein und ging dann wieder, und Ameera setzte sich auf meine Sessellehne.

„Dein Freund ist fort", sagte sie fröhlich. (Woher wußte sie das?) „Warum bittet er um Tee und geht dann, ohne ihn zu trinken? Er ist sehr unhöflich."

„Er hat viel zu tun. Seine Geschäfte haben ihn gerufen. Ich hätte ihn nicht um seine Hilfe bitten sollen."

„Aber ich bin froh, daß er fort ist", fügte sie an. „Ich bin lieber mit dir alleine." Sie kuschelte sich an mich.

Ich schluckte und wand mich in den Lederpolstern. „Ameera, ich brauche deine Hilfe. Hat Leo einmal mit dir über sein Geschäft geredet – über seine Arbeit?"

Ameeras zufriedene und vergnügte Miene verwandelte sich sofort in Vorsicht.

„Manchmal haben wir gesprochen. Aber er wollte seine Arbeit nicht hier in seinem – wie hat er gesagt – ,Versteck'."

„Ja, Versteck. Ein Ort, an dem er sich sicher fühlen konnte."

„Versteck. Wo er bei mir war." Sie streckte ihre Hand aus und fuhr mir zärtlich über die Wangen und über meine Stirn. „Er war sicher hier. Er sagte, daß wir sicher sind, wenn wir nicht über seine Arbeit sprechen. Aber manchmal, wenn er müde oder traurig war, hat er gesprochen."

„Das ist gut. Ich werde die Papiere durchsehen, die mir Chandra von der Bank mitgebracht hat, und vielleicht werde ich dir ein paar Fragen stellen müssen. Nicht über das Geld – Chandra kann mir das erklären. Verdammt noch mal!"

Ameera lächelte. „Du klingst genau wie Lee-yo – er hat das auch gesagt. Was ist los?"

„Vielleicht muß ich Chandra Fragen stellen, und es gibt kein Telefon hier."

„Aber es gibt eins. Ein ganz besonderes, unten in der Vorratskammer. Lee-yo hat nur zweimal damit telefoniert. Aber du kannst es benützen, wenn du willst."

Ein verstecktes Telefon, das er nur in Notfällen benutzte. Als wir gerade zwanzig waren, hatten wir einmal davon gesprochen, eines Tages unsere geheimen Verstecke zu bauen, einen Ort, an dem wir allein sein konnten, um ungestört alles zu tun, was uns gefiel. Für mich waren das nur Luftschlösser gewesen. Aber das Schloß meines Bruders stand, von den Grundmauern bis zum Dach.

Was hatte er sonst noch getan? Ich zog das Blatt mit den Namen und Orten zwischen den anderen Papieren hervor.

Ameera kuschelte sich wieder an mich, und ihr warmer Atem streifte meine Wange. „Was steht darauf, Lee-yo-nel?"

Mir war klar, daß Chandra Probleme mit der Liste gehabt hatte. Es war ein einziges Durcheinander von Namen, Orten und Beschreibungen. Aber ich glaubte, daß ich mehr erkennen konnte als jeder andere – Leo und ich hatten immer auf die gleiche Weise gedacht, und jetzt waren wir in gewisser Hinsicht ein und dieselbe Person. Ich überflog sie mit einem Blick. Vielversprechend. Zum Beispiel gab es eine Zeile, mitten auf der ersten Seite, die mir sofort ins Auge sprang. „B. P. Von Cut. 026411, mit 0433 nach Ri., Verbindung 277 + doppel bl."

Es war genau die Art Eintragung, die ich von ihm erwartete. Leo würde sich keine ausführlichen Notizen machen – warum auch, wo wir beide doch dasselbe ausgezeichnete Gedächtnis besaßen? Ihm ging es nur um Zahlen und Adressen und vielleicht um ein paar Namen, die er sich noch nicht eingeprägt hatte. Die Chancen, daß mit B. P. das Belur-Päckchen gemeint war, standen gut. Aber was bedeutete der Rest? Ich brauchte Hilfe.

„Ameera, hat Leo jemals von jemandem oder von einem Ort gesprochen, der mit den Buchstaben C-U-T anfängt? Das steht in seinen Notizen hier."

„Ja." War das Erleichterung in ihrer Stimme? Es klang jedenfalls danach. „Ich glaube, er fuhr nach Cuttack, er hatte dort etwas zu tun. Ich bin mir sicher. Als er das letztemal hier in Kalkutta war, wollte er nach Cuttack."

„Wo ist das? Weißt du, wie man dorthin kommt?"

„Mit der neuen Eisenbahn. Es ist nicht weit von hier – an der Küste von Orissa."

„Weißt du, wen er dort treffen wollte? Vielleicht einen Mann, der Belur heißt?"

„Ich weiß nicht. Vielleicht."

„Und wie ist es mit den Buchstaben R-I? Ein Ort – oder ein Name."

„Ich weiß nicht." Ich hatte das Gefühl, sie wollte mir ausweichen. „Vielleicht Riang oder Riga in Assam. Sie sind weit von hier."

Plötzlich wurde mir bewußt, daß ich vollkommen irrational vorging, wenn ich ein vierzehnjähriges Mädchen nach indischer Geographie ausfragte. Ameera konnte mir nur helfen, wenn sie sich an etwas Besonderes erinnerte, das Leo gesagt oder getan hatte.

„Ameera, hat Leo einmal mit dir über seine Arbeit in Amerika gesprochen? Für wen er arbeitete, oder warum er in Indien war?"

Tränen traten in die dunklen Augen. Ich schämte mich für das, was ich ihr antat.

„Nein, Lee-yo-nel. Wenn er das jemand gesagt hätte, warum nicht seinem Bruder, wenn der Bruder aus demselben Ei stammt? Hat er dir das nicht verraten?"

„Nein. Er hat es mir nicht gesagt."

Und das war der Fluch dabei. Leo hatte es mir nicht gesagt, und er hatte Schwierigkeiten, es mir jetzt mitzuteilen.

„Ameera, morgen fahre ich nach Cuttack. Weißt du, wo der Mann wohnt, den Leo treffen wollte?"

„Eine Firma. Eine Firma für – wie heißt das – Computer? Dinge, die man zum Rechnen braucht."

Es schien, als wäre sie jetzt wirklich erleichtert. „Lee-yo-nel, wenn du nach Cuttack fährst, kann ich mit dir kommen? Ich kenne die Sprache – man spricht Oriya dort –, und ich möchte dir helfen. Ich kann dir nicht helfen, wenn ich hierbleibe."

Ich war überzeugt davon, daß ich dort ohne große Schwierigkeiten einen Dolmetscher finden konnte – aber auch wenn nicht, wollte ich Ameera nicht bei mir haben. Ich hatte keine Ahnung, was uns dort erwarten würde.

„Nein!" Ich sprach lauter, als ich beabsichtigt hatte. „Ich weiß nicht, was passieren wird. Auf keinen Fall."

Ameera schwieg, aber die Tränen, die aus diesen dunklen Augen zu rinnen begannen, sprachen mehr als tausend Worte. Ich fluchte innerlich, hauptsächlich über meine rechte Hirnhälfte. Aber auch über die lüsternen Phantasien, die ich hatte, als ich einen Arm um Ameera legte, um sie zu beruhigen.

„HALLO? Vermittlung, was, um Gottes willen, ist mit meinem Gespräch? Ich kann vier verschiedene Gespräche gleichzeitig hören."

„Einen Augenblick, Sir, ich verbinde sofort."

Ich stand in der dunklen Vorratskammer, schwitzend und fluchend. Seit zwanzig Minuten versuchte ich, Sir Westcott im Queen's-Krankenhaus in Reading zu erreichen. Aber ich hörte nur das Kreischen von Affenhorden und delphinartiges Quietschen und Tschirpen in der Leitung, und alle paar Minuten brach die Verbindung vollkommen zusammen.

„Hallo?"

„Hallo, hallo?"

Ich fühlte mich wie eine Gestalt aus einer von P. G. Wodehouses Kurzgeschichten. „Hallo, hallo, hallo."

„Sie brauchen nicht so zu schreien – ich bin nicht taub. Was wollen Sie?"

Gott sei Dank. Das vertraute Raunzen.

„Sir Westcott, hier ist Lionel Salkind. Ich rufe an, weil ich Schwierigkeiten habe – mit meinem Kopf."

„Was erwarten Sie denn, wenn Sie sich überall auf dem Globus herumtreiben? Sie sollten hier sein, wo wir Sie im Auge behalten können."

Er schien sich überhaupt keine Sorgen zu machen. Es war eine enorme Erleichterung, allein diese grimmige Rüge hören zu dürfen.

„Was haben Sie für Symptome? Etwas Neues?"

Die Verbindung hatte die eingebaute Viertelsekundenverspätung, die verriet, daß sie über Satellit geschaltet war.

„Ich glaube schon. Ich habe mörderisches Kopfweh, und manchmal scheine ich meine Handlungen nicht mehr unter Kontrolle zu haben."

„Da sind Sie nicht der einzige auf der Welt. Ist das alles? Natürlich haben Sie starke Kopfschmerzen – haben Sie das Zeug nicht gelesen, das ich Ihnen zum Abschied mitgegeben habe? Das ist die Atrophie der Schwann-Zellen, die jetzt ihre Arbeit getan haben. Jetzt beginnen die Axone zu wachsen. Das genau ist die Madrill-Therapie. Lesen Sie das verdammte Zeug – warum, glauben Sie, habe ich es Ihnen denn mitgegeben?"

Ich fühlte mich wie ein Idiot – die Papiere, die er mir gegeben hatte, lagen immer noch unangetastet in meinem Koffer. In der Aufregung, nach Indien zu fliegen, hatte ich keinen Gedanken an sie verschwendet, und ich war gar nicht auf die Idee gekommen, daß sie mir vielleicht erklären konnten, was in meinem Kopf vorging.

„Lesen Sie eigentlich Zeitung da drüben?" Sir Westcotts Stimme hatte einen neuen Klang. „Wahrscheinlich stände das sowieso nicht drin. Es fällt mir schwer, aber ich muß mich bei Ihnen entschuldigen. Erinnern Sie sich noch daran, daß Sie mir einmal von jemandem namens Valnora Warren erzählt haben?"

„Was ist mit ihr?"

„Sie ist tot. Sie haben sie vor vier Tagen aus dem Cherwell gezogen – sie lag schon ein paar Wochen drin. Und sie wurde totgeprügelt, bevor man sie ins Wasser warf. Können Sie mich verstehen?"

„Ich kann. Weiß man, wer es war?"

„Wenn sie es wissen, dann verraten sie es nicht." Sir Westcott schien erbost. „Passen Sie auf sich auf – Sie haben mich zuviel Arbeit gekostet, und ich möchte nicht, daß mir ein paar Wegelagerer alles wieder zunichte machen."

„Ich werde vorsichtig sein." So offensichtlich hatte sich Sir Westcott noch nie um mich gesorgt.

„Und noch etwas, wenn wir schon dabei sind. Erinnern Sie sich noch daran, daß Sie mir erzählt haben, Ihre neuen Freunde hätten geglaubt, die Pillen seien Nymphs?"

„Das werde ich kaum vergessen."

„Nun ja, ich habe mich bei der Polizei ein bißchen umgehört, woher die Droge eigentlich stammt. Sie kommt über Athen nach England, wie ich es Tess erzählt habe. Aber sie wird viel weiter im Osten hergestellt – vielleicht in Indien. Und Kalkutta ist eines der Zentren des Nymphsmißbrauchs. Also halten Sie die Augen offen, wenn Sie schon dort sind."

Ich antwortete nicht – ich glaubte, auch ohne Nymphs genug Probleme zu haben.

„Außerdem, haben Sie vor, in der nächsten Zeit heimzukommen?" fuhr er fort. „Tess scheint sich Sorgen um Sie zu machen – weiß der Teufel, warum."

„Sagen Sie ihr, mir geht es ausgezeichnet." Ich holte tief Atem. „Ich wollte Sie noch etwas fragen – ausnahmsweise nicht über mich und auch nicht über Nymphs. Hier ist jemand mit einem Problem an den Augen. Ich glaube, es war ein Geschwür in der Kindheit, das die Hornhaut zerstört hat. Kann man so etwas operieren?"

„Wenn Ihre Diagnose stimmt, dann sollte es nicht schwer sein. Wie alt ist der Patient?"

„Ein Teenager. Ein Mädchen."

Ich glaube nicht, daß ich mir das Schniefen am anderen Ende der Leitung nur eingebildet habe. Ich konnte mir gut vorstellen, wie er halb über seinem Schreibtisch lag und mir zuhörte. Er schien mein schlechtes Gewissen auch über diese Entfernung zu spüren.

„Ein Mädchen, sagen Sie? Na ja, Patient ist Patient. Wenn Sie sie mitbringen, werde ich sehen, was sich machen läßt. Aber passen Sie auf sich auf. Ich habe keine Lust, ihre Augen zu operieren, nur damit Tess sie sofort wieder auskratzen kann. Benehmen Sie sich da drüben – Sie wissen genau, daß Tess viel zu gut für Sie ist. Versuchen Sie nicht –"

Plötzlich brach die Verbindung zusammen. Ich stand schwitzend in der kühlen, dunklen Vorratskammer und verfluchte Indien im allgemeinen und die indische Telefongesellschaft im besonderen. Oben hörte ich den Gong. Ein weiterer Abend zusammen mit Ameera und allem, was dazu gehörte, lag vor mir.

Verdammt noch mal!

Langsam stieg ich die Treppe hinauf. Leo hatte mich in diesen Schlamassel gebracht, gegen meinen Willen. Es wäre nur gerecht gewesen, wenn er mir ein bißchen mehr helfen würde. Ich zweifelte nicht daran, daß ich das Geheimnis des Belur-Päckchens in Cuttack entschlüsseln würde. Aber trotz Leos Notizen und Ameeras Bestätigung, die beide in diese Richtung deuteten, sowie einer tiefen instinktiven Überzeugung, die ich vielleicht Leo verdankte, hatte ich nicht das Gefühl, irgendwelche Fortschritte gemacht zu haben.

Was ich fühlte – wie einen dicken Kloß in meinem Hals –, hätte mich eigentlich warnen müssen.

Kapitel 11

WENN Gehirngewebe durchtrennt wird, wie zum Beispiel beim Sezieren der beiden Hemisphären durch den Corpus Callosum, regenerieren sich die Nervenzellen nicht auf normale Weise. Obwohl die Axone jeder Zelle neue Sprosse bilden können, die sich im Prinzip von neuem mit den zu erreichenden Zellen verbinden könnten, haben diese Sprosse jedoch nur eine kurze Lebensdauer. Ihre Lebensspanne beträgt lediglich ein paar Tage, während deren eine Verbindung zu den zu erreichenden Neuronenzellen geschaffen wird. Statt dessen sind Wucherungen von normalen Gewebezellen in der betroffenen Region zu beobachten, die nach kurzer Zeit ein dichtes Netz bilden, das die Neuronenzellen bei ihrem Versuch, neue Axone zu bilden, blockiert. Die Lösung dieses Problems, die zum erstenmal in den frühen achtziger Jahren von Madrill angesprochen wurde, ist eine gestufte Regeneration über die Schwann-Zellen, jene nichtneutralen Zellen, die sich in den peripheren Nerven finden und mit deren Hilfe ein erneutes Wachstum von Axonen erreicht werden kann.

Die Madrill-Therapie unterbindet das Wachstum von Gewebezellen im beschädigten Bereich und fördert statt dessen die Bildung von Schwann-Zellen, die normalerweise nicht im Gehirnbereich existieren. Die spätere Atrophie und der Abbau der Schwann-Zellen bereiten dem Patienten erhebliche Schmerzen, wenn auch die späteren Nebenerscheinungen des Gewebebildungsprozesses sehr viel schwerwiegender in ihren Konsequenzen sein können . . .

Ich rieb meine schmerzenden Augen und ließ mich zurück in die Polster sinken. Eigentlich sollte dies ein Wagen erster Klasse mit Klimaanlage sein, aber ich fühlte mich unwohl, und Schweiß stand mir auf der Stirn. Die Landschaft draußen raste mit mehr als zweihundert Stundenkilometern vorüber, ein einziger schwindelerregender braungrüner Streifen; aber was in meinem Kopf vorging, machte mich noch viel schwindliger.

Und wenn das Papier vor mir stimmte, dann war das, was ich im Augenblick durchmachte, nicht mehr als ein kleiner Vorgeschmack auf das Kommende. Ein deprimierender Gedanke. Schon jetzt konnte ich nur noch Wort für Wort lesen, sie mühsam mit einem rostigen Nagel einzeln in meinen dröhnenden Schädel einstanzen. Ich zwang mich dazu, weiterzulesen – so unverständlich es auch war, aber dies war das erste Papier von Sir Westcott, bei dem ich wenigstens stellenweise nachvollziehen konnte, was der Autor mir erklären wollte.

Erst nach dem Wachstum der Axone und ihrer Anbindung an die Zielzellen tritt die letzte und schwierigste Phase der Madrill-Therapie ein. Nachdem die biologische Verbindung geschaffen ist, muß das Gehirn versuchen, seine normale Arbeitsweise wiederaufzunehmen. Obwohl dies ein eigentlich nicht ungewöhnlicher Vorgang ist, wurde bei über dreißig Prozent der Patienten ein instabiler Rückfluß der Informationen beobachtet, der zu den verschiedensten Psychosen führen kann, unter Umständen auch zu einem totalen Funktionsausfall mit letalen Folgen . . .

Hervorragend. Das schwerste Stück stand mir also noch bevor, und die Chance stand eins zu drei, daß ich es nicht lebend überstehen würde. Letale Folgen – ein medizinischer Euphemismus für Wahnsinn und Tod. Das Risiko war sehr viel größer, als mich Sir Westcott glauben lassen hatte.

Also was konnte ich dagegen tun?

Gar nichts.

Ich gab den Versuch auf, den nächsten Absatz zu verstehen, in dem die verschiedenen Methoden einer Enzyminjektion diskutiert wurden, die man in der Armenischen Akademie der Wissenschaften für anwendbar hielt, und blickte statt dessen über den kleinen Ausklapptisch.

Ameera lackierte ihre Nägel, ruhig und zuversichtlich. Die Hitze im Abteil schien ihr nicht das geringste auszumachen. Ich begriff nicht, wie sie ihre Nägel lackieren konnte, ohne das Ergebnis überprüfen zu können, aber der purpurrote Lackierpinsel bewegte sich sacht und gleichmäßig. Ihr Gespür für die Position ihrer Hände zueinander war geradezu unglaublich.

Irgendwie – vielleicht hatte ich mich bewegt – wußte sie, daß ich sie anschaute.

„Wie lange noch, Lee-yo-nel?"

„Eine halbe Stunde, wenn der Zug pünktlich ist."

Sie nickte glücklich. Für Ameera war die Reise ein einziges Vergnügen, ein verlängerter Schulausflug. Zum zehntenmal in den letzten zwei Tagen fragte ich mich, ob Chandra wirklich mein Freund war. Anstatt mir zuzustimmen, daß Ameeras Anwesenheit in Cuttack nur Schwierigkeiten mit sich bringen würde, hatte er sie von Anfang an unterstützt.

„Wie willst du dich mit den Menschen unterhalten, wenn du dort bist?" hatte er gefragt. „Cuttack ist nicht Kalkutta, wo jeder zweite Englisch spricht."

(Wie ich später erfuhr, hatte mir Chandra nicht die Wahrheit gesagt – überall gab es Menschen, die Englisch sprachen. Aber er verhielt sich typisch indisch und half Ameera nach besten Kräften, ihren Willen durchzusetzen.)

Ich hatte mit beiden darüber diskutiert und darauf bestanden, daß es besser sei, einen Dolmetscher zu beauftragen, wenn ich einen brauchte. Chandras verbale Überredungskünste am Tage und Ameeras viel eindringlichere Argumente bei Nacht hatten mich schließlich nachgeben lassen. Ich saß ihr gegenüber und betrachtete sie, diese Haut mit der Zartheit der Morgendämmerung, das mitternachtsschwarze Haar, und ich fragte mich, wie ich so lange hatte standhaft bleiben können. Ich hatte von Anfang an keine Chance gehabt.

Meinen ursprünglichen Plan, sofort nachdem ich von der Existenz dieser Stadt erfahren hatte, nach Cuttack zu fahren, hatte ich schnell wieder fallenlassen. Ich hatte keine Ahnung vom indischen Lebensrhythmus. Es dauerte allein vierundzwanzig Stunden, bis die Bahnkarten eintrafen.

Während Chandra und Chatterji die nötigen Vorbereitungen für unsere Reise trafen, hockte ich stundenlang ungeduldig in der kleinen Vorratskammer und versuchte mit allen Mitteln, das indische Telefonsystem zu überlisten.

Die Telefonnummer in Cuttack, nach der ich fragte? Nein, Sir, sie existierte nicht. Ein störrischer Auskunftsbeamter bestand darauf, daß sie nicht existieren konnte, daß sie nie existiert hatte – vielleicht hatte ich mich verlesen? Nach einer Stunde und einem weiteren Anruf in Cuttack stellte sich heraus, daß es eine zweite Vermittlungsstelle gab, in derselben Provinz, aber nicht in der Stadt.

Ich rief bei der neuen Vermittlung an.

Triumph! Der Anschluß war für einen gewissen Mr. Belur zugelassen. Aber er war vor vier Monaten stillgelegt worden, und dieser Belur hatte keine neue Nummer. Computergesellschaften in der Gegend, in der Mr. Belur lebte? Natürlich, Sir, sie würden alles versuchen; aber ich sollte mir vor Augen halten, daß es dafür keine Übersicht gab . . . Wahrscheinlich würde die Suche erfolglos bleiben . . ., große Schwierigkeiten . . .

Ich wünschte mir eine ausgestreckte Hand, in die ich ein paar Silbermünzen legen konnte, aber diese erprobte Methode konnte ich erst anwenden, wenn wir in Cuttack waren. Bis dahin konnte ich mir nur eine Liste von einem halben Dutzend Gesellschaften zusammenstellen, die möglicherweise etwas mit dem verschwundenen Belur zu tun hatten. Wenn sie nicht, wie er, in den letzten Monaten untergetaucht waren.

Geduld, empfahl mir Chandra. Geduld ist alles in Indien.

Geduld. Ich mußte meine eigenen Grenzen kennenlernen. Als wir endlich in Cuttack ankamen und mit der Suche beginnen konnten, war ich gezwungen, meine Ansichten über Ameeras Nutzen zu revidieren. Sie konnte auch noch dem abweisendsten Beamten Informationen und sogar Kooperation entlocken. Ich dagegen erreichte überhaupt nichts.

Cuttack war eines der Zentren für moderne Industrie in Indien. In den letzten zehn Jahren waren große Anstrengungen unternommen worden, um hier fortschrittliche Technologien anzusiedeln – Fiberglaskommunikation, Mikroprozessoren, Überdrucktechnologie und Datenspeicher mit Hyperkapazität. Die Fabriken waren wie rechteckige weiße Spielsteine über die braungrünen Hügel westlich der Stadt verstreut.

Taxis waren kaum zu bekommen. Ameera erwischte eines am Bahnhof, um das sich eine Horde von Reisenden mit ein paar Gepäckträgern stritt, und wir fuhren los. Seitdem wir Leos Notizen gemeinsam durchgesehen hatten, hatte ich die verschiedensten Stimmungen durchgemacht, aber als wir Cuttack erreicht hatten, verließ mich plötzlich mein ganzer Mut. Die Chance, Belur aufzutreiben, stand gleich Null. Nur Ameeras überschäumender Enthusiasmus hielt mich aufrecht.

Computek war unsere erste Station. (Alle Gesellschaften, die wir besuchten, hatten pseudoamerikanische, keine einzige einen indischen Namen.) Wir befahlen dem Fahrer zu warten, dann traten Ameera und ich durch die Eingangstür, von der bereits die Farbe abblätterte.

Wir fanden nichts – nicht einmal einen Anhaltspunkt dafür, daß hier überhaupt neue Technologien entwickelt wurden. Die Angestellten waren mißtrauisch. Vielleicht waren wir Inspektoren der Regierung aus Neu-Delhi? Ameera besänftigte sie, aber trotzdem erhielten wir keine nützlichen Informationen. Das Spiel wiederholte sich bei Info-System Design, Electro-Mech, 4-D Systems, Compu-Controls und Autodyne. Ich war schon fast bereit aufzugeben, als wir zu dem schäbigen grauen Gebäude auf einem Hügel zehn Kilometer vor der Stadt kamen und ich das holzgeschnitzte Schild las, das verkündete, daß sich hier der Sitz von Bio-Electronic Systems befand.

„BELUR?“ fragte der Mann. Er bestand ganz aus strahlendweißen Zähnen und Manschetten, Mittelscheitel und einer öligen Stimme: der Prototyp des modernen Managers. „Rustum Belur?“

Ameera drückte meinen Arm - sie wußte, wie mutlos ich geworden war. Ich nickte. „Ich glaube, das ist er. Aber ich habe gehört, daß er nicht mehr bei Ihnen ist?“

Der Mann auf der anderen Seite des Schreibtischs lächelte und bot mir eine indische Zigarette an. Ich hatte seit meiner ersten Kostprobe in Kalkutta keine mehr angenommen. Ich schüttelte den Kopf.

„Nicht mehr bei uns?“ Er stieß eine Rauchwolke aus. „So kann man es nennen, würde ich sagen. Er ist nicht mehr bei uns, wie? Er ist überhaupt nicht mehr unter uns.“

„Hat er die Gegend verlassen?“

„So könnte man sagen.“ Er hustete. „Könnte man wirklich. Er ist tot, wissen Sie – Rustum Belur wurde getötet, vor vier Monaten. Sehr traurig.“ Er lächelte glücklich. „Wirklich sehr traurig. Ein netter Mann.“

Ich saß mit offenem Mund vor ihm und wußte nicht, was ich sagen sollte. Und wieder einer! wäre wohl kaum der geeignete Kommentar gewesen. Ameera sprang für mich ein.

„Mr. Belur – wie wurde er getötet?“

Mr. Srinivasa erhob sich aus seinem Sessel und ging zum Fenster. „Sehen Sie das Gebäude dort unten am Hügel, zu dem die Kabel von links führen? Das ist eines unserer Laboratorien. Eines Nachts muß Mr. Belur auf seinem Heimweg eine Abkürzung genommen haben – unter dem Kabel hindurch. Das ist äußerst ungewöhnlich, und wir haben unsere Angestellten immer wieder davor gewarnt.“ Er zuckte mit den Schultern. „Sie wollen nicht hören – nicht mein Fehler, Sie verstehen? Er muß ausgerutscht und über die Hochspannungsleitung gestolpert sein. *Srritt.*“ Er schnitt mit der Hand quer durch die Luft. „Zwanzigtausend Volt. Eine tödliche Ladung. Wir haben ihn am nächsten Morgen gefunden." Seine Stimme klang fast heiter. „Gebraten wie ein *Maro*-Fisch. Ziemliches Pech, wie?"

„Hat er eine Familie hinterlassen?" Das schien der einzige Weg zu sein, der uns noch offenstand.

„Aber nein", sagte Mr. Srinivasa fröhlich. „Er wollte nicht mit Menschen zusammensein – nicht wie Sie und ich, wie?" Er nickte vielsagend in Ameeras Richtung. „Vergessen Sie nicht, er war ein sehr intelligenter Mann, und er hatte Besuch aus aller Welt. Aber immer beruflich – nie privat. Sie wissen über seine Arbeit Bescheid, wie?"

„Ein bißchen." Ich war bereit zu gehen, aber als ich mich in meinem Sessel aufrichten wollte, zog mich meine linke Körperhälfte nach unten und zwang mich, sitzen zu bleiben. Srinivasa blickte mich mißtrauisch an.

„Fühlen Sie sich nicht gut, Mr. Salkind?"

„Doch." Ich mußte unbedingt Zeit gewinnen, bis ich meinen Körper wieder unter Kontrolle hatte. „Ich habe mich nur gerade gefragt, woran Mr. Belur gearbeitet hat, bevor er starb. Ich hatte seit einem oder zwei Jahren keinen Kontakt mehr mit ihm gehabt."

„Immer noch an derselben Sache." Srinivasa zuckte mit den Schultern, aber mir fiel auf, daß ihm diese Frage offensichtlich weniger behagte. „Er arbeitete immer noch an einer elektronisch-biologischen Verbindung, wie schon seit Jahren. Und er hat immer noch behauptet, daß der große Durchbruch unmittelbar bevorsteht. Er ist nie dazu gekommen."

„Das Belur-Päckchen?"

„Hat er es Ihnen gegenüber so bezeichnet?" Er drückte seine zur Hälfte gerauchte Zigarette aus und nahm dankbar eine von meinen, die wir uns extra für solche Gelegenheiten gekauft hatten. „Immer dasselbe Thema, wie, immer introsomatische Chips? Ziemlich guter Arbeiter, aber nicht besonders angenehm."

Ich sah mich um und bemerkte die Anzeichen früheren Erfolgs und neueren Mißerfolgs. Es war sehr wahrscheinlich, daß Belur – „ziemlich guter Arbeiter" und vielbesuchter Wissenschaftler – der gute Stern von Bio-Electronic Systems gewesen war. Seit er tot war, ging es mit dem Unternehmen bergab. Und Srinivasa konnte sich nur schwer damit abfinden, wie jeder Manager, der glaubt, der Erfolg eines Unternehmens sei in Wirklichkeit der Erfolg seines Managers.

„Haben Sie noch Material über das Belur-Päckchen?" Das war meine letzte Hoffnung, und sie war nicht gerade groß.

„Er hat sich nie Notizen gemacht." Srinivasa schüttelte mißbilligend den Kopf. „Er war ein guter Arbeiter, aber seine Gewohnheiten waren nicht normal. Hier bis in die Nacht und dann den ganzen nächsten Morgen fort – ziemlich schwer, ein Labor zu leiten, wenn die Menschen nicht regelmäßig arbeiten, wie? Er hat behauptet, daß er die meiste Arbeit nur zu Hause erledigen kann."

„Er hatte dort ein Labor?"

„Kein richtiges Labor. Es war in seinem Haus und ausgestattet wie ein Labor, aber kein richtiges Labor, Sie verstehen?" Die weitschweifige Geste über die verstaubten Geräte um uns herum ließ anklingen, daß Belurs verzweifelte Anstrengungen sich nicht mit der Großartigkeit unserer augenblicklichen Umgebung messen konnten. „Obwohl er sehr reich war", fügte er nach einer Weile hinzu.

Unwillen lag in seiner Stimme. Ein Angestellter, der nicht nur merkwürdige Angewohnheiten pflegte, sondern auch noch reich genug war, um unabhängig sein zu können, war für einen Manager nur schwer zu ertragen.

„Glauben Sie, daß wir sein Haus besichtigen könnten?" fragte ich. Während ich sprach, schien sich mein Magen umzudrehen und zusammenzuziehen. Einen Augenblick lang glaubte ich, mich übergeben zu müssen. Was wollte Leo mir jetzt sagen?

Srinivasa bemerkte nichts. Er war zu sehr damit beschäftigt, Geringschätzung über meine Bitte auszudrücken. „Wenn Sie das unbedingt wollen, dann weiß ich nicht, was dagegen sprechen könnte. Es braucht natürlich ein bißchen Zeit, um dorthin zu kommen", (vergeudete Zeit, ließ er erkennen), „und ich fürchte, wir haben hier zu viel zu tun, um das für Sie zu arrangieren."

„Wir haben unseren eigenen Fahrer", warf Ameera ein. Sie war viel begabter als ich, wenn es darum ging, Einwände zu zerstreuen. „Wenn Sie uns nur sagen, wie wir hinkommen . . ."

Es war nicht schwer zu verstehen, warum Rustum Belur eine

Abkürzung auf dem Weg nach Hause genommen hatte. Die Straße wand sich in einer langen Spirale um den Hügel, so daß siebenhundert Meter unter dem Hochspannungskabel hindurch zu sieben Straßenkilometern wurden. Während wir langsam den Hügel umrundeten, schüttelte Ameera den Kopf.

„Ein schlechter Mann. Er riecht schlecht."

„Glaubst du, daß er böse ist?"

„Nicht böse. Dumm. Er hat viel Zeit, um mit uns zu kommen, wenn er wollte. Und er hätte uns Belurs Arbeitsplatz zeigen können."

Aber uns nichts darüber sagen können, vermutete ich. Belurs Arbeit ging weit über Srinivasas Verständnis hinaus. Und über meines. Woran hatte er gearbeitet?

„Was sind in-tro-so-matische Chips?" Ameera sprach meine Gedanken aus. „Er hat gesagt, Belur hätte sie gemacht."

„Ich habe noch nie davon gehört. Aber Chips sind das, was sie in die Computer tun, um die Programme zu kontrollieren." Und ich würde meinen letzten Penny darauf verwetten, daß Leo mir mehr über sie verraten könnte, wenn ich ihn nur irgendwie dazu bringen könnte, dachte ich. Aber das erwähnte ich Ameera gegenüber nicht.

Belurs Reichtum war nicht zu übersehen, schon beim ersten Anblick seines Hauses nicht. Die meisten Gebäude, an denen wir vorbeigefahren waren, waren nur kleine Hütten gewesen. Dies hier war ein Dreißigzimmerhaus, eine Burg aus Holz und Zement, die schon hier gestanden haben mußte, bevor der Industriepark um uns herum entstanden war. Wir fuhren auf einer ungeteerten Straße darauf zu – während der Regenzeit war sie wahrscheinlich unpassierbar, aber jetzt war der Boden so hart wie Zement.

„Warten Sie hier auf uns."

Der Mann nickte. Die indischen Taxifahrer waren sehr geübt im Warten.

Wir befanden uns jetzt auf der Ostseite des Hügels, der Cuttack zugewandten Flanke, und der Hausklotz stand zwischen uns und der untergehenden Sonne. Ich sah, wie Ameera fröstelte, als wir in seinen tiefen Schatten tauchten.

„Was ist das für ein Haus, Lee-yo-nel?"

Ich unterdrückte den Wunsch, so schnell wie möglich zurück zum Wagen zu laufen. Das Haus war wirklich nicht einladend, aber ich hatte zuviel Arbeit investiert, um mich jetzt noch von einem vagen Gefühl aufhalten zu lassen. Außerdem fühlte ich, daß ich den Grundriß dieses Hauses bereits kannte.

„Es ist groß – sehr groß. Der Ort, wo Belur arbeitete, ist ganz hinten im Gebäude. Wir müssen einen langen Korridor entlanggehen, dann eine Treppe hoch." Die Worte sprudelten beinahe ungewollt hervor, aber ich war überzeugt, daß die Beschreibung stimmte. Wir gingen langsam auf die offene Haustür zu, Ameera fest an meinen Arm geklammert.

„Langsam, Lee-yo-nel. Ich will wissen, wohin wir gehen."

Sie betastete die Tür links von sich und ließ dann ihre Hand über die Holztäfelung im Hausinneren gleiten.

Während sie sich damit beschäftigte, sah ich mich um. Wenn Srinivasa uns die Wahrheit gesagt hatte, dann wurde das Haus von zwei Verwaltern versorgt, bis die Familie entschieden hatte, was damit geschehen sollte. Aber nirgendwo war eine Menschenseele zu entdecken, weder im Haus noch draußen. Das war weniger überraschend, als es in Europa gewesen wäre. Ich hatte schon gelernt, daß indische Hausangestellte manchmal über lange Zeit ihrer Arbeitsstelle fernblieben, um ihren eigenen mysteriösen Geschäften nachzugehen.

„Jemand zu Hause?"

Die holzgetäfelten Wände und Böden echoten meine Frage zurück, und ich kam mir irgendwie lächerlich vor. Ameera folgte mir, tastend und lauschend, während ich sie über den Korridor führte. Das ganze Haus war unnatürlich still. Die Sonne stand tief am Horizont, und die Möbel warfen lange, gespenstische Schatten. Das Haus war noch nicht verkauft, aber irgendwer hatte schon Profit daraus geschlagen. Die Spuren in den tiefen Teppichen erzählten von Stühlen und Tischen, die vor nicht langer Zeit entfernt worden waren.

Wir hatten das Ende des Ganges erreicht. Vor uns lag jetzt eine lange Treppe, die sich auf ihrem Weg in das Obergeschoß um hundertachtzig Grad drehte. Ich nahm zögernd die ersten Stufen, Ameera immer noch dicht hinter mir. Jetzt zweifelte ich nicht mehr daran: Belurs Labor lag geradeaus, an einem Schlafzimmer vorbei und kurz vor dem Raum mit den

Musikinstrumenten. Es war ein instinktives Wissen, ein kleiner Teil von Leos Erbe.

Auf halbem Weg hielt ich inne. Ameera, dicht hinter mir, stieß mit ihren Brüsten sanft an meinen Rücken.

„Warum bleibst du stehen, Lee-yo-nel? Das ist nicht das Ende der Treppe – das kann ich hören."

„Ich weiß nicht." Ich fühlte mich immer unbehaglicher. „Ameera, es wird dunkel. Vielleicht sollten wir morgen wiederkommen, wenn wir mehr Licht haben."

„Du kannst nichts sehen? Gibt es keinen Strom hier, kein Licht?"

Da war ein Schalter an der Wand, genau an dem Treppenabsatz. Ich ging hin und drückte ihn. Nackte Glühbirnen in Fassungen warfen ein schwaches Licht auf die Treppe. Mein unangenehmes Gefühl wurde dadurch nicht schwächer; es verstärkte sich eher. Ich blieb wieder stehen, fünf Stufen vor dem Ende der Treppe, und sah mich wieder um.

„Lee-yo-nel, was ist das?"

Mein Gehör war nicht so sensibel wie das Ameeras. Ich brauchte ein paar Sekunden, bis ich wußte, was ich hörte. Irgendwo vor uns, im oberen Stock, spielte leise Musik. Es war ein leicht verstimmtes Klavier.

Ich schaute auf die Treppe unter uns und ins Erdgeschoß und stieg dann leise die letzten Stufen hoch. Ameera, leise und behutsam, folgte mir mit einem Schritt Abstand.

„Lee-yo-nel, wer spielt da?" Ihre Worte waren ein warmer Hauch, gerade noch hörbar in meinen Ohren.

Ich antwortete nicht. Meine Hände zitterten, und mein eigener Atem dröhnte in meinem Kopf. Fünfundzwanzig Jahre Klavierspiel hatten mich wenigstens zu einem befähigt. Verschiedene Pianisten haben ihre eigenen stilistischen Merkmale, einzigartig und unverkennbar wie eine Unterschrift. Ich konnte einen Pianisten nach wenigen Sekunden erkennen. Gieseking oder Gould, Horowitz oder Hellmann, Schnabel oder Serkin – jeder verlieh der Musik eine persönliche Note, ohne sie verleugnen oder sich verstellen zu können.

Und die Töne, die aus dem oberen Stockwerk drangen? Ich war mir vollkommen sicher, lange bevor ich einen Blick durch die halboffene Tür riskierte. Die brillanten Läufe und Triller der rechten Hand, die *Bravura*-Oktaven und Tremolos – ich hatte sie schon einmal gehört. Vor einem Monat etwa.

Der Pianist spielte im abendlichen Zwielicht, mit dem Rücken zu uns. Aber als ich mich wieder davonschleichen und den Rückzug über den Korridor und die Treppe hinunter antreten wollte, wirbelte er auf dem Drehstuhl herum und sah direkt auf die Tür.

„Na, wurde langsam Zeit, daß Sie hier auftauchen“, sagte er. „Wo war'n Sie die letzten Wochen? Wir hocken schon verdammt lang hier rum un' warten auf Sie.“

Es war Pudd'n. Die vertraute Stimme bestätigte nur meinen ersten Verdacht. Ich drehte mich um, schob Ameera vor mir her. Aber bevor wir auch nur einen Schritt machen konnten, schlug unten eine Tür.

„Haben Sie das gehört?“ rief uns Pudd'n nach. Er war aufgestanden und stand jetzt in der Tür. „Laufen Sie jetzt nich fort, es hat keinen Zweck, un' Sie könnten sich verletzen. Sie kennen doch Dixie. Er regt sich leicht auf.“

Ameera und ich hatten den oberen Treppenabsatz erreicht. Ich blickte durch die lange, gewundene Spirale des Treppengeländers nach unten. Die Vordertür war geschlossen. Auf der untersten Stufe, den Kopf in den Nacken gelegt und mit einem breiten Grinsen auf dem Gesicht, stand Dixie.

Das Licht von den nackten Glühbirnen an der Wand reflektierte matt glänzend auf der Pistole in seiner linken Hand.

Kapitel 12

MEIN erster Impuls war, einfach davonzulaufen. Aber wohin?

Dixie kontrollierte die Treppe, und Pudd'n stand wartend hinter uns. Außerdem durfte ich Ameera keinesfalls mit diesen beiden Kerlen allein lassen. Während wir reglos warteten, kam Dixie langsam auf uns zu. Drei Meter vor uns blieb er stehen; zu weit entfernt, um auf ihn loszugehen, selbst wenn ich die Kraft und die Geschicklichkeit dazu besessen hätte.

Ich nahm Ameeras Hand fest in meine und führte sie zum Musikzimmer. Pudd'n zog sich vorsichtig zurück. Obwohl wir sicher keinen gefährlichen Eindruck machten, gingen sie kein

Risiko ein. Dixie folgte uns mit drei Schritten Sicherheitsabstand.

„Lee-yo-nel!" Ameeras Stimme klang verängstigt.

Ich drückte ihre Hand mit einer Zuversicht, die ich nicht fühlte. „Es ist schon in Ordnung. Bleib dicht hinter mir, und beweg dich nicht unvorsichtig."

Dixie umkreiste uns, bis wir uns von Angesicht zu Angesicht gegenüberstanden. Die Waffe hatte in seine rechte Hand gewechselt, und er zielte abwechselnd auf mich und auf Ameera.

„Zurück – und hinsetzen." Er hob die Waffe, bis die Mündung nur noch ein schwarzes Loch vor meinem rechten Auge war. „Auf die Couch. Keine Späße, oder sie geht los."

Sobald wir Seite an Seite auf dem Sofa saßen, stellte Dixie sich hinter uns und drückte die Waffe gegen meinen Hinterkopf. Ich zitterte, als ich das kalte Metall an meiner Kopfhaut spürte. Wir saßen reglos, während Pudd'n sich vor uns hinstellte und uns durchsuchte. „Bleiben Sie ruhig, ich will nichts von Ihnen", sagte er entschuldigend zu Ameera, als er mit seinen Händen über ihre Brüste, Achseln und die Hüften strich. „Sie sind beide sauber, Dix. Nich mal einen Bleistift."

Dixie gab ein nervöses, aber erleichtertes Lachen von sich. „Schade, wirklich. Wir warten jetzt schon zwei Wochen auf Sie. Und dafür verdient ihr beide etwas von uns." Er nahm die Waffe wieder von meinem Kopf weg, aber die Gehässigkeit und der Triumph in seiner Stimme machten mir angst. „Und ich schulde Ihnen noch was. Das Zeug, mit dem Sie mich vergiftet haben, hat mich zwei Tage flachgelegt. Dafür bezahlen Sie mir, bevor ich mit Ihnen fertig bin."

Pudd'n setzte sich wieder auf den Klavierhocker, während Dixie uns wieder umkreiste und vor uns stehenblieb.

„Woher wußten Sie, daß ich hierherkommen würde?" fragte ich.

Während ich sprach, blickte ich mich im Raum um und dachte an unseren Fahrer. Wie lange würde er warten, bevor er merkte, daß etwas nicht stimmte? Ein paar Stunden mindestens – so lange waren wir bei Srinivasa gewesen.

„Überlegen Sie, Mann." Pudd'n drehte sich wieder zu dem Klavier um. „Ihre Spur nach Indien war ja kaum zu übersehen.

Scouse konnte es einfach nich glauben, als er hörte, daß Sie Ihr Ticket auf Lionel Salkind ausstellen ließen – er war überzeugt davon, daß Sie noch einen falschen Paß haben. Un als er wußte, daß Sie nach Kalkutta flogen, war für ihn klar, daß Sie auch hierherkommen würden."

„Ich war hier noch nie in meinem Leben."

„Sparen Sie sich's", sagte Dixie gehässig. „Wir wissen, daß Sie hier waren. Belur hat uns das schon vor Monaten verraten, bevor er abgekratzt ist."

Er wischte sich die Nase an seinem Ärmel ab und schaute Ameera neugierig an. „Sagen Sie, was ist mir ihr? Warum starrt sie mich so an?"

„Sie starrt nicht. Ameera ist fast blind. Sie sieht Sie überhaupt nicht."

„Was soll das heißen?" Dixie trat ein bißchen näher an Ameera heran und suchte in ihren Augen nach einem Zeichen des Erkennens. „Hey, Mädchen, wie alt bist du eigentlich?"

„Ich bin vierzehn Jahre alt." Ihre Stimme war leise, und sie zitterte. Ihr Kopf drehte sich langsam von einer Seite auf die andere, wie bei einem hypnotisierten Tier. „Lee-yo-nel, was sind das für Leute?"

„Vierzehn!" Dixie wandte den Kopf, um Pudd'n einen kurzen triumphierenden Blick zuzuwerfen. „Siehst du, ich habe doch recht gehabt mit den Nymphs. Er ist wie alle diese dreckigen Musiker, er fickt alles, was ihm vor die Flinte kommt."

„Du bist ein altes Schwein, Dixie – du bist nur neidisch auf sein gutes Aussehen", sagte Pudd'n. Seine Stimme klang wieder natürlich, und die Erleichterung war bei beiden nicht zu übersehen. Das lange Warten mußte ebenso langweilig wie nervenaufreibend gewesen sein. „Entspann dich ein bißchen. Wir haben ihn, un das ist alles, was zählt. Wen kümmert es, ob er Nymphs hat oder nich? Das ist ihre Sache."

Anstatt noch weiter darüber zu diskutieren, gab Pudd'n ihrer guten Laune anders Ausdruck. Er fing an zu spielen. Er wählte *Les Fastes,* eines von Couperins Meisterwerken, und Pudd'n nahm sich die ausgelassenste Passage vor, diejenige, die der Komponist als „Die Gaukler, Akrobaten und Jongleure mit Bären und Affen" überschrieb. Dixie zielte immer noch mit seiner Waffe auf uns, aber ich sah, wie sich seine Füße automatisch mit der Musik vor und zurück zu bewegen begannen, so als tanze er auf der Stelle – kein Zweifel, zu welcher der Couperingruppen er gehörte.

„So etwa?" sagte Pudd'n zu mir, als er geendet hatte.

„Ziemlich gut. Sie haben viel geübt, seitdem ich Sie zum letztenmal gesehen habe. Aber es sollte eigentlich in c-Moll sein, wissen Sie? Sie spielen es einen Ton zu hoch."

„Das macht auf diesem Klotz auch kein' Unterschied." Pudd'n donnerte mit der flachen linken Hand auf das Klavier. „Is völlig verstimmt, viel zu tief. Aber Sie haben recht mit dem Üben. Ich hatte hier sowieso nichts zu tun, bis Sie auftauchten."

Er spielte eine chromatische Tonleiter über drei Oktaven.

„Macht nichts", sagte Dixie. Wenn er zu einer Musik nicht tanzen konnte, interessierte sie ihn nicht. „Bringen wir sie nach hinten."

Er machte eine Kopfbewegung zur Tür hin. „Los, ihr beiden, aufstehen." Er warf einen lüsternen Blick auf Ameera. „Ich wußte nicht, daß ihr zu zweit kommen würdet, aber da hinten ist ein hübsches kleines Liebesnest für euch beide. Wirklich süß."

Gegen die Waffe gab es keine Argumente. Pudd'n führte uns den Korridor entlang, dann eine andere Treppe hinunter, die bis weit unter das Erdgeschoß reichte. Dixie, der die Nachhut bildete, mußte meinen Blick zur Haustür hin bemerkt haben, bevor wir die Treppe hinunterstiegen.

„Du brauchst dir um Gunga Din keine Sorgen zu machen", sagte er. „Ich hab ihm ein paar Rupien in die Hand gedrückt, und er ist jetzt schon wieder am Bahnhof und wartet auf die nächste Fuhre."

Das begrub alle meine Hoffnungen, die ich mir über unseren Fahrer gemacht hatte. Wir waren am Fuß der Treppe angelangt, wo eine solide Tür in einen kleinen fensterlosen Raum führte. Das schwere Vorhängeschloß und der Metallrahmen ließen ahnen, daß der Raum früher einmal als Aufbewahrungsort für Wertsachen geplant gewesen war, wahrscheinlich Tee und Gewürze ebenso wie Familienpapiere. Breite Regale liefen an allen Wänden entlang, und das Mobiliar bestand aus Stuhl, Tisch und einem schmalen Bett. Auf dem letzteren saß, bevor sie sich bei unserem Eintreten erhob, Zan. Es fehlte nur noch Scouse, dann war das Quartett aus London komplett.

„Du bist nicht aus der Ruhe zu bringen", rügte Dixie. „Hast du nicht den Lärm gehört? Er hätte mich und Pudd'n in aller Ruhe abknallen können, ohne daß du uns geholfen hättest."

„Schade, daß er's nicht getan hat." Noch bevor sie anfing zu sprechen, spürte ich die Feindseligkeit zwischen Zan und Dixie. Sie stand knisternd zwischen ihnen, ein Spannungsfeld aus Haß und Verachtung. Zwei langweilige Wochen, hautnah beieinander verbracht, hatten ihre gegenseitige Abneigung in glühenden Haß verwandelt.

Es war der erste Hoffnungsschimmer, seit wir das Haus betreten hatten. Ich erinnerte mich daran, wie Scouse Zan aus dem Raum geschickt hatte, als sie begannen, mich zu foltern. Wenn sie nur Scouses Freundin und gegen ihren Willen in die Sache hineingezogen worden war, dann war sie vielleicht dazu bereit, sich gegen die anderen zu stellen.

Ihre erste Tat war vielversprechend. Sie ignorierte Dixies Flüche und trat auf Ameera zu, um sie bei der Hand zu nehmen.

„Das ist ein neuer Faktor." Ihre rauchige Stimme klang nachdenklich. „Woher kommt sie?"

Dixie zuckte mit den Schultern. „Frag doch diesen Casanova hier. Sie gehört zu ihm."

Zan warf ihm einen eiskalten Blick zu. Wenn sie wirklich Scouses Mädchen war, dann spielte er mit dem Feuer. „Du Idiot. Siehst du nicht, wie kompliziert das alles macht? Wir kennen seine Geschichte, wissen, woher er kommt und wer nach ihm suchen könnte. Was ist mit ihr? Wo ist sie zu Hause?"

Dixie war rot angelaufen. „Verdammte Scheiße, woher soll ich wissen, wo ihre Familie hockt? Sie kommt mit ihm zusammen hier an, ja, und wir haben sie noch nie gesehen, ja? Ich weiß nicht, wer sie ist, aber man braucht kein Gedankenleser zu sein, um zu wissen, wer mit wem vögelt – sieh sie dir doch an. Wenn ihre Familie sich darum nicht kümmert, dann werden sie sich auch keine Sorgen machen, wenn sie zum Abendessen nicht zu Hause ist. Warum benützt du nicht mal dein Gehirn, anstatt mich anzuscheißen?"

„Ruhig, jetzt." Pudd'n versuchte, seine Stimme so besonnen

wie möglich klingen zu lassen. „Die Hauptsache ist, daß wir ihn haben. Das hat Scouse uns befohlen, un wir haben es gemacht. Zan, warum hängst du dich nich ans Telefon un rufst ihn an? Wir haben jetzt keine Zeit zum Streiten – wir haben genug zu tun."

Zan betrachtete ihn nachdenklich. Ihre Augen versteckten sich unter den schweren Lidern, und es war unmöglich zu sagen, ob ihr sein Vorschlag behagte.

„Habt ihr sie durchsucht?" fragte sie schließlich.

„Ja", antwortete Dixie.

„Nein", sagte Pudd'n. „Ich meine, ich habe nur nach Waffen gesucht. Du meinst Papiere und so 'n Zeug, nich wahr, Zan?"

„Natürlich." Und wieder war der Blick, den sie Dixie zuwarf, voll Verachtung. „Wenn wir elftausend Kilometer weit gereist sind, um das Belur-Päckchen zu bekommen, dann sollten wir wenigstens danach suchen. Es würde mich überraschen, wenn er es bei sich trägt, aber wir können das nicht ausschließen."

„Aber wir wissen, daß er es nicht hat", warf Dixie ein. „Sonst wäre er nicht hier."

„Kann sein, ist aber nicht unbedingt richtig." Zan trat auf Ameera zu. „Dixie, du behältst sie beide im Auge." Sie begann, Ameera langsam und gründlich zu durchsuchen, jedes Kleidungsstück bis zur nackten Haut, während Pudd'n dasselbe bei mir vornahm.

„Hier is was", meldete er nach ein paar Minuten. „Schaut, er hat die alte Telefonnummer dabei."

Er hielt das Papier in der Hand, das Leo mir hinterlassen hatte, mit seinen kryptischen Botschaften. Wenn sie mehr damit anfangen konnten als wir, dann konnte man ihnen gratulieren. Zuerst beschäftigte Pudd'n sich kopfschüttelnd damit, dann kamen die beiden anderen an die Reihe.

„Arabisch, oder nicht?" fragte Dixie. „Kann uns Scouse das nicht vorlesen, wenn er hier ist?"

Zan schüttelte ihren Kopf. Etwas an ihr jagte mir Schauer über den Rücken, aber ich konnte nicht sagen, ob sie angenehm oder unangenehm waren. Aber als sie vorhin, während sie Ameera durchsuchte, mich versehentlich berührt hatte, war eine Welle wie kaltes Wasser mein Rückgrat hinuntergelaufen.

„Scouse spricht Arabisch, aber er hat nie gelernt, es zu lesen oder zu schreiben“, sagte sie.

„Wir brauchen Scouse nicht.“ Dixie nickte in meine Richtung. „Er ist ja hier, um die Arbeit für uns zu tun. Ich brauche nur eine Stunde mit ihm allein, und ich habe die Übersetzung für euch.“

„Nein.“ Zan baute sich vor ihm auf, und sie standen sich Auge in Auge gegenüber.

Dixie wandte sich als erster ab. „Gut, sehen wir, was Scouse dazu zu sagen hat“, grummelte er und drehte sich um. „Wann rufst du ihn eigentlich an?“

„Jetzt. Dann kann er einen Nachtflug nehmen und morgen mittag hier sein.“ Zan machte einen Schritt auf die Tür zu, dann hielt sie einen Augenblick inne, um mir und Ameera einen merkwürdig berechnenden Blick zuzuwerfen. Wieder spürte ich das Kribbeln in meinem Rückgrat.

„Was is mit den beiden?“ fragte Pudd'n.

„Sie können hierbleiben.“ Sie drehte sich in der Tür um und schlug mit der flachen Hand gegen den Türstock. „Ihr habt den Raum hier überprüft, oder nicht? Sie können nicht ausbrechen?“

„Die Tür hat einen Metallrahmen, und die Wände sind solider Beton“, antwortete Pudd'n. „Sie sind sicher hier, aber es gibt keine Toilette. Un nichts zu essen. Wir haben nich zwei erwartet – was machen wir mit ihr?“

„Wir kümmern uns um sie, wenn ich Scouse angerufen habe.“ Zan und Dixie verließen die Kammer. Ihr Verhältnis zueinander hatte sich in den letzten Minuten nicht gerade verbessert, und sie wichen jedem Blickkontakt aus. Nach einem entschuldigenden Blick auf das schmale Bett und einem kurzen Schulterzucken folgte Pudd'n ihnen.

Die Tür schloß sich mit einem endgültig klingenden Donnern, und eine Sekunde später ging das Licht aus. Der Schalter mußte sich außerhalb des Raumes befinden.

Diesmal gingen sie wirklich kein Risiko mehr ein.

DIE DUNKELHEIT machte mir mehr zu schaffen als Ameera. Für sie verwandelte sich nur heller Schein in Dunkelheit. Wir tasteten uns vorwärts, bis wir das Bett erreicht hatten, und während ich dann tatenlos herumsaß, erforschte Ameera mit ihren Händen und Füßen den Raum.

Sie hatte ihre Schuhe ausgezogen. Ich hörte, wie sie leise herumtappte, neugierig an einer Stelle schnüffelte und im nächsten Augenblick mit ihrer Hand oder ihrem Fuß an der Wand oder am Boden scharrte. Nach einer Weile kam sie zu mir zurück und kuschelte sich an mich.

„Keine gute Nachricht?" fragte ich. Irgendwie mußte ich flüstern, obwohl uns bestimmt niemand belauschte.

Ameera schüttelte den Kopf und drängte sich näher an mich. „Solide, wie der Mann gesagt hat. Lee-yo-nel, was werden sie mit uns machen?"

„Sie werden dich gehen lassen – vielleicht morgen." Ich versuchte, meiner Stimme einen zuversichtlichen Klang zu geben. „Aber sie wollen mich hierbehalten und nach Belur ausfragen."

„Aber du weißt nichts über Belur."

„Das glauben sie mir nicht."

„Was haben sie mit dir vor?"

Mich mit Zigaretten verbrennen. Mich totschlagen und in den Fluß werfen wie Valnora Warren. Mich quälen, um alles aus mir herauszuholen, und mich dann auf einem Hochspannungsdraht braten wie Rustum Belur.

„Lee-yo-nel?" Ameera unterbrach meine düsteren Gedanken. „Warum hat der Mann mit der kratzigen Stimme gesagt, daß du mir Nymphs gibst? Das ist nicht wahr. Ich bin eine richtige Frau, kein Kind."

„Wie? Woher weißt du von Nymphs?"

„Jeder hier – jedes Mädchen in Indien – kennt sie. Lee-yo hat gesagt, daß die Nymph-e-ta-min-Tabletten für die ganze Welt in Kalkutta gemacht werden. Warum sagen die Männer hier, daß du Nymphs hast?"

„Ameera, du solltest an so etwas überhaupt nicht denken." Ich richtete mich auf dem Bett auf. „Menschen, die diese Droge benützen, sind krank – krank in ihrem Kopf. Laß uns nicht davon sprechen."

„Lee-yo-nel!" Ihr Körper drängte sich enger gegen meinen. „Wie kannst du sagen, daß Nymphs schlecht sind? Was ist schlecht daran?"

„Alles. Sie bewirken, daß kleine Mädchen Sex wollen." Ich

wollte nicht darüber sprechen, aber Ameera weigerte sich, das Thema zu wechseln.

„Wie kann es recht sein", erklärte ich, „wenn Männer Kindern Drogen geben und sie zum Sex zwingen? Es ist ein Verbrechen, und wir müssen dagegen kämpfen."

Ameera schwieg lange, dann seufzte sie. „Lee-yo-nel, du verstehst nichts. Du glaubst, ich bin blind, aber du siehst weniger als ich. Meine Schwester heiratet nächstes Jahr, und ich werde ihr zur Hochzeit Nymphs schenken."

„Was wirst du?" Ich fragte mich, ob die Madrill-Therapie mein Gehirn jetzt endgültig lahmgelegt hatte. „Ameera, du darfst an so etwas nicht einmal denken! Was wird ihr Mann dazu sagen?"

„Er wird es nicht erfahren." Ameeras Stimme klang jetzt wütend. „Du verstehst uns nicht – Lee-yo war genauso. Meine Schwester ist zehn Jahre alt. Die neuen Gesetze bestimmen, daß sie ein Kind ist und daß sie zu jung ist, aber mein Vater sagt, sie ist nicht zu jung. Er will, daß sie einen reichen Mann heiratet, und sie findet nur einen, wenn sie bald heiratet. Also heiratet sie. Ohne die Nymphs wird sie Schmerzen haben und blaue Flecken – und bluten – und Angst haben. Die Hochzeitsnacht würde eine Qual für sie sein, wie sie es für mich war. Ich habe mit zehn geheiratet, und mit zwölf war ich Witwe. Und jede Nacht war voll von Angst und Schmerzen." Sie weinte jetzt an meiner Brust. Ich ahnte, daß sie nicht nur um sich selbst weinte, sondern um alle jungen indischen Mädchen. Ich strich ihr sanft übers Haar und wartete. Sie hatte noch nie so lange gesprochen.

„Wir werden keine Nymphs mehr brauchen, wenn sich die Männer ändern", sagte sie schließlich. „Lee-yo-nel, du bist nicht so, ich weiß. Aber vor vier Jahren hätte ich alles getan, um diese Nymphs zu bekommen, die so schlecht sein sollen."

Sie schwieg, und kurz darauf verriet mir ihr gleichmäßiger Atem, daß sie schlief. Ich lag wach neben ihr und fragte mich, was uns der nächste Tag bringen würde. Ich hatte Ameera die Unwahrheit gesagt. Ich glaubte nicht, daß man sie gehen lassen würde. Wenn wir dieses Haus lebend verlassen wollten, mußten wir fliehen.

Aber wie?

Mein Kopf schmerzte wieder, aber ich wagte nicht, wertvolle Zeit mit Schlafen zu vergeuden. Der Raum, in dem wir lagen, war still wie ein Grab. Während die Nacht sich über uns breitete, rief ich mir immer wieder ins Gedächtnis zurück, was wir von dem Haus gesehen hatten, was ich von Pudd'n, Dixie, Zan und Ameera wußte und wie ich dieses Wissen zu unserer Befreiung verwenden konnte. Es war wenig genug, aber nach ein paar langen Stunden des Grübelns sah ich wieder einen Hoffnungsschimmer.

Behutsam weckte ich Ameera, und wir flüsterten miteinander, dicht aneinandergeschmiegt in der undurchdringlichen Dunkelheit.

Kapitel 13

„Wie spät ist es?"

Ich konnte nichts sehen, und mein Kopf drohte zu zerspringen, aber als sich die Tür zu unserem kleinen Gefängnis öffnete und das Licht eingeschaltet wurde, war das die einzige Frage, die ich über die Lippen brachte. Von der Antwort hing viel ab.

„Kurz nach Mitternacht", sagte Pudd'ns Stimme. Es war wesentlich angenehmer, nach dem Aufwachen sein breites, freundliches Gesicht zu sehen als Dixies heimtückisches Grinsen. „Augen auf. Zan hat mit Scouse gesprochen, un sie will sich 'n paar Takte mit Ihnen unterhalten."

Vielleicht sah er freundlich aus, aber die Waffe in seiner Hand sprach eine andere Sprache. Ameera und ich setzten uns zögernd auf. Ich blinzelte und schattete meine Augen vor dem grellen Licht ab.

„Können wir nicht bis morgen warten? Wir brauchen Schlaf."

„Wir wollen vor morgen damit fertig sein", entgegnete Zan. Sie stand in der Tür, dicht hinter Pudd'n, und trotz der späten Stunde wirkte sie frisch und aufgeweckt. Sie hatte ihre Kleidung gewechselt und trug jetzt ein hautenges purpurrotes Kleid, das ihre Figur umschmeichelte und ihr Gesicht betonte. Ihre Augen und Lippen waren frisch geschminkt. Sie bewegte sich langsam um Pudd'n herum, immer darauf achtend, daß sie nicht zwischen uns und die Mündung der Waffe kam.

Ich berührte Ameera am Arm. Sie setzte sich auf und schwang ihre Beine auf den Boden.

„Bitte. Ich muß auf die Toilette. Jetzt."

Zan und Pudd'n sahen sich an. „Bring sie hin", sagte Zan nach einem Moment des Zögerns.

„Was, ich?" protestierte Pudd'n. „Sie is 'ne Frau, du solltest das übernehm'."

Zan schüttelte den Kopf. „Ich muß mich mit Salkind unterhalten – Befehl von Scouse. Du kannst mir die Pistole dalassen, wenn du glaubst, daß er Schwierigkeiten macht."

„Un was is mit mir? Du weißt, daß wir nich unbewaffnet sein sollen."

Zan sah auf Pudd'ns mächtige Gestalt, dann auf Ameeras schmächtige ein Meter sechzig und lächelte langsam und liebenswürdig. „Pudd'n, wenn sie dich zusammenschlägt, dann pflege ich alle deine Wunden."

Pudd'n fand das nicht komisch. Er gab Zan die Waffe, machte einen Schritt vorwärts und nahm Ameera bei der Hand. „Also los, Mädel. Ich kümmere mich um sie, dann komm' wir wieder her. He, Zan, Dixie soll sie zurückbringen. Du weißt, daß ich noch alles für Scouse vorbereiten muß. Ich werde sowieso die ganze Nacht brauchen."

Zan zog die Brauen hoch. „Du hast recht. Sag ihm, er soll für die beiden etwas zu essen machen, bevor er zurückkommt."

„Klar." Pudd'n grinste mich an. „Das macht er gern. Keine Sorge, ich pass' schon auf, daß er nich versucht, Sie beide zu vergiften."

Zan wartete, bis er den Raum verlassen und die Tür hinter sich geschlossen hatte, bevor sie mich ansprach.

„Ich glaube, ich habe eine Überraschung für Sie. Scouse nimmt Ihnen Ihre Geschichte ab."

„Es ist keine Geschichte."

„Er glaubt, daß Leo Foss tot ist und daß Sie sein Bruder sind und daß Sie tatsächlich nicht wissen, wo das Belur-Päckchen ist. Warum sollten Sie hierherkommen, folgert er, wenn Sie nicht nach dem Päckchen suchen würden?"

„Hundert Punkte für Scouse. Er hat ins Schwarze getroffen."

Zan nickte nachdenklich und beugte sich vor. „Aber er weiß,

daß da noch mehr dahinterstecken muß. Erstens wissen Sie, daß dieses Päckchen existiert."

„Verdammt noch mal, das hat er mir erzählt, damals in London."

Sie ignorierte den Einwand. „Offensichtlich wissen Sie auch, wieviel dieses Päckchen wert ist. Und um überhaupt so weit zu kommen, brauchten Sie Informationen, die Sie hierhergeführt haben. Leo muß Ihnen das erklärt haben. Vielleicht kurz vor dem Absturz? Aber dieses Detail ist nicht so wichtig. Scouse bietet Ihnen einen Handel an. Wir ergänzen unsere Informationen, Ihre und unsere, und suchen zusammen nach dem Päckchen. Und Sie erhalten einen Anteil vom Gewinn."

„Warum glauben Sie, daß ich noch irgendwelche Informationen habe?" Das Gespräch nahm ganz und gar nicht den erhofften Verlauf. Anstatt Zan dazu zu bringen, sich von der Bande zu trennen, wurde ich selbst als neues Mitglied rekrutiert.

„Als Sie England verlassen haben, sind Sie für zwei Wochen vom Erdboden verschwunden. Vielleicht sind Sie in Indien herumgereist, aber Scouse ist davon überzeugt, daß Sie in Leos Haus waren, dem Haus, das wir nicht gefunden haben."

Ich fühlte eine Woge der Erleichterung. Wenigstens einer von Leos Plänen hatte funktioniert. Sein Versteck war nicht aufgedeckt worden.

„Das sind ziemlich viele Annahmen."

„Scouse ist ein intelligenter Mann. Irgendwo in diesem Haus muß ein Hinweis zu finden sein, was Leo mit dem Belur-Päckchen gemacht hat. Scouse ist davon überzeugt. Sie sind sich im klaren darüber, daß die Chips mehrere hundert Millionen wert sind und daß wir sie auf einer geheimen Versteigerung anbieten könnten, wenn wir sie nur erst haben? Also, was wählen Sie – Zusammenarbeit oder Folter für Sie und das Mädchen, bis Sie sich bereit erklären, uns zu dem Haus zu bringen?" Sie benetzte ihre vollen Lippen mit der Zunge.

„Ich habe keine große Wahl, oder?" Ich versuchte, ruhig zu klingen. „Aber ich muß eine oder zwei Stunden darüber nachdenken."

„Nein." Sie schüttelte den Kopf, so ungerührt, als würden wir uns über die Zusammenstellung eines Menüs unterhalten.

„Sie werden sich sofort entscheiden. Sie waren lange genug hier unten, um darüber nachzudenken. Entscheiden Sie sich jetzt."

Sie legte ihre Hand fest gegen ihre Hüfte, und im gleichen Augenblick tauchte Ameera wieder in der Tür auf, mit dem grimmig blickenden Dixie hinter sich. Er hatte keine Waffe, aber seine Messerklinge lag wenige Zentimeter vor ihrer Gurgel.

Ich seufzte und stand langsam auf. Ameera und ich hätten noch gut ein paar Minuten alleine brauchen können, um zu beraten, aber anscheinend war uns das nicht vergönnt.

„Gut. Ich weiß, wenn ich geschlagen bin. Wir werden kooperieren. Aber wir gehen hinauf, raus aus diesem verdammten Loch, und wir möchten etwas essen. Wir verhungern fast."

Ich bewegte mich langsam, langsam genug, um Dixie nicht mißtrauisch zu machen, und blieb in der Mitte des Raumes stehen, einen Schritt von Ameera entfernt. Dixie und Zan deckten unseren Rücken, das Messer und die Pistole immer bereit.

„Wann kann ich losgehen?" fragte ich, und während ich sprach, senkte ich meine Hände ein paar Zentimeter zu meinen Taschen hinunter.

„Hören Sie auf damit!" bellte Dixie. „Die Hände hoch über den Kopf, wir wollen sehen, was Sie damit machen."

„Oh, schon gut!" Ich blickte mich über die Schulter zu ihm um. Mein Puls war auf hundertfünfzig, aber eine versteckte Ecke meines Gehirns kontrollierte meine Bewegungen und machte sie ruhig und genau. „Sie wissen, daß wir nicht bewaffnet sind. Was glauben Sie? Daß wir fortfliegen?"

Doch ich gehorchte seinem Befehl und hob meine Arme hoch über meinen Kopf. Die leeren Lampenfassungen hingen direkt über mir.

Jetzt oder nie! Und nur nicht an die Folgen denken. Als meine Hand hochfuhr, schob ich die vorbereitete Bettfeder aus meinem Ärmel und stieß sie in eine der leeren Fassungen an der Zimmerdecke.

Ein Schauer von heißen Funken regnete in meinen Nacken, und ein starker Schlag fuhr durch das Tuch, mit dem ich meine Hand schützte. Dann gingen alle Lichter aus.

Im letzten Augenblick vor der Dunkelheit hatte ich mir noch

einmal Ameeras Position eingeprägt. Als Dixie hinter mir zu fluchen begann, packte ich ihre Hand und drückte sie fest. Wir hatten ausgemacht, daß keiner von uns sprechen sollte, solange es nicht unbedingt notwendig war. Sie drehte sich um und rannte den Korridor entlang. Ich ließ mich von ihr ziehen, wohin sie auch laufen mochte.

Ich sah einen Blitz, als die Waffe hinter uns losging, und hörte einen schrillen Angstschrei von Dixie – ich wußte, wie er sich fühlen mußte; er hatte die Pistole nicht in der Hand. Dann zischte Ameera: „Treppen!“, und wir stolperten die Stufen hoch, so schnell wir nur konnten. Wir hatten unsere Schuhe ausgezogen, bevor uns Zan und Pudd'n besuchten, so machten wir nur wenig Lärm. Ich fürchtete nur, daß Pudd'n am oberen Ende der Treppe auf uns warten würde.

Eine Umdrehung, ein Sprint den Gang hinunter, wobei ich mit einer Schulter immer an der Wand entlangscheuerte, dann eine andere Treppe abwärts. Dann kam die zweite riskante Stelle – ich war mir sicher, daß Belurs Labor einen eigenen Stromkreis hatte, auch wenn das ganze übrige Haus an einer einzigen Sicherung hing. Vielleicht war der nächste Gang beleuchtet.

Wir kamen ohne Probleme an der gefährlichen Stelle vorbei. Die Lichter im Labor waren ausgeschaltet.

Die staubige Glasscheibe in der Vordertür ließ mich zum erstenmal wieder ahnen, wo wir uns befanden. Ameera rannte darauf zu und blieb zwei Schritte vor der Schwelle stehen, schwer atmend und zitternd. Ich drückte noch einmal ihre Hand.

„Jetzt ich, Ameera“, keuchte ich – die ersten Worte, seitdem wir den Keller hinter uns hatten.

Nicht verschlossen. Gott sei Dank. Dixie und Pudd'n hatten nicht an irgendwelche Überraschungen von draußen geglaubt. Wir schlüpften so leise wie möglich hinaus und standen plötzlich in der kühlen, mondhellen Nacht.

Weitergehende Pläne hatten wir nicht. In der düsteren Enge des Kellers war es uns vorgekommen, als bedürfte es eines Wunders, um überhaupt so weit zu kommen. Aber jetzt brauchten wir schon wieder eines, wenn wir je den Bahnhof erreichen wollten.

Ich übernahm die Führung. Wir hasteten um das Haus herum, keuchend und in panischer Angst, und unsere Füße wurden von den scharfen Steinen unter uns aufgerissen. Die Bande hatte doch bestimmt einen Wagen gemietet, um von der Stadt hierher- und wieder zurückzufahren? Ich konnte mir nicht vorstellen, daß Dixie gerne zu Fuß ging.

„Eines da, Lee-yo-nel?" flüsterte Ameera. Für sie war es doppelt schwer, denn sie konnte nicht einmal einen möglichen Fluchtweg erkennen.

„Hier, auf dieser Seite." Ich führte sie zu dem im Mondlicht glänzenden Toyota und öffnete die Fahrertür.

Zwecklos. Der Zündschlüssel steckte nicht. Leo hätte den Wagen vielleicht kurzschließen können, aber über meine Fähigkeiten ging das weit hinaus. Ich ließ die Tür offen und zerrte Ameera weiter, um das Haus herum, jetzt allerdings auf dem weichen Gras.

Der zweite Wagen war alt und schäbig, ein Veteran aus den frühen Siebzigern, und er sah nicht so aus, als würde er mehr als fünfzig Stundenkilometer schaffen. Mir allerdings war er lieber als jeder Rolls – der Schlüssel steckte im Zündschloß, und der Wagen stand schon in der richtigen Richtung, nach Cuttack.

„Hier. Steig ein." Ich half Ameera beim Einsteigen, und sie legte sich flach auf den Rücksitz. „Wenn ich in ein paar Minuten nicht zurück bin, dann mußt du fort. Geh vom Haus weg. Warte auf den Morgen. Wenn du Menschen triffst, dann zeige ihnen deine Fahrkarte und bitte sie darum, dich zum Bahnhof zu bringen."

„Lee-yo-nel! Wo gehst du hin?"

„Der andere Wagen ist viel schneller – sie werden uns einholen. Ich muß ihn irgendwie lahmlegen, damit sie uns nicht nachfahren können. Es dauert nur einen Augenblick."

„Lee-yo-nel!" Ihr Schrei klang unterdrückt, und sie vergrub ihr Gesicht tief in den Wagenpolstern.

Ich rannte zurück zu dem anderen Wagen, immer nach etwas suchend, mit dem ich den anderen Wagen fahruntüchtig machen konnte. Das einzig Nützliche war eine Harke, die aufrecht an einer Wand lehnte. Ich befühlte die Zinken. Wenn ich mein ganzes Gewicht daran hing, konnte ich vielleicht einen Reifen damit zerstechen.

Die Fenster zu meiner Linken wurden plötzlich hell. Das war viel zu schnell gegangen – entweder war der Sicherungskasten nahe an unserem Gefängnis angebracht, oder es gab einen eigenen Stromkreis für die Lichter im Erdgeschoß. Ich schob die Harke unter den rechten Vorderreifen und stemmte mich mit meinem ganzen Gewicht darauf.

Ich versuchte es mit aller Kraft, aber ich war zu langsam und völlig außer Form. Ich hatte eben erst damit angefangen, als sich die Seitentür des Hauses öffnete und Dixie herausgelaufen kam, direkt auf mich zu. Er hatte immer noch sein Messer in der Hand. In meinen erschrockenen Augen schien es einen Meter lang.

Dixie kam schnell und drohend auf mich zu. Seine Unterlippe war heruntergezogen, so daß ich seine Zähne sehen konnte, und ich hörte seinen Atem, als er noch zehn Meter von mir entfernt war. Ich wußte nicht, welche Instruktionen ihm Zan gegeben hatte, aber Dixie hielt das Messer so, daß ich wußte, ihm war Rache wichtiger als meine Gefangennahme.

Mit der Harke kam ich nicht weiter – es ist nicht so einfach, einen Autoreifen zu durchstechen. Als Dixie auf mich zugerannt kam, lehnte ich mich mit dem Rücken gegen das Auto. Mit meiner linken Hand hob ich die Harke, und ich trieb sie ihm mit einem einzigen Stoß in die Brust. Es wirkte wie die instinktive Reaktion eines gelernten Killers.

Ich sah, wie die Zinken dicht unter seinem Schlüsselbein im Fleisch versanken. Sie stießen zwischen den Rippen hindurch und tief in seine Lunge. Er rang nach Luft und stolperte rückwärts, aber bevor er auf dem Boden aufkam, hatte ich mich umgedreht und rannte zurück zu dem anderen Wagen. Wir mußten weg, selbst wenn wir verfolgt wurden.

Zu spät!

Als ich fünf Schritte gemacht hatte, hörte ich das knirschende Heulen eines Anlassers. Der Motor gab ein paar Fehlzündungen von sich, dann fing er sich und kam langsam auf Touren. Ich hörte, wie der Gang krachend eingelegt wurde.

Hatte Ameera schon den Wagen für mich gestartet? Ich wußte, daß das lächerlich war, aber etwas anderes konnte ich mir einfach nicht vorstellen.

Die Lichter blendeten auf. Ich konnte die Gestalt einer Frau auf dem Fahrersitz erkennen – aber es war nicht Ameera. Es war Zan. Ich hörte wieder, wie die Gänge krachten, dann setzte sich der Wagen in Bewegung und rollte langsam die Auffahrt hinunter. Ich rannte ihm nach. Der Griff der hinteren Tür war dicht vor meiner Hand. Noch vier Schritte, und ich hätte es geschafft, aber Zan fand den zweiten Gang und beschleunigte weiter, den Hügel hinab, der fast bis nach Cuttack reichte.

Und war das Ameera, die auf dem Rücksitz saß? Ich konnte mir nicht sicher sein. Sie hätte bestimmt etwas unternommen, hätte den Fahrer abgelenkt, so daß ich den Wagen einholen konnte . . .

Der Wagen war ein schwarzer, lärmender Punkt auf der Straße. Ich fluchte und lief zurück zu dem Toyota. Dixie lehnte an der Tür und beobachtete, wie der andere Wagen in der Dunkelheit verschwand. Irgendwie war es ihm gelungen aufzustehen, trotz der Harke, die immer noch in seiner Brust vergraben war. Er zog mit beiden Händen an den Zinken, um sich von ihnen zu befreien. Um jedes der Löcher bildete sich ein größer werdender Fleck, von dem ein dunkles Rinnsal herunterfloß. Trotzdem arbeitete er an den Zinken, vorsichtig und konzentriert.

Der Anblick machte mich krank. Aber Dixie hatte vielleicht die Schlüssel zu dem Toyota, und der Wagen war meine einzige Hoffnung.

Als ich mich ihm näherte, stieß er sich vom Wagen ab und beugte sich mit einer schier übermenschlichen Willenskraft vor, um sein Messer aufzuheben. Es lag einen Meter vor ihm auf dem Boden. Er beugte sich hinunter, stöhnte und kippte zur Seite. Die Harke steckte immer noch in seiner Brust.

„Dixie." Ich beugte mich über ihn. Ich hatte keine Zeit für besondere Vorsichtsmaßnahmen. „Ich werde versuchen, Ihnen nicht weh zu tun, aber ich muß Sie durchsuchen. Wo sind die Wagenschlüssel?"

Er lag in einem süßlich riechenden Busch. Die schweren Stauden bedeckten seine Beine und seinen Rumpf, aber sein Gesicht grinste im Mondlicht zu mir herauf. Blut trat aus seinem Mund, floß über den Unterkiefer auf sein Kinn. Er versuchte zu sprechen, aber zuerst brachte seine Kehle nur ein röchelndes Gurgeln zustande.

Ich kniete neben ihm nieder, und der Saft und Nektar der zerdrückten Blüten durchnäßte meine Hose. „Wo sind die Schlüssel, Dixie? Ich hole sofort Hilfe, wenn ich in Cuttack bin."

Er antwortete nicht. Ich sah, wie seine Hände sich aufwärts bewegten, sich dann wieder um die Zinken schlossen und sie langsam aus seinem Körper zogen.

Ich versuchte es noch einmal. „Dixie, wenn die Schmerzen zu stark sind, dann versuchen Sie, mit dem Kopf zu nicken. Verstehen Sie mich? Wagenschlüssel – ich muß sie haben."

Er starrte mich haßerfüllt an. „Keine Schmerzen. Implantat. Verdammtes Schwein." Die gestöhnten Worte waren kaum zu verstehen.

Ich hob und drehte ihn, so sanft ich nur konnte, während ich die Taschen in seinem Mantel und seiner Hose abklopfte. Er reagierte mit haßerfülltem Grunzen und dem schwachen Versuch, mich daran zu hindern. Die Ungeduld machte mich ungeschickt, und so fummelte und tastete ich in der Dunkelheit herum, immer den Geruch von Blut und zerdrückten Blüten in der Nase.

Die Schlüssel befanden sich in einem kleinen Lederetui in seiner linken Manteltasche. Als ich sie an mich nahm, unternahm er einen ungelenken Versuch, sich aufzusetzen und meine Hand festzuhalten.

„Verdammtes Schwein. Verdammtes Schwein." Ein Blutfilm ließ seinen Hals und das Kinn in der Dunkelheit schwarz aussehen. „T-Tippy hat sie. Der Schlimmste von allen. Geschieht Ihnen recht. Schwein. Geschieht Ihnen recht. T-T-"

Tippy. T. P.? – Leos Verfolger? Ich hatte keine Zeit zu verlieren – jeden Augenblick konnte Pudd'n aus dem Hausinneren auftauchen. Aber ich mußte erfahren, was er noch über Tippy zu sagen hatte.

„Was ist mit Tippy? Was heißt das, Tippy hat sie?" Er lag wieder auf dem Boden, mit tiefschwarzen, undurchdringlichen Augen. Ich rüttelte ihn. „Dixie. Was ist mit Tippy?"

Er lächelte wieder, und sein vom Tod gezeichnetes Gesicht war triumphierend. „Gutes Material für Tippy – verdammter Idiot. Geschieht Ihnen recht." Die Augen glänzten, der Blick verschwamm. Der Schmerz schien ihm nichts auszumachen, er war nur voll Haß.

Eine Tür schlug im Haus zu. Ich mußte weg. Ich rannte zum Wagen. Als ich den Toyota endlich angelassen hatte, flammten die Lichter auf der Außenseite des Hauses auf. Ich wartete nicht, bis ich sah, wer herauskommen würde. Anstatt zu wenden, fuhr ich vorwärts und mit quietschenden Reifen um das Haus herum, bis ich die Straße nach Cuttack erreichte.

Das Mondlicht war noch heller geworden. Cuttack lag vor mir, eine ferne Ansammlung kleiner Lichter. Ich jagte den Wagen mit hoher Geschwindigkeit über die gewundene Straße, die ins Stadtzentrum führte. Wenn mir irgend etwas in den Weg kommen würde, dann möge Gott uns beiden helfen.

Ich legte die zehn Kilometer bis zum Bahnhof in ein paar Minuten zurück. Ich bremste quietschend vor dem Eingang, ließ den Wagen mitten auf der Straße stehen und rannte zu den Bahnsteigen.

Der Bahnhof von Cuttack war wie eine kleinere Ausgabe der Howrah Station in Kalkutta angelegt. Auch hier gab es Hunderte von Menschen, die anscheinend auf dem Bahnhof lebten, aßen, tranken und sich unterhielten, auch wenn es ein Uhr nachts war. Ich bahnte mir einen Weg hindurch und hielt nach einer Uniform Ausschau. Natürlich war keine zu sehen. Die Menschen um mich herum betrachteten mich neugierig.

„Zug nach Kalkutta“, rief ich verzweifelt. „Wo steht der Zug nach Kalkutta?“

Die schlafende und essende Menge kam kurz in Bewegung, aber ich erhielt keine Antwort. Ich lief auf die andere Seite der Gleise zu, als sich mir ein großer, schwerer Mann mit einem Sikh-Turban in den Weg stellte.

„Kalkutta? Wollen Sie eine Karte?“

„Ich habe schon eine Karte. Wann geht der nächste Zug?“

Nachdem er mir kein Ticket verkaufen konnte, schien er sich wesentlich weniger für mich zu interessieren. Er zuckte mit den Schultern, drehte den Kopf, und ein Arm deutete gelangweilt nach Norden.

„Sie haben den letzten verpaßt – sehen Sie die Lichter? Jetzt müssen Sie bis zum Morgen warten: sechs Uhr, Ankunft neun Uhr dreißig. Brauchen Sie einen Schlafplatz für heute nacht – oder etwas zu essen oder Unterhaltung? Ich kann Ihnen alles besorgen.“

Ich schüttelte seine Hand von meinem Arm ab. Neun Uhr dreißig in Kalkutta. Auf der Straße war ich viel schneller. Der Toyota war fast vollgetankt, und Chandra hatte mir versichert, daß die Straßen an der Ostküste gut waren.

Ich hatte das Etui mit den Wagenschlüsseln in meine Tasche gesteckt. Jetzt zog ich es wieder heraus. War ich überhaupt fähig, so weit zu fahren? Mein Kopf dröhnte, und die Station um mich herum schwankte und drehte sich. Zan schien die Angenehmste aus der Bande zu sein, aber wenn ich mir auch vage Hoffnungen gemacht hatte, daß sie uns helfen würde, so hätte ich ihr doch nie Leos Versteck verraten. Ameera dachte vielleicht, daß Zan jetzt auf unserer Seite war. Wenn sie meinen Instruktionen folgte und sich direkt auf den Heimweg machte, dann war Zan bei ihr.

Was sollte ich tun? Auf den Zug warten oder es mit dem Wagen versuchen?

Ich hatte überhaupt keine Wahl. Das entdeckte ich in den nächsten dreißig Sekunden. Das Etui mit den Wagenschlüsseln enthielt mehr, als mir zuerst aufgefallen war. Es hatte auch ein Fach für Papiergeld und für einen Führerschein.

Als ich ihn öffnete, blickte mich Zans hübsches Gesicht an, mit einem ernsten und hölzernen Ausdruck. Anscheinend war das Foto kurz vor der Ausstellung des Führerscheins gemacht worden.

Xanthippe Gerakis war als Name angegeben. Neunundzwanzig Jahre alt, Größe ein Meter siebzig.

Es dauerte ein paar Sekunden, bis ich die verschiedenen Verbindungen hergestellt hatte. Xanthippe, wie die Frau Sokrates', passend zu ihrer griechischen Erscheinung. Aber ich hatte meinen Ohren getraut und immer Zan gedacht. Dabei war sie Xan.

Xanthippe. Xan-Tippe. Zan-Tippy. Zan-T. P.

Die Namen trafen mich wie elektrische Stromschläge. Ich erinnerte mich an Zans Gesichtsausdruck, als sie mir drohte, uns zu bestrafen, wenn wir nicht kooperieren würden. Und jetzt wußte ich auch, wie der seltsam erregte Ausdruck auf ihrem Gesicht zu deuten war, damals in London, als Dixie mich mit seiner Zigarette verbrannt hatte. Scouse hatte sie fortgeschickt, bevor sie mich foltern wollten – nicht, weil sie Qualen haßte, sondern weil es ihr zu gut gefiel.

Ich stand auf dem Bahnhof von Cuttack und schauderte.

Ein Telefon.

Es dauerte zwei endlose Minuten, bevor ich eines aufgetrieben hatte, und weitere zehn, bis mich ein verschlafener Beamter mit der Nummer in Kalkutta verband, die ich haben wollte.

Chandra war nicht zu Hause. Um ein Uhr nachts konnte das Vergnügen oder Arbeit bedeuten, und ich hatte keine Möglichkeit, ihn ausfindig zu machen. Ich trug meine Nachricht einem schläfrigen Diener auf, der gerade genug Englisch sprach, um jedes meiner Worte mißzuverstehen. Eine Minute später saß ich wieder in dem Toyota und brach zu einer wilden und gefährlichen Jagd nach Kalkutta auf.

„Regelmäßig und viel Schlaf, wenn Sie nicht in Schwierigkeiten kommen wollen", hatte mir Sir Westcott aufgetragen, als ich das Krankenhaus verließ.

Ja, Sir.

Ich wußte, daß sein Rat gut gemeint war. Ob ich ihn befolgte oder nicht, war eine andere Sache.

Kapitel 14

VON CUTTACK nach Kalkutta: dreihundert Kilometer Luftlinie, vierhundertfünfzig auf der Straße. Die indische Verkehrspolizei schien pünktlich nach Einbruch der Dämmerung ihre Arbeit einzustellen. Ich beschleunigte den Wagen auf den leeren Highways bis auf hundertfünfzig, mit zusammengebissenen Zähnen und bemüht, das Jaulen der überdrehten Maschine nicht zu hören. Aber dennoch wurde ich ein paarmal überholt, einmal von einem Verrückten in einem Ferrari, dann von einem alten Rolls-Royce Silver Wraith, der wie ein Schatten an mir vorbeizog.

Ich hatte die Vororte von Kalkutta in weniger als vier Stunden erreicht, dann bremste mich der Stoßverkehr. Als die Sonne wie ein roter, rauchiger Ball aufging, tauchten immer mehr Karren und Fahrräder auf und blockierten die Straßen vor mir.

Bevor ich Howrah erreicht hatte, hatte ich mir Hoffnungen

gemacht, noch vor dem Nachtzug anzukommen. Diese Hoffnungen schwanden jedoch, als ich immer tiefer in die Flut der morgendlichen Passanten tauchte. Es war sieben Uhr und bereits hellichter Tag, als ich den Toyota vor dem alten Doppeltor von Leos Haus abstellte und nach drinnen humpelte. Ich war über scharfkantigen Kies gerannt und danach sechs Stunden lang barfuß gefahren, und meine Füße waren geschwollen und voller Blasen.

Kein Zeichen von Chandras Wagen – aber vielleicht hatte er trotzdem meine Nachricht erhalten und war mit dem Taxi gekommen.

Und kein schnauzbärtiger Wachtposten in dem kleinen Schilderhaus. Das war ungewöhnlich. Er war immer dort, wenn er nicht gerade eine Besorgung machte.

Ich widerstand dem Drang, sofort ins Haus zu laufen. Leos Training beeinflußte mich, wie es mich seit unserer Flucht aus Belurs Haus schon beeinflußt hatte. Ich zwang mich, vor der offenen Vordertür stehenzubleiben, ein paar Minuten lang, und zu lauschen.

War ich Zan und Ameera vielleicht doch zuvorgekommen? Sicher nicht – der Zug brauchte höchstens drei Stunden für die Strecke. Also wollten sie vielleicht gar nicht hierher. Vielleicht wollte Zan Scouse treffen und hatte Ameera mit sich genommen.

Totenstille. Solange ich mich dort aufgehalten hatte, war das Haus nie leer, nie still gewesen. Wenn es so ruhig war, bedeutete das, daß man die Diener weggeschickt hatte.

Ich schlich hinein, fröstelnd vor Anspannung und Müdigkeit. Das Haus war friedlich und sauber im Licht der Morgensonne. Alles schien normal – bis auf diese ungewohnte und unheimliche Stille. Am Fuß der Treppe wartete ich, unentschlossen, wohin ich mich zuerst wenden sollte. Die Stille wurde zum erstenmal durchbrochen. Ein leises, durch Mark und Bein gehendes Wimmern drang leise aus dem oberen Stockwerk. Jemand weinte – nein, es war kein Weinen, eher das Stöhnen eines verwundeten Tiers, schwach und gebrochen.

Ameera.

Ich lief die Treppe hoch, ohne weitere Vorsichtsmaßnahmen

zu treffen. Sie lag mit ausgestreckten Beinen und Armen auf dem großen Bett, mit dem Gesicht nach unten und fast nackt. Als ich näher kam, sah ich, daß sie an Händen und Füßen gefesselt und geknebelt war.

Ich beugte mich zu ihr hinunter, um sie zu befreien, und fühlte zum erstenmal Erleichterung. Sie war da, sie lebte, und sie war anscheinend unverletzt. Die Stoffstreifen, mit denen ihre Arme und Beine an die Bettpfosten gebunden waren, saßen fest und schnitten tief in ihre Gelenke, aber ihr Gesicht und ihr Körper zeigten keine Wunden. Während ich versuchte, die Knoten zu lösen, wandte sie mir ihr tränenüberströmtes Gesicht zu.

„Lee-yo-nel?"

„Ich bin hier. Es ist alles gut."

Endlich hatte ich ihre Handgelenke befreit, strich mit meiner Hand beruhigend über ihren Rücken und wollte die Knoten an ihren Füßen lösen. Aber bevor ich ihre Beine berühren konnte, zuckte sie zusammen und schrie erschrocken auf.

In meiner Eile hatte ich ihre Beine nicht genau angesehen. Die Vorhänge vor den Fenstern waren zugezogen, und in dem schwachen Licht hatte ich angenommen, sie würde Hausschuhe tragen, purpurrote Slippers, die gerade die Sohlen bedeckten. Jetzt sah ich sie mir genauer an.

Ihre Füße waren nackt. Die Haut war in ein Zentimeter breiten Streifen von der Fußsohle abgezogen worden. Ich konnte erkennen, wo der erste Schnitt gemacht worden war und wie ein gleichmäßiges Band über ihre Fußballen bis hinunter zu der empfindlichen Haut über den Zehen abgeschält worden war. Die Operation war mit dämonischer Sorgfalt ausgeführt worden. Zan mußte mehrere Stunden dazu gebraucht haben. Inzwischen floß kein Blut mehr, aber klare Lymphflüssigkeit tropfte aus dem nackten Fleisch und auf das Bettlaken. Als ich ihr Gelenk berührte, schrie Ameera schmerzerfüllt auf.

„Lee-yo-nel! Nein!"

Ich legte meine Hand sacht auf ihren Hinterkopf. „Es ist alles gut, Ameera. Ich sehe es. Ich werde deine Füße nicht berühren."

Und während ich mich über die Knoten beugte und sie zu

lösen versuchte, verwandelte sich meine Müdigkeit in tiefe, unbezwingbare Wut. Viel davon war gegen mich selbst gerichtet. Meine Neugierde, was Leos Vergangenheit betraf, hatte direkt zu Ameeras Qualen geführt. Wenn ich einfach in England untergetaucht wäre, es gab ein Dutzend Orte, an denen Scouse mich nie gefunden hätte . . .

Ein Geräusch von unten ließ mich erstarren. Leo übernahm. Ich wirbelte herum, bereit, ohne jede Warnung zu töten, falls es Xanthippe war, die zurückkam. Als ich leise Schritte auf der Treppe hörte, schlich ich zur Tür und stellte mich dahinter.

Ein harter Schlag in den Nacken . . .

Ein schmaler Kopf wurde durch die Tür gestreckt. Im letzten Augenblick zog ich meine Hand zurück.

„Chandra!"

Der Kopf wandte sich um und starrte mich an. „Was soll das alles, Lionel? Du rufst mich mitten in der Nacht an und erschreckst meinen armen Diener zu Tode. Was ist aus deiner berühmten englischen Kaltblütigkeit geworden? Was wird hier eigentlich gespielt?"

Während er sprach, schaute er zu Ameera, die auf dem Bett lag. Sie hatte sich bewegt, um mit ihren schmerzenden Füßen nicht mehr das Laken zu berühren. Chandra sah sofort, was man ihr angetan hatte. Er ging zum Fenster und zog die Vorhänge mit einer einzigen wütenden Bewegung zurück.

„Wer war das?"

„Dieselben Leute, die mich verfolgt haben. Sie haben in Cuttack auf uns gewartet."

„Und sie sind euch hierher gefolgt?"

„Mein Fehler." Ich nickte zu Ameera. „Wir müssen sie in ein Krankenhaus bringen."

Beim Klang von Chandras Stimme hatte sie versucht, ihren Körper mit dem Laken zu bedecken, aber die Schmerzen in ihren Füßen erlaubten es ihr nicht. Chandra stellte ihr eine kurze Frage in Bengali, mit besonnener und beruhigender Stimme, und sie machte den tapferen Versuch zu lächeln, bevor sie antwortete. Er fragte noch einmal und nickte mir dann zu.

„Kein Krankenhaus. Wir sind uns einig. Dort kann man auch nicht mehr für ihre Verletzungen tun als hier, und sie will lieber unter Freunden bleiben."

„Aber sie braucht einen Arzt." Ich blickte auf das rohe Fleisch und schüttelte mich.

„Natürlich. Ich werde sofort dafür sorgen." Chandra bewegte sich schon auf die Türe zu, mit entschlossenem und wütendem Gesicht. „Überlaß das alles mir. Du bleibst hier bei Ameera. Glaubst du, sie könnten zurückkommen?"

Ameera stieß einen ängstlichen Schrei aus, und ich nahm ihre Hände in meine.

„Ich weiß es nicht. Wenn ja, dann möge Gott ihnen helfen."

Er hielt in der Tür inne. „Gott ist launisch. Manchmal hilft er lieber den Falschen. Du bist nicht Superman, Lionel. Und du bist erschöpft. Ich glaube, wir könnten ein bißchen Hilfe gut gebrauchen. Ich werde die Polizei von Kalkutta anrufen."

Er schien jetzt die Regie zu übernehmen, und das war mir ganz lieb. Er hatte recht, ich war überspannt und erschöpft. Ich ging zusammen mit ihm nach unten und verschloß die Haustür hinter ihm. Wir wollten keine plötzlichen Besucher, ob erwünscht oder unerbeten.

Ameera lag flach auf dem Bett, als ich wieder oben war. Sie zitterte, als ich in den Raum trat.

„Lee-yo-nel?"

„Versuche ruhig zu bleiben. Chandra wird bald mit dem Arzt zurück sein."

„Wird sie zurückkommen?"

„Das wird sie nicht wagen. Ameera, es tut mir leid. Ich hätte dich nicht allein in dem Wagen zurücklassen sollen. Es war mein Fehler."

Mehrere Minuten lang erhielt ich keine Antwort, und ich begann mich zu fragen, ob ihre Qualen sie auch seelisch erschöpft hatten. Schließlich seufzte sie und wandte sich mir zu. Ich saß steif auf der Bettkante.

„Lee-yo-nel, es war mein Fehler. Alles. Ich habe Angst, wenn ich dir das sage, aber ich habe dir nicht die Wahrheit gesagt. Über Lee-yo, und wohin er gegangen ist."

„Du hast mir erzählt, daß er nach Cuttack gefahren ist – und das stimmte." Mein Gehirn war zu verwirrt, um das Offensichtliche zu erfragen. Ich bewegte meine steifen und schmerzenden Schultern. „Ich hätte dich nicht mitnehmen dürfen. Auch als du gehen wolltest, hätte ich mich weigern müssen."

„Nicht Cuttack, Lee-yo-nel.“ Ihre Stimme zitterte. „Ich habe gewußt, daß er dort war und daß er sicher zurückgekommen ist. Der andere Ort, der Ort, vor dem er sich gefürchtet hat. Der Ort, von dem er nicht zurückgekommen ist.“

Ich stöhnte und setzte mich auf. „Nach Cuttack? Du hast gesagt, du wüßtest nicht, wohin er dann gefahren ist.“

„Ich habe gelogen.“ Die Tränen rannen jetzt über die dunklen Wangen. „Ich habe Angst gehabt, daß du auch verletzt wirst. Wenn wir nach Cuttack fahren, habe ich gedacht, sind wir sicher. Lee-yo hat Belur dort getroffen, und das war gut. Aber aus Riad ist er nicht zurückgekommen.“

„Riad?“ Blitzartig tauchte das Bild von ockerfarbenem Sand und kühlen grünen Räumen in mir auf, dicht unter meinem Bewußtsein. „Ameera, warum wollte er dorthin? Ist das das ‚R-I‘ in seinen Notizen?“

„Ich weiß es nicht.“ Die Tränen rannen jetzt unaufhörlich. „Als er aus Cuttack kam, ist er sofort wieder weggefahren. Ich weiß nicht, warum er nach Riad mußte – aber ich glaube, sie weiß es. Lee-yo-nel, ich wollte es ihr nicht sagen. Aber sie hat mir so weh getan, und sie sagte, daß sie immer weitermachen würde, bis ich es ihr verrate. Ich mußte es ihr sagen. Ich sagte, er ist nach Riad gegangen.“

Ich sah hinunter auf ihre nackten Füße. „Ameera, jeder hätte das verraten. Ich bin stolz auf dich, weil du soviel ertragen hast, bevor du gesprochen hast.“

„Aber das habe ich nicht.“ Sie rieb sich mit den Knöcheln einer Hand über ihre tränenüberströmten Augen und stützte sich ein bißchen auf. „Ich bin nicht mutig. Ich habe es ihr gleich gesagt, als die Schmerzen kamen. Ich habe gedacht, daß sie dann aufhört, aber sie hat immer weitergemacht. Lee-yo-nel, warum hat sie das getan? Ich habe ihr alles gesagt.“

Ich wußte es, aber ich wollte nicht, daß Ameera es erfuhr. Zan hatte nach Informationen gesucht; als sie sie erhalten hatte, hätte sie eigentlich sofort das Haus verlassen müssen. Wenn sie geblieben war, dann nur, weil sie Gefallen daran hatte, ein wehrloses Opfer zu quälen. Sadismus ist keine Seltenheit, aber man findet ihn nicht oft so stark ausgeprägt. Xanthippe mußte gewußt haben, daß ich auf dem Weg hierher war, vielleicht hatte sie sogar in Cuttack angerufen. Nur das unwiderstehliche Bedürfnis, Ameera zu mißhandeln und zu foltern, hatte sie so lange aufgehalten.

Und wenn die Zeit nicht so knapp gewesen wäre, wenn sie sich so lange, wie es ihr gefiel, mit Ameera beschäftigen hätte können . . .?

Ich ging zum Fenster und starrte hinaus. Statt Kalkutta schien jetzt Riad vor mir zu liegen, die Perle der arabischen Halbinsel, ein modernes Wunder der Wissenschaften, eine Blume mitten in der Wüste. Ich hatte oft dort gespielt, in der gotisch anmutenden Konzerthalle und in den Unterwassertheatern, hatte Musik für die Reichsten der Reichen auf der Erde gemacht.

Jetzt mußte ich wieder dorthin; um ein unbekanntes Ziel zu verfolgen, um einer Frau nachzujagen, die mir mehr Angst einflößte als alle bösen Hexen aus den Märchen meiner Kindheit zusammen.

Um Ameeras willen würde ich das nächste Flugzeug nehmen, das mich dorthin bringen konnte.

EINE riesige Aktentasche und dahinter der Stuhl für einen Titanen. Ich blinzelte, blinzelte wieder und öffnete meine Augen gegen das blendende Sonnenlicht. In der Ferne, an der Grenze meines Gesichtsfeldes, kroch ein dunkles Monster über ein gigantisches Bett. Ich hörte Laute, das Pizzicato-Zupfen von Saiten über unaufgelösten Harmonien. Ein automatisches System in meinem Kopf identifizierte die Klänge als *Bhairava*-Raga, mit seiner Symbolik von erwachendem Morgen und Erwartung des neuen Tages. Die *Vina* spielte weiter, mit klarem und besänftigendem Klang. Meine Augen schlossen sich wieder.

Und öffneten sich. Ich befand mich in einem Raum voll uniformierter Figuren, die sich mit insektenhafter Präzision und Geschwindigkeit bewegten und unterhielten. Sie waren um ein Bett versammelt, und ich hörte den *Sforzando*-Befehl, ruhiger zu sein, damit der Schläfer hier nicht aufgeweckt würde.

Ich blinzelte noch einmal. Als sich meine Augen wieder öffneten, waren es nur noch zwei uniformierte Gestalten. Sie trugen die Uniform der Polizei von Kalkutta und standen schweigend neben dem Bett, in dem Ameera lag. Sie war still und ihr schlafendes Gesicht offen und unschuldig. Ihre Füße waren mit schweren Bandagen umwickelt.

„Geht es dir jetzt besser?“ Das war Chandra, der schweigend neben mir gesessen hatte.

Ich räkelte mich und atmete tief durch. „Alles in Ordnung. Wie geht es Ameera? Ich glaube, ich bin eingeschlafen.“ Ich schauderte. „Wilde Träume.“

„Das glaube ich gerne. Ameera hat mir erzählt, was ihr beide in Cuttack durchgemacht habt. Wie es ihr geht?“ Er zuckte mit den Schultern. „Den Umständen entsprechend. Sie ist psychisch mindestens ebenso schwer verletzt wie körperlich. Die Frau – Xanthippe? – hat ihr erzählt, sie wolle euch helfen. Ameera glaubte ihr, sie kamen hier an, Ameera schickte die Bediensteten fort. Dann –“ Er zuckte wieder mit den Schultern. „Du weißt, was sie dann angerichtet hat.“

Ein Frösteln rann durch meinen Körper, und ich schaute wieder auf Ameera.

„Wenigstens schläft sie jetzt. Als ich zurückkam, war sie fast hysterisch.“

„Das ist eher der Schock als richtiger Schlaf. Als du in Ohnmacht gefallen bist –“

„Ich?“ Ich starrte ihn an.

„Du erinnerst dich nicht mehr daran? Du hast mich eingelassen, kamst mit mir nach oben und fielst in diesen Stuhl. Das war vor vier Stunden.“ Er starrte mich an, als ich mich von ihm abwenden wollte. „Also, was hast du jetzt schon wieder vor?“

Er packte meinen Arm, als ich auf die Tür zustolpern wollte. Ich schüttelte ihn ab.

„Muß nach Riad.“ Ich brachte die Worte kaum heraus. „Nächster Flug.“

„Noch nicht.“ Chandra hatte wieder meinen Arm genommen, und diesmal war sein Griff fester, schon fast schmerzend. „Du willst also Ameeras Folterknechte verfolgen? Sehr gut; ich erkenne deine gute Absicht an. Aber bevor du daran denkst, solltest du dir noch etwas vor Augen halten: Bist du dir im klaren darüber, daß diese Leute Verbrecher sind?“

„Sie haben Rustum Belur umgebracht, und ich glaube, daß sie auch Valnora Warren getötet haben.“

„Nicht nur das. Als Ameera den Bediensteten befahl fortzugehen, weigerte sich einer von ihnen. Xanthippe wollte mit ihm unter vier Augen sprechen, unten." Chandra senkte seine Stimme zu einem Flüstern und blickte auf Ameera. „Als die Polizei kam, durchsuchte sie das ganze Haus. Das ist Routine. Sie fanden Mr. Chatterji in der Speisekammer. Er war erstochen worden."

Er folgte meinem Blick. „Sie weiß es noch nicht. Dies ist nicht der richtige Augenblick für solche Neuigkeiten. Noch nicht. Es war anstrengend genug, sie zum Einschlafen zu bringen, nachdem ihre Wunden behandelt und die Polizei fertig war. Wir haben uns über viele Dinge unterhalten. Wir haben erstaunlich viel gemeinsam, und Ameera hat ein ausgezeichnetes Gedächtnis. Aber sie wollte sich trotz unseres Gesprächs nicht beruhigen, bis wir auf die Musik zu sprechen kamen. Sie hat geleistet, was Worte nicht vermochten."

„Du warst das? Du hast die *Ragas* gespielt?"

Chandra lächelte, und für einen winzigen Augenblick war er wieder der alte selbstbewußte Künstler. „Für meine Sünden. Das Instrument ist nicht gerade in guter Verfassung, und meine Technik ist ein bißchen eingerostet – aber sie hat sich nicht beschwert. Ich kenne die Musik aus Bihar, die Lieder und Tänze aus ihrer Heimat. Ich glaube, ich habe ganz gut gespielt. Vielleicht gibt es doch mehr im Leben als nur Jute."

„Aber deine Finger – ich habe sie letzte Woche gesehen. Du warst gar nicht in Form, um zu spielen."

„Wirklich?" Diesmal war es ein anderes Lächeln, eine melancholische Geste orientalischer Schicksalsergebenheit. „Jetzt, wo du es sagst, merke ich es auch."

Er hielt mir seine linke Hand entgegen. Die weichen Fingerspitzen waren von den scharfen Saiten der Vina aufgerissen und blutig.

„Es war für einen guten Zweck. Meine Schmerzen sind nichts, verglichen mit ihren. Und jetzt schläft sie friedlich, ohne Schmerzmittel."

Er blickte auf seine Uhr, und ich merkte erst jetzt, daß es schon später Nachmittag war. Er hatte den ganzen Tag hier verbracht. „Chandra, was ist mit deiner Arbeit? Du hast uns schon mehr Zeit gewidmet, als man von einem Freund verlangen kann."

„Stell dir einfach vor, ich würde das nur für Ameera tun – nicht für einen wahnsinnigen *Feringhee*. Willst du immer noch nach Riad, obwohl du weißt, was dich dort erwartet? Deine Feinde wissen mehr, und sie haben bessere Verbindungen als du; und sie kennen keine Skrupel. Hast du eigentlich eine Ahnung, was du dort tun willst?"

„Hatte ich denn eine Ahnung, was ich in Kalkutta tun sollte?" Trotz der Logik seiner Argumente stand mein Entschluß fest. „Chandra, andere Faktoren spielen auch noch eine Rolle. Du hast heute den *Bhairava*-Raga für Ameera gespielt. Stimmt das?"

„Genau. Warum?"

„Ich habe das Stück erkannt."

„Na und? Es ist berühmt."

Ich schüttelte den Kopf. „In Indien. Aber ich habe keine Ahnung von Hindu-Musik. Und trotzdem habe ich ihn erkannt. Verstehst du nicht, was das bedeutet? Das sind Leos Erinnerungen! Man hat mich darauf vorbereitet, daß das früher oder später passieren würde, und jetzt fängt es an."

Er schnaufte und hob seine schweren Schultern. „Ausgezeichnet. Aber wenn du länger hierbleibst, wirst du noch mehr Erinnerungen erhalten. Warum wartest du nicht, bis du genau weißt, wohin du mußt und was du tust? Es ist gefährlich in Riad, und hier bist du sicher."

„Das ist noch nicht die ganze Geschichte." Ich stotterte, und ich war wütend, weil ich mich so schlecht unter Kontrolle hatte. „Ich bekomme Leos Erinnerungen, und das wird mir helfen – das ist die gute Seite. Aber auf der anderen Seite habe ich auch Sinnestäuschungen. Als ich zum erstenmal hier aufwachte, hatten sich alle Proportionen verschoben, und mein Zeitgefühl spielte völlig verrückt. Wenn ich Scouse und Xanthippe nach Riad folgen will, dann muß ich es bald tun. Die Ärzte haben mich vor diesen Symptomen gewarnt. In ein paar Tagen bin ich bestimmt nicht mehr in der Verfassung, Zan, Scouse, das Belur-Päckchen oder überhaupt noch was zu jagen."

Ich machte eine Pause. Mein Verhalten war viel zu emotional, als daß es Chandra überzeugen konnte. Vielleicht war es Ameeras Anblick, der Anblick eines Kindes mit bandagierten

Füßen und geschwollenen Handgelenken, der mich so aufbrachte.

„Ich muß jetzt gehen", sagte ich schließlich. „Jede Minute ist kostbar. Wenn ich auf dem Dum-Dum Airport ein Flugzeug chartern und noch heute nacht fliegen kann, dann bin ich vielleicht noch vor Scouse oder Zan in Riad."

Aber auch Chandra benahm sich merkwürdig. Bei meinem letzten Satz hatte sich sein Gesichtsausdruck verändert, und jetzt schüttelte er wütend den Kopf.

„Bevor du dich dieser – dieser – Frau auch nur auf tausend Kilometer näherst, mußt du noch etwas wissen: Sie hofft, daß du ihr folgen wirst. Siehst du denn nicht die Gefahr? Sie will dich in Riad fangen. Sieh dir das an und sag mir dann, ob du in der Stadt sein möchtest, in der sie auch ist."

Er war hinüber zum Fensterbrett gegangen und nahm ein Blatt Papier in die Hand. „Hier." Er hielt es mir entgegen. „Eine Botschaft, Lionel – ganz allein für dich."

Ich starrte hinunter auf das feste cremefarbene Papier. Eine weiße Rose aus dem vorderen Garten war in die Mitte des Blattes geheftet. Darüber saß ein Lippenabdruck von einem Kuß; und neben diesen vollen Lippen waren sechs Wörter in dunkelroter Tinte geschrieben: *Durch Blut und Eisen, te inveniam.*

Chandra musterte mich aufmerksam. „Es besteht kein Zweifel, für wen diese Botschaft gedacht ist, und ich glaube nicht, daß ich sie dir erklären müßte. Weißt du, warum sie das getan hat?"

„Durch Blut und Eisen, te inveniam – durch Blut und Eisen werde ich dich verfolgen." Ich murmelte die Worte, und die roten Lippen auf dem Papier schienen zu glühen. Ich mußte kämpfen, um überhaupt weitersprechen zu können. „Es ist Zan, und sie gehorcht Scouses Befehl. Ich bin überzeugt, daß er nicht will, daß ich ihnen folge. Er will, daß ich zu verängstigt bin, um nach Riad zu kommen."

Und er macht seine Sache verdammt gut, fügte ich in Gedanken hinzu.

Chandra machte eine Kopfbewegung zum Bett, wo Ameera immer noch fest schlief. „Und warum hat Xanthippe Ameera dann nicht auch getötet wie Chatterji? Dann hättest du ihnen nicht folgen können."

„Sie konnte nicht sicher sein, daß ich das nicht sowieso schon wußte." Ich dachte an Ameera, und eine kalte Gewißheit grinste mich in meinem Gehirn an. „Und sie will, daß ich ihnen folge – ganz egal, was Scouse denkt, Zan hat ihre eigenen Vorstellungen. Ich weiß noch, wie sie mich in Belurs Haus angesehen hat – Ameera hat ihren Appetit nur geweckt. Sie ist jetzt schon zweimal um mich betrogen worden, einmal in London und einmal in Cuttack. Sie hofft auf ein erfolgreiches drittes Mal."

Chandra nickte erleichtert. „Also ist es beschlossen. Du wirst hierbleiben."

„Nein." Die roten Lippen lächelten mich über der Rose an. „Ich werde gehen. Chandra, ich fliege noch heute nacht. Ich werde diese Schweine nicht gewinnen lassen. Wenn sie damit durchkommen, dann hat Ameera umsonst gelitten, und dann ist Chatterji für nichts gestorben."

Er starrte mich mit großen Augen an. „Aber Ameera –", setzte er an, dann brach er ab. „Du hast recht. Rache ist ein universales Gefühl. Sie sollte dir gehören."

Er ging auf die Tür zu. „Mach dich schnell fertig. Ich werde mich um Ameera kümmern und um das Haus. Wenn heute nacht ein Charterflugzeug am Flughafen steht, dann wird es dir gehören, da gebe ich dir mein Wort."

Kapitel 15

In Kalkutta hatte ich Zeit gehabt, soviel ich wollte, um in der Stadt umherzuwandern und auf irgendwelche Zeichen von Leo zu warten, die mir weiterhalfen. In Riad würde ich nur ein paar Stunden haben, bis Scouse mit seinen Bulldoggen hinter mir her war.

Richtig.

Kalkutta war, so hatte ich es wenigstens empfunden, einigermaßen sicher gewesen. Aber in Riad wartete ein Trupp von erfahrenen Killern auf mich, um sich kleine Filetstückchen aus meinem zarten Fleisch zu schneiden.

Nicht zu leugnen.

Ich hatte einen Freund in Kalkutta, einen Mann, der auf

einen Wink hin seine Arbeit im Stich ließ, um mir zu Hilfe zu kommen. In Riad hatte ich keinen Freund.

Absolut wahr.

Es stand außer Frage, daß Chandras Argumentation nur logisch war. Er hatte mir diese und tausend andere Punkte vorgehalten, in den Stunden, bevor ich aus Kalkutta abgeflogen war. Aber trotz alledem hatte ich recht. Ich mußte auf die arabische Halbinsel und nach Riad, so schnell ich nur konnte, und alle Argumente, die ein kluger, vorsichtiger und um mich besorgter Inder dagegen vorbrachte, konnten mich nicht davon abhalten. Ich mußte diesen Weg gehen.

Ich hatte recht, und Chandra irrte sich. Er kannte nicht die Gefühle, die hinter den kalten Fakten standen.

Ich sprach vielleicht hundert Worte Arabisch, Worte, die ich auf meinen Reisen zwischen Marokko und dem Irak aufgeschnappt hatte – aber ich fühlte mich in Riad zu Hause. Die Stadt entsprach mir. 1976 hatte ich, mit neunzehn Jahren, mein erstes Konzert dort gegeben. Ich hatte die obligatorische erste Symphonie von Tschaikowsky gespielt, in der brandneuen Konzerthalle und vor einem riesigen (und, glaube ich, ziemlich verwunderten) Publikum, das man von der Straße weg und in die Einweihungskonzerte gelockt hatte. Die meisten meiner Zuhörer hörten zum erstenmal westliche Musik. Es war das Jahr, in dem der König beschlossen hatte, westliche Kultur zu importieren. Die Stille zwischen den Sätzen war würdig und verwundert zugleich gewesen.

Diese erste Begegnung verwandelte sich in aufrichtige Liebe zu der Stadt und ihrer gastfreundlichen *Najdi*-Bevölkerung. In den letzten zwölf Jahren hatte ich jedes Engagement, das mir angeboten wurde, angenommen. Außerdem konnte ich dabei die phantastische Verwandlung von Wüste in einen blühenden Garten verfolgen, bewirkt von den vierzig Millionen Tonnen Wasser, die täglich vom Persischen Golf nach Riad gepumpt wurden.

Und nicht nur das. Riad beherbergte den schönsten Zoo der Welt. Der neue Zoo in Tokio war der einzige Vergleich dazu, aber Tokio besaß nicht diese riesigen Wüsten im Norden und Süden, weniger als eine Tagesfahrt entfernt, wo ich mich geistig mit harten Nüssen wie dem „Hammerklavier" herumschlagen und entscheiden konnte, wie ich sie an diesem Abend spielen würde.

Und jetzt war ich wieder hier, mit vielleicht einem halben Tag Vorsprung vor meinen Mördern. Was also war der nächste Schritt? Scouse und Xanthippe hatten wahrscheinlich schon eine bestimmte Vorstellung, was Leo beabsichtigte, aber ich nicht. Und trotzdem brauchte ich das Belur-Päckchen – und ich mußte es behalten, ohne mich dabei in Stücke hacken zu lassen.

Ein nettes Problem.

Mein gechartertes Flugzeug war um Mitternacht auf dem Flughafen nördlich der Stadt gelandet. Ich mietete einen Wagen, parkte ihn am Ausgang der Mietzentrale, marschierte zurück zur Ankunftshalle und wartete. Jedesmal wenn ein Flugzeug aus Kalkutta landete, ging ich hinüber zur Passagierabfertigung. Und alle paar Stunden wagte ich es, meinen Posten für zehn Minuten zu verlassen, um ein Sandwich hinunterzuschlingen oder auf die Toilette zu gehen. Ich machte ein kleines Nickerchen, wenn ich wußte, daß in der nächsten Stunde kein Flugzeug landen würde.

Morgendämmerung. Die Passagiere, die in der kühlen Morgenluft ankamen, waren kalkweiß und rotäugig, müde Zombies, die in den Gepäckhaufen nach ihren verlorenen Taschen suchten. Nach einer halben Stunde war der letzte von ihnen verschwunden. Eine Ewigkeit bis Mittag. Dann streckte ich mich, gähnte und döste durch einen langen Nachmittag. Das Leuchten des klaren Abends drang durch die hohen Fenster der Halle, und schließlich kam die Nacht, die die Zeit im Flughafen langsamer werden zu lassen schien. Es fiel mir schwer, meine Augen noch offenzuhalten, und der Wunsch nach einem Hotelbett wurde stärker und stärker. Ich ging in den Waschraum, wusch und rasierte mich und kehrte auf meinen Posten zurück. Mitternacht; Krämpfe in den Beinen und im Rücken; ich stellte mir die Flüche und Beleidigungen vor, die ich von Sir Westcott zu hören bekommen würde, wenn er erfuhr, wie ich mit meinem Körper umging. Die Schmerzen wurden schlimmer, je weiter die Nacht fortschritt.

Wenn ich mich bei meiner Analyse getäuscht hatte, dann hatte ich ein paar unangenehme Wochen vor mir.

Überall außer auf einem Flughafen wäre ich aufgefallen, aber hier war ich von Dutzenden von müden Passagieren umgeben, die auf ihre verspäteten Flüge aus London, Rom, Athen, Bombay, Moskau, Bagdad, Djakarta oder Sydney warteten.

Ich hatte viel Zeit zum Nachdenken; über Leo, Nymphs und über Ameera. Ich tat es nicht. Andere Faktoren verhinderten das. Die letzten Sinnestäuschungen hatte ich in Kalkutta gehabt, nach der langen Fahrt von Cuttack. Jetzt kamen sie wieder, während meiner einsamen, langen Wache.

Die Türme der blitzenden Destillationsanlagen, die das aus dem Persischen Golf gepumpte Seewasser in Trinkwasser und verwendbare Mineralien destillierten, lagen fünfzehn Kilometer östlich des Flughafens. Bei Tag waren sie mir wie neue Tempel zur Ehre Allahs erschienen, mit weißen Spiralen und Stahlskelettmoscheen, deren Minarette sich mehr als hundert Meter über die Wüste erhoben und in denen hoch oben deutsche Ingenieure in ihren Kontrollräumen wachten wie ungläubige Muezzins, die die Ebene unter sich mit Wasser anstatt mit dem Ruf zum Gebet überschwemmten. Jetzt, kurz vor Mitternacht, glühten die Navigationswarnlichter in der Nacht, leuchtendrote Augen über der Wüste. Sie krochen ständig näher, bis sie schließlich durch die Glasfenster auf mich herunterstarrten, leuchtende Tiger, zehnmal so groß wie ich. Ich war nur noch ein Staubkorn unter ihren Pfoten, als sie sich gegen die zerbrechlichen Stützpfeiler des Flughafengebäudes lehnten.

Ich zwang mich, meinen Blick abzuwenden und mich auf meine Hände dicht unter meinem Gesicht zu konzentrieren. Davor hatte mich Sir Westcott damals in Reading gewarnt. Ich versuchte, mich an sein fettes, finsteres Gesicht und an seine unwirschen Befehle zu erinnern.

Wenn Sie das Gefühl haben, immer kleiner zu werden, dann würgen Sie ein paar von diesen Pillen runter, so schnell, wie Sie können . . . Und dann gehen Sie sofort ins nächste Krankenhaus.

In meinem Kopf streckten die Nervenzellen ihre langen Fäden aus, die sich mit Milliarden und Abermilliarden von Nachbarzellen verbanden. Seit Monaten schritt die Regeneration langsam voran, aber erst im entscheidenden Stadium waren die Ergebnisse spürbar. Wenn sich die Neuronen endlich an ihre Nachbarzellen angeschlossen hatten, dann würden die Informationen auf den neuen Bahnen zu fließen beginnen; zuerst nur ein Tröpfeln, dann aber eine alles überschwemmende Flut, Billionen von Daten, die zwischen meiner und Leos Gehirnhälfte ausgetauscht wurden. Und wenn diese Flut losbrach, dann sollte ich als ruhiger Patient in einem Krankenhaus in einer Londoner Vorstadt liegen – und nicht als hohläugiger, steifgliedriger Geist in der Abfertigungshalle eines fernen Flughafens herumlungern.

Ich stemmte mich aus meinem Sessel hoch und hob die kleine Reisetasche auf, die ich mir aus Kalkutta mitgenommen hatte. Wenn ich vorsichtig fuhr, war ich in weniger als einer halben Stunde mit meinem gemieteten Wagen im Yaghut-Krankenhaus von Riad. Vor sechs Jahren hatte ich mir dort eine Gammaglobulin-Injektion verabreichen lassen, damals, als im Nahen Osten eine Hepatitisepidemie wütete. Es würde nicht viel Verkehr auf den Straßen sein – es war fast drei Uhr morgens.

Bevor ich zwei Schritte gemacht hatte, bemerkte ich das grüne Licht hinter mir. Der große Bildschirm, auf dem die Ankunftszeiten in Arabisch und Englisch angegeben wurden, leuchtete wieder. Die Passagiere des Fluges Manila – London passierten gerade den Zoll; letzte Zwischenlandung: Kalkutta.

Ich ging zurück zu meinem Lieblingsplatz, einem Balkon über der Haupthalle. Passagiere blickten sich oft um, aber sie sahen nur selten nach oben.

Wenn Pudd'n nicht dabeigewesen wäre, hätte ich sie nicht erkannt. Scouse trug das weite weiße Gewand der Einheimischen und Zan, die zwei Schritte hinter ihm ging, den schweren schwarzen Schleier des Schadors. Ihre dunkle Hautfarbe paßte zu ihrer Kleidung, und sie mischten sich beide unauffällig unter die heimkehrenden arabischen Geschäftsleute mit ihren Ehefrauen. Zan imitierte sogar den langsamen, hüftschwingenden Gang, der die arabischen Frauen so attraktiv macht.

Aber nicht der alte Pudd'n. Er war einen halben Kopf zu groß und fünfzig Kilo zu schwer. Auch er trug arabische Kleidung, aber das half ihm nicht viel. Schuhe mit Schuhgröße sechsundvierzig und zehn Zentimeter grauer Hose ragten darunter hervor, und sein Gesicht war rot vor Anstrengung. Er schleppte das ganze Gepäck.

Alle drei blickten sich aufmerksam um, und ich befürchtete schon, daß sie mich entdecken würden. Ich versteckte mich hinter einem Pfeiler und wartete, bis sie das Gebäude verlassen hatten und in ein Taxi stiegen.

Die Morgendämmerung war erst ein heller Streifen im Osten, aber der Verkehr auf der Straße nach Riad war schon erstaunlich dicht. Ein paar hundert Meter hinter ihnen fuhr ich aus dem Flughafengelände, und ich achtete darauf, daß der Abstand immer gleich blieb. Ich hatte gehofft, daß sie zuerst in ein Hotel gehen und ein paar Stunden schlafen würden; dann konnte ich das gleiche tun und ihnen auf ihren Spuren folgen. Aber sobald wir auf den Highway von Medina kamen, der im Westen um die Stadt herumführte, wich das Taxi von dem Weg nach Riad ab.

Ich folgte ihm.

Der Verkehr wurde immer dichter. Laster und Personenwagen zischten und donnerten an mir vorbei, und sie verzerrten sich, wenn ich sie genauer anschaute. In jeder anderen Stadt der Welt hätte man mich sofort wegen meiner Fahrweise angehalten; hier aber unterschied ich mich nicht von der Masse. Wenn man einen Saudi hinter ein Steuer setzt, wird er so *macho*, daß man ein neues Wort brauchte, wenn man sein Verhalten beschreiben wollte. Sich rechts zu halten ist undenkbar, und Ampeln sind eine persönliche Beleidigung für jeden Fahrer. Die Blumenbeete auf dem Mittelstreifen der breiten, vierspurigen Straße waren mit Reifenmustern durchzogen, und innerhalb von zehn Kilometern entdeckte ich drei Autowracks.

Bald darauf fuhren wir an dem alten Königspalast von Nasirya vorbei, in dem jetzt der Zoo untergebracht ist, und immer noch hielten wir uns nach Westen. Eine Meile hinter dem Palast aber nahmen wir eine Abfahrt nach Süden und befanden uns plötzlich in einer Vorstadt.

Es war heller Morgen, als das Taxi vor einem rosafarbenen Betonhaus mit pseudomaurischer Architektur hielt. Verkünstelte Wasserspiele plätscherten im Vorgarten. Dreihundert

Milliarden Petrodollar im Jahr hatten den Arabern die Mittel gegeben, um alle ihre Träume von fließendem Wasser wahr werden zu lassen.

Die Straße war belebt, breit und gewunden, und teure Wagen parkten an den Bordsteinen. Die Häuser standen weit auseinander – eher wie kleine Paläste denn als konventionelle westliche Gebäude. Ich ließ mich mit dem Verkehr daran vorbeitreiben, hielt nach hundert Metern hinter einem großen karmesinroten Cadillac an und wartete. Scouse, Zan und Pudd'n waren aus dem Wagen gestiegen und traten durch das große Tor in den Vorgarten.

Ich machte mich auf eine lange Wartezeit gefaßt. Im Flughafen hatte ich wenigstens Essen, Trinken und ein paar Annehmlichkeiten gehabt. Hier klemmte ich zusammengekrümmt hinter dem Steuer eines kleinen Wagens, sah zu, wie die Sonne hinter mir aufging, und fühlte, wie die ersten Sonnenstrahlen das Metalldach des Autos zu erwärmen begannen. Ich vertrieb mir die Zeit damit, zu überlegen, wo genau in Riad wir uns befanden. Wenn wir anderthalb Kilometer hinter dem Nasirya-Palast waren, dann mußten wir ziemlich weit vom Zentrum entfernt sein.

Im Wagen wurde es immer heißer. Ich war durstig, und mir war schwindlig, und ich wußte, daß ich innerhalb der nächsten Stunde weiterfahren mußte, ganz egal, was passierte. Sonst würde ich es nicht mehr aus eigener Kraft bis zu einem Hotel schaffen. Als ich ein Wagenfenster öffnete, um frische Luft hereinzulassen, drangen Schwärme kleiner Mücken herein. Ich schloß das Fenster wieder, ließ den Motor an und schaltete die Klimaanlage auf volle Kraft. Nach ein paar Minuten fuhr ich die Straße ein paar hundert Meter weiter entlang, wendete dann und rollte langsam zurück, an dem Haus vorbei.

Kommt schon, verdammt noch mal. Sie mußten herauskommen, das wußte ich – ihre Koffer lagen immer noch in dem Taxi. Der Taxifahrer hatte es nicht eilig. Er war importiert worden, wie fast alle Arbeitskräfte in Saudi-Arabien, und saß dösend in seinem Wagen, mit offenem Mund und friedlichem schwarzem Gesicht. Die Mücken schienen ihn überhaupt nicht zu stören.

Was in Gottes Namen wollten sie da drinnen? Wahrscheinlich die Bewohner foltern, wenn es nach Zan ging.

Sie tauchten völlig überraschend wieder auf. Ich hatte mich gerade vorgebeugt, um den Gebläsestrahl neu einzustellen, und als ich wieder aufblickte, saßen sie bereits im Taxi. Ein fetter Mann in dunklem Anzug beugte sich durch das offene Fenster, um sich mit ihnen zu unterhalten. Dann winkte er ihnen zum Abschied.

Mansouri – ich habe geglaubt, er ist in Damaskus. Der Gedanke jagte durch mein Gehirn, als ich den Gang einlegte und ihnen wieder folgte. Im hellen Tageslicht war es wesentlich schwerer, unentdeckt zu bleiben, und ich mußte großen Abstand halten, bis wir ins Stadtzentrum kamen, in die Nähe des alten Westwalls. Danach mußte ich mich anstrengen, um sie im Verkehrsgewühl nicht aus den Augen zu verlieren. Eine Minute lang waren sie verschwunden, dann sah ich sie wieder. Sie stiegen gerade aus dem Taxi, direkt vor dem Intercontinental Hotel. Zan hatte ihren Schador abgelegt und trug jetzt eine elegante grüne Bluse und einen Rock, der gerade lang genug war, um nicht als anstößig zu gelten.

Ich ließ ihnen ein paar Minuten Vorsprung, während ich den Wagen parkte. Es war nicht einfach. Ich mußte lange genug warten, bis sie die Lobby verlassen hatten, aber nicht zu lange, weil das Personal sich sonst nicht mehr an sie erinnern würde.

„Erinnern Sie sich an die Dame in der grünen Bluse, die eben hereingekommen ist?" fragte ich den Mann hinter dem Empfangsschalter.

Er war vielleicht dreißig Jahre alt, aber er hatte die Augen eines alten Mannes. Sie blickten mich ausdruckslos an.

„Ich interessiere mich für sie." Ich schob eine Hundertpfundnote über den Schalter, und sie verschwand. „Ich weiß, daß Sie mir ihre Zimmernummer nicht verraten dürfen – aber Sie könnten in meinem Zimmer anrufen und mir Bescheid sagen, wenn sie wieder in die Lobby kommt . . ." Ich hielt wieder einen Schein in meiner Hand, aber ich gab ihn ihm nicht.

Es überraschte ihn nicht einmal. Ein paar Jahre in einem großen Hotel, und er hatte schon alles gesehen. Er schenkte mir ein winziges Kopfnicken und überreichte mir dann meine

Zimmerschlüssel. Seine Hand schien einen Meter groß zu sein. Sobald ich in meinem Zimmer war, trank ich ein Glas kaltes Wasser und schluckte eine von Sir Westcotts blauen Pillen. Während ich das tat, überlegte ich mir, wer, zum Teufel, Mansouri war und woher Leo ihn kannte.

DAS BETT in meinem Zimmer zog mich fast unwiderstehlich an, aber dadurch hatte ich schon in Kalkutta einen halben Tag verloren. Die nächsten paar Stunden, wenn Scouse und Zan schliefen, waren mein einziger Vorsprung. Die Mienen, die sie vor dem Hotel gezeigt hatten, waren nicht die von glücklichen, erfolgreichen Jägern gewesen. Es war offensichtlich, daß Leos Kontaktmann in Riad nicht Mansouri gewesen war und daß Scouse im Augenblick keinen anderen Anhaltspunkt hatte; aber ich wußte, daß er vor Einbruch der Nacht wieder auf der Suche nach dem Belur-Päckchen sein würde.

Und bis dahin, dachte ich, mußte ich vor ihnen sein. (Bei Einbruch der Nacht würde ich vor ihnen sein – aber nicht so, wie ich es mir vorgestellt hatte.)

Ich stellte mich zehn Minuten lang unter die kalte Dusche, bis die Kälte tief in mein Inneres vorgedrungen war. Dann zog ich mich um und verließ das Hotel. Wenn Zan nicht müde war und auch lieber einen kleinen Spaziergang machte, dann stand es schlecht um mich.

Scouse machte mir weniger Sorgen. Er mußte drei Tage lang ununterbrochen unterwegs gewesen sein, und er sah so aus, wie ich mich fühlte. In dem Taxi zur britischen Botschaft versuchte ich noch einmal, die Puzzlesteine zu einem Bild zusammenzufügen. Aber wie ich sie auch legte, ein entscheidendes Teil fehlte immer. Da war Leo, der das Belur-Päckchen hatte und kurz vor Scouse und seinen Freunden Cuttack verließ. (Rustum Belur hatte weniger Glück gehabt – aber er hatte ihnen nicht verraten, wo Leo in Kalkutta untergetaucht war.)

Ich versuchte, Leos Züge nachzuvollziehen. Was würde ich als nächstes tun? Ein paar Tage warten, dann versuchen, aus Indien herauszukommen und in die Vereinigten Staaten zurückzukehren.

Zuerst mit Erfolg. Ich erreiche Riad, ohne entdeckt zu werden; aber dann finde ich heraus, daß Scouse die Wege nach

Europa überwacht. Und ich muß nach Washington. Die Menschen müssen erfahren, was ich entdeckt habe.

Bis dahin klang es ganz logisch. Und dann?

Denk nach!

Das Päckchen in Riad lassen.

Wo?

Und das war das fehlende Teil. Wenn ich das Päckchen fand, würde ich auch herausfinden, wozu es nutze war.

Denk nach!

Zurück nach Europa, mit einem falschen Paß. Lionel in London treffen und ihm verraten, wo ich es gelassen habe – nur für den Fall, daß ich es nicht bis Washington schaffe.

Ihm eine Nachricht zukommen lassen. Das Päckchen ist versteckt – *wo?*

Ich hatte das Gefühl, als würde ich mich im nächsten Augenblick daran erinnern. Mein Schädel dröhnte, Gedanken schossen mir durch den Kopf, alle Gedanken, bis auf einen, den ich brauchte. Schwitzend saß ich im Taxi; die alten Wunden öffneten sich wieder. Jeder einzelne Stich von Sir Westcotts sensibler Flickarbeit stach und brannte wie Nitrosäure. Nieren, Hoden, das rechte Bein, Rippen, Augen, Ohren und Schädel hatten sich gegen mich verschworen und quälten mich, bis ich halb wahnsinnig im Heck des Wagens saß und mich mit meinen Händen in den kühlen Plastikpolstern verkrampfte.

Ich stöhnte und zitterte wie ein fieberndes Tier. Mein Gehirn war überlastet, und das Gefühl machte mir angst. Wenn ich mich nicht entspannte, würde es platzen und die schmelzende graue Masse aus meinen Ohren und meinen Nacken hinunterfließen.

Ich tastete in meiner Manteltasche und schluckte noch eine blaue Pille – zum Teufel mit dem Glas Wasser –, dann blickte ich auf meine Uhr. Wir näherten uns jetzt der britischen Botschaft, aber ich hatte bereits fünfundzwanzig wertvolle Minuten verschwendet, seitdem ich das Hotel verlassen hatte. Ich setzte darauf, daß ich sechs Stunden Vorsprung hatte; danach würden Zan und Scouse etwas Neues versuchen.

Die Botschaft lag südwestlich vom Stadtzentrum, in einem Viertel, das früher einmal das reichste der Stadt gewesen war.

Jetzt hatte es seinen Zenit überschritten, besaß aber noch jenen Hauch von ehemaliger Eleganz und verflossenem Wohlstand, der so ausgezeichnet den britischen Einfluß in diesem Teil der Welt widerspiegelte. Ich hatte es mir zur Gewohnheit gemacht, bei jedem meiner Besuche in Saudi-Arabien dort einmal vorbeizuschauen. Normalerweise unterhielt ich mich mit dem Kulturattaché, aber heute setzte ich alle Hoffnungen auf seinen Kollegen aus der Wissenschaftsabteilung.

Ich ließ das Taxi vor dem Haupteingang warten. Der Botschaftsbesitz umfaßte ausgedehnte Gärten, und der lange Weg an den Militärwachen vorbei und die kühle, von Hecken gesäumte Auffahrt hinauf tat mir gut. Als ich in der Lobby saß und den mir rituell angebotenen Tee dankbar annahm, war die Welt um mich herum schon wieder etwas heiler.

Der kleine rothaarige Mann, der schließlich in die Lobby kam, um mich zu empfangen, wirkte vertraut. Er stand vor mir und runzelte die Stirn, wobei er mit einer Hand seinen struppigen Schnurrbart zwirbelte.

„Sind Sie nicht Lionel Salkind?" Er schüttelte kräftig meine Hand. „Wir wußten nicht, daß Sie diesen Monat hier spielen würden – anscheinend hat das jemand für sich behalten."

„Ich gebe diesmal kein Konzert." Offenbar hatte man hier noch nichts davon gehört, daß ich vor sechs Monaten in meine Einzelteile zerlegt und wieder zusammengesetzt worden war. Soviel nur zu meinem Weltruhm.

„Ich bin wegen anderer Geschäfte hier", sagte ich.

„Schade. Ich bin Cyril Meecham. Wir haben uns vor einem Jahr kennengelernt, als Sie diese *Diabelli*-Nummer spielten, und dann diese Sache mit Parkinson. Erinnern Sie sich noch?"

Diese Sache mit Parkinson. Ich erinnerte mich sehr gut daran, und er hatte die passende Formulierung dafür gefunden.

Letztes Jahr hatte ich ein kleines Privatkonzert in der Botschaft gegeben, und der Chargé d'affaires, Parkinson, hatte sich als Violinist vorgestellt. Ich spielte die *Diabelli*-Variationen von Beethoven, dann wagten wir uns zusammen an die Frühlingssonate op. 24. Beim Scherzo wurde er aus der Bahn getragen, und im Schlußrondo wurden wir langsamer und langsamer, bis wir uns schließlich mit Mühe noch über die

Ziellinie schleppten, nach dem längsten letzten Satz, den es in der Musikgeschichte gegeben hat. Ich erinnerte mich sehr gut daran, wirklich.

„Ich hoffe, es macht Ihnen nichts aus", sagte Meecham, „aber das Konzert mit diesem anderen Pianisten, Schub, hat mir wesentlich besser gefallen. Irgendwie war es melodischer, wenn Sie wissen, was ich meine." Dann merkte er, daß diese Bemerkung vielleicht taktlos war, und er winkte mich zu seinem Büro. „Aber kommen Sie herein, und erzählen Sie mir, was ich für Sie tun kann. Es überrascht mich, daß Sie nicht zu Draper und den Jungs von der Kultur wollen."

„Ich brauche ein paar wissenschaftliche Informationen." Ich folgte ihm in ein holzgetäfeltes Büro mit einem riesigen Ruder an der Wand, und wir setzten uns in quietschende, lederbezogene Sessel. „Ich glaube wenigstens, daß es mit Wissenschaft zu tun hat. Können Sie mir erklären, was introsomatische Chips sind?"

„Hm. Ich weiß, was Sie meinen." Er strich sich wieder über den Bart. „Ich glaube gern, daß Draper und seine Kulturknaben Ihnen dabei nicht helfen können. Introsomatische Chips, wie? Ich könnte Ihnen ein paar Artikel darüber geben, die Sie alle lesen könnten. Aber es ist ziemlich harter Stoff . . ."

„Ich brauche keine Details – nur die Grundidee. Und außerdem muß ich bald zu einer anderen Verabredung." Ich blickte auf meine Uhr. Eine Stunde, seitdem ich das Hotel verlassen hatte.

Er nickte langsam. „Natürlich, natürlich. Die Idee ist eigentlich ganz einfach. Wissen Sie, was ein Herzschrittmacher ist? Introsomatische Chips stehen noch eine Stufe höher. Sie nehmen einen Chip mit einem Haufen integrierter Schaltkreise darauf, und Sie programmieren ihn. Dann fügen Sie ein paar Sensoren daran – ganz kleine. Und dann pflanzen Sie ihn in den Körper ein, wo Sie ihn brauchen. *Introsomatischer* Chip – verstehen Sie? – bedeutet einen winzigen Computer im Körper. Die Sensoren messen die verschiedenen physiologischen Daten – Sie wissen schon, Puls, Temperatur, Ionenkonzentration und so weiter –, und das Programm arbeitet dann ein Signal aus, das an das Nervensystem weitergegeben wird. Praktisch ein Ersatz für ein natürliches Nervensignal."

„Und was kann man damit machen?" Langsam begann ich zu begreifen, was in dem Belur-Päckchen steckte und warum es so wichtig war.

„Das hängt natürlich von dem Programm ab." Er sah mich an, als könnte nur ein Dummkopf so eine Frage stellen. „Verstehen Sie, es ist äußerst flexibel. Praktisch könnte jeder Vorgang programmiert werden, und Sie könnten im Prinzip jede Körperfunktion kontrollieren. Aber das ist nur Theorie, die Forschung ist noch längst nicht so weit. Vielleicht entwickeln sie in fünf oder zehn Jahren etwas wirklich Brauchbares."

„Wie weit ist man jetzt?"

„Ach, die kleinen Sachen." An seinem Blick konnte ich erkennen, daß wir die Grenzen seines Wissens erreicht hatten. „Es gibt Implantate, mit dem sich die Peristaltik im Verdauungssystem kontrollieren läßt – für Leute mit Darmproblemen. Und natürlich sind die Herzschrittmacher wesentlich besser, sie können jetzt auf den Adrenalin- und den Hormonspiegel im Blut reagieren."

Er beugte sich vor. „Passen Sie auf, Freund, macht es Ihnen was aus, wenn ich Sie frage, warum Sie das eigentlich interessiert? Ich meine, mit Rachmaninow hat das nicht viel zu tun. Was haben Sie vor?"

Ich zögerte. Die Gefahr konnte mir von den unmöglichsten Seiten her drohen, aber ich konnte mir Cyril Meecham schlecht als Instrument des Bösen vorstellen.

„Ich habe den Verdacht, daß jemand ein paar neue Implantate entwickelt hat, die wesentlich komplizierter sind als alles bisher Dagewesene. Ein Inder namens Belur. Ich bin mir ziemlich sicher, daß er vor einem oder zwei Jahren die ersten Prototypen hergestellt hat."

(Das geistige Bild von Dixie, die Harke tief in seiner Brust, das Blut auf seinem Kinn. Kein Zeichen von irgendwelchen Schmerzen. *Keine Schmerzen. Implantat. Verdammtes Schwein.*)

„Mit diesem Prototyp ließen sich Schmerzsignale ausschalten, aus welchem Teil des Körpers sie auch kommen mochten. Aber vor kurzem hat Belur einen neuen Satz von introsomatischen Implantaten entwickelt, mit anderen Funktionen. Ich weiß nicht, was man mit diesen neuen Modellen machen kann – aber mein Bruder wollte sie von Indien nach Amerika bringen, als er bei einem Unfall getötet wurde. Ich bin überzeugt, daß er sie hier in Riad zurückgelassen hat. Und ich versuche herauszufinden, wo."

„Hmm. Tut mir leid mit Ihrem Bruder." Jetzt wirkte er wirklich interessiert, aber seine Kondolenz war nur eine höfliche Geste. „Ich habe von diesen neuen Modellen noch nichts gehört. Wissen Sie, wir stehen hier nicht gerade im wissenschaftlichen Brennpunkt. Ich weiß nicht, wie ich Ihnen da helfen kann. Haben Sie irgendeinen Verdacht, wo sich Ihr Bruder hier in Riad aufgehalten hat?"

„Nein. Wenn ich Ihnen eine Adresse gebe, könnten Sie mir dann sagen, wer dort wohnt?" Ich fing seinen Blick auf. „Ich möchte nicht selbst dorthin gehen, für den Fall, daß Leo nicht dort war – er hatte immer etwas für Damen übrig."

Seine Mißtrauensfalten verschwanden. „Das hat doch jeder von uns, wenn man ihm nur eine Chance gibt." Er blinzelte und schob einen Notizblock zu mir herüber. „Schreiben Sie sie auf, und dann flitz ich rüber zur Meldestelle und finde das für Sie heraus. Drücken Sie auf den Knopf, wenn Sie noch etwas Tee wollen."

In den Minuten, in denen ich alleine war, hatte ich Zeit genug, um zwanzigmal auf meine Uhr zu sehen und mich wieder und wieder zu fragen, was Leo gemacht haben könnte. Je länger ich auf seinen Spuren wandelte, desto besser verstand ich unser Verhältnis zueinander. Die Kontraste zwischen meinem von harter Arbeit gezeichneten und verplanten Leben (die Konzerttourneen standen bereits ein Jahr im voraus fest) und seiner Kontinentenspringerei waren extrem, oberflächlich betrachtet; aber darunter verbargen sich große Ähnlichkeiten. Es gab nur einen wesentlichen Unterschied: Wo ich träumte und hoffte, setzte er seine Vorstellungen in die Tat um.

Wir waren identische Zwillinge, mit all den genetischen Übereinstimmungen, die damit verbunden waren. Wenn ich meinen Gedanken freien Lauf ließ und mich dazu zwang, ihnen zu folgen, würde ich auf Leos Spur bleiben. Die Gedanken zu haben war nicht schwer; sie auszuführen etwas ganz anderes.

Das hat doch jeder von uns, wenn man ihm nur eine Chance

gibt. Sicher, aber manche von uns erkennen ihre Chance nicht, und wenn sie ihnen ins Gesicht lacht.

Die Uhr auf dem Schreibtisch tickte unerbittlich. Wenn er sich nicht beeilte, waren meine Chancen gleich Null. Ich wollte das Büro schon verlassen und nach ihm suchen, als er hereingestürzt kam. Der freundliche Blick von vorhin hatte sich in Zorn und Mißfallen verwandelt. „Passen Sie auf, ich weiß nicht, welches Spiel Sie hier spielen, aber ich möchte Ihnen sagen, daß ich damit nichts zu tun haben will."

„Kein Spiel – ich habe Ihnen die Wahrheit gesagt. Haben Sie diese Adresse überprüft?"

„Leider ja. Wenn mein Bruder dorthin gehen würde, dann würde ich ihn enterben. Es ist die Adresse des *Maison Drogue*. Der Mann, der dort lebt, heißt Abdi Mansouri. Er ist Ex-Iraner – und er ist der größte Dealer des Nahen Ostens. Er macht Millionen in der Woche mit illegalen Betäubungsmitteln, und niemand rührt auch nur einen Finger, um ihm das Handwerk zu legen." Er schlug mit der flachen Hand auf das Adreßbuch, das er auf seinen Tisch gelegt hatte. „Ich gestehe Ihnen zu, daß Sie nichts davon gewußt haben, aber es wäre besser für Sie, wenn Sie eine verdammt gute Erklärung dafür haben – sonst muß sich die Botschaftspolizei etwas näher mit Ihnen unterhalten."

Meine Vermutungen bestätigten sich eine nach der anderen. Ich hob meine Hand, um Cyril Meecham zu besänftigen. „Ich werde Ihnen erklären, was passiert ist – alles. Aber dazu brauche ich ein paar Minuten."

Er funkelte mich an.

„Mein Bruder arbeitete für die amerikanische Regierung, als freier Agent." Ich sprach schnell, und im Geiste kreuzte ich meine Finger. Ich kannte Leo, und meine Erklärung war die einzig mögliche, die zu seiner Persönlichkeit und seinem Moralverständnis paßte.

„Er arbeitete verdeckt am organisierten Verbrechen im Osten. Vor allem wollte er herausfinden, wie illegale Drogen aus Indien in den Westen gelangen. Er war hinter einer neuen Droge her, die man Nymphs nennt, und wollte aufdecken, auf welcher Route sie verschifft wird – ich glaube, er wußte, daß der Weg über Riad führt."

Ich wartete. Als ich das Wort Nymphs erwähnt hatte, war

Cyril Meecham erbleicht. Er war vielleicht kein Instrument des Bösen, aber ich würde meinen ganzen Brahms darauf verwetten, daß er mehr als andere Menschen über Nymphs wußte. Der gute Cyril hatte seine schmutzigen Geheimnisse.

„Ich glaube, daß mein Bruder mit diesem Mann, Mansouri, Verbindung aufgenommen hat", fuhr ich fort. „Und daß er vorgegeben hat, selbst im Drogengeschäft tätig zu sein. Er hat mit einer Bande von Drogenhändlern in England zusammengearbeitet und versucht, ihre Vertriebswege auszuforschen. Haben Sie jemals von einem Mann mit dem Namen Scouse gehört – Kopf einer englischen Bande von Drogenschmugglern? Er ist ein Araber aus Liverpool und spricht Englisch und Arabisch."

Wie zu erwarten, schüttelte Meecham heftig den Kopf. Diese Assoziation gefiel ihm gar nicht. „Noch nie von ihm gehört."

„Er glaubte, daß mein Bruder Nymphdealer wäre. Aber dann hörten sie beide von einer Sache, die nach einem wirklich großen Geschäft aussah. Sie waren beide dahinter her, aber mein Bruder war schneller als Scouse und seine Bande. Er ist damit aus Indien entkommen und kam hierher. Wenn jemand ihm folgte, dann mußte er annehmen, daß mein Bruder zu Abdi Mansouri gehen würde. Aber da war er nicht. Davon habe ich mich heute morgen überzeugt. Er versteckte sich woanders – und auch das Päckchen, das er bei sich hatte."

Während ich sprach, hatte Meecham in einem dicken Stoß von Computerausdrucken geblättert. Er sah zu mir auf. Sein Blick war jetzt hellwach, aber skeptisch.

„Ich habe Sie verstanden, aber ich glaube Ihnen nicht. Sie sagten, daß Ihr Bruder vor sechs Monaten hier war, richtig? Zu dieser Zeit hat kein Salkind dieses Land betreten oder verlassen."

„Sein Name war Foss – wir sind getrennt aufgewachsen. Und er reiste vielleicht unter einem falschen Namen", fügte ich hinzu, nachdem er wieder in seiner Liste blätterte und den Kopf schüttelte.

„Kein Foss dabei." Er schlug das Verzeichnis wieder zu. „Passen Sie auf, Mr. Salkind, ich versuche, Ihnen zu glauben – aber es ist nicht leicht. Ich habe in meinem ganzen Leben noch keine so verrückte Geschichte gehört. Sie brauchen keinen

Wissenschaftsattaché, sondern die Abteilung für fliegende Teppiche." Sein sommersprossiges Gesicht wurde eine Spur dunkler. „Und zu der Sache mit dem falschen Namen möchte ich nur bemerken, daß wir alle Reisenden mit einem britischen Paß hier auflisten. Er würde dieses Land nicht mit einem falschen Namen und einer falschen Adresse betreten können, ohne daß wir davon erführen."

„Er hat keinen britischen Paß. Ich habe es nicht erwähnt, aber er ist naturalisierter Amerikaner, in England geboren. Also kann er in dieser Liste –"

Ich verstummte. Cyril Meecham ließ sich auf seinen Stuhl fallen. Er schaute mich wieder mit dem Ausdruck an, den er für wirklich hoffnungslose Hohlköpfe reserviert hatte.

„Amerikaner? Ein verdammter Amerikaner? Warum, zum Teufel, haben Sie mir das nicht gleich gesagt?" Seine buschigen Augenbrauen hoben sich, bis sie fast seine karottenfarbenen Haare erreicht hatten, und seine Stimme arbeitete sich langsam die Tonleiter hoch. „Ihr Bruder ist Amerikaner. Gut. Aber warum vergeuden Sie dann meine Zeit mit Fragen, die ich nicht beantworten kann?"

Er stand wieder auf.

„Mr. Salkind, Sie sind hier an der falschen Stelle. Ist Ihnen jemals der Gedanke gekommen, daß es vielleicht ergiebiger sein könnte, wenn Sie Ihre traurige Geschichte dort erzählen, wo sie hingehört – in der verdammten amerikanischen Botschaft?"

Kapitel 16

ICH MUSSTE ihm eine halbe Minute mit offenem Mund gegenübergesessen haben. Was Cyril Meecham da sagte, war so offensichtlich richtig und rational, daß ich nicht verstand, warum man mir das erst erklären mußte.

Mir vorstellen, was ich an Leos Stelle tun würde, und es dann ausführen. Das klang vernünftig – aber ich war zu dumm oder zu übermüdet gewesen, um an die realen Unterschiede in unserer Vergangenheit zu denken.

Auf jeder Reise in eine ausländische Hauptstadt besuchte

ich die örtliche Botschaft. Dort gab man mir gute Tips, wo ich die besten Hotels und Restaurants fand und wo ich mich vor Touristenfallen hüten mußte, und wenn ich jemals in Schwierigkeiten kam, dann kannte mich das Botschaftspersonal und würde mir helfen. Leo würde sich im Ausland wahrscheinlich ähnlich verhalten – aber als amerikanischer Staatsbürger würde er sich natürlich an die amerikanische Botschaft wenden.

Cyril Meecham ließ mich noch das Telefon benutzen, bevor ich die Botschaft verließ. Der schlangenäugige Hotelportier bestätigte mir, daß die junge Dame, an der ich so interessiert war, ihren Raum noch nicht verlassen hatte – ob ich eine Nachricht für sie hinterlassen wolle? Ich dachte an Zans rote Lippen, an ihre wachen Augen, mit denen sie meinen Körper musterte, als ich auf dem Bett in Belurs Haus saß.

Nein, danke, keine Nachricht; auf keinen Fall eine Nachricht. Aber halten Sie die Augen offen. Ich würde später noch einmal anrufen.

Schnell.

Ich trat aus der britischen Botschaft in die volle Nachmittagshitze. Obwohl es schon später Sommer war, verwandelte die Sonne immer noch alles in Schemen von heißer Luft. Der Südwesten der Stadt war entstanden, bevor die Sprinkler und die scheinbar unerschöpflichen Frischwasservorräte Riad in ein Gartenparadies verwandelt hatten. Hier gab es immer noch Staub, Staub und die lungenzerfressenden Abgase der Autos und Fabriken.

Ich brauchte meinen Fahrer nicht zu ermahnen, schnell zu fahren – er wollte an einen schattigeren Platz, wo es angenehmer war, auf seinen Passagier zu warten. Mit kamikazehaftem Todesmut raste er durch das Netz von kleinen Einbahnstraßen und breiten Boulevards.

Die amerikanische Botschaft befand sich nur einen Häuserblock von dem Nasirya-Palast entfernt. Hinter den Palastmauern war mein eigentliches Revier, dort, wo man den früheren königlichen Zoo ausgebaut hatte, um jedem Tier seinen ihm eigenen Lebensraum zu schaffen, zu Lande wie im Wasser. Das Aquarium bestand aus einem Dutzend von Süß- und Salzwasserbecken, Hunderte von Metern lang, in denen der Besucher die verschiedensten Tiere, von Buckelwalen bis zu Baikal-Seelöwen, bewundern konnte. Löwen zogen durch ihre Pseudosavanne, und Eisbären fischten sich lebende Fische aus tiefem, eiskaltem Wasser. Die Schätzungen, wieviel der Umbau des Zoos gekostet hatte, schwankten von Hunderten von Millionen bis zu einigen Milliarden, und für seinen Unterhalt wurde ein Stab von zweihundert Angestellten benötigt.

Es war der Traum jedes Zooliebhabers. Vielleicht läßt das auf meine fehlenden sozialen Kontakte schließen, aber ich war dutzendmal im Zoo gewesen, während dies mein erster Besuch in der amerikanischen Botschaft war.

Wieder befahl ich dem Taxifahrer zu warten, dann ging ich die schattige Avenue hinunter, die die Botschaft vom Zoogelände trennte. Ich hörte ein Konzert aus Grunzen, Bellen und Fauchen zu meiner Linken, wo sich der Zoo befand; Fütterungszeit. Plötzlich verspürte ich den Drang, dort hineinzugehen, durch den Zoo zu wandern, anstatt die Botschaft zu besuchen, mich zurück in jene vertraute Welt zu begeben, in der ich vor dem Unfall gelebt hatte. Ich war nicht der Mensch, der in panischer Angst vor wunderschönen Sadistinnen floh, die ihm ich weiß nicht was antun wollten; ich konnte es nicht sein. Ich war für ein ruhiges Leben geschaffen.

Aber jetzt sind wir so nah, ich kann nicht aufgeben. Geh weiter.

Ich ging auf die Botschaft zu, an den Reihen der Bettler vorüber, die Riads gigantischer Reichtum spurlos übergangen hatte. Ein ehrwürdiges Geschäft. Blinde, Armlose, Beinlose saßen mit gesenkten Köpfen an den Mauern, beschattet von den Büschen, die darauf wuchsen. Zwei Metallschalen standen vor jedem von ihnen.

Ich schenkte ihnen kaum einen Blick, nicht einmal, als sich einer von ihnen erhob und die Straße entlangschlurfte, die leeren Schalen unter dem linken Arm. (Das war ein Fehler, und ich würde später dafür bezahlen; aber in diesem Augenblick galt meine ganze Aufmerksamkeit den sich zu schnell bewegenden Zeigern meiner Uhr.)

Drei Uhr. Obwohl ich den Fahrer zur Eile angetrieben hatte, waren schon zweieinhalb Stunden vergangen, seitdem ich das Intercontinental verlassen hatte.

Die Zeit eilt, die Stunde schlägt, der Teufel kommt . . . Wenn ich bis sechs Uhr das Belur-Päckchen noch nicht aufgetrieben hatte, mußte ich zurück zum Hotel und Scouse und Zan verfolgen.

Der Eingang zur Botschaft lag ein wenig abseits von der Straße der Bettler in einer kleinen Sackgasse. Eine fensterlose Mauer schloß die Straße ab; und links, gegenüber den breiten Toren der Botschaft, befand sich ein kleines Café. Marinesoldaten standen hinter dem Tor neben einem großen Schild, das auf arabisch und englisch verkündete, daß dahinter amerikanischer Boden lag. Ein viel kleineres Schild warnte die Besucher, daß die Botschaft um vier Uhr dreißig schloß und daß bis dahin alle Nichtbürger der Vereinigten Staaten das Gelände verlassen haben mußten. Die Zeit zerfloß mir unter den Fingern. Und ich fühlte mich grauenhaft, so daß ich mich fragte, wie lange ich es noch schaffen würde, nicht kopfüber in den Straßenstaub zu fallen. Ich brauchte etwas zu essen und zu trinken.

Kaffee. Geh in das Café auf der anderen Straßenseite.

Ich machte tatsächlich ein paar Schritte in diese Richtung, dann hielt ich inne und starrte auf die flaschengrünen Fenster des Cafés. Kaffee? Ich rieb mir die schmerzenden Augen. Eine gute Idee, aber jetzt war bestimmt nicht der geeignete Zeitpunkt dafür. Danach, wenn ich alles in der Botschaft erledigt hatte – um vier Uhr dreißig sollte es immer noch geöffnet sein. Ich wandte mich wieder den Toren der Botschaft zu.

Manche großartigen Ideen fallen auf vollkommen unfruchtbaren Boden. In den nächsten zwei Stunden unterhielt ich mich mit vierzehn Botschaftsangestellten, die beiden Marinesoldaten nicht gerechnet, mit denen ich anfing. Wissenschaftsattaché, Handelsattaché, Botschaftsrat, Erster und Zweiter Sekretär, Militärattaché – sie alle waren äußerst höflich und vollkommen unkommunikativ.

Leo Foss? Nein, wir haben nichts von dem Absturz erfahren – eine traurige Sache, er kam ab und zu in der Botschaft vorbei. Ein sehr intelligenter Mann, wußte genau, wie die Einheimischen arbeiten.

Das letzte Mal? Moment, ich sehe einmal nach. Vor über einem Jahr. Nein, seitdem haben wir nichts mehr von ihm gehört.

Sie sind unverkennbar sein Bruder – älterer Bruder, nehme ich an? Ob er ein Päckchen vor sechs Monaten hier hinterlegt hat? Was für ein Päckchen? Nein, wir haben es nicht gesehen – bei wem würde er es gelassen haben? Ich habe davon in dieser Abteilung noch nie etwas gehört.

Es war nicht schwer zu durchschauen, daß Leo in der Botschaft nicht besonders beliebt gewesen war. Erstens sprach er viel zu gut Arabisch, als daß sich die Angestellten hätten wohl fühlen können – was sollte man mit so einem Kerl denn noch anstellen, der mehr über das Land und die Leute wußte als man selber?

Zwei der Männer, mit denen ich sprach, erkannten mich als Lionel Salkind, den Pianisten, und versuchten, die Konversation in Richtung Musik zu lenken, weg von der lästigen Sache mit meinem Bruder. Würde ich hier Konzerte geben? Riad brauchte mehr westlichen Einfluß. Es standen noch Mittel aus dem ICA-Fonds zur Verfügung, wenn ich interessiert wäre . . .

Ich befreite mich von ihnen, ging zum nächsten Attaché, stellte wieder dieselben Fragen.

Nichts. Nicht ein winziges Zeichen. Um vier Uhr dreißig schob man mich höflich zum Haupteingang. Schauen Sie wieder vorbei, wenn Sie in Riad sind – aber benachrichtigen Sie uns vorher, dann arrangieren wir ein kleines Konzert. Es tut uns leid um Ihren Bruder . . .

Ich stand wieder vor dem großen Doppeltor und absolvierte das Zeremoniell eines höflichen Abschieds. In meinem Kopf war die Hölle los. Als sich die Tore hinter mir schlossen, lehnte ich mich gegen einen Pfeiler und verdammte die amerikanische Botschaft mit all ihren Angestellten. *Vor über einem Jahr.* Also war Leo auf seiner letzten Reise nicht hier vorbeigekommen. Wo war er gewesen?

Ich ging bis zum Ende der Sackgasse und sah mich um. Die Straße der Bettler war jetzt fast leer, und die letzten Überreste der Ansammlung menschlichen Strandguts schmolzen in der Nachmittagssonne dahin. Die Geräusche hinter der brusthohen Mauer auf der anderen Seite der Hauptstraße waren verstummt, die Fütterungszeit war vorbei. Ich drehte mich um und sah zur Botschaft zurück. In den zwei Stunden, die ich darin verbracht hatte, war die Sonne um dreißig Grad weitergewandert und warf jetzt ihr grelles Licht auf die Front des Cafés. Eine fadenscheinige Markise war heruntergelassen worden, um die Fenster abzuschirmen. Sie war mit arabischen Buchstaben bedruckt, und darunter hatte man unbeholfen ein Ölbild gemalt, ein hohes Glas, in das zwei grüne Früchte gepreßt wurden . . .

Ich lief zurück zur Botschaft, trommelte an das Tor. War es schon zu spät?

Eine der Türen öffnete sich ein paar Zentimeter weit.

„Bis morgen früh acht Uhr ist geschlossen." Es war einer der jungen Marinesoldaten.

„Ich weiß. Das Café dort drüben – wie heißt es?"

Er starrte mich an. „Wie es heißt? Ich kenne den arabischen Namen nicht, aber auf englisch nennen es alle Leute ‚Die Limonen'. Sehen Sie das Zeichen?"

Die Limonen. Keine Nullen, Eier, Zitronen, Ballons oder Walnüsse – Leo hatte *Limonen* gezeichnet. Und zwei Limonen leuchteten mir in grellem Grün von der verblichenen Markise entgegen.

Als ich auf die offene Tür gegenüber zuging, blickte ich wieder auf meine Uhr. Vier Uhr fünfundvierzig. Ich war zu aufgeregt, um zu bemerken, daß das Taxi, das ich auf der Avenue hatte warten lassen, nicht mehr dort stand.

AUS DER Nähe sah man auch die Falten. Vor der Tür des Cafés blätterte bereits die blasige grüne Farbe ab, und die Buchstaben der Speisenkarte waren sonnengebleicht. Drinnen lief eine Bank um den kühlen, dämmrigen Raum. Die Markise und das dunkelgrüne Fensterglas hielten die Sonne fast völlig ab, und meine Augen brauchten ein paar Sekunden, bis sie sich auf die Beleuchtung eingestellt hatten.

„Sie möchten ein Lunch-ha, Sir-ha?" Ein dürrer alter Ober sprach mich mit seiner Vorstellung von Englisch an – er mußte gesehen haben, daß ich die Botschaft gegenüber verlassen hatte.

Ich nickte. „Kaffee. Viel Kaffee. Und haben Sie Kuchen oder süße Kekse?" Mein Blutzucker brauchte dringend einen kräftigen Stoß.

„Kekse. Süßer Kuchen-ha? Jawohl-ha.“ Die Stirn legte sich in kleine Fältchen, dann verschwand er durch eine Tür im Hintergrund des Cafés. Womit er zurückkommen würde, das konnte niemand im voraus wissen.

Ich hätte es jedenfalls nicht geahnt. Es war eine kleine, tonnenförmige Frau mit einem freundlichen, runzligen Gesicht und einer großzügig bemessenen Nase. Sie trat zwei Schritte tief in den Raum, stützte die Hände in die Hüften und funkelte mich an.

„Kuchen, wie? Ich hätte es wissen müssen. Leo, du bist wirklich ein schlechter Mann. Wenn du stirbst, du kommst bestimmt in die Hölle. Warum spielst du mit dem guten alten Fazil?“

Narjes. Der Name kam als zufälliger Impuls in mein Gedächtnis, begleitet von einem Gefühl von Wärme und Zuneigung.

Sie kam auf mich zu, schlang ihre Arme um mich und drückte mich, so daß meine zarten Rippen schmerzten. Sie rief über ihre Schulter hinweg dem Ober einen kurzen Befehl zu, der mit einer Tasse süßen Kaffees und einem Teller mit überzuckerten Biskuits zurückkam. Dann sah sie mir finster zu, wie ich einen tiefen Schluck Kaffee nahm, der meine Lebensgeister wieder weckte, und mir zwei Biskuits in den Mund stopfte.

„Du kommst her und ißt wie Schwein, eh? Und du glaubst immer noch, Rabiyah liebt dich, eh? Was glaubst du, tut sie, wenn du fort bist? Hiersitzen und warten? Da sind andere Männer, immer andere Männer. Glaubst du, sie will oben sitzen und auf dich warten?“

Mein linkes Auge blinzelte ihr unvermittelt zu, während ich mir die nächsten beiden Biskuits in den Mund steckte. Sie streckte einen nikotinbraunen Finger und Daumen aus und piekste mich liebevoll in die Wange.

„Leo, du bist ein Schwein. Ich sage ihr, denk nicht an ihn, er liegt woanders, auf einer anderen Frau, wie altes Schwein. Ich sage es immer Rabiyah, aber sie ist dumm. Ich, ich weiß, was du wirklich bist.“

Ich saß ihr gegenüber und schaute sie verständnislos an, mit vollem Mund, und sie schüttelte den Kopf. „Wo bist du diesmal gewesen? Du siehst schrecklich aus. Und warum sitzt du hier wie eine alte Ziege? Warum redest du nicht?"

Rabiyah. Blasse Haut, die nie dem Sonnenlicht ausgesetzt war, schwere Brüste und Hüften, zu schwer für einen westlichen Geschmack. Denk an die lüsternen Augen, die ihr auf den Botschaftsempfängen folgen. Denk an ihr Lachen, an die fleischige rosa Zunge, die zwischen den gleichmäßig weißen Zähnen zittert.

Ich räusperte mich und begann mit heiserer Stimme zu sprechen. „Ich fühle mich entsetzlich, Narjes – schlimmer, als ich aussehe. Aber ich muß Rabiyah sofort sehen. Wo ist sie?"

„Was glaubst du, wo sie ist? Es ist Nachmittag, oder? Sie schläft, wie alle Mädchen. Du wirst sie nicht sehen – sie braucht Ruhe. Sie muß arbeiten, heute nacht." Narjes drohte mir mit dem Finger. „Du furchtbarer Mann, Leo. Ich sage es Rabiyah immer wieder. Du willst sie jetzt sehen? Okay. Du zahlst wie alle Männer."

Das Päckchen. Sie hat es. Rabiyah hat das Päckchen.

Ich langte in meine Jackentasche, holte meine Brieftasche heraus und legte ein dickes Bündel Rials neben den Kuchenteller. Narjes warf einen Blick darauf, und ihr Gesicht verfinsterte sich.

„Was, zum Teufel, is das? Leo, du machst mich wütend, eh? Du machst es. Du merkst dir gleich, du versuchst nie mehr, mir Geld zu geben. Oder ich rufe Fughril, und er wirft dich raus auf deinen dünnen Arsch, und ich sage Rabiyah, wie du mich beleidigst, und du siehst sie nie wieder. Hörst du?"

Sie schüttelte zornig den Kopf. „Los! Du kommst mit mir, und du hältst deinen großen Mund. Die Mädchen schlafen oben."

Sie führte mich durch die Hintertür des Ladens und eine breite Treppe hinauf. Das obere Stockwerk schien zu einem völlig anderen Gebäude zu gehören. Anstatt des Fliegendrecks wie im Erdgeschoß schmückten hier große Teppiche die Wände. Von der golden und rosa gestrichenen Decke hingen Kupferlaternen, und dicke Vorhänge ließen kein Licht durch die Fenster dringen. Wir bewegten uns auf einem unglaublich dicken Baluchi-Teppich, schlichen leise an einer Reihe verschlossener Türen vorbei. An der vierten hielt Narjes an.

„Hier. Wenn sie überhaupt noch Kopf hat, sagt sie dir, du gehst und kommst nicht wieder. Und was du tust – mach kein' Krach. Die Menschen wollen hier schlafen – ich auch, wenn du Fazil unten Ärger gemacht hast."

Sie öffnete die Tür, ohne anzuklopfen, und schob mich hinein. Der Raum war vollkommen dunkel. Die völlige Orientierungslosigkeit machte mir angst.

Ich komme mitten in der Nacht hier an. Mansouri und Scouse sind mir auf den Fersen, ich kann nicht bis zum Morgen warten und zur Botschaft gehen. Dieses Haus, dieses Zimmer bieten mir Schutz . . .

„Wer ist da?" Die Stimme vor mir war ein verschlafenes Murmeln.

Ich bewegte mich vorwärts, bis ich das Bett berührte.

„Narjes?" Ich hörte Bettfedern quietschen, dann wurde ein dicker Vorhang links von mir einen Spaltbreit geöffnet. Das Abendlicht drang herein. Das Mädchen auf dem Bett stöhnte klagend und schirmte seine Augen mit einer Hand ab. Ihre Haut hatte die bleiche Zartheit, die man nur zusammen mit kupferrotem Haar findet, und ihr Körper strafte die Züchtigkeit ihres Nachthemds Lügen.

Sie gähnte, blinzelte mich durch halbgeschlossene Augen an. Sie japste und stemmte sich dann aus den dicken Polstern hoch.

„Leo! Seit wann bist du da? Narjes hat mir nicht gesagt, daß du in Riad bist."

„Bis vor ein paar Minuten hat sie es selbst nicht gewußt." Das war nur zu wahr. Ich hatte schon beschlossen, daß dies nicht der richtige Augenblick war, ihr zu erklären, daß ich Lionel, nicht Leo war. Wenn sie das selbst merkte, dann hatte ich nichts dagegen. Ich kannte nur eine absolut sichere Methode, mich von Leo zu unterscheiden, und diese Methode konnte nur jemand wie Ameera anwenden, die ihn bis in die intimsten Details gekannt hatte. Je mehr ich allerdings von der Vergangenheit meines Bruders erfuhr, desto schneller wuchs die Zahl der Menschen, die diese Methode anwenden konnten.

„Ich bin nur auf der Durchreise hier", fuhr ich fort. „Aber ich mußte dich sehen. Rabiyah, erinnerst du dich noch an das

Päckchen, das ich bei mir hatte, als ich das letztemal hier war?"

„Päckchen?" Die großen blauen Augen waren noch immer verschlafen, aber wenigstens waren sie jetzt weit geöffnet und starrten mich verwundert an.

Meine Stimmung sank auf einen neuen Tiefpunkt. Dies hier war meine letzte Hoffnung. Wenn Rabiyah das Päckchen nicht besaß, dann hatte ich keine Ahnung mehr, wo ich es noch suchen konnte. Dann konnte ich ebensogut aufgeben, zurück zum Hotel gehen und mich von Zan in kleine Stücke schnipseln lassen.

„Eine Art Päckchen", sagte ich verzweifelt. „Erinnerst du dich nicht? Ich kam spät in der Nacht."

„Daran erinnere ich mich." Sie räkelte sich, schenkte mir ein Lächeln und einen Blick unter ihren langen Wimpern hervor. „Kommst du heute nacht, wenn ich wach bin? – Ich bin so müde."

Anstatt auf eine Antwort zu warten, streckte sie sich zu dem kleinen Nachttisch und zog die Schublade auf.

„Du kommst in der Nacht und sagst, ich soll das aufheben, und rennst fort, ohne auf Wiedersehen zu sagen", brummte sie. „Warum bringst du mir keine Geschenke? Das hast du hiergelassen. Aber keine Päckchen."

Es war flach, nicht einmal einen Zentimeter hoch, und kleiner als eine Streichholzschachtel. Die Oberfläche war schiefergrau, und in eine Seite waren ein paar Rillen gepreßt. Ich setzte meinen Daumennagel auf die Markierung und drückte. Widerwillig öffnete sich der Plastikdeckel. Innen lag ein Satz von papierdünnen Plättchen, jedes davon in seiner eigenen Halterung. Dünne Silberdrähte glänzten an den Seiten. Jeder der introsomatischen Chips wog nur den Bruchteil eines Gramms.

Sie müssen sofort nach Washington. Ich kann nicht warten.

Die dünnen Silberdrähte glänzten und blitzten, als ich die Schachtel in meinen Händen drehte. Ich konnte meinen Blick nicht abwenden. Plötzlich wußte ich, wozu sie dienten, warum sie Scouse oder Mansouri nicht in die Hände fallen durften, wußte, was Leo und mich so weit getrieben hatte. Ich mußte sie verantwortungsvollen Leuten übergeben. Würde die amerikanische Botschaft ihre Tore für mich öffnen, auch wenn sie offiziell schon geschlossen hatte?

Ich kannte die Antwort schon. Sie hatten auch nicht geöffnet, als Leo mitten in der Nacht hier ankam und einen sicheren Unterschlupf brauchte. Rabiyah war seine letzte Zuflucht, bevor er nach Zürich und dann nach London geflohen war.

Die Gedanken schwirrten durch meinen Kopf wie betrunkene Bienen, überkreuzten sich und drehten sich wie wild. Die dünnen Silberdrähte vor meinen Augen verschwammen und verdoppelten sich dann. Die Erinnerungen kamen jetzt in einem großen Schwall. Ich folge den Drogen bis zur Quelle, von Athen nach Riad, nach Kalkutta, nach Singapur. Scouse – Mansouri – Radha – Drisco. Ich höre, daß es noch etwas Wichtigeres gibt als Nymphs . . . zurück nach Westen . . . ich kriege das Päckchen . . . zur Botschaft . . . zu den Zwei Limonen . . . nach England. Das kaleidoskopartige Bild meines anderen Selbst, wie ich mich von dem Mädchen am El-Al-Schalter auf dem Londoner Flughafen abwende und mich anschaue. Wie ich mich selbst sehe . . . und mich sehe, wie ich mich sehe . . .

Rabiyah bewahrte mich vor dem völligen Absturz in die Tiefe. Ihre Hand rieb zärtlich über mein Knie und kletterte dann wie ein kleines Tier aufwärts in sensiblere Regionen. Ich zuckte bei der Berührung zusammen, und die Bewegung holte mich zurück in die Gegenwart.

Das verblassende Sonnenlicht brach sich auf der kleinen Schachtel in meiner Hand. Dafür waren mindestens vier Menschen gestorben.

„Kommst du später?" Rabiyah strich jetzt mit ihrer Hand über meine Hüfte. „Ich bin müde – okay?"

Ihre Augen schlossen sich wieder. Ich tätschelte ihren Arm, bückte mich, um sie sanft auf die blasse Stirn zu küssen, und streichelte ihren Busen.

„Später. Wenn das hier sicher ist." Das meinte ich ehrlich. Ich zweifelte nicht an Leos Geschmack.

Sie lächelte verträumt und ließ dann den Vorhang, den sie in ihrer Hand hielt, los. Der Raum war wieder vollkommen dunkel. Ich schloß den Deckel der kleinen Schachtel wieder und ließ sie in meine Jackentasche gleiten. Ich brauchte beide Hände und ziemlich viel Zeit, bis ich mich zur Tür zurückgetastet hatte.

Narjes war verschwunden. Wie die jungen Frauen schlief auch sie am Nachmittag. Ich hörte aus keinem der Zimmer ein Geräusch, als ich über den dicken Teppich zurückschlich und die Treppe hinunterstieg.

Der alte Ober hatte das Café verlassen, und ein einsamer Gast saß ruhig vor einer Tasse Tee und starrte durch die flaschengrünen Scheiben. Jetzt drang nicht mehr viel Licht herein, auch wenn die Sonne inzwischen unter der Markise hindurchschien. Ich warf einen Blick auf meine Uhr. Wenn ich von der amerikanischen Botschaft nichts zu erwarten hatte, dann war es das beste, sofort zum Flughafen zu fahren. Auf mein Gepäck konnte ich verzichten, aber der vogeläugige Portier, der auf Zan aufpassen sollte, würde umsonst auf seine zweiten hundert Pfund warten.

Ich trat an die Tür und warf einen Blick hinaus auf die verlassene Straße. Zwanzig Meter und ein massives Doppeltor lagen zwischen mir und der Sicherheit der amerikanischen Botschaft. So nah und doch so fern. Leo mußte auf demselben Fleck gestanden und sich gefragt haben, wieviel Zeit ihm noch blieb. Seine Spur war gut getarnt, aber war es gut genug? War ihm vielleicht schon jemand gefolgt?

Während ich zur Botschaft schaute, hatte der Mann zu meiner Linken seine Tasse abgestellt und schob sich jetzt sein loses Toupet aus der Stirn. Er sah mich zum erstenmal an. Beiläufig erwiderte ich seinen Blick. Dann erstarrten wir beide. Seine Arme tauchten aus seinem losen Gewand auf. Er hielt eine Pistole in seiner rechten Hand, und die braunen Augen leuchteten.

„Na so was!" Ein kleines Lächeln spielte um seine Lippen. „Ich hab mich schon gefragt, was Sie so lang in der Botschaft zu suchen haben – dabei sin Sie hier oben und vögeln sich blöd. Sie sin ganz schön kaltblütig. Alle Achtung."

Es war Scouse.

Ganz schön kaltblütig. Er irrte sich. Ich hätte mich in diesem Augenblick am liebsten auf den Boden gesetzt und geweint.

Kapitel 17

„RAUS!"

Scouse nickte mit dem Kopf zur Tür hin, aber die Pistole zielte noch immer genau auf meine Brust. Er blieb hinter mir, als ich hinaus auf die Straße ging, dicht genug, um jeden Fluchtversuch sinnlos zu machen, aber weit genug, um jeden Angriff abwehren zu können.

„Nach links und dann auf die Avenue." Der ironische Tonfall war verschwunden. „Eine falsche Bewegung, und 's ist aus. Wir haben Sie verdammt freundlich behandelt, aber nich mehr. Wo ist das Zauberschächtelchen?"

„Ich weiß es nicht." Die flache Schachtel in meiner Tasche schien sich nach außen zu wölben, unübersehbar zu sein.

Die Waffe klickte, als er sie entsicherte, und sein Zeigefinger spannte sich fester um den Abzug. Er grunzte. „Das glaub ich Ihnen nich. Sie waren zu scharf, nach Riad zu kommen, um jetzt noch den Unschuldigen zu spiel'n. Wo is es?"

Ich antwortete nicht, ich konnte nicht antworten. Das plötzliche Sonnenlicht hatte einen Tornado in meinem Kopf entfesselt. *Verschlungene Strände, die Schußfahrt über eine Piste, die steiler und gefährlicher war als alles, was ich bisher gesehen hatte, flackernde Kerzen in einem Restaurant, mit unvertrauter spanischer Musik im Hintergrund.*

Die Straße tauchte wieder auf, verzerrte sich, verschwamm. Nach einer unbestimmbaren Weile vollkommener Abwesenheit kehrte ich in die Wirklichkeit zurück und fand mich an der Straßenecke der großen Avenue wieder.

„Links." Scouse hielt immer noch drei Meter Abstand zu mir. „Okay. Sie haben's nich anders gewollt. Zuerst Jack und Des, dann der arme Dixie. Ich habe Ihn'n 'ne Chance gegeben – Sie hätten sogar mit uns zusammenarbeiten könn'. Sie haben's nich gewollt, und jetzt zum Teufel mit Ihn'n. Hier kommt Ihre Freundin."

Die Sonne war hinter der Wand links von uns versunken, und das Licht auf der Avenue wurde schnell schwächer. Durch die Dämmerung rollte ein grüner Fiat mit getönten Scheiben auf uns zu, langsam, nicht schneller als zehn Stundenkilometer. Zehn Meter vor uns hielt er an.

„Sie sollten Sie mit 'm Feuerzeug seh'n", sagte Scouse. „Und sie stellt Sachen mit einer Fahrradspeiche an, die Sie nich für möglich halt'n würden. Ich kann nich zuschau'n. Aber Sie werden es mit eigenen Augen seh'n. Ich meine, solange Sie sehen könn'n."

Die Wagentür öffnete sich, und Xanthippe stieg aus. Sie trug einen grünen Hosenanzug und offene Sandalen und war schöner als je zuvor. Statt einer Handtasche trug sie einen kleinen Lederkoffer, dreißig mal zehn Zentimeter groß. Sechs Meter vor mir blieb sie stehen.

„War kinderleicht", meinte Scouse fröhlich. „Jetzt gehört er dir. Wo soll'n wir anfang'n?"

Xanthippe näherte sich langsam, bis sie nur noch zwei Schritte von mir entfernt war.

„Nicht näher kommen", warnte Scouse. „Du weißt, daß er gefährlich is."

Sie nickte, aber sie wandte ihre Augen nicht von mir ab. Röte stieg in ihre Wangen, betonte die hohen Wangenknochen, und der Blick, den sie mir schenkte, war erotisch. Ihre braunen Finger streichelten den Instrumentenkoffer.

„In Mansouris Haus – dort ist es ruhig." Ihre Stimme war leise und rauchig.

Scouse hatte sich links um mich herumgeschlichen, an der Wand entlang, und stand jetzt neben Zan. Während sie erregt und gespannt war, war er kalt und analytisch wie einer von Belurs Chips. Ich schaute suchend die Straße hinab. Eine große Gestalt näherte sich uns. Pudd'n. Von dort hatte ich auch keine Hilfe zu erwarten. Auch wenn er eine Abneigung gegen Folter hatte, so würde er sich doch nicht mit Scouse anlegen. Nicht, wenn Zan dabei war, um seinen Ungehorsam zu bestrafen.

„Verraten Sie's uns jetzt und stehlen Zan ihren Spaß?"

Ich schüttelte den Kopf, während Zan ihn zornig anstarrte.

„Du hast es mir versprochen", sagte sie.

„Ja, aber das war, bevor ihr in Cuttack alles versaut habt." Er nickte zum Wagen hin. „Los, Salkind, einsteigen. Nach hinten."

Gegen die Waffe konnte ich nichts unternehmen. Ich machte zwei Schritte auf den Fiat zu. Dann hörte ich ein wütendes Fauchen hinter Scouse, und er erschrak und wirbelte herum. Etwas Kaltes hatte seinen Nacken berührt.

Es war sieben Uhr. Auf die Sekunde genau hatte sich das Sprinklersystem unter der Leitung der deutschen Ingenieure eingeschaltet. Ein Sprinkler sollte die Büsche bewässern, die auf der Mauer wuchsen. Die ersten kalten Tropfen waren bis auf die Avenue gespritzt und hatten Scouse im Nacken getroffen.

Er brauchte nur eine Sekunde, um herauszufinden, was passiert war. In einem Bruchteil dieser Zeit rannte ich los, nach rechts, auf die brusthohe Mauer zu, die das Zoogelände von der Straße trennte.

Ich sah nicht erst nach, was mich auf der anderen Seite erwartete. Als ich mich kopfüber über die Mauer stürzte, hörte ich, wie hinter mir vier Schüsse abgefeuert wurden. Ich spürte einen harten Schlag in meiner linken Wade und meiner Ferse.

Dann landete ich auf meinen Unterarmen und meiner Schulter und rollte über harte Erde und durch dorniges Gestrüpp. Schotter riß die Haut von meinem linken Handrücken. Ich rollte und rollte weiter.

Für Scouse war die Mauer zu hoch, um sich hinüberzulehnen und auf mich zu schießen. Aber Pudd'n konnte das, wenn er eine Waffe hatte. Ich rappelte mich auf und lief schräg rechts auf einen Holzzaun zu, um mich dahinter zu verstecken. Irgendwas stimmte nicht mit meinem linken Bein, ziehender, reißender Schmerz schoß bei jedem Schritt in meinen Kopf. Als ich den Zaun erreicht hatte, hörte ich Flüche hinter mir und das Kratzen von Schuhen auf der anderen Mauerseite.

Es war die größte Ironie meines Lebens. Der Zoo von Riad war einer meiner Lieblingsplätze auf der ganzen Welt, ein Ort, an dem die Architektur des alten Nasirya-Palastes harmonisch mit den Lebensbedürfnissen der verschiedensten Tiere der Erde in Einklang gebracht worden war und eine Atmosphäre wie in Tausendundeiner Nacht schuf. Ich hatte bis jetzt noch nie genug Zeit gehabt, um diese Atmosphäre richtig genießen zu können – ein Konzert oder der nächste Flug wartete immer schon auf mich. Jetzt durfte ich eine ganze Nacht hier verbringen – wenn ich es schaffte, Zan, Scouse und Pudd'n aus dem Weg zu gehen.

Wie standen meine Chancen? Während ich mich tiefer in den Zoo hineinschleppte, ging ich sie systematisch durch.

Ich war unbewaffnet; sie hatten mindestens eine Waffe, vielleicht noch mehr, in Zans Koffer. Sie waren zu dritt; ich war allein. Ich war erschöpft, mein Gehirn funktionierte nicht, und ich halluzinierte; sie hatten sich den ganzen Tag ausgeruht. Ich hatte eine Kugel in meinem Bein – das Blut tropfte jetzt in meinen linken Schuh und hinterließ eine gut sichtbare Spur; sie waren unverletzt, und zumindest Pudd'n war stark wie ein Bulle.

Es war hoffnungslos. Ich wußte es, aber ich wollte es mir nicht eingestehen. Und ich wußte noch etwas anderes.

Während es dunkler wurde, zog ich mich langsam tiefer in den Zoo zurück. Die Anlage des Geländes war recht kompliziert. Eine Reihe von breiten Wegen führte strahlenförmig von dem Elefantenhaus im Zentrum zu den einzelnen Abteilungen des Zoos. Ich mußte hundertfünfzig Meter in Richtung Zentrum, dann die Volieren umrunden und dann auf einem anderen Weg wieder nach außen. Ich brauchte dazu länger, als mir lieb war, obwohl ich mich zwang, so schnell wie möglich zu humpeln. Als ich die Reptilienabteilung erreicht hatte, bildeten die letzten Sonnenstrahlen nur noch einen kupferroten Fleck am Horizont. Ich schleppte mich von einem Gehege zum nächsten und versuchte, in dem schwachen Licht die Aufschriften zu entziffern. Die gängigen Namen wurden nur in Arabisch angegeben – vollkommen unverständlich. Ich mußte mich darauf verlassen, daß ich mich an die lateinischen Bezeichnungen erinnerte.

Anilidae, Uropeltidae, Typhlopidae, Colubridae: das war nicht das, was ich brauchte (aber ich schauderte schon bei dem Gedanken an das, was ich brauchen würde). Die Schlangen waren alle in einer Gehegegruppe untergebracht, innerhalb der Reptiliensektion. Hier kamen die Eieresser, *Dasypeltidae,* und weiter hinten die *Pythonidae,* die großen Constrictors. Ich konnte mit ihnen umgehen, aber sie waren nutzlos für mich. Genauso wie die *Hydrophidae,* die Wasserschlangen, in ihrem Gehege.

Schließlich kam ich zu drei eingezäunten Gehegen, die

dicht beieinanderlagen. *Crotalidae, Viperidae, Elapidae*: die gefährlichsten aller Giftschlangen. Ich stand im Halbdunkel und überlegte mir, was ich in den einzelnen Gehegen finden würde. *Crotalidae* bedeutete Diamantklapperschlange, Wassermokassins, Kupferköpfe, Amerikanische Lanzenottern und Grubenottern. *Elapidae* waren die schlimmsten von allen, Brillenschlangen und Königskobras, Korallenschlangen, Kraits, Mambas und Puffottern. Neurotoxische Venome, Nervengifte, die nicht töteten, aber augenblicklich lähmten. Und ich glaubte nicht, daß ich mit ihnen umgehen konnte – sie waren launisch, lebhaft und unberechenbar. Eine schwarze Mamba konnte bis zu vier Meter lang werden, und in meiner augenblicklichen Verfassung war ich wesentlich langsamer als sie. *Bleib von den Elapidae weg.*

Bleib von allen weg. Der Schatten eines Gedankens zog durch mein Gehirn, und ich hielt einen Augenblick inne. Aber das hier war ein Gebiet, auf dem ich mutiger war als Leo. Und ich mußte es auch sein.

Jedes der Gehege wurde von einem hohen Tor mit doppeltem Sicherheitsschloß gesichert. Sie waren dazu gedacht, kleine und neugierige Kinder abzuhalten, aber nicht einen zu allem entschlossenen Erwachsenen. Nachdem ich ein paar Sekunden daran herumhantiert hatte, hatte ich das Tor zum mittleren Gehege geöffnet und stieg hinein. Ich ließ es hinter mir offen. Dies war das Zuhause der *Viperidae*, der Vipern und Ottern. Hämolytische Gifte, die augenblicklich töteten, wenn man von einer der gefährlicheren Arten gebissen wurde. Ich hatte schon Hämotoxinwunden gesehen, und ich wußte, wie schnell sie anschwollen und zu schmerzen begannen. Ich brauchte meine ganze Willenskraft, um mich auf Hände und Knie herunterzulassen, die Schmerzen in meiner blutenden Wade zu ignorieren und mich in der Dunkelheit vorwärts zu tasten. Das Gehege war groß, mit einem Durchmesser von vielleicht fünfzig Metern, und auf dieser Fläche variierte das Gelände von trockener Wüste bis zu üppiger Vegetation.

Gerade noch genug Licht, um erkennen zu können, wohin ich meinen Fuß setzte. Ich wußte, was ich wollte: *Bitis gabonica*, die Gabunviper.

Ganz gleich, welche Schlange ich mir aussuchte, das Risiko

war bei allen groß. Die Gabunviper hatte zwei entscheidende Vorteile: Sie war ein Nachttier, würde also jetzt gerade aufwachen; und obwohl sie furchterregend aussieht, ist sie eher faul und rennt nicht fort oder greift an, wenn man sich ihr nähert. Sie gräbt sich nur flach in den Sand.

Ich wußte, wo ich suchen mußte. Auf der Westseite der Felsen, wo noch Sonne war. Die größte Gefahr bestand darin, daß ich, erschöpft und kraftlos, wie ich war, über eine Schlange stolpern und sie so aufscheuchen würde, daß sie zubiß. Eine große Gabunviper hat fünf Zentimeter lange Fangzähne, und das Gift, das sie bei einem Biß injiziert, reicht aus, um fünf Männer umzubringen.

Ich fand ein riesiges Exemplar, einen Meter achtzig lang und zehn Zentimeter dick. Der herzförmige Kopf drehte sich desinteressiert, als ich mich ihr näherte, und der dicke Körper preßte sich enger an die Felsen. Sie machte keine Anstalten zu fliehen, aber sie fauchte ärgerlich und schnappte nach meinem Taschentuch, als ich es ihr hinhielt.

Der Sand kühlte schnell aus und gab seine gespeicherte Hitze an die wolkenlose Luft ab. Ich zog mein Jackett aus, legte es um den Körper der Schlange und packte sie mit beiden Händen dicht unter dem Kopf. Die lidlosen Augen leuchteten silberweiß in der Dunkelheit, und die elliptischen Pupillen starrten mich böse an. Der aufgedunsene Körper wand sich in der Jacke, und das Zischen wurde zu einem regelmäßigen Rhythmus. Jedesmal, wenn sie die Luft ausstieß, wurde der Kopf ein bißchen flacher. Ich schauderte, aber ich ließ nicht los. Langsam wurde das Zischen leiser. Die Schlange war wütend, aber sie konnte nur ihre Kiefer öffnen und mit ihren monströsen Fängen drohen.

Ich arbeitete mich weiter hoch, einen felsigen Pfad entlang, der zu dem künstlichen Gipfel des Geheges führte. Es war ein gefährlicher Zeitpunkt. In der Dunkelheit konnte ich nicht erkennen, was vor mir lag, und die Nachtschlangen wurden langsam wach.

Ich hörte ein Flüstern hinter mir, das vom Rand des Geheges kam, und dann sah ich die Flamme eines Feuerzeugs. Scouse ging voran, Zan dicht hinter ihm. Er folgte meinen Spuren im Sand. Pudd'n kam als letzter, ein gutes Stück hinter den beiden.

„Salkind. Geben Sie auf, dann mach'n wir's Ihnen leichter." Scouse klang zornig, aber seine Stimme war kalt und ruhig. Mir tat jeder leid, der dieser Stimme vertraute. „Wir kriegen Sie sowieso. Sie kommen hier nich raus. Kommen Sie aus Ihrem Versteck, Sie machen alles nur schlimmer für sich."

Sie waren jetzt mitten im Gehege, nicht weiter als zwanzig Schritte von mir entfernt. Ich wagte nicht zu atmen. Meine Arme schmerzten vom Gewicht der Schlange, und mein Kopf wählte ausgerechnet diesen Augenblick, um die Welt in ein rasendes Karussell voll bunter Sterne zu verwandeln. Ich biß die Zähne zusammen und lehnte mich an den Felsen, bis das Karussell seine Fahrt beendet hatte.

Scouse war nur noch zehn Schritte entfernt. Fünf. Er kam zuversichtlich näher, die Waffe in der Hand. Er wußte, daß ich unbewaffnet war und daß Zan und Pudd'n ihn deckten.

Drei Schritte. Zwei. Ich mußte den richtigen Augenblick abwarten.

Als er um die letzte Felsspitze bog, schüttelte ich die Schlange, um sie noch wütender zu machen, und warf sie ihm entgegen.

Scouse hielt seine Augen immer noch auf meine blutige Spur geheftet. Die Gabunviper sperrte ihre Kiefer und schlug ihre Fangzähne tief in seinen Hals. Einen Augenblick stand Scouse völlig reglos, überrascht von dem Gewicht der Schlange. Dann stieß er einen hohen, entsetzten Schrei aus, ließ die Waffe fallen und packte den fetten Körper. Die Viper verbiß sich ein paar Sekunden lang, dann ließ sie los. Sobald sie sich von seiner Kehle gelöst hatte, senkten sich ihre Fangzähne in seinen rechten Unterarm.

Der Schmerz kam sofort. Scouse trug offensichtlich keinen introsomatischen Chip wie Dixie. Er schrie, drosch auf die Schlange ein und taumelte auf dem schmalen Weg hin und her.

Hinter ihm zündete Zan ihr Feuerzeug. Zum erstenmal sah sie Scouse und seinen Mörder. Er schrie nicht mehr. Nur noch ein furchtbares Röcheln drang aus seiner zugeschwollenen Kehle.

Die meisten Menschen fürchten sich vor Schlangen, vielleicht, weil sie sie nicht verstehen. Aber bei einem unter zwanzig Menschen verstärkt sich diese Phobie zu absoluter Panik. Zan war diese eine unter zwanzig. Als sie den sich windenden Körper der Gabunviper erblickte, öffnete sich ihr Mund zu einem stummen Schrei. Im flackernden Licht ihres Feuerzeugs sah sie Scouses Halsschlagadern, dick wie Drahtseile, und ihr ganzer Körper fing an zu zittern. Ihre Augen wölbten sich, und ihr Gesicht wurde kalkweiß. Sie versuchte nicht einmal, Scouse zu helfen. Sie ließ ihr Feuerzeug fallen, drehte sich um und rannte wie besinnungslos durch den Sand. Am Rand des Geheges stand eine bauchhohe Mauer. Sie kletterte darüber, ein heller Fleck in der Nacht.

Ich öffnete meinen Mund, um sie zu warnen.

Hilf ihr nicht. Sie hat verdient, was sie dort erwartet.

Die warnenden Worte blieben mir in der Kehle stecken. Zan war jetzt in dem Gehege der *Elapidae*. Ohne sich umzusehen, rannte sie über die felsenübersäte Arena.

Es waren fünfzig Meter bis zur nächsten Wand. Vor ihr lag eine *Terra incognita*, auf der sie alles erwarten konnte: Brillenschlangen, Königskobras oder kleine und tödliche Kraits. Ein paar Gifttropfen aus den Zähnen einer australischen Tigerschlange konnten einen Mann oder eine Frau in wenigen Minuten töten.

Zan rannte weiter.

Es ist längst vorbei, aber ich habe sie einmal geliebt. Lange bevor ich wußte, was in ihr vorging, kannte ich schon ihren Körper. Ich habe nie erfahren, warum sie Qualen mehr liebte als Ekstase, aber ich erinnere mich noch an die Schätze, die unter ihren anmutigen Kleidern verborgen lagen. All das ist unwiederbringlich dahin. Weine um Tippy, weine um das, was sie hätte sein können.

Sie lief weiter; zwanzig Meter, dreißig. Nichts hing von ihren Füßen herab, nichts schlug seine Zähne in ihre Waden. Ich kniete mich in den Sand, tastete nach dem Feuerzeug, das sie hatte fallen lassen. Scouse lehnte jetzt am Felsen und sank langsam, stöhnend zu Boden. Ich beachtete ihn nicht. Vorsichtig streckte ich meine Hand über die Gabunviper aus, um das Feuerzeug zu erreichen.

Noch zehn Meter, dann war Zan an der Mauer. Als ich mich aufrichtete, war sie plötzlich verschwunden. Noch eine Sekunde, dann hörte ich den panischen Schrei, ein atemberaubendes Heulen, das höher und höher anstieg und nie mehr aufzuhören schien.

Überall um uns herum erwachte der Zoo. Ich hörte das antwortende Bellen und Heulen der Wüstenhunde, die Schreie der Makaken-Affen, das wütende Fauchen und Knurren der Großkatzen. Mein Kopf drohte zu zerplatzen.

Ich ertrank, ertrank an dem warmen Blut in meiner Kehle. Der Helikopter war abgestürzt, ich war aus meinem Sitz gefallen, und ein Teil des abgebrochenen Rotors hatte meine Brust durchbohrt. Ich mußte am Leben bleiben, das Versteck verraten.

Immer mehr Geräusche, Halluzinationen. Farbige Bänder tanzten um mich herum, rot und grün und violett, im Rhythmus der Tierschreie, die den Zoo erfüllten. Im Nachbargehege richtete sich etwas auf und lief auf mich zu. Es traf auf die bauchhohe Mauer und versuchte darüberzuklettern. Ein gespenstisches *Portamento*-Klagen drang aus seiner Kehle.

Ich machte vier zaghafte Schritte auf die Mauer zu und drehte das Feuerzeug ganz auf.

Zan lehnte an der Mauer. Zuckende dunkle Tentakel hingen von ihrem Gesicht und ihren Schultern herab, und ein schwarzes Band wand sich um ihren Hals. Während ich sie beobachtete, löste sich eines der Tentakel und schlängelte sich im Sand davon.

Sie war mit dem Gesicht voran in ein Nest von Brillenschlangen gefallen, und die Jungen hatten sie sofort angegriffen. Die zwanzig Zentimeter langen Schlangen, giftig vom Augenblick ihrer Geburt an, hatten sich in ihre Wangen und den Hals verbissen. Blut und eine klare Flüssigkeit rannen aus einer Wunde an ihrem linken Auge, an dem zerfetzten Lid vorbei, das auf ihrer Wange klebte.

„Zan! Reiß sie ab – je länger sie hängen, desto mehr Gift stoßen sie aus."

Sie hörte nichts mehr. Nach ein paar Sekunden drehte sie sich wieder um und lief zurück durch das Gehege. Nach ein paar Schritten war sie außerhalb des Feuerzeugscheins. Ich hörte ein wütendes Zischen, dann einen neuen Schrei in der Dunkelheit und panische Schläge.

Dann mußte ich wieder an mich denken. Bei jeder Bewegung wurde mir schwindlig und übel. Ich schwankte zu Scouse zurück. Er lag jetzt flach im Sand. Sein Hals war genauso dick wie sein Kopf und sein Gesicht eine einzige blauschwarze Maske. Er war erstickt, als die Schwellung seine Luftröhre zusammengequetscht hatte.

Paß auf die Schlange auf. Das Jackett – ich muß das Jackett haben.

Langsam, schwach und zittrig wie ein Neunzigjähriger, beugte ich mich herunter und hob meine zerknitterte Jacke auf. Dunkle Gifttropfen zeichneten den Kragen, aber die kleine Schachtel war immer noch in der Tasche. Ich zog die Jacke an und richtete mich dann langsam wieder auf.

Eine letzte Hürde lag noch vor mir, und ich wußte, daß sie zu hoch für mich war. Egal, wie sehr ich mich anstrengen mochte, ich würde es niemals aus dem Zoo heraus schaffen, über die Mauer. Und Pudd'n wartete in der Dunkelheit auf mich. Seit dem Augenblick, in dem ich Scouse die Viper entgegengeschleudert hatte, hatte ich kein Geräusch mehr von außerhalb des Geheges gehört; aber ich wußte, daß Pudd'n dort war und auf mich wartete.

Ich hatte kein Gefühl mehr im linken Bein. Ich zog mich auf Händen und Knien vorwärts. Meine linke Hand lag flach im Sand, die rechte stützte ich auf die Fingerknöchel. Jedesmal, wenn ich meinen Kopf senkte, kippte der Boden unter mir weg und schwankte wie ein Schiff mit Schlagseite.

Die ganze Mühe, zwei Jahre in drei Kontinenten, um so zu enden. Auf allen vieren, blutend, schwächer und schwächer. Aber Scouse und Mansouri haben es nicht geschafft.

Vor mir das Tor zum Gehege; und darin, starr wie eine Statue, Pudd'n. Ich schaffte es, mich aufzusetzen, fischte das Feuerzeug aus meiner linken Tasche und zündete es. Pudd'n blinzelte, als das Licht auf seine Augen traf, aber er bewegte sich nicht.

Ich versuchte zu sprechen, versagte, räusperte mich, versuchte es noch einmal.

„So, Pudd'n. Du bist dran. Scouse ist tot, und Xanthippe lebt höchstens noch eine Stunde. Komm und hol's dir. Das Belur-Päckchen ist hier in meiner Tasche."

Er sah zu mir herunter. Sein breites Gesicht war bleich wie eine Wachsmaske, und er wirkte erschöpft und verstört. Er schüttelte langsam, ohne zu sprechen, den Kopf.

„Hast du mich nicht verstanden?“ sagte ich. „Ich bin fertig. Ich könnte kein Baby mehr besiegen. Was ist, Pudd'n?“

Er seufzte, und ein Schauer lief durch seinen ganzen Körper. „Ich hab's gesehen“, sagte er schließlich. „Was mit Scouse un Zan passiert is. Mein Gott, ich könnte kotzen. Ich hab mich schon immer vor Schlangen gefürchtet.“

„Und jetzt? Willst du immer noch das Päckchen?“

Er schüttelte den Kopf. „Mit dem verdammten Ding bin ich fertig, 's bringt nur Unglück. Sie könn' ruhig raus. Ich werde Sie nich aufhalten.“

Er trat einen Schritt zurück, aus dem Gehege hinaus.

Ich schob meine rechte Hand vor und hob sie dann hoch, um ihm Scouses Pistole zu zeigen, die ich darin verborgen hatte. „Du hast dir gerade das Leben gerettet, Pudd'n. Ich werde dich auch nicht aufhalten. Du kannst abhauen. Geh nicht an die Gehege. Bleib auf den Wegen, und klettere dann über die Mauer. Und beeil dich, bevor ich meine Meinung ändere.“

Er war beim Anblick der Waffe zurückgewichen. Jetzt nickte er wortlos, drehte sich um und ging den dunklen Pfad entlang. Als das Licht des Feuerzeugs verlosch, hörte ich, wie der Kies unter seinen Füßen knirschte.

Es machte keinen Unterschied. Ich war auf das Gesicht gefallen, ohne den Sand an meiner Wange eigentlich zu bemerken. Der klare Wüstenhimmel füllte sich mit Sternen, grellen grünen und blauen und orangefarbenen Punkten, die um mich herumschwirrten und in farbenprächtigen Feuerwerken explodierten. Der ganze Himmel erhellte sich, füllte sich mit einem pulsierenden Rosa.

Weiter. Gib jetzt nicht auf . . .

Dunkler Nebel schaltete jetzt die Sterne aus. Um mich herum verdunkelte sich der Himmel und verschwand.

Ich schob die Hand in meine Tasche, um die Flasche mit den Pillen herauszuziehen.

Zu spät. In meinen Fingern war kein Gefühl mehr, ich konnte die Glasphiole nicht mehr öffnen. Ich zerrte die Hand hoch bis zu meinem Mund und packte das Plastik mit den Zähnen, biß auf dem Verschluß herum. Glas splitterte, grub sich in mein Zahnfleisch. Meine Zunge blutete, als ich die Scherben in den Sand spie und schluckte und noch mal schluckte. Zwei Pillen, zehn Pillen, was für einen Unterschied machte das noch?

Die letzte Ebbe zog sich vom breiten, leeren Strand zurück. Ich gab den Kampf auf, ließ mich mit ihr abtreiben ins Dunkel. Axone verbanden sich, Synapsen schlossen sich, alle Fluttore waren weit geöffnet.

Adieu, Ameera. Adieu, Rabiyah. Adieu, Tess.

Und wieder die alte Geschichte. *„Und was geschah dann, Bill?“ – „Was soll schon geschehen sein? Ich starb natürlich.“*

Kapitel 18

ICH WAR wach, lag flach auf dem Rücken und starrte an eine graue Decke. Von allen Seiten hörte ich Knarren und Klappern, dann das Surren einer Maschine und schließlich Wasserplätschern. Endlich hörte ich das Quietschen schwerer Lederschuhe.

Ich konnte nicht schlafen. Ich seufzte, kapitulierte und öffnete meine Augen. Sir Westcott tauchte langsam vor mir auf, mit grimmigem Gesicht. Er schnaubte, als er sah, wie sich meine Augen öffneten.

„Wozu flicke ich Sie eigentlich zusammen, wenn Sie sofort verschwinden, um sich wieder in Stücke reißen zu lassen? Machen Sie den Mund auf!“

„Wo bin ich?“ Meine Worte waren nur ein kehliges Gurgeln.

„Wo glauben Sie denn? Wieder ganz am Anfang, auf der Intensivstation. Weiter, und offenlassen!“

Er leuchtete mit einer kleinen Lampe in meinen Hals und schob meine Zunge mit einem Spatel hin und her. Es tat höllisch weh.

„Wie bin ich hierhergekommen?“ murmelte ich, sobald er aufgehört hatte, in meiner Mundhöhle herumzustochern. „Ich dachte, ich würde sterben.“

„Wir sterben alle.“ Er warf einen Blick auf die Parade von Meßgeräten neben meinem Bett. „Aber Sie scheinen nicht schneller von uns zu gehen als der Rest. Folgen Sie meinem Finger mit den Augen." Er führte seine Hand langsam an meinem Gesicht vorbei; hoch, nieder, links, rechts.

„Ich war im Zoo von Riad." Die Erinnerung tauchte auf wie ein fast vergessener Traum. „Wer hat mich hergebracht?"

„Das war ich, sobald Sie soweit waren, um transportiert zu werden." Er hörte auf, mit seinem Finger vor meinem Gesicht herumzuwedeln. „Die Ärzte dort wollten Ihren Schädel öffnen – sie haben ein EEG gemacht und geglaubt, Sie hätten Meningitis und einen bösartigen Tumor gleichzeitig. Sie haben mich nur angerufen, weil sie unseren Entlassungsschein gefunden haben. Aber es war nicht einfach. Und es war verdammt schwer, die Polizei in Riad zu besänftigen, trotz des Toten und der verletzten Frau im Zoo. Ich habe ihnen erklärt –"

„Verletzte Frau?" Es dauerte ein paar Sekunden, bis mein flauschiges Gehirn seine Worte richtig interpretiert hatte. „Sie meinen tote Frau."

„M-m." Er schüttelte den Kopf. „Ich habe sie selbst gesehen. Sie hat ziemlich viele Bisse abbekommen. Aber es waren nur kleine Wunden – wenig Gift. Alle Bisse wurden bald entdeckt, und sie war außer Lebensgefahr. Ich wette, daß man sie inzwischen entlassen hat."

Zan. Sie lebte. Die alte Mischung von Furcht und Erregung kitzelte mich. Wo war sie jetzt? Auf dem Weg hierher? Ich begann, mich aus meinen Kissen herauszuarbeiten.

„Aber Sie waren etwas anderes", fuhr Sir Westcott fort. Er drückte mich auf das Polster zurück. „Ich habe ihnen erklärt, daß Sie sterben würden, wenn Sie nicht sofort hierhergeschafft würden. Tut das weh?"

Er drückte in einer Art und Weise auf meine Wade, daß ich sofort hochfuhr und zu fluchen begann, und er nickte glücklich, als er die Reaktion sah. „Gut. Sie sind wahnsinnig, Salkind, ich hoffe, das wissen Sie. Als man Sie herbrachte, fehlte Ihnen ein Viertel Ihres Blutes, die Haut war infiziert, Sie hatten Abschürfungen, eine Temperatur von über vierzig Grad, zwei Schußwunden und einen Blutdruck von fünfzig auf zwanzig. Das nennen Sie also sich schonen?"

Infektionen, Abschürfungen, Schußwunden – für nichts? Ich kämpfte mich wieder hoch und packte ihn am Arm. „Mein

Jackett. Was ist damit passiert? In der linken Tasche ist eine kleine Schachtel –"

„Das Belur-Päckchen?" Er drückte mich wieder zurück. „Wir haben es schon gefunden. Ihr Freund Chandra hat uns verraten, daß Sie vielleicht etwas Interessantes bei sich tragen könnten. Wir haben es gefunden, und jetzt kümmern sich die richtigen Leute darum. Aber einige von den Chips haben sie wirklich verblüfft."

Chandra. Fragen über Fragen lagen mir auf der Zunge. Ameera, Zan, das Päckchen, Tess . . .

„Heißt das, Chandra ist hier?"

„Er ist gestern angekommen, zusammen mit Ihrer kleinen Freundin. Attraktives Mädchen, wie?" Er schniefte. „Wir haben uns gestern abend lange unterhalten, ich und Chandra und Ameera – und Tess. Sie werden später übrigens noch bei Ihnen vorbeischauen – Sie waren noch bewußtlos, als sie Sie gestern besucht haben." Er fing an, mit den Schläuchen meiner Blutzufuhr zu spielen, aber er sah mir nicht in die Augen, als er weitersprach. „Ameera wird morgen operiert. Es dürfte keine Schwierigkeiten geben, und in ein oder zwei Wochen kann sie nach Hause – wenn sie will."

Tess und Ameera! Wolken zogen sich am Horizont zusammen, aber ich mußte mir zuerst über etwas anderes Klarheit verschaffen. Dann konnte ich mir darüber den Kopf zerbrechen. Meine linke Hand war ein Bündel von Bandagen, mein Kopf drehte sich, und ich hatte Schmerzen von meinen Beinen bis hinauf zu den Rippen.

„Sir Westcott, ich muß mit der Polizei sprechen. Ich weiß, wozu das Belur-Päckchen dient – ich weiß nicht, wem Sie es übergeben haben, aber holen Sie ihn her!"

Er zog seine Augenbrauen hoch und rieb mit einer Hand über seinen kahlen Kopf. „Wir haben schon herausgefunden, daß es Implantate sind. Sie analysieren die Chips jetzt, um herauszufinden, was für ein Programm darauf ist."

„Ich kann Ihnen noch mehr erklären." Vielleicht war es die Kombination von Angst und Medikamenten, aber mein mißhandeltes Gehirn lief plötzlich auf vollen Touren. „Ich weiß, wozu sie gut sind. Drei der Implantate sind weiterentwickelte Versionen von Belurs alten Prototypen. Sie erlauben es dem

Benützer, seine Schmerzen zu ignorieren. Aber er hat neue, andere entwickelt, einen Monat, bevor er getötet wurde."

„Und Sie wissen, wozu die neuen gut sind?"

„Nicht genau, aber ich kann Ihnen genug für einen ersten Anfang verraten. Den Schlüssel dazu habe ich in der britischen Botschaft von Riad erhalten. Das und die Tatsache, daß die Nymphhändler so interessiert an dem Päckchen waren. Jeder Chip in der Schachtel ist ein neues Programm, das in den Körper eingepflanzt werden kann."

„Das wissen wir bereits. Was noch?"

„Die Programme schalten Hunger- und Müdigkeitssignale aus, oder sie machen Schlaf, Adrenalinstöße, Hormonausschüttung, Blutzufluß in verwundete Körperteile bewußt kontrollierbar. Belur war sich vielleicht gar nicht darüber im klaren, aber er hat den perfekten Soldaten erschaffen."

„Aber Sie sagten, daß Nymphs ein Schlüssel dazu wären." Die dicken Wangen erschlafften. Sir Westcott hatte seine Überprüfung der Monitore unterbrochen. „Keine der Sachen, die Sie eben aufgezählt haben, hat etwas mit Drogen zu tun."

„Nicht mit Drogen – mit Sex. Erhöhte Blutzufuhr in jeden Körperteil, unter Kontrolle des Bewußtseins. Verstehen Sie nicht, was das bedeutet? Impotenz gehört der Vergangenheit an. Einige Männer – vor allem alte Männer – würden ein Vermögen für solche Implantate zahlen. Vor allem, wenn sie die Chips für den weiblichen Körper gleich dazukaufen könnten."

„Das machen schon die Nymphs."

„Aber Nymphs können nur das. Kombinieren Sie die Droge mit einer programmierten Kontrolle des Muskel- und Drüsensystems eines Mädchens, und Sie haben den Traum eines schmutzigen alten Mannes – junge Mädchen, die genauso reagieren, wie er möchte, und seine eigenen Implantate helfen ihm, das zu nutzen."

Ich ließ meinen Kopf auf das Kissen zurückfallen. Zu viel Aufregung; mein Kopf fühlte sich an wie ein ausgetrockneter Schwamm.

„Die militärischen Anwendungsgebiete werden auf lange Sicht vielleicht viel wichtiger sein", fuhr ich fort, „aber Scouse und seine Freunde waren daran gar nicht interessiert. Sie kannten diesen Markt nicht. Sie wollten das Päckchen nur für ihre

Zwecke. Sie waren dahinter her – gnadenlos. Aber wir haben sie geschlagen."

Seine Augen beobachteten mich genau, aber alle paar Sekunden schwenkten sie zu den Monitoren. Er drehte sich um, um einer silbernen Nadel zuzuschauen, die über eine Skala tanzte.

„Wie lange muß ich hierbleiben?" fragte ich.

„Geben Sie uns eine Chance, Mann – ich sagte, Sie wären über den Berg, nicht, Sie wären gesund." Er blickte verträumt aus dem Fenster, um mir dann unvermittelt eine Frage zu stellen.

„Wer sind Sie?"

„Was? Ich bin – ich bin –" Verdammt noch mal, ich bringe es einfach nicht heraus.

„Ich bin Li-Le-Lio-Lionel." Meine Zunge kämpfte mit dem Wort. Sir Westcott nickte.

„Genau. Sie sind Lio-Leo-Lionel, das sind Sie. Und darum brauchen Sie ein paar Wochen Ruhe, bis Sie das richtig zusammengebastelt haben. Welche Straße führt von San Diego nach Los Angeles?"

„Route 5." Die Worte kamen automatisch.

„Von Glasgow nach Edinburgh?"

„Die M 8."

„Richtig." Er schniefte. „Sie werden es schaffen, aber machen Sie sich keine Illusionen. Sie brauchen eine Menge Ruhe, bevor wir Sie diesmal rauslassen."

Er sah mich grimmig an und warf dann wieder einen Blick auf die Monitore.

„Heilen und erklären. Ich komme später wieder, wenn die Kerle aus dem Außenministerium auftauchen, um mit Ihnen über das Belur-Päckchen zu sprechen. Ich bin an den Details genauso interessiert – schließlich bin ich in ein paar Jahren selbst ein lüsterner alter Mann, wenn ich es bis dahin schaffe." Er kam zu mir und hob meine Hand. „Im Augenblick aber glaube ich, Sie brauchen ein bißchen davon, bevor Sie weitererzählen."

Die Nadel stieß so schnell und sicher in meinen Arm, daß ich gar keine Zeit hatte, Widerstand zu leisten. Zehn Sekunden lang konnte ich noch protestieren, dann spürte ich den unwiderstehlichen Drang, meine Augen für einen Augenblick zu schließen. Als ich sie wieder öffnete, war er verschwunden. Eine vertraute, weißgekleidete Gestalt stand an meinem Bett, den Rücken mir zugewandt.

„Tess!“ Ich streckte meine Hand aus und schaffte es, ihren Rücken zu berühren.

„So nicht!“ Sie wandte sich würdevoll um, und ich sah in ihr Gesicht. Es war eine Fremde.

„Schwester Thompson hat mich schon vor Ihnen gewarnt – und vor Ihren flinken Fingern“, sagte sie. „Behalten Sie Ihre Hände bei sich, oder ich lasse Sie festbinden.“ Ihr Lächeln nahm den Worten ihre Schärfe. Während ich immer noch mit einer Entschuldigung kämpfte, ging sie zu der Batterie von Monitoren hinüber und überprüfte sie sachverständig. Zeiger, Meßbehälter, Anzeigen. Ich spiegelte mich auf dem Metall der Maschinen. Ich war weißer als die Laken um mich herum. Sie sah mich und schüttelte ihr braunes Haar. Ein breites, freundliches Gesicht, ein angenehmes Lächeln, ein erotischer Körper – und obwohl ich unter Drogen stand, konnte ich erkennen, daß sie überhaupt nicht wie Tess aussah.

Sie kam wieder zu mir. „Sie wissen, daß Sie schlafen sollen? Sir Westcott hat recht. Sie haben wirklich eine phantastische Ausdauer. Als Sie hier ankamen, habe ich nicht erwartet, daß Sie die Nacht überleben würden. Was haben Sie denn mit sich gemacht?“

„Ich mit mir? Gar nichts. Man hat sich mit mir beschäftigt.“

„So könnte man es nennen. Eines Tages werden Sie mir die ganzen furchtbaren Details erzählen. Aber nicht jetzt. Sie sollen ruhen. Aber ich werde Tess sagen, daß Sie sich schon weit genug erholt haben, um Ihre Hände wandern zu lassen.“

Sie ging zur Tür, drehte sich dann noch einmal um.

„Hat Ihnen schon jemand gesagt, daß für Sie angerufen worden ist? Vorhin, als Sie noch bewußtlos waren.“

„Nein. Wer denn?“

„Ich weiß es nicht. Er hat uns seinen Namen nicht verraten. Er fragte nur, wie es Ihnen ginge, und sagte, wir sollten Ihnen sagen, daß Thomas angerufen hätte.“

„Thomas? Ich kenne keinen Thomas.“ Die Suche nach dem Namen tat weh. Gute Ausdauer oder nicht, irgendwas stimmte nicht da drin.

„Jedenfalls kennt er Sie. Sie sollen auch noch wissen, daß Sie ihn nicht zum letztenmal gesehen hätten."

Thomas. Thomas? Thomas! Ein plötzlicher Gedanke. *Thomas, der Herr hat dich mit Talent gesegnet . . .* Das war nur zu wahr gewesen, trotz der zynischen Weise, in der Pudd'n es vorgetragen hatte. *Sie haben ihn nicht zum letztenmal gesehen?* Wenn Zan noch lebte, dann konnte das bedeuten, daß . . .

Mein Gesicht mußte meine Gefühle widergespiegelt haben, denn die Schwester kehrte an mein Bett zurück und betrachtete mich besorgt.

„Ist alles in Ordnung? Auf den Monitoren sieht es ganz gut aus."

„Ja, ja. Aber – hat er noch irgendwie gedroht?"

„Gedroht?" Sie kicherte. „Natürlich nicht – er klang sehr nett. Er sagte, er hätte die Polizei gerufen, um Sie aus dem Zoo zu holen. Er sagte, wenn er das nicht getan hätte, dann wären Sie wahrscheinlich tot. Er hat Ihnen geholfen, nicht gedroht."

Der gute alte Pudd'n. Er hatte mir den Gefallen zurückbezahlt. Streu Brot aufs Wasser, manchmal bekommst du einen ganzen Laib zurück.

„Hat er sonst noch was gesagt?"

Sie runzelte die Stirn. „Ja, aber es ergibt keinen Sinn. Er sagte, Sie sollten ihm ein paar Monate geben und sich dann seinen Godowsky anhören. Was ist ein Godowsky?"

„Ein toter Pianist. Schon gut, ich verstehe, was er damit meint; und Sie haben recht, er hat mich wirklich nicht bedroht."

Sie nickte förmlich. „Gut. Ich bin bald zurück. Tess kommt um vier. Ich sage ihr, daß Sie jetzt schlafen."

Eine Weile war ich allein mit meinen drogenbeflügelten Gedanken . . . Tess, die mich von der Schwelle des Todes zurückbrachte, mich physisch und psychisch heilte . . . Wenn sie nicht gewesen wäre, hätte ich vielleicht nie dieses Krankenhaus verlassen, um nach Indien zu gehen, nach Kalkutta, zu Ameera, zu meiner Kindbraut, die Leos Kind im Leibe tragen wollte . . . Wenn Sir Westcott gute Arbeit geleistet hatte, dann standen unsere Chancen jetzt eins zu eins . . .

. . . Ameeras Mut, als wir in dem Haus bei Cuttack gefangen waren . . . Ihr Blick, ruhig und voll Vertrauen, überzeugt davon, daß ich sie sicher heraus und nach Hause bringen würde . . ., zu dem Versteck, dem Schlupfwinkel vor der ganzen Welt . . .

. . . Zan, die roten Lippen über der weißen Rose . . ., die roten Flecken auf der dunklen Haut, die Lust und Grausamkeit in ihren braunen Augen . . . Sie kam immer näher, das Seidenkleid straff über den breiten, schwingenden Hüften . . .

Ich erwachte schwitzend, voll perverser Erregung. Vor einem Monat hatte ich mir noch Sorgen über meine Zukunft gemacht. Das war kein Problem mehr – ich wußte, was ich zu tun hatte, wohin ich gehen mußte.

Ich öffnete meine Augen. Ameera und Tess standen vor den Monitoren und unterhielten sich flüsternd. Ihre Worte waren in dem leisen Summen und Klicken der medizinischen Instrumente unverständlich. Sie sprachen über mich; davon war ich überzeugt. Und jetzt kam das große Gewitter. Ich wollte mich zur Seite drehen, aber statt dessen hob ich meinen Kopf.

„Er – ich – äh – ich wollte nicht – er – äh . . .", sagte ich schlau.

Zusammen traten sie an mein Bett. Ameera beugte sich vor und strich mit ihren Fingern sanft über mein Gesicht. Tess nahm meine rechte Hand – die linke war ein Verbandsklumpen – in ihre. Ich konnte meinen Augen nicht glauben. Sie grinsten beide wie die Diebe.

„Wie fühlst du dich?" fragte Tess leise.

„Nun, ich – äh – ich glaube, ich sollte . . ., seid ihr beide – ich meine . . .", murmelte ich.

Ameera antwortete nicht, aber sie beugte sich über mich und küßte mich sanft auf die Lippen. „Wir haben uns beide solche Sorgen um dich gemacht", sagte sie einfach. Tess nickte und gab mir auch einen Kuß.

Ich schloß die Augen. In ein paar Sekunden wollte ich sie wieder öffnen, aber bis dahin wollte ich den Augenblick genießen – und neue Pläne machen. Irgendwie mußte ich mit Tess und Ameera meinen Frieden machen und ihnen erklären, wie gerne ich sie hatte – alle beide. Aber bevor ich dazu kam . . .

Es gab noch Dringenderes. Sobald ich wieder aufstehen konnte, mußte ich Pudd'n suchen – ich hatte auch schon eine Ahnung, wo. Wenn jemand mir helfen und mich zu Zan führen konnte, dann er. Meine Aufgabe war noch nicht erfüllt. Zan lebte und war immer noch aktiv, Mansouri immer noch auf freiem Fuß. Auch wenn Scouses Ring zersprengt war.

Die alte Erregung begann sich wieder in mir zu bilden. Die höchste Form des Lebens, die Jagd. Ich würde Zan wieder gegenüberstehen, mich in den Klauen der Gefahr bewegen.

Verdammt noch mal, großer Bruder. Und was ist mit dem ruhigen Leben?

Später, kleiner Bruder, später.

Ich öffnete meine Augen wieder und blickte zu Tess und Ameera auf. Sie lächelten zu mir herunter und warteten darauf, daß ich ihnen sagte, wie ich mich fühlte. Wunderbare Frauen, phantastische Frauen. Würde ich eines Tages meinen Frieden bei einer von ihnen finden? *Noch nicht. Noch nicht. Erst wenn die Jagd zu Ende ist.*

Ich seufzte, kämpfte ein plötzliches Schaudern nieder und erzwang ein Lächeln.

„Ich fühle mich ausgezeichnet", sagte ich. „Mich würde nur interessieren, wann sie mich endlich hier rauslassen."

Charles Sheffield

Der in England geborene Wissenschaftler und Autor Charles Sheffield lebt heute in den USA. Er studierte am St. John's College in Cambridge Mathematik und Physik, arbeitete dann auf dem Gebiet der Raumfahrt und war Präsident der *American Astronautical Society* und Vizepräsident der *Earth Satellite Corporation.*

Als Autor genießt Sheffield den Ruf, sogenannte Hard-SF zu schreiben, was sicher nicht nur an seiner Ausbildung liegt, sondern auch an seiner Erfahrung als Verfasser von populärwissenschaftlichen Büchern über die Raumfahrt und von vielen Veröffentlichungen auf wissenschaftlich-technischem Gebiet. Ende der siebziger Jahre erschienen seine ersten Science-fiction-Kurzgeschichten in dem SF-Magazin *Galaxy.* Schon bald darauf veröffentlichte er neben Kurzgeschichtensammlungen auch Romane. In seinem Erstlingsroman „Der neue Proteus" von 1978 beschäftigte er sich mit biogenetischen Eingriffen und deren Auswirkungen auf die Menschheit. Einen Abstecher in die Science Fantasy unternahm er mit seinem Buch „Erasmus Magister", das drei Novellen enthält, die vom Leben Erasmus Darwins inspiriert sind, dem Vater des berühmten Naturforschers Charles Darwin. „Hüter meines Bruders" ist Sheffields bisher letzter Roman, der auch in Deutsch erschien.

Die Kolonisten TERRAS

VON ROBERT SILVERBERG

Ins Deutsche übertragen von Thomas Ziegler

1

DER TAG war warm und klar, der Himmel blau, und das Thermometer zeigte knapp zwanzig Grad Celsius an – ein Bilderbuchtag im oktoberlichen New York, der keine Korrektur durch das Wetterkontrollbüro benötigte. In der Wetterstation von Scarsdale bestiegen mürrisch dreinblickende Wetterkontrolleure ihre Flugzeuge und machten sich auf den Weg nach Wisconsin, wo eine Kältefront von Kanada herüberzog. Dort wurden ihre sachkundigen Dienste gebraucht. Zwanzigtausend Kilometer über Fond du Lac kreiste der Wetterkontrollsatellit im Orbit und funkte seine Daten hinunter zur Erde. In Australien führten Techniker den Countdown eines Raumschiffes durch, das bald mit seiner Fracht aus hundert widerstrebenden Kolonisten zu einer fernen Welt starten würde. In Chicago, wo soeben die Morgenpost ausgetragen worden war, starrte ein wohlhabender Playboy mit schreckgeweiteten Augen auf einen blauen Briefbogen. In London war die Post schon vor mehreren Stunden in die Briefkästen gewandert, und das Gesicht einer Verkäuferin war bleich vor Furcht. Auch sie hatte die Nachricht des Kolonisationsbüros erhalten.

Für die ganze Welt war er ein normaler Tag, dieser 9. Oktober des Jahres 2116. Nichts Ungewöhnliches geschah; es wurde gelebt, gestorben, und hier und da wurde jemand einberufen.

Und in New York betrat an diesem perfekten Oktobertag Distriktsvorsteher David Mulholland vom Kolonisationsbüro um Punkt neun Uhr sein Arbeitszimmer, bereit – wenn auch gezwungenermaßen –, seine täglichen Routineaufgaben in Angriff zu nehmen.

Bevor er um vierzehn Uhr sein Büro wieder verlassen würde, so wußte er, würde er die Entwurzelung von hundert Menschen angeordnet haben. Er versuchte, seine Tätigkeit nicht auf diese Art zu sehen, und richtete seine Aufmerksamkeit auf den Slogan an der Wand, der einem auf blauem und gelbem Grund an jeder Straßenecke entgegenleuchtete, den Slogan des Kolonisationsbüros: LEISTE DEINEN BEITRAG ZUR ZUKUNFT DER MENSCHHEIT!

Aber wie Mulholland nur allzugut wußte, war das Problem, daß das Schicksal der Menschheit die breite Masse der Menschen so gut wie nicht interessierte.

Er betrat sein Büro und nahm das warme Lächeln der Angestellten, Schreibkräfte und Sekretärinnen entgegen, als er an ihren Kabinen vorbeikam. Wie immer wurde er mit ausgesuchter Höflichkeit behandelt. Der Großteil der Büroangestellten war naiv genug zu glauben, daß Distriktsvorsteher Mulholland sie von der Teilnahme an der weltumspannenden Auslosung befreien konnte, wenn es ihm nur beliebte.

Natürlich irrten sie sich. Niemand, der die Anforderungen erfüllte, war davon befreit. War man zwischen neunzehn und vierzig Jahre alt, mit einem Gesundheitsindex von plus fünf oder besser, bestand man den Feldmann-Fruchtbarkeitstest und wurde man nicht durch eine der zahlreichen sozialen Prinzipien disqualifiziert, dann mußte man gehen, wenn man im Namen des „Wohles der Menschheit" gerufen wurde. Es gab keine Möglichkeit, der Falle zu entkommen, wenn man einmal gefangen war – falls man nicht den Computern, die die Wahl getroffen hatten, einen technischen Fehler nachweisen konnte. Das letzte Kind einer Familie, die bereits vier oder mehr Kinder durch die Kolonistenauswahl verloren hatte, war befreit. Mütter von Kindern unter zwei Jahren waren befreit. Selbst Mütter von Kindern unter zehn Jahren waren befreit, falls ihre Ehemänner auserwählt worden waren und sie noch nicht wieder geheiratet hatten. Ein Mann, dessen Frau schwanger war, besaß das Recht, die Abreise um zehn Monate zu verschieben. Und es gab noch ein halbes Dutzend weiterer Ausnahmebestimmungen. Aber unabhängig davon verließen an jedem Tag der Woche sechzig Schiffe mit sechstausend Menschen die Erde, und für diese Schiffe mußten die Passagiere bereitstehen. Etwas mehr als zwei Millionen Menschen brachen jedes Jahr zu den Sternen auf.

Zwei Millionen von sieben Milliarden. Die Chance für jeden

einzelnen, daß gerade auf ihn die Wahl fiel, war verschwindend gering. Selbst wenn man berücksichtigte, daß sich diese Zahl durch die Ausgemusterten auf dreieinhalb Milliarden verringerte, wurde doch nur ein winziger Prozentsatz jedes Jahr abberufen – einer von tausendachthundert Menschen.

LEISTE DEINEN BEITRAG ZUR ZUKUNFT DER MENSCHHEIT! forderte das blau-gelbe Schild, das hinter Vorsteher Mulhollands Schreibtisch hing. Geistesabwesend blickte er es an und setzte sich. Vor ihm lag die unerledigte Korrespondenz. Ein neuer Arbeitstag hatte begonnen.

Seine tüchtige Sekretärin hatte bereits seinen Kalender gestellt, auf dem Schreibtisch Staub gewischt und seine Unterlagen sorgfältig aufgeschichtet. Mulholland war kein Narr. Er wußte, daß sich Miß Thorne unentbehrlich machen wollte, als Schutz vor dem Tag, mit dem immer zu rechnen war, dem Tag, an dem sich die Fotozelle des Computers auf ihre Nummer richten würde. Manchmal übermannte ihn die Grausamkeit, und in diesen Momenten fragte er sich, ob er ihr verraten sollte, daß kein Sterblicher, nicht einmal ein Distriktsvorsteher, genug Macht besaß, um eine Befreiung durchzusetzen. Die Auswahl oblag ohne Einschränkung den Entscheidungen von Clotho, Lachesis und Atropos.

Clotho speiste die Nummern in den Computer. Lachesis lochte die Karten. Atropos wählte aus, und seine Wahl war unbestechlich. Das Schicksal konnte nicht beeinflußt werden.

Mulholland griff nach dem obersten Blatt des Papierstapels, der sich auf seinem Schreibtisch türmte. Es war das tägliche Anforderungsformular. Fünf von den sechzig Raumschiffen, die jeden Tag die Erde verließen, waren mit Amerikanern bemannt, und von diesen fünf amerikanischen Schiffen mußte eines mit den Auserwählten gefüllt werden, die durch Mulhollands Büro benachrichtigt wurden. Sorgfältig las er das Anforderungsformular durch.

AZ 11ab762-31 Abt. sieben
10. Oktober 2116, zur Kenntnis
Zuweisung: Raumschiff GEGENSCHEIN
Start: 17. Oktober 2116, vom Raumhafen Bangor
Anforderung: fünfzig Paare, ausgewählt durch Distrikt eins

Das Formular unterschied sich nur in Details von den Hunderten, die Mulholland an zahllosen anderen Tagen auf seinem Schreibtisch gefunden hatte. Er versuchte, nicht an die Vergangenheit zu denken. Jetzt war er seit drei Jahren Vorsteher. Es war ein Grundsatz, daß die hochrangigen Mitglieder der Auswahlbehörde nicht einberufen werden sollten, und Mulholland hatte seine jetzige Stellung einige Wochen nach seinem vierzigsten Geburtstag angetreten, an dem sein Name von der Auswahlliste gestrichen worden war.

Er war ein politischer Beamter. Wenn man den Meinungsforschern glauben wollte, dann würde seine Partei bei den Wahlen im nächsten Monat den Konservativen unterliegen. Mulholland sah der Niederlage seiner Partei mit ausgesprochener Gelassenheit entgegen. Im Januar, dachte er, würde Präsident Dawson wieder in St. Louis sein und dort als Rechtsanwalt arbeiten, und ein paar tausend loyale Anhänger der Liberalen Partei im ganzen Land würden ihre Arbeitsplätze verlieren und Tausenden von loyalen Anhängern der Konservativen Partei weichen müssen.

Und das bedeutete, sagte sich Mulholland weiter, daß im Januar jemand von der anderen Seite in seinem Sessel sitzen und die Benachrichtigungen über die Auswahl versenden mußte, während David Mulholland sich in das Vergessen des akademischen Lebens zurückziehen und sich eine wohlverdiente Ruhepause gönnen konnte. Es waren nur noch rund siebzig Tage bis zum Ende von Präsident Dawsons Amtszeit. Müde schloß Mulholland die Augen. Wenn es keine Überraschung bei den Wahlen gab, dann würde er nur noch siebentausend Menschen den einen Satz übermitteln müssen.

Er klingelte nach seiner Sekretärin. Sie erschien sofort; eine knochige, pferdegesichtige Frau Anfang Dreißig, die mit furchterregender Energie ihre Arbeit im Büro erledigte und es niemals müde wurde, den Slogan des Kolonisationsbüros vor Besuchern zu zitieren. Wahrscheinlich glaubte sie blind an das Geschwätz von dem Schicksal der Menschheit, dachte Mulholland. Und das konnte nicht sehr beruhigend für sie sein, wenn sie über die zehn Jahre nachgrübelte, die noch zwischen ihr und ihrer Freistellung von der Auswahl lagen.

„Guten Morgen, Mr. Mulholland."

„Morgen, Miß Thorne. Drucken Sie mir bitte eine Vollmacht aus."

„Sofort, Mr. Mulholland."

Ihre geschickten Finger huschten über die Maschine. Nur wenige Augenblicke später legte sie ihm ein Dokument auf den Schreibtisch. Es war eine gewohnheitsmäßige, mechanische Bitte gewesen, und ebenso gewohnheitsmäßig und mechanisch hatte sie die Maschine bedient. Mulholland las sorgfältig den Text. Er mußte dem Computer eingespeist werden, und jeder Tippfehler würde zu unangenehmen Rückfragen führen.

> Als Vorsteher des Distrikts eins, Auswahlabteilung des Kolonisationsbüros, gebe ich hiermit meine Erlaubnis zur Selektion von hundertzehn Namen aus der Liste der Tauglichen, Stand 9. Oktober 2116, um die geforderte Quote von hundert Passagieren dem Raumschiff *Gegenschein* zur Verfügung zu stellen, das am 17. Oktober 2116 startet.
>
> David Mulholland, Distriktsvorsteher Distrikt eins

Mulholland nickte; es war in Ordnung. Er zeichnete es an der üblichen Stelle ab und sorgte dann für eine zweite Kontrolle, indem er seinen Daumen auf die lichtempfindliche Stelle in der unteren Ecke preßte. Die Erlaubnis war damit gegeben.

Er reichte das Formular Jessie Thorne, die es fest zusammenrollte und dann in ein Pneumorohr schob. Mulholland nahm die Kapsel an sich, versah sie mit seinem persönlichen Siegel und steckte sie dann in die Rohrpostleitung unter seinem Schreibtisch. Das kleine morgendliche Ritual war damit beendet.

Die Kapsel, so wußte Mulholland, würde zwanzig Stockwerke tief in das Allerheiligste des Gebäudes fallen. Dort würde dann Brevoort, der Vizevorsteher, mit einer rituellen Geste das Siegel brechen, das Dokument überprüfen, um sicherzugehen, daß alles so war, wie es sein sollte, und dann das Erlaubnisformular mit der Schrift nach unten auf das Eingabegerät in seinem Büro legen. Ein Telekopierer übertrug dann verzögerungslos den Inhalt des Formulars an den Computer, jenes umfangreiche Netzwerk aus Röhren und Schaltkreisen, das sich an irgendeinem streng geheimen Ort im

Zentrum der Vereinigten Staaten tief unter der Erde versteckt befand.

Sobald sie die Erlaubnis erhalten hatten, würden die kryotronischen Einheiten von Clotho, Lachesis und Atropos ihre Arbeit aufnehmen und durch einen Zufallsgenerator die Namen von fünfundfünfzig Männern und fünfundfünfzig Frauen unter den mehr als zweihundert Millionen tauglichen Amerikanern auswählen. Alle fünf Distriktsämter – New York, Chicago, St. Louis, Denver, San Francisco – bedienten sich aus dem gleichen Reservoir.

Augenblicklich würden dann die hundertzehn Akten telekopiert und Mulhollands Büro übermittelt werden. Den ganzen Tag über würde Mulholland die Vorgänge einen nach dem anderen durchgehen, die Personaldaten und den Verträglichkeitsindex überprüfen, um festzustellen, ob die Opfer dieses Tages in der Lage waren, gemeinsam an der Kolonisierung einer Welt zu arbeiten. Mulholland hatte durch Erfahrung gelernt, daß ungefähr zehn Prozent der Auserwählten ausfielen; sie wurden nicht befreit, sondern wanderten zurück in die Computerspeicher, um vielleicht irgendwann ein zweites Mal ausgeworfen zu werden. Die Datenbanken des Computers wurden ständig auf dem neuesten Stand gehalten – eine ganze Armee Schreibkräfte war damit beschäftigt, die zahllosen Anträge auf Statusänderung einzugeben –, aber Mulholland konnte sicher sein, daß eine der Frauen schwanger und einer der Männer aus psychologischen Erwägungen ungeeignet war. Mindestens einmal in der Woche kam es vor, daß eine auserwählte Person zwischen dem Zeitpunkt der Auswahl und dem Tag der Benachrichtigung starb. Drei Jahre Dienst als Distriktsvorsteher hatten Mulholland viel über Bevölkerungsstatistiken beigebracht.

Um neun Uhr dreißig wurden die Namen dieses Tages über den Telekopierer übermittelt. Die ersten Karten erschienen, fünf mal acht Zentimeter große grüne Karten, die oben einen Namen und eine Nummer trugen und mit einem Text von ungefähr vierzig enggedruckten Zeilen Umfang versehen waren, aus dem ein aufmerksamer Beobachter eine ganze Reihe Informationen gewinnen konnte.

Er sammelte sie auf und stapelte sie auf seinem Schreibtisch.

Hinter ihm forderte der Slogan immer noch: LEISTE DEINEN BEITRAG ZUR ZUKUNFT DER MENSCHHEIT! Er blickte aus dem Fenster; der Himmel war von einem hellen Blau, und nur hier und da zeigten sich einige kleine Wolken. Es war ein schöner Tag. Distriktsvorsteher Mulholland ging die Namen für den 9. Oktober durch, die am 10. Oktober ihre Einberufung erhalten und am 17. Oktober aufbrechen würden.

Den Auserwählten blieb stets nur eine Frist von einer Woche. Vor fünfzehn Jahren, als das Kolonisationsprogramm anlief, hatte man ihnen zwölf Wochen Zeit gegeben, um ihre Angelegenheiten auf der Erde zu ordnen. Aber diese Politik, die eine Folge der lobenswerten Bestrebungen war, die Auswahl der Kolonisten ein wenig menschlicher zu gestalten, hatte versagt. Statt die zwölf Wochen zu nutzen, alle Brücken hinter sich abzubrechen, allen Besitz zu veräußern und Lebewohl zu sagen, hatten einige der Berufenen nur wenig Bereitschaft zur konstruktiven Zusammenarbeit gezeigt. Eine erstaunliche Anzahl von ihnen beging Selbstmord. Andere fügten sich selber Verletzungen zu, um untauglich zu werden, schnitten sich Hände oder Füße ab, sorgten für den Verlust eines Auges oder brachten sich in ihrer verzweifelten Furcht vor den unbekannten Sternen noch weit drastischere Selbstverstümmelungen bei. Wieder andere versuchten zu fliehen und versteckten sich an abgelegenen Orten der Welt. Die gnädige Dreimonatsfrist erwies sich immer mehr als Fehlentscheidung. Nach einigen Jahren wurde sie dann auf eine Woche verkürzt, und während dieser Woche beobachtete man die Auserwählten sehr sorgfältig.

Und so durchblätterte Mulholland seine hundertzehn Karten in dem Bewußtsein, daß die meisten dieser Menschen in acht Tagen ihre Reise ohne Wiederkehr antreten würden. Das Wohl der Menschheit gestattete keine Gefühlsduselei.

Erneut klingelte er nach seiner Sekretärin. „Ich habe die Karten bekommen, Miß Thorne. Haben sich heute irgendwelche Freiwilligen gemeldet?"

„Einer." Sie reichte ihm die Karte. *Noonan, Cyril F.; dreißig Jahre alt, unverheiratet.* Mulholland überflog den Rest der Daten, nickte, warf Noonans Karte in den Korb, der an der rechten Schreibtischseite befestigt war, und machte auf dem vor ihm liegenden großen leeren Blatt Papier einen energischen Strich.

Jetzt blieben also noch neunundvierzig Männer, die er für die *Gegenschein* brauchte. Freiwillige waren eine ungewöhnliche Erscheinung, doch hin und wieder tauchte einer auf.

Zunächst konzentrierte sich Mulholland auf die Männer. Ohne Schwierigkeiten bekam er neunundvierzig von ihnen zusammen und legte die sechs überzähligen Karten in den Reservekorb. Diese sechs Namen wurden zurückgehalten, bis sich endgültig herausgestellt hatte, ob alle anderen neunundvierzig noch immer tauglich waren. Falls Mulholland seine Quote erfüllen konnte, ohne auf den Reservekorb zurückzugreifen, würden die sechs Männer automatisch die Auswahlliste des nächsten Tages anführen. Vom vorherigen Tag waren keine übriggeblieben; es hatte einige Schwierigkeiten gegeben, die Quote für den 9. Oktober zusammenzubekommen, und deshalb hatte er gestern seine Reserve vollständig aufbrauchen müssen.

Nachdem er mit den Männern vorläufig fertig war, überprüfte er die fünfzig Frauen. Hier hatte der Computer offensichtlich einen Fehler gemacht. Mulholland sortierte einen der Namen aus: Mrs. Mary Jensen, 31, Mutter von vier Kindern zwischen zwei und neun Jahren. Sie hatte in der Liste der Tauglichen soviel zu suchen wie die Großmutter des Präsidenten. Mulholland zeichnete ihre Karte ab und klingelte wieder nach Miß Thorne.

„Sorgen Sie dafür, daß ihr Name aus der Liste gestrichen wird", wies er sie unwirsch an. „Sie hat 2114 ein Kind zur Welt gebracht."

Das Schicksal hatte es gut mit Mrs. Jensen gemeint. Da ihr Ehemann noch nicht auserwählt worden war, beruhte ihr Anspruch auf Befreiung einzig und allein auf der Tatsache, daß sie ein Kind unter zwei Jahren besaß. Wäre ihre Nummer einen oder zwei Monate später ausgeworfen worden, hätte es keinen Grund mehr gegeben, sie zurückzustellen. Aber da die Wahl an diesem Tag auf sie gefallen war, würde sie vermutlich nie mehr wieder gezogen werden. Die Wahrscheinlichkeit sprach dagegen. Mrs. Jensen befand sich in Sicherheit, selbst wenn sie keine weiteren Kinder mehr bekommen würde.

Dann war Mulholland mit der Zusammenstellung der Liste fertig. Fünfzig Männer, fünfzig Frauen und sechs weitere Männer und vier Frauen in Reserve. Am Nachmittag würden die Benachrichtigungen hinausgehen. Morgen früh erreichten sie ihre Empfänger, und bei Anbruch der Nacht, so wußte er, würden die Ausfälle feststehen. Allerdings hatte Mulholland damit nichts mehr zu tun. Die Überprüfung der Ausfälle war Aufgabe seiner Untergebenen, die auch die Erwählten überwachen würden. Bevor Mulholland die Ernennung zum Distriktsvorsteher erhalten hatte, war er ebenfalls dazu eingesetzt worden.

Müßig überflog er noch einmal die von ihm zusammengestellte Liste. Ein Student aus Cincinnati, ein Büroangestellter aus San Francisco, ein Anwalt aus Los Angeles. Eine der Frauen stammte aus New York und hatte als Beruf „Unterhalterin" angegeben.

Es war ein bunt zusammengewürfelter Haufen. Insgeheim hatte Mulholland das Gefühl, daß es einen Fehler im Auswahlsystem gab, denn es geschah oft, daß eine Gruppe ohne Arzt, ohne Priester, ohne Ingenieur oder Wissenschaftler hinausgeschickt wurde. Aber es gab keine Möglichkeit, etwas daran zu ändern. Schließlich wäre es noch ungerechter, wenn der Computer für alle hundert Köpfe umfassenden Kolonistengruppen einen Arzt heraussuchen würde. Zwar war dies oft der Fall, aber durchaus nicht immer.

Die Devise lautete: Friß, Vogel, oder stirb. Millionen und aber Millionen Sterne warteten im unendlichen All. Die stellare Kolonisation war ein Unternehmen, das auf lange Sicht angelegt war, und wie die meisten Projekte dieser Art war es in der Anfangsphase ein grausames Geschäft. Aber in einigen Jahrhunderten würde es überall in der riesigen Milchstraße Welten geben, die von Menschen bewohnt waren. Und um dies zu erreichen, gab es nur eine Möglichkeit. Obwohl für den Transport der Menschen zu den Sternen genügend Schiffe existierten, war nur ein verschwindend geringer Prozentsatz der Bevölkerung bereit, alle Brücken hinter sich abzubrechen und hinaus ins Ungewisse zu ziehen. Würde man die Kolonisation der Sterne allein auf freiwilliger Basis durchführen, wären bis zu diesem Tag lediglich ein Dutzend Welten besiedelt statt der Tausende, auf die inzwischen Menschen ihren Fuß gesetzt hatten. Natürlich handelte es sich nur um kleine Kolonien, aber sie wuchsen. Nur eine Handvoll von diesen Tausenden Siedlungen hatte sich als Fehlschlag erwiesen.

Und, dachte Mulholland, morgen in einer Woche würde das Raumschiff *Gegenschein* neunundneunzig Einberufene und einen Freiwilligen hinaus zu den Sternen bringen. Er durchblätterte die Karten: *Herrick, Carol; Dawes, Michael; Haas, Philip; Matthews, David.* Und acht Dutzend andere. Heute lachten, spielten, sangen und liebten sie noch. Morgen würden sie nicht mehr zur Erde gehören. Das harte Gesetz der Kolonisation zerriß alle Bindungen.

Mulholland zuckte die Achseln. Er fiel wieder in seinen alten Fehler zurück und betrachtete die Auserwählten als Menschen statt als Namen auf grünen Karten. Eine gefährliche Einstellung. Er mußte sich ins Gedächtnis zurückrufen, daß er nur seine Pflicht erfüllte, und wenn er diesen Posten nicht einnahm, würde es jemand anders tun. Und alles geschah zum Besten der Menschheit.

Aber er war es müde, das Gesetz anzuwenden. Bis zum Wahltag war es nur noch ein knapper Monat, und er hoffte inständig, daß seine Partei die Wahl verlor. Zwar sollte ein loyaler Parteianhänger nicht derartige Wünsche hegen, aber Mulholland war dies gleichgültig. Jetzt von seinem Posten zurückzutreten wäre ein Zeichen von Schwäche. Eine Wahlniederlage hingegen würde ihn auf viel elegantere Art von seiner Aufgabe entbinden.

2

WÄHREND der Nacht hatte es in Ohio Regen gegeben. Natürlichen Regen. Den Sommer hindurch regelten die Wetterkontrolleure das Klima mit großer Sorgfalt, wenn die durstigen Felder nach Regen riefen, genau wie im Winter, wenn zu große Schneefälle die Zivilisation zu ersticken drohten. Aber im Oktober waren die Felder bereits abgeerntet. Für künstlichen Regen gab es keinen Bedarf. Der Regen, der in den frühen Morgenstunden über Ohio fiel, war ein Produkt der Natur, nicht der Menschen, und wurde von der Kältefront herübergeweht, die von Kanada weiter nach Süden zog.

In seinem möblierten Zimmer am Ende der Elften Straße, nicht weit von der Universität entfernt, zog Mike Dawes die Decke über den Kopf, kehrte symbolisch in den Mutterleib zurück und suchte nach Wärme und Geborgenheit. Aber es war umsonst. Er war noch halb im Schlaf, zwar wach genug, um zu erkennen, daß er wach war, jedoch noch immer zu schläfrig, um die Energie aufzubringen, das Bett zu verlassen. Deutlich hörte er das Prasseln des Regens. Es war ein dunkler Morgen.

Die Leuchtziffern seines Weckers zeigten 8.00 Uhr an. Es wurde Zeit zum Aufstehen. Heute war Mittwoch, der arbeitsreichste Tag der Woche. Um neun Uhr hielt der alte Shepperd seine Zoologievorlesung ab, und um zehn begann die Deutschstunde. Und ich habe vergessen, mir noch einmal diese Verben anzusehen, dachte Mike Dawes verärgert. Wenn Klaus mich abhört, bin ich verloren.

Er überlegte sich, ob er noch einige Minuten im Bett liegenbleiben sollte. Schließlich gönnte er sich dann doch nur sechzig weitere Sekunden in der angenehmen Wärme. Er begann zu zählen. Einundzwanzig, zweiundzwanzig, und als er bei sechzig angelangt war, sprang er ergeben aus dem Bett und zitterte in der rauhen morgendlichen Kälte.

Die Gewohnheit hatte ihn wieder im Griff. Er streifte seinen Pyjama ab und warf ihn aufs Bett. Dann suchte er nach einem Handtuch und seinem Morgenmantel, fand beides, trat hinaus auf den Korridor und ging unter die Dusche. Drei Minuten blieb er unter den kalten Wasserstrahlen. Als er in sein Zimmer zurückkehrte, zeigte seine Uhr dreizehn Minuten nach acht. Dawes lächelte. Sein Zeitplan stimmte. Wenn er doch nur an diese verdammten Verben gedacht hätte! Doch jetzt war es zu spät, um sich darüber zu ärgern. Er konnte nur noch hoffen.

Es schien so, als ob dieses Semester sich zu einer einzigen öden Plackerei entwickelte, dachte er, während er seine Kleidung aus dem altersschwachen Schrank nahm und sich anzuziehen begann. Er war zwanzig; und dies war sein drittes Jahr in Ohio. Wenn alles gutging, konnte er im nächsten Jahr graduieren und sein vierjähriges Studium auf der Ärzteschule aufnehmen.

Wenn alles gutging.

Um acht Uhr einundzwanzig war er mit allem fertig. Er hatte die Zähne geputzt, das Haar gekämmt, das Hemd zugeknöpft und die Schnürsenkel verknotet. Die Bücher, die er an diesem Tag benötigen würde, lagen griffbereit auf dem Kleiderschrank. In der Mensa würde er noch Gelegenheit haben, Orangensaft und Kaffee zu trinken und ein Sandwich zu verzehren. Die Wahrscheinlichkeit, daß es überraschend zu einem Zoologietest kam, war zu groß, als daß er das Frühstück hätte ausfallen lassen können; er benötigte alle Energie. Er war ein magerer junger Mann, dessen fünfundsiebzig Kilo Körpergewicht sich auf eine Länge von hundertvierundachtzig Zentimetern verteilten. Sein Frühstück war ihm sehr wichtig.

Dawes eilte die Treppe hinunter. Es regnete noch immer ein wenig, doch nicht so stark, daß es ihn gestört hätte. Außerdem waren es von seinem möblierten Zimmer bis zur Universität lediglich vier Blocks Fußweg.

Zunächst aber mußte er sich einem besonders unangenehmen Ritual unterziehen. Unten im Hausflur angelangt, blieb er stehen, genau neben der Treppe, wo sich die Briefkästen befanden. Gewöhnlich wurde die Post um acht Uhr ausgetragen, und keiner von den Hausbewohnern wagte sich zu entspannen, ehe er seine Post in Empfang genommen hatte. Schon während er die Stufen hinuntergestiegen war, hatte Dawes einen Blick auf die Briefkästen geworfen. Ja, in seinem Kasten befand sich Post. Er konnte deutlich den Brief durch das Metallgitter erkennen.

Vielleicht ein Brief von seinen Eltern in Cincinnati. Oder die Rechnung von der Wäscherei. Oder eine Einladung zu irgendeinem neuen Stück, das von einer Studentengruppe aufgeführt wurde. Der Brief konnte alles bedeuten, buchstäblich alles. Und er würde dieses kleine, von Furcht begleitete Ritual jeden Morgen bestehen müssen, wahrscheinlich die ganzen nächsten zwanzig Jahre lang, bis er vierzig war und sich keine Sorgen mehr zu machen brauchte.

Seine Hand zitterte leicht, als er seinen Daumen gegen den Öffnungsmechanismus preßte. Die Fotozelle prüfte den Abdruck und öffnete folgsam den Briefkasten. Er nahm den Brief heraus.

Es war ein blauer Umschlag, länger als normal, und dort, wo

sich gewöhnlich die Briefmarke befand, war ein Vermerk gestempelt, der das Öffnen durch Unbefugte bei Strafe untersagte. Fast automatisch fiel Dawes' Blick auf den Absender: KOLONISATIONSBÜRO, DISTRIKT EINS, NEW YORK.

Sein Magen zog sich zusammen, als er hastig den Umschlag aufriß.

Tatsächlich, das Schreiben war an ihn gerichtet. Der Brief, dessen Text mit dunkelroten Buchstaben auf das blaue Papier gedruckt war, kam rasch zum Thema.

> Sie werden hiermit der Kolonistengruppe zugeteilt, die am 17. Oktober an Bord des Schiffes *Gegenschein* vom Raumhafen Bangor/Maine zu den Sternen startet. Sie haben sich unverzüglich bei dem nächstgelegenen Registrierzentrum des Kolonisationsbüros zu melden. Sie unterliegen von jetzt an den Bestimmungen des Gesetzes zur Interstellaren Kolonisation von 2099, und jeder Verstoß gegen diese Bestimmungen wird unerbittlich geahndet werden.
>
> D. L. Mulholland, Distriktsvorsteher

Viermal las Mike Dawes den Text, und mit jedem Mal wuchs in ihm die Betäubung. Er konnte kaum glauben, daß er wirklich einberufen worden war. Schließlich, durchfuhr es ihn, lag die Wahrscheinlichkeit für ein derartiges Ereignis bei eins zu mehreren zehntausend. Und in seinem ganzen Leben hatte er nur zwei oder drei Menschen gekannt, die man auserwählt hatte. Da waren Mr. Cutley, der Besitzer des Lebensmittelladens, und Teddy Nathan, der im nächsten Block gewohnt hatte. Genau wie Judy Wellington, dachte Dawes.

Und nun hat es mich erwischt.

„Verdammt noch mal, das ist nicht fair!" stieß er hervor.

„Was ist los?" ertönte hinter ihm eine sanfte Stimme.

Dawes drehte sich herum. Lon Rybeck stand direkt vor ihm – ein Student kurz vor dem Abschluß, der im ersten Stock wohnte. Rybeck trug noch immer seinen Morgenmantel. Seine Vorlesungen begannen heute später, aber dennoch hatte er sein Zimmer verlassen, um nach der Post zu sehen.

Stumm hob Dawes das blaue Stück Papier. Rybecks Augen verengten sich, und flink glitt seine Zunge über die Lippen. „Sie haben dich einberufen?" fragte er heiser.

Dawes nickte. „Ich habe es gerade bekommen. Und jetzt

muß ich mich so schnell wie möglich bei dem nächstgelegenen Registrierzentrum melden."

„Du hast wirklich Pech, Dawes!"

„Und ob ich Pech habe! Warum hat man ausgerechnet mich genommen? Ich bin doch erst zwanzig! Ich habe noch nicht einmal mein Studium abgeschlossen! Ich . . ."

Er verstummte, erkannte, daß er sich wie ein Narr benahm. Rybeck versuchte ein anteilnehmendes Gesicht zu machen, doch hinter seinem besorgten Ausdruck verbargen sich Vergnügen – und Erleichterung. Die Wahrscheinlichkeit besagte, daß die unsichtbare Hand nicht ein zweites Mal nach diesem Haus greifen würde. Dawes' Einberufung bedeutete, daß Rybeck von nun an freier atmen konnte.

„Es ist grausam", bemerkte Rybeck sanft. „Die Morgenpost kommt, und all deine Pläne zerplatzen wie Seifenblasen. Weißt du schon, wohin man dich schicken wird?"

Dawes schüttelte den Kopf. „Dort steht nur, daß ich am nächsten Mittwoch vom Raumhafen Bangor aus starten werde. Von einem Ziel ist nicht die Rede."

Plötzlich empfand er Widerwillen, noch länger mit Rybeck zu reden. Er hatte den Älteren lange genug beneidet. Rybeck besaß eine eher gleichgültige Haltung gegenüber Zensuren, Professoren und anderen Menschen, die der gewissenhaftere Dawes niemals richtig verstanden hatte. Und nun stand dieser Rybeck vor ihm, ironisch lächelnd, nur mit einem Morgenmantel bekleidet, und sein Leben war noch immer in bester Ordnung. Dawes empfand unerträglichen Neid. Er drängte sich an Rybeck vorbei, eilte die Treppen hinauf und dann in sein Zimmer.

Es war inzwischen acht Uhr dreißig, doch das spielte keine Rolle mehr. Gleichgültig warf Dawes seine Bücher auf das Wandregal. Nichts spielte eine Rolle mehr. Für ihn gab es keine Vorlesungen mehr, keine Stunden, in denen er lernte, keine Hoffnungen. Er brauchte sich keine Sorgen mehr zu machen, ob er zur Ärzteschule zugelassen würde. Statt zu studieren, zu behandeln und darum zu kämpfen, eine Praxis eröffnen zu können, würde er den Rest seines Lebens auf irgendeiner fremden Welt unter einer anderen Sonne verbringen.

Was für ein verdammtes Pech, dachte Dawes.

Er versuchte sein Unglück gedanklich herunterzuspielen. Er versuchte sich einzureden, daß es besser war, daß jetzt seine Nummer gezogen wurde, jetzt, wo er noch jung war. Mit Ausnahme seiner Eltern würde ihn kaum jemand vermissen. Vermutlich wäre es viel schlimmer, hätte es ihn in zehn Jahren getroffen. Er stellte sich sich selbst mit dreißig vor, ein molliger, wohlgenährter praktischer Arzt mit einem hübschen Haus in den Hügeln von Cleveland oder vielleicht hier in Columbus. Er würde eine Frau haben, zwei kleine Kinder, eine bescheidene, aber immer besser florierende Praxis. Und die unerbittliche Hand würde nach ihm greifen und ihn von all dem trennen. Also war es besser, daß es jetzt geschah, dachte er bedrückt.

Aber am besten wäre es, wenn es ihn gar nicht getroffen hätte!

Er faltete das Schreiben auseinander und las es erneut. Diesmal bemerkte er den Slogan, der sich unten quer über das Blatt zog: *Leiste Deinen Beitrag zur Zukunft der Menschheit.*

Vor zwanzig Jahren hatte man entschieden, daß die Zukunft der Menschheit bei den Sternen lag. Als man die Entscheidung getroffen hatte, war Mike Dawes ein Baby gewesen, und jetzt, zwanzig Jahre später, verbannte ihn dieser Entschluß von der Erde. Hinaus zu den Sternen, so lautete der Ruf, der die ganze erst kurz vereinte Erde erfüllte. Besiedelt andere Welten! Verstreut die Menschen der Erde über das ganze Universum. Es war ein edles Ziel gewesen, dachte Dawes. Sah man davon ab, daß niemand sehr begierig war, es anzusteuern. Laßt die *anderen* die Sterne kolonisieren. Was mich betrifft, ich werde hierbleiben und darüber lesen.

Deshalb hatte man es zur Pflicht gemacht. Und jetzt, dachte Dawes, hat es mich erwischt.

... Sie haben sich unverzüglich bei dem nächstgelegenen Registrierzentrum des Kolonisationsbüros zu melden ...

Wenn man „unverzüglich" schrieb, dann meinte man es auch so, das wußte Dawes. Es bedeutete, daß man ihn binnen einer Stunde erwartete. Und wehe dem, der sich irgendeine Verletzung beibrachte, um untauglich zu werden, und entdeckt wurde. Es hatte viele Frauen gegeben, die ihren Unterleib mit Stricknadeln verletzt hatten, um von der Auswahl befreit zu werden; natürlich wurden nur gebärfähige Kolonistinnen gebraucht. Aber die Strafe für eine absichtliche Selbstverstümmelung bestand in lebenslanger Zwangsarbeit. Und das war es nicht wert.

Zweimal griff er nach dem Telefon, um seine Eltern in Cincinnati anzurufen und ihnen Bescheid zu sagen. Zweimal zögerte er. Früher oder später mußte er es ihnen sagen. Aber er scheute davor zurück, ihnen selbst die schlechte Neuigkeit zu übermitteln. Dann stellte er sich vor, wie es sein würde, wenn er sich nicht meldete und wartete, bis das Büro ihnen die offizielle Benachrichtigung schickte. Erneut griff er nach dem Telefonhörer.

Sein Vater war am Apparat. Mike wurde von plötzlichem Schmerz übermannt, als er die Stimme seines Vaters hörte, des Kioskbesitzers, der jahrelang gespart hatte, damit sein geliebter Sohn studieren und Arzt werden konnte.

„Ja? Wer ist da?"

„Paps, hier ist Mike."

„Ist alles in Ordnung?" Die Stimme klang plötzlich mißtrauisch. „Hast du unseren Brief bekommen? Du bist doch noch nicht pleite, oder?"

„Nein, Paps. Ich . . ., man hat . . ."

„Sprich lauter, Mike. Mir scheint, die Verbindung ist sehr schlecht. Ich kann dich kaum verstehen."

„Ich bin einberufen worden, Paps!"

Stille trat ein, gefolgt von einem scharfen Keuchen. Dawes hörte unverständliches Gemurmel. Zweifellos hatte sein Vater die Hand über die Sprechmuschel gelegt und erzählte der Mutter, was geschehen war. Zum erstenmal war Dawes dankbar, daß er bisher noch nicht in der Lage gewesen war, sich einen visuellen Anschluß für das Telefon zu leisten. In diesen Minuten hätte er es nicht ertragen, ihre Gesichter zu sehen.

„Wann hast du die Nachricht erhalten, Junge?"

„Gerade eben. Ich muß mich sofort beim Registrierzentrum melden. Nächsten Mittwoch starte ich."

„Nächsten Mittwoch", wiederholte sein Vater unglücklich.

Dawes hörte seine Mutter im Hintergrund schluchzen. Plötzlich schrie sie: „Wir werden es nicht zulassen, daß sie ihn fortnehmen! Wir werden es nicht zulassen!"

„Wir haben keine Möglichkeit, etwas dagegen zu unternehmen, Ethel", erklärte sein Vater leise. „Junge, kannst du mich hören?"

„Ja, Paps."

„Melde dich dort, wo man dich erwartet. Und mach keinen Unsinn, hast du mich verstanden?"

„Keine Sorge, Paps."

„Werden wir dich noch einmal sehen können?"

„Ich . . ., ich glaube schon. Zumindest werden sie uns Lebewohl sagen lassen."

„Und es gibt keinen Weg, der dich noch einmal davonkommen läßt? Ich meine, wenn man dich einmal einberufen hat, dann kann man es nicht mehr rückgängig machen?"

„Nein, Paps. Niemand kann es mehr rückgängig machen."

„Oh. Ich verstehe."

Wieder trat Stille ein. Dawes wartete und wußte nicht, was er sagen sollte. Seltsamerweise fühlte er sich schuldig, als ob es sein Fehler war, der seinen Eltern solchen Kummer bereitete.

„Also gut, mein Junge", meinte sein Vater schließlich. „Paß gut auf dich auf. Und sag uns Bescheid, sobald du etwas über deinen Bestimmungsort erfährst."

„Natürlich, Paps. Und sag Mutter, daß sie sich keine Sorgen machen soll. Bis später."

Er legte den Hörer auf. Nach einem Moment trat er ans Fenster. Es hatte aufgehört zu regnen. Es war fast neun Uhr, und hier und da sah man einige Nachzügler durch die Straßen eilen, die noch rechtzeitig zu den Vorlesungen kommen wollten. Auf der Universität nahm das Leben seinen normalen Lauf. Der Footballtrainer arbeitete an einer neuen Taktik, mit der er das Spiel am Samstag zu gewinnen hoffte. Shepperd räusperte sich und spazierte hin und her, während er seine Zoologievorlesung abhielt. Klaus quälte unglückliche Studienanfänger mit unregelmäßigen deutschen Verben. Das Leben ging weiter. Die Erde kreiste gelassen um die Sonne. Aber in einer Woche würde Mike Dawes nicht mehr länger zu dieser Erde gehören.

Die Ungerechtigkeit seines Schicksals erfüllte ihn mit heftigem Zorn. Er hatte nicht darum gebeten, an der Zukunft der Menschheit mitzuarbeiten. Er hatte kein Verlangen, andere

Welten zu erobern. Er wollte auf der Erde bleiben, ein einigermaßen hübsches Mädchen aus Ohio heiraten und einige halbwegs normale Kinder großziehen.

Nun, diesen Traum konnte er sich aus dem Kopf schlagen. Ihm blieb jetzt nichts anderes übrig, als das Registrierzentrum aufzusuchen und sich zu stellen, als ob er ein gesuchter Verbrecher sei.

Er verschloß sein Zimmer, fragte sich, ob er jemals zurückkehren würde, um seine wenigen Habseligkeiten zusammenzupacken, und schlurfte die Treppen hinunter und auf die Straße. Ihm schien, als ob sich jeder Passant zu ihm herumdrehen und ihn anstarren würde, ihn und die imaginäre grellfarbene Schrift auf seiner Stirn: MIKE DAWES IST EINBERUFEN WORDEN.

Das Registrierzentrum befand sich im Dachgeschoß des Kinogebäudes. Erst vor vier Tagen hatte er zusammen mit einem Mädchen das Kino besucht. Sie hatten sich in ihren Sitzen aneinandergekuschelt, die 3-D-Leinwand und den Film ignoriert, und er hatte sie geküßt und über jene Aspekte des Lebens nachgedacht, die für ihn noch immer geheimnisvoll waren.

Wenn man einberufen wird, dachte er, bekommt man auch eine Frau. Man schickte fünfzig Männer und fünfzig Frauen hinaus. War man bereits verheiratet, dann konnte man seinen Ehegatten als Freiwilliger begleiten, jedoch nur dann, wenn man noch keine Kinder hatte. War man verheiratet und besaß man auch Kinder, und der Partner wurde einberufen, dann mußte man zurückbleiben und für die Kinder sorgen. Wer nicht von seinem Ehepartner zu den Sternen begleitet wurde, bekam einen der anderen Kolonisten als Lebensgefährten zugeteilt, und jede irdische Verbindung, die man vielleicht einmal eingegangen war, galt damit als beendet. Also würde auch er bald heiraten – irgend jemanden.

Er stieg die Treppen zum Registrierzentrum hinauf. Auf der Bank an der Wand warteten einige junge Burschen. Neugierig starrten sie ihn an, als er den Raum betrat. Sie waren gerade neunzehn geworden und mußten sich registrieren lassen.

Dawes selbst war hier vor einem Jahr erfaßt worden. Jeder mußte sich im Alter von neunzehn Jahren registrieren lassen.

Falls man sich weigerte, wurde man automatisch einberufen. Deshalb war er hierhergekommen und hatte die Formulare ausgefüllt. Man hatte ihn durch die Diagnosemaschinen geschickt und den kurzen Fruchtbarkeitstest vorgenommen. Einige Wochen später war ihm per Post die Mitteilung zugestellt worden, daß er tauglich sei. Er hatte die Achseln gezuckt und die Karte in seine Brieftasche gesteckt, überzeugt, daß die Einberufung zu den Dingen zählte, die nur anderen Menschen widerfuhr.

Doch jetzt hatte es ihn getroffen.

Er legte den blauen Briefbogen auf den Schalter, und die Sekretärin nickte ihm zu. Hinter sich hörte Dawes das Flüstern der wartenden Jungen. Jeder Einberufene sorgte stets für Aufsehen.

„Kommen Sie bitte hier entlang", forderte sie ihn ernst auf und sah ihn an, wie sie wohl jeden ansah, der zur Zukunft der Menschheit beitrug. Sie führte ihn in ein Büro, wo ein großer kahlköpfiger Mann von vielleicht achtundvierzig Jahren an einem Schreibtisch saß und irgendwelche Papiere abzeichnete.

„Mr. Brewer, das ist Michael Dawes, der heute von der New Yorker Behörde einberufen wurde."

Brewer erhob sich und streckte ihm die Hand entgegen. „Herzlichen Glückwunsch, Dawes. Vielleicht erscheint es Ihnen jetzt noch nicht so, aber Sie werden am größten Abenteuer der Menschheit teilnehmen. Danke, Miß Donaldson."

Miß Donaldson verließ das Büro. Brewer setzte sich wieder und bedeutete Dawes, in einem bequemen Pneumosessel Platz zu nehmen.

„Nun?" begann Brewer. „Ich schätze, Sie sind wütend auf uns."

„Erwartet man etwa von mir, daß ich glücklich bin?"

Brewer zuckte die Achseln. „Sie hätten sich freiwillig gemeldet, wenn Sie die Sterne als höchstes Glück betrachten würden. Es ist eine verdammt große Umstellung, mein Junge. Wie alt sind Sie?"

„Zwanzig."

„Dann sind Sie noch jung genug, um sich umzustellen. An manchen Tagen kommen hier Männer herein, die sind über

Dreißig, Männer mit Familie. Sie wären überrascht, wenn Sie wüßten, wie viele von denen mich nur zu gerne in die Luft sprengen würden. Sie sind nicht verheiratet, oder?"

„Nein, Sir."

„Eltern?"

„Sie leben in Cincinnati. Ich habe bereits mit ihnen telefoniert."

„Dann gibt es also keinen Grund, der uns veranlassen könnte, Sie untauglich zu schreiben?"

Dawes schüttelte den Kopf. „Es gibt für mich keinen Ausweg", sagte er mit leiser Stimme. „Ich habe mich damit abgefunden, daß ich gehen muß. Aber das heißt nicht, daß es mir auch gefällt."

„Davon gehen wir aus", erklärte Brewer. „Aber wir gehen ebenfalls davon aus, daß Sie nicht die ganze Zeit vor sich hin schmollen, während Sie einen Planeten kolonisieren. Man kann auf einer fremden Welt nicht schmollen und gleichzeitig lange am Leben bleiben." Er schüttelte den Kopf. „Wenn Sie glauben, daß *Sie* Pech gehabt haben, dann denken Sie an den Mann, der letztens in diesem Distrikt abberufen wurde. Vater von drei Kindern. Neununddreißig Jahre, elf Monate und drei Wochen alt. Eine weitere Woche, und er wäre ausgeschieden, aber der Computer wählte ihn aus. Er behauptete, es wäre eine Verschwörung. Aber er ging, als er gehen mußte."

„Sagen Sie das, damit ich mich besser fühle?" fragte Dawes.

„Ich weiß es nicht", entgegnete Brewer und seufzte. „Es heißt, daß sich Unglück besser ertragen läßt, wenn man nicht der einzige ist. Wahrscheinlich sind Sie jetzt sehr niedergeschlagen, und ich mache Ihnen deswegen keine Vorwürfe."

„Werde ich noch einmal meine Eltern sehen können?"

„Wenn Sie wollen, können Sie heute nachmittag nach Cincinnati fliegen. Während der nächsten Woche wird Sie ein Beamter des Büros ständig begleiten. Als Vorsichtsmaßnahme, Sie verstehen? Natürlich wird er Ihnen soviel Privatsphäre wie möglich lassen – für den Fall, daß es vielleicht eine junge Dame gibt, der Sie allein Lebewohl sagen möchten, oder –"

„Nur meine Eltern", unterbrach Dawes.

„In Ordnung. Wie Sie wollen. Sie haben sieben Tage. Nutzen Sie sie gut. Im übrigen erfolgt im Anschluß an unser Gespräch noch eine sorgfältige ärztliche Untersuchung. Vielleicht sind Sie gar nicht tauglich.“

„Lediglich eine winzige Chance, meinen Sie nicht auch?“

„Man muß immer hoffen, Mr. Dawes.“

„Warum tun Sie das? Was interessiert es *Sie*, ob ich nun fort muß oder nicht? Wissen Sie denn überhaupt, wie es ist, wenn man einfach so von allem getrennt und hinaus in den Weltraum gebracht wird? Sie sind über Vierzig, und damit befinden Sie sich in Sicherheit.“

Brewer lächelte traurig. „Ich habe ein schwaches Herz und war auch früher nicht tauglich. Aber das bedeutet nicht, daß ich nicht weiß, was Sie jetzt durchzumachen haben. Vor zehn Jahren ist meine Frau einberufen worden. Kommen Sie, Mr. Dawes. Der Arzt wird Sie sich jetzt ansehen.“

CHERRY THOMAS erwachte von einem Moment zum anderen, blinzelte widerwillig und sah sich um. Das Apartment sah schauerlich aus. Neben dem Bett lagen zwei leere Flaschen auf dem Boden, und überall war Zigarettenasche verstreut. Es war ein schöner Abend gewesen, und es tat gut zu wissen, daß jemand Freude an ihrer Gegenwart gefunden hatte, sagte sich Cherry.

Sie zerrte den Staubsauger aus dem Badezimmer, steckte den Stecker in die Steckdose, schaltete den Staubsauger ein und ließ ihn die verstreute Asche aufsaugen, während sie selbst duschte. Es war ein angenehmes Gefühl, die warmen, reinigenden Wasserstrahlen auf der Haut zu spüren. Nach zehn Minuten verließ sie die Dusche, reckte sich, gähnte und absolvierte ihre Morgengymnastik. Sie durfte nicht zulassen, daß ihre Brüste schlaff wurden. Sie war nur so gut wie ihre Figur.

Nachdem die morgendlichen Pflichten erledigt waren, schaltete Cherry das Radio ein. Musik erfüllte das Apartment. Sie hantierte an der Dämmervorrichtung des Fensters, das die Polarisierung des Glases so veränderte, daß morgendliches Sonnenlicht ins Zimmer fiel. Es schien, als ob New York einen weiteren schönen Tag erleben würde. Sie warf einen Blick auf die Wanduhr. Dreiundzwanzig Minuten nach elf.

Sie wußte, daß ihr nicht mehr viel Zeit blieb. Um dreizehn

Uhr mußte sie in der Stadt sein, um sich vorzustellen. Eines der großen Sensi-Theater stellte Platzanweiser ein. Eine miese Arbeit für ein Mädchen, das einst in den besten Etablissements getanzt und gesungen hatte, doch die Zeit war nicht stehengeblieben. Jetzt war sie fünfundzwanzig und nicht mehr so taufrisch wie am Anfang ihrer Karriere, und in der letzten Zeit schienen die Manager der Nachtklubs einem Jugendlichkeitswahn verfallen zu sein – je jünger, desto besser. Nächstes Jahr, dachte Cherry verdrossen, würde wahrscheinlich jemand diese Politik bis zur letzten Konsequenz durchführen und eine zehn Jahre alte Sängerin engagieren.

Sie drückte am automatischen Herd die Tasten für ein Frühstück. Cherrys Apartment war fast in jeder Hinsicht automatisiert. Schon immer hatte sie davon geträumt, von den neuesten Entwicklungen auf diesem Gebiet umgeben zu sein, und eines Tages, als das Geld ihr gerade reichlich zugeflossen war, hatte sie alle technischen Einrichtungen gekauft, die es gab. Einen automatischen Rückenkratzer, der auf Knopfdruck aus dem Kopfende ihres Bettes herausfuhr, einen Autokoch, automatische Dämmerfenster, einen Allesreiniger. Ihr Apartment wimmelte von elektronischen Kinkerlitzchen.

Cherry aß ohne Interesse. Für sie war ein Frühstück nur etwas, das gegessen werden mußte, und kein Quell der Freude. Wenn sie daran dachte, daß sie sich um dreizehn Uhr vorstellen mußte, wurde sie von Erregung erfüllt. Eine Platzanweiserin mußte zwischen den Sitzreihen entlangspazieren und trug dabei lediglich ein superkurzes, durchsichtiges Glitzerkleid. Sie war überzeugt, daß ihre Figur für diesen Job ausreichte, aber ihr Selbstvertrauen war nicht sehr stark. Im vergangenen Jahr hatte sie an Gewicht zugenommen, langsam, aber unerbittlich und unaufhaltsam.

Mit Dan zusammen war alles anders, dachte sie.

Dan hatte alles für sie bedeutet: Manager, Trainer, Vaterersatz, Agent. Dan hatte sie entdeckt, als sie noch für ein winziges Honorar in Philadelphia als Tänzerin gearbeitet hatte, und bevor Dan sich von ihr trennen mußte, war sie der Star von Las Vegas, Paris und Bukarest gewesen. Dan hatte ihr eine Abmagerungskur verordnet, ihr Selbstbewußtsein gestärkt, sie dazu gebracht, allen Versuchungen zu widerstehen, ihr die besten Engagements verschafft und sie gezwungen, ihrer Arbeit mit aller Energie nachzugehen.

Aber Dan war fort. Vor zwei Jahren war er einberufen worden. Und seither hatte sich alles verändert.

Ohne ihn konnte sie nicht für sich selbst sorgen. Binnen eines Jahres gehörte Cherry Thomas nicht länger zu den Namen, die auf hellen Leuchttafeln erstrahlten. Sie kehrte wieder zurück in die Spelunken, die grellen, billigen Schuppen am Rande der Stadt. Das große Rad des Schicksals hatte sich gedreht, und die Wahl war auf Dan gefallen. Man hatte Dan fortgeschafft und ihn hinausgeschickt zu irgendeiner jungfräulichen Welt, um dort die Zivilisation zu errichten. Sie hatte zwei Tage lang geweint und getobt und drei weitere Tage lang getrunken, aber nichts davon hatte ihn ihr zurückgebracht.

Einberufung. Für Cherry war dies das obszönste Wort, das sie kannte. Wenn jemand es in ihrer Nähe aussprach, dann verengten sich ihre Augen, preßten sich ihre Lippen aufeinander, und ihr Magen zog sich vor Zorn und Schmerz zusammen. Einberufung war ein schmutziges Wort. Und der Mann, der die Kolonisation eingeleitet hatte, gleichgültig, wer es war, er sollte in der Hölle schmoren, sollten Cherry Thomas' geflüsterte Verwünschungen ihn dorthin schaffen können.

Und das schlimmste von allem war, dachte Cherry, während sie zum millionstenmal Salz in die alte Wunde streute, daß sie mit ihm hätte gehen können, hätte sie es nur gewollt. „Du kannst dich als Freiwillige melden", hatte Dan zu ihr gesagt, als sie an jenem Morgen in einen hysterischen Weinkrampf ausgebrochen war. „Du kannst mich begleiten, wohin man mich auch schicken mag, wenn dir das soviel bedeutet." Und er war sich mit seinen Händen durch das dichte dunkle Haar gefahren und hatte auf ihre Antwort gewartet, und sie war nicht in der Lage gewesen, irgend etwas zu sagen.

Nun, was, zum Teufel, hättest *du* an meiner Stelle getan? fragte sie wütend, ohne jemand zu meinen. Sie war dreiundzwanzig gewesen, war in Geld geschwommen, sie, der Star der Unterhaltungswelt. Er war zehn Jahre älter als sie. Natürlich hatte sie geglaubt, ihn zu lieben, aber wie kann sich jemand dessen völlig sicher sein? Sie hätte ihre Limousine und ihr Apartment und ihren Ozelot und ihr gemütliches, luxuriöses, verwöhntes Leben aufgeben müssen, um ihm hinaus zu den Sternen zu folgen.

Deshalb hatte sie schließlich nein gesagt, hatte gesagt, daß sie hierbleiben würde, und Dan hatte still die Achseln gezuckt, ihr gesagt, daß es so besser sei und daß sie vermutlich auch dem rauhen Leben in der neuen Kolonie nicht gewachsen sein würde. Und er war fortgegangen und hatte sie zurückgelassen. Und damit hatte für sie erst der Schmerz begonnen.

Sie hatte ihre Luxusautos verkauft und den Ozelot abgegeben. Zwar war ihr das Apartment geblieben, doch nicht sehr viel mehr. Sie hatte ihr gemütliches, luxuriöses Leben aufgeben müssen, und sie hatte auch Dan verloren. Nach Dans Abflug hatte sie sich in eine überstürzte, verrückte, schlechte Ehe gestürzt, eine Ehe, die nur ein paar Monate lang dauerte. Danach begann der lange, unaufhaltsame Abstieg. Und dieser Abstieg war noch nicht beendet. Bald würde sie für zehn Dollar pro Nacht auftreten. Und müde würde sie dreißig, vierzig und vielleicht fünfzig werden und dabei immer dicker und einsamer, während Dan unter dem Licht einer fremden Sonne Blockhäuser baute. Vielleicht war er auch schon tot. Was spielte es für eine Rolle? Hätte sie sich entschieden, mit ihm zu gehen, wäre jetzt alles ganz anders.

Aber ich war selbstsüchtig. Ich bin hiergeblieben. Und was hat es mir gebracht?

Traurig schüttelte Cherry den Kopf, stellte ihre Kaffeetasse in den Autospüler und nahm sich aus dem Medizinschränkchen eine Aufmunterungstablette. Sie begann rasch zu wirken; ein angenehmer, falscher, beschwingter Optimismus und gute Laune verdrängten ihre schlechte Stimmung. Dreimal noch drückte sie auf den Knopf, und drei weitere gelbe Pillen fielen in ihre Hand. Wenn sie alle vier Stunden eine von ihnen nahm, dann würde sie für den Rest des Tages von ihren Depressionen verschont bleiben. Vielleicht war ihre gute Stimmung unecht, aber es war besser, als den ganzen Tag über Dan nachzugrübeln.

Sie legte ihren Morgenmantel ab und musterte sich kritisch in dem sorgfältig gearbeiteten, mannshohen Spiegel, etwas, was sie nie zu tun wagte, bevor sie nicht ihre Glückspillen genommen hatte. So gestärkt, konnte sie ihren Körper ohne Furcht betrachten. Sie nickte zustimmend. Vielleicht sollte sie dem

Dampfbad einen Besuch abstatten, um ihren Po um einige Pfunde zu erleichtern. Ansonsten war sie zufrieden. Ihr Bauch war noch immer straff, ihr Busen hoch und fest. Sie lächelte. Der Job als Platzanweiserin würde ihr keine Schwierigkeiten bereiten.

Sie drehte die Wählscheibe des automatischen Kleiderschranks und zog sich rasch an – ein einteiliges blaues Kleid, das viel von ihren Oberschenkeln freiließ. Es hatte keinen Sinn, sich für diese Art Vorstellung sorgfältig zu kleiden. Die Elektronik des Kleiderschrankes hatte bereits das Wetter überprüft und festgestellt, daß es draußen kühl war. Sie bot ihr einen Mantel an, und sie nahm ihn an sich.

Ein letzter Blick in den Spiegel – das Make-up war in Ordnung, die Frisur tadellos, das Gesicht frisch. Dank der Glückspille wirkte sie fröhlich, enthusiastisch, strebsam. Bei der Vorstellung würde ihr niemand ansehen können, daß sie tief in ihrem Inneren unglücklich war.

„Guten Morgen, Miß Thomas", ertönte die Stimme des Fahrstuhls, als sie die Kabine betrat. Eine Photozelle, im Kabinendach eingebaut, war mit der äußeren Erscheinung aller Mieter dieses Gebäudes programmiert, so daß der Fahrstuhl jeden Bewohner persönlich begrüßen konnte.

„Guten Morgen", sagte sie. „Ein schöner Tag, nicht wahr?"

Sie erhielt keine Antwort. Im Denkzentrum des Lifts war nur ein einziger Satz gespeichert. Dennoch zog sie es vor, den Gruß zu erwidern. Es war das mindeste, was sie tun konnte.

Der Fahrstuhl brachte sie hinunter in die glitzernde, aus Chrom und grünem Glas bestehende Empfangshalle. Gerade wollte sie den Lichtstrahl unterbrechen, der die Vordertür öffnete, da fiel ihr ein, daß sie noch nicht nachgesehen hatte, ob sich Post in ihrem Briefkasten befand.

Und dann hielt sie die Einberufung des Kolonisationsbüros in ihrer Hand.

Ihre spiegelblanken Fingernägel schlitzten den blauen Umschlag auf. Sorgfältig las sie die Mitteilung, las einen Satz nach dem anderen. Lesen war noch nie ihre starke Seite gewesen. Als sie fertig war, zwang sie sich, den Brief erneut zu lesen.

Ja, es gab keinen Zweifel. Es war die Einberufung.

„Also werde ich . . . Jetzt hat es auch mich erwischt!"

> Sie werden hiermit der Kolonistengruppe zugeteilt, die am 17. Oktober an Bord des Schiffes *Gegenschein* vom Raumhafen Bangor/Maine zu den Sternen startet. Sie haben sich unverzüglich bei dem nächstgelegenen Registrierzentrum des Kolonisationsbüros zu melden. Sie unterliegen von jetzt an den Bestimmungen des Gesetzes zur Interstellaren Kolonisation von 2099, und jeder Verstoß gegen diese Bestimmung wird unerbittlich geahndet werden.
>
> Im Auftrag D. L. Mulholland, Distriktsvorsteher

Ihre erste Reaktion war Empörung: Wer, zum Teufel, waren diese Leute, daß sie sich so einfach Cherry Thomas schnappen und ihr befehlen konnten, hinaus zu den Sternen zu fliegen? So konnte man sie nicht behandeln!

Aber dem ersten heftigen Impuls, sich zu weigern, Widerstand zu leisten, folgte ein besonnenerer Gedanke: Vielleicht würde es gar nicht so schlimm werden. Sie konnte durchaus eine Luftveränderung vertragen. Was hatte sie hier auf der Erde schon noch verloren? In zehn Jahren war für sie ohnehin alles vorbei. Warum also nicht dem Ruf folgen?

Und dann ein zweiter, ausschlaggebender Gedanke: Vielleicht konnte man sich den Ort aussuchen! Vielleicht konnte sie zu dem Planeten fliegen, auf dem sich auch Dan befand!

Sie eilte die Treppen hinauf. Die Mitteilung besagte, daß sie sich unverzüglich bei dem nächstgelegenen Registrierzentrum melden mußte. Das Telefonverzeichnis verriet ihr, daß sich das Zentrum zehn Blocks weiter befand. Zum Teufel mit der Vorstellung beim Sensi-Theater! Zum erstenmal seit zwei Jahren empfand sie echte Begeisterung.

Sie fuhr mit einem Taxi zum Registrierzentrum – jetzt brauchte sie sich wegen des Geldes keine Sorgen mehr zu machen. Fast rannte sie die Treppen hinauf und in das große Büro. Ein Angestellter blickte ihr entgegen, und sie zeigte ihm den blauen Briefbogen.

„Hier. Das habe ich soeben bekommen. Ich bin einberufen worden. Wohin muß ich gehen?"

„Kommen Sie. Ich führe Sie zum Direktor."

Der Direktor war ein etwa fünfzigjähriger Mann mit ausdruckslosem Gesicht, auf dem ein kurzes Lächeln aufblitzte, als Cherry eintrat. Grußlos erklärte sie: „Mein Name ist Cherry Thomas. Ich habe soeben meine Einberufung erhalten."

„Nehmen Sie doch Platz. Ich heiße Stewart. Mir ist klar, daß das für Sie ein unglücklicher Tag ist, aber ich möchte Ihnen versichern –"

Sie unterbrach ihn. „Schauen Sie, Mr. Stewart, ich möchte, daß Sie mir einen Gefallen tun. Mir ist es gleichgültig, ob man mich einberuft oder nicht. Aber ich möchte, daß Sie mich zu demselben Planeten schicken, zu dem Sie im Jahr 2114 auch Dan Cirillo geschickt haben. Mir ist der Name dieser Welt nicht bekannt, doch Sie müßten in der Lage sein, ihn zu ermitteln, und –"

Mr. Stewarts ausdrucksloses Mondgesicht wirkte mit einemmal irritiert.

„Sie scheinen nicht zu verstehen, Miß Thomas. Man wird Sie keinesfalls zu einem Planeten schicken, der bereits kolonisiert worden ist. Ihr Ziel ist eine vollkommen unberührte Welt, ein jungfräulicher Planet."

„Aber ich möchte bei Dan sein! Hören Sie, er hat für mich alles bedeutet, wir waren praktisch verheiratet, und dann kamen Sie daher und beriefen ihn ein. Und er flog hinaus. Nun, jetzt bin ich an der Reihe, und ich möchte zu ihm! Verstehen Sie denn nicht, wie wichtig das ist? Verdammt noch mal, haben Sie denn kein Herz?"

Mr. Stewart zuckte gelassen die Achseln. „Ich fürchte, daß es für Sie völlig unmöglich ist, ihm jetzt noch zu folgen. Im übrigen dürfte Ihnen doch klar sein, daß er bereits seit zwei Jahren verheiratet ist, oder?"

„Dan – verheiratet?" Cherry schüttelte den Kopf. *Wie dumm von mir, nicht daran zu denken! Natürlich, wenn man hinausgeschickt wird, bekommt man auch einen Partner zugeteilt!* Langsam wich ihre Nervosität, ihre Erregung. „Ich . . . hatte nicht daran gedacht", gab sie leise zu. „Natürlich. Er ist bereits verheiratet, dort, wo er jetzt ist." Ein Kloß schien in ihrer Kehle zu stecken.

Mr. Stewart beugte sich vor und lächelte. „Also verstehen Sie, daß wir Sie nicht zu ihm schicken können. Jetzt nicht mehr."

„Aber vor zwei Jahren hätte ich ihm folgen können! Alles, was ich hätte tun müssen, war, hierherzukommen und mein Einverständnis zu geben, und alles wäre in Ordnung gewesen.

Und ich wäre jetzt dort oben bei ihm! Ich wäre seine Frau!" Ihre Stimme besaß einen leicht hysterischen Unterton. Und plötzlich begann sie zu weinen und barg ihr Gesicht in den Händen.

Rasch ging der Gefühlsausbruch vorbei. Als sie aufblickte, bemerkte sie, daß Mr. Stewart sie ruhig betrachtete, als ob er etwas Derartiges jeden Tag erlebte.

„Also wird man mich zu irgendeinem anderen Planeten bringen", stellte sie fest. „Zu welchem?"

„Nur meine Vorgesetzten sind darüber informiert, Miß Thomas. Spielt das denn wirklich eine Rolle?"

„Nein – nein, ich glaube nicht."

Unbehaglich blätterte er in den Papieren, die vor ihm auf dem Schreibtisch lagen. „Ich habe Ihre Unterlagen angefordert, aber es wird noch einen Augenblick dauern, bis sie eintreffen. Sie sind hier nicht registriert."

„Ich bin in Philadelphia erfaßt worden", erklärte sie. „Vor sechs Jahren habe ich mich dort gemeldet." Es schien eine Ewigkeit her zu sein. Und heute war ihre Nummer gezogen worden. Vor ihrem geistigen Auge erschien die Cherry Thomas des Jahres 2110, die furchtsam die Registrierungsformulare ausfüllte. Damals war sie ein verschüchtertes neunzehnjähriges Mädchen gewesen. In diesen sechs Jahren war sehr viel geschehen.

„Ich nehme an", fuhr Mr. Stewart fort, „daß Sie gegenwärtig nicht verheiratet sind, Miß Thomas?"

„Nein. Vor einigen Jahren schon, aber nur kurz. Jetzt nicht mehr."

„Ich verstehe. Und – und es gibt niemanden, der sich womöglich freiwillig melden würde, um Sie zu begleiten?"

Cherry überflog in Gedanken die Männer, die sie kannte. Nein, keiner von ihnen hatte das Zeug zum Freiwilligen. Schweigend schüttelte sie den Kopf.

„Dürfte ich mich nach Ihrem Beruf erkundigen?" fragte Mr. Stewart.

„Ich bin – eine Unterhalterin."

„Das ist eine sehr allgemein gehaltene Angabe. Würden Sie das bitte ein wenig spezifizieren?"

„Im Augenblick bin ich arbeitslos. Ich sollte mich heute

nachmittag vorstellen, um einen Job zu bekommen, aber ich nehme an, das ist jetzt bedeutungslos geworden. Früher war ich Sängerin in Nachtklubs, Tänzerin und eine Menge anderer Dinge mehr."

Sie lächelte ironisch. Seit man ihr Dan fortgenommen hatte, hatte sie jeden Tag mit einem Fluch auf die Einberufung und auf die Männer, die für sie verantwortlich waren, begonnen. Aber nun, wo sie selbst in diesem Netz gefangen war, erkannte sie, daß die Einberufung genau das war, worauf sie, ohne es zu wissen, gewartet hatte. Sie ermöglichte ihr die Flucht – die Flucht vor dieser rauhen, falschen Welt, in der sie lebte, die Flucht vor den höhnischen Agenten, die ihr jetzt nur widerwillig das geforderte Honorar bezahlten und in einigen Jahren mit ihr feilschen und streiten würden, die Flucht vor der unüberwindlichen Mauer der Einsamkeit und der Furcht.

Eine neue Welt; ein Mann; Kinder.

Ihr Blick war verschwommen, von ungewohnter Feuchtigkeit getrübt. „Wissen Sie", sagte Cherry, „ich bin froh, daß ich tauglich bin. Ich bin wirklich froh."

3

NORMALERWEISE traten die Menschen zur Seite, wenn sie Ky Noonan auf dem Bürgersteig auf sich zukommen sahen. Es lag nicht nur an seiner Größe; es gibt viele hochgewachsene Männer, deren Größe einhergeht mit offensichtlicher Harmlosigkeit. Aber Noonan umgab eine ungewisse Aura der Autorität, des Selbstvertrauens, die allen anderen lautlos zuzurufen schien: *Haltet die Augen auf, und geht mir besser aus dem Weg. Ky Noonan ist im Anmarsch!*

Mit dreißig befand er sich auf dem Höhepunkt seiner körperlichen Entwicklung. Er maß stattliche ein Meter dreiundneunzig, und an seinem neunzig Kilo schweren Körper befand sich kein Gramm Fett. Sein glänzendschwarzes Haar hatte er zu einem ungezähmten, aber dennoch irgendwie ordentlich wirkenden Schopf nach hinten gekämmt, so daß die hohe Tolle seiner Größe noch ein paar Zentimeter hinzuzufügen schien. Seine Stimme paßte zu seiner Figur, ein tiefer, rollender Baß, den man noch einige Blocks weiter hören konnte, wenn er es darauf anlegte. Seine Schultern waren breit, seine Beine lang und kräftig und seine Haut so von der Sonne gebräunt, daß sie an teures Saffianleder erinnerte.

An diesem Tag hatte er eine wichtige Entscheidung getroffen. Der Gedanke hatte ihn schon seit einigen Jahren beschäftigt, Jahre, die er damit verbracht hatte, an den Docks von Jamaika Schiffe zu entladen oder entlang der unruhigen südafrikanischen Grenze zu patrouillieren. Seine Zeit als Polizist lag jetzt mehr als einen Monat zurück, und er hatte sich nicht bemüht, seinen Kontrakt zu verlängern. Ruhelosigkeit erfüllte ihn. Er war schon früh selbständig geworden, hatte sein Elternhaus mit vierzehn verlassen in der Überzeugung, daß niemand ihm nachtrauern würde, und seitdem in mehr als zwanzig Ländern über hundert verschiedene Tätigkeiten ausgeübt.

Die Erde beengte ihn. Der blaue Himmel war für ihn die Mauer eines Gefängnisses. Er wollte fort.

Im Jahr 2111 hatte er eine Zeitlang unter der Schutzkuppel auf der Venus verbracht, aber es war nicht das gewesen, wonach er sich gesehnt hatte. Es gab keinen Platz im gesamten Sonnensystem, der ihn anzog. Im System lebte man entweder auf der Erde, oder man lebte unter einer Schutzkuppel. Venus, Mars, Ganymed, Kallisto, Titan, Pluto – sechs Kolonien, wenn man die auf dem Mond nicht berücksichtigte. Aber auch dort war ein Mensch beengt, umhüllt von der glitzernden Kuppel aus Duroplast, die die tödlichen Gifte der Außenwelt abhielt. Er hatte sein Jahr auf der Venus damit verbracht, mürrisch seine Routineaufgaben zu erledigen und mit unverhülltem Zorn hinauszustarren auf die rote und grüne und blaue und violette Welt, eine Welt aus Formaldehyd, Faulgasen und sonderbaren wächsernen Pflanzen, eine Welt, die kein Mensch ohne Schutzanzug zu betreten wagte.

Er brauchte nicht die anderen Siedlungen im Sonnensystem zu besuchen, um zu wissen, daß es dort nicht anders aussah. Auf dem Mars blickte man hinaus auf eine tote rote Wüste; auf Ganymed gab es nur endlose weiße Schneefelder, deren Glanz in den Augen schmerzte und über denen die riesige, unerreichbare Kugel des Jupiter am Himmel hing. Was hatte es schon für einen Sinn, die Erde zu verlassen, wenn man, auf

Sauerstoff und Wasser angewiesen, unter einer Plastikkuppel eingesperrt war?

Nein. Die einzige Welt im Sonnensystem, die es einem Menschen erlaubte, sich frei und unbehindert von lebenserhaltenden Maschinen auf ihrer Oberfläche zu bewegen, war die Erde, und die Erde besaß keine Anziehungskraft mehr für Ky Noonan. Ihn zog es zu den Sternen.

Wie jeder andere hatte er sich im Alter von neunzehn Jahren registrieren lassen. Mit neunzehn war er ein kriegerischer, aggressiver junger Mann gewesen, der den verschreckten Technikern mit dröhnender Stimme geraten hatte, ihn besser untauglich zu schreiben. Aber man hatte seine Drohungen ignoriert und ihn für tauglich und fruchtbar befunden, und zwei Tage lang war er gerast und hatte getobt und die Kolonisation verflucht, die seine Grundrechte einschränkte.

Und jetzt stand er an einem milden Nachmittag im Oktober auf einer schmutzigen, verkommenen Straße von Baltimore, vor einem Haus, über dessen Eingangstür sich eine goldene Inschrift befand: Kolonisationsbüro Distrikt eins, Registrierzentrum 212. Einige wenige Worte genügten, und er würde seine Grundrechte für immer aufgeben.

Als er seine Entscheidung traf, wich er unwillkürlich zurück, eine Reaktion, die ganz und gar nicht zu seiner Persönlichkeit paßte. Aber er zögerte nur wenige Augenblicke. Wenn er schon so weit gegangen war, erkannte er, dann konnte er jetzt nicht mehr umkehren.

Die Tür, die in das Büro führte, gehörte noch zu den altmodischen Ausführungen, die man manuell öffnen mußte. Er griff nach der Klinke und stieß die Tür auf. Dann trat er ein.

Links von der Tür befand sich ein Tisch, um den sich ein Dutzend Jungen und Mädchen versammelt hatten, die über den Registrierungsfragebogen brüteten. Rechts standen weitere Jugendliche in einer Reihe und warteten darauf, zur gesundheitlichen Untersuchung in die medizinische Abteilung eingelassen zu werden. Sie machten einen bedrückten Eindruck. Noonan lächelte verstohlen, denn er wußte, daß das, was er heute tat, irgendeinem furchterfüllten, widerstrebenden Menschen weitere vierundzwanzig Stunden Galgenfrist auf der Erde verschaffen würde.

Er trat an den Schreibtisch und sagte so laut, daß ihn jeder im Raum verstehen konnte: „Mein Name ist Noonan. Ich möchte mich freiwillig melden."

Ein Dutzend Köpfe fuhr herum. Schweigen erfüllte das große Zimmer. Der Angestellte murmelte irgend etwas und führte ihn zu einer Bürotür mit der Aufschrift MR. HARNESS.

Mr. Harness war ein schüchtern wirkender, vertrockneter kleiner Mann von anmaßendem, steifem Charakter. Er bot Noonan einen Stuhl an und sagte: „Habe ich richtig verstanden, daß Sie sich freiwillig zur Einberufung melden?"

„Sie haben richtig verstanden."

Nachdenklich faltete Mr. Harness die Hände. „In der letzten Zeit hat es nicht sehr viele Freiwillige gegeben, wie Sie sich sicher vorstellen können. Sie sind der erste seit über einem Monat."

Noonan zuckte die Achseln. „Gibt es dafür einen Orden?"

Mr. Harness blickte unbehaglich drein. „Nicht direkt. Aber Ihnen stehen einige Privilegien zu, die den normalen Kolonisten vorenthalten werden. Sind Sie darüber informiert?"

„Ich weiß, daß Freiwillige als erste das Recht haben, sich eine Frau auszusuchen", erklärte Noonan unverblümt. „Vielleicht bekommen sie auch auf dem Raumschiff eine bessere Verpflegung. Aber das einzige Privileg, das mich im Augenblick interessiert, ist die Wahl einer Frau."

„Ah, ja. Natürlich, Mr. . . ?"

„Noonan. Ky Noonan."

Der Beamte griff nach einem Formular und einem Schreibstift. „Wir können die Formalitäten sofort erledigen, Mr. Noonan. Würden Sie bitte Ihren Vornamen buchstabieren?"

Noonan preßte in plötzlichem Ärger die Lippen zusammen. „Cyril. C-Y-R-I-L. Cyril Franklin Noonan. Ich ziehe die Kurzform Ky vor." Der altmodische erste Name war eine Idee seiner Mutter gewesen. Er verabscheute ihn, aber in all seinen Papieren stand dieser Name, und er war zu stolz, um ihn auf gesetzlichem Wege ändern zu lassen. Er nannte sich selbst Ky, und das genügte ihm.

„Geburtsdatum?"

„4. Januar 2086."

„Dann sind Sie – ah – dreißig. Ihr Beruf?"

„Zuletzt war ich Polizist. Und davor habe ich einen Haufen verschiedener Jobs gehabt."

„Irgendeine Spezialausbildung? Medizin, Jura, Wissenschaft, Ingenieurwesen?"

„Ich weiß, wie ich die hier gebrauchen kann" – Noonan hob seine großen Hände –, „und ich weiß, wie ich das hier benutzen muß." Er tippte an seine Stirn. „Aber ich besitze keine Fachausbildung."

Harness blickte auf. „Darf ich fragen, warum Sie sich freiwillig melden wollen, Mr. Noonan? Natürlich brauchen Sie auf diese Frage nicht zu antworten. Ich möchte nur meine persönliche Neugier stillen . . ."

Noonan lächelte. Ein Freiwilliger besaß bestimmte Privilegien, und das Recht, die Antwort zu verweigern, gehörte dazu. Solange er psychologisch und physiologisch den Anforderungen genügte, die an die Kolonisten gestellt wurden, und solange man ihn nicht als untauglich zurückwies, weil er kleine Kinder versorgen mußte, und solange er kein schweres Verbrechen begangen hatte, war es nicht erforderlich, daß er seine Entscheidung begründete. Aber, dachte Noonan, saftlose alte Männer wie dieser Harness waren geradezu versessen auf derartigen Klatsch.

„Nun, um Ihre Neugierde zu befriedigen", erwiderte er, „ich melde mich freiwillig, weil ich der Erde überdrüssig bin und etwas anderes kennenlernen will. Ich habe keine Schulden und auch keine unschuldigen Mädchen verführt. Ich fliehe auch nicht vor einer herrschsüchtigen Mutter. Ich trage mich einfach deswegen ein, weil ich wissen will, wie es dort draußen ist."

Harness schien von dem verärgerten Ausbruch schockiert zu sein. Er lehnte sich in seinem Sessel zurück. „Ja, ja, natürlich, Mr. Noonan. Ich wollte keinesfalls andeuten, daß Sie . . . Nun, wenn Sie jetzt so freundlich sein würden, den Rest des Formulars auszufüllen . . ." Noonan gehorchte. Der Fragebogen enthielt die üblichen Punkte; man wollte wissen, wo er gearbeitet hatte, welche besonderen Fähigkeiten er besaß, ob er an Krankheiten litt und wo seine Verwandten lebten. Er führte die Arbeitsstellen auf, an die er sich erinnern konnte, strich die Aufstellung der Krankheiten durch, da er bisher immer gesund gewesen war, und machte hinter der Spalte, wo man sich nach seinen nächsten Verwandten erkundigte, ein Fragezeichen. Wahrscheinlich lebten seine Eltern noch, und soweit er wußte, wohnten sie nach wie vor in West Virginia, aber er hatte seit mehr als fünfzehn Jahren keinen Kontakt mit ihnen gehabt und sah keinen Grund, dies jetzt zu ändern.

Er wendete das Formular und sah sich mit der Frage konfrontiert, ob er jemals schwanger gewesen sei oder je an bestimmten Frauenkrankheiten gelitten habe.

Noonan blickte auf. „Sind Sie sicher, daß Sie mir das richtige Formular zum Ausfüllen gegeben haben?"

Harness rang sich ein schwaches Lächeln ab. „Wir benutzen für beide Geschlechter das gleiche Formular. Übergehen Sie die Punkte, die auf Sie nicht zutreffen, und machen Sie weiter."

Noonan machte weiter. Hinter die Frage WIEVIEL ZEIT WERDEN SIE BRAUCHEN, UM IHRE PRIVATANGELEGENHEITEN ZU ORDNEN? schrieb er in Großbuchstaben KEINE. Er unterzeichnete das Blatt und gab es Harness zurück, der es rasch überflog und verwundert die Brauen wölbte, als sein Blick auf den letzten Eintrag fiel.

„Sind Sie bereit, sofort aufzubrechen, Mr. Noonan?"

„Warum nicht? Meine Angelegenheiten sind geregelt. Ich habe nur wenig Besitz und wenig Geld, und ich kenne niemanden, dem ich es geben könnte. Deshalb werde ich mein ganzes Eigentum der Wohlfahrt überschreiben. Wo ich hingehe, werde ich wohl kaum Geld benötigen."

„Sehr gut", erklärte Harness trocken. „Heute haben wir den 8. Oktober. Würden Sie sich dann bitte in drei Tagen wieder bei uns melden?"

„In drei Tagen? Warum?"

„Das Gesetz schreibt vor, daß wir Ihnen drei Tage Zeit lassen müssen, damit Sie Ihre Entscheidung noch einmal überdenken können. Wenn Sie Ende der Woche noch immer bereit sind, sich freiwillig zu verpflichten, dann kommen Sie zu uns zurück, und wir werden den Antrag bewilligen."

Noonan schüttelte den Kopf. „Ich brauche keine Bedenkzeit. Ich habe mich entschieden, bevor ich hierherkam."

„Aber das Gesetz –"

„Zum Teufel mit dem Gesetz! Ich bin hierhergekommen, um mich heute einzutragen, nicht in drei Tagen. In drei Tagen möchte ich schon fort sein. Verstehen Sie mich?"

Harness war verwirrt und bestürzt, als ob diese Abweichung von der gewohnten Routine ihn völlig aus der Fassung gebracht habe. „Nun, es verstößt gegen die Vorschriften, aber ich glaube, daß wir die Wartezeit abkürzen können –"

„Ausgezeichnet. Dann kürzen Sie sie ab."

„Einen Moment bitte, Mr. Noonan."

Harness drehte sich in seinem Sessel und nahm ein dickes, in Leder gebundenes Buch von einem Regal. Einige Minuten blätterte er darin herum, während Noonan mit wachsender Ungeduld zusah und innerlich das Labyrinth aus Vorschriften und Bestimmungen verfluchte, mit dem die Bürokraten einen Mann hinhalten konnten, der doch nur diesen Planeten verlassen und ein neues Leben auf einer neuen Welt beginnen wollte.

Schließlich blickte Harness auf. „Es scheint, Sie haben Glück", erklärte er. „Die Wartezeit gilt als Privileg und nicht als verbindliche Vorschrift. Wir können sie also abkürzen."

„Okay. Dann kürzen Sie. Wann kann ich aufbrechen?"

Mr. Harness legte das Buch zurück, faltete die Hände, preßte erst Daumen an Daumen, dann Zeigefinger an Zeigefinger und so weiter, bis sich schließlich seine kleinen Finger berührten. „Ich fürchte, es wird noch eine kleine Weile dauern. Als erstes müssen Sie zur medizinischen und psychologischen Untersuchung. Weiß Gott, Sie *sehen* gesund aus, aber genau kann man das immer erst hinterher sagen, nicht wahr?"

Er schien auf Noonans Zustimmung zu warten, aber Noonan schwieg. Nach einem Moment des Zögerns fuhr Mr. Harness fort: „Wenn Sie heute nachmittag alle Tests erfolgreich bestehen, werden wir Ihre Unterlagen an unsere Zentrale in New York weiterleiten, und Sie werden dann mit dem nächsten Transport aufbrechen können. Sobald Sie einem Schiff zugeteilt worden sind, vergehen bis zum Start noch sieben Tage. Gleichgültig, wie ungeduldig Sie sind, von hier fortzukommen, diese siebentägige Frist läßt sich nicht umgehen."

„Damit Sie in dieser Zeit überprüfen können, ob ich nicht aus dem Gefängnis ausgebrochen bin oder mich einem Gerichtstermin entziehen will, nicht wahr?"

Mr. Harness schnitt ein unglückliches Gesicht. „Die Siebentagefrist ist Vorschrift, Mr. Noonan. Und natürlich wissen Sie auch, daß diese Überprüfungen unumgänglich sind."

„Sie begehen einen Fehler, Harness. Wenn die Erde so darauf versessen ist, einen Teil ihrer Bevölkerung zu den Sternen zu schicken, warum hat dann bisher noch niemand daran gedacht, verurteilten Verbrechern die Chance zu geben, beim Aufbau einer Kolonie mitzuhelfen, statt in einem Gefängnis zu verrotten? Man braucht nicht einmal die Verurteilten mit den normalen Siedlern zusammenzubringen; man kann ruhig warten, bis man eine bestimmte Anzahl Krimineller zusammenhat, und sie dann gemeinsam auf irgendeiner Welt aussetzen."

Mr. Harness lächelte kühl. „Und eine Welt ausschließlich mit Mördern, Vergewaltigern und Dieben besiedeln? Ich befürchte, daß eine derartige Kolonie nicht lange lebensfähig sein würde."

„Sie wissen verdammt gut, daß das nicht stimmt!" beschuldigte ihn Noonan. „Sie würden lernen, miteinander auszukommen. Sie hätten gar keine andere Wahl. Was Leute wie Sie fürchten, das ist doch nur, einen Haufen amoralischer Kerle mit Mumm in den Knochen zu den Sternen zu schicken und sie dort eine Welt besiedeln zu lassen. Weil Sie überzeugt sind, daß diese Welt dann in tausend Jahren die ganze Milchstraße beherrschen würde, was, Harness?"

„Ich verstehe nicht, was das mit –"

„Okay. Das fiel mir gerade nur so ein. Tut mir leid, daß ich überhaupt davon angefangen habe."

Nervös befeuchtete Mr. Harness seine Lippen. „Ich fürchte, daß ich die Politik des Kolonisationsbüros in keinerlei Hinsicht beeinflussen kann, Mr. Noonan. Wenn Sie sich jetzt bitte auf die medizinischen Tests vorbereiten würden . . ."

Die ärztliche Untersuchung ergab genau das, was Noonan erwartet hatte. Man prüfte ihn auf Herz und Nieren und stellte fest, daß er vollkommen gesund war – was er ihnen schon zuvor hätte sagen können. Während er auf den Laborbefund des Fruchtbarkeitstests wartete, ließ Noonan die psychologische Untersuchung über sich ergehen, die aus einigen sinnlosen Tintenklecks- und Wort-Assoziations-Tests und aus einer kurzen Unterhaltung mit einem der Psychologen bestand und herausfinden sollte, ob Noonan irgendwelche antisozialen oder antikooperativen Tendenzen aufwies.

„Ich denke, mit Ihnen ist alles in Ordnung, Mr. Noonan",

erklärte der Psychologe nach zwanzig Minuten. „Sie sind zwar ein halsstarriger, egoistischer Mensch, aber Sie besitzen alle Eigenschaften, die in den Kolonien notwendig sind. Ich schlage vor, wir beenden unser Gespräch und sehen nach, wie die übrigen Testresultate ausgefallen sind."

Die Ergebnisse waren positiv. Als Noonan das Registrierzentrum verließ, befand sich in seiner Tasche die Antragsbestätigung. Er hatte hundert Dollar abgelehnt, die jeder Freiwillige erhielt, um sich eine letzte Sauftour auf der Erde zu finanzieren, und Harness erklärt, daß er mehr eigenes Geld besaß, als daß er es in seiner letzten Woche hätte ausgeben können. Er lächelte über die verschreckten Jugendlichen, an denen er auf seinem Weg hinaus vorbeikam. Wenn die halbe Welt tagtäglich in Furcht vor dem Computer lebte, war es ein gutes Gefühl, wenn man selbst ganz anders empfand und gerade ein Registrierzentrum betreten und den Angestellten gesagt hatte, alles für den Transport vorzubereiten.

Seine Unterlagen waren bereits auf dem Weg nach New York, wo sich die Zentralstelle dieses Distrikts befand. Am nächsten Morgen schon würden sie auf dem Schreibtisch des Distriktsvorstehers Mulholland liegen, um in die tägliche Einberufungsliste aufgenommen zu werden. Die lokale Behörde würde ihm mitteilen, wo und wann er sich melden sollte, sobald sie die entsprechende Nachricht aus New York erhielt.

Jetzt gab es keine Möglichkeit mehr, etwas daran zu ändern, aber Noonan machte sich deswegen keine Sorgen. Obwohl er bereits eine Verzichterklärung unterschrieben hatte, besaß er noch immer die Möglichkeit, bis einige Tage vor dem Start seinen Entschluß zu revidieren. Aber er hatte nicht vor, noch einmal seine Meinung zu ändern. Und wenn er die Erde erst einmal verlassen hatte, würde er sie nie wiedersehen. Die Reise zu den Sternen war eine unwiderrufliche Angelegenheit. Kein Kolonist kehrte von ihr zurück.

Es war später Nachmittag, kurz nach fünf, und langsam begann die Nacht hereinzubrechen. Noonan wußte, wie er diese Nacht verbringen würde: auf dieselbe Art wie alle anderen Nächte, die ihm noch auf der Erde blieben. Zuerst eine gute Mahlzeit und dann eine Flasche.

Kalter Wind blies ihm in der Fremont Avenue entgegen. Er

ging weiter und bemerkte nicht einmal, daß die obersten Knöpfe seines Hemdes offen waren. Die ersten fernen Sterne begannen am blauschwarzen Himmel zu glitzern. Er lächelte zu ihnen hinauf.

Schaut mich gut an, dachte er. Schaut mich gut an, ihr Sterne. Ich bin Ky Noonan, und bald werde ich dort oben bei euch sein!

4

„MUSS ICH wirklich nächste Woche fort?" fragte Carol Herrick verstört. Sie saß steif da, mit geradem Rücken, die Knie fest aneinandergepreßt, und blickte über den breiten, leeren Schreibtisch hinweg den älteren Mann starr an, der in diesem Moment vollkommene Kontrolle über ihr Schicksal zu haben schien. „Ich meine, gibt es denn keine Möglichkeit, die mich davon befreien könnte?"

Der Beamte des Kolonisationsbüros schüttelte langsam den Kopf.

„Gar keine?" drängte Carol.

„Wenn man sich qualifiziert hat, muß man fort. So lautet das Gesetz, und es führt kein Weg daran vorbei."

Obwohl er freundlich gesprochen hatte, waren das harte Worte. Verzweifelt kämpfte Carol gegen die Tränen an. Sie wollte sie fließen lassen, wollte sich vor diesem Mann auf den Boden werfen, seine Knie mit ihren Tränen benetzen. Wie konnte man sie nur zu einer anderen Welt schicken? Es war einfach nicht recht, sagte sie sich. Sie gehörte hierher, nach San Francisco mit seinem Nebel und seinen Brücken und den Sonntagnachmittagsspaziergängen durch den Golden Gate Park, und nicht auf irgendeinen fremden, unheimlichen Planeten.

Mit leiser, brüchiger Stimme fragte sie: „Aber – warum *ich?* Ich weiß doch überhaupt nichts über den Weltraum, über die Sterne. Ich kann noch nicht einmal richtig kochen. Ich gehöre nicht zu der Sorte Mensch, die dort oben gebraucht wird."

„Man benötigt jede Art Mensch, Miß Herrick. Sie werden lernen, wie man kocht, näht, wie man wilden Tieren das Fell abzieht. Der Weltraum wird Sie in eine richtige Siedlerfrau verwandeln."

Erneut stieg ihr das Blut ins Gesicht. „Da ist noch etwas anderes. Man wird mich zum Heiraten zwingen, nicht wahr? Alle Kolonisten müssen heiraten."

„Natürlich. Und Kinder zur Welt bringen. Auf jeder Welt werden nur fünfzig Paare abgesetzt – aber damit die Kolonie überleben kann, müssen sie sich vermehren. Möchten Sie denn nicht heiraten, Carol? Und Kinder haben?"

„Ja, gewiß. Aber –"

„Aber was?"

„Ich habe gewartet – ich habe schon so lange auf den Richtigen gewartet. Ich habe mich von Freunden getrennt, um zu erfahren, wie wohl der nächste sein würde. Und jetzt ist es zu spät, oder? Ich könnte schon verheiratet sein, könnte vielleicht jetzt schon ein Baby haben und müßte nicht fort – *dort hinaus.*"

„Es tut mir leid. Man erwartet von mir, daß ich Ihnen das Übliche über die Zukunft der Menschheit erzähle, Miß Herrick, aber ich vermute, daß Ihnen das nicht sehr viel helfen würde. Alles, was ich sagen kann, ist, daß es mir leid tut – aber Sie müssen Ihr Schicksal akzeptieren."

Gedankenverloren starrte sie vorbei an dem Mann hinter dem Schreibtisch, vorbei an dem Schild mit dem bedeutungslosen Slogan, vorbei an der Wand in die graue Leere. Halb zu sich selbst sagte sie: „Ich habe so lange gewartet – und nun wird man mich mit dem erstbesten verheiraten. Nicht wahr?"

„Sie haben eine gewisse Auswahl, Miß Herrick. Man verlangt nicht von Ihnen, daß Sie einwilligen, wenn der Mann, der Sie wählt, Ihnen nicht gefallen sollte. Sie können immer noch nein sagen."

„Aber ich muß doch *einen* von ihnen heiraten. Ich kann sie nicht alle ablehnen."

„Das ist richtig. Sie müssen einen von ihnen heiraten."

Carol schloß für einen Moment die geröteten Augen und dachte daran, wie es sein würde, verheiratet zu sein, das Bett mit einem Mann zu teilen, zu fühlen, wie das Kind im Leib wuchs und wie der Bauch immer dicker wurde. Die Vorstellung erschien ihr so fremd wie das ganze Ansinnen, in Zukunft auf einem weit entfernten Stern zu leben.

Nach einer Weile sah sie auf, und ihr Blick traf den des Beamten vom Kolonisationsbüro. Er erinnerte sie ein wenig an ihren Vater: weise und freundlich, mit weißen Haaren und sanften, lächelnden Augen – und genau wie bei ihrem Vater lag hinter der äußeren Freundlichkeit eine innere Beharrlichkeit, eine undurchdringliche Mauer aus *Du mußt* und *Keine Widerrede.*

„Warum?" flüsterte sie. „Warum muß ich fort? Können Sie mir das sagen?"

„Ich kann es Ihnen erklären, aber ich weiß nicht, ob Sie es auch verstehen werden. Haben Sie jemals in der Nacht hinauf zum Himmel geschaut und die Sterne gesehen?"

„Natürlich."

„Aber Sie haben nicht alle Sterne gesehen. Man erkennt nicht mehr als ein paar tausend von ihnen, wenn man hinauf zum Nachthimmel schaut. Vielleicht glauben Sie, daß es Millionen sind, aber zu sehen ist nur eine Handvoll. Aber es *gibt* Millionen von ihnen, Miß Herrick. Milliarden. Und jeder dieser Sterne ist eine Sonne wie unsere Sonne. Dort oben gibt es hunderte Millionen Sonnensysteme. Millionen Welten wie die Erde, auf denen menschliche Wesen leben können. Und es ist das Schicksal der Menschheit, sich im ganzen Universum auszubreiten und all diese Welten zu bevölkern. Denken Sie daran, was Gott in der Bibel zu Abraham gesagt hat: *‚Ich mache deine Nachkommen zahlreich wie den Staub auf der Erde. Nur wer den Staub auf der Erde zählen kann, wird auch deine Nachkommen zählen können.'* Und dann sagte er: *‚Sieh doch zum Himmel hinauf und zähl die Sterne, wenn du sie zählen kannst. So zahlreich werden deine Nachkommen sein.'* Millionen Welten, Miß Herrick – und Ihnen ist es vergönnt, daran mitzuarbeiten, daß die Saat der Erde die Sterne erreicht."

Das Mädchen zuckte gleichgültig die Achseln. „Aber warum *müssen* wir denn hinaus zu den Sternen? Warum können wir uns denn nicht mit der Erde zufriedengeben? Ich verstehe nicht, warum man Menschen einberuft und sie hinausschickt. Ich möchte nicht fort!"

„Sie müssen es, Miß Herrick, ob Sie nun wollen oder nicht. Um das Schicksal der Menschheit zu erfüllen. Große Worte, Worte, die Sie vielleicht nie verstehen werden. Aber Sie müssen fort."

Wie betäubt ließ Carol die Untersuchungen über sich ergehen, ohne Protest, ohne viel davon zu begreifen, erfüllt von diffusem Widerwillen und jenem milden Groll, der das einzige Zorngefühl darstellte, das zu empfinden sie in der Lage war.

Carol Herrick hatte nie viel Zeit damit verbracht, über die Frage der Einberufung nachzudenken. Vor drei Jahren, an ihrem neunzehnten Geburtstag, hatte sie sich in diesem Registrierzentrum gemeldet, weil es das Gesetz von ihr verlangte. Sie hatte ihren Namen genannt und war von den Ärzten untersucht worden – sie erinnerte sich nur ungern an dieses Erlebnis. Nur mit ihrer Unterwäsche bekleidet, war sie den Fragen der Ärzte ausgesetzt gewesen, während man sie mit Stethoskopen abgehorcht und sie behandelt hatte, als wäre sie nichts anderes als ein Möbelstück auf zwei Beinen – und eine Woche später hatte sie die kleine Karte erhalten, auf der stand, daß sie tauglich war und daß sich ihr Name in dem großen Computer befand und sie der Einberufung unterworfen war, bis sie ihr vierzigstes Lebensjahr erreicht hatte.

Und vierzig Jahre wurde sie erst 2134, und das lag so schrecklich weit in der Zukunft, daß sie sich nur schwer die Länge der Zeit vorstellen konnte, die dazwischen lag. Und da ihr Verstand weder etwas mit dem Konzept der Kolonisation noch mit einem Zeitraum von zwanzig Jahren anfangen konnte, hatte sie die ganze Sache einfach vergessen. Sie war der Einberufung unterworfen, das wußte sie. Nun, warum sich jetzt deswegen Sorgen machen? So dachten fast alle, zumal nicht jeder davon betroffen war. Sie kannte nur ein oder zwei Personen, die man einberufen hatte, obwohl sie zugeben mußte, daß ihr Erinnerungsvermögen nicht sehr gut war und es vielleicht noch andere während ihrer Kindheit getroffen hatte. Sie erinnerte sich an die Feier vor fünf oder sechs Jahren, als ihr Vater seinen vierzigsten Geburtstag erreicht hatte und nicht mehr länger tauglich war. Man hatte Champagner getrunken und Zigarren geraucht, und da sie siebzehn und damit alt genug gewesen war, um das zu tun, was die Erwachsenen taten, hatte man auch ihr Champagner eingeschenkt. Aber ihr war davon übel geworden, und sie hatte sich im Badezimmer übergeben müssen. Danach war sie früh zu Bett gegangen und hatte nur wenig von der Fröhlichkeit der Feier mitbekommen.

Die Einberufung war etwas, über das man nicht nachdachte, etwas Düsteres und Unangenehmes wie der Tod – und welcher normale Mensch dachte schon oft an den Tod? Carol verlebte ihre Tage, ohne sich von der Möglichkeit der Einberufung irritieren zu lassen. Sie hatte die höhere Schule erfolgreich abgeschlossen und in Oakland in einer großen Baufirma als Sekretärin gearbeitet. Jeden Tag fuhr sie mit dem Bus durch den Tunnel unter der Bucht, arbeitete, fuhr wieder nach Hause zurück und sah fern, ging aus oder legte sich früh schlafen.

All das war jetzt vorbei. Der kleine blaue Brief in ihrem Briefkasten hatte all das beendet.

Carol war an diesem Tag zur gewohnten Zeit zur Arbeit gefahren und hatte sich wie gewöhnlich nicht um den Inhalt ihres Briefkastens gekümmert – wenn man ungefähr einmal im Monat einen Brief erhielt, war das nicht nötig. Aber als sie um neun Uhr ihr Büro erreicht hatte, lag eine Nachricht auf ihrem Schreibtisch.

Ihre Mutter hat angerufen. Sie möchten sie zurückrufen, sobald Sie hier sind. Dringend.

Und Carol hatte die Nummer gewählt und gewartet, daß die Verbindung nach San Francisco zustande kam, und das Gesicht ihrer Mutter war auf dem Bildschirm erschienen, und es sah bleich und verweint aus. Für einen Moment war ihre Mutter nicht in der Lage gewesen zu sprechen. Benommen hatte Carol gedacht, daß ihr Vater gestorben sein mußte. Aber dann sprudelte sie die Worte heraus: „Carol, Liebling, wir haben die Mitteilung bekommen, daß man dich einberufen hat!"

Einberufen. Carol hatte gelächelt. Die Einberufung gehörte zu den Dingen, die nur den anderen Menschen zustießen. Doch es hatte sie getroffen. Ihre Kollegen im Büro hatten die Worte ihrer Mutter mit angehört. Die Neuigkeit verbreitete sich rasch, und als sich die bedrückt dreinschauenden Kollegen um sie versammelten und ihr Beileid murmelten, da hatte Carol begriffen, daß die Einberufung in der Tat eine sehr ernste Angelegenheit war.

Man hatte sie sofort aus dem Büro nach Hause gehen lassen. Ihre Mutter war hysterisch gewesen, und ihr Vater, von der Arbeit nach Hause gerufen, hatte dagesessen und düster eine halb geleerte Whiskyflasche angestarrt, während ihr zwölfjähriger Bruder sie verwirrt und mit bleichem Gesicht seltsam angesehen und nichts gesagt hatte. Das also bedeutete die Einberufung, dachte sie. Sie war wie der Tod, nur daß man noch kurze Zeit dablieb, nachdem man gestorben war, und zusah, wie man von den Hinterbliebenen betrauert wurde.

Wie vorgeschrieben, hatte sie sich im Registrierzentrum gemeldet und war zu dem freundlich wirkenden Mann geführt worden. Sie hatte ihm beizubringen versucht, daß die Sterne sie nicht interessierten, daß sie eine ganz gewöhnliche Büroangestellte war ohne den Wunsch, Siedlerin auf einer fremden Welt zu werden, daß sie nicht hinaus in den Weltraum wollte.

Doch wie es schien, spielten ihre Wünsche keine Rolle. Es gab keinen Ausweg. SIE WERDEN HIERMIT DER KOLONISTENGRUPPE ZUGETEILT, DIE AM 17. OKTOBER AN BORD DES SCHIFFES *GEGENSCHEIN* VOM RAUMHAFEN BANGOR/MAINE ZU DEN STERNEN STARTET. Es war ein Befehl der Regierung, und niemand konnte etwas dagegen unternehmen. In nur einer Woche würde sie den Sternen gehören.

Als sie sich damals hatte registrieren lassen, war ihr eine kleine blaue Fibel ausgehändigt worden, in der erklärt wurde, wie die Einberufung funktionierte und wozu die Kolonisation diente. Sie hatte sie durchgelesen und dann fortgeworfen, da ihr das alles nicht weiter wichtig erschienen war. Jetzt fragte sie danach und erhielt ein neues Exemplar. Nach der Untersuchung saß sie in dem leeren Vorzimmer, wartete auf das Ergebnis und las das Büchlein, das man ihr ausgehändigt hatte.

Sie überschlug die Kapitel, die sich mit dem technischen Ablauf der Einberufung befaßten, mit dem Zentralcomputer und den lokalen Behörden und den fünf Distrikten und allem anderen. Dieser Teil betraf sie nicht; jetzt nicht mehr. Sie blätterte bis zu der Stelle, von der an die Kolonien behandelt wurden, und sorgsam begann sie zu lesen, jedes einzelne Wort zu studieren.

Man wählte hundert Menschen aus, fünfzig Männer und fünfzig Frauen, und setzte sie auf irgendeiner Welt im All ab. Man gab ihnen Werkzeuge und Bücher und medizinische Ausrüstungsgegenstände und alles andere mit, was man auf einer unberührten Welt benötigte. Einer von den hundert Kolonisten wurde zum Koloniedirektor bestimmt, und er blieb es so lange, bis sich die Kolonisten entschlossen, einen anderen, neuen zu wählen.

Das erste, was man tat, war, alle zu verheiraten. Kolonisten mußten verheiratet sein, und es wurde von ihnen erwartet, so viele Kinder wie möglich zu bekommen. Alle unverheirateten Mitglieder der Kolonistengruppe wurden in Männer und Frauen aufgeteilt, und die Männer wählten sich eine Frau aus. Die Frauen konnten entweder akzeptieren oder sich weigern, aber zum Schluß mußte jeder einen Partner gefunden haben, und falls eine Frau jeden Mann ablehnte, dann war der Koloniedirektor berechtigt, ihr jemand zuzuweisen.

Stirnrunzelnd senkte Carol die Broschüre. Die Vorstellung, verheiratet zu sein, ängstigte sie ein wenig. Sie erinnerte sich an ihren achtzehnten Geburtstag, an dem ihre Mutter gesagt hatte: „Nun, Carol, jetzt bist du achtzehn. Und bevor du es überhaupt merkst, wirst du schon eine verheiratete Frau sein!"

Vier Jahre lag das jetzt zurück. Seitdem hatte ihre Mutter immer wieder von Heirat gesprochen. Natürlich hatte es eine Reihe möglicher Partner gegeben. Der erste Junge, der sie hatte heiraten wollen, war Phil gewesen, und vielleicht hätte sie „ja" gesagt, wäre sie verliebter in ihn gewesen.

Nach ihm war dieser „große" Junge gekommen. Tom war nett, aber er hatte Gedichte schreiben wollen, und welche Zukunft besaß schon ein Mädchen, das mit einem Dichter verheiratet war? Und nach Tom . . .

Nach Tom kam Paul, doch Paul war alt, fast dreißig, und er wurde bereits kahl und bekam einen Bauch. Sie hatte „nein" zu Paul gesagt. Nach Paul dann Richard; nach Richard Dave. „Nein" zu Richard, „nein" zu Dave. Carol hatte weiter gewartet, während sie zwanzig und dann einundzwanzig wurde und schließlich auch dieses Jahr endete. Warum also jetzt heiraten? Noch immer hegte sie die Hoffnung, daß ein Prinz kommen und sie in seiner Luxuslimousine mit sich nehmen würde.

So hatte sie auf diesen einen perfekten Mann gewartet, auf den Partner, der allein für sie bestimmt war, und in der Zwischenzeit hatte sich das Schicksalsrad gedreht, und sie war einberufen worden. Jetzt, wo sie sich zum erstenmal einer großen

Krise gegenübersah, überdachte Carol ihr bisheriges Leben und erkannte mit leisem Schrecken, daß sie möglicherweise überhaupt nicht hatte heiraten wollen. Vielleicht hatte sie nur alle genarrt, sich selbst und ihre Eltern und all ihre Liebhaber, hatte ihnen vorgemacht, daß sie einen Ehemann suchte, während sie in Wirklichkeit doch nur zu Hause bei ihrer Mutter und ihrem Vater und ihrem Bruder, in ihrem sauberen kleinen Zimmer bleiben wollte, allein in ihrem Bett, in dem sie seit ihrer Kindheit schlief, unberührt von dem Durcheinander, das eine Heirat unweigerlich mit sich brachte.

Eine seltsame Erkenntnis. Bin ich wirklich so? fragte sie sich. Und dann korrigierte sie: *War* ich wirklich so? Die Carol Herrick, die es einst gegeben hatte, existierte nicht mehr. Jetzt besaß sie keine Kontrolle mehr über das, was mit ihr geschah.

Man würde sie von ihrem Zuhause und ihren Eltern und ihrem alten schwarzen Teddybär trennen, sie zu einem fremden Planeten bringen und sie in die Arme eines fremden Mannes stoßen. Und sie dachte: In diesem Augenblick sitzt der Mann, der mich heiraten wird, in einem Registrierzentrum und wartet fluchend und schimpfend auf den Bescheid, ob er tauglich ist. Wie wird er wohl sein? Sie wußte, daß er schon vierzig sein konnte. Fast so alt wie ihr Vater. Das wäre seltsam – mit einem Mann verheiratet zu sein, der so alt war.

Oder vielleicht war ihr zukünftiger Ehemann auch erst neunzehn oder zwanzig; ein furchtsamer Junge. Doch das erschien ihr weniger schrecklich. Sie konnte für ihn ebensogut eine Art ältere Schwester oder Tante wie eine Frau sein.

Aber auch jeder andere kam in Frage. Ein stämmiger Fernfahrer, brutal und egoistisch; ein kleiner, dünner Universitätsprofessor; ein grober, häßlicher Kerl wie der Fischer, den sie am Pier gesehen hatte, mit einer platten Nase und umgeben vom Geruch der Garnelen.

Sie schlug die Broschüre zu. Das Schild an der Wand befahl: LEISTE DEINEN BEITRAG ZUR ZUKUNFT DER MENSCHHEIT.

Warum? Warum trieb man die Menschen hinaus zu den Sternen? Carol Herrick wußte es nicht.

Die Tür öffnete sich. Der freundliche, weißhaarige Mann erschien. In den Händen hielt er ein paar Formulare.

„Nun?“ fragte Carol.

„Das Testergebnis ist positiv. Mit anderen Worten, man hat Sie akzeptiert. Sie sind tauglich."

Carol nickte langsam. „Also muß ich fort."

„Ja. Sie müssen fort."

In dem leeren Zimmer klangen die verhängnisvollen Worte seltsam hohl und tot. Unsicher machte Carol einen Schritt nach vorn. Sie würde zu den Sternen fliegen. Ohne zu klagen und ohne zu begreifen, würde sie beitragen zur Zukunft der Menschheit.

5

NACHDEM er die Liste mit den hundertzehn Namen für den 17. Oktober, dem Start der *Gegenschein*, fertiggestellt hatte, wandte Distriktsvorsteher Mulholland seine Aufmerksamkeit dem nächsten Punkt der Tagesordnung zu: dem Finale für die Liste des Vortages, wie es so grausam im Terminplan genannt wurde.

Das Raumschiff, das am 16. Oktober vom Raumhafen Cape Canaveral startete, hieß *Skyrover*. Mulholland hatte die übliche Quote an Namen vorbereitet. In den frühen Morgenstunden, während er die Liste für die *Gegenschein* zusammengestellt hatte, waren die Meldungen der lokalen Ämter über die Einberufungen des Vortags eingetroffen. Mulholland überprüfte die langen gelben Formulare. Die *Skyrover*-Liste würde keine Schwierigkeiten bereiten, wie er erkannte. Er verfügte über einundfünfzig taugliche Männer und zweiundfünfzig taugliche Frauen.

Er strich die drei überzähligen Namen, trug sie in das dafür vorgesehene Formular ein und übergab Miß Thorne die Aufstellung. Im Lauf des Tages würden irgendwo in den Vereinigten Staaten drei Menschen erfahren, daß sie noch eine Gnadenfrist hatten. Statt mit dem Schiff am 16. Oktober zu starten, blieb ihnen noch Zeit bis zum 17. Oktober, und falls es bei dem Kontingent der *Gegenschein* keine Ausfälle gab, dann würden sie mit Sicherheit am 18. Oktober mit dem Schiff starten, das für diesen Tag vorgesehen war.

Seine Aufgabe, so empfand es Mulholland, glich einer Art

kosmischem Mosaikspiel – einem Puzzle mit menschlichen Bausteinen, von denen er hundert zur gleichen Zeit ergriff, jene aussortierte, die verbogen oder zerbrochen und für das Muster nicht mehr zu gebrauchen waren, und den Rest zusammenfügte. An jedem Tag mußte ein neues Muster erstellt werden. Manchmal gab es zu viele Einzelteile, und die wurden dann zur Seite gelegt und am nächsten Tag benutzt.

Er stellte die Liste für die *Skyrover* endgültig fertig und sandte sie mit der Rohrpost zu Brevoort, dessen Büro sich zwanzig Stockwerke tiefer befand. Brevoort würde Cape Canaveral anrufen und mündlich die Fertigstellung der Liste bekanntgeben; zur gleichen Zeit würde die Liste per Telex nach Florida weitergesandt werden. Jetzt, wo das *Skyrover*-Programm abgeschlossen war, hatte Mulholland sein Tagespensum erfüllt. Es war vierzehn Uhr. In diesem Augenblick startete vom Raumhafen Bangor das Raumschiff *Enterprise Three* mit hundert Kolonisten an Bord, mit Menschen, die vor einer Woche einberufen worden waren.

Und so ging es Tag und Nacht – Menschen wurden für die Einberufung registriert, ausgewählt, über den bevorstehenden Start informiert, Raumschiffe verließen die Erde. Allein in den Vereinigten Staaten brachen jeden Tag fünf Schiffe zu den Sternen auf, sechzig waren es auf der ganzen Erde, so daß pro Woche vierhundertzwanzig Transporte erledigt werden mußten. Und dennoch: Das Weltall war so unermeßlich groß, daß noch unzählige Jahrhunderte vergehen würden, bis der letzte bewohnbare Planet von den Menschen der Erde besiedelt war.

Vierzehn Uhr. Der Arbeitstag war beendet. Mulholland verschloß seinen Schreibtisch, verabschiedete sich – die meisten Angestellten mußten zwei Stunden länger arbeiten – und verließ das Büro. Als er sich draußen befand, im heftigen Oktoberwind, versuchte er, die Erinnerungen an seinen Arbeitstag abzustreifen wie ein Otter, der sich ans Ufer begibt und die Wassertropfen abschüttelt. Sobald es vierzehn Uhr wurde, konnte er aufhören, Distriktsvorsteher Mulholland zu sein, der Herr über das ehrwürdige Kolonisationsbüro. Er wurde wieder zum einfachen Dave Mulholland von White Plains. Befand er sich dann in dem glitzernden Geschoß des Zuges, lächelte er höflich den anderen Passagieren zu, deren Gesichter oder deren Namen er kannte, und lehnte sich zurück in seinen gepolsterten Sitz. Der Zug erreichte White Plains in sieben Minuten, ohne anzuhalten. Vor Jahren, als die neuen Expresszüge noch nicht in Dienst gestellt gewesen waren, hatte die Fahrt länger gedauert, lange genug, daß er etwas trinken und sich vor der Ankunft in White Plains ein wenig entspannen konnte. Doch jetzt blieb ihm keine Zeit mehr für seinen Martini.

Dafür wartete zu Hause auf ihn sein eisgekühlter Drink. Mulholland gab seiner Frau einen Kuß, streichelte den glücklich bellenden Hund und leerte das Martiniglas.

„Gibt es etwas Neues, Schatz?" fragte Ellen. Sie war einundvierzig und damit vor der Einberufung sicher. Wie er hatte auch sie rotes Haar. „Ihr solltet eigentlich einen Haufen Feuerköpfe großziehen", hatten ihnen Freunde immer wieder geraten, als sie vor sechzehn Jahren geheiratet hatten. Aber sie besaßen keine Kinder. Vielleicht aus Furcht davor, daß sie auch einberufen werden könnten, wie Mulholland insgeheim zugab.

„Nichts Neues, Ellen. Es war wie immer. Eine Liste mit hundert Namen."

Gequält sah sie ihn an, verriet jedoch nicht, was sie dachte. In der Vergangenheit hatten sie schon oft über dieses Problem geredet. Seine Arbeit belastete ihn – niemand liebte einen Henker oder einen Schiedsrichter oder den Chef der örtlichen Einberufungsbehörde –, aber er konnte es sich nicht erlauben, an Rücktritt zu denken. Man gab keinen Posten auf, den man von der Partei zugeteilt bekommen hatte. Wenn man das tat, dann würde man von ihr nie wieder bedacht werden.

Mulholland wechselte seine Kleidung. Er hatte für den Rest des Nachmittags noch im Garten zu tun. Es machte ihm Spaß, mit seinen Händen zu arbeiten, sie in die Erde zu senken, um eine Azalee einzupflanzen oder eine Ligusterhecke zu beschneiden. Er konnte sich in der körperlichen Tätigkeit verlieren, sich so darin versenken, daß er vergaß, wie sehr ihn in diesem Moment hundert Menschen in den Vereinigten Staaten verfluchten, weil er die Arbeit getan hatte, für die er bezahlt wurde.

Zumindest, dachte er, war es jetzt nicht mehr so schlimm, weil er sich nicht mehr ihr Flehen anhören mußte. Er saß in der vornehmen Abgeschiedenheit seines Büros, stellte die Listen zusammen und zeichnete die Formulare ab und besaß keinen direkten Kontakt zu den Opfern, über deren Schicksal er entschied. Bevor man ihn zum Distriktsvorsteher ernannt hatte, als er noch einer von den Abteilungsleitern gewesen war, die die Widersprüche ablehnen mußten, da hatte er seine Arbeit als sehr viel schmerzhafter empfunden.

Erinnerungen stiegen in ihm hoch. Da war dieser Dichter, der an einem umfangreichen Gedichtzyklus gearbeitet und ihm eine Petition der führenden künstlerischen Persönlichkeiten der Erde überreicht hatte, mit der Bitte, daß man ihn im Namen der Kultur befreie. Dennoch hatte man den Poeten einberufen. Die sicherste Möglichkeit, das gesamte Kolonisationsprogramm zu Fall zu bringen, war es, Ausnahmen aufgrund von irgendwelchen Rücksichten zuzulassen. Es hatte zahllose Eltern gegeben, die nicht ertragen konnten, von ihren Kindern oder voneinander getrennt zu werden. Studenten, die um die Möglichkeit gebeten hatten, ihr Studium abzuschließen, Theaterschauspieler, die um die Erlaubnis ersuchten, ihre Tourneen beenden zu können. Aber bei der Einberufung durfte es keine Ausnahmen geben. Gleichgültig, welchen Verlust die Erde erlitt, wenn ein Dichter sein Werk nicht vollenden konnte, ein Theaterstück abgesetzt werden mußte oder ein potentieller Einstein zu den Sternen geschafft wurde, diese Einbußen mußten in Kauf genommen werden. Wenn man künstlerisch begabten, genialen Menschen erlaubte, der Einberufung zu entgehen, dann bedeutete das gleichzeitig, daß nur der Durchschnittsbürger die Sterne erreichte, und dies würde das Ende für die Zukunft der Menschheit bedeuten.

Mulholland beendete seine Gartenarbeit, kehrte ins Haus zurück, wusch sich die Hände, trank einen weiteren Martini und aß zu Abend. In den nächsten Stunden würde er ein wenig lesen, etwas Musik hören oder fernsehen, dann ein Beruhigungsmittel nehmen und zu Bett gehen.

Nur wenige Freunde waren ihm geblieben. Früher hatte er einen großen Bekanntenkreis gehabt, aber in den letzten Jahren war es ihm schwergefallen, soziale Beziehungen aufrechtzuerhalten. Entweder begegnete man ihm mit kaum verhüllter Furcht (wer wollte schon Bridge mit dem Henker spielen?), oder man suchte seine Freundschaft in der Hoffnung, daß er ihnen eines Tages einen Gefallen tat, wenn die Post ihnen die Einberufung ins Haus brachte. Natürlich konnte er ihnen diesen Gefallen nicht tun, aber die Menschen schienen das nicht glauben zu wollen.

Gegen dreiundzwanzig Uhr ging er ins Bett. Am nächsten Morgen war er schon um halb acht wieder auf den Beinen, und innerhalb von fünfundvierzig Minuten hatte er sich rasiert, geduscht, angezogen und gegessen. Auf seinem Weg zum Bahnhof begegnete ihm ein Postauto, aber er empfand nur wenig Freude bei dem Gedanken, daß er sich nun nicht mehr vor dem Eintreffen des blauen Umschlags zu fürchten brauchte. Es war für ihn unmöglich zu vergessen, daß zweihundert Millionen Amerikaner jeden Morgen zwischen dem Frühstück und dem Eintreffen der Post von Angst gepackt wurden, und erst wenn der rot-weiß-blaue Wagen wieder davonfuhr, wußten sie, ob an diesem Tag nun ihre Nummer gezogen worden war oder nicht.

Punkt neun Uhr traf Mulholland in seinem Büro ein. Das Anforderungsformular lag wie immer schon bereit. Für das Raumschiff *Aaron Burr,* das am 18. Oktober von Cape Canaveral startete, wurden fünfzig Paare benötigt.

Wie üblich erteilte er seine Anordnungen für die Auswahl von hundertzehn Namen für die *Aaron Burr.*

Zwei Stunden später trafen die ersten Antworten der lokalen Behörden hinsichtlich der Einberufenen für die *Gegenschein* ein. Mulholland legte jedes der Formulare in die Ablage und würde erst wieder auf sie zurückkommen, wenn es Zeit für die *Gegenschein*-Liste wurde. Die *Skyrover* hatte er bereits vergessen; jetzt, wo die Aufstellung komplett war, verschwand sie für ihn wie alle anderen Schiffe, deren Passagiere Mulholland ausgewählt hatte, im Nebel der Vergangenheit.

Nach dem zweiten Frühstück – das ihm wie immer an den Arbeitstagen nicht richtig schmeckte – widmete er seine Aufmerksamkeit wieder der *Gegenschein.* Seine Unterlagen verrieten ihm, daß eine Position bereits ausgefüllt war: von Noonan, dem Freiwilligen von der Dienststelle 212 in Baltimore. Demnach benötigte Mulholland noch neunundvierzig Männer und fünfzig Frauen, um die Quote zu erfüllen.

Die meisten Meldungen von der Ostküste und aus dem Mittelwesten waren bereits eingetroffen. Der Westen benötigte natürlich etwas länger. Draußen an der Küste würde die Post in den meisten Fällen erst jetzt ausgeliefert werden. Aber er besaß schon genug Berichte, um mit der Arbeit beginnen zu können. Mulholland begann sie zu sortieren und sie mit der Liste abzustimmen.

Columbus, Ohio, Dienststelle 156: Wir haben den Registrierten Michael Dawes untersucht und ihn als tauglich für die Einberufung befunden . . .

New York, Dienststelle 11: Wir haben die Registrierte Cherry Thomas untersucht und sie als tauglich für die Einberufung befunden . . .

Philadelphia, Dienststelle 72: Wir haben den Registrierten Lawrence T. Fowler untersucht und ihn als tauglich für die Einberufung befunden . . .

Und, unter den restlichen, ein rotes Formular, eine Ablehnung. *Atlanta, Dienststelle 243: Wir haben die Registrierte Louetta Johnson untersucht und sie aus den unten angeführten Gründen als untauglich befunden . . .*

Mulholland hielt im Blättern inne, drehte das Formular um und las. Bei der vorgeschriebenen medizinischen Untersuchung hatte man festgestellt, daß Louetta Johnson in der zwölften Woche schwanger war. Miß Johnson hatte davon nichts gewußt und deshalb das Registrierungszentrum auch nicht über ihre Statusänderung informieren können.

Er legte das Formular zur Seite und strich ihren Namen aus seiner Liste. Innerhalb der nächsten Stunden verlor er zwei weitere Kandidaten. Dienststelle 93 in Troy/New York teilte mit, daß Elgin MacNamara an seinem Einberufungstag Opfer eines verhängnisvollen Verkehrsunfalls geworden war. Und die Dienststelle 114 in Elizabethtown, Kentucky, berichtete dem Distriktsvorsteher mit Bedauern, daß der Registrierte Thomas Buckley verhaftet worden war, nachdem er seine Frau und einen Mann erschossen hatte, und daß er aus diesem Grunde für den Start mit der *Gegenschein* nicht mehr in Frage kam.

Doch trotz dieser geringfügigen Ausfälle füllte sich die Liste allmählich. Gegen dreizehn Uhr standen auf Mulhollands

Formular die Namen von dreiundvierzig Männern und neununddreißig Frauen, die für die *Gegenschein* bestimmt waren. Fünf seiner ursprünglich hundertzehn Kandidaten waren untauglich, von dreiundzwanzig hatte er bisher noch nichts gehört. Kurz darauf erreichten ihn die ersten Berichte aus dem fernen Westen.

San Francisco, Dienststelle 326: Wir haben die Registrierte Carol Herrick untersucht und als tauglich für die Einberufung befunden . . .

Los Angeles, Dienststelle 406: Wir haben den Registrierten Philip Haas untersucht und ihn als tauglich für die Einberufung befunden . . .

Aus Seattle, Dienststelle 360, erreichte ihn ein weiteres rotes Formular:

Die Registrierte Ethel Pines erklärte sich aus gesundheitlichen Gründen für untauglich; die Registrierte Pines leidet an Krebs. Mulholland entfernte den Namen Ethel Pines von seiner Liste.

Um dreizehn Uhr vierzig war er fast fertig. Eine rasche Kontrolle ergab achtundvierzig Männer und sechsundvierzig Frauen. Zehn der ursprünglich hundertzehn hatte er gestrichen; sie waren untauglich. Ein Freiwilliger. Sieben Berichte standen noch aus.

Zehn Minuten später hielt er sie in den Händen: Fünf waren akzeptiert, zwei abgelehnt. Mulholland zog einen Strich unter der Aufstellung der Männer und addierte sie rasch. Insgesamt fünfzig Namen, die von Cyril Noonan, dem Freiwilligen, angeführt wurden. Bei den Frauen fehlte ihm noch eine Kandidatin.

Er griff in den Korb, wo er die Ablage aufbewahrte, und nahm die drei Karten heraus, die von den Kandidaten der *Skyrover* übriggeblieben waren. Ein Mann, zwei Frauen. Mulholland legte die Karte des Mannes zurück. Dann warf er die beiden anderen Karten in die Luft. Eine landete mit der Vorderseite nach oben. Er griff danach – es war die Karte einer Frau mit Namen Marya Brannick.

Marya Brannicks Name erschien in der Aufstellung der Frauen für die *Gegenschein* an fünfzigster Stelle. Behutsam legte Mulholland die erledigte *Gegenschein*-Liste zur Seite, griff nach dem Formular für die *Aaron Burr,* die er morgen fertigstellen mußte, und trug die Namen Irwin Halsey und Maribeth Jansen in der ersten Spalte der beiden Kolonnen ein. Er klingelte nach Miß Thorne.

„Miß Thorne, ich habe die drei Überzähligen der *Skyrover*-Liste verwendet. Brannick wird der *Gegenschein* zugeteilt, und Halsey und Jansen sind morgen für die *Aaron Burr* vorgesehen."

Miß Thorne nickte beflissen. „Ich werde dafür sorgen, daß die entsprechenden Mitteilungen an die örtlichen Dienststellen weitergeleitet werden. Sonst noch etwas, Mr. Mulholland?"

„Ich glaube nicht. Alles ist in Ordnung."

Sie schenkte ihm ein strahlendes Lächeln und eilte zurück in ihr angrenzendes Büro. Seufzend blickte Mulholland auf die Uhr. Zwei Minuten vor zwei. Erstaunlich, wie glatt alles abläuft, dachte er. Die Liste füllt sich wie von selbst, geradezu automatisch.

Und es *war* Automatenarbeit, erkannte er, denn er tat nichts, was ein Roboter nicht auch erledigen konnte. Er fragte sich, wie wohl ein Film von ihm aussehen würde, an einem typischen Arbeitstag gedreht und mit erhöhter Geschwindigkeit abgespult. Zweifellos noch lächerlicher als einer von diesen alten Stummfilmen. Auf der Leinwand würde er wie ein alberner, fetter, kleiner Bürokrat erscheinen, der geschäftig Listen hin und her schob, Namen eintrug, die Überzähligen verschwinden ließ und sie wieder hervorholte, wenn sie gebraucht wurden, Dokumente unterschrieb, wichtigtuerisch nach seiner Sekretärin klingelte . . .

Es war eine unerfreuliche Vorstellung. Mulholland versuchte sie zu verdrängen, aber sie wollte nicht aus seinen Gedanken verschwinden. Gott sei Dank ist der Tag bald um, dachte er.

Er ging die fertiggestellte Liste für die *Gegenschein* noch einmal durch. Alles schien in Ordnung zu sein: hundert Namen, fünfzig auf jeder Seite, jeder in der richtigen Spalte. Er überflog die Aufstellung der Männer: *Noonan, Cyril; Dawes, Michael; Fowler, Lawrence; Matthews, David;* und schließlich ganz unten: *Nolan, Sidney; Sanderson, Edward.*

Und dann die Frauen: *Thomas, Cherry; Martino, Louise; Goldstein, Erna;* bis hinunter zum letzten Namen, bei dem die Tinte noch nicht trocken war: *Brannick, Marya.*

Mulholland nickte. Fünfzig hier, fünfzig dort. Die Liste stimmte. Er unterschrieb an der vorgesehenen Stelle. Wieder ein Tag, wieder ein Raumschiff bemannt, dachte er. Wieder eine Last mehr auf seinem Gewissen.

Die lange Namensliste verschwamm, schien zu tanzen. Er schloß seine müden Augen. Doch das erwies sich als Fehler. Denn seine Vorstellungskraft gaukelte ihm Gesichter von Menschen vor, die Namen wurden zu Personen, die ihn anklagend anstarrten. Edward Sanderson, dachte er – und seiner Einbildung entsprang ein kleiner, schlanker, schmalschultriger Mann mit gelichteten braunen Haaren. Erna Goldstein – sie war vielleicht ein dunkelhaariges Mädchen mit großen Augen, die Theaterwissenschaft studierte und hoffte, eines Tages ein Stück zu schreiben. Sidney Nolan . . .

Mulholland schüttelte unwillig den Kopf. Lange Zeit war es ihm geglückt, diesem Augenblick zu entgehen, in dem die Namen auf seiner Liste zu Menschen wurden. Solange er sie nur als Namen sah, als aneinandergereihte Silben, war alles gut. Aber wenn sie einmal begannen, menschliche Züge anzunehmen, dann brach er unter dem Ansturm der Gefühle fast zusammen.

Hastig preßte er den Daumen auf die lichtempfindliche Stelle, rollte das Formular zusammen, steckte es in die kleine Kapsel und schickte es per Rohrpost hinunter zu Brevoort, der bereits darauf wartete. Die Besatzung der *Gegenschein* stand damit fest, sofern es bis zum Siebzehnten des Monats keine Unfälle oder Selbstmorde gab.

Es war vierzehn Uhr. Der Tag war damit zu Ende. Mulholland erhob sich, schweißgebadet, mit schmerzenden Augen und betäubten Gedanken. Er konnte nach Hause gehen.

Ihr werdet wenigstens nur einmal einberufen, dachte er. *Ich aber muß das jeden Tag ertragen.*

Er verschloß seinen Schreibtisch und schlurfte zur Tür. Morgen mußte die Liste für die *Aaron Burr* fertiggestellt und eine neue Liste in Angriff genommen werden. Und danach kam das Wochenende, an dem Dick Brevoort hier oben im Büro arbeiten und die Aufstellungen für Samstag und Sonntag erledigen würde.

Mulholland blickte in das angrenzende Büro. Miß Thorne

saß hinter ihrer Schreibmaschine. Sie schien völlig in ihrer Arbeit aufzugehen. Mulholland fragte sich, ob die Namen, die sie jeden Tag schreiben mußte, sie jemals verfolgten. Wahrscheinlich nicht, dachte er. Sie konnte jeden Abend ohne schlechtes Gewissen nach Hause gehen und dort tun, was sie wollte, häkeln oder fernsehen oder Madrigalen aus dem sechzehnten Jahrhundert lauschen.

„Auf Wiedersehen, Miß Thorne", sagte er.

„Auf Wiedersehen, Mr. Mulholland. Und viel Spaß für den heutigen Abend."

„Danke", erwiderte er, und seine Stimme klang mit einemmal heiser.

„Gleichfalls."

Langsam ging er hinaus.

6

DER RAUMHAFEN von Bangor, von dem wöchentlich drei Schiffe mit Kolonisten starteten, umfaßte eine Fläche von rund vierzig Quadratkilometern im nördlichen Maine. Einst hatte sich dort dichter, unberührter Wald befunden, doch jetzt war das Gelände gerodet, eingeebnet und von einem Zaun umgeben, an dem in Abständen von dreihundert Metern Warnschilder hingen: UNBEFUGTEN IST DER ZUTRITT VERBOTEN. DAS KOLONISATIONSBÜRO.

Innerhalb der umzäunten Fläche befanden sich erstaunlich wenig Gebäude. Da der Raumhafen allein der Regierung vorbehalten und für Privatpersonen gesperrt war, hatte man keine Veranlassung gesehen, Abfertigungshallen, Warteräume und Restaurants zu errichten, die auf einem kommerziellen Raumhafen nicht fehlen durften. Hier in Bangor gab es nur eine mäßig komfortable Baracke für das ständige Personal, eine improvisierte Unterkunft für Durchreisende, ein Vergnügungszentrum und ein kleines Verwaltungsgebäude. All das drängte sich in der Mitte der gerodeten Fläche zusammen. Von dort erstreckten sich in drei Richtungen die Startfelder, die weit voneinander getrennt waren, da ein Raumschiff beim Abheben aus Sicherheitsgründen mehrere Kilometer von dem nächsten entfernt sein mußte.

Am Morgen des 17. Oktobers waren zwei der drei Startplätze des Raumhafens Bangor belegt. Auf Feld eins reckte sich, umgeben von zwei Kilometern brauner, verbrannter Erde, die *Andrew Jones* feierlich in die Höhe, eine riesige stahlblaue Nadel, die aufrecht auf ihren Landebeinen und den einziehbaren atmosphärischen Steuerflossen dastand. Der Start der *Andrew Jones* war für den Zwanzigsten des Monats geplant. Morgen würde das Wartungspersonal ausschwärmen, um auf Feld eins mit dem dreitägigen Countdown zu beginnen, der jedem Start eines Raumschiffes vorausging.

Gegenwärtig waren die Wartungstechniker vollauf damit beschäftigt, die letzten Überprüfungen der *Gegenschein* vorzunehmen, die sich im Zentrum von Feld drei befand. Schlank und kerzengerade glitzerte sie golden in der Morgensonne. Der Start der *Gegenschein* war für sechzehn Uhr angesetzt, und da der Countdown nur noch sechs Stunden lief, kletterten die Techniker wie geschäftige Insekten durch das Schiff und vergewisserten sich, daß alles in bester Ordnung war. Nur einmal, vor zwölf Jahren, hatte es einen schweren Unfall gegeben, doch man hoffte, daß es auch in Zukunft bei diesem einen blieb.

Feld zwei war leer. Ein zurückkehrendes Raumschiff, die *Wanderer,* wurde für den späten Abend erwartet und sollte auf Feld zwei niedergehen. Eine kleine Schar Wartungstechniker versah ihren Dienst im Kontrollkomplex von Feld zwei und unterzog das Steuerungssystem einer letzten Kontrolle. Die *Wanderer* würde per Fernsteuerung in die Umlaufbahn dirigiert werden. Dabei durfte man nichts dem Zufall überlassen – nicht, wenn ein Raumschiff im Wert von hundert Millionen Dollar auf dem Spiel stand.

Vom oberen Stockwerk des Gebäudes, das der Unterbringung der Durchreisenden diente, überblickte man die flache, gelbgestrichene Wohnbaracke für das ständige Personal, und wenn man genau hinsah, dann konnte man auch die *Andrew Jones* und die *Gegenschein* erkennen. Das eine Schiff befand sich im westlichen Teil und das andere im östlichen Teil des Raumhafens. Mike Dawes, der nach einem morgendlichen Flug von New York um neun Uhr fünfundvierzig in Bangor eingetroffen war, blickte aus dem Fenster des kleinen Raumes, den man ihm zugewiesen hatte, betrachtete zunächst die ferne, blauschimmernde *Andrew Jones* und wandte sich dann nach Osten, der näher gelegenen *Gegenschein* zu.

„Mit welchem Schiff werde ich fliegen?" fragte er.

„Mit dem goldenen", informierte ihn der uniformierte Angestellte des Kolonisationsbüros, der ihn auf sein Zimmer geführt hatte. „Es steht dort drüben, auf Feld drei."

Dawes nickte. „Ja. Ich sehe es."

„Sie können sich hier ungefähr eine Stunde lang ausruhen. Um elf Uhr wird unten in der Gemeinschaftshalle ein kurzer, einleitender Vortrag gehalten. Sie werden es schon finden. Wenden Sie sich nach links, wenn Sie den Fahrstuhl verlassen. Der Vortrag dauert etwa eine Stunde. Dann werden Sie etwas zu essen bekommen."

„Ich glaube nicht, daß ich sehr hungrig sein werde", bemerkte Dawes.

Der Uniformierte lächelte. „Den meisten geht es nicht anders. Aber das Essen ist immer sehr gut."

Der zum Tode Verurteilte verzehrt eine herzhafte Mahlzeit, dachte Dawes. Er erkannte mit einem seltsamen Gefühl der Verlorenheit, daß er nur noch ein einziges Mal auf der Erde essen würde. Danach würde er nie wieder den Geschmack eines Hühnereis oder einer Lammkeule kosten, konnte er nie wieder in eine Tomate oder in eine Gurke oder in ein Radieschen beißen. Es war nur ein geringer Verlust, doch das Leben auf der Erde bestand aus einer Vielzahl ähnlicher kleiner Einzelheiten.

„Wann starten wir?" erkundigte er sich.

„Um sechzehn Uhr. Aber machen Sie sich keine Sorgen – dort unten wird man Sie über alles informieren."

„Ja, das glaube ich auch."

„Haben Sie sonst noch irgendwelche Fragen?"

Dawes schüttelte den Kopf. Der Uniformierte ging zur Tür, öffnete sie und zögerte dann, bevor er sich zum Hinausgehen wandte. „Denken Sie daran", erklärte er, „daß Sie dieses Gebäude ohne Ausweis nicht verlassen können. Am besten ist es, wenn Sie einfach hier in Ihrem Zimmer bleiben, bis der Gong Sie zur Versammlung ruft."

„Ich habe nicht vor wegzulaufen", sagte Dawes.

Die Tür fiel hinter dem Angestellten ins Schloß.

Dawes blickte sich um und betrachtete sein Zimmer, das für die restliche Zeit auf der Erde sein Zuhause darstellte. Nicht sehr eindrucksvoll, stellte er fest. Der Raum war ein häßlicher, kleiner Würfel, dessen Trostlosigkeit nur von dem Fenster gemildert wurde, durch das man den Raumhafen sehen konnte. Die Wände waren in einem dunklen Grün gehalten; es gab ein Bett, einen Stuhl, einen Schrank, ein Waschbecken. Ebensogut hätte sich das Zimmer in einem abgetakelten Hotel befinden können, dessen Räume für fünf Dollar pro Nacht vermietet wurden. Sein Gepäck stand neben der Tür. Man hatte ihm erlaubt, außer den vorgeschriebenen Kleidungsstücken noch zehn Kilo persönliches Gepäck mitzunehmen. Er hatte sich für Bücher entschieden, nachdem er sich davon überzeugt hatte, daß keines von den ausgewählten Werken bereits in der Mikrofilmbibliothek der zukünftigen Kolonie enthalten war.

Es ist eine lange Woche gewesen, dachte er, als er sich auf dem Stuhl vor dem Fenster niederließ und hinaus zu dem Schiff blickte, das ihn bald zu den Sternen bringen würde. Ungefähr einen Tag hatte er gebraucht, um sich von der Universität abzumelden, seine Schulden bei den Kommilitonen zu begleichen und zu packen. Seine Lehrbücher hatte er der Universitätsbibliothek geschenkt und seine Collegesouvenirs – die übliche Sammlung von emaillierten Bierhumpen, Wimpeln und sonstigen Kleinigkeiten – einem älteren Studenten, der im selben Stockwerk seines ehemaligen Wohnheims ein Zimmer gemietet hatte.

Dann war er nach Cincinnati zurückgekehrt, begleitet von einem wachsamen Schnüffler des Kolonisationsbüros, und hatte einen schmerzlichen und deprimierenden letzten Besuch in seinem Elternhaus gemacht. Seine Eltern hatte die Einberufung schwer getroffen. Sein Vater, ein in sich gekehrter Mann, der nur selten eine Gefühlsäußerung zeigte, hatte sein Bestes getan, um seine Trauer zu verbergen, aber es war offensichtlich, daß er am Rande eines Zusammenbruchs stand. Seine Mutter hatte kaum etwas gesagt und ihren Sohn nur schluchzend und bedrückt angestarrt.

Sein älterer Bruder war aus Kentucky herübergekommen und hatte mürrisch und verdrossen das plötzliche Eindringen des Kolonisationsbüros in die Familie kommentiert. „Etwas muß mit diesen Einberufungen geschehen. Die ganze Angelegenheit stinkt zum Himmel. Es geht doch nicht an, daß die Regierung sich einfach so die Leute schnappt, einen zukünftigen Arzt wie Mike etwa, und sie dann auf diese Art in den Weltraum verfrachtet."

Seine verheiratete Schwester war mit ihrem dickbäuchigen, religiösen Mann von Tacoma nach Hause geflogen. Sie vergoß Tränen, weil man ihr den Bruder entriß, was Dawes erstaunte, hatte sie ihn doch früher immer wie einen Sklaven behandelt. Währenddessen gab ihr Mann salbungsvolle Binsenweisheiten über das Schicksal und die Zukunft zum besten.

Es ist wie bei einer Beerdigung, dachte Dawes, nur daß der Verstorbene noch herumläuft und jeden begrüßt. Die drei Tage, die er sich in seinem Elternhaus aufhielt, fühlte er sich unbehaglich. Schließlich konnte er es nicht mehr ertragen, so daß er den „Wachhund" des Büros um Hilfe bat und seiner Familie erzählte, daß er nach New York zurückkehren und dort seine letzten Vorbereitungen treffen müsse.

Sie begleiteten ihn zum Flughafen, die ganze Zeit über weinend und klagend. Dann endete ein Teil seines irdischen Lebens, als er allen Lebewohl sagte und an Bord der Maschine nach New York ging.

Obwohl er auf Kosten des Büros in einem guten New Yorker Hotel wohnte, bereitete ihm sein Aufenthalt in der großen Stadt nur wenig Freude. Die Wolkenkratzer, die Theater, die Menschen, das ungebändigte Leben – alles schien ihn nur daran zu erinnern, daß er diese Welt bald gegen eine einsame Kugel aus Fels und Dreck eintauschen mußte, die er zusammen mit neunundneunzig anderen in eine zweite Erde verwandeln sollte. Er hatte so wenig von seiner eigenen Welt gesehen. Europa – Paris, London, Bukarest, Moskau, die großen Städte, die er nie mehr besuchen würde. Oder Afrika, die Pyramiden, den Nil; Japan, China; nicht einmal den Grand Canyon hatte er gesehen. Und er würde nie mehr Gelegenheit dazu bekommen.

Die zwei Tage in New York hatten sich endlos hingezogen. Er hatte sich gefragt, wie es die Einberufenen früher ertragen hatten, den Abruf vor sich, drei volle Monate auf der Erde zu leben. Ungeduldig und furchtsam zugleich hatte er sich danach gesehnt, alles schon hinter sich zu haben. Als man ihn am

Morgen des 17. Oktober abgeholt und zum Flughafen gebracht hatte, von dem aus er nach Bangor startete, war er voller Dankbarkeit gewesen.

Und nun konnte er die *Gegenschein* auf dem Startfeld warten sehen, während der Countdown in seine letzte Phase trat. Um sechzehn Uhr würde er die Erde verlassen. Ruhelos ging er in seinem Raum auf und ab.

Punkt elf Uhr erklang der Gong. Aus dem Lautsprecher in der Zimmerecke drang eine kratzige Stimme: „Alle Einberufenen werden gebeten, den Raum 101 aufzusuchen. Stellen Sie Ihr Gepäck bitte in den Korridor vor Ihre Zimmertür, damit es abgeholt werden kann."

Dawes ließ seinen Koffer wunschgemäß vor der Tür zurück und folgte den flackernden Neonwegweisern bis zum Fahrstuhl und von dort bis zum Raum 101. Der Raum 101 war ein riesiges Auditorium im Zentrum des Gebäudekomplexes. Einige Männer in blau-gelben Uniformen tummelten sich auf einem Podium und steuerten ein Mikrofon aus, während blasse, aufgeregt wirkende Zivilisten hereinströmten und sich so weit wie möglich von den anderen entfernt auf den Stühlen niederließen.

Dawes schlüpfte in eine leere, ziemlich weit hinten gelegene Reihe und blickte sich um. Zum erstenmal sah er die anderen Auserwählten. In dem Saal, der das Zehnfache ihrer Anzahl faßte, wirkten die hundert Menschen verloren. Er brachte ein ironisches Lächeln zustande, als er feststellte, daß es jedem Einberufenen gelungen war, sich auf eine kleine Insel zu flüchten, die fünf oder sechs Plätze von dem nächsten Nachbarn entfernt war. Es schienen ganz normale Leute zu sein. Dawes bemerkte, daß die meisten Ende Zwanzig oder Anfang Dreißig waren, nur einige wenige wirkten älter. Er überlegte, ob die Zusammenstellung der Gruppen rein zufällig erfolgte oder ob man bis zu einem gewissen Grad Einfluß darauf ausübte. Schließlich lag es durchaus im Bereich des Wahrscheinlichen, daß der Computer fünfzig zwanzigjährige Männer und fünfzig vierzigjährige Frauen auswählte, um eine Kolonie zu gründen, doch eine solche Gruppe würde wohl kaum hinausgeschickt werden.

Jemand in diesem Saal wird später meine Frau werden, dachte Dawes mit plötzlicher Überraschung. Sein Herz begann bei der Vorstellung aufgeregt zu pochen, und das Blut stieg ihm ins Gesicht. *Welche von den Frauen wird es wohl sein?*

Hinter ihm wurden die Saaltüren geschlossen. Ein Offizier mit einer stattlichen Anzahl von Streifen und Orden an der Uniform stieg hinauf zum Podium, blickte stirnrunzelnd auf das Mikrofon, stellte es einige Millimeter höher und sagte: „Willkommen in Bangor. Ich bin Kommandant Leswick und verantwortlich für Ihr Wohlbefinden bis zu Ihrem Start um sechzehn Uhr. Ich weiß, daß Sie eine schwere Woche hinter sich haben, vielleicht sogar eine tragische Zeit, und ich beabsichtige nicht, jene Phrasen und Werbesprüche zu wiederholen, die Sie in den letzten Tagen zur Genüge gehört haben. Sie sind einberufen worden. Sie werden die Erde verlassen und nie wieder zurückkehren. Ich spreche deshalb so offen und hart, weil es jetzt zu spät ist, um sich Illusionen, Selbsttäuschungen und falschen Hoffnungen hinzugeben. Sie sind auserwählt, um die wichtigste Aufgabe in der Geschichte der Menschheit zu erfüllen, und ich behaupte nicht, daß Sie einer leichten Aufgabe gegenüberstehen. Im Gegenteil. Sie werden sich dem ungeheuren Problem gegenübersehen, eine Kolonie auf einer fremden Welt zu gründen, die Billiarden Kilometer entfernt ist. Ich weiß, jetzt fühlen Sie sich ängstlich und einsam und niedergeschlagen. Aber vergessen Sie niemals, daß jeder von Ihnen ein *Erdenmensch* ist. Jeder von Ihnen ist ein Vertreter der höchstentwickelten Lebensform der bekannten Galaxis. Sie haben einen Ruf, dem Sie dort draußen gerecht werden müssen. Und Sie werden eine Welt aufbauen. Für die zukünftigen Generationen dieser Welt werden Sie die George Washingtons und Thomas Jeffersons und John Hancocks sein. Ihre neue Heimat ist der neunte von sechzehn Planeten, die sich um die Sonne Wega drehen. Wega ist einer der hellsten Sterne am Himmel und gleichzeitig auch einer von denen, die der Erde am nächsten liegen – dreiundzwanzig Lichtjahre von ihr entfernt. In gewisser Hinsicht können Sie sich glücklich schätzen: Im Wega-System gibt es zwei bewohnbare Planeten, Ihre Welt und der achte Begleiter, der bisher noch nicht besiedelt wurde. Das bedeutet, daß Sie möglicherweise planetare Nachbarn bekommen werden, ganz im Gegensatz zu den anderen Kolonien, die auf der einzig bewohnbaren

Welt des jeweiligen Systems angelegt worden sind. Nebenbei bemerkt: Der Name Ihrer Welt lautet Osiris und entstammt der ägyptischen Mythologie – aber wenn Sie einmal dort sind, können Sie ihn nennen, wie Sie wollen. Die Reise wird über vier Wochen in Anspruch nehmen – trotz des Einsteinantriebs. Dadurch erhalten Sie genügend Zeit, einander kennenzulernen, bevor Sie Ihre neue Heimat erreichen. Kapitän McKenzie und seine Mannschaft haben bereits mehrere Dutzend erfolgreiche interstellare Flüge hinter sich, und ich kann Ihnen versichern, daß Sie sich in den besten Händen befinden. Wie Sie wissen, heißt Ihr Raumschiff *Gegenschein*. Die Namen unserer Raumschiffe entnehmen wir drei Quellen: astronomischen Begriffen, historischen Persönlichkeiten und traditionellen Schiffsnamen. *Gegenschein* ist ein astronomischer Begriff und bezieht sich auf das matte Leuchten, das entlang der Ekliptik zu beobachten ist, und zwar diametral entgegengesetzt zur Sonne – es ist das Sonnenlicht, das von einer gewaltigen Wolke stellarer Trümmer reflektiert wird. Ich glaube, daß damit alle wichtigen Punkte erledigt sind, die Sie für den Anfang wissen müssen. Wir werden uns jetzt zum Speisesaal begeben, wo Sie ein wichtiges Erlebnis miteinander teilen werden – und zwar die letzte Mahlzeit auf dem Planeten Erde und gleichzeitig die erste, die Sie gemeinsam einnehmen. Ich wünsche Ihnen allen guten Appetit, denn das Essen ist ausgezeichnet. Doch bevor wir gehen, werde ich Sie noch nacheinander aufrufen. Sobald Sie Ihren Namen hören, stehen Sie bitte auf und drehen sich einmal um ganze dreihundertsechzig Grad, damit jeder Sie gut sehen kann. Dies ist eine gute Gelegenheit, einander kennenzulernen."

Er nahm eine Liste zur Hand. „Cyril Noonan!"

Der hochgewachsene, kräftig wirkende Mann in der ersten Reihe erhob sich und sagte mit einer dröhnenden Stimme, die mühelos das gesamte Auditorium erfüllte: „Ich ziehe den Namen Ky Noonan vor."

Kommandant Leswick lächelte. „Also Ky Noonan. Übrigens, Ky Noonan ist ein Freiwilliger."

Noonan setzte sich wieder. „Michael Dawes!" rief Leswick.

Dawes stand auf, errötete unerklärlicherweise und ließ sich verlegen begutachten. Da er sich an der Rückwand des Auditoriums befand, gab es für ihn keinen Grund, sich umzudrehen. Fast hundert Köpfe drehten sich, um ihn anzuschauen, und er nahm wieder Platz.

„Lawrence Fowler!"

Ein stämmiger Mann in der Mitte des Saales sprang auf, drehte sich, lächelte nervös und setzte sich. Leswick rief den nächsten Namen auf und den nächsten, bis er mit den fünfzig Männern fertig war.

Danach las er die Frauen vor. Dawes sah aufmerksam zu, während sie aufstanden. Die meisten von ihnen, bemerkte er, waren acht oder zehn Jahre älter als er. Nur eine erregte sein Interesse. Ein Mädchen namens Herrick. Sie war jung, sah attraktiv aus und besaß unschuldige, große Augen. Carol Herrick, dachte er. Er fragte sich, wie sie wohl sein mochte.

7

WAHRSCHEINLICH war das Essen wirklich ausgezeichnet. Aber Dawes bemerkte es nicht. Lustlos aß er, stocherte herum und konnte sich nicht an dem weißen, zarten Truthahnfleisch, den Beilagen und Garnierungen und dem kühlen Weißwein erfreuen. Obwohl er bereits seine anfängliche Bitterkeit wegen der Einberufung überwunden hatte, war eine nervöse Spannung in ihm zurückgeblieben. Er hatte keinen Appetit. Und wenn er beobachtete, wie sich die anderen beim Essen verhielten, schien er nicht der einzige zu sein.

Man hatte die Einberufenen auf zehn Tische verteilt. Als er Platz nahm, erkannte Dawes bestürzt, daß er sich auf keinen Namen seiner neun Tischgenossen besinnen konnte. Aber seine Verlegenheit war nur von kurzer Dauer. Ein rundgesichtiger Mann mit beginnender Glatze, der links von ihm Platz genommen hatte, erklärte: „Ich muß gestehen, daß ich mir während dieser Massenvorstellung kaum einen Namen habe merken können. Vielleicht sollten wir uns einander noch einmal bekannt machen. Ich bin Ed Sanderson aus Milwaukee. Früher war ich Buchhalter."

Es ging um den Tisch. „Mary Elliot aus St. Louis", stellte sich eine plumpe Frau vor, in deren Haar sich bereits einige graue

Strähnen zeigten. „Bevor meine Nummer gezogen wurde, war ich einfache Hausfrau."

„Phil Haas aus Los Angeles", sagte ein schmalgesichtiger Mann Ende Dreißig. „Ich war Rechtsanwalt."

„Louise Martino aus Brooklyn", stieß ein dunkelhaariges, vielleicht fünf- oder sechsundzwanzigjähriges Mädchen mit zitternder, heiserer Stimme hervor. „Ich habe als Verkäuferin bei Macy's gearbeitet."

„Mike Dawes aus Cincinnati, Medizinstudent."

„Rina Morris aus Denver", sagte eine gutaussehende Rothaarige. „Verkäuferin in einem Warenhaus."

„Howard Stoker aus Kansas City", brummte ein schwergewichtiger Mann mit stoppelbärtigem Kinn und dicken, schmutzigen Fingern. „Bauarbeiter."

„Claire Lubetkin aus Pittsfield, Massachusetts." Sie war eine Blondine mit einem sanften Gesichtsausdruck und einem nervösen Zucken unter dem linken Auge. „Angestellte in einem TV-Geschäft."

„Sid Nolan aus Tulsa. Elektroingenieur." Er war ein dünner, dunkelhaariger, zerfahren wirkender Mann, der die ganze Zeit über mit dem Silberbesteck spielte.

„Helen Chambers aus Detroit", stellte sich eine müde aussehende Frau in den Dreißigern mit Ringen unter den Augen vor. „Hausfrau."

Ed Sanderson kicherte unbehaglich. „Nun, ich hoffe, jetzt kennen wir uns gegenseitig. Hausfrauen, Ingenieure, Studenten, Rechtsanwälte. . ."

„Wie kommt es eigentlich, daß keine Reichen einberufen werden?" fragte Howard Stoker plötzlich. „Man nimmt nur Leute wie uns. Die Reichen kaufen sich frei."

„So ist das nun nicht", wandte Phil Haas ein. „Meist werden Geschäftsleute und Industrielle erst dann reich, wenn sie die Altersgrenze für die Einberufung schon überschritten haben. Erinnern Sie sich denn nicht an diesen texanischen Ölerben, der vor ein paar Monaten einberufen –"

„Aber natürlich", schnitt ihm Sid Nolan das Wort ab. „Dick Morrison. Und all die Millionen seines Vaters konnten ihn nicht davor bewahren."

Stoker brummte irgend etwas Unverständliches und schwieg

dann. Keiner schien mehr etwas sagen zu wollen. Dawes blickte auf seinen Teller, von dem er kaum etwas gegessen hatte. Er wußte nicht, was er mit diesen Leuten reden sollte, mit denen ihn der Zufallsgenerator des Computers verbunden hatte. Sie waren einfach Leute für ihn. Einige von ihnen waren fünfzehn Jahre älter als er. Erst seit einigen Jahren war er dem Knabenalter entwachsen, und nun erwartete man von ihm, daß er als Gleichgestellter, als Erwachsener mit ihnen zusammenleben sollte. Ich wollte nicht so schnell erwachsen werden, dachte er. Aber ich glaube, jetzt bleibt mir keine andere Wahl.

Das Essen zog sich bis dreizehn Uhr dreißig hin. Dann erschien Kommandant Leswick und kündigte eine Ruhepause von neunzig Minuten an. Um fünfzehn Uhr würde man an Bord des Schiffes gehen und sechzig Minuten später starten.

Sie strömten aus dem Speisesaal – hundert zusammengewürfelte Menschen, jeder von Furcht, Bedauern und Groll erfüllt. Schweigend ging Dawes neben Phil Haas her, dem Rechtsanwalt aus Los Angeles. Als sie die Türen erreichten, lächelte Haas und fragte: „Haben Sie eine Freundin zurückgelassen, Mike?"

Dawes erschrak fast, als er so unvermittelt aus seinen Gedanken gerissen wurde. „Oh – äh – nein, ich glaube nicht. Es gab niemanden, der . . . Ich hielt eine feste Bindung nicht für sehr gut, wo ich doch noch vier Jahre Studium vor mir hatte. Von der sich anschließenden Fachausbildung im Krankenhaus ganz zu schweigen."

„Ich kann Sie gut verstehen. Ich habe während meines Studiums an der Universität von Los Angeles geheiratet. Es war eine schwere Zeit für uns, bis ich mein Juraexamen bestanden hatte."

„Sie . . . waren verheiratet?"

Haas nickte. Sie traten hinaus ins Freie. Es gab keinen Rasen, nur kahle braune Erde, die bis zur Umzäunung des Raumhafens reichte. „Ich habe – hatte – zwei Kinder", erklärte er. „Der Junge wird sieben, das Mädchen fünf."

„Zumindest ist Ihre Frau jetzt von der Einberufung befreit", bemerkte Dawes.

„Nur, wenn sie nicht wieder heiratet. Und ich habe sie gebeten, eine neue Ehe einzugehen, wissen Sie. Sie gehört nicht zu der Sorte Frauen, die lange ohne einen Mann auskommen." Haas' knochiges Gesicht verdüsterte sich für einen Moment. „Noch zwei Jahre, und ich wäre in Sicherheit gewesen. Nun, das ist der Lauf der Welt. Nehmen Sie es nicht so schwer, Mike. Ich schätze, um fünfzehn Uhr sehen wir uns wieder." Haas klopfte Dawes freundlich auf die Schulter und schlenderte davon.

Dawes fühlte, wie seine gedrückte Stimmung allmählich wich. Wenn ein Mann wie Haas im Alter von achtunddreißig Jahren sein Heim, seine Frau und seine Kinder aufgeben und dennoch ruhig bleiben und noch immer lächeln konnte, dann hatte niemand das Recht, sich selbst zu bemitleiden. Selbstmitleid hatte jetzt keinen Zweck. Aber es ist schwer, fröhlich zu sein, wenn man einberufen worden ist, dachte Dawes.

Einen Moment verweilte er noch in Gedanken bei Haas' Frau. Haas' Witwe, wie ihr rechtlicher Status jetzt lautete. Die Frau eines Einberufenen war von dem Augenblick an, in dem das Schiff startete, gesetzlich gesehen Witwe und konnte die Versicherungsprämie, Witwenrente und derartige Vorteile in Anspruch nehmen. Aber vielleicht wollte sie keine Witwe sein; vielleicht war sie bereit und willens, ihren Mann als Freiwillige zu begleiten.

Doch das Gesetz verbot es. Sie mußte gezwungenermaßen zurückbleiben, um ihre Kinder großzuziehen. Kein Wunder, daß in diesen Tagen so viele Ehen kinderlos blieben. Wenn man Kinder besaß, ging man große Risiken ein. Eine kinderlose Frau konnte ihrem Mann zu den Sternen folgen oder umgekehrt. Und so diente die Einberufung in gewisser Hinsicht als Geburtenkontrolle, und zwar nicht nur, indem sie die Bevölkerung der Erde verringerte – nach der Statistik um sechstausend Menschen pro Tag –, sondern auch, indem sie die Menschen davon abhielt, Kinder in die Welt zu setzen. In einer Zeit, wo sieben Milliarden Menschen auf der Erde lebten, war jede Maßnahme sinnvoll, die den Bevölkerungsdruck verringerte. Selbst eine so herzlose, wie es die Einberufung war.

Auf seinem Weg stieß Dawes auf ein Schwarzes Brett, das an der Wand des Gebäudes hing, in dem sich die Messe befand. Er ging daran vorbei. Es war eine Aufstellung der Passagiere der *Gegenschein*. Nur vier verheiratete Paare befanden sich unter den hundert Namen. Dawes fragte sich, wieviel von den zweiundneunzig anderen verheiratet gewesen waren, als sie die Einberufung erhalten hatten. Vermutlich eine ganze Reihe. Und wie viele Ehemänner oder -frauen waren nicht in der Lage, ihren einberufenen Partnern als Freiwillige zu folgen? Wie viele von ihnen hinterließen Kinder?

Und wie viele, fragte er sich, begrüßten die Einberufung als Chance, einer unerträglichen Ehe, einer unbefriedigenden Arbeit, einem trostlosen, nichtssagenden Leben zu entfliehen? Für einige bedeutete die Einberufung sicher mehr als eine erzwungene Veränderung.

Er kehrte in sein Zimmer zurück. Der Koffer war fortgeschafft worden, während er dem Vortrag im Auditorium gelauscht hatte. Er warf sich auf das unbequeme Bett, zog seine Schuhe aus und wartete darauf, daß die Zeit verging.

Um fünfzehn Uhr ertönte erneut ein Gong. Die kratzige Stimme aus dem Lautsprecher rief: „Achtung! Achtung! Wir bitten alle Einberufenen, sich vor dem Gebäude zu versammeln, um an Bord des Schiffes zu gehen."

Auf dem Korridor begegnete Dawes Mary Elliot. Die ältere Frau lächelte ihn an, und krampfhaft erwiderte er das Lächeln. Mehrere Einberufene, die Dawes nicht kannte, gesellten sich am Fahrstuhl zu ihnen. Gemeinsam fuhren sie nach unten.

„Nun ist es soweit", bemerkte Mary Elliot. „Leb wohl, Erde. Ich dachte, diese Woche würde nie vorübergehen!"

„Mir erging es genauso!" erklärte eine schlanke, ungefähr dreißigjährige Brünette hinter Dawes. „Also – ade, Erde."

Vor der Baracke warteten drei Busse. Wächter in blaugelben Uniformen wiesen die Einberufenen in den ersten Bus ein, bis er vollbesetzt war, und dirigierten die nächsten in den zweiten. Dawes bestieg den dritten Bus. Währenddessen hatte der erste bereits die Hälfte des Weges über das riesige Landefeld zurückgelegt. Die Uniformierten versahen ihren Dienst so ruhig und unpersönlich, daß es Dawes schon ein wenig unmenschlich erschien. Aber, so überlegte er, sie erlebten das dreimal in der Woche. Auf der ganzen Welt wurden jetzt Menschen in Raumschiffe gebracht. Bei Einbruch der Nacht würden sechstausend Erdbewohner auf ihrem Weg in eine ungewisse Zukunft sein.

Aus der Nähe betrachtet, wirkte die *Gegenschein* ungeheuer

groß. Sie stand aufrecht auf ihren Steuerflossen und überragte den kahlen braunen Boden um mehr als sechzig Meter. Der Rumpf war mit einer dünnen Goldschicht ornamentartig überzogen. Jedes Raumschiff besaß eine eigene, kennzeichnende Färbung. Die Einstiegsluke befand sich in zwanzig Meter Höhe. Um sie zu erreichen, mußte man einen Aufzug benutzen, der fünf Personen aufnehmen konnte. Eine eiserne Notleiter stand jenen zur Verfügung, die hinaufklettern wollten.

Dawes hatte es nicht eilig. Er wartete geduldig, bis er an der Reihe war. Bevor er den Lift betrat, wandte er sich noch einmal um und warf einen letzten Blick auf die Erde, sog zum letztenmal die irdische Luft in seine Lunge ein.

Nachmittag. In der stillen Einsamkeit des Raumhafens war die Luft frisch und klar. Es roch nach fernen Kiefern und Tannen. Die Sonne stand tief am Oktoberhimmel, und von Norden her blies eine kühle Brise.

Jetzt, wo er an Bord des Schiffes ging, fielen Dawes all die Dinge ein, die er nie wiedersehen würde. Niemals mehr einen Sonnenuntergang auf der Erde, nie wieder den Mond voll und bleich am Himmel, nie wieder die vertrauten Sternbilder. Nie wieder die Pracht herbstlich gefärbter Ahornblätter, nie wieder den Anblick von Fußballspielern, wie sie über das Feld stürmten, nie wieder Bratwürste oder Hamburger oder Vanilleeis. Kleinigkeiten, aber aus Kleinigkeiten bestand die Welt, und es war eine Welt, die er für immer hinter sich ließ.

„Die nächsten fünf!" rief der Uniformierte.

Dawes betrat mit schleppenden Schritten die Metallplattform. Mit dem leisen Ächzen der Winde setzte sich der Lift in Bewegung. Jetzt, da er die Schiffshülle direkt vor Augen hatte, konnte er auch die winzigen Abschürfungen und Kerben erkennen, die von früheren Einsätzen Zeugnis ablegten. Aus einiger Entfernung betrachtet, wirkte die *Gegenschein* funkelnagelneu, aber so nah bot sich ihm ein anderes Bild.

Der Aufzug hielt am Rand der Einstiegsluke. Man zog sie ins Innere, und hinter Dawes glitt die Plattform wieder nach unten, um die nächste Gruppe zu holen. Hinter der Luke lag ein kreisrunder Raum, der von dem kalten Licht fluoreszierender Lampen erhellt wurde. Eine spiralförmige Treppe führte von dort nach oben und unten.

„Die Männer hinauf, die Frauen hinunter!" rief ein junger Mann in der Uniform eines Raumfahrers. Seine Haut war im Lauf der Zeit von der kosmischen Strahlung gebräunt worden.

Dawes stieg die Treppe hinauf und erreichte den Kajütengang. Er wußte, daß das Schiff während des Fluges von gyroskopischen Stabilisatoren immer aufrecht gehalten wurde – rätselhaft blieb ihm, wie die Kabinen ausgerichtet waren.

Am Ende der Treppe erwartete ihn ein anderes Besatzungsmitglied. „Der Schlafsaal der Männer liegt geradeaus", informierte er Dawes.

Dawes erreichte die Kabine, die groß genug war, um fünfundzwanzig Personen aufzunehmen. Die Einrichtung war schlicht; man hatte kein Geld ausgegeben für flauschige Teppiche, Mosaikwände oder andere Verschönerungen, wie sie in kommerziellen Raumschiffen üblich waren. Die Wände bestanden aus nacktem, ungestrichenem, schmucklosem Metall.

Dawes entdeckte Sid Nolan, den Ingenieur aus Tulsa, der es sich bereits auf einer der Andruckliegen bequem gemacht hatte. Dawes nickte ihm zu und fragte: „Wissen Sie, was wir jetzt tun sollen?"

„Suchen Sie sich nur eine Liege aus, und setzen Sie sich. Wenn erst einmal alle an Bord sind, wird man uns schon sagen, was als nächstes kommt."

„Stört es Sie, wenn ich die hier nehme?" fragte Dawes und deutete auf die Liege neben Nolan.

„Warum sollte es mich stören? Machen Sie es sich bequem."

Dawes ließ sich auf der Liege nieder. Der Schlafsaal füllte sich rasch. Dawes entdeckte Ky Noonan, den stämmigen Freiwilligen, der hereinkam, eine Liege wählte und sich sofort mit geschickten Griffen festschnallte. Ed Sanderson, der Buchhalter aus Milwaukee, hatte die dritte Liege links von Dawes genommen.

Um fünfzehn Uhr zwanzig war der Schlafsaal voll besetzt. Knackend schaltete sich der Lautsprecher an der Decke ein.

„Siedler des Planeten Osiris, ich heiße Sie willkommen an Bord des Raumschiffes *Gegenschein*", ertönte eine tiefe, angenehm klingende Stimme. „Ich bin Kapitän McKenzie und für die nächsten vier Wochen Ihr Kommandant. Die Kabinen, in denen Sie sich augenblicklich befinden, werden für die Dauer der Reise Ihre Wohnräume sein – aber ich versichere Ihnen, daß Sie mehr Kontakt miteinander haben werden, als es im Moment scheint. Das Schiff besitzt zwei Gesellschaftsräume und eine Kombüse, in der Sie Ihre Mahlzeiten einnehmen.

An Bord der *Gegenschein* befinden sich neun Besatzungsmitglieder, die Sie alle bald zu Gesicht bekommen werden. Aber ich muß Sie darauf hinweisen, daß dies hier keine Luxusjacht ist. Meine Leute sind ausschließlich damit beschäftigt, das Schiff zu steuern, die Treibstoffzufuhr zu kontrollieren und die Maschinen in Ordnung zu halten. Für die Sauberkeit Ihrer Kabinen sind Sie selbst verantwortlich, und an jedem Tag werden zehn von Ihnen der Mannschaft bei der Zubereitung der Mahlzeiten und der Reinigung des Schiffes helfen.

Der Start erfolgt, wie Sie bereits wissen, um sechzehn Uhr. Jetzt ist es fünfzehn Uhr dreiundzwanzig, so daß uns noch siebenunddreißig Minuten bleiben. Der Countdown ist in seine letzte Phase getreten. Um fünfzehn Uhr fünfundvierzig müssen Sie sich auf Ihren Liegen festschnallen.

Diejenigen von Ihnen, die bereits eine Raumreise hinter sich haben, dürften sich mit den Gurten auskennen, doch auf jeden Fall wird die Mannschaft kontrollieren, ob alles in Ordnung ist.

Beim Start wird nur der konventionelle chemische Antrieb eingesetzt. Der Andruck wird dreimal so hoch sein wie die irdische Schwerkraft, allerdings nur kurz anhalten. Der Raketenantrieb bleibt dreiundachtzig Minuten eingeschaltet. Um siebzehn Uhr dreiundzwanzig deaktiviert er sich, und der Einstein-Umwandler wird uns um siebzehn Uhr dreißig den Weg in den Überraum öffnen. Sobald das Manöver abgeschlossen ist, dürfen Sie Ihre Andruckliegen verlassen. Ein Signal wird Sie darauf hinweisen. Um achtzehn Uhr beginnt in der Kombüse das Abendessen.

Der Einsteinantrieb arbeitet vier Wochen lang. Falls jemand von Ihnen beabsichtigt hatte, beim Start einen letzten Blick auf die Erde zu werfen, so möchte ich Sie schon jetzt darauf hinweisen, daß dieses Schiff weder über Sichtluken noch über Übertragungsmonitore verfügt – außer den Einrichtungen im Kontrollraum. Der Grund ist einfach zu erklären. Jede Luke bedeutet eine Schwächung der Außenhülle, und da neunundneunzig Prozent der Reise im Überraum stattfinden und es dort ohnehin nichts zu sehen gibt, haben die Konstrukteure auch auf Monitore verzichtet.

Ich bitte Sie nun, sich zu entspannen, hinzulegen und Ihren Nebenmann kennenzulernen. Der Start erfolgt in fünfunddreißig Minuten. Danke."

Der Lautsprecher verstummte.

„Schade", murmelte Nolan, „daß man keine Sichtluken eingebaut hat. Ich hätte zu gern einen letzten Blick auf die Erde geworfen."

„Vielleicht ist es so besser", murmelte Dawes.

„Tja", sagte Nolan nach einem Moment. „Vermutlich haben Sie recht."

Stille trat ein. Nach einigen Schwierigkeiten gelang es Dawes, seine Sicherheitsgurte zu schließen, und als die Männer von der Besatzung den Schlafsaal zu der angekündigten Kontrolle betraten, war Dawes bereits angeschnallt.

Zäh vergingen die Minuten. Dawes versuchte sich den Mond vorzustellen, wie er voll am Nachthimmel hing, den Großen Bären, das Sternbild des Orion. Nur noch zehn Minuten . . .

Vor seinem geistigen Auge erschien der Aufbau des Schiffes. Ganz oben, unter der abgerundeten Spitze, befanden sich vermutlich die Kontrollkabine und die Mannschaftsquartiere. Darunter lagen die beiden Schlafsäle der Männer, einer auf jeder Seite des Schiffes. Daran schlossen sich der zentrale Gemeinschaftsraum und die beiden Schlafsäle der Frauen an. Weiter unten der andere Gemeinschaftsraum und die Kombüse. Dann die Brennkammern der Raketen und der geheimnisvolle Komplex des Einsteinantriebs.

Er wußte nur sehr wenig über den Einsteinantrieb. Nur, daß ein thermonuklearer Generator das Zentrum bildete, der ein Kraftfeld erzeugte, das stärker war als das der Sonne, und so ein Spannungsmuster in der Raumstruktur schuf. Durch dieses Spannungsmuster drang das Schiff in den Überraum wie ein Seehund durch eine Spalte im arktischen Eis.

Und dann? Mit einer höheren Geschwindigkeit als der des Lichtes würde die *Gegenschein* die lichtjahreweite Schlucht zwischen den Sternen überwinden, in der Nähe der Wega aus dem Überraum auftauchen und mit dem konventionellen chemischen Raketentriebwerk auf Osiris landen.

Er runzelte die Stirn. Nur vage waren ihm die technischen Prinzipien bewußt. Vermutlich gab es nur sehr wenige Menschen, die genau wußten, was geschah, wenn der Einstein-Generator seine Arbeit aufnahm. Doch er funktionierte, und nur das zählte. Ohne ihn hätte es keine Eroberung des Weltraums, keine Kolonien, keine Einberufung gegeben. Vielleicht hätte man mit einem normal lichtschnellen Schiff nach zwölf Jahren Flug Alpha Centauri erreichen können, oder man hätte ein riesiges Raumfahrzeug gebaut, das während eines jahrhundertelangen Fluges zu den Sternen ganzen Generationen als Heimat diente.

Nun konnte man die Distanz zwischen Erde und Wega binnen vier Wochen überwinden. Und überall im Universum wurden menschliche Kolonien gegründet.

Dawes zwang sich dazu, sich zu entspannen. Irgendwo über ihm, so wußte er, wurden die letzten Kontrollen vorgenommen. Das Startfeld war leer. Bald würde sich die *Gegenschein* auf einem gewaltigen Feuerstrahl in den Himmel erheben und nur verbrannte Erde zurücklassen.

„Bereiten Sie sich auf den Start vor!" ertönte plötzlich McKenzies Stimme.

Tief unter sich spürte Dawes das Dröhnen der gigantischen Raketentriebwerke. Ein donnerndes Brausen, eine schwere Faust, die seinen Brustkasten zusammenzupressen schien, und das Schiff hob ab. Unter der Belastung des Andrucks begann sein Herz heftiger zu schlagen. Er schloß die Augen.

Bis der Andruck wich und die Erde hinter ihm lag.

8

DAWES hatte nicht gewußt, daß vier Wochen derart lange dauern konnten.

Gleich zu Beginn legte sich die Aufregung darüber, im Weltraum zu sein. Im Überraum war keine Bewegung spürbar. Das Vibrieren der Raketen, der Andruck gehörten der Vergangenheit an. Das Schiff schien stillzustehen. Und die hundert Passagiere kamen sich in ihren engen Kabinen wie in einem großen Gefängnis vor.

Während der ersten Woche beschäftigten sich die hundert Kolonisten damit, einander kennenzulernen – aber vorsichtig, zurückhaltend, als ob jeder etwas vor den anderen zu verbergen hätte. Nach einer Woche kannte Dawes die Namen von fast allen anderen Einberufenen, ohne allerdings viel über sie zu wissen. Jeder kapselte sich ab und machte nur geringe Anstalten, Freundschaften zu schließen.

Doch es gab Ausnahmen. Phil Haas, der Rechtsanwalt von der Westküste, der seine Frau und seine beiden Kinder zurückgelassen hatte, spazierte im Schiff herum, freundete sich mit einigen künftigen Kolonisten an, sprach mit den anderen, machte ihnen Mut oder tröstete sie. Mary Elliot, die dicke, mütterliche Frau, die mit neununddreißig Jahren die älteste unter den hundert Einberufenen war, folgte seinem Beispiel. Und bald wurde offenkundig, daß Haas ein idealer Koloniedirektor sein würde – und Mary Elliot seine Frau.

Das Schiff war voll besetzt. In den Schlafsälen gab es nur Platz zum Schlafen, die Gemeinschaftsräume waren klein und niedrig, und in der Kombüse konnte man lediglich seine Mahlzeit einnehmen. Die schmalen Kajütengänge, die sich durch die Schiffslänge zogen, reichten eben aus, daß sich zwei Menschen aneinander vorbei bewegen konnten. Zur Zerstreuung standen nur ein paar Bücher, einige Tonbänder mit Musik und einige Filme zur Verfügung. Die meisten Bücher, Bänder und Filme befanden sich zusammen mit den übrigen Ausrüstungsgegenständen für die Kolonie im Frachtraum.

Während sich die Tage dahinschleppten und zu Wochen wurden, wurde Dawes durch die Eintönigkeit des Bordlebens und ein Unbehagen, das ihn niemals verließ, immer apathischer. Er zählte die Tage, dann die Stunden bis zur Landung. Er schlief, soviel er konnte, manchmal fünfzehn oder sechzehn Stunden pro Tag, bis er einfach keinen Schlaf mehr finden konnte.

Während die Wochen vergingen, bildeten sich an Bord des Schiffes kleine Cliquen. Sechs- oder achtköpfige Gruppen, Menschen aus der gleichen Gegend oder gleichen Alters oder gleichen Intelligenzgrades, die sich etwas zu sagen hatten in ihrem gemeinsamen Mißgeschick. Dawes gehörte keiner dieser Gruppen an. Er war das jüngste Mitglied der Kolonie. Mit seinen zwanzig Jahren – durch irgendeine Laune des Computers war keiner der anderen Männer unter fünfundzwanzig, die meisten sogar Anfang Dreißig – stand er abseits, unfähig, sich in der Gesellschaft der Älteren wohl zu fühlen. Viele hatten ihre Ehefrauen, ihre Familien, ihre Häuser verloren, die sie unter großen Anstrengungen erbaut und sorgfältig eingerichtet hatten, ihre Berufe aufgegeben, in denen sie sich mühsam hochgearbeitet hatten. Irgendwie fühlte er sich schuldig, nichts Problematischeres verloren zu haben als sein Studium. Er war sich bewußt, daß die anderen Einberufenen erwachsen waren und er noch nicht ganz, wenn er auch kein Kind mehr war. Aus diesem Grund errichtete Dawes eine Barriere zwischen sich und den anderen und gewann nur wenige Freunde.

In der dritten Woche fand die Wahl statt. Phil Haas, der als einziger kandidierte, wurde zum Koloniedirektor ernannt. Er kündigte an, den Posten für ein Jahr auszuüben und dann Neuwahlen abzuhalten. Die Kolonistenversammlung erteilte ihm die Vollmacht, Anordnungen zu treffen, die Gesetzeskraft hatten, bis eine Verfassung vorlag und eine Art Kolonieparlament gegründet worden war.

Dawes wunderte sich über die Einstimmigkeit bei der Wahl. Mit Sicherheit gab es unter den fünfzig Männern noch andere, die es zur Macht drängte. Warum hatten sie sich politisch zurückgehalten, als Haas gewählt wurde? Männer wie Dave Matthews oder Lee Donaldson – starke Männer, tüchtige Männer, wortgewaltige Männer. Vielleicht warten sie nur auf ihre Stunde, dachte Dawes, und überlassen Haas die schwere Aufgabe, die Kolonie in Schwung zu bringen, um dann einzugreifen.

Dawes zuckte die Achseln. *Er* hatte zumindest kein Interesse an der Politik. Er würde sich zurückhalten und so gut wie möglich die Aufgaben bewältigen, die auf ihn warteten, ohne Streit zu suchen. Sollten die anderen doch um Verantwortung kämpfen. Er war zufrieden, wenn man ihn in Ruhe ließ. Schließlich, sagte er sich, hatte er nicht darum gebeten, hierhergeschickt zu werden. Und ihm stand keineswegs der Sinn danach, nun auch noch größere Verantwortung auf sich zu nehmen.

Am Ende der vierten Woche – ihm schien, als seien seit

dem Start von der Erde schon vier Jahrhunderte vergangen – dröhnte wieder McKenzies Stimme durch das Schiff und forderte die Osiriskolonisten auf, sich auf ihre Andruckliegen zu begeben.

„Es ist jetzt vierzehn Uhr dreiundvierzig. In genau zwölf Minuten, um vierzehn Uhr fünfundfünfzig, verlassen wir den Überraum und schalten wieder das Raketentriebwerk ein. Um sechzehn Uhr tauchen wir in die Atmosphäre von Osiris ein. Zur Stabilisierung des Landeorbits sind weitere drei Stunden notwendig. Um neunzehn Uhr werden wir auf der Tagseite von Osiris niedergehen, wo es genau Mittag sein wird. Bitte schnallen Sie sich jetzt an."

Dawes' Finger zitterten nervös, während er sich auf der Andruckliege festgurtete. Es war soweit! In weniger als fünf Stunden würden sie landen!

Er dachte über Osiris nach. Das Kolonisationsbüro hatte vervielfältigte Merkblätter über den Planeten verteilt, um die Kolonisten schon vorab zu informieren, doch die Daten waren recht spärlich. Er wußte, daß der Planet ungefähr die Größe der Erde besaß – etwa dreizehntausend Kilometer Durchmesser – und daß der Boden fruchtbar war. Die Atmosphäre ähnelte der irdischen, enthielt nur etwas weniger Sauerstoff und ein klein wenig mehr Stickstoff. Das fiel allerdings kaum ins Gewicht. Sieben Kontinente waren vorhanden, von denen zwei in den Polarregionen lagen und deshalb von der Besiedlung ausgeschlossen werden mußten. Die Berichte der Scoutschiffe waren nie sehr genau. Sie arbeiteten in größter Eile, erforschten ein ganzes Sonnensystem nur ein oder zwei Tage lang, und stießen sie auf eine bewohnbare Welt, dann machten sie sich kaum jemals die Mühe, Nachteile aufzuspüren. Nach den Angaben des Scoutschiffes existierte auf Osiris kein intelligentes Leben, zumindest nicht auf dem klimatisch gemäßigten nördlichen Kontinent, der als Standort für die Kolonie ausgewählt worden war. Und das festzustellen war nicht schwierig gewesen, denn bisher hatte man noch nirgends im Universum intelligente Lebewesen entdeckt. Auf vielen Planeten lebten Gattungen, die in weniger als hunderttausend Jahren den Sprung zur Zivilisation schaffen würden, aber nur auf der Erde gab es eine Kultur, eine Zivilisation, Sprachen.

Um vierzehn Uhr fünfundfünfzig erfolgte der Transitionsschock. Der Einstein-Generator arbeitete mit höchster Leistung, schuf eine Öffnung in der Struktur des Überraums, und die *Gegenschein* schlüpfte durch diesen Spalt zurück in das reale Universum. Augenblicklich nahmen die Raketentriebwerke ihre Arbeit auf und brachten das Schiff in einen Orbit um den Planeten. In immer enger werdenden Spiralen würde die *Gegenschein* hinuntergleiten, die Geschwindigkeit an Osiris angleichen, bis die Bahn mit der des Planeten übereinstimmte und das Raumschiff landen konnte.

An seine Andruckliege gefesselt, biß Mike Dawes die Zähne zusammen, um die Schubstöße der Raketen ertragen zu können. Die *Gegenschein* war nur unvollständig gegen die Vibrationen der Maschinen isoliert. Sie war ein funktionelles Fahrzeug, das nur dazu diente, Menschen von einer Welt zu einer anderen zu transportieren, ohne Rücksicht auf Bequemlichkeit zu nehmen.

Er bedauerte das Fehlen der Sichtluken. Es wäre sicherlich interessant gewesen zuzusehen, wie Osiris ständig größer wurde, während die *Gegenschein* immer tiefer sank. Sehr viel interessanter jedenfalls, als in der schlecht belüfteten Kabine im Halbdunkel auf dem Rücken zu liegen. Irgendwo dort vorn in der Nacht befand sich Osiris, der neunte Trabant der Wega, sechs Milliarden Kilometer vom vierthellsten Stern des Erdhimmels entfernt. Ob man die heimatliche Sonne am Nachthimmel von Osiris wohl erkennen konnte? Wahrscheinlich – als unbedeutenden weißen Punkt.

Während sie sich dem Planeten näherten, sagte niemand an Bord der *Gegenschein* ein Wort. Jeder in den Schlafsälen war allein mit seinen Träumen und Erinnerungen. Die Minuten vergingen. Um sechzehn Uhr teilte Kapitän McKenzie mit, daß das Schiff in die Atmosphäre von Osiris eingetaucht war. Drei Stunden würde es noch bis zur Landung dauern. Das Schiff umkreiste den Planeten und kam der Oberfläche näher und näher.

Neunzehn Uhr. Auf seiner Liege kämpfte Mike Dawes gegen die Übelkeit an. Während der letzten Stunde waren sie alle durchgeschüttelt worden; die dichter werdende Atmosphäre setzte ihnen Widerstand entgegen, Luftstrudel ließen das Schiff bocken, und ein Sturm drohte es aus dem Kurs zu werfen. Aber die Reise näherte sich ihrem Ende. Die *Gegenschein* schwebte jetzt dicht über dem nördlichen, klimatisch gemäßigten Kontinent, und sie fiel und fiel . . .

Landung.

Der Aufprall ließ das Schiff erbeben. Es schwankte einen Augenblick lang, bevor sich die Landebeine in den Boden bohrten.

„Wir sind gelandet", erklärte Kapitän McKenzie. „Willkommen auf Osiris, meine Damen und Herren."

Wir sind da, dachte Dawes.

Er wünschte sich, die Hülle des Schiffes mit seinen Augen durchdringen und einen Blick auf den fremden Planeten werfen zu können. Aber ungefähr eine Stunde verging, ehe die Kolonisten das Raumschiff verlassen durften. Zuerst waren die routinemäßigen Atmosphäretests durchzuführen („als ob sie uns wieder mit heimnehmen würden, wenn sie entdeckten, daß die Luft aus reinem Helium besteht", brummte Sid Nolan). Dann mußte das Schiff fünfzehn Minuten lang abkühlen, während aus Düsen unter dem Schiffsrumpf entgiftende Flüssigkeiten auf den Landeplatz sprühten, um die radioaktiven Ausstrahlungen und die tödlichen Raketenabgase zu neutralisieren.

Danach wurde die Luke geöffnet und die Notleiter nach unten gelassen. Kein Aufzug stand ihnen hier zur Verfügung. Nur über die Leiter konnte man das Schiff verlassen. Phil Haas und Mary Elliot waren als erste draußen. Ihnen folgten die anderen, drängten sich in einer langen Reihe auf den Kajütengängen und warteten geduldig, bis sie die Luke erreichten.

Dawes war der zwanzigste. Er zwängte sich durch die Ausstiegsluke.

Vor ihm lag Osiris. Das Schiff war auf einer Lichtung niedergegangen, dicht am Strand eines glitzernden blauen Sees. Hinter der ausgedehnten rötlichen Sandfläche wurde der Boden fruchtbarer, und in nicht allzu großer Entfernung erstreckte sich ein dunkler, unheilvoll wirkender Wald, überragt von bogenförmigen schwarzen Felsen.

Wie schmierige Wollknäuel hingen graue Wolken schwer am dunkelblauen Himmel. Hoch oben glühte die riesige Wega, und trotz der sechs Milliarden Kilometer Entfernung wirkte sie so groß wie die Sonne der Erde.

Die Luft roch irgendwie fremdartig – dünn, salzig, obwohl der Geruch ganz anders war als das salzige Aroma des offenen Meeres. Und es war kalt. Die Temperatur lag bei etwa zehn Grad, aber ein eisiger Wind pfiff ihm aus dem Wald entgegen und krallte sich in sein Gesicht, als er zwanzig Meter über dem Boden dastand und hinausstarrte.

Er hatte nicht erwartet, daß es kalt sein würde. Aus irgend einem unerklärlichen Grund hatte er sich tropische Hitze vorgestellt. Aber Osiris – oder zumindest dieser Kontinent zu dieser Jahreszeit – erschien ihm öde, unfreundlich, abweisend.

„Geh schon, Junge", sagte jemand hinter ihm. „Bleib nicht den ganzen Tag da stehen. Klettere die Leiter hinunter."

Dawes lächelte entschuldigend. „Verzeihung. Ich wollte mir nur alles genau ansehen."

„Dazu wirst du noch genug Gelegenheit bekommen."

Dawes wurde rot und kletterte hastig die Leiter hinunter. Die anderen warteten bereits auf ihn. Der rötliche Sand knirschte unter den Schuhen. Zum erstenmal, dachte Dawes ehrfürchtig und staunend, spürt er eines Menschen Fuß.

Kalte Winde bliesen ihm entgegen, während er frierend darauf wartete, daß Haas die Dinge in die Hand nahm. Nachdem die Kolonisten das Schiff verlassen hatten, gingen sie ziellos am Strand auf und ab, planlos, wortlos, alle bemüht, den Schock zu überwinden, daß sie jetzt allein waren auf einer fremden Welt, ohne die Möglichkeit, noch einmal die Erde wiederzusehen.

Endlich waren alle hundert von Bord gegangen; Kapitän McKenzie und seine Mannschaft folgten.

Haas hatte sich von irgendwoher eine Trillerpfeife besorgt. Er blies jetzt hinein. „Achtung! Alles aufgepaßt!"

Die Umherstreifenden kehrten zur Gruppe zurück. Stille trat ein. Nur der Wind heulte noch durch den fernen Wald.

„Kapitän McKenzie", begann Haas, „sagte mir, daß er die Absicht habe, so bald wie möglich zur Erde zurückzukehren. Also wird es unsere erste Aufgabe sein, das Schiff zu entladen. Wir werden eine Kette bilden. Noonan, suchen Sie sich fünf Männer aus, und begleiten Sie Kapitän McKenzie. Sie werden dann die Ladung aus dem Schiff schaffen. Wir reichen sie weiter, bis alles dort hinten am Ende des Strandes liegt, jenseits der fünfhundert Meter umfassenden Sicherheitszone, die die *Gegenschein* zum Start benötigt.“ Haas schwieg einen Moment. „Matthews, wählen Sie vier Leute aus, und erkunden Sie das umliegende Gebiet. Achten Sie auf mögliche Raubtiere, und rufen Sie, wenn Sie etwas entdecken. Alle anderen bleiben in der Nähe, niemand streift umher.“

Dawes wurde von den Anführern der Arbeitsgruppen übergangen. Er zuckte die Achseln, schob die Hände in die Taschen und stellte sich abseits hin. Die Frachtluke des Schiffes wurde geöffnet, und Noonan und seine Gruppe stiegen hinein, während die Besatzung der *Gegenschein* wieder die Notleiter hinaufstieg, um alles für den Start vorzubereiten. Nach einigen Minuten erschienen die ersten schweren, mit Draht verschnürten Holzkisten, in denen sich alles befand, was sie von der Erde hatten mitbringen können.

Andere schleppten die Kisten über die Lichtung und setzten sie außerhalb des gefährdeten Gürtels ab. Das Entladen dauerte fast eine Stunde. Haas hakte jede Kiste auf seinem Bestandsverzeichnis ab. Als die Hälfte der Arbeit getan war, pfiff er erneut und wechselte die Gruppen aus, damit sich die ermüdeten Männer erholen und ausgeruhte Leute weitermachen konnten. Dawes wurde der zweiten Gruppe zugeteilt und schleppte die Kisten vom Raumschiff fort zu ihrem Lagerplatz.

Der Frachtraum war beinahe leer, als Dave Matthews aus dem Wald gelaufen kam und nach Haas rief.

Der Koloniedirektor drehte sich um. „Was ist los, Dave?“

Keuchend erreichte sie Matthews. Dawes und einige andere Männer blieben stehen und hörten zu.

„Fremde!“ stieß Matthews hervor. „Ich habe Fremde entdeckt!“

Haas runzelte die Stirn. „Was?“

„Sie schlichen am Waldrand umher. Dunkle Schattengestalten. Sie sahen wie Menschen oder Affen aus.“

Mit einemmal wurde Dawes von Furcht übermannt. Aber Haas lächelte. „Sind Sie sicher, Dave?“

„Wie könnte ich sicher sein? Kaum näherte ich mich ihnen, liefen sie davon.“

„Hat noch irgend jemand aus Ihrer Gruppe sie gesehen?“

fragte Haas und blickte die anderen vier Mitglieder der Suchgruppe an.

„Ich nicht", gab Sid Nolan zu.

„Ich auch nicht", schloß sich Paul Wilson an. „Wir rannten hin, als Matthews zu schreien begann, aber wir haben nichts gesehen."

„Und nach dem Bericht des Scoutschiffes gibt es auf Osiris kein intelligentes Leben", erinnerte Nolan.

Haas tat die Angelegenheit mit einem Achselzucken ab. „Wir werden uns später darum kümmern. Vielleicht haben Sie sich getäuscht, Dave."

„Das hoffe ich. Obwohl ich es nicht glaube."

Damit war die Sache vorläufig erledigt. Im Moment war es wichtiger, die *Gegenschein* zu entladen.

Dawes kam bei der Arbeit ins Schwitzen und fröstelte um so mehr, wenn Wind aufkam. Aber er war froh, arbeiten und seine Muskeln anstrengen zu können, denn vier Wochen trostloser Untätigkeit lagen hinter ihm.

Schließlich war das Schiff entladen. Ein buntes Durcheinander schwerer Kisten und kleinerer Gepäckstücke lag fünfhundert Meter vom Raumschiff entfernt. Die Mannschaft führte so schnell wie möglich den Countdown durch. War das Schiff mit Kolonisten und Fracht beladen, dann nahmen die Startvorbereitungen zwei Tage in Anspruch, leer konnte es binnen weniger Stunden startklar gemacht werden.

Während die Mannschaft arbeitete, kletterten die hundert Kolonisten ein letztes Mal an Bord, um dort eine Mahlzeit einzunehmen – zum drittenmal an diesem Tag. Auf Osiris war es jedoch erst Mittag, und Haas hatte angeordnet, bis zum Sonnenuntergang zu arbeiten, also noch weitere sechs oder sieben Stunden, damit sie sich gleich zu Beginn an die neue Zeiteinteilung gewöhnten. Dawes mußte nach dem Essen Aufräumungsarbeiten erledigen. Als er das Schiff dann verließ, sah er Haas und Kapitän McKenzie miteinander reden. Haas zählte seine Leute, um sicherzugehen, daß niemand an Bord zurückblieb.

Er pfiff. „Alle herhören! Die *Gegenschein* wird in Kürze starten! Alle hinüber zum Sammelplatz! Die *Gegenschein* verläßt uns!"

9

Die letzten Vorbereitungen nahmen zwanzig Minuten in Anspruch. Schließlich war die *Gegenschein* startklar. Ein warnender Hupton erklang. Mike Dawes, der bei den anderen Kolonisten außerhalb der Gefahrenzone stand, spürte einen scharfen inneren Schmerz, als er sah, wie das Schiff die Steuerflossen justierte und in der letzten Sekunde vor dem Abheben die Landebeine einfuhr. Das war die letzte Verbindung zur Erde, dieses goldene Raumschiff am Ufer des Sees.

Der warnende Hupton erstarb, und das Schiff löste sich plötzlich vom Boden, schwebte einen Augenblick lang auf einem lodernden Flammenpolster, kämpfte gegen die Schwerkraft des Planeten an, riß sich dann los und schoß hinauf in den wolkenverhangenen Himmel. Vielleicht eine halbe Minute lang bildete der Raketenschweif eine zweite Sonne am Firmament. Das seltsam glühende Leuchten ließ Schatten entstehen, die rasch wieder verschwanden. Die *Gegenschein* war fort.

Ein kaum begonnenes Leben war damit zu Ende, erkannte Dawes. Seine Vergangenheit, die zwanzig Jahre, die er als Baby, Kind und Heranwachsender auf der Erde verbracht hatte – alles war nur noch wie ein Traum, als ob er es nicht wirklich erlebt hätte. Nur die Zukunft war real.

Er stand da und betrachtete nervös die verbrannte Stelle, an der die *Gegenschein* gestanden hatte. Dahinter lag der dunkle Wald, der vielleicht von humanoiden Wesen bewohnt war, wenn man Matthews' Beobachtung Glauben schenken wollte. Dawes fröstelte. Dies war keine angenehme Welt.

Der Start war wie das Abtrennen einer Nabelschnur gewesen. Ein Flammenstrahl und lautes Tosen, dann war die Verbindung zur Mutter Erde für ewig unterbrochen.

Das Abtrennen einer Nabelschnur. Der Vergleich gefiel ihm. Es war die Art Vorstellung, die ein Arzt haben mußte. Und er war ein Arzt – wenn auch ein unfertiger: ein zitternder, dünner Zwanzigjähriger, der sich von nun an niemals wieder Sorgen zu machen brauchte, ob er das medizinische Examen bestehen würde.

Eine Hand legte sich fest von hinten auf Dawes' Schulter und riß ihn aus seinen Gedanken. Er blickte sich um.

„Ist mit dir etwas nicht in Ordnung?" fragte Ky Noonan mit rauher Stimme. „Du siehst mies aus."

„Ich fühle mich auch mies. Etwas dagegen?"

Noonan grinste. „Das ist deine Sache, Junge. Aber du solltest besser mit dem Grübeln aufhören."

„Ich habe nicht –"

„Ich habe es deinem Gesicht angesehen. Sieh mal, die Erde existiert nicht mehr, soweit es dich und mich betrifft. Es gibt nur noch Osiris."

„Das weiß ich", erwiderte Dawes langsam. „Aber es dauert einige Zeit, bis man sich an die Vorstellung gewöhnt hat."

„Du hast genug Zeit gehabt. Vier Wochen auf dem Schiff und die zwei Stunden, die wir schon hier sind. Nimm meinen Rat an und gewöhn dich daran, daß du hier bist."

Dawes antwortete nicht. Die ganze Zeit seit dem Tag, an dem er den blauen Briefumschlag aus seinem Briefkasten herausgeholt hatte, redete er sich ein, das Schicksal ohne Selbstmitleid zu akzeptieren. Er hatte sich gezwungen, sich mit der Einberufung abzufinden. Aber es war ihm nicht gelungen. Offenbar war die Verzweiflung deutlich in sein Gesicht geschrieben.

Noonan lachte leise, ging davon und näherte sich einer Gruppe Frauen, die auf der anderen Seite des Gepäckstapels standen. Dawes folgte ihm mit seinen Blicken und versuchte mit gerunzelter Stirn zu ergründen, was den großen Mann antrieb.

Noonan war ein Freiwilliger. Und er trug den Freiwilligenstatus wie eine Auszeichnung. Dawes sah zu, wie er mit den Mädchen dort drüben scherzte. Der große Mann lächelte, doch ein seltsamer Ausdruck umspielte seinen Mund. Dennoch schien er völlig entspannt, selbstbewußt, glücklich zu sein. Als ob jemand glücklich sein konnte, den man von seiner Familie, seinen Freunden, seiner Karriere . . .

Nein. Dawes rief sich ins Gedächtnis zurück, daß Noonan sich *freiwillig* gemeldet hatte. Er vermißte nichts. Vielleicht gab es nichts, das ihm wichtig gewesen war.

Phil Haas bestieg eine Kiste am Rand der Lichtung und stieß

einen Pfiff aus. Es war an der Zeit, einen Plan aufzustellen. Dawes gesellte sich zu der wartenden Gruppe.

„Wir sind jetzt ganz auf uns allein gestellt", sagte Haas mit lauter Stimme, um das niemals endende Heulen des Windes zu übertönen. „Das Schiff ist fort und wird nicht zurückkehren. Wir haben viel Arbeit vor uns. Als erstes müssen wir die Umzäunung errichten und die Kuppeln aufblasen."

Eine Stimme aus dem Hintergrund – Dave Matthews – unterbrach ihn. „Phil, was ist mit diesen Fremden, die ich beobachtet habe? Ich schlage vor, wir stellen Wachen auf, für den Fall, daß sie zurückkommen."

Haas' schmales Gesicht verfinsterte sich. „Am wichtigsten ist es jetzt, so rasch wie möglich die Umzäunung zu errichten."

„Aber die Fremden –"

„Es ist zweifelhaft, ob Sie tatsächlich Fremde gesehen haben, Dave. Denken Sie daran, daß das Scoutschiff von derartigen Wesen nichts bemerkte . . ."

„Wie lange haben die denn gesucht? Eine halbe Stunde?"

Ein wenig ungeduldig erwiderte Haas: „Dave, wenn Sie das Thema weiter diskutieren wollen, erledigen wir das später unter vier Augen. Wir können keine Männer für eine Patrouille entbehren, solange die Unterkünfte noch nicht errichtet sind. Nebenbei bemerkt, falls Ihre Fremden tatsächlich existieren, werden sie vor uns vermutlich mehr Angst haben als wir vor ihnen." Haas lachte leise. „An die Arbeit. Bis zum Einbruch der Nacht muß noch viel erledigt werden – auch die Partnerwahl."

Dawes befeuchtete seine Lippen. Ja, die Wahl der Partner! Er hatte den Gedanken daran verdrängt, aber jetzt gab es wohl kein Ausweichen mehr.

Er wickelte die Jacke fester um sich. Wie die meisten schlanken Menschen konnte er Kälte nicht vertragen. Der Wind schien durch seine Jacke und zwischen seine Rippen zu fahren. Der Bericht des Scoutschiffes hatte Osiris als erdähnliche, unbewohnte und ziemlich fruchtbare Welt geschildert, aber nicht erwähnt, daß dieser verdammte Nordwestwind ununterbrochen aus dem Wald pfiff.

Haas kletterte von der Kiste herunter und rief Noonan, Stoker, Donaldson und ein paar andere kräftige Männer der Gruppe zu sich, um gemeinsam mit ihnen die Pläne für die

Errichtung der Kolonie zu besprechen. Nach den Broschüren zu urteilen, die man ihnen vor der Landung ausgehändigt hatte, gab es ein erprobtes und zeitsparendes Verfahren, eine neue Kolonie zu gründen – ein Verfahren, das sich bereits auf Hunderten von Welten, die von den Menschen besiedelt worden waren, bestens bewährt hatte.

Der erste Schritt bestand in der Errichtung einer Umzäunung, um die Grenze der Kolonie sichtbar zu machen und mögliche wilde Tiere abzuhalten.

Sobald der Zaun fertig war, wurden die Blasenhäuser errichtet, die neuen Unterkünfte der Kolonisten. Es war nicht mehr erforderlich, Baumstämme zum Bau von Blockhäusern sorgfältig zuzuschneiden, die Blasenhäuser wuchsen einfach aus den Düsen der Behälter heraus, die mit einer selbstpolymerisierenden Flüssigkeit gefüllt waren. Ungefähr vier Liter reichten aus, um Häuser für Tausende von Kolonisten zu schaffen. War der Vorrat aufgebraucht, dann würde die Kunst der Architektur Einzug auf der neuen Welt halten.

Hatten sich die fünfzig Paare erst einmal angesiedelt, war es ihre nächste Aufgabe, fruchtbar zu sein und sich zu vermehren. Da alle Kolonisten auf ihre Fruchtbarkeit hin untersucht worden waren, konnte man im ersten Jahr ohne weiteres mit dreißig oder vierzig Kindern rechnen, und in jedem weiteren Jahr mit zwanzig oder dreißig. Nach zehn Jahren konnten sich die älteren Kinder schon um ihre jüngsten Geschwister kümmern. Nach fünfzehn Jahren würde dann die Gesamtbevölkerung der Kolonie schon fünfhundert Köpfe betragen – und es war absehbar, wann die ersten Ehen der zweiten Generation geschlossen wurden. Setzte man den unbegrenzten Raum und keine wirtschaftlichen Schwierigkeiten voraus, konnte das Bevölkerungswachstum noch viele Generationen lang in dieser Form weitergehen. Es würde immer mehr Menschen geben: achthundert, tausend, fünfzehnhundert. In jeder Generation würde die Bevölkerung mit starker Progression steigen. Und die Kolonie würde sich ausbreiten in dieser fremden Wildnis, bis aus der ersten kleinen Siedlung ein Dorf, eine Stadt, eine Stadt unter anderen Städten geworden war. Nach und nach entstanden so zahllose neue Erden im Weltraum, gegründet von murrenden, unglücklichen, unfreiwilligen Pionieren.

Haas benötigte einige Zeit, um den Arbeitsplan für diesen ersten Tag aufzustellen. Dawes wartete am Rand der Lichtung. Die Kolonisten, die nicht begierig waren, ihre Arbeiten zugewiesen zu bekommen, hatten sich wieder in die auf dem Schiff gebildeten Cliquen aufgeteilt. Nicht weit von ihm entfernt standen acht oder neun Frauen zusammen, und ihren Gesichtern war deutlich anzusehen, daß sie begriffen hatten, wo sie sich befanden und wie unwichtig nun ihre Vergangenheit war. Etwas weiter entdeckte Dawes eine Gruppe junger, unverheirateter Männer, die gezwungen miteinander scherzten und einander verlegene Rippenstöße versetzten. Die vier verheirateten Paare – die Wilsons, Zacharys, Frys und Nortons – hatten sich abgesondert, als ob sie sagen wollten, daß sie bei dieser Massenhochzeit nichts verloren hatten, die bald stattfinden würde. Dawes sah verstohlen zu der kleinen Frauengruppe hinüber. Zumindest die Hälfte von ihnen war viel zu alt für ihn, um als potentielle Ehepartner angesehen zu werden. Hatte er die letzte Wahl, wäre es schon möglich, daß nur eine von den Älteren übrigblieb, obwohl er es nicht hoffte.

Die meisten anderen Frauen aber waren Mitte oder Ende Zwanzig. Mit zweiundzwanzig kam Carol Herrick seinem Alter am nächsten. Dawes musterte sie. Carol zitterte leicht im kalten Wind und hatte ihre dünne Jacke zugeknöpft. Sie war ein schlankes Mädchen mit braunen Haaren, schwarzen Augen und einem frischen, hübschen Gesicht. Dawes hatte in den vier Wochen nur ein paar Worte mit ihr gewechselt. Sie wirkte schüchtern, so schüchtern wie er, und das gefiel ihm. Sie zog die Blicke der älteren Männer auf sich, und wer auch immer vor ihm wählen konnte, der würde sie nehmen.

Er dachte an die anderen Mädchen, an Cherry Thomas. Er hörte ihr lautes Gelächter und sah sie zusammen mit einigen Männern scherzen. Sie war groß, lebhaft und sah verführerisch aus. Vermutlich war sie ungefähr fünfundzwanzig und schien bereits sehr viel erlebt zu haben.

Was war mit den anderen? Mit Claire Lubetkin, dem Mädchen mit dem nervösen Zucken und der leichten Neigung zur Hysterie? Oder der molligen, dunkelhaarigen Louise Martino, die ein männerloses Leben geführt zu haben schien? Einige von den Frauen waren noch nicht verheiratet gewesen, andere hatten ihre Ehemänner, die jetzt Witwer waren, auf der Erde zurückgelassen und würden jeden neuen Partner mit ihnen vergleichen.

Eine seltsame Unruhe überfiel Dawes, und er wandte seinen Blick von den Frauen ab. Eine von ihnen würde seine Frau werden, auf dieser kargen, windgepeitschten Welt. Früh genug würde er erfahren, welche.

Haas war mit der Ausarbeitung seines Plans fertig geworden. Er pfiff wieder und bat um allgemeine Aufmerksamkeit.

„Als erstes muß die Umzäunung errichtet werden. Ich habe Sie in sechs Gruppen eingeteilt. Die Gruppen eins, zwei und drei stehen unter der Leitung von Ky Noonan, Howard Stoker und mir. Diese drei Gruppen erhalten Blaster, mit denen sie Baumstämme zu Pfählen zurechtschneiden müssen. Arbeitstrupp vier unter Sid Nolan fällt dann die Aufgabe zu, die Pfähle in den Boden zu rammen. Der Arbeitstrupp fünf unter Lee Donaldson wird die Pfähle mit Permospray verbinden. Für die sechste Gruppe unter Mary Elliot bleibt dann übrig, die Kisten und den Proviant auszupacken."

Alles war gut organisiert. Die meisten Männer waren den drei Holzfällergruppen zugeteilt. Dawes und sechzehn weitere Kolonisten gehörten zu Nolans Trupp, der den Zaun errichten mußte. Die Frauen arbeiteten teils für Donaldson und teils für Mary Elliot.

Dank der Werkzeuge, die sie von der Erde mitgenommen hatten, ging die Arbeit rasch vonstatten. Der Wald war ein Gewirr aus rindenlosen, etwa sieben Meter hohen und fünfzehn bis zwanzig Zentimeter dicken Bäumen. Die drei Holzfällertrupps arbeiteten schnell, säuberten die geschlagenen Stämme von ihren Ästen und dem duftenden, stacheligen Laub und schnitten sie auf eine Länge von sieben Metern zurecht. Jeder Baum nahm nur wenige Minuten in Anspruch. Nach einer halben Stunde lagen einige Dutzend aufgestapelt am Waldrand bereit.

In dieser Phase trat Nolans Gruppe in Aktion. Sie hatten die Grenzen bereits abgesteckt, und mit dem Vakuumextraktor fiel es leicht, die notwendigen Löcher auszuheben, die angespitzte Seite der Pfähle einen Meter in den Boden zu treiben und einzugraben. Dawes griff zusammen mit den anderen tüchtig zu.

Er fühlte sich wohl bei dem Gedanken, daß die Kolonie im Entstehen war und er beim Bau des Schutzwalls mithalf.

Während ein Pfahl nach dem anderen in regelmäßigen Abständen errichtet wurde, folgte Donaldson mit einem Gerät, das Plastikschaum produzierte, der für die Füllung der Zwischenräume vorgesehen war. Innerhalb der Umzäunung arbeiteten die Frauen, öffneten die versiegelten Kisten und packten den Inhalt aus.

Nach fast zwei Stunden ununterbrochener Arbeit war der Zaun auf drei Seiten fertiggestellt. Eine weitere Stunde später hatte man auch die letzte Lücke geschlossen. Haas und seine Leute, die keine Bäume mehr fällen mußten, fertigten nun das Tor mitsamt Riegel für den Zaun. Und schon schien der Platz behaglicher, der Wind weniger heftig zu sein, dachte Dawes. Er fühlte sich erschöpft von der anstrengenden Tätigkeit, aber es war eine angenehme Erschöpfung, eine wohltuende Müdigkeit, die immer folgt, wenn man etwas Produktives geleistet hat.

Die Nacht brach herein. Die riesige Wega war hinter dem Horizont verschwunden, und das Gefunkel unbekannter Sternbilder erhellte den dunkler werdenden Himmel. Kein Mond war aufgegangen. Aber unter Scheinwerferlicht wurde die Arbeit dennoch fortgesetzt, so daß der Wall wie durch ein Wunder innerhalb weniger Stunden emporwuchs. Auch die Häuser hatte man bereits aufgeblasen. Fünfzig kleine, dunkelblaue Kuppeln, die matt im Licht der Scheinwerfer glänzten. Die einundfünfzigste Kuppel, größer als alle anderen, stand im Zentrum des Platzes. In ihr würden sich die Kolonisten in der ersten Zeit versammeln können.

Dawes hockte sich nieder und ruhte sich aus. Er war müde; morgen früh würde er sicherlich an Muskelkater leiden. Doch die Kolonie war gegründet, der Wall errichtet und die Unterkünfte aufgeblasen.

„Sie haben alle ausgezeichnete Arbeit geleistet“, gratulierte Haas. „Alles läuft genau nach Plan. Wunderbar, wie sich jeder einzelne von Ihnen einsetzt.“

„Was ist mit den Frauen?“ fragte Noonan laut.

Ein gespanntes Kichern ertönte aus den Reihen der Frauen und erfaßte rasch die ganze Gruppe. Stille gebietend, hob Haas die Hand. „Darauf wollte ich gerade zu sprechen kommen. Das ist der letzte Punkt unserer heutigen Tagesordnung."

Die Frauen wirkten aufgeregt, seltsam angespannt, als Haas sie zu einer Gruppe zusammenstellte und alles zur Partnerwahl vorbereitete. Dawes studierte ihre Gesichter. Cherry Thomas lächelte. Einige der anderen Frauen schienen besorgt, blaß, nervös zu sein. Das waren jene, die bisher noch nicht verheiratet gewesen waren und vor ihrer Einberufung von einer anderen Art Hochzeitsnacht geträumt hatten. Andere wiederum, die ihre Ehemänner auf der Erde hatten zurücklassen müssen, dachten offensichtlich an ihre Billionen Kilometer entfernten Geliebten.

Haas faltete ein Blatt Papier auseinander und runzelte die Stirn. „Die Zeit ist also gekommen, sich einen Partner auszusuchen. Die Instruktionen, die ich erhalten habe, empfehlen folgendes Vorgehen: Als Freiwilliger hat Ky Noonan als erster das Recht zu wählen. Da ich der Direktor der Kolonie bin, komme ich nach ihm dran. Die weitere Reihenfolge wird sich nach den Computer-Registriernummern richten – deren Reihenfolge im Moment nur mir bekannt ist. Ich bin der Meinung, daß dieses System das vernünftigste ist, und wenn es keine Einwände gibt, gehen wir auch so vor."

Niemand sagte etwas. Insgeheim wünschte Dawes, daß sich jemand zugunsten einer langsameren Vorgehensweise zu Wort melden würde – man konnte zum Beispiel abwarten, daß die Paare im Lauf der Zeit selbst zueinanderfanden. Aber man hatte die Kolonien vor derartigen Experimenten gewarnt. Viel sicherer war es, die Paare gleich zu Beginn zu bilden, damit jeder von der kleinen Gemeinschaft sofort gebunden war.

„Nun gut", fuhr Haas fort, „wir werden uns also an die Liste halten. Jeder Mann wählt eine Frau, die aber das Recht hat, die Wahl abzulehnen. Weigert sich eine Erwählte, so muß der betreffende Mann warten, bis alle anderen an der Reihe waren. Sollte jemand nach drei Durchgängen noch immer unvermählt sein, werde ich selbst die Zuweisungen vornehmen. Okay. Noonan, als Freiwilliger haben Sie sich das Privileg verdient, als erster zu wählen. Treten Sie vor, und treffen Sie Ihre Entscheidung."

Noonan kam der Aufforderung nach und lächelte ruhig. Er

war der größte und aggressivste Mann der Gruppe, und das Wissen um seine Bedeutung schien ihn noch zu beflügeln.

Abschätzend musterte er die Reihe der wartenden Frauen. Gemischte Gefühle drückten sich auf den fünfzig Gesichtern aus. Einige der Frauen schienen sich davor zu fürchten, von ihm ausgewählt zu werden, andere blickten ihn mit unverhohlener Feindseligkeit und wiederum andere voller Begehrlichkeit an.

Einen Moment lang herrschte Totenstille, dann sagte Noonan: „In Ordnung. Ich nehme Cherry Thomas."

Zischend stieß Dawes den Atem aus. Er war überzeugt gewesen, daß Noonan Carol Herrick wählen würde – aber aus irgendwelchen Gründen hatte er ihr die ältere Frau vorgezogen.

„Miß Thomas", fragte Haas, „sind Sie damit einverstanden?"

Cherry Thomas blickte Noonan gelassen an und betrachtete ihn unverhohlen. „Ich denke, ja", erklärte sie. „Wenn Noonan mich will, werde ich mit ihm gehen."

Leises Gekicher ertönte. Nervös erinnerte Haas: „Es geht um Ihre Heirat, Miß Thomas."

„Lassen Sie mich mit dem verdammten frommen Geschwätz zufrieden!" schnappte Cherry. „Sie sind auch nichts Besseres als ich, und das sollten Sie nicht vergessen! Ich . . ." Sie brach ab. „Okay. Tut mir leid. Vielleicht habe ich diesen Anpfiff verdient. Okay. Ich bin mit Noonan einverstanden."

Haas notierte etwas auf seiner Liste. „So sei es denn. Sie können sich eines von diesen Blasenhäusern aussuchen. Vielleicht sollte ich noch erwähnen, daß jede Ehe mit Zustimmung des Gerichts von Osiris geschieden werden kann, sobald wir ein Gericht gebildet haben. Bis dahin wollen Sie bitte versuchen, gut miteinander auszukommen."

Dawes sah zu, wie Noonan und Cherry davongingen, um ihr Haus in Besitz zu nehmen. *Keine Zeremonie?* fragte er sich. Anscheinend nicht. Der einfache Akt des Auserwählens vollzog die Eheschließung. Nun, dachte Dawes, dies ist eine neue Welt. Vielleicht ist es dann sogar auf diese Weise besser.

Haas war der nächste, und zu niemandes Überraschung fragte er Mary Elliot, die einwilligte. Natürlich war das vorauszusehen gewesen.

Wieder warf der Koloniedirektor einen Blick auf seine Liste und erklärte, daß Lee Donaldson an der Reihe sei. Donaldson, ein kräftiger, befehlsgewohnt wirkender Mann, trat vor und traf mit lauter Stimme seine Wahl. „Claire Lubetkin."

Claire errötete, trat nervös von einem Bein auf das andere und nagte an der Unterlippe. Unschlüssig warf sie einen Blick auf die anderen Männer und nickte schließlich. „Ich nehme die Wahl an."

Nach Donaldson kam Howard Stoker mit seinem plumpen, schwerfälligen Gang und noch immer schmutzig von des Tages Arbeit.

Er betrachtete die Frauen, als treffe er erst jetzt, in letzter Minute, seine Entscheidung und sagte: „Rina Morris."

Neunzig Augen richteten sich auf Rina Morris. Das rothaarige Mädchen richtete sich steif auf. Sie musterte den unförmigen, häßlichen Stoker mit einem keineswegs freundlich zu nennenden Blick. „Tut mir leid. Ich warte noch."

Stoker starrte sie wütend an. „Okay. Wenn Sie so sind, dann zum Teufel mit Ihnen. Dann nehme ich eben Carol Herrick."

Dawes erbleichte bei dem Gedanken, daß Stokers schmutzige Pfoten Carol berühren würden. Er wollte schreien, protestieren.

Aber Haas erklärte: „Tut mir leid, Howard, aber ich habe bereits erklärt, daß Sie nach den Regeln erst ein zweites Mal wählen dürfen, wenn alle anderen durch sind."

„Aber –"

„Ich nehme an, Sie haben verstanden, Stoker."

„Verdammt noch mal, ich werde nicht als letzter dastehen, nur weil dieses Weib zu stolz ist, mich zu nehmen. Ich –"

Haas unterbrach ihn in scharfem Tonfall: „Sie werden genau das tun, was ich Ihnen vorschreibe, Howard. Treten Sie zurück, und warten Sie, bis Sie wieder an der Reihe sind. Mike Dawes ist jetzt der nächste."

Stoker brummte irgend etwas Unverständliches, spuckte ostentativ aus und trottete davon. Mit rotem Gesicht stolperte Dawes nach vorn, noch immer erstaunt von der plötzlichen Wendung. Carol war von Stoker aufgefordert worden, und Haas hatte diese Wahl nicht anerkannt, und nun war *er* am Zug . . .

Er sah sich einer Reihe von Gesichtern gegenüber. Gütigen,

mütterlichen Gesichtern, ängstlichen Gesichtern, amüsierten Gesichtern. Und ein Gesicht ragte unter allen anderen hervor. Dawes suchte nach Worten.

„Ich w-wähle – ich wähle Carol Herrick."

Haas lächelte. „Miß Herrick?"

Dawes wartete qualvolle Sekunden lang. Er brachte es nicht fertig, Carol anzusehen, sondern senkte den Blick zu Boden, zu angespannt, um atmen zu können.

Schließlich erklärte sie mit so leiser Stimme, daß er sie kaum verstehen konnte: „Ich bin einverstanden."

10

Gemeinsam verließen Dawes und Carol die Lichtung, rasch und ohne etwas zu sagen, ja, ohne einander anzusehen.

Als sie die kreisförmig angeordneten Blasenhäuser erreicht hatten, brach er schließlich das Schweigen. „Wir müssen uns jetzt eins aussuchen."

„Nimm irgendeins, das dir gefällt – Mike."

Er blickte sich um. Die Kuppeln waren leer, stellten lediglich schützende Unterkünfte gegen die heftigen Winde dar, aber man konnte in ihnen schlafen, wenn es einen nicht störte, auf dem Boden liegen zu müssen. Von den Kolonisten erwartete man, daß sie derart kleine Unannehmlichkeiten in Kauf nahmen, bis sie Zeit fanden, Betten zu zimmern.

Er deutete auf des Blasenhaus neben Noonans. Es konnte vermutlich ganz nützlich sein, Noonan als Nachbarn zu haben, dachte Dawes. Für den Fall, daß es Schwierigkeiten gab.

„Nehmen wir das dort", sagte Dawes.

Sie gingen darauf zu. Dawes trug ihre beiden Koffer, die je mit etwa zwanzig Pfund persönlicher Habseligkeiten gefüllt waren. Vor dem Eingang blieb er stehen und überlegte, ob er dem alten Brauch entsprechend seine Frau über die Türschwelle tragen sollte. Schon wollte er die Koffer absetzen und sich nach ihr umdrehen, da änderte er seine Meinung und trat einfach ein. Sie folgte ihm.

Der Raum umfaßte eine Fläche von etwa achtzehn Quadratmetern. Platz genug also für Betten und einen Kleiderschrank, aber für nicht viel mehr. Die notwendigen Installationen würden erst später angelegt werden. Bis dahin mußten sie sich zum Waschen und Trinken mit dem nahe gelegenen See begnügen.

„Nicht sehr eindrucksvoll, nicht wahr?“ bemerkte er.

„Nein, nicht besonders.“

„Wir werden das schon ändern. Diese Kuppeln sind ja nur ein Notbehelf, improvisierte Unterkünfte, bis wir richtige Häuser bauen können. Eines Tages werden wir ein gemütliches Heim besitzen, Carol.“

Er lächelte ihr ermutigend zu. Doch sie reagierte nicht darauf, sondern ließ sich auf ihrem Koffer nieder und starrte trübsinnig ins Nichts. Dawes begann, sich um die Schlafgelegenheiten Gedanken zu machen. Das beste war, dachte er, sich mit den Kleidungsstücken zuzudecken und sich aneinanderzuschmiegen . . .

„Ich hatte nicht erwartet, daß alles so kommen würde“, sagte sie plötzlich mit tonloser Stimme. „Ich meine, mein Leben und einfach alles. Ich habe mir nie viel Gedanken darüber gemacht, was aus mir werden sollte. Aber ich konnte mir einfach nicht vorstellen, einmal in einem winzigen Blasenhaus auf einer fremden Welt zu enden.“

„Mir ging es nicht anders. Niemand von uns hat etwas Derartiges erwartet, Carol.“

„Aber jetzt sind wir hier, nicht wahr?“

Er nickte. Nach einer Weile fragte er dann: „Was hast du gemacht?“

„Gemacht? Oh – ich war Stenotypistin. Bei einer Baufirma in Oakland. Ich glaube, ich habe nur darauf gewartet, geheiratet zu werden. Nun, das ist jetzt irgendwie geschehen.“

Dawes war enttäuscht. Er hatte sie nie zuvor gefragt – auf dem Raumschiff hatte er nicht den Mut aufgebracht, viel mit ihr zu reden –, aber heimlich hatte er sie für eine Schauspielerin, Schriftstellerin oder Sängerin gehalten. Irgendwie talentiert, eine, auf die er stolz sein konnte, eine, die sich von den anderen Frauen unterschied. Er beschloß, sich mit ihrer graziösen Schönheit zufriedenzugeben und alle anderen Erwartungen zu vergessen. Wie es schien, war sie nur ein gewöhnliches, scheues, unschuldiges Mädchen.

„Ich habe studiert", sagte er. „Medizin. In Ohio. Nun, das ist jetzt alles vorbei. Hier auf Osiris müssen wir alle von vorn anfangen."

Er lachte – es war ein nervöses, heiseres Lachen. Die Tür des Blasenhauses stand noch immer offen. Er verschloß sie, nachdem er sich draußen noch einmal umgesehen hatte. Schon lange war die Wega vom Himmel verschwunden. Die Nacht war hereingebrochen. Dawes empfand Furcht vor den Dingen, die die Nacht mit sich bringen würde. Allein in dieser kühlen Plastikblase, nur dieses verängstigte Mädchen in seiner Nähe, mit dem er alles tun konnte, wenn er den Mut dazu aufbrachte und sie es zuließ . . .

Eine Weile schwiegen sie und sahen einander an.

„Es ist wie im Mittelalter", bemerkte Carol schließlich. „Du und ich, auf diese Weise vermählt."

„Warum hast du ja gesagt, als ich dich ausgesucht habe?"

„Was hätte ich sonst tun sollen? Die anderen wollte ich nicht, die waren viel zu alt. Und du schienst mir der Typ zu sein, bei dem ich mich aussprechen und glücklich werden könnte. Auch wenn du ein wenig jünger bist als ich. Auf jeden Fall ist es so besser."

„Ich hoffe, wir werden glücklich sein, Carol."

„Das hoffe ich auch. Aber – Mike, ich habe Angst . . ."

Tränen standen in ihren Augen. Dawes merkte, daß sie im Begriff war, die Nerven zu verlieren und jeden Augenblick hysterisch zu werden. Auf diese Art hatte er seine Hochzeitsnacht nicht verbringen wollen. Und er wußte nicht, was er mit ihr anfangen sollte, wenn sie zu weinen begann. So bestimmt wie möglich sagte er: „Wir müssen aus unserer Lage das Beste machen, Carol. Du weißt, was ich meine. Wir *müssen* uns mit dieser Situation abfinden. Wir beide sind jetzt hier zusammen auf Osiris, und es gibt kein Zurück. Niemals."

Sie nickte. Und dann, nach langem Schweigen, ging er auf sie zu, legte seine Arme um ihre schmalen Schultern und küßte sie. Es war ein zärtlicher, zitternder Kuß, die zögernde Berührung trockener Lippen, und kaum hatten sie damit begonnen, da wurden sie von einem grellen Schrei unterbrochen, der aus der Richtung von Noonans Blase kam.

Er ließ sie los. „Hast du das gehört – den Schrei?"

„Ich glaube, es war Noonan. Glaubst du, daß er Streit mit Cherry bekommen hat?“

„Keine Ahnung. Aber ...“

Wieder erklangen die Rufe. Und diesmal waren die Worte deutlich zu verstehen. *„He!“* brüllte Noonan. *„Dawes! Dawes! Hilfe!“*

„Sehen wir nach“, schlug Dawes vor.

Er verließ die Blase und befand sich in mondloser Finsternis. Er blinzelte, versuchte etwas zu erkennen.

Nach einigen Sekunden begannen sich seine Augen an die Dunkelheit zu gewöhnen, und er sah, was vor sich ging.

Noonan und Cherry standen vor ihrer Kuppel. Sie waren von dunklen Gestalten umgeben, schwarzen Schatten, deren Umrisse in der Nacht verschwammen. Noonan drosch auf die Schattenwesen ein und brüllte. „Weg von mir!“ schrie der große Mann. „He, Dawes! Lauf! Hol Hilfe!“

Dawes zögerte, wußte nicht, wohin er sich wenden sollte. Er hörte, wie Carol keuchend Atem holte. Seine Augen, die sich völlig an die Finsternis gewöhnt hatten, sahen die Szene nun deutlich vor sich. Sechs oder sieben schwarze, haarige Gestalten – nicht-menschliche Gestalten – hatten Noonan und Cherry Thomas umringt. Dawes erblickte unförmige, halslose Köpfe, kräftige Schultern, sehnige Arme. Er fühlte sich zu elend, um laufen zu können. Er stand einfach da und hörte Noonans Flüche, Cherrys angstvolle Stimme und hin und wieder das heisere Grunzen eines Angreifers, wenn Noonans Schläge ihr Ziel trafen.

Dann spürte er, wie ihn etwas Kaltes und Haariges berührte, und er hörte Carol aufkreischen.

Andere Kolonisten eilten herbei. Dawes wehrte sich, kämpfte zum erstenmal seit der vergessenen Kindheit. Er wehrte sich mit Armen und Beinen, wirbelte herum und stieß mit den Schultern um sich, trat mit den Füßen nach den klobigen, dichtbehaarten Gestalten, die er nur undeutlich erkennen konnte. Seine Fingernägel gruben sich in einen nach Moschus duftenden Pelz. Er schlug und trat und biß. Und dann konnte er nicht mehr kämpfen. Er wurde gepackt, von kräftigen, fremden Armen eisern umklammert.

„Mike!“ wimmerte Carol.

Hilflosigkeit erfüllte ihn. „Ich kann nichts tun, Carol. Einfach nichts. Mich haben sie auch erwischt."

„Das sind die Fremden", erklang Noonans wütende Stimme. „Die, die Matthews gesehen hat. Bösartige Fremde." Sein dröhnender Schrei erfüllte die ganze Siedlung. „Fremde!"

Dawes spürte, wie er hochgehoben wurde. Zwei starke Hände umfaßten seine Knöchel, zwei packten ihn unter den Achseln. Noch einmal versuchte er, sich zu wehren, aber ebensogut hätte er versuchen können, sich aus einem Schraubstock zu befreien.

Er schaukelte hin und her und begriff, daß seine Häscher sich in Bewegung gesetzt hatten.

Dunkle Schatten und noch dunklerer Dschungel. Er wurde in Richtung Wald fortgetragen. Weder von Carol noch von Noonan oder Cherry war etwas zu sehen.

Nach einer Weile gab er seinen Widerstand auf. Die Fremden behandelten ihn sanft, er konnte sich nur nicht bewegen. Er hing in ihrem festen Griff und wurde in gleichmäßigem Tempo davongetragen. Zu dumm, daß kein Mond schien, dachte er. Das einzige, was er erkennen konnte, waren schattenhafte Bäume und das Geäst über seinem Kopf, aber alles verschwamm. Er hörte Nachtvögel krächzen und ihn von den Baumwipfeln aus verspotten. Furcht erfüllte ihn. Während er sanft fortgetragen wurde, ergab er sich seinem Schicksal in dem Bewußtsein, daß er keine andere Möglichkeit hatte.

Mehr als eine Stunde waren sie unterwegs. Vielleicht auch zwei, aber ebensogut hätten es auch zwei Monate sein können. Dawes hatte jegliches Zeitgefühl verloren. Für das kühle Klima, das auf diesem Kontinent herrschte, war der Wald erstaunlich dicht. Ranken peitschten ihm ins Gesicht, und eine hinterließ eine abscheuliche Schleimspur. Man hielt seine Hände noch immer fest, so daß er nicht einmal sein Gesicht abwischen konnte. Nach einiger Zeit begann der Schleim, der sich auf seiner linken Gesichtshälfte von der Braue bis zum Mundwinkel zog, zu brennen – vielleicht bildete er sich das nur ein, aber vielleicht besaß die dickflüssige Masse tatsächlich ätzende Eigenschaften. Dawes wußte es nicht. Er drehte den Kopf, und es gelang ihm, einen Teil des Schleims an seinem Hemd abzuwischen. Aber einiges blieb links neben seinem Auge kleben, unerreichbar für ihn. Er fragte sich, ob irgend etwas zurückbleiben würde, eine weiße Narbe oder eine Schwellung der Haut.

Endlich nahm der Marsch durch den Wald ein Ende. Die Fremden verließen das Dickicht. Dawes erblickte kahle, rauhe Felsen, jene steil emporragenden schwarzen Klippen, die er bereits bei seinem ersten Blick aus der Luke der *Gegenschein* gesehen hatte.

Der Aufstieg begann, und es war ein schreckliches Erlebnis – das schrecklichste seit Beginn der Entführung.

Die Fremden, bemerkte er, besaßen dicke, bläuliche Saugnäpfe auf ihren Handflächen und auf den Sohlen ihrer plumpen Füße.

Sie packten ihn fest an den Armen und Beinen und begannen, die nackten Klippen hinaufzuklettern. Dawes schwindelte, während seine Entführer die glatte Felswand erklommen, als wäre sie eine Leiter. Und bei jedem Ruck schwankte er hin und her und vermied es, in die Tiefe zu schauen.

Als Dawes schon glaubte, den Verstand zu verlieren, endete die gefährliche Kletterei, und die Fremden schleppten ihn in eine Art Höhle, die anscheinend in den Felsen gehauen worden war.

Seine ausgeprägte Phantasie quälte Dawes die ganze Zeit. Er sah sich bereits geheimnisvollen Opferriten in dieser schrecklichen Höhle ausgesetzt. Oder Vampirfledermäusen, die über ihm in der Finsternis hingen und dankbar für die Beute waren, die man ihnen brachte.

Aber nichts von diesen gräßlichen Dingen, die er sich vorgestellt hatte, trat ein. Die Fremden ließen ihn einfach in der Höhle zurück. Sie setzten ihn mit verblüffender Behutsamkeit ab, legten ihn in den feuchten, kalten Sand, wandten ihm den Rücken zu und verschwanden. Die Dunkelheit war vollkommen. Er konnte nichts mehr sehen.

Er spürte die Gegenwart von anderen Fremden, hörte ihre affenähnlichen, trottenden Schritte. Unwillkürlich fragte er sich, ob man alle Kolonisten entführt hatte und in dieser Höhle unterbrachte. Das Scoutschiff hat behauptet, daß dieser Planet unbewohnt ist, dachte er vorwurfsvoll. Aber Dave Matthews hat recht gehabt.

Er erinnerte sich an den unterbrochenen Kuß. Dann an die unterbrochene Hochzeitsnacht. Und dann schließlich an die Kolonie, deren Aufbau ins Stocken geraten mußte.

Alles war bisher so gut gelaufen: die Errichtung der Umzäunung, die Partnerwahl, die Blasenhäuser. Es hatte gut ausgesehen für die junge Kolonie. Doch von Schwierigkeiten war sie nur weniger als einen Tag verschont geblieben.

Still hockte er in der Dunkelheit. Irgendwo rechts von ihm schluchzte jemand. Im Hintergrund plätscherte fließendes Wasser, vielleicht ein Bach, der in den Tiefen der Höhle versickerte.

„Wer ist da?" fragte er. „Wer bist du?"

„Ich bin's, Carol. Bist du es, Mike?"

Ein Teil seiner Furcht verflog. Zumindest, sagte er sich, war er nicht allein!

„Ja. Wo bist du, Carol?"

„Ich sitze irgendwo im Sand. Ich kann nichts sehen. Was wird man nur mit uns machen?"

„Ich weiß es nicht", gestand Dawes. „Rühr dich nicht. Bleib, wo du bist, und ich werde versuchen, dich zu finden. Verdammte Finsternis!"

Er sah sich um, versuchte die Richtung zu erraten, aus der Carols Stimme gekommen war. Aber er wußte, daß die Höhlenwände alle Laute verzerrten.

Eine Stimme, die er als die Noonans identifizierte, meldete sich. „Dawes, bist du es?"

Er mußte sich irgendwo weiter hinten in der Höhle befinden, denn sein Ruf wurde von hallenden Echos begleitet. „Ja", sagte Dawes laut. „Und Carol ist ebenfalls hier. Noch jemand?"

„Ich", erklärte Cherry Thomas.

Ihre Stimme echote in der Höhle. Sonst rührte sich niemand mehr. Dawes starrte vor sich hin, ohne etwas zu sehen. Er wartete einen Moment, und als die Echos verklangen, sagte er gepreßt: „Ich schätze, daß nur wir vier hier in dieser Höhle sind. Was, zum Teufel, hat man mit uns vor?"

Niemand antwortete.

Vor dem Höhleneingang, der irgendwo zu seiner Rechten liegen mußte, fegte der endlose Wind um die Berge und pfiff und stöhnte unablässig. Dawes fröstelte. In der Dunkelheit konnte er nicht einmal die eigene Hand vor Augen sehen. Nie zuvor hatte er eine derart intensive Finsternis erlebt.

Und noch eine Finsternis kam ihm jetzt deutlicher zu Bewußtsein – die dunklen Seiten eines Lebens, die einen Menschen von seinem rechtmäßigen Platz losrissen und auf eine fremde Welt schleuderten und ihn dann wiederum ergriffen und in eine windumtoste Höhle warfen, kaum daß er damit begonnen hatte, der neuen Umgebung etwas Vertrautheit abzugewinnen. Er fühlte sich sehr allein, sehr jung, mehr als nur ein wenig verängstigt und sogar ein wenig krank.

Er begann über den kalten, feuchten Sand zu kriechen, der den Höhlenboden bedeckte. Offenbar floß der Bach, den er hörte, nicht sehr tief unter dem Sand, lag nahe genug an der Oberfläche, um Kälte zu verbreiten. Vielleicht hundert Meter weiter verließ er sein unterirdisches Bett.

Niemand sagte etwas. Er hörte ein Schluchzen, wußte aber nicht, aus welcher Richtung es kam. Er wußte nicht einmal, wie groß die Höhle war.

„Carol! Carol!" rief er.

Auf Händen und Knien kroch er in der Dunkelheit umher. Nach langen Minuten spürte er eine warme Hand über seine streifen. Sie erschreckte ihn ein wenig. Die Hand umklammerte seinen Arm. Es war ein angenehmes Gefühl.

Blindlings tastete er weiter. Arme streckten sich ihm entgegen. Er war dem Schluchzen nahe, so dankbar war er, nicht mehr allein mit seiner Furcht zu sein.

Wortlos umarmte er sie in der Finsternis, umklammerte sie so heftig, als ob das Mädchen die einzige Realität in einem Universum voller Alpträume wäre. „Gott sei Dank", murmelte er. Dann entspannte er sich und war nach einer Weile eingeschlafen.

11

Bei Tagesanbruch sah er Carol neben sich liegen, eine mitleiderregende kleine Gestalt, die sich auf dem Sand zusammengerollt hatte. Sie schlief noch immer, die Knie an den Körper gezogen, das Gesicht in den Händen vergraben.

In einiger Entfernung entdeckte er Cherry; sie schlief ebenfalls. Ihre Kleider waren zerknittert, ihr glänzendes blondes Haar aufgelöst.

Seine Glieder schmerzten, jeder Muskel tat ihm weh, seine Knochen waren steif vor Kälte und Feuchtigkeit, und er fühlte sich völlig erschöpft von der Nacht, die er auf dem harten Höhlenboden verbracht hatte.

Noonan war bereits wach. Dawes sah ihn weit hinten in der Höhle, links von Carol. Er saß aufrecht da, hatte die Arme um seine Knie geschlungen und musterte Dawes mit unverhohlenem Spott. Geschmeidig kam Noonan dann auf die Beine und schritt auf Dawes zu, der abwartend dastand.

„Diese Frauen verschlafen aber auch alles", bemerkte Noonan und lachte leise. Seine Augen verengten sich, als er Dawes genau ansah. „Himmel, du siehst furchtbar aus, bist ganz grün im Gesicht."

„Ich – ich bin hundemüde."

„Du wirst doch nicht krank werden?"

Dawes schüttelte den Kopf. „Ich fühle mich nur wie zerschlagen."

„Aber du siehst wirklich schlecht aus."

„Was erwartest du eigentlich?" fauchte Dawes. „Wo, zum Teufel, sind wir? Was haben diese Fremden mit uns vor? Vielleicht wollen sie eine hübsche Mahlzeit aus uns machen." Selbst ihm kam seine Stimme dünn und hoch vor.

„Das glaube ich nicht", erklärte Noonan gelassen. „Sehen wir uns doch zuerst einmal um."

Gemeinsam näherten sie sich dem Eingang der Höhle. Dawes keuchte.

Sie befanden sich mindestens dreißig Meter über der flachen bräunlichen Oberfläche von Osiris. Die Höhle bildete einen Einschnitt in einer beinahe senkrecht aufragenden Klippe. Über und unter ihnen erstreckte sich glatter, schwarzer Fels, der in der Morgensonne matt glänzte. Und tief unten, am fernen Boden, bewegten sich einige der Fremden ziellos hin und her, als hielten sie Wache.

Dawes deutete auf ein dichtbewaldetes Gebiet. „Da, schau! Dort muß sich die Kolonie befinden, dort hinten auf der Lichtung!"

Noonan nickte. „Gute fünfzehn Kilometer entfernt. Und wir können sie gut erkennen. Sieht man von den Klippen ab, dann ist das die flachste Welt, die ich kenne." Er wies hinunter auf die Fremden. „Scheußliche Kerle, nicht wahr?"

Dawes blickte ebenfalls nach unten. Auf diese Entfernung wirkten die Fremden wie gelbbraune Kleckse auf dem dunkleren Braun des Bodens. Sie waren dicht behaart, besaßen keinen Hals, und ihre Körper waren plump und schwer. Er glaubte auch, die bläulichpurpurnen Saugnäpfe auf ihren breiten Handflächen zu erkennen.

Dawes trat wieder zurück und erklärte mit gespielter Gleichgültigkeit: „Ein verdammt tiefer Abgrund."

Er blickte den größeren Mann an, der grinste und bestätigte: „Da hast du recht. Ich glaube, wir werden eine Weile hierbleiben müssen. Versuchen wir, das Beste daraus zu machen."

Dawes nickte schwach und wandte sich ab, um das Innere der Höhle zu inspizieren.

Die Höhle war breit und neigte sich weiter hinten nach unten, dort, wo keine Sonnenstrahlen mehr hindringen konnten. Kurz davor sprang ein kleiner Bach aus dem Gestein, floß über den Höhlenboden, versickerte dann wieder im Fels und bildete einen seichten, kleinen See. Die Morgenluft war kalt und frisch, klagend heulte der Wind am Eingang vorbei.

Sie befanden sich dreißig Meter über dem Boden, in einer geräumigen Höhle, die sich in eine steil aufragende Klippe hineinbohrte. Sie hatten frisches Wasser. Sie würden hier unbestimmte Zeit überleben können, wenn . . .

Dawes' Magen knurrte. „Vielleicht will man uns hier verhungern lassen", sagte er zu Noonan. „Wenn sie uns kein Essen bringen, was dann?"

„Dann werden wir uns gegenseitig verspeisen", erklärte Noonan liebenswürdig. „Frauen und Kinder zuerst." Er gähnte und entblößte dabei scharfe, kräftige weiße Zähne. Dawes glaubte halb, daß er es ernst gemeint hatte. Man wußte bei Noonan nie so recht, ob er nun einen Scherz machte oder nicht.

Trotzdem war er froh, daß Noonan bei ihnen war. Der ältere Mann strahlte Stärke, Autorität und Mut aus, alles Eigenschaften, von denen Dawes wußte, daß sie ihm fehlten. Noonan war ein Abenteurer. Er hatte sich freiwillig gemeldet. Das setzte einen Mut voraus, der Dawes unbegreiflich war. Aus diesem Grund respektierte er Noonan.

„Komm, wir wecken die Weibsbilder auf", schlug Noonan vor.

„Warum nicht", stimmte Dawes zu und nickte.

Er machte sich auf den Weg in den hinteren Teil der Höhle, wo Carol schlief. Als er zurückblickte, sah er Noonan, der sich über Cherry beugte und sie unsanft hin und her schüttelte.

Carol lag noch immer zusammengerollt da. Sie schien so fest zu schlafen, daß es Dawes schwerfiel, sie zu wecken. Er kniete neben ihr nieder, lauschte für einen Moment ihren regelmäßigen Atemzügen und wunderte sich, daß sie an einem derartig ungemütlichen Ort so ruhig schlafen konnte.

Er legte seine Hand sanft auf ihre Schulter. „Carol. Wach auf, Carol."

Sie bewegte sich, doch ihre Augen blieben geschlossen – als ob sie nicht aufwachen wollte und die Geborgenheit ihrer Träume vorzog. Er schüttelte sie energischer, und sie wurde allmählich wach. „Carol? Ist mit dir alles in Ordnung?"

„Was – oh – Mama, ja – ich muß verschlafen haben . . ."

Sie öffnete die Augen und setzte sich auf. Einen Augenblick lang starrte sie Dawes und die Höhle verständnislos an. Dann verblaßte ihr Traum von ihrem Zuhause, und die Wirklichkeit kehrte zurück.

„Oh – ich habe geträumt. Ich habe die ganze Nacht so fest geschlafen. Ich dachte, du würdest zu mir kommen, aber du bist nicht gekommen, oder? Du . . ."

„Komm", sagte er ruhig. „Gehen wir zu den anderen. Es ist Tag."

Cherry war inzwischen ebenfalls wach geworden. Sie streckte sich, rieb ihre Augen und ordnete ihre Kleider. Noonan stand mit verschränkten Armen neben ihr. Dawes und Carol gesellten sich hinzu, und Cherry schenkte Carol ein Nicken und Dawes ein Lächeln. Lange Zeit standen sie alle vier einfach da und sahen einander an, sahen sich nur an. Plötzlich erkannte Dawes, daß das Leben in der Höhle kompliziert werden würde.

„Viel Privatsphäre wird keinem von uns gegönnt sein",

bemerkte Noonan schließlich und brach damit das angespannte Schweigen.

„Was willst du damit sagen?“ begehrte Cherry auf.

„Ich meine, daß einige von uns hier ihre Auffassungen ein wenig werden ändern müssen. Und ich weiß nicht, wie lange man uns hier gefangenhalten wird – denn vermutlich kommen wir nicht ohne fremde Hilfe wieder heraus.“

„Du glaubst also nicht, daß wir eine Möglichkeit haben, uns selbst zu befreien?“ fragte Dawes.

Noonan zuckte leicht die Achseln. „Mir fällt im Moment nichts ein. Ich weiß nur, daß es verdammt steil nach unten geht.“

„Diese Fremden“, begann Carol zögernd. „Sie sind dort unten und beobachten uns?“

Noonan nickte. „Ein Haufen dieser Kerle treibt sich im Tal herum. Wir sind hier oben festgenagelt, und sie können uns jeden Augenblick holen kommen. Allein können wir hier nicht heraus.“

„Und ich glaube nicht, daß die Leute von der Kolonie einen Versuch zu unserer Rettung unternehmen werden“, sagte Cherry Thomas. „Die werden sich einen Dreck um uns kümmern und uns einfach abschreiben. Vermutlich sind sie auch zu sehr damit beschäftigt, den Zaun zu verteidigen.“

„Es gibt keine Verteidigung“, widersprach Carol. „Wenn sie die Klippen hier hinaufklettern können, dann ist ein sechs Meter hoher Zaun auch kein Problem für sie.“

„Die Kolonisten werden uns nicht befreien“, stellte Dawes fest, „weil sie es einfach nicht *können*. Sie wissen doch nicht einmal, wo wir uns befinden. Wenn die Kolonie überhaupt noch existiert.“

Noonan nickte zustimmend. „So ist es. Vielleicht haben die Fremden alle eingesperrt, je vier in einer Höhle. Oder sie haben nur uns entführt. Wer kann das sagen.“

„Nun, wir sind also hier gefangen“, stellte Cherry fest. „Aber woher sollen wir etwas zu essen bekommen?“

Noonan zuckte die Achseln. „Den Sand zumindest können wir nicht essen. Möglicherweise sind die Fremden so nett und bringen uns etwas.“

„Angenommen, sie bringen uns nichts?“ fragte Carol.

„Dann bleiben uns drei Möglichkeiten. Wir können hier herumsitzen und auf den Hungertod warten, oder wir können uns gegenseitig auffressen, oder wir können einfach hinunterspringen." Noonan lachte hohl. „Ich für meinen Teil ziehe die letzte Möglichkeit vor. Die bringt einen schnelleren Tod."

Das Gespräch war damit beendet. Die vier Gefangenen gingen auseinander. Noonan legte sich schlafen, Cherry begab sich in den hinteren Teil der Höhle, um das Wasser zu probieren, und Carol ließ sich einfach zu Boden sinken und starrte hoffnungslos auf den Höhleneingang.

Der Morgen verging. Es mußte jetzt kurz vor Mittag sein, vermutete Dawes, und er war schrecklich hungrig. Der Wind blies mit unvermittelter Heftigkeit, und die Sonne stand hoch am Himmel. Er fühlte sich niedergeschlagen, bedrückt.

Nach einer Weile ging er zum Höhleneingang und blickte aus der schwindelerregenden Höhe hinunter. Er war wie gelähmt, als er fremde Gesichter sah, die zu ihm emporstarrten. Etwa zwanzig Eingeborene befanden sich auf halbem Weg zur Höhle, machten aber keine Anstalten, noch näher zu kommen, sondern starrten ihn einfach an. Ihre unförmigen Köpfe waren fast vollständig mit kurzem, struppigem gelbbraunem Fell bedeckt, aus dem dunkelblaue, stechende Augen hervorschimmerten.

Dawes wandte sich ab. Plötzlich ertönte hinter ihm ein dumpfer Laut. Überrascht wirbelte er herum und erhaschte einen flüchtigen Blick auf die Purpurhand eines Fremden, die schnell wieder verschwand. Ein Bündel lag vor dem Höhleneingang. Dawes trat an den Rand und blickte hinaus. Ein Eingeborener kletterte hastig hinunter zu seinen Gefährten.

Dawes kehrte zu dem Bündel zurück. Es war ein Paket von der Größe eines Menschen und in ein rötlichgelbes Tierfell eingewickelt, das zottig und steif war. Stirnrunzelnd löste Dawes die Ranke, die das Fell zusammenhielt, und öffnete das Bündel.

Seine Augen weiteten sich. Er richtete sich auf, formte mit den Händen einen Trichter und rief nach den anderen.

„He, Essen! Kommt alle her! Die Fremden haben uns etwas zu essen gebracht!"

Als sich Noonan, Cherry und Carol um ihn drängten, breitete

Dawes den Proviant aus. Der größte Teil bestand aus einem frisch geschlachteten kleinen Tier, das entfernt an ein Schwein erinnerte und eine haarlose schwarze Haut besaß. In der Kehle des Tieres klaffte ein etwa zehn Zentimeter langer Spalt, doch ansonsten war es unversehrt vom Schwanz bis zur abgeflachten Schnauze und den glasigen gelben Knopfaugen. Mit einer langen Ranke hatte man ein kurzes, scharfes Messer aus durchscheinend grauem Material befestigt, das Obsidian ähnelte.

Außerdem enthielt das Bündel einige Trauben milchigweißer Früchte und einige längliche blaue, kürbisähnliche Gebilde mit rauher, knorriger Schale. Dawes lief das Wasser im Mund zusammen.

„Sieht ganz so aus, als wollten sie uns füttern", bemerkte Noonan. „Das kann ein gutes, aber auch ein schlechtes Zeichen sein. Ich hoffe nicht, daß sie uns mästen, nur um uns später zu opfern."

„Das werden wir bald herausfinden", sagte Dawes. „Es hängt davon ab, wie oft sie uns füttern. Erhalten wir eine Woche lang nichts mehr, können wir davon ausgehen, daß sie uns nicht mästen wollen."

„Wie kam das Bündel hierher?" wollte Cherry wissen.

„Einer der Fremden kletterte die Klippe hinauf und warf es durch die Öffnung", berichtete Dawes. „Dann floh er. Sah aus wie eine große braune Spinne, die die Felswand hinunterkrabbelt."

Mit dem Messer tranchierte Noonan das Tier, während Dawes und die Frauen zusahen. Dawes war von Noonans Geschicklichkeit fasziniert. Das grob bearbeitete Steinmesser war scharf wie eine Rasierklinge, und der große Mann nahm das Tier mit der Schnelligkeit eines routinierten Metzgers aus.

„Zumindest", sagte Noonan, „hat das Blut die richtige Farbe." Rasch schnitt er große Fleischstücke ab. „Möglicherweise ist das Fleisch giftig, aber immerhin ist das Blut in Ordnung."

Carol schauderte. „Ich habe noch nie rohes Fleisch gegessen. Können wir denn kein Feuer machen?"

Noonan hielt mit der Arbeit inne und blickte zu ihr auf.

„Nein“, erklärte er nachdrücklich. „Ich weiß, daß du diesen Ausflug nicht mitmachen wolltest, Kleine. Aber jetzt bist du hier. Du solltest dich besser darauf vorbereiten, rohes Fleisch – und noch schlimmere Dinge essen zu müssen.“

12

SIE ASSEN, und es war eine seltsame, stille, fast beschämende Mahlzeit. Der Anstrich von Zivilisation, der noch an allen, selbst an Noonan haftete, dämpfte ihre Stimmung, während sie das blutige Fleisch verzehrten.

Dawes war furchtbar hungrig, deshalb fiel es ihm nicht so schwer, wie er angenommen hatte, seinen Widerwillen gegen rohes Fleisch zu überwinden. Dennoch wurde ihm übel von dem klebrigen Blut, das ihm an den Fingern herunterlief. Und er konnte sehen, daß Carol sich sichtlich zwingen mußte, das Fleisch hinunterzuschlingen. Noonan aß ohne Hemmungen. Cherry kaute ihren Anteil mit einer gewissen Reserviertheit, ohne sich aber viel anmerken zu lassen. Das Fleisch besaß einen merkwürdigen, scharfen Geschmack und mundete deshalb roh vielleicht etwas besser.

Von den blauen Kürbissen besaßen sie zehn Stück. Nach dem Fleisch verteilte Noonan an jeden einen Kürbis und legte die restlichen sechs beiseite. „Für den Fall, daß wir nicht so bald wieder etwas zu essen bekommen“, erklärte er. „Diese Dinger bleiben länger frisch als das Fleisch.“

Die Kürbisse waren sauer, unangenehm faserig und erforderten langes Kauen. Aber sie waren auch nahrhaft und füllten den Magen. Dawes war mit seinem Kürbis rasch fertig und wandte seine Aufmerksamkeit den weißen Trauben zu. Sie fühlten sich teigig an, waren trocken und nicht sehr schmackhaft.

Als jeder gesättigt war, sammelte Noonan die Überreste ihrer Mahlzeit, die Knochen des kleinen Tieres und die Kürbisschalen, ein und warf sie aus der Höhle. Kurz darauf hörte man sie unten aufprallen.

„Warum hast du das getan?“ fragte Dawes.

„Ich wollte ihnen zeigen, daß wir dieses Zeug zu schätzen

wissen. Die beste Möglichkeit dazu ist, ihnen die abgenagten Knochen zurückzugeben. Außerdem können wir den Abfall hier oben nicht gebrauchen. Schadet der Hygiene."

Cherry Thomas lächelte unbehaglich. „Hygiene. Gut, daß du diesen Punkt erwähnt hast. Dieses Hotel ist nicht besonders komfortabel eingerichtet."

„Wir werden neben dem Höhleneingang einige Latrinen anlegen", erklärte Noonan. „Dort ist die Belüftung besser. Du siehst, es ist ganz wie zu Hause."

„Was ist eine Latrine?" fragte Carol.

„Das ist ein Loch im Boden, Schätzchen." Noonans Stimme besaß die Liebenswürdigkeit konzentrierter Salzsäure. „Nur ein Loch im Boden, nicht mehr. Du wirst es benutzen müssen. Und wenn du möchtest, legen wir eins für die Männer und eins für die Frauen an."

„Oh, ich verstehe", murmelte Carol unglücklich.

Cherry Thomas kicherte auf ihre kalte, klirrende Art. Noonan lachte grollend. Dawes war schmerzlich enttäuscht von Carol, aber er sagte nichts.

Noonan deutete in die Richtung, wo der kleine Fluß die Höhle in zwei annähernd gleiche Hälften teilte. „Schau, Dawes. Ich schlage vor, du und deine Braut, ihr nehmt die rechte, obere Ecke."

„Und ihr?"

„Cherry und ich werden die linke Seite nehmen, die dem Höhleneingang etwas näher liegt. Das ist für die Nacht gedacht. Und es ist die beste Lösung, die wir finden können."

„Wir werden wie in einem Goldfischglas leben", bemerkte Cherry.

Dawes zuckte die Achseln. „Uns bleibt keine andere Wahl."

Er erhob sich, trat an den Eingang und äugte hinaus. Dreißig Meter unter ihm hockten sieben oder acht Fremde auf dem Boden und blickten zu ihm hinauf.

„Es ist tatsächlich wie in einem Goldfischglas", sagte er und drehte sich herum. „Sie beobachten uns von dort unten. *Beobachten.* Als wären wir wirklich Fische in einem Aquarium oder Tiere in einem Käfig."

„Vielleicht sind wir das auch", murmelte Noonan. Er nahm eine Handvoll feuchten Sand, preßte ihn zu einem harten

Klumpen und warf ihn zornig hinunter zu den wartenden Eingeborenen. Mitten im Flug fiel das Geschoß auseinander und rieselte als harmloser Sandregen nieder. Leise fluchend wandte sich Noonan ab.

Der Tag zog sich schrecklich in die Länge. Vier Menschen in einer ausbruchssicheren Zelle, die hundert Meter tief und vielleicht zwanzig Meter breit war, ohne Feuer, ohne irgend etwas außer ihnen selbst. Und bislang hatten sie nicht gelernt, Gefallen aneinander zu finden.

Dawes' Nerven waren angespannt wie die Saiten einer Geige. Sie konnten in der Höhle nichts anderes tun, als sich gegenseitig anzustarren, zu reden oder zu scherzen. Und es gab so wenig Gesprächsstoff.

Noonan war starrsinnig. Er sprach nur, wenn er wollte und etwas zu sagen hatte. Carols Konversation schien sich auf Äußerungen zu beschränken, die Befürchtungen oder schwache Hoffnungen ausdrückten. Cherry neigte zu Witzen und zu Erinnerungen an das Showgeschäft.

Auch Dawes hatte wenig zu sagen, und er verbrachte die Stunden damit, vor sich hin zu brüten und seine schmutzigen Füße anzustarren. Er wußte zwar nicht, wie lange sie hierbleiben mußten, aber bereits jetzt war ihm klar, daß es so oder so eine höllische Zeit werden würde.

Cherry hatte begonnen, von ihren guten und schlechten Tagen zu erzählen. Fast eine halbe Stunde schon berichtete sie von der glücklichen Zeit, die sie mit ihrem Manager Dan Cirillo verbracht hatte, der, nach Cherrys Worten zu urteilen, ein Heiliger gewesen sein mußte. Langsam steuerte sie auf die große Tragödie in ihrem Leben zu, den Tag, als man Dan einberufen hatte und er sie zurückließ.

„Am 24. des Monats fing ich im ‚Lido' an", sagte sie. „Dan hatte mir einen fetten Vertrag besorgt – dreitausend die Woche und alle Extras, die man sich nur vorstellen konnte. Ein neunzigköpfiges Orchester plus Synthesizer-Begleitung. Und ich in einem Abendkleid, das zehn Blaue gekostet hatte. Ich wünschte, ich hätte das Kleid jetzt hier. Ich wünschte, ich wäre wieder in Nevada. Ich wünschte, ich wäre woanders, nur nicht hier in dieser verdammten Höhle."

Sie verstummte, und in das Schweigen hinein sagte Carol

mit einer brüchigen, kaum hörbaren Stimme: „Wir werden hier nie herauskommen. Ich weiß das. Niemals kommen wir hier heraus. Wir werden hierbleiben und verfaulen. Manchmal habe ich das Gefühl, hinunterspringen zu müssen –"

„Carol!" stieß Dawes hervor.

Das Mädchen blickte ihn verständnislos an. Ihre Augen wirkten müde und furchtsam.

Nach einer kurzen Pause fuhr Cherry erschrocken fort: „Nun, die Kleine hat nicht einmal so unrecht. Wenn ich das damals gewußt hätte, wäre ich 2114 mit Dan gegangen, und wir hätten jetzt irgendwo Kinder, statt daß ich hier in dieser lausigen Höhle hocke, wo man nicht einmal –"

„Es reicht, Cherry", schnitt Noonan ihr das Wort ab. „Hör auf damit, den Dingen nachzutrauern, die du 2114 nicht gemacht hast. Was vergangen ist, ist vergangen."

„Und deshalb werden wir hier verfaulen –"

„Es reicht, Cherry!" Er sprang auf die Beine. „Ich habe eine Idee", erklärte er. „Vielleicht ist sie nicht viel wert, aber versuchen kann ich's zumindest."

Er zog langsam sein Hemd aus, wobei er gleichzeitig die Schuhe abstreifte.

„Was hast du vor?" fragte Dawes.

Noonan schlüpfte aus der Hose. „Ich werde den unterirdischen Fluß da hinten untersuchen. Ich werde hineinsteigen und mich ein wenig umsehen. Vielleicht tritt der Fluß irgendwo ins Freie. Vielleicht können wir so entkommen."

Er griff nach seinen Kleidungsstücken, klemmte sie unter den Arm und marschierte nur in der Unterhose auf die Stelle zu, wo der Fluß den Höhlenboden durchbrach. Zurückblickend rief er: „Komm mit, Dawes! Wenn du mich schreien hörst, dann schwimme mir nach."

Dawes folgte ihm. Noonan warf sein Kleiderbündel auf den Boden und stieg ins Wasser. Es reichte ihm bis zu den Knien, und als er weiterwatete, wurde der Fluß plötzlich tiefer.

Als das Wasser ihm bis zur Brust ging, bemerkte Dawes unsicher: „Es ist gefährlich, Noonan. Vielleicht verfängst du dich irgendwo. Und ich werde dich nicht hören können, wenn du rufst."

Noonan drehte sich um und sah ihn an. Seine Lippen waren

blau, und obwohl er zitterte, lächelte er: „So? Und was ist schon dabei? Wenigstens habe ich es dann versucht."

Er drehte sich wieder um und erreichte schließlich die Stelle, an der der Flußlauf unter dem Boden weiterführte. Dawes hörte, wie Noonan keuchend Luft holte und dann untertauchte. Nervös begann Dawes, die Sekunden zu zählen.

Einundzwanzig, zweiundzwanzig, dreiundzwanzig, vierundzwanzig . . .

. . . sechsundzwanzig, siebenundzwanzig . . .

. . . dreißig . . .

„Wo ist er hin?" hörte Dawes Cherry fragen.

Er wandte sich um und sah, daß beide Frauen hinter ihm standen.

„Er taucht", erklärte Dawes knapp.

Fünfunddreißig . . ., sechsunddreißig . . ., siebenunddreißig . . .

. . . vierzig . . .

. . . fünfundvierzig . . .

„Er ist schon über eine halbe Minute fort", sagte Dawes einige Sekunden später. „Bald müßte Noonan wieder auftauchen."

„Und was ist, wenn er nicht zurückkommt?" fragte Carol.

Dawes antwortete nicht. Aber er zog seine Schuhe aus, da er wußte, daß man von ihm erwartete, Noonan nachzutauchen und ihn zu suchen. Er zitterte leicht, und er legte die Hand an den Gürtel.

. . . sechsundfünfzig . . . Wie lange konnte ein Mensch unter Wasser bleiben? Auch für Noonan gab es Grenzen.

„Du solltest hineinspringen und nachsehen", forderte ihn Cherry auf. „Vielleicht ertrinkt er."

„Ja. Ich weiß."

. . . sechzig . . .

Automatisch zählte er weiter. Zweiundsechzig. Mit kalten Händen begann sich Dawes die Hose auszuziehen.

Plötzlich erschien Noonan wieder, schnappte gierig nach Luft und tauchte anschließend erneut unter. Würgend und keuchend kam er ein zweites Mal zum Vorschein und kämpfte gegen die starke Strömung an. Dawes watete in den Fluß hinein, packte ihn am Arm und zog ihn auf den Sand.

Noonan war am ganzen Körper blau. Ausgestreckt lag er mit dem Gesicht im Sand und rang nach Atem. Schließlich sah er auf.

„Kalt", sagte er. *„Kalt!"*

„Hast du etwas entdeckt?" fragte Dawes.

Noonan schüttelte matt den Kopf. „Nein. Keine Spur. Ich bin dem Fluß so weit wie möglich gefolgt. Nichts. Als ich zurückkehrte, konnte ich die Öffnung nicht finden. Ich dachte schon . . . Ich dachte schon, ich müßte ertrinken. Dann brach ich durch."

Er zitterte heftig. Nie zuvor hatte Dawes einen so durchgefrorenen und erschöpften Menschen gesehen. Noonan rang noch immer keuchend nach Luft.

„Er wird sich den Tod holen", sagte Carol besorgt. „Er ist ja ganz naß, und der Sand klebt an ihm. Wir sollten ihn irgendwie aufwärmen."

Dawes fühlte sich durch ihren Sympathiebeweis irritiert. Noonans waghalsiges Tauchmanöver, dachte er, war nichts als ein großartiges Schauspiel gewesen. Er hatte sich aufgespielt, um den Frauen zu imponieren, und weiter nichts.

„Ihm wird schon von selbst warm werden", brummte Dawes.

Cherry blickte ihn an. „Wohl kaum. Wenn wir ihn so liegenlassen, holt er sich noch eine Lungenentzündung. Aber ich werde mich schon um ihn kümmern."

Verblüfft sah Dawes sie an.

Cherry legte sich neben dem noch immer keuchenden Noonan in den Sand und umarmte ihn.

„Geht weg", forderte sie sie auf, ohne aufzublicken. „Ich werde meinen Mann warm halten."

Dawes und Carol entfernten sich in Richtung Höhleneingang, ohne sich umzusehen. Er war wütend und deprimiert. Noonans heroisches Schauspiel hatte seine Wirkung nicht verfehlt. Und was hatte Noonan zu finden gehofft? Einen Unterwasserweg bis zur anderen Seite des Berges? Natürlich war das unmöglich. Noonan hatte lediglich seine Muskeln trainieren und sich ein wenig unterhalten und vor allem beweisen wollen, daß er ein richtiger Mann und kein dürrer Pappkamerad war.

Und Carol war beeindruckt gewesen. Dawes hatte es an ihren Augen gesehen.

Als die große Sonne unterzugehen begann, hatte sich Noonan von der Anstrengung erholt. Er und Cherry gesellten sich zu Dawes und Carol. An diesem Tag hatten sie kein Essen mehr erhalten. Offensichtlich beabsichtigten die Eingeborenen, ihnen pro Tag nur eine Mahlzeit zu geben – wenn überhaupt.

„Wir brauchen eine Geisel", sagte Noonan mehr zu sich selbst als zu den anderen. „Das ist die einzige Möglichkeit, irgend etwas zu erreichen. Morgen werden wir uns in der Nähe des Eingangs aufhalten, bis man uns das Essen bringt – *falls* man uns überhaupt etwas bringt. Sobald einer von den Fremden auftaucht, packen wir ihn."

„Und wozu soll das gut sein?" wollte Dawes wissen.

„Ich habe keine Ahnung", gab Noonan zu. „Aber, verdammt, zumindest *unternehmen* wir etwas! Wir zeigen ihnen, daß wir uns noch nicht geschlagen geben. Oder willst du etwa ewig hier drinnen sitzenbleiben, Kleiner?"

„Wahrscheinlich werden wir das", bemerkte Cherry. „Wie gottverdammte Tiere. Wie Vögel in einem Käfig. Warum haben diese Affen nicht jemand anders entführen können? Warum ausgerechnet uns?"

Die Nacht brach herein. Unten im Tal flackerte rötlich das Lagerfeuer der Fremden.

„Sie beobachten uns", murmelte Dawes. „Sie beobachten uns die ganze Zeit. Sie wollen sehen, wie wir uns verhalten. Sie wollen sehen, wie lange es dauert, bis wir zu streiten und uns zu hassen beginnen, bis wir uns diese verdammten Klippen hinunterstürzen, um erlöst zu sein."

„Halt den Mund!" schnappte Noonan.

Dawes ignorierte ihn. „Ich sage das im Ernst. Ähnliche Experimente veranstaltet man im Psychologieseminar der Universität. Man nimmt vier Ratten und steckt sie in einen Käfig. Oder man stellt sie auf eine Tretmühle und gibt ihnen Futter, wenn sie am Ende ihrer Kräfte zu sein scheinen. Und genau das sind wir: Ratten in einer Tretmühle. Der Experimentator wartet und beobachtet, macht Notizen, schaut, wie lange es dauert, bis die Ratten einander anfallen oder vor Erschöpfung zusammenbrechen."

„Ich habe gesagt, du sollst den Mund halten", knurrte Noonan drohend.

„Wer, zum Teufel, bist du, daß du mir Befehle geben kannst?"

Noonan erhob sich und legte Dawes seine schwere Hand auf die Schulter.

„Sieh mal, Junge, wir wissen alle, daß es hier drinnen hart ist. Mach es nicht noch schwerer. Hör auf mit dem Gejammer, oder ich werde dich persönlich die Klippen hinunterwerfen."

„Ja", konterte Dawes, „du möchtest mich wohl loswerden. Das könnte dir so passen, allein mit den beiden Mädchen."

Noonan schlug zu, und Dawes war für eine Weile wie betäubt. Als er wieder zu sich kam, sagte er leise: „Tut mir leid, Noonan. Ich wollte dich nicht beleidigen."

„Schon gut, Kleiner. Bleib ruhig sitzen, und sei still."

„Aber du erkennst es doch auch, oder? Wir tun genau das, was die Fremden erwarten! Sie sind neugierig, wer von uns als erster zusammenbricht! Sie wollen uns kämpfen sehen. Sie wollen sehen, wie wir uns gegenseitig in Stücke reißen."

„Es sind nur primitive Eingeborene, die um ein Lagerfeuer sitzen", erklärte Noonan trocken. „Du bildest dir zuviel ein. Belästigst uns mit diesem hochgestochenen Zeug und siehst Dinge, die es nicht gibt."

„Vielleicht. Vielleicht irre ich mich", sagte Dawes. Plötzliche Spannung erfüllte die Höhle. Die beiden Frauen waren still. Dawes musterte Noonan und wischte sich das Blut vom Mund. „Und ich sage dir, sie warten darauf, daß wir uns fertigmachen."

„Nun, dann werden wir ihnen eben diesen Triumph nicht gönnen. Wir werden es schaffen. Denk an den Vortrag in Bangor. Wir sind *Menschen.* Die höchstentwickelten Lebewesen der Galaxis." Noonan sah zum Eingang hinüber. „Verdammter mondloser Planet", brummte er. „Alles ist stockfinster. Aber wir werden es trotzdem schaffen. Das verspreche ich dir."

„Mach dich nicht lächerlich, Noonan", sagte Cherry mehr zu sich selbst. „Der große Knall kommt noch. Und es wird nicht mehr lange dauern."

13

In der Dunkelheit dieser zweiten Nacht hielt Dawes Carol in den Armen. Noonan und Cherry hatten sich irgendwo im Hintergrund der Höhle zum Schlafen hingelegt. In der völligen Finsternis war nichts von ihnen zu sehen.

Carol war warm, anschmiegsam, nervös und schüchtern. Geraume Zeit lang schwiegen sie und hielten einander wärmesuchend umschlungen.

Nach einer Weile flüsterte das Mädchen: „Wie lange kann das noch so weitergehen mit uns vieren? Ich dachte heute schon, daß du dich mit Noonan schlagen würdest."

„Noonan könnte mich mit dem kleinen Finger und dem Daumen umbringen. Es hätte keinen langen Kampf gegeben. Aber ich bat ja direkt darum. Ich forderte ihn geradezu heraus."

Plötzlich preßte sie sich fest an ihn. Er wünschte, ihr Gesicht sehen zu können, und fragte sich, ob es nun Zuneigung, Mitleid oder Spott ausdrückte.

Nach drei Tagen begann Dawes zu glauben, dieses Höhlenleben könnte sogar erträglich werden. Er redete sich ein, daß Menschen sich beinahe jeder Situation anpassen konnten. Auch einem Leben in einer kalten, zugigen Höhle auf einem fremden Planeten.

Jeden Tag um die Mittagszeit erhielten sie neue Nahrung – jedesmal die gleiche Zusammenstellung: ein frisch geschlachtetes Tier, weiße Trauben, Kürbisse. Noonans Plan, einen Fremden zu fangen und ihn als Geisel festzuhalten, erwies sich als ebenso undurchführbar, wie aus der Höhle herauszufliegen oder die steile Felswand hinunterzuklettern. Jeden Tag warf der Bote das Eßpaket in die Höhle und war verschwunden, noch ehe die Wartenden einen Schritt gemacht hatten. Zwei Tage lang hielten sie Wache, aber ohne Erfolg. Der Eingeborene erklomm den Felsen, schleuderte das Bündel in die Höhle und hetzte wieder davon. Nach zwei Tagen ließen Noonan und Dawes ihren Plan endgültig fallen.

Aber, dachte Dawes, man konnte sich an alles gewöhnen.

Sogar an schleimiges, rohes, bluttriefendes Fleisch, an Kürbisse, die keine Kürbisse waren, an eine Toilette, die einfach ein Loch im Sand war, und an ein Leben ohne Seife, Enthaarungscreme und die anderen Errungenschaften der Zivilisation. Sie besaßen keinen Spiegel – die Flußströmung war zu stark, und außerdem war es im Hintergrund der Höhle zu dunkel, um sich in der Wasseroberfläche sehen zu können –, und ohne Spiegel fielen viele Dinge nicht allzusehr ins Gewicht. Dawes sah Bartstoppeln auf Noonans und Pickel auf Cherrys Gesicht sprießen. Sehr wahrscheinlich war es bei ihm nicht anders.

Wenn man in einem Goldfischglas lebt, sagte sich Dawes, kann man nicht mit dem nackten Finger auf die anderen Goldfische zeigen und behaupten, daß man besser ist als die anderen.

Und Dawes fuhr fort, sich einzureden, daß alles schon gutgehen und alle vier in der Lage sein würden, ohne große Probleme miteinander auszukommen, gleichgültig, wie lange ihre Gefangenschaft dauerte. Aber schon bald erfuhr er, wie sehr er sich irrte.

Die Fremden beobachteten sie weiter. Sie verrieten nichts von ihren Motiven, aber ständig hielten sich einige von ihnen im Tal auf, und hin und wieder kam einer zur Höhle heraufgeklettert, um kurz und verstohlen hineinzuäugen.

Und obwohl die vier Gefangenen sich bemühten, Reibungspunkte zu vermeiden, wuchs die Spannung in der Höhle.

Es begann mit Kleinigkeiten – mit kleinen, trivialen Zankereien. Einmal protestierte Noonan, als Dawes das größte Fleischstück nahm, obwohl Noonan selbst das Fleisch in ungleiche Portionen aufgeteilt hatte.

„Warum wartest du nicht, bis ich dir deinen Teil gebe?“ fragte Noonan.

„Weil ich hungrig bin.“

„Das Stück war für mich bestimmt.“

„Warum solltest du das denn bekommen?“

„Ich habe das Tier ausgeweidet“, erklärte Noonan. „Und ich bin von uns der Größte. Ich brauche am meisten Nahrung.“

Der Streit dauerte eine Weile an, bis Cherry vorschlug, etwas von dem größten Fleischstück abzuschneiden und einer der anderen Portionen zuzuteilen. Dawes war damit einverstanden. Die Spannung wich.

Ein andermal erzählte Cherry wieder von ihren Erfolgen als Tänzerin. Als sie bei Dans Einberufung angelangt war und wie immer nicht über ihr anschließendes Leben berichten wollte, begann sie wieder von vorn.

Carol konnte es mit einemmal nicht mehr ertragen. „Wie oft willst du uns diese alberne Geschichte eigentlich noch erzählen? Ich kann sie einfach nicht mehr hören, sie macht mich krank!"

„Wenn dir meine Geschichte nicht gefällt, dann geh doch woandershin. Hier bleibt uns doch nichts anderes übrig, als zu reden. Also rede ich. Es macht mich glücklich. Wenn ich rede, dann weiß ich, daß ich noch am Leben bin."

„Aber du mußt doch nicht unbedingt jedesmal dieselbe Geschichte von dir geben!"

„Worüber soll ich denn sonst reden? Ich habe all das *erlebt!* Nur weil du eifersüchtig bist, weil du dein ganzes dummes, kleines Leben damit verbracht hast, das zu tun, was andere Leute von dir verlangten, ohne auch nur den Versuch zu machen –"

„So kannst du nicht mit mir sprechen!" kreischte Carol.

Ein oder zwei Minuten lang brüllten sie sich an, bis sich der Streit schließlich in einem Kampf entlud und die beiden Frauen sich kreischend, schreiend und einander an den Haaren ziehend am Boden wälzten. Noonan und Dawes, die sich am anderen Ende der Höhle befunden hatten, eilten herbei und trennten die beiden.

Die Winde heulten. Cherry und Carol starrten einander düster an, dann schob Noonan Cherry zu Carol hin. Widerwillig reichten sie sich die Hände. Dawes blickte hinunter ins Tal. Die Zahl der Fremden hatte zugenommen, es waren jetzt zwanzig oder dreißig von ihnen da. Sie schienen Gefallen an dem Spektakel in der Höhle zu finden.

Die nächste Auseinandersetzung gab es am vierten Tag, als Dawes und Carol badeten. Carol befand sich nahe dem Ufer und benetzte sich Gesicht und Körper mit Wasser, um den Kälteschock zu lindern. In der Höhle herrschte eine Art stillschweigendes Übereinkommen – wenn ein Paar badete, beschäftigte sich das andere Paar mit irgendwelchen Dingen, um zumindest den Anschein von Privatleben zu wahren. Aber als Dawes sich auszog und Carol ins Wasser folgen wollte, blickte er sich noch einmal um und entdeckte Noonan, der unweit des Eingangs an der Felswand lehnte und sie beobachtete.

Für einen Moment war Dawes zu überrascht, um etwas zu sagen. Er wußte, daß Noonan sich wenig um sein Privatleben oder das der anderen scherte. Aber trotzdem, dachte Dawes zornig, gab es so etwas wie Anstand, selbst hier in der Höhle.

Während er Noonan noch schweigend anstarrte, lächelte der große Mann kühl und fragte: „Stimmt irgend etwas nicht?"

„Wohin schaust du?" fragte Dawes.

„Soll ich dir das wirklich sagen?"

„Du solltest dir besser nur das ansehen, was dir zusteht." Wut erfüllte Dawes über die fast selbstverständliche Schamlosigkeit des großen Mannes.

„Mike", flüsterte Carol warnend. „Fang mit ihm keinen Streit an. Und schlag dich nur nicht mit ihm. Warum kannst du ihn denn nicht einfach ignorieren?"

„Das kann ich nicht", erklärte er. „Es gibt eben Dinge, die man nicht tut. Diesmal kommt er mir nicht davon."

Unangenehm wurde er sich Cherrys spöttischer Blicke bewußt, und auch Noonan musterte ihn auf die gleiche Weise. Carol stand am Flußufer und versuchte unsicher, mit den Händen ihre Blöße zu bedecken. „Geh ins Wasser", forderte er das Mädchen barsch auf. „Ich will nicht, daß er dich so anstarrt."

Stumm gehorchte sie. Dawes ging auf Noonan zu, der noch immer gegen die Wand gelehnt dastand. Selbst in dieser Haltung schien ihn der ältere Mann um einen halben Meter zu überragen.

„Versuchst du, das Leben hier drinnen noch unerträglicher zu machen?" fragte er scharf. „Es war nicht nötig, sie so anzustarren."

„Ich schaue dorthin, wo es mir paßt, Kleiner. Und deine Vornehmheit geht mir auf die Nerven. Das hier ist kein Hotel, verstehst du?"

„Mach uns das Leben hier nicht noch schwerer", fuhr Dawes

fort. „Von jetzt an, Noonan, verlange ich, daß du Carol beim Baden nicht mehr zusiehst. Hast du das verstanden? Wir können wenigstens *vorgeben,* zivilisiert zu sein – auch wenn es einige von uns nicht sind."

Noonan versetzte ihm einen Schlag. Diesmal hatte Dawes damit gerechnet und sich vorbereitet. Er drehte sich flink zur Seite und versetzte Noonan gleichzeitig eine schallende Ohrfeige.

Der große Mann nahm den Hieb wie einen Mückenstich hin, lachte und bohrte Dawes die Faust in den Magen. Dawes spürte seine Knie weich werden. Er nahm sich zusammen und holte tief Luft.

Wütend warf er sich auf Noonan, verfehlte ihn und schlug wieder zu. Diesmal öffnete Noonan seine große Hand, ergriff Dawes' Arm und verdrehte ihn.

Schreiend versuchte Dawes, sich zu befreien. Es gelang ihm, mit der freien Hand Noonans Kehle zu fassen und ihn dadurch für einen Moment zu irritieren. Dawes riß sich los. Keuchend tänzelte er einige Schritte zurück. Dann schnellte er nach vorn und hieb mit der Faust zu. Noonan wehrte die Hand ab, sprang vor und traf Dawes' rechte Schulter. Der Schmerz betäubte ihn. Verzweifelt versuchte er, einen Schlag anzubringen, und wieder packte Noonan sein Handgelenk.

Diesmal gab es kein Entkommen. Noonan zwang ihn unerbittlich zu Boden.

„Ich werde mir anschauen, was mir paßt", sagte Noonan ruhig. Weder Bosheit noch Zorn lagen in seiner Stimme. „Hast du das verstanden, Dawes? Du hast mir hier keine Befehle zu geben. Wenn ich mir dein Mädchen ansehen will, dann sehe ich es mir auch an, und du wirst mir das nicht verbieten. Klar, Dawes?"

„Um Gottes willen, Noonan – benimm dich wie ein Mensch", flüsterte Dawes heiser.

Als Antwort umklammerte Noonan Dawes' Arme mit einer seiner riesigen Hände und ohrfeigte ihn mit der anderen, bis Dawes' Kopf dröhnte.

„Das reicht, Ky", sagte Cherry. „Er ist doch noch ein Junge. Willst du ihn umbringen?"

„Ich will ihm nur deutlich machen, daß er Ky Noonan keine

Befehle zu geben hat!" Er ohrfeigte Dawes erneut, schlug ihn abwechselnd mit der flachen Hand und dem Handrücken, während er noch immer Dawes' Arme umklammert hielt. Schließlich hatte er genug. Er ließ Dawes los und versetzte ihm einen Stoß, so daß er zu Boden fiel.

„Das hättest du nicht nötig gehabt, Ky", erklärte Cherry vorwurfsvoll.

„Halt den Mund!" fuhr Noonan sie an. „Willst du mir auch vorschreiben, was ich zu tun habe?"

Dawes lag da und versuchte erst gar nicht, wieder auf die Beine zu kommen. Seine Handgelenke schmerzten heftig, und seine Wangen glühten teils aus Scham, teils von der Heftigkeit der Schläge. Er hatte in diesem Kampf nicht die geringste Chance besessen. Noonan hätte ihn ohne weiteres töten können.

Carol war während des ganzen Kampfes am Wasser geblieben. Jetzt kam sie zu ihm herüber. Sie blickte auf ihn hinunter, ohne zu sprechen, ohne zu lächeln, ohne ein aufmunterndes Wort. Dawes wußte nicht, ob der Ausdruck ihrer Augen mitleidig oder verächtlich war. Nach einer Weile ging sie davon, zurück zum Bach, und begann sich anzukleiden.

Mit Hilfe der Ellbogen setzte er sich auf und massierte seine Handgelenke. Im Hintergrund der Höhle sah er Noonan, der sich zu einem Schläfchen hingelegt hatte. Cherry zeichnete Figuren in den Sand. Es war sehr still.

Langsam näherte er sich dem Fluß, kniete nieder und benetzte sein Gesicht mit Wasser. Der Kälteschock linderte die Schmerzen, die ihm Noonan zugefügt hatte. Dann ging er wieder nach vorn, vorbei an Cherry und Noonan, und schaute aus der Höhle. Die Lichtung unter ihm wimmelte von Fremden. Er fragte sich, ob ihnen die Vorstellung gefallen hatte.

14

NACH diesem Vorfall bestanden wieder die früheren gespannten Beziehungen zwischen den vier Gefangenen in der Höhle. Der Kampf hatte einen Trennstrich gezogen, alles schien anders zu sein.

Dawes litt am meisten. Er hatte närrisch, übereilt gehandelt und Noonan geradezu herausgefordert, ihn zu schlagen, und er war in Carols Achtung gesunken. Daran bestand kein Zweifel. Das einzige, was sie an ihm respektieren konnte, war seine Intelligenz – und er hatte sich nicht sehr intelligent gegenüber Noonan benommen. Außerdem wollte Carol einen Mann, der für sie sorgen konnte, der sie beschützte vor den Spannungen und Härten des Existenzkampfes auf dieser schreckenerregenden Welt – und Dawes war kein derartiger Mann.

Aber Zuneigung erhielt er von unerwarteter Seite – von Cherry, die Noonan mit einem bösen Blick bedachte und für Dawes tröstende Worte fand. Noonan erwiderte ihren Blick ebenso zornig. Seine Herrschsucht begann Cherry offensichtlich zu irritieren. Dawes fragte sich, wann es zwischen ihnen zum offenen Bruch kommen würde.

Das gegenseitige Verhältnis wurde immer komplizierter. Beide Frauen liebten und bemitleideten Dawes zu gleichen Teilen. Cherry fühlte sich körperlich zu Noonan hingezogen, wurde aber von seinem gebieterischen Wesen abgestoßen. Noonan betrachtete Cherry als sein Eigentum, war aber auch deutlich an Carol interessiert. Und so ging es weiter und weiter, während die Fremden sich draußen versammelten und die Stunde des Sonnenuntergangs und der mondlosen Finsternis immer näher kam.

Dawes saß verbittert da und fühlte, daß er vollkommen in Ungnade gefallen war. Cherry sang mit leiser Stimme ihre alten Lieder, mit denen sie in den Nachtklubs aufgetreten war, und Carol tat nichts. Genau wie Noonan, der badete, eine Weile schlief, wieder erwachte und an den Höhleneingang trat, den Kopf hinaussteckte und lange hinunterstarrte, als messe er die Entfernung bis zum Boden.

Nach kurzer Zeit kehrte er zurück und sprach mit Cherry. Dann ging er weiter zu Carol, die still an die Wand gelehnt dasaß, und stieß sie sanft an.

Dawes schrak aus seinem dumpfen Brüten auf. Noonan flüsterte Carol gerade etwas zu. Er spitzte die Ohren, um etwas von dem Gespräch mitzubekommen, aber Noonans Gesichtsausdruck verriet ohnehin alles.

Cherry durchquerte die Höhle, ließ sich an Dawes' Seite

nieder und legte ihm die Hand auf den Arm, als er die Fäuste zu ballen begann.

„Beachte sie einfach nicht", murmelte sie. „Es war vorauszusehen, daß es früher oder später dazu kommen würde. Gib ihm nicht noch einmal die Gelegenheit, dich zu schlagen."

„Wird sie auf ihn hören?"

Cherry zuckte die Achseln. „Ich weiß es nicht. Vielleicht. Vorher weiß man das nie genau."

„Ich hasse ihn", erklärte Dawes finster. „Ich hasse sie beide. Wenn er nicht doppelt so stark wäre wie ich –"

„Nun, er ist es aber", unterbrach ihn Cherry. „Also kannst du auch ruhig hier sitzenbleiben."

Sie schüttelte ihr langes blondes Haar. Der Mangel an Pflege ließ es strähnig werden, und Dawes schien es, als ob es dunkler geworden wäre. Es überraschte ihn nicht sehr, daß Cherrys Blond künstlichen Ursprungs war.

Er versuchte, sich zu entspannen und die Tatsache zu ignorieren, daß ihm irgendwo im Innern der Höhle Carol von Noonan abspenstig gemacht wurde.

Nach langem Schweigen sagte Cherry: „Weißt du, Noonan glaubt, einen Fluchtweg entdeckt zu haben."

„Was?"

„Pst. Er hat es mir vorhin erzählt. Er sagt, am Felsen befindet sich ein schmaler Sims. Er glaubt, wir könnten ihn mit einem Seil erreichen, das wir aus unseren Kleidern knüpfen müssen. Aber er wollte dir nichts davon sagen, weil er dir nicht helfen möchte."

„Er hat nicht das Recht, etwas Derartiges für sich zu behalten", erklärte Dawes finster.

„Noonan hat sich noch nie um Rechte geschert. Außerdem glaubt er nicht wirklich, daß sein Plan funktioniert. Wir könnten vielleicht hinunterkommen, aber dann würden uns die Fremden sofort wieder hierher zurückbringen."

Dawes mußte dem zustimmen. Der kurze Hoffnungsschimmer erlosch, und er ließ sich wieder zurückfallen. Die wartenden Kerkermeister da unten würden sie nicht entkommen lassen, dachte er.

Die Schatten in der Höhle wurden immer länger, je tiefer die Sonne am Himmel stand. Vier Tage, dachte Dawes apathisch.

Vier Tage mit Noonan und Carol und Cherry, und noch war kein Ende der Gefangenschaft abzusehen. Vielleicht würde sie ewig dauern. Hatte man ihn einberufen und in den Weltraum deportiert, nur damit er mit drei anderen Menschen in einer Höhle hockte, bewacht von Fremden, deren Motive im dunkeln lagen? Er dachte an die teure, aufwendige Maschinerie der Einberufung, an die Computer und die lokalen Dienststellen und die blauen Briefe vom Distriktsvorsteher Mulholland. Zum Teufel mit allem!

Noch ein paar Tage mit Noonan und Carol und Cherry, und er würde den Verstand verlieren. Dawes erinnerte sich an einen Satz aus irgendeinem Theaterstück, das er einst auf der Erde gesehen hatte: *Die Hölle – das sind die anderen Menschen.*

Wer immer das geschrieben hatte, dachte er, hatte recht gehabt. Carol und Noonan lachten im Hintergrund der Höhle. Dawes zwang sich dazu, sitzenzubleiben. Es war sinnlos, einschreiten zu wollen. Wenn Noonan an Carol Gefallen gefunden hatte, würde es in der Höhle keinen Frieden geben, bis Carol darauf einging, und nichts, was Dawes unternehmen konnte, würde etwas daran ändern. Benommen lauschte er ihrem vergnügten Gelächter. In seinen Armen, dachte Dawes bitter, hatte Carol nie auf diese Weise gelacht.

Er wußte, daß auch Cherry ihn innerlich auslachte, weil er nicht die Kraft besaß, Noonan niederzuschlagen, wie er es verdiente. Äußerlich bemitleidete Cherry ihn. Doch innerlich lachte sie ihn aus.

Die Sonne war fast hinter dem Horizont verschwunden. Der Tag bestand nur noch aus schwachem rotem Flackern. Der ewige Wind heulte klagend. Dawes blickte hinaus in die Nacht.

„Ich frage mich, wie es in der Kolonie aussieht", sagte er leise. „Ob sie noch immer existiert. Und ob sich unsere Freunde fragen, was mit uns geschehen ist."

„Du denkst *immer*", beschuldigte ihn Cherry unmotiviert. „Stellst dir ständig irgendwelche Fragen. Nun, die Menschen in der Kolonie werden wohl kaum die Zeit haben, sich um uns zu kümmern – falls sie noch leben. Sie sind zu sehr mit dem Überleben beschäftigt."

Die letzte Helligkeit verschwand. In der Dunkelheit hörte Dawes Carol lachen. In seinen Ohren klang es seltsam rauh und häßlich.

„Das Licht ist aus", sagte Noonan laut genug, daß es im ganzen Innern der Höhle zu hören war. „Zeit zum Schlafengehen."

„Ja", brummte Dawes. „Zeit zum Schlafengehen."

Er rollte sich zusammen, legte den Kopf auf die Arme und schloß die Augen. Es dauerte lange Zeit, bis er einschlief, und es schienen ihm erst einige Minuten vergangen zu sein, als die ersten morgendlichen Sonnenstrahlen durch die enge Höhlenöffnung fielen.

Morgen. Der fünfte Tag.

Und die unsichtbaren Fäden des Hasses schlangen sich noch fester um die vier in der Höhle.

Carol war unerklärlicherweise mürrisch und hatte gerötete Augen. Sie badete allein. Dawes beobachtete sie aus der Ferne, ohne aufzustehen. Carol war in so vielen Dingen wie ein kleines Kind – hilflos, verängstigt, egoistisch.

Als Carol fertig war, badete Noonan. Nach ihm schlenderte Dawes langsam nach hinten und stürzte sich in den kleinen Fluß, genoß das scharfe Prickeln des eisigen Wassers auf seiner Haut.

Gegen Mittag wurde das Eßpaket hereingeschleudert. Sie aßen schweigend. Noonan verteilte diesmal den Proviant, ohne jemanden zu bevorzugen. Noch war in der Höhle kein einziges Wort gefallen. Dawes schaute hinaus und sah, daß sich unten zahllose Fremde versammelt hatten – mehr als je zuvor. Nach dem Essen ließ er sich in einem Winkel der Höhle nieder. Cherry, Carol und Noonan entfernten sich ebenfalls so weit wie möglich voneinander.

Carol. Noonan. Dawes. Cherry. Wie Partikel, die sich gegenseitig abstießen, waren sie in der Höhle verteilt. Niemand sagte etwas.

Es war Cherry, die das Schweigen schließlich brach. „Wie lange sollen wir das denn noch ertragen?" fragte sie mit harter Stimme. „Wir sitzen hier und starren uns wie Todfeinde an! Großer Gott, was haben wir denn einander angetan, daß wir uns so hassen?"

„Halt den Mund!" knurrte Noonan.

Carol kicherte hysterisch. „Was haben wir *getan?* Ich werde es euch verraten. Wir sind dazu geboren worden. Wir kamen zu dieser Welt, und man hat uns zusammen entführt, und wir werden hier in dieser verdammten Höhle sterben, während wir uns gegenseitig fertigmachen."

„Wir gehen einander auf die Nerven", sagte Dawes.

Er stellte fest, daß er Carol haßte, weil sie mit Noonan zusammengewesen war, und Cherry, weil sie lauthals schwätzte, und Noonan einfach deswegen, weil er Noonan war. Fadenscheinige Gründe. Aber stark genug, um die Höhle mit Haß zu erfüllen.

„Warum können wir nicht miteinander auskommen?" fragte Cherry, ohne jemand Bestimmten anzusprechen.

„Wir können uns nicht leiden", erklärte Dawes. „Man könnte fast glauben, die Fremden haben uns entführt, nur um zu sehen, was geschieht, wenn wir hier zusammengepfercht sind. Man . . ."

Er verstummte plötzlich, sprang auf, trat an den Eingang und blickte hinunter. Wie immer machte ihn die Höhe ein wenig schwindelig, und unwillkürlich klammerte er sich an der Felswand fest.

„Ja, schaut sie euch an!" rief er. „Sie sitzen da unten, als ob sie wüßten, was hier oben in der Höhle geschieht. Als ob sie all den Haß in sich hineintrinken, den wir füreinander empfinden. Als ob –"

„Hör mit diesem verrückten, sinnlosen Geschwätz auf!" befahl Noonan barsch.

Dawes kniete sich nieder und musterte die Felswand unter sich, versuchte, Noonans Pfad zu finden. Ja, da war er, ein schmaler, steiniger Sims von nur wenigen Zentimetern Breite. Er drehte sich um und sagte zu Noonan: „Ich hörte, du weißt, wie wir von hier wegkommen können. Warum, zum Teufel, redest du nicht offen darüber?"

„Wer hat dir das gesagt? Das ist nicht wahr!"

„Der Sims da unten", meldete sich Cherry. „Gestern hast du mir erzählt –"

Noonan ohrfeigte sie zornig. Er starrte Dawes an und erklärte: „Okay, da unten ist ein Sims. Aber meine Idee ist trotzdem nichts wert. Selbst wenn wir hinunterkämen, würden uns die Fremden einfach wieder einfangen und in die Höhle zurückbringen. Oder nicht?"

„Vielleicht nicht", sagte Dawes.

„Vielleicht nicht! Vielleicht nicht!" Noonan lachte brüllend. „Ich wette mit dir, daß sie das tun werden! Oder glaubst du etwa, die da unten bleiben still sitzen, wenn wir an ihnen vorbeispazieren?"

„Vielleicht. Ich weiß, mit welchen Waffen man die Fremden schlagen kann", erwiderte Dawes ebenso lautstark.

Plötzlich begann Carol zu lachen – ein hohes, scharfes, wahnsinniges Gekreische von einem Lachen, das nicht enden wollte. Es war nicht direkt Hysterie, obwohl es nicht weit davon entfernt war. Kurz danach kicherte Cherry, verhalten, zynisch.

„Seid still!" schrie Dawes. „Laßt mich erklären!"

„Wir wollen diesen verrückten Quatsch nicht hören!" schnappte Noonan. „Halt endlich dein Maul!"

Dawes lächelte seltsam und machte rasch zwei Schritte nach vorn. Es gab nur eine Möglichkeit, Noonan zum Zuhören zu bringen. Er zielte sorgfältig und boxte den großen Mann fest in die Rippen.

Noonan wurde von dem Angriff überrascht. Einen Augenblick lang starrte er Dawes verblüfft an. Dann bohrten sich seine Fäuste in Dawes' Magen, ein weiterer Hieb traf ihn unter dem Herzen. Dawes schlug grimmig zurück. Er landete einen heftigen Schlag auf Noonans Lippe. Noonan knurrte wutentbrannt und warf ihn mit zwei gezielten Hieben nieder.

Dawes schlug hart auf, Schmerz durchzuckte seinen Körper. Er rang nach Atem. Noonan stand über ihm und versetzte ihm einige Fußtritte. Jeder Tritt bereitete Dawes neue Qualen.

Endlich hörte Noonan auf. Zusammengekrümmt lag Dawes am Boden und hielt die Hände schützend vor das Gesicht. Ein seltsamer Ausdruck von Schuldbewußtsein prägte Noonans Mienenspiel. Seine Unterlippe war geschwollen.

Dawes setzte sich auf und betastete seine Rippen. Nichts war gebrochen. „Okay", stieß er heiser hervor. „Du hattest dich ja danach gesehnt, mich wieder schlagen zu können, und nun ist es geschehen. Alles lief genau nach deinen Wünschen. Ich hoffe es zumindest."

Noonan wirkte vollkommen abgekämpft. Er sagte nichts.

Dawes wischte sich einen Blutstropfen vom Mund und fuhr fort: „Noonan, du bist ein starker Mann und auf eine gewisse Art sehr klug. Aber dir fiel nicht ein, wie wir aus dieser Höhle entkommen können, und du hättest dich verdammt schlecht gefühlt, mich reden zu lassen, ohne mich vorher zu verprügeln. In Ordnung, das ist jetzt geschehen."

„Hör mal –", begann Noonan unsicher.

Dawes schnitt ihm das Wort ab. Trotz der Schmerzen empfand er eine leichte Heiterkeit. „Jetzt hörst du *mir* zu. Wir können entkommen, wenn wir zusammenhalten. Wir alle vier. Ich weiß nicht, was diese Fremden sind – aber sie sind keinesfalls so primitiv, wie sie aussehen. Wir haben sie als gefährliche, affenähnliche Wesen abgetan, aber sie sind viel harmloser und viel klüger. Ich glaube, sie haben uns entführt und hier oben eingesperrt, um unsere Gefühle zu beobachten, sie in sich hineinzusaugen, sich an ihnen zu laben. Sie nahmen vier. Vier Menschen, die sich kaum kannten. Sie warfen uns hier hinein und ließen uns allein. Sie wußten verdammt gut, was passieren würde. Sie wußten, wir würden einander hassen und zu kämpfen beginnen und uns abkapseln. Und genau das wollten sie. Für sie war es eine Art Zirkus – vielleicht sogar ein reinigendes Erlebnis. Eine Art Unterhaltung. Okay. Sie hatten recht. Wir haben ihnen eine gute Show gezeigt. Und ich wette, sie haben alles vollauf genossen – jedes bißchen Streit und Haß und Kampf, das sich hier seit unserer Ankunft abgespielt hat."

Dawes hielt inne. Nun, da man ihn reden ließ, sprudelten die Worte aus ihm heraus, aber er wollte ihnen Gelegenheit geben, das Gehörte zu verarbeiten.

„Mach weiter", bat Noonan ruhig. „Sage uns, was du zu sagen hast."

„Wir *müssen* einander nicht hassen, das ist es, was ich ausdrücken möchte. Sicher, wir gehen uns gegenseitig auf die Nerven. Selbst vier Heilige würden sich in einem derartigen Käfig an die Kehle fahren. Aber wir können dem Haß eine andere Richtung geben. Wir können *sie* hassen. Und die beste Art, ihnen unseren Haß zu zeigen, ist, einander zu lieben, statt zu kämpfen. Durch Zank und Streit arbeiten wir ihnen nur in die Hände. Laßt uns zusammenhalten, laßt uns versuchen, einander zu verstehen! Ich gebe zu, genauso selbstsüchtig wie jeder andere von euch gewesen zu sein. Jeden von uns trifft Schuld. Aber wenn wir von nun an zusammenarbeiten – zum Teufel, dann werden sie uns ebensowenig gebrauchen können wie Kampfhähne, die nicht kämpfen wollen. Und wir können dieses Seil knüpfen, und sie werden uns ziehen lassen."

Niemand sagte etwas, als Dawes fertig war. Er gab ihnen Zeit, alles zu überdenken, und schließlich bemerkte Cherry: „Dann sind sie also wie Parasiten. Und sie finden Gefallen an unserem Haß?"

„So ist es." Dawes sah den großen Mann an. „Noonan, was meinst du? Glaubst du, daß meine Theorie richtig ist?"

Langsam begann Noonan trotz seiner geschwollenen Lippe zu lächeln. „Ja. Vielleicht bist du auf der richtigen Spur. Ich glaube, wir sollten es versuchen."

15

AUF DAWES' Vorschlag hin ruhten sie sich ungefähr eine Stunde lang aus und besprachen ihr Vorhaben, ehe sie das Seil knüpften. Dawes schwitzte trotz der Kälte, während er mitdiskutierte und den anderen so taktvoll wie möglich beizubringen versuchte, daß es in Wirklichkeit keinen Grund für Zwietracht gab.

Schließlich begann er sogar, sie zu überzeugen. Die Fremden hatten Noonan dazu gebracht, Carol anzustarren, hatten all die Feindseligkeit und den Verlust der Privatsphäre zu verantworten. Und Noonan hatte nicht wirklich in der letzten Nacht Carol zu sich nehmen wollen. Durch seine Verärgerung war er dazu getrieben worden, durch die Tatenlosigkeit, die ihnen ihre Gefangenschaft aufzwang.

Dawes begann die anderen drei wieder als *Menschen* anzusehen. Er haßte Noonan nicht mehr, ebensowenig wie die verwirrte Carol oder die zynische Cherry. Es waren einfach Menschen. Menschen von der *Erde*, unvollkommen wie jeder andere, und jeder trug schwer an der Last seines eigenen Leids.

Und die anderen begannen zu verstehen, als Dawes es ihnen erklärte. Zwar begriffen sie ihre wahre Situation nur langsam, doch die Spannung und das Mißtrauen und der Haß verblaßten und verschwanden.

Als alle lächelten, lenkte Dawes dankbar die Diskussion auf ihre Flucht. „Noonan", sagte er, „du hast behauptet, wir könnten von hier mit einem Seil entkommen. Was für Material willst du für das Seil nehmen?"

„Unsere Kleider", erklärte Noonan. „Das ist die einzige Möglichkeit. Ziehen wir uns also alle aus."

Er streifte Hemd und Hose ab und band sie mit einem kunstvollen Knoten zusammen. Carol legte ihren Rock ab und reichte ihn Noonan. Dawes zog ebenfalls seine Hose aus. Das Seil wuchs rasch. Auf Noonans Anordnung hin sammelten Dawes und Cherry die Felle zusammen, in denen die Eingeborenen immer den Proviant eingepackt hatten. Insgesamt besaßen sie vier Stück. Noonan schnitt sie mit dem Obsidianmesser in lange Streifen und verknotete sie ebenfalls.

„Okay", sagte er schließlich. „Vielleicht reicht das. Testen wir es. Dawes, nimm das andere Ende, und zieh, so fest du kannst."

Dawes ergriff das Seil, schlang es sich zweimal um die Hand, zog so kräftig wie möglich und bohrte seine Füße in den Sand, um nicht den Halt zu verlieren. Das Seil hielt.

„Gut", brummte Noonan. „Es ist stark genug."

Er befestigte das eine Ende der Leine an einem vorspringenden Felsen nahe dem Höhleneingang, schleuderte das freie Ende hinunter und ließ das Seil baumeln. „Ich werde jetzt zum Sims hinunterklettern", erklärte Noonan. „Carol und Cherry werden mir folgen. Und dann du, Dawes. Alles klar?"

Noonan packte das Seil, zog daran, um noch einmal die Festigkeit zu prüfen, und schwang sich über den Rand. Bevor er vollends verschwand, grinste er, und Dawes grinste zurück.

„Viel Glück, Noonan."

„Danke. Ich werde es brauchen können."

Gespannt sah Dawes zu, wie Noonan sich hinunterließ und im Wind schaukelte. Er baumelte schon am Ende des Seiles, und noch immer waren seine Füße mehrere Handbreit vom Felsvorsprung entfernt, dann stand er plötzlich sicher da, blickte zu ihnen hinauf und lächelte.

„Okay!" rief Noonan. „Carol, du bist die nächste. Umklammere das Seil mit den Füßen, und halte dich fest."

Blaß und furchtsam ergriff Carol das Seil. Sie zögerte einen Moment lang.

„Geh schon", sagte Dawes leise. „Es kann nichts passieren. Halt dich nur fest, und laß dich vorsichtig hinunter."

Das Mädchen umklammerte mit ihren kleinen Händen das Seil, umschlang es mit den Beinen und begann hinunterzuklettern.

Dawes hielt den Atem an. Das Seil schien unendlich lang zu sein. Würde sie durchhalten? Oder würde sie ermüden und abstürzen, zwanzig oder fünfundzwanzig Meter tief?

Sie schaffte es. Sie hing über Noonan in der Luft. Er streckte die Arme aus, drängte sie loszulassen, und endlich tat sie es. Er fing sie auf und stellte sie sicher auf den Sims.

Dann folgte Cherry. Äußerlich sah man ihr keine Furcht an, und sie brachte den Abstieg schnell und geschickt hinter sich. Dawes wartete, bis sie neben Carol stand. Dann warf er einen letzten Blick in die Höhle und nahm selbst das Seil in die Hand.

In der Schule war er oft an Seilen geklettert, in dem fruchtlosen Versuch, seinen hageren Körper mit einigen Muskeln zu versehen. Aber jene Seile waren nur fünf, sechs Meter lang gewesen. Dieses hier war dreimal so lang, und keine schützende Matte lag unter ihm.

Immer eine Hand unter die andere setzend, kletterte er hinunter. Der Wind war bitterkalt auf seiner bloßen Haut. Er wußte, daß die anderen auf ihn warteten, ihn beobachteten, vielleicht sogar beteten. Einmal schaute er hinunter und bemerkte, daß er die Hälfte bereits geschafft hatte. Seine Muskeln zitterten, und die Arme fühlten sich an, als würden sie gleich aus den Gelenken springen. Aber er schaffte es.

Er schwebte über dem Vorsprung. Noonan packte ihn um die Hüfte und brachte ihn in Sicherheit. Das Seil schwang hin und her und klatschte gegen die Felswand.

Dawes atmete auf und blickte dann nach unten. „Wir sind noch immer mindestens zwölf, dreizehn Meter über dem Boden. Was nun?"

„Ich werde versuchen, das Seil loszubekommen", erklärte Noonan. „Ihr alle müßt mich festhalten. Wenn es mir gelingt, binden wir es dann hier fest und klettern hinunter."

„Und wenn es dir nicht gelingt?" fragte Dawes.

Noonan sah ihn finster an. „Deine alten Gewohnheiten hast

du noch immer nicht abgelegt. Du stellst zu viele dumme Fragen. Los, haltet mich!"

Sie stützten ihn, während er an der Leine zerrte. Muskelstränge traten an Noonans Schultern und am Rücken hervor, Sehnen strafften sich an seinen Armen. Aber das Seil war zu gut befestigt. Es wollte sich nicht lösen. Noonan zog kräftiger . . .

Das Seil riß mit einer Wucht, die sie fast alle vier vom Sims geschleudert hätte. Noonan schaute auf das Stück, das er in der Hand hielt, und dann hinauf zum Seil, das noch immer vom Felsen baumelte. Das Seil war in der Mitte gerissen. Noonan fluchte. „Damit hatte ich nicht gerechnet. Aber es hätte auch schlimmer kommen können."

„Wieviel Seil haben wir noch?" fragte Dawes.

„Sieh selbst."

Noonan ließ das Seil am Felsen hinab. Ungefähr fünf Meter über dem Boden endete es. Ein Fünfmetersprung war direkt eine Herausforderung für Beinbrüche oder Ärgeres – und noch lag ein Marsch von ungefähr fünfzehn Kilometern vor ihnen, wenn sie die Kolonie erreichen wollten.

Dawes starrte Noonan fragend an. „Wir können es trotzdem schaffen", sagte Noonan. „Aber wir müssen zusammenarbeiten. *Richtig* zusammenarbeiten. Ich werde hinunterklettern. Dawes, du folgst mir, läßt dich an mir hinunter und hängst dich an meine Fußknöchel. Die Mädchen werden dasselbe machen und abspringen, wenn sie deine Füße erreicht haben. Von dort aus dürften es nicht mehr als anderthalb Meter sein."

Irgendwie gelang es ihnen. Noonan kletterte das verkürzte Seil hinunter. Dawes folgte ihm, ließ sich hinunter, bis er Noonans Schulter berührte, dann weiter und umklammerte schließlich Noonans Füße.

„Okay, kommt!" rief Noonan. „Wir können hier nicht ewig hängen!"

Dawes hielt sich krampfhaft fest. Seine Zehenspitzen befanden sich fast zwei Meter über dem Boden. Carol ließ sich am Seil hinab, und er spürte jede ihrer Bewegungen. Er blickte nach oben und sah, wie sie Noonans Schultern und dann seine eigenen erreichte. Ihr Gesicht war blaß vor Aufregung. Kurze Zeit klammerte sie sich an Dawes' Hüften, glitt seine Beine hinunter und ließ los. Er sah nach unten; sie war unglücklich aufgeprallt, hatte sich aber bereits wieder erhoben.

Als nächste kam Cherry. Dawes' Arme schmerzten. Er umklammerte Noonans Knöchel fester, aber es half nichts, er konnte sich nicht mehr halten. Als Cherrys Fuß seine Schultern streifte, ließ er los und fiel zu Boden. Beim Aufprall sank er zusammen, konnte sich aber mühelos wieder aufrichten. Cherry hing noch immer an Noonan.

„Weiter!" rief Dawes ihr zu. „Laß los, und ich werde dich auffangen."

Sie ließ los. Dawes bremste ihren Sturz, aber ihr Gewicht ließ ihn zusammenbrechen. Einen Moment später landete Noonan auf ihnen. Nachdem sich die anfängliche Verwirrung gelegt hatte, rappelten sie sich auf und begannen zu lachen. Cherry war die erste, gefolgt von Noonan und Dawes und Carol, und sie lachten fast eine ganze Minute lang über den komischen Anblick, den sie geboten haben mußten, wie sie da aneinander hinuntergeklettert und dann in einem Knäuel aus Armen und Beinen gelandet waren.

„Das ist die verrückteste Art, einen Berg hinabzusteigen, die ich je gesehen habe!" rief Noonan lachend.

„Vielleicht", entgegnete Dawes. „Aber es hat funktioniert. Es hat funktioniert!"

Am Fuß der Felswand drängten sie sich zusammen. Über ihnen flatterten zwei Seile im Wind.

„Von den Fremden ist nichts zu sehen", bemerkte Cherry. „Sie sind verschwunden."

Dawes blickte sich rasch um, als ob er erwartete, die plumpen, affenähnlichen Wesen versteckt hinter den Bäumen entdecken zu können. Vielleicht waren sie auch tatsächlich da. Aber wenn, dann verbargen sie sich vor ihren Blicken.

„Seht ihr?" fragte Dawes triumphierend. „Sie interessieren sich nicht mehr für uns. Wir haben ihnen nichts mehr zu bieten, seitdem wir aufgehört haben, uns zu streiten. Jetzt ist es ihnen gleichgültig, was wir tun."

„Mir ist kalt", sagte Carol plötzlich.

„Uns allen ist kalt", erklärte Cherry. „Marschieren wir besser zurück zur Kolonie, bevor es sich die Fremden noch einmal anders überlegen."

Dawes nickte. Er deutete in Richtung Wald. „Die Kolonie müßte ungefähr dort liegen. Was glaubst du, Noonan?"

Der große Mann runzelte die Stirn und antwortete: „Du hast recht. Wir müßten den Weg zurück durch den Wald ohne wesentliche Schwierigkeiten finden, wenn wir jetzt aufbrechen."

„Sehr vernünftig. Sorgen wir dafür, daß wir vor Einbruch der Nacht dort sind", pflichtete Dawes ihm bei. „Uns bleiben noch ein paar Stunden. Machen wir uns also auf den Weg."

Sie zogen im Gänsemarsch los – Noonan an der Spitze, gefolgt von Carol, Cherry und Dawes. Obwohl die Sonne strahlend am Himmel stand, war es kalt. Dawes schätzte, daß die Temperatur kaum über zehn Grad Celsius lag.

Er war froh, daß sie noch ihre Schuhe besaßen, auch wenn ihre Strümpfe dem Seil zum Opfer gefallen waren. Der Waldboden war mit den trockenen, spitzen Nadeln der kieferähnlichen Bäume bedeckt, die überall wuchsen. Der Wind blies durch den Wald, aber die Bäume boten ihnen Schutz vor den kältesten Böen.

Als sie den Wald das erste Mal in den Händen der Fremden durchquert hatten, hatte der Marsch über zwei Stunden in Anspruch genommen. Nach Dawes' Berechnungen würde die Nacht erst in drei Stunden hereinbrechen. Mit ein wenig Glück, wenn sie den richtigen Weg wählten, würden sie noch vor dem Dunkelwerden in der Kolonie eintreffen.

Noonan führte sie so zuversichtlich, daß Dawes sich nicht länger Sorgen machte. Der große Mann bewegte sich leichtfüßig vorwärts und vergewisserte sich alle paar Minuten, daß niemand zurückgeblieben war.

Dawes gestand sich ein, daß er vor einigen Monaten ihre ganzen Erlebnisse für unmöglich gehalten hätte.

Nachdem sie eine Stunde marschiert waren, legten sie eine Pause ein. Carol war erschöpft. Noonan betrachtete den Stand der Sonne, zog eine Grimasse und erklärte, daß ihnen noch mindestens zweieinhalb Stunden bis Sonnenuntergang zur Verfügung stünden. „Reichlich Zeit, um es zu schaffen", fügte der große Mann hinzu. „Wenn wir keine Umwege machen."

„Ich friere", sagte Carol. „Und ich bin hungrig und müde. Ich halte das nicht durch."

Dawes sah sie mitleidig an. Sie wirkte abgekämpft und erschöpft. Die Tage in der Höhle hatten Carol mehr als jeden anderen mitgenommen. Daß Noonan eine Gefangenschaft hinter sich hatte, sah man ihm kaum an. Cherry wirkte verwahrlost, aber gesund, und sie war schlanker geworden. Dawes schmerzte der ganze Körper, doch er fühlte sich trotzdem hervorragend.

„Komm schon", sagte er sanft zu Carol. „Wir sind bald da. Vor uns liegt nur noch eine Stunde Weg."

Noonan half ihr auf die Beine und wies ihr die Richtung. Sie setzten ihren Marsch fort.

Sie folgten einem gut ausgetretenen Pfad durch das Unterholz. Dawes blickte zurück und sah das schwarze Massiv der Klippen – und fast meinte er auch die beiden Seile aus roten, gelben, braunen und grünen Kleiderfetzen erkennen zu können. Je tiefer die Sonne sank, desto kälter wurde es im Wald. Vögel zwitscherten in den Bäumen, kleine Tiere mit durchscheinender Haut, die an Eidechsen erinnerten, huschten über die Steine, piepsten der Gruppe spöttisch zu und flohen dann wieder in die Sicherheit des Dickichts.

Sie trotteten weiter. Dawes empfand Hunger – die letzten fünf Tage hatte er nur eine Mahlzeit täglich bekommen, und die war nicht sehr nahrhaft gewesen. Am liebsten wäre er stehengeblieben und hätte versucht, eines der seltsamen kleinen Waldtiere mit einem Stein zu erschlagen, aber er sagte sich, daß sie wahrscheinlich nicht mehr weitergehen würden, wenn sie sich einmal niederließen. Er zwang sich, einen Fuß vor den anderen zu setzen. Seine Beine schmerzten. Seine Füße, die nackt in den Schuhen steckten, waren wundgerieben. Aber Noonan strebte zügig voran.

Sie befanden sich auf dem Rückweg zur Kolonie. Etwas Sonderbares und Geheimnisvolles war ihnen widerfahren, aber es war vorbei, und sie kehrten nun zurück. Dawes tröstete sich mit diesem Gedanken. Nicht mehr lange, und sie würden wieder andere Menschen sehen. Haas und Dave Matthews und Ed Sanderson und Sid Nolan und all die anderen. Eigentlich waren sie ihm noch fremd, aber in diesem Augenblick betrachtete Dawes sie als alte Freunde, Freunde, nach deren Gesellschaft er sich schon seit Jahren gesehnt hatte.

Wenig später blieben sie erneut stehen. Wieder wegen Carol. Sie ließ sich zu Boden fallen, schluchzte und gab leise, sinnlose Laute von sich. Noonan hob sie auf. Dawes ließ es zu, obwohl sie seine Frau war. Sie mußte getragen werden, und er besaß kaum genug Kraft, um sich selbst fortzuschleppen. Also mußte Noonan sie tragen. So einfach war das.

„Wir sind bald da", sagte Noonan. „Ich werde sie das letzte Stück tragen. Ist mit euch beiden alles in Ordnung?"

„Ich schaffe es schon", erklärte Cherry. „Vorausgesetzt, daß ich nicht vorher erfriere."

„Und du, Dawes?"

„Alles in Ordnung."

„Also weiter."

Schritt um Schritt, und jeder Schritt, redete Dawes sich ein, brachte ihn näher zur Kolonie, zu Nahrung, Wärme und Kleidung. Falls Noonan nicht den falschen Weg eingeschlagen hatte. Nein, unmöglich, die Klippen befanden sich noch immer in ihrem Rücken, und so mußten sie die richtige Richtung gewählt haben. Sein müder Verstand erdachte schaurige Phantasien: Angenommen, die Fremden waren ihnen die ganze Zeit gefolgt, boshaft all ihre Leiden genießend, und planten nun, sie genau in dem Moment niederzumetzeln, wenn sie die Umzäunung vor sich sahen? Oder vielleicht war ihr Lager verlassen, alle Kolonisten tot oder gefangen, und Dawes und Carol, Noonan und Cherry waren die letzten Menschen auf Osiris.

Er verdrängte die Gedanken und marschierte weiter. Plötzlich erreichten sie eine Lichtung.

„Schaut!" rief Noonan glücklich.

Hundert Meter vor ihnen lag der Zaun.

16

ENTSICHERTE Gewehre empfingen sie, als sie sich der Umzäunung der Kolonie mit wunden Füßen, schmutzig und durchgefroren, näherten. Die Gewehrmündungen schoben sich aus kleinen Sehschlitzen in der Mauer heraus. Offenbar waren die Kolonisten auf der Hut.

„Nur die Ruhe bewahren!" brüllte Noonan. „Wir sind Freunde. Menschen."

Eine Stimme erklang hinter der Barriere. „Großer Gott! Es sind keine Fremden! Es sind –"

„Sie sind zurückgekommen!" schrie ein anderer.

Die Gewehre verschwanden. Knarrend öffnete sich das Tor, und Menschen eilten heraus, vertraute Menschen, *Freunde*. Dawes erkannte Sid Nolan, Dave Matthews, Matt Zachary und Lee Donaldson. Und einige andere, an deren Namen er sich nicht erinnern konnte.

Sie zogen die vier Heimkehrer hinein und verschlossen das Tor wieder. Marya Brannick erschien mit Decken, und sie konnten sich verhüllen. Neugierige Augen starrten sie an. Fragen ertönten.

„Wo seid ihr gewesen?" – „Was ist geschehen?" – „Wie habt ihr euch befreit?"

Dawes ignorierte die Fragesteller. „Wo ist Haas?" wollte er wissen. „Wir sollten wohl zuerst mit ihm sprechen."

Dave Matthews schüttelte bedächtig den Kopf. „Haas – ist nicht mehr hier."

„Haben ihn die Fremden erwischt?" fragte Noonan.

„Nein. Nicht die Fremden."

„Wo ist er dann?" forschte Dawes.

Matthews zuckte die Achseln. „Nachdem euch die Fremden entführt hatten, gab es hier Schwierigkeiten. Howard Stoker und ein paar von seinen Freunden waren der Meinung, daß Haas von seinem Posten als Koloniedirektor zurücktreten sollte. Er – wurde getötet."

„Getötet? Also ist Stoker jetzt am Ruder?"

Matthews lächelte düster. „Nein. Es gab – nun, man könnte es eine Konterrevolution nennen. Im Namen von Recht und Ordnung haben wir Stoker, Harris und Hawes hingerichtet. Jetzt ist Lee Donaldson unser Direktor."

„Was soll mit den vier überzähligen Frauen geschehen, da ihre Männer tot sind?"

„Es gab deswegen schon Auseinandersetzungen", gestand Matthews. „Die Meinungen über Polygamie gehen unter den Kolonisten auseinander. Aber –"

„Heben wir uns diese Sorgen für später auf", unterbrach ihn

Lee Donaldson barsch. „Ich möchte was von den vieren hören. Wo seid ihr gewesen?"

„Wir wurden in eine Höhle verschleppt, die sich in einem der Felsen hinter dem Wald befindet", antwortete Dawes. „Wir waren Gefangene. Die Fremden beobachteten uns. Aber", er lächelte, „uns gelang die Flucht." Er fühlte sich sehr erschöpft von ihrem Marsch durch den Wald, aber er hatte sich verändert, war härter, widerstandsfähiger geworden. Und es stimmte ihn traurig, daß es in der Kolonie Auseinandersetzungen gegeben hatte.

„Hat man euch verletzt?" fragte Donaldson.

Dawes dachte einen Moment lang nach. „Nein", sagte er schließlich. „Nicht – nicht körperlich."

Er sah sich um. Seit ihrer Entführung hatte die Kolonie nur wenig Fortschritte gemacht. Sie wirkte noch immer unfertig. Er blickte in besorgte Gesichter. Es mußte bittere Streitigkeiten gegeben haben, stellte er fest. „Was ist mit den Fremden?" erkundigte er sich. „Haben sie noch einmal angegriffen?"

„Nein", erwiderte Matthews. „Wir haben beobachtet, wie sie außerhalb der Umzäunung herumschlichen. Aber sie haben nicht versucht einzudringen. Wir unterhalten jetzt eine ständige Patrouille."

„Und hier drinnen hat es Ärger gegeben?"

„Ärger?"

Dawes nickte. „Streitereien. Meinungsverschiedenheiten."

Lee Donaldsons Züge wurden hart. „Wir hatten einige Streitigkeiten. Haas war unser bester Mann, und nun ist er tot. Seit Stoker durchdrehte, gibt es Probleme mit den Leuten. In den letzten Tagen haben wir mehr gestritten als gearbeitet."

Dawes seufzte. Er wollte Matthews und Donaldson erzählen, was sie in der Höhle dazugelernt hatten: daß die Fremden durch Haß und Streit gediehen, daß diese schattenhaften, halslosen Wesen erst weichen würden, wenn die Kolonisten gelernt hatten, wie die Teile eines Präzisionsinstrumentes zu funktionieren, und das war notwendig, wenn die Kolonie überleben wollte.

Aber dafür war auch später noch Zeit, dachte er. Man konnte die Menschen nicht in einer oder in zehn Minuten überzeugen. Es konnte Tage in Anspruch nehmen – oder ewig dauern. Und später war immer noch Gelegenheit, die Wunden der Kolonie zu heilen.

Auf eine Art, dachte Dawes, war es gut, daß die Kolonie etwas wie diese Fremden hatte, die draußen darauf warteten, daß sie mit Haß gefütttert wurden. Sie würden ihr lebenslängliches, sichtbares Gewissen sein. Haß würde in der Kolonie schon aus Angst vor den Fremden draußen nicht aufkommen.

Er wandte sich ab. Plötzlich wollte er allein sein – allein mit seinem *neuen* Ich, das die Höhle ihm geschenkt hatte. Irgend etwas war in jenen fünf Tagen herangewachsen, und es war nicht nur der flaumige Bart, der seine Wangen bedeckte. Es war etwas anderes. Er verstand nun, warum die Einberufung notwendig war, warum die Saat der Erde von Welt zu Welt getragen werden mußte. Weil die Sterne existierten und weil es in der Natur des Menschen lag hinauszuziehen, über sich hinauszuwachsen, sich zu verändern. So, wie er sich verändert hatte in jenen wichtigen Tagen in der Höhle.

Für ihn waren es Tage der Abhärtung gewesen. Nicht länger erfüllte ihn die unterdrückte, zornige Verstimmung, nicht länger haßte er die Einberufung und ihre ausführenden Organe, den Ortsvorsteher Brewer und den Distriktsvorsteher Mulholland. Er vergab ihnen. Und mehr noch: Er bewunderte und bemitleidete sie, weil sie an diesem größten aller menschlichen Abenteuer nicht teilnehmen konnten.

In der Dämmerung wanderte Dawes davon, näherte sich dem Blasenhaus, das er sich ausgesucht und aus dem ihn die Fremden entführt hatten. Sein Koffer lag halb geöffnet neben Carols auf dem Boden – seit jener Nacht hatte niemand die Blase betreten.

Er schüttelte die Decke ab, nahm Wäsche aus dem Koffer und kleidete sich langsam an. Lange Zeit stand er nachdenklich da. Keiner von ihnen war derselbe geblieben – weder Noonan, der zum erstenmal in seinem Leben auf ein Problem gestoßen war, das er nicht mit den Fäusten lösen konnte, noch Carol, die unschuldig die Höhle betreten hatte und verändert wieder herausgekommen war, und auch Cherry nicht, deren harte Schale sich geöffnet und Zärtlichkeit enthüllt hatte.

Aber Dawes wußte, daß er sich am meisten verändert hatte und doch auch nicht. Es hatte bereits in ihm geschlummert, die

Neugierde, der strebende Geist – jetzt war es erwacht und arbeitete zum erstenmal richtig. Wie falsch war es gewesen, von jener spießigen, toten Existenz in einem netten Haus in Ohio, mit einer netten Frau und netten Kindern zu träumen! Er erkannte jetzt, daß er hinaus in die Wildnis ziehen und die Fremden aufsuchen wollte, um herauszufinden, warum sie so waren, was sie von den Gefangenen in der Höhle erwartet und wie sie ihr Verhalten aufgenommen hatten. Osiris hielt Millionen Rätsel bereit. Und durch das Wunder der Einberufung war er hierhergekommen, um sie zu lösen.

Ich bin jetzt anders.

Dem gerecht zu werden war nicht leicht. Als er Carols Koffer ansah, begriff er überrascht, daß sie noch immer seine Frau war. Aber er wollte sie nicht mehr. Der Junge Mike Dawes hatte sich von ihrer Unschuld und ihrer Scheu angezogen gefühlt, aber dieser Junge existierte nicht mehr. Er brauchte eine Frau, die zuverlässiger war, mit der er seine Probleme teilen konnte und die ihm nicht allein die Entscheidungen überließ.

Jemand klopfte draußen an die Blasenwand.

„Herein", sagte Dawes.

Es war Cherry.

Sie wirkte aufgeregt und verwirrt. „Du bist weggegangen, ohne etwas zu sagen", begann sie. „Geht es dir gut, Mike?"

„Ich wollte nur nachdenken. Ich mußte ein wenig mit mir allein sein. Mir fehlt nichts."

Sie sah ihn ernst an und erblickte dann die beiden Koffer. „Carol ist bei Noonan", murmelte sie.

„Das habe ich mir schon gedacht", entgegnete Dawes ohne eine Spur von Zittern in der Stimme. „Es macht mir nichts aus. Wirklich nicht."

Sonderbar, dachte er, daß die schrecklichsten Dinge sich als die besten Dinge eines Lebens herausstellen konnten. Man wurde von der Einberufung getroffen und anschließend von den Fremden entführt. Und man verlor sein Mädchen an einen Mann wie Noonan. Und nichts von alldem machte ihm etwas aus – jeder Verlust war ein Gewinn, jedes Ende ein Anfang. Im Wald brüllte ein Tier, und Dawes lächelte. Hinter der Umzäunung wartete eine ganze Welt darauf, daß jemand in den nächsten Jahren ihre Geheimnisse lüftete. Und er würde es tun.

„Wenn Noonan mit Carol zusammen ist", wandte er sich an Cherry, „was wirst du dann tun?"

„Darüber habe ich noch nicht nachgedacht."

Er lächelte. Carol hatte nur ihren Koffer hiergelassen, mehr nicht. Wenn Noonan glücklich mit ihr war, dann war es ihm recht.

Unsicher machte Cherry einen Schritt nach vorn. Dawes wollte ihr sagen, daß er ihr vergab und sie liebte und sie brauchte und daß er ihre harte Schale durchschaute. Aber er brachte kein Wort über die Lippen, und er erkannte, daß er noch immer nicht ganz erwachsen war. Aber sie würde ihm helfen. Und er würde ihr helfen.

Seltsam. Die Einberufung war für ihn das Ende der Welt gewesen. Aber er hätte sich nicht ärger täuschen können.

Er lächelte Cherry an. Das Mädchen vor ihm war wie eine Fremde, selbst nach den Tagen in der Höhle. Alles an ihr war vollkommen neu. Er hob ihr Kinn ein wenig hoch und küßte sie und lauschte dem Wind der fremden Welt – *seiner* Welt.

„Hallo", sagte sie zärtlich.

„Hallo", sagte er.

Robert Silverberg

Der 1936 in New York geborene Robert Silverberg war schon als Jugendlicher so sehr von Science-fiction begeistert, daß er unmittelbar nach seinem Englischstudium die Schriftstellerlaufbahn einschlug. 1954 gelang es ihm, seine erste Erzählung an ein SF-Magazin zu verkaufen, und New York als bedeutende Verlagsstadt bot ihm rasch die Möglichkeit zu weiteren Kontakten und Veröffentlichungen. Zwei Jahre später erhielt er den „Hugo Award" als erfolgversprechendster Science-fiction-Nachwuchsautor. Dank seiner außergewöhnlichen Produktivität verfaßte er bis Anfang der sechziger Jahre über zweihundert Kurzgeschichten und zahlreiche Romane, die allesamt eher konventionelle Themen behandelten. Zum Teil wurden sie unter Pseudonymen veröffentlicht, weil Silverberg manchmal sogar mehrere Geschichten für ein und dieselbe SF-Anthologie beisteuerte.

Nach einer kurzen Phase, in der er sich ausschließlich dem Schreiben von über sechzig sehr erfolgreichen Sachbüchern über Raumfahrt und vergangene Kulturen widmete, wandte er sich 1967 erneut der Science-fiction zu, entwickelte nun aber sehr viel ausgefallenere Ideen und wurde damit nicht nur einer der bekanntesten SF-Autoren, sondern trug mit Romanen wie „Zeit der Wandlungen" (1971) und „Es stirbt in mir" (1972) sowie einer Reihe zum Teil preisgekrönter Kurzgeschichten zu einem wesentlichen Wandel des Genres bei.

Auf die Frage, ob er der Science-fiction angesichts der rasanten technischen Entwicklung der letzten Jahre auch heute noch Chancen einräume, äußert sich Silverberg optimistisch. „In der Raumfahrt hat es eigentlich seit längerer Zeit kaum Fortschritte gegeben. Der Mensch hat es eben mal bis zum Mond geschafft, und die Voyagersonden, die zu Planeten wie Uranus und Saturn geflogen sind, üben offensichtlich eher eine belebende Wirkung auf die Phantasie der SF-Autoren aus. Die Erkundung des Weltalls hat gerade erst begonnen."

Phantastische Expeditionen

Auf der Suche nach dem Paradies auf Erden

Nicht alles, was wir aus überlegener Position heute arrogant als „phantastisch“ abzutun pflegen, ist es auch. Betrachtet man die Geschichte der großen Entdeckungsreisen, so erweist sich, daß die Phantasie stets eine große, bisweilen sogar die entscheidende Rolle gespielt hat. Die europäischen Entdecker, Eroberer, Missionare und Kolonisatoren, die seit dem 15. Jahrhundert in die verschiedenen Teile der Welt aufbrachen, sind nicht allein von der Aussicht auf Reichtum und weltliche Macht zu ihren außerordentlichen Leistungen angeregt worden, sondern auch von der Aussicht auf eine Würdigung ihrer Verdienste als Christen im Leben nach dem Tode. Hinzu kommen aber auch andere, weit phantastischere Motive, wie sich an einigen Episoden zeigen läßt.

So waren bei Kolumbus sowohl phantastische als auch rationale Momente im Spiel, als er einen neuen, nach Westen führenden Weg nach Indien suchte. Die Theorie einer runden Erde wurde von zahlreichen Forschern seiner Zeit aufgrund astronomischer und physikalischer Überlegungen ernsthaft diskutiert. In einer für die Renaissance bezeichnenden Mischung wurden im Weltbild des Kolumbus antike Vorstellungen von den Inseln der Glückseligen jenseits der Säulen des Herkules (also im Westen) mit der mittelalterlichen Vorstellung vom Paradies gekoppelt, das von den meisten Geographen seiner Zeit in Indien (im Osten) gesucht wurde.

Da der direkte Weg zum Paradies von wilden Heidenvölkern kontrolliert wurde, mußte eben ein neuer Weg gefunden werden. Die Überzeugung des italienischen Astronomen Toscanelli über die Kugelgestalt der Erde kam Kolumbus gerade recht. In den Worten der Apokalypse sprach er nach seiner Rückkehr nach Spanien dunkel von einem „Neuen Himmel“ und einer „Neuen Erde“. Wurde Alexander an den Pforten des Paradieses noch zurückgewiesen, so sei es jetzt möglich, die Tore aufzustoßen. Die Entdeckung des direkten, nicht von Heiden verstellten Wegs nach Indien, also zum Paradies, stelle einen wichtigen Schritt der Menschheit auf dem Weg zum Reich Gottes dar.

Die Quelle des ewigen Lebens

Von solchen Phantastereien ließen sich die Conquistadores, *die im Gefolge von Kolumbus in der Neuen Welt eintrafen, nicht aufhalten. Schon bald nach ihrer Ankunft in Westindien begannen sie Zuckerrohrplantagen anzulegen, die mit Sklaven bewirtschaftet wurden. Während einer Sklavenjagd auf Kuba vernahmen sie die Geschichte von einem eigentümlichen Königreich Bimini. In diesem weit im Norden gelegenen Reich sollte es eine Quelle geben, welche demjenigen, der in ihr bade, die Jugend erhalte – ja, manche behaupteten sogar, das Wasser gebe den Alten die Spannkraft der Jugend wieder zurück.*

Diese schöne Geschichte war bis zu Juan Ponce de León gedrungen, der mit Kolumbus nach Amerika gekommen war und es zum Gouverneur von Puerto Rico gebracht hatte. Im Jahre 1512 stellte Ponce eine Expedition zusammen und brach nach Norden auf. Tatsächlich gelang ihm die Entdeckung eines bisher unbekannten Landes, das sich als der Vorsprung eines

Der kolorierte Stich aus dem 19. Jahrhundert zeigt Juan Ponce de León und seine Männer, wie sie in Florida nach dem Jungbrunnen suchen.

riesigen Kontinents herausstellte. Der Conquistador landete dort mit einigen Männern, benannte es „Florida" und nahm es für die spanische Krone in Besitz. Die feindselige Haltung der ansässigen kriegerischen Indianer zwang die Spanier jedoch nach wenigen Tagen, das Land fluchtartig zu verlassen, und Ponce starb nach seiner Rückkehr an den Folgen eines Pfeilschusses.

Die Berichte waren entmutigend, doch Hernando de Soto, Gouverneur von Kuba, brach 1539 mit mehreren Schiffen von Havanna aus nach Norden auf. Als erstes stellte er in Florida Nachforschungen über Goldvorkommen an; sodann ging er Berichten der Indianer über die Quelle des ewigen Lebens nach. De Soto, heißt es, habe auf seinen ausgedehnten Märschen kreuz und quer durch den Südosten Nordamerikas schließlich die ominöse Quelle gefunden. Doch der wagemutige Mann wurde seiner Entdeckung nicht froh. Auf dem Rückmarsch verlor er sein Leben am Mississippi, den er als erster Europäer sah.

Die Legende lebte jedoch trotz des Mißerfolgs der Suche nach der Quelle weiter. Immer wieder haben phantasiebegabte Menschen behauptet, dieser oder jener wagemutige Entdecker habe sie doch noch aufgespürt. Bestätigt hat sich keine dieser Geschichten. Heute tragen zwei kleine, flache, kaum bewohnte Inseln, die Florida vorgelagert sind, den Namen Bimini und erinnern so an diese phantastischen Unternehmen, die so sehr unser aller Ängste vor dem Tod und unsere Sehnsucht nach immerwährender Jugend zum Ausdruck bringen.

Das Reich des vergoldeten Königs

Eine der berühmtesten Persönlichkeiten in der Geschichte Englands ist zweifellos Sir Walter Raleigh. Heute erinnert man sich weniger an ihn als intriganten Höfling, auch kaum als Dichter und Historiker. Man sieht in ihm vielmehr den Seehelden, der neue Länder jenseits der Meere entdeckt hat. Raleigh war ein Mann, der keine Skrupel kannte, vor Piraterie nicht zurückschreckte und schließlich wegen Hochverrats hingerichtet wurde.

Raleigh berichtete, im nördlichen Südamerika existiere ein

Oben: Häuptling El Dorado wird von seinen Untertanen mit Goldstaub bepudert. **Unten:** Die präkolumbianische Goldschmiedearbeit zeigt die gleiche Zeremonie. **Unten links:** Solche Goldgegenstände zogen viele Abenteurer magisch an.

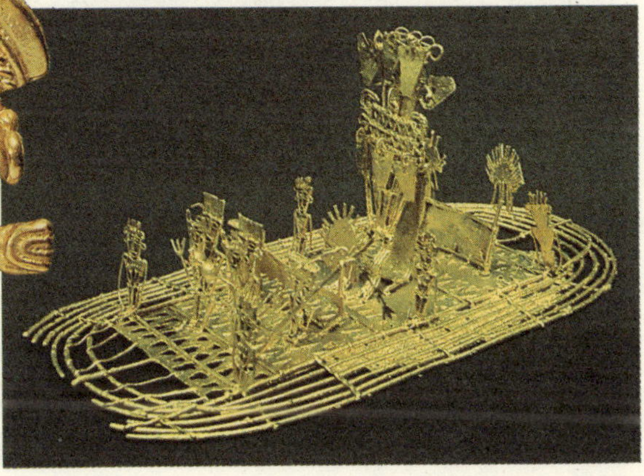

mächtiges Königreich namens Guayana, in dem es ungeheuer viel Gold gebe. Nach einer Sitte, wonach der Herrscher einmal im Jahr, über und über mit Goldstaub bedeckt, in einen heiligen See springe und sich das Gold abwasche, werde er „der Vergoldete" genannt, und so heiße das Königreich auch „el Dorado".

Zahllose Expeditionen der Spanier und Deutschen, so Raleigh weiter, hätten nach diesem Königreich bereits gesucht – vergebens. Doch er, Sir Walter Raleigh, wisse genau, wo sich Manoa, die Hauptstadt des Landes, befinde. Im Hinterland eines sumpfigen, fieberverseuchten Küstenabschnitts, zwischen den Flüssen Orinoko und Amazonas, an einem großen Salzsee, der Parime genannt werde. Es sei ein Land reich an Bodenschätzen, dazu mit viel fruchtbarem Boden und üppigen Wäldern, somit bestens geeignet für die Ansiedlung von Leuten, die in England Ärger bereiteten.

Raleigh erhielt die Mittel für eine Expedition und brach 1595 nach Südamerika auf. Eine zweite Expedition nach Guayana 1617/18, nun bereits unter dem Verdacht des Hochverrats, war ebensowenig von Erfolg gekrönt wie die erste. Das fabulöse Reich im Innern des Kontinents vermochte auch Raleigh nicht zu finden; immerhin hat er einen faszinierenden Bericht seiner Expedition niedergeschrieben, der zahllose Abenteurer zu Reisen anregte.

Bedeutsamer als mögliche Goldschätze war eine Pflanze, die Raleigh aus der Neuen Welt mitbrachte. Die Indianer nannten das Kraut „tobago". Später, als Raleigh wegen Hochverrats gegen den König im Tower zu London saß und umfassende wissenschaftliche Studien betrieb, griff er seine alte Idee auf, aus Tabak einen „Guayana-Balsam" herzustellen. Dafür ließ Raleigh sich Retorten, Kupferröhren, Metalle und Säuren in den Kerker im Tower bringen und begann mit seinen alchimistischen Experimenten. Er suchte das Elixier des ewigen Lebens oder den Stein der Weisen, der den Menschen das Leben verlängern, ihnen vielleicht gar die Unsterblichkeit verleihen würde. Dann werde er auch Gold herstellen können – eine wichtige Etappe auf dem Weg des Alchimisten.

In diesem Zusammenhang ist Raleighs Suche nach dem Goldland Guayana zu sehen. Wie bei anderen Alchimisten ist auch bei ihm die esoterische Neugier auf die Transmutation der Elemente schwer von einer ganz materiellen Gier nach Gold zu trennen. Und wie andere Entdecker, die von den Geschichten immenser Goldschätze verführt worden waren, trieb es auch ihn nach Südamerika. Sie alle – Kolumbus, Ponce, de Soto, Raleigh – waren gleichermaßen auf der Suche nach Schätzen wie nach Wundern. Die Inseln der Glückseligen und Eldorado, Guayana und Bimini vermengen sich auf wunderliche Weise mit den Vorstellungen vom Paradies.

Irdisches Paradies Tahiti

Nicht wenige Zeitgenossen des 18. Jahrhunderts glaubten, in der grünen, einladenden Insel Tahiti sei das irdische Paradies gefunden worden. Verschiedene Reisende hatten die Inselgruppe bereits besucht, und sie hatten von ihren Bewohnern nur die angenehmsten Dinge zu erzählen gewußt. In Frankreich war so der Mythos von einer alternativen Welt voller Menschenfreundlichkeit entstanden, die so ganz anders war als die elende Welt des vorrevolutionären Europa.

Im Frühjahr 1768 ankerten zwei französische Schiffe vor Tahiti. Ihr Kommandeur war Louis-Antoine Bougainville, aufklärerischer Geist und Freimaurer. Trotz gewisser Vorbehalte, deren auch er sich nicht ganz entledigen konnte, beschrieb er Tahiti, das Land und seine freundlichen Bewohner voll Enthusiasmus. „Ich glaubte mich in den Garten Eden versetzt", schrieb er in sein Tagebuch.

Die Tage auf Tahiti waren ganz dem Müßiggang gewidmet und mit Musik, Feuerwerk und Liebe ausgefüllt. Zwischen den Menschen herrschten Eintracht und Harmonie. Störungen, die auftraten, ließen sich schnell bereinigen. Auf der Insel war ganz offenkundig Aphrodite, die Göttin der Liebe, beheimatet. In einer Zeit, da die Europäer die antiken Mysterien entdeckten, schienen sie ein Volk gefunden zu haben, das den Mysterien der Liebe huldigte. Bougainville meinte, in den Polynesiern die noch nicht von Konvention und Privateigentum, von Krieg und politischer Herrschaft verdorbenen Menschen, die wahrhaft edlen Wilden eines früheren, des Goldenen Zeitalters gefunden zu haben.

Der vorzügliche Bericht über Bougainvilles Reise erschien in hohen Auflagen und erregte in ganz Europa großes Aufsehen. Etliche der zahlreichen Reisen im Fahrwasser von Bougainvilles Schiffen dürften durch die verlockende Erwartung zu diesem nicht ungefährlichen Unternehmen animiert worden sein, einen Blick in ein Land ohne Übel tun zu dürfen und der übrigen Menschheit sagen zu können, wie das zu organisieren sei.

Wie wir heute wissen, sind die Europäer von den Polynesiern damals so begeistert empfangen worden, weil man in ihnen die Verkörperung des Frühlingsgottes Lono und seines Gefolges erblickte. Dies erklärt das Mißverständnis, denn daß die polynesische Gesellschaft alles andere als Utopia war, ist späteren Reisenden dann doch nicht verborgen geblieben.

Salomos Land Ophir

Von König Salomo, dessen leidenschaftliche Affäre mit der Herrscherin von Saba in einer äthiopischen Legende überliefert ist, berichtet das biblische Buch der Könige, *er habe in fernen Ländern Minen besessen, die Jahr für Jahr reichen Ertrag eingebracht hätten. Von diesem Land Ophir kamen der Legende nach seine immensen Schätze.*

Über die Lage von Ophir ist im Laufe der Jahrhunderte viel spekuliert worden, und bisher ist es niemand gelungen, seinen genauen Ort festzustellen. Am verbreitetsten sind die Mutmaßungen über Zentralafrika. Als sich Abenteurer daranmachten, ins Innere des „Schwarzen" Kontinents vorzustoßen, erzählten die Menschen ihnen Geschichten von einem Reich Simbabwe, das voll von Schätzen sei, vor allem von wertvollen Metallen, aber auch von Bernstein und Elfenbein. Schon die Portugiesen und Holländer hatten versucht, dieses Land mit seinen Schätzen zu erreichen – allerdings vergebens.

Um die Mitte des letzten Jahrhunderts wurden die ersten großen

Kein Wunder, daß sich die ersten Besucher der Insel Tahiti im Paradies wähnten, da sie noch heute mit ihrer üppigen Natur so anmutet.

Goldfelder und Diamantenvorkommen im Kapland entdeckt, welche die Phantasie der Afrikaforscher beflügelten. Auf seinen Reisen hörte der schwäbische Geologe Karl Mauch, der die Goldvorkommen entdeckt hatte, von geheimnisvollen Ruinen zwischen den Flüssen Limpopo und Sambesi. Er untersuchte und beschrieb sie 1871 und war der festen Überzeugung, König Salomons Ophir der Bibel gefunden zu haben. Doch daß die Goldvorkommen vom Limpopo die Minen von Ophir gewesen sein könnten, wird heute ausgeschlossen.

Lange Zeit hatte man Ophir auch in der Nähe von Saba im Süden der Arabischen Halbinsel gesucht. Oberst Thomas Edward Lawrence, der „Lawrence von Arabien“, der Archäologe aus Passion und ein kreativer Esoteriker war, kam auf diese Theorie zurück. Intensive Studien hatten ihn davon überzeugt, daß das Ophir im biblischen Buch der Könige identisch sein müsse mit Iram, jener Stadt, welche der Koran in der 89. Sure nennt. Dieses Iram setzte Lawrence mit Ubar gleich, das in alten Schriften als vorchristliche Metropole des Weihrauch- und Myrrhehandels genannt wird.

Es war zwar bis dahin nicht gelungen, diese wundersame Stadt zu lokalisieren, doch handelte es sich nach landläufiger Meinung dabei um die Hauptstadt von Ophir. Auch Lawrence ist es nicht geglückt, die Stadt seiner Sehnsüchte zu finden.

Die Suche setzte ein anderer Abenteurer noch in der ersten Hälfte dieses Jahrhunderts fort: Harry St. John Philby, ein Angehöriger des diplomatischen Korps, der als politischer Berater verschiedener arabischer Fürsten reichlich Erfahrungen gesammelt hatte. Dabei war er in die entlegensten Teile Arabiens gekommen. Auf seiner spektakulärsten Reise, der Durchquerung der großen Wüste im Süden der Halbinsel, hatte er fortwährend Ausschau nach den Ruinen von Ubar gehalten. Auch er hat die fabulöse Stadt nicht gefunden, doch als er vor einer Reihe von Kratern stand, die offensichtlich durch den Einschlag eines Meteoritenschwarms entstanden waren, glaubte er, den Beweis für die einstmalige Existenz von Ubar gefunden zu haben, wofür ihm jedoch der endgültige Beweis versagt blieb.

Sagenumwobenes Königreich Atlantis

Seit über hundert Jahren suchen Enthusiasten die Spuren des untergegangenen Königreichs Atlantis. Neben Südeuropa und Nordafrika hat sich das Interesse insbesondere auf Amerika konzentriert. Dies liegt nicht zuletzt an dem Umstand, daß dieser Kontinent seit seiner Entdeckung die schöpferischen Kräfte von Phantasten beflügelt hat.

Die Geschichten um Eldorado sind nie wirklich ausgestorben. Als sich das Reich des vergoldeten Königs nicht finden ließ, trat an seine Stelle ein geheimnisvoller Jesuitenstaat, in dem angeblich ungeheure Silberschätze zutage gefördert wurden. Selbst nachdem – nicht zuletzt infolge dieser phantastischen Gerüchte – die Missionsstationen der Jesuiten in Paraguay von beutegierigen Portugiesen zerstört wurden, die angeblichen Reichtümer der Patres jedoch nicht gefunden werden konnten, hielten sich die Gerüchte um ihre nicht entdeckten Silberbergwerke hartnäckig bis in unser Jahrhundert.

Im Jahr 1925 wurde die Welt auf ein abenteuerliches Unternehmen aufmerksam. Ein Brite namens Percy Fawcett erklärte, die Wildnis des Mato Grosso in Brasilien durchqueren zu wollen. Über seine Ziele ist wenig bekannt. Oberst Fawcett galt als notorischer Exzentriker, als Spinner, Träumer und Mystiker. Sein Bericht über seine verschiedenen Expeditionen gibt auch Aufschluß über die phantastischen Vorstellungen, die ihn zeitlebens umgetrieben haben.

Oberst Fawcett war, was in den britischen Kolonialtruppen verhältnismäßig häufig vorkam, Tatmensch und Mystiker zugleich. Während seiner Dienstzeit auf Ceylon war er zum Buddhisten geworden. Er verwandte seinen spärlichen Urlaub sowie seine dürftigen Ersparnisse darauf, mittels einer geheimen Karte den enormen Schatz der legendenumwobenen Könige von Kandy zu suchen.

Ganz besonders aber beschäftigte den ehemaligen Kolonialoffizier die Suche nach einer geheimnisvollen Stadt im Urwald. Just in jenen Jahren waren im Hochland von Peru ausgezeichnet

Immer noch ein besonders eindrucksvolles Beispiel für Expeditionen in den Weltraum und die Erforschung fremder Planeten: die Mondlandung 1969

erhaltene Ruinen gefunden worden, die den Inka zugeschrieben wurden. War Fawcett auf der Spur einer ähnlichen Sensation? Einem Manuskript, das er in der Biblioteca National *in Rio de Janeiro gefunden haben wollte, war angeblich eine Karte beigegeben, auf der die Stadt zwischen dem Rio Xingu und dem Rio Araguaia lokalisiert war. Fawcett vermutete, daß mehrere solcher Städte auf einem isolierten, nach allen Seiten schroff abfallenden Hochplateau gelegen hätten. Diese Ruinenstädte, die „unvergleichlich älter als die in Ägypten sind“ und aus gewaltigen Felsblöcken errichtet seien, hielt er für eine Kolonie von Atlantis, die Urheimat der weißen Rasse. Nachdem Fawcetts kleine Expedition im Regenwald verschwunden war, brach die Verbindung zu ihr nach gerade einem Monat ab. Seither ist nichts Gewisses mehr von dem wagemutigen Oberst und seinen Begleitern gehört worden. Immer neue Expeditionen machten sich auf die Suche nach den Verschollenen. Den meisten Zeitgenossen war bewußt, daß die Expedition gescheitert war und ihre Teilnehmer längst tot waren.*

Die Geschichten um unbekannte Inkastädte in den Anden und um Smaragdbergwerke im Mato Grosso wollen nicht verstummen. Mythen sind langlebig. Expeditionen zum Aufspüren von Manoa, der Hauptstadt von Eldorado, hat es immer wieder gegeben. Hatten sie im 18. Jahrhundert noch den fabelhaften Reichtum der Missionsstationen der Jesuiten in Paraguay und ihre geheimen Silberminen als Ziel, so regen die Aktivitäten amerikanischer Missionare und die angeblich von ihnen heimlich ausgebeuteten Vorkommen von Uran und seltenen Erden die Phantasie der heutigen Zeitgenossen an.

Auf der Suche nach fremden Welten im All

Auch wenn es heute bis auf die Suche nach den letzten Naturvölkern kaum noch „phantastische Expeditionen" zu unentdeckten Städten gibt – von Kontinenten ganz abgesehen –, so leben die Mythen weiter, genau wie die Sehnsucht nach einer anderen, besseren Welt, in der es den Menschen an nichts mangelt. Da die Suche auf der Erde erfolglos zu sein scheint, wird sie im Weltraum fortgesetzt. Selbst wenn man nach heutigen Erkenntnissen nicht damit rechnet, daß Menschen in der nahen Zukunft im Weltraum eine neue Heimat finden werden, in den Science-fiction-Romanen werden nicht nur in den klassischen Space Operas *„phantastische Expeditionen" zu fremden Welten unternommen. In vielen Science-fiction-Romanen gründet die Suche nach bewohnbaren Planeten nicht allein auf das Streben nach Macht oder Reichtum, sondern ist die Folge einer überbevölkerten, verschmutzten und zum Leben unerträglich gewordenen Erde. Auch dieses Motiv, das bereits in den apokalyptischen Ängsten vertreten ist, hat bei den „phantastischen Expeditionen" der Vergangenheit schon eine gewisse Rolle gespielt, wenn man etwa an das Beispiel Tahiti denkt. Und so hegen die Menschen seit Urzeiten eine Sehnsucht, der sie sich auch weiter hingeben – und sei es „nur" durch die Lektüre von Zukunftsromanen.*

Illustrierter Anhang:
„Phantastische Expeditionen – Auf der Suche nach dem Paradies auf Erden"
Ein Artikel von Eckhart Riehm

TERUGKEER

Harlan Coben bij Boekerij:

Vals spel
Tegenwerking
Vermist
Ontwricht
Schijnbeweging
Schaduwleven
Laatste kans
Niemand vertellen
Spoorloos
Geen tweede kans
Momentopname
De onschuldigen
Eens beloofd
Geleende tijd
Houvast
Verloren
Verzoeking
Levenslijn
Blijf dichtbij
Schuilplaats (jeugdthriller)
Zes jaar
Nu of nooit (jeugdthriller)
Ik mis je
Gevonden (jeugdthriller)
De vreemde
De verbeelding
Naar huis
Laat niet los
De ontdekking
Wild
Win
De match
Levenslang
Terugkeer